Wando Passo

DAVID

PAYNE

Wando Passo

ROMAN

Traduit de l'américain
par Virginie Buhl

J'AI LU

Titre original
BACK TO WANDO PASSO

Publié par William Morrow, an imprint of
HarperCollins Publishers, New York

À Will Payne, un super-héros sans attaché-case
ni pistolet à rayons laser…

Du vieux matou jaune qui revient sans cesse
à la charge

Early this mornin', you knocked upon my do'
Early this mornin', you knocked upon my do'
I said, "Hello, Satan, I b'lieve it's time to go[1]."

Robert JOHNSON,
Me and the Devil Blues

Si yo muero, te perdono
Si recupero, veremos[2].

Proverbe espagnol

---

1. « Tôt ce matin, tu as frappé à ma porte / Tôt ce matin, tu as frappé à ma porte / J'ai dit : "Salut, Satan ! Je crois qu'il est temps de mourir." » *(NdT.)*
2. « Si je meurs, je te pardonne. / Si je guéris, on verra. » *(NdT.)*

I

PAROLES DE SOMNAMBULE

1

Ransom Hill était tombé éperdument amoureux de sa propre femme. Si le moindre doute à ce sujet avait subsisté en lui, il se dissipa à Myrtle Beach quand il arriva à l'aéroport où Claire l'attendait avec les enfants. Grand et mince comme il ne l'avait plus été depuis le lycée, Ran portait son beau manteau noir qui empestait encore la cigarette, bien qu'il eût arrêté de fumer en prévision de ce voyage (le premier de nombreux sacrifices qu'il était prêt à consentir). Son jean avachi était retenu par une ceinture concho dans laquelle il avait récemment dû percer trois trous supplémentaires, et la semelle décollée d'une de ses bottes Tony Lama claquait à chacun de ses pas. En revanche, son Stetson – son tout nouveau Stetson blanc à trois cents dollars qu'il avait eu le sentiment d'avoir mérité dès le premier regard – était aussi éclatant, aussi serein, aussi imposant qu'un cumulus de fin d'été. Il abritait, sous de mémorables yeux bleus, deux cernes comme tracés au charbon, ceux que le père Fouettard réserve aux rock stars déchues et autres pécheurs invétérés, qui tranchaient sur son éternelle pâleur de New-Yorkais. Comme toujours, Ran trimbalait deux guitares, celles que Claire appelait « les sœurs Gibson » ou bien « la maîtresse et la régulière ». Les traits de son visage fatigué mais encore séduisant semblaient épurés par ses souffrances récentes, dont lui seul, et Dieu peut-être, pouvait être tenu pour responsable. Quand il déboucha en haut de la passerelle, un peu essoufflé, avec cette semelle qui battait le sol, il ressemblait à un homme ayant récemment purgé une peine en enfer, et là-bas, au bout du tunnel, baignée d'une lumière paradisiaque, Claire l'attendait. Finalement, le paradis se trouvait en Caroline du Sud. Qui l'eût cru ?

Au milieu des touristes qui venaient profiter du golf et des plages de Grand Strand, des banquiers pressés avec leur portable collé à l'oreille, sa femme et ses enfants formaient à eux trois un petit groupe subversif aux couleurs du carnaval. Hope, sa fille de quatre ans, était affublée d'une robe rose bordée de plumes, avec des paillettes bleues et argent. Dans le duvet de ses cheveux d'un blond si clair qu'ils tiraient sur le blanc, sa tiare en plastique était ornée de saphirs un peu plus foncé mais deux fois moins éclatants que le bleu de ses yeux. Pendant l'été, ses jambes s'étaient allongées comme des télescopes et avaient soudain acquis le galbe de celles de Claire. Le bout de ses ongles était couvert de vernis rose bonbon écaillé. Tout comme ceux de son fils, remarqua Ran – avec une inquiétude qu'il s'empressa de réprimer. Scotché à la taille de sa mère, Charlie, bientôt deux ans, portait un T-shirt des Cody Chestnut maculé d'une tache de jus de raisin, et un casque intégral de pompier en plastique avec le logo du Fire Department de New York, FDNY. En voyant son sourire timide qui découvrait deux nouvelles dents pointues, Ran, le cœur soudain serré, eut pour la première fois la vision de celui que deviendrait son fils ; pendant son absence, sa bouille de bébé s'était transformée et ses traits s'étaient affirmés.

« Moi, gros camion ! dit Charlie en frappant sur sa visière en plastique.

— Un camion de pompiers, mec ! » Posant ses valises, Ran mit un genou à terre, ôta son chapeau et se passa les doigts dans ses cheveux blond-roux. En ébauchant le sourire qui lui avait jadis ouvert tant de portes (d'ailleurs, il aurait mieux fait d'en refermer quelques-unes), il ouvrit les bras, mais pas tout à fait à temps pour accueillir les enfants qui vinrent s'écraser contre lui, autopropulsés à la vitesse de deux grenades.

« Papa ! Pa-paaa ! piailla Hope.

— Eh, chérie ! » Il tomba sur les fesses en riant.

« Papa, pourquoi t'es si maigre ?

— Mais non, je ne suis pas maigre !

— Si, papa. Pourquoi ?

— Gros camion ! Gros camion ! répéta Charlie qui, malgré son manque de vocabulaire, tenait à apporter sa contribution à la conversation.

— Mon vieux, il me plaît vraiment beaucoup, ce casque ! répondit Ran. Tu ne veux pas qu'on... ? »

Il amorça l'échange, mais ce n'était pas une bonne idée. « À moi ! » fit Charlie, en se cramponnant à son casque de ses deux petits poings.

Hope tira Ran par la manche. « Alors, pourquoi t'es maigre ?

— Eh bien, chérie... »

Le temps qu'il hésite, elle n'y pensait plus : « Regarde ma robe !

— Humm-humm. *Très chic*[1]*.

— Tu me l'as achetée pour mon anniversaire. » Le ton de la fillette flirtait avec la sévérité, comme si elle le soupçonnait d'avoir oublié.

« Je m'en souviens, dit Ransom, et il disait vrai, maintenant. Elle t'allait comme un sac. »

Un jour qu'il conduisait son taxi dans le quartier des fringues, il avait aperçu cette robe sur un portant à roulettes en train de disparaître dans un camion ; il avait marchandé par la fenêtre côté passager avec un petit Portoricain nerveux coiffé d'un bandana

1. Tous les mots suivis d'un astérisque sont en français dans le texte. *(NdT.)*

noir. C'était après que sa maison de disques l'eut lâché ; après que ses amis bien intentionnés lui furent venus en aide en lui trouvant un boulot : producteur pour un groupe de l'université d'Alabama, les Broken Teeth (Censés devenir « les Hootie de demain »). Au bout de cinq jours dans les studios Magic Shop à Soho, il avait été à deux doigts de tuer tout le monde, de se suicider, voire les deux. Au lieu de quoi, il avait préféré rentrer à la maison ce soir-là au volant d'un taxi branlant et criblé d'impacts de balles : une menace mise à exécution et qui ne datait pas de la veille. Avec cinq chansons à son actif pour son prochain album, et bien décidé à produire et distribuer ses disques tout seul, il avait alors financé ses séances de studio en contractant des dettes de plus en plus faramineuses avec sa MasterCard (il avait eu jusqu'à six cartes de crédit, qu'il alternait à chaque expiration de leur taux d'intérêt promotionnel). Un matin, de retour du garage après une nuit passée à faire le taxi, il avait trouvé les placards vides. Il était resté assis longtemps à la table de la cuisine, avec le muffin au son pour Claire et son café – sucré et très léger – qui refroidissait dans un sac en papier, avant de lire le mot qu'elle avait laissé. Il était écrit sur son joli papier à lettres, celui en vélin aux enveloppes marquées de leur adresse gaufrée sur le rabat. Dix-neuf ans passés dans un groupe de rock n'avaient pas suffi à extirper les bonnes habitudes du cœur d'une jeune fille qui avait grandi au sud de Broad Street, dans les beaux quartiers de Charleston. Claire et les enfants étaient partis en avril, et Ran avait touché le fond, ou ce qui semblait alors être le fond. Entre avril et ce matin de septembre à l'aéroport, il avait découvert que, sous les fondations de la maison que nous appelons la vie, il y a plusieurs niveaux souterrains dont on ne soupçonne pas l'existence ; et, plus bas, encore plusieurs autres.

« Tu nous as manqué, papa », dit Hope.

Vous aussi, vous m'avez manqué, aurait-il voulu dire, mais, l'espace d'un instant, il craignit que sa voix le trahisse. Assis par terre au milieu de la foule qui se scindait pour les éviter, comme un cours d'eau autour d'un rocher, Ransom serra ses enfants très fort et les huma tel un animal en détresse qui retrouve l'odeur de ses petits égarés ; puis il ouvrit des yeux rougis et regarda Claire.

Pieds nus sur le gazon artificiel, ce qui enfreignait sans doute plusieurs lois, elle portait la salopette Osh-Kosh délavée et raccourcie aux genoux qu'il reconnaissait bien plus facilement que la robe de Hope, bien qu'elle appartînt à une époque beaucoup plus ancienne ; c'était un de ces vêtements qui remontent aux brèves années où l'on approche une quasi-perfection physique qu'on ne retrouvera jamais ; des vêtements qu'on a ensuite rangés dans l'espoir qu'un jour ils nous iront à nouveau. Non seulement la salopette était à sa taille, mais Claire flottait dedans, et le bronzage qu'elle arborait était presque choquant : un acajou aussi imprudent qu'éhonté, de ceux qu'aucune femme qui écoute l'émission « All Things Considered » et lit le *New York Times* n'ose plus afficher depuis des années. Comme si, en venant ici, elle avait jeté la prudence aux orties avant de retourner à un état sauvage et naturel. Après des années de menaces et de promesses, elle avait fini par couper ses longs cheveux, cet épais rouleau de soie châtain qu'elle chérissait non sans une certaine rancune et dont elle prenait autant soin que d'un parent vieillissant ou de la tombe d'un jeune amant. Ils lui frôlaient à peine les épaules désormais, avec des pointes taillées de longueurs différentes en une sorte de coupe à la garçonne, au naturel peu étudié, dont Ran n'avait besoin de personne pour savoir qu'elle avait dû coûter bonbon. Les cheveux blancs qu'il avait remarqués pour la première fois à New York avaient été remplacés par des mèches blond vénitien ; et tout cela participait de manière indéfinissable, sans toutefois l'expliquer, à l'éclat très particulier qu'elle irradiait, un éclat que Ransom voulait attribuer à son retour dans sa région natale, à son nouveau travail et à son statut retrouvé de maîtresse en sa demeure, à n'importe quelle cause, n'importe quelle hypothèse sauf une : que son absence lui avait fait du bien, qu'elle avait permis à certains aspects de sa personnalité de réapparaître et de briller après avoir trop longtemps été éclipsés par certains aspects de celle de son mari.

« Ça, c'est du chapeau, shérif ! » dit-elle tandis que les enfants le hissaient sur ses pieds.

Ran l'attrapa par le fond pour en contempler l'intérieur. « Il est blanc.

— J'ai remarqué, oui. » Un sourire éclairait ses yeux qui avaient la couleur d'une bonne crème brûlée, la douce limpidité du sucre caramélisé. « C'est vrai que tu es maigre, toi.

— C'est le régime tragédie, dit-il, enjoué. Je fais peur à voir ?

— Non, mon salaud, lui chuchota-t-elle en se dressant sur la pointe des pieds pour l'embrasser. On te donnerait vingt-cinq ans.

— Vingt-cinq ? » L'incrédulité le disputait au plaisir dans sa voix. Lui qui pensait « bisou sur la joue » eut l'heureuse surprise de voir Claire lui tendre les lèvres.

« Disons trente-cinq. » Les yeux de Claire se firent narquois. « Quarante maxi.

— OK, va pour quarante », dit Ransom, qui en avait quarante-cinq. Toujours prêt à tenter sa chance, il lui passa la main dans les cheveux : « Très joli.

— Merci », répondit-elle, l'air soudain sérieux – sans vraiment le repousser, mais en prenant ce geste comme on réagit quand un ami vous dit « Il faut qu'on parle » à propos d'un sujet grave sur lequel vous savez que vous ne tomberez peut-être pas d'accord.

Elle s'autorisait à l'embrasser, donc ; mais la réciprocité des privilèges, s'il y en avait une, restait à définir.

Tout en se demandant où ils en étaient au juste, Ran laissa sa main se poser sur l'épaule de Claire puis se balader un peu. Au revers d'une poche de la salopette était cousu un bouton de rechange. Lorsque son pouce effleura la bretelle, il retira sa main. « Je me souviens de cette salopette. »

Claire baissa les yeux, puis les releva. « Vraiment ? D'où ? » Son visage était neutre et innocent.

Ransom pinça les lèvres et secoua la tête.

Au retrait des bagages, il bavarda avec les enfants en les tenant par la main et en s'efforçant de ne pas trop la regarder. L'amour fou qu'il ressentait pour celle qui était sa femme depuis dix-neuf ans grandissait dans sa poitrine pareille à une tumeur dont il ignorait s'il lui survivrait, mais qui avait prouvé, sans l'ombre d'un doute, qu'il ne pouvait pas vivre sans elle.

Et le carrousel tourna et tourna, puis finit par cracher son sac noir, et ils quittèrent l'aéroport pour gagner Wando Passo.

2

« Attends-nous ici ! »

Avec un sourire ambigu, Claire mit ses lunettes de soleil Wayfarers et sa casquette des Yankees avant de disparaître avec les enfants dans l'antre sombre du parking, laissant Ransom sur le trottoir.

Il faisait sacrément chaud. Ransom ôta son manteau. Il avait oublié cette chaleur. Même à la mi-septembre, elle vous enveloppait à la façon d'un édredon sorti trop tôt du sèche-linge, brûlant et détrempé.

Bientôt, la voiture apparut au tournant. Au milieu des Taurus et des monospaces dernier cri, elle donnait l'air plus carnavalesque que jamais à Claire et aux enfants : c'était une Thunderbird décapotable rouge feu, modèle 56, avec une roue de secours Continental, héritée de Mel, le père de Ransom, qui cousait des sacs en toile à l'usine Dixie Bagging Mill de Killdeer, en Caroline du Sud, la ville natale de Ran. Pour un ouvrier comme Mel, il n'y avait qu'un seul moyen de s'offrir une telle voiture : l'acheter à la fourrière, avec sa portière enfoncée à la place du mort et ses taches suspectes sur les sièges réglables blancs. Depuis son décès, la voiture était restée sous une bâche dans l'écurie en ruine de Wando Passo. Claire voulait la revendre pour acheter un véhicule plus familial et adapté aux enfants mais, pour des raisons indéfinissables, Ran n'arrivait pas à s'en défaire.

Quand ils parvinrent à sa hauteur, la musique à plein volume le heurta comme une serviette mouillée alors que les enfants se lançaient dans un petit numéro de chanteurs de rock'n'roll...

On disait : c'est l'amour vrai,
On disait : c'est l'amour fou-ou,
Mais ce n'était rien, chérie,
Rien que des paroles de somnambule,
Rien que les paroles d'un somnambule...

Leurs petits visages crispés dans une expression intense, ils gémissaient les paroles comme des rockers endurcis et las de la vie qui avaient sué sang et eau sur chaque mot : c'était drôle et mignon, mais Ran eut l'impression qu'on l'éventrait et qu'on l'éviscérait millimètre par millimètre. Car *Paroles de somnambule*, voyez-vous, était le plus grand hit enregistré par le Ransom Hill Band, mais la version que mugissait l'autoradio à l'avant de la voiture était celle des RAM, interprétée non pas par Ransom mais par Mitchell Pike.

« Ça te plaît, papa ? demanda Hope.

— Où vous avez appris à danser comme ça ? répliqua-t-il en s'efforçant de chasser la morosité de sa voix.

— C'est maman qui a appris à nous.

— C'est maman qui nous a appris, corrigea Claire.

— Qui nous a appris.

— Ouais, maman ! Ouais, papa ! Ouais, moi ! » Toujours prêt à se faire remarquer, Charlie enchaîna au moment où le refrain reprenait :

Paroles... la-la-la... paroles de sonne-nambule, oh-oh...

« Ils ont répété toute la semaine. » Par-dessus ses lunettes, Claire lui décocha un petit regard espiègle en agitant les clés tel un fruit défendu.

Sans y prêter attention, Ran se glissa sur le siège élimé et appuya sur EJECT.

« J'ai compris. Tu n'aimes pas la version de Mitchell. » Les yeux sombres de Claire étaient déjà résignés.

Les yeux bleus de Ran lancèrent des éclairs. « Non mais, tu rigoles ?

— Oh, allez, Ran ! C'est plein de tendresse.

— De *tendresse* ? »

Elle ne se démonta pas. « Oui, je trouve qu'ils y ont mis une tendresse que nous n'avions pas su voir. Pourquoi ne pas l'admettre ? Mitch t'a appelé ?

— Non, Mitch n'a pas appelé.

— Et le chèque ? » Son petit sourire narquois invitait Ran à faire fi de sa fierté blessée et à laisser l'argent des autres mettre du beurre dans ses épinards ; mais il s'y refusait, et même si tout cela était prévisible, il n'avait pour sa part envisagé que des cieux sans nuages. À New York, la veille au soir, affairé dans l'appartement de West Jane Street où il mettait la dernière main à ses bagages, il était retourné vers la table de la cuisine plusieurs fois pour en ressortir le chèque de droits d'auteur de l'enveloppe de la maison de disques. Dix-sept mille six cent trente et un dollars et vingt-sept cents. Pas une fortune, certes, mais il y avait un bon bout de temps que Ran n'avait pas vu un aussi gros chèque, un bon bout de temps qu'il n'avait pas reçu de chèques tout court. Défiant les ordres du médecin, il avait débouché une bouteille de rouge – reliquat de temps plus fastes – pour fêter ça ; il s'en était servi un verre et avait mis la *Tosca*, musique à laquelle Claire l'avait converti autrefois, à l'époque où tout en étant au sommet de sa gloire, il restait, au fond, le petit plouc qui avait grandi dans une rue où s'alignaient les logements ouvriers, à l'ombre des deux grandes cheminées de l'usine Dixie Bag, en compagnie de Mel – alcoolo irascible et anxieux dont l'*happy hour* commençait le vendredi après-midi quand la sirène de l'usine sonnait la fin de la semaine. En rentrant du travail, son père ne manquait jamais d'aller s'asseoir au volant de la Thunderbird pour allumer son autoradio, car la voiture était restée des années sur des cales dans la cour, derrière la maison, sous la pluie, la neige, la poussière et les feuilles d'automne, en attendant d'être remise en état. À onze ans, avec l'argent qu'il avait économisé en travaillant à récurer les urinoirs de l'usine Dixie Bag, Ransom s'était acheté sa première méthode autodidacte de guitare Chet Atkins ; il avait appris à jouer selon la technique Travis, et vendu son âme au rock'n'roll comme un orphelin de la Grande Famine irlandaise s'en remet à Dieu. Quand il avait débarqué à New York à bord d'un bus Greyhound six ans plus tard, il savait transcrire chaque mesure de l'interprétation de *Let It Bleed* par Keith Richards. Mais il avait passé huit ans dans cette ville sans mettre les pieds au Metropolitan Opera House. Ce n'était pas la musique qui lui faisait peur – il en était curieux, en fait. Ce que redoutait Ransom, c'était d'arriver au guichet, où une jeune fille placide et élégante, en chignon et petit collier de perles, lui demanderait ce qu'il désirait, et de ne pas savoir quel protocole suivre pour réserver sa place : il aurait des bouffées de chaleur et il deviendrait tout rouge, comme un insecte épinglé sous le regard bienveillant mais lucide de la demoiselle. Claire – que tout prédisposait à être cette fille-là, mais qui ne l'était pas – avait tout changé.

Et en écoutant Maria Callas chanter *Vissi d'arte* – et faire vibrer ce *mi* aigu si argentin qu'à sa manière il essayait de retrouver chaque fois qu'il prenait sa guitare Les Paul –, Ran avait un peu forcé sur la bouteille. Ensuite, plus détendu et plus proche de lui-même qu'il ne l'avait été depuis des mois, il avait inscrit : « *Payable à Claire DeLay* » au dos du chèque et l'avait contresigné. Dans l'avion pour la Caroline du

Sud, il l'avait senti dans son portefeuille, ce chèque qui dégageait la douce chaleur de la générosité, tout en imaginant sa conversation avec Claire, le soulagement qu'elle aurait à voir que les choses, qui n'allaient plus très bien depuis un certain temps, pourraient commencer, à partir de ce moment, à aller mieux. Mais voilà qu'elle lui demandait : « Et le chèque ? » et que resurgissait une vieille résistance qui le surprenait alors que cela n'avait vraiment rien d'étonnant. Étrangement, chaque fois qu'il s'était passé le film de leurs retrouvailles, la seule chose que Ran n'avait pas prévue était que l'avenir ressemblerait au passé.

« On peut en discuter plus tard ?

— Comme tu veux. » Claire accueillit sa réponse évasive avec un air éteint et mit le contact.

Il lui toucha le bras. « Attendons juste d'être arrivés à la maison, d'accord ? »

Claire condescendit à quitter son expression neutre et prit son petit air « mature et équitable ». Mais l'accueil chaleureux du début ne l'était déjà plus.

« Je crois que je vais conduire... »

Alors qu'elle tendait la main vers la poignée chromée, Ransom empoigna sa femme par la taille et se glissa sous elle pour changer de siège ainsi qu'ils le faisaient autrefois. Quand ils se croisèrent, il sentit une différence dans le corps de Claire, devenu plus léger mais plus dense, os et tendons plus près de la peau ; il huma la bonne odeur de son savon tout simple, la touche de parfum sous le lobe de son oreille gauche et, plus bas, le soupçon de son odeur à elle, une odeur de terre noire fraîchement retournée. Entre ses genoux, une chaleur fugace se mit à irradier, qui venait en partie d'elle et en partie de lui, mais de qui au juste et dans quelle mesure ? C'était indéfinissable. Et si Claire ne se raidit pas, elle ne se prêta pas non plus au jeu.

Rabroué, il sortit du parking dans la chaleur ambiante et prit l'autoroute 17 vers le sud. Quand ils traversèrent le double pont qui enjambait le fleuve Waccamaw puis le fleuve Black, Ran aperçut la gigantesque volute de fumée qui planait au-dessus de Georgetown pareille à un champignon atomique inoffensif. Elle sortait toujours aussi blanche et propre des cheminées de l'usine, comme si le sud de la ville abritait une manufacture de nuages. Ensuite venait l'odeur de sulfure de la papeterie.

Ran s'arrêta pour déposer son ordonnance à la pharmacie et, quand il revint à la voiture, Claire et les enfants – qui avaient acheté des T-bone steaks et un gratin de macaronis juste à côté – s'entraînaient à chanter du Marvin Gaye. En entendant Charlie brailler la version simplifiée de *Sexual Healing*, Ran éclata de rire.

« Dans quinze ans ils raconteront ça à leur psy, c'est sûr, dit-il en se glissant derrière le volant.

— On ne finit pas chez le psy pour si peu. » Claire hocha la tête vers le rétroviseur et, plus proches qu'ils ne l'avaient été depuis très longtemps, ils regardèrent leurs enfants se déchaîner. Ran prit le coffret à CD.

« Marvin Gaye... on dirait que vous vous êtes échauffés pour mon arrivée.

— Je me suis échauffée, rétorqua Claire. Mais qui dit que c'est pour toi ? » Avec une mimique espiègle, les yeux pétillants, voici qu'elle le taquinait !

Le regard de Ran se fit un peu plus aigu. « Qu'est-ce que c'est que ce nouveau je-ne-sais-quoi, DeLay ? Tu as l'air différente. »

À cette remarque, elle rougit et regarda ailleurs. « Pas tout à fait assez pour...

— Pour... ?

— Redevenir celle que j'étais.

— Eh, mais il me semble bien que si ! » Il mit le contact en souriant. « Je ne l'ai pas oubliée, cette fille-là. »

Le regard de Claire, limpide et lumineux à présent, croisa le sien, puis elle tendit la main pour lui arranger le col en laissant ses doigts lui effleurer la joue. Quelque chose en lui prit son envol et, en s'engageant sur l'autoroute, il entonna le refrain avec eux :

... when I get that feeling
I want sexual healing – sexual healing...

Les paroles de la chanson flottaient dans leur sillage et pendant vingt minutes, tandis qu'ils filaient dans le bleu de l'après-midi, le bonheur les accompagna dans la voiture, une cinquième présence à lui seul, inconnue et familière, que Ran avait bien cru ne jamais revoir.

Ils prirent la 701 sur une douzaine de kilomètres à l'intérieur des terres vers Planterville ; la route, droite et plate comme un ruban, s'enfonçait dans un tunnel de pins et de cyprès, interrompu de temps à autre par des marais et des estuaires, noir moucheté d'or et d'argent à cette heure-ci.

La journée tirait à sa fin quand Ran s'engagea dans l'allée de chênes des marais séculaires. Longue de un kilomètre, elle était bordée d'une bonne centaine d'arbres qui, dieux déchus de quelque antique panthéon, ressassaient encore des griefs oubliés de tous.

Une sorte de brume de fraîcheur émanant du fleuve voilait la lumière déjà tamisée lorsque la voiture remonta l'allée sablonneuse et trouée de nids-de-poule, sous les lourdes branches d'arbre drapées de tillandsie où crissaient les cigales. Toute la scène était empreinte d'une luxuriance fluviale et colorée d'une infinie variété de verts ; et, au bout de l'immense tunnel de verdure, la maison trônait, apparition sépia digne d'un vieux daguerréotype au beau milieu d'une photo en couleurs.

Wando Passo n'avait rien de ce que Ransom s'était attendu à trouver lors de sa première visite, du vivant de Clive DeLay – l'oncle de Claire, personnage au nez aquilin, aussi jovial que fielleux. « Le plus pur style de la Caroline d'antan », avait-il expliqué d'un ton railleur après avoir établi en quinze secondes tout ce qu'il voulait savoir sur la rock star de mari de sa nièce. « Ni le Tara d'*Autant en emporte le vent*, ni le style néogrec, ni l'élégante demeure blanche du Sud. La Caroline d'antan, c'était *ça* ! » Et Ran avait cru lire de la jubilation dans les yeux de Clive – des petits yeux étrécis de vieille chouette, vifs, joyeux et sûrs de leur bon droit. « Et c'est à *nous* qu'elle appartenait, *pas* à toi, espèce de pauvre petit Blanc de Caroline du Nord ! » Clive dormait aujourd'hui sous terre derrière la maison, sous le cyprès qui poussait au bord de l'étang, avec tous les autres DeLay, mais Ran avait encore parfois l'impression d'être simplement toléré dans cette demeure, selon le bon vouloir du maître de céans – une maîtresse, à présent.

Sous un toit en zinc à quatre pans hérissés de six cheminées délabrées, Wando Passo n'était guère qu'une grosse boîte à deux étages qu'on aurait oublié de peindre, mais avec une superficie de quelque deux cents mètres carrés et quinze pièces. Sur sa façade massive et légèrement cariée, il manquait des fenêtres que la symétrie aurait exigées, alors que d'autres avaient été ajoutées là où aucun enfant de cinq ans qui respecte ses Crayola n'aurait osé les dessiner : l'ensemble ressemblait à une vaste ambition gâchée par des plans insuffisants au préalable et trop de rajouts après coup. Au rez-de-chaussée, une large véranda en L courait sur deux côtés de la maison sous un toit en appentis. Ses poutres apparentes étaient soutenues non par des chevrons, mais par de simples piliers dont l'unique ornement était des tranchants taillés en chanfrein dans de grosses pièces de cyprès de la région, hissés par un attelage de mules depuis les marais et grossièrement sculptés à l'herminette par les vieux esclaves charpentiers.

À l'intérieur, en revanche, malgré un demi-siècle de négligence, la demeure dévoilait ses charmes. Le hall d'entrée s'élevait sur deux étages. Suspendu à vingt-cinq kilos de bonne chaîne, le lustre en cristal massif était encadré par un escalier en fer à cheval. Le long de ses deux murs incurvés, les lambris étaient peints en trompe-l'œil dans une imitation de marbre vert ; disposés le long de la rampe, on pouvait admirer les portraits des ancêtres de Claire, de vieux planteurs de riz, et, avant cela, d'indigo, en uniforme rouge sombre de l'armée britannique, coiffés de perruques poudrées, chaussés de bas de soie et d'escarpins à boucle d'argent.

Un large couloir central ouvrait sur trois vastes pièces de chaque côté et menait à la cuisine. Claire emmena les enfants dehors, derrière la maison, pendant que Ran déballait les steaks dans un des profonds bacs de l'antique évier à l'émail piqué de taches de rouille qui datait des rénovations entreprises par Clive dans les années 30 – tout comme le Formica couleur perle, et le Frigidaire à lourde poignée et charnières en nickel dont le compartiment du haut pouvait contenir un bloc de glace entier. Au plafond, le lustre poussiéreux évoquait une ère encore plus reculée, l'époque où cette pièce était un petit salon alors que les cuisines étaient reléguées dans la cour vers laquelle Ransom se dirigeait à présent.

Au passage, il déposa le chèque sur la table à la place de Claire et le défroissa sur les épaisses planches taillées dans un pin tendre.

« Regarde ça une minute, tu veux, Ran ? » dit Claire tandis qu'il versait du charbon dans le barbecue.

En s'essuyant les mains, il la rejoignit ; les poings sur les hanches, elle se tenait près du fleuve et contemplait, sourcils froncés, le champignon de moisissure qui grignotait une poutre de fondation. Ran s'assit sur les talons et gratta une plaque de peinture déteinte. Autour de la plaie, le bois était mou et poreux. Quand il appuya, son index s'y enfonça jusqu'à la première phalange.

Il releva les yeux en essuyant sur son pantalon la pulpe de bois vermoulu.

« C'est mauvais », conjectura-t-elle.

Il hocha la tête. « Ta planche de soutènement est complètement pourrie.

— Dis-moi juste combien ça va coûter.

— Si c'est profond, pas mal d'argent, répondit-il en se relevant. Ils vont devoir sortir cette mauvaise poutre-là et... »

En l'entendant, elle leva la main comme un policier. « Arrête ! N'en dis pas plus. Je ne veux pas le savoir.

— Mais c'est peut-être encore solide au fond, déclara-t-il d'un ton repentant. Je vérifierai dès que la lumière sera meilleure.

— Eh bien, à moins que la maison menace de s'écrouler sur nos têtes, dit-elle en s'éloignant, il faudra que ça attende que j'aie commencé à travailler.

— Peut-être pas... »

Elle se retourna.

« J'ai laissé quelque chose pour toi, sur la table, dans la maison. »

Elle lui lança un regard interrogateur, mais il ne céda pas à la pression. « Bon, je vais aller m'occuper de ce barbecue. »

Quand le charbon s'embrasa Ransom jeta l'allumette, et aussitôt il vit une fourmi, une grosse fourmi noire, traverser une étendue d'argile pâle maintes fois piétinée. Dansantes, les hautes flammes bleues révélèrent une autre fourmi, puis encore une autre, et toute une colonne de fourmis qui traversaient la pelouse, flanquées de leurs ombres déformées et gigantesques, en direction du cimetière. En les suivant, Ransom tomba à mi-chemin sur une touffe de pervenches des sous-bois où le minuscule régiment disparut. Sous la végétation, la terre avait été moulue en grains rouges et friables – signe patent de la présence d'une colonie. Pour essayer d'en déterminer la taille, Ran enfonça ses bottes plus avant. Le sol devint spongieux sous ses pieds. Alors qu'il tâtonnait avec précaution, il rencontra un objet solide, vertical, comme une grosse racine. Ran s'accroupit et rabattit les feuilles sur le côté pour regarder. Partiellement enterré, ce qui dépassait ressemblait à première vue à une racine noueuse ou peut-être à la jauge d'un topographe. Dans la lumière déclinante, impossible de savoir. Quand il toucha l'objet, il reçut un choc. « La vache ! C'est chaud, ce truc ! » dit-il en reprenant son langage de chauffeur de taxi.

Pendant qu'il se frottait la main, Ran remarqua qu'autour de lui la terre dégageait de la fumée, un fin et léger nuage, qui planait sur l'étendue de pervenches et descendait vers le fleuve. Soudain, la sirène d'un bateau retentit.

« Bon Dieu, mais qu'est-ce… ? » Surpris, il tomba sur les fesses.

À cet instant, il entendit des battements d'ailes et, en levant les yeux, il aperçut une formation d'oiseaux dans le ciel, venant du côté où l'après-midi persistait encore dans une dernière touche de bleu. Au passage, l'escadron virevoltant projetait des ombres chinoises sur la terre, créant une illusion d'optique. Pour tenter de deviner à quelle espèce ils appartenaient, Ran les regarda s'éloigner vers l'est en un nuage vert et pépiant. La main en visière, il se tourna du côté du fleuve, s'attendant à ce que le bateau débouche au tournant. Il y eut un temps mort. Puis un autre. Dans l'expectative, Ransom sentit son cœur battre la chamade dans sa poitrine.

3

À l'avant de la Nina, *les cheveux au vent dans la brise que fait souffler la course du bateau, Adélaïde regarde six rameurs noirs sur une allège à quelques mètres à tribord se plier en deux à chaque coup de rame, en redoublant leurs efforts quand le petit vapeur les dépasse.*

« Regarde, tante Blanche, ils essaient de nous rattraper : c'est tout à fait charmant ! » Elle les désigne avec son livre – une nouvelle édition de Byron, reliée en maroquin rouge et achetée chez Russell's pour le voyage. Dans l'excitation générale, elle n'a pas trouvé le temps d'en couper les pages…

Hier au soir, quand leur bateau a franchi le haut-fond à Charleston, la Niagara *a tiré un coup de semonce, puis, toute la nuit, tandis que l'équipage jetait tonneaux et balles de coton par-dessus bord, la grande frégate fédérale les a pourchassés – si proche, par moments, qu'Adélaïde entendait grincer les mâts du navire de guerre. Ce matin, au point du jour, la* Nina *s'est faufilée, saine et sauve, dans la baie de Winyah.*

C'est tout juste si Adélaïde a fermé l'œil, et sa première rencontre avec le fleuve Pee Dee l'a transportée dans un tel ravissement que son Byron bien-aimé s'en est trouvé fort négligé.

« Oh, écoute… Écoute, tante Blanche ! » Et elle lève un doigt.

Couvrant le bruit du moteur et le souffle du vent, un chant s'élève…

In case I never see you anymo'
I hope to meet you on Canaan's happy sho'[1]…

Les yeux bleus et mobiles d'Adélaïde, miroirs du moindre changement d'humeur et de pensée, s'embuent tant son bonheur est grand à l'instant où elle les pose sur sa tante, qui, debout, s'accroche à sa coiffe, effrayée par la lumière aveuglante du soleil, par le vent frais et âpre.

« Oui, ma chérie, mais ces étincelles… Le vent rabat la fumée vers nous. » Blanche pose un regard désolé sur la robe en soie importée d'Adélaïde. Achetée dans la boutique de Mme Cummings sur Meeting Street, pièce maîtresse du trousseau, cette robe est d'un bleu pâle assorti aux yeux de sa nièce, rehaussé par des rayures horizontales plus foncées, un style appelé bayadère qui a fait fureur l'hiver dernier – la saison mondaine la plus animée que l'on ait connue : un bal ou un dîner de la Sécession chaque semaine, et tous les soirs quelque chose quelque part en l'honneur de la Sécession. « Quant à tes cheveux, Addie… Rentre, je te prie, ou avant peu nous devrons louer un attelage de mules et une charrue pour les démêler.

— Je dois ressembler à un épouvantail, répond Adélaïde en les effleurant. Oui, certainement. Oh, tante Blanche, mais je suis si heureuse ! As-tu déjà vu un ciel pareil ? Un simple coup de maillet suffirait à le faire carillonner. Et regarde les oiseaux ! » s'écrie-t-elle à présent, le doigt tendu, alors qu'une volée plonge soudain vers elles. « Ils nous donnent la chasse, eux

1. « Si je ne devais jamais te revoir
J'espère te retrouver sur l'autre rive,
Dans l'heureux pays de Canaan… » *(NdT.)*

aussi ! De quelle espèce sont-ils ? Ce sont les oiseaux que cuisine Nellie ?

— Non, chérie, ceux de Nellie sont des goglus des prés, répond Blanche. Ces oiseaux-là sont verts. J'ignore à quelle espèce ils appartiennent.

— C'est peut-être un présage !

— Prions pour qu'il soit bon, dans ce cas.

— J'en suis sûre, dit la jeune mariée. Quand je vois cela, j'ai le sentiment que tout ira pour le mieux. Forcément. Il ne peut tout simplement pas en aller autrement, tante Blanche.

— Je l'espère, ma chérie, réplique Blanche, avec nettement moins d'enthousiasme que sa nièce. Mais bien que je n'en aie pas l'expérience, Addie, j'ai vu de nombreux mariages commencer dans la passion et donner de piètres résultats, tandis que les unions bâties sur la prudence et le bon sens résistent au temps et prospèrent. Harlan n'est pas celui que j'aurais choisi pour toi autrefois, mais vous vous convenez à bien des égards.

— Tu as raison, tante Blanche. Et je te remercie pour tout ce que tu as fait. Tu as été à la fois un père et une mère pour moi.

— Chère enfant ! »

Tandis qu'elles se serrent les mains, Adélaïde comprend en étudiant le visage de Blanche, son expression bornée et craintive, contrariée par les événements de la nuit dernière et le bouleversement de la routine que représente tout ce voyage – sa peur de la vie, au fond –, qu'elle a échappé de bien peu à un tel destin. Et si elle y a échappé, c'est largement grâce à Blanche elle-même.

Les oiseaux tout comme les rameurs ont disparu à présent, et le visage d'Adélaïde, contemplatif, les yeux tournés vers le sillage du bateau qu'elle cherche encore à apercevoir, prend un air mélancolique.

À ses débuts dans le monde, elle avait été courtisée par Paul Hayne, un poète qui jouit aujourd'hui d'une petite renommée, et pourtant, quand il lui avait demandé sa main, elle avait refusé. Pourquoi ? Parce qu'en sondant son propre cœur à l'âge de dix-sept ans elle ne pouvait pas dire qu'elle aimait Paul comme son Évangeline semblait aimer Gabriel Lajeunesse dans le poème de Longfellow qu'elle avait découvert au cours de Mme Togno, dans cette chère vieille maison jumelée sur Tradd Street, à deux portes à l'est de Meeting Street, où Adélaïde se rendait tous les matins à pied depuis la demeure de sa tante. Elle avait la conviction qu'un tel amour – un amour comme celui d'Évangeline, à l'épreuve des forces de l'espace, du temps et même de la mort – lui viendrait un jour ; le contraire semblait impossible. Et cependant qu'elle attendait son Gabriel – comme la Belle au Bois dormant attend son prince – d'une saison mondaine à l'autre, deux, puis dix années s'étaient soudainement écoulées, et, sans même s'en apercevoir, Adélaïde était passée du statut de débutante à l'étape suivante dans le cycle de la vie féminine, que Charleston dénommait par euphémisme « chaperon ». Plutôt que pour participer aux quadrilles, Mlle Huger, à sa surprise et à sa consternation, s'était alors vu sollicitée pour se mettre au piano et jouer, pour le plus grand plaisir de la foule de jeunes gens qui se jetait sur la piste, des rondes, des mazurkas et des valses que, de son temps, l'on eût jugées un tantinet inconvenantes, car on ne les dansait plus qu'à une cadence très rapide.

Ensuite – à quel moment, au juste ? –, Adélaïde avait appris à sourire en pensant à la jeune fille qu'elle avait été, celle qui croyait qu'un amour comme celui d'Évangeline n'existe pas que dans l'imagination des poètes et dans les pages de leurs œuvres. Elle avait ravalé sa déception et s'était réconciliée avec l'idée qu'elle ne se marierait jamais, qu'elle ferait ses promenades matinales dans les jardins de White Point, passerait ses après-midi en compagnie des livres et à rendre visite aux pauvres, qu'elle irait prendre place chaque dimanche sur le banc familial à l'église St. Michael, où, joignant ses mains à la peau tavelée, elle hocherait la tête en écoutant le sermon, finirait par mourir vieille fille comme sa tante et serait enterrée là-bas, dans le cimetière, tandis que seule Great Michael, *la plus grave des cloches du carillon, la pleurerait en scandant les heures et les années. Il était des destins plus malheureux, après tout. Bien plus malheureux. Et c'est alors, au moment même où cet avenir semblait assuré, alors qu'Adélaïde l'avait accepté, qu'un soir Harlan DeLay, un homme riche mais issu d'une famille pas tout à fait convenable – loin s'en faut –, était venu dîner. Il lui avait tourné un compliment sur sa robe et s'était amusé d'une de ses remarques. Leurs yeux s'étaient croisés et un je-ne-sais-quoi était passé entre eux. Aujourd'hui encore, Adélaïde est incapable de le définir. Mais elle ne cherche pas à s'illusionner : ce n'était pas de l'amour, pas même la sorte d'amour qu'elle avait jadis éprouvé pour Paul. Pourtant, la bonne humeur et la stature de Harlan lui ont plu. Dans ses yeux noisette un peu vagues brillait une lueur espiègle, quelque chose d'avide, d'enfantin et d'intrépide qui cherchait confirmation de son effet et ne semblait pas concevoir qu'Adélaïde puisse le décevoir sur ce point. Et puis il y avait la sympathie de deux âmes orphelines de mère. Elle n'avait pas tardé à déceler les effets de l'absence de tutelle féminine dans sa façon de rire trop fort et de chercher trop souvent à attirer l'attention, mais il s'agissait là de traits qu'elle estimait pouvoir l'aider à modérer et corriger. Il semblait souhaiter une telle influence, et il était allé jusqu'à le dire.*

Ainsi, quand elle eut accepté les gants et les bonbons envoyés pendant la Semaine des Régates, dans les dernières folles journées avant la déclaration de Fort Sumter, elle crut avoir à nouveau dix-huit ans. À une époque où les galants de Charleston confiaient aux fleuristes le soin de composer de très ordinaires bouquets d'œillets et de roses maintenus autour d'une tige de bois par un fil métallique que masquait un arrangement de feuilles de géranium et de papier d'argent, Harlan avait eu assez d'esprit pour décider de lui offrir vingt-cinq roses muscades blanches cueillies dans la serre de Wando Passo. Il les lui avait fait porter dans un petit panier de pêche en osier au lendemain du bal du Jockey Club – soir où, dans la calèche qui la ramenait chez elle, elle lui avait accordé un premier baiser. Mystérieusement, ces fleurs, qui laissaient deviner une sensibilité, une originalité d'esprit qu'elle n'avait pas décelées jusqu'alors, ont décidé Adélaïde à changer irréversiblement le cours de sa vie.

Et ainsi, lorsque Harlan lui a fait sa demande, elle a dit oui, et avec gratitude, malgré les racontars entendus sur son père. L'union de Percival DeLay avec Paloma – une négresse cubaine ramenée de Matanzas il y a des années – fait scandale dans tout le sud de l'État. (On dit même qu'il l'aurait gagnée aux cartes !) Les enfants de Paloma sont des serviteurs privilégiés au domaine. En raison de ces bizarreries, plus d'un invité a renoncé à assister au mariage, affront que même le nom d'une Huger n'a pu empêcher. Harlan a essayé de lui parler de la situation un jour, mais il s'est énervé et Adélaïde a coupé court à ses explications. Il lui semblait indélicat d'insister. Après tout, ayant accepté de l'épouser, il lui paraissait quelque peu déloyal de lui témoigner autre chose qu'une confiance absolue. « Quand je serai le maître du domaine, il en ira autrement. » Voilà tout ce qu'il a dit au fond. « Je veux faire de Wando Passo un foyer décent pour nous-mêmes et pour nos enfants, Addie, ce que je n'y ai jamais trouvé. Avec une maîtresse telle que vous, Wando Passo pourra retrouver sa grandeur passée. »

En fait, sur le moment, il avait plutôt l'air d'un homme bien et son rêve était de ceux qu'elle pouvait partager. À vrai dire, quand Harlan l'a demandée en mariage, Adélaïde faillit sauter de joie. Ce n'était pas pour le domaine ou pour l'argent, ni pour aucune des raisons que la bonne société de Charleston comprend et estime. C'était en partie dans l'espoir d'avoir des enfants et une famille, tout ce dont elle avait rêvé, enfant, simple pupille dans la demeure de sa tante. La raison plus profonde, cependant, celle qui n'apparaît à Adélaïde qu'à cet instant même, alors qu'elle commence par examiner le visage de Blanche puis regarde ailleurs, est la suivante :

elle l'a épousé parce qu'elle a deviné que la proposition de Harlan serait la dernière, et redouté que ce soit son ultime chance de se joindre à la ronde des danseurs.

Et à présent, la main de Blanche toujours dans la sienne, Adélaïde se retourne et sourit, mais ses yeux ne s'éclairent pas. L'espace d'un instant, ils ont cette qualité particulière, fascinée et fascinante, qu'ils possèdent depuis le jour où, âgée d'à peine quatre mois, elle a vu ses jeunes parents entrer main dans la main dans la mer calme et étincelante près de Pawley, la laissant sucer son doudou sur la plage inondée de soleil... et ne jamais revenir.

« Regarde, Addie ! » Blanche tend le doigt.

Soudain, les voilà arrivés. Alors que la Nina *négocie le dernier coude du fleuve, le capitaine donne un coup de sirène et Adélaïde découvre Wando Passo, sa nouvelle demeure. Voici le parc ; là, six grandes cheminées dépassent de la cime des arbres séculaires ; là, sur le tapis de verdure qui se déroule en pente jusqu'au fleuve, une foule de gens bien mis se presse sous un petit chapiteau aux mâts ornés de rubans colorés qui flottent au vent. C'est aujourd'hui, pense Adélaïde, en voyant tout cela... Ni demain ni la semaine prochaine, mais aujourd'hui, maintenant, à cet instant, que ma vraie vie commence...*

Et là, entouré de ses amis, voici Harlan. C'est la première fois qu'elle le revoit depuis le mariage, la première fois qu'elle le voit dans son séduisant et inquiétant costume gris. Et, à sa gauche, voici Tom Wagner, son commandant à Fort Moultrie. (Plus que trois jours, pense-t-elle, trois jours avant qu'il rejoigne son unité.) Le visage de Harlan et celui de Tom – tous les visages de l'assemblée, en fait – sont tournés dans la même direction, comme s'ils attendaient, mais, fait étrange, ce n'est pas elle qu'ils regardent. Et, plus étrange encore, Harlan tient un fusil.

4

La main toujours en visière, Ransom regardait le fleuve qui s'incurvait vers le sud, dans l'attente d'un bateau qui ne vint jamais. Il apercevait encore les oiseaux, en revanche, tout là-bas. Comme les embruns quand une vague se brise, ils restèrent un instant en suspens, voile d'un vert éclatant tendue très haut dans le ciel ; puis ils virèrent sur l'aile et Ransom les perdit de vue, eux aussi. Par quelque jeu de lumière, ou effet de perspective, ils disparurent comme s'ils n'avaient jamais été là.

« *Papa !* »

Avec l'impression de sortir d'une amnésie, Ran se retrouva devant Hope qui le toisait derrière les pervenches.

« Quoi ? demanda-t-il.

— Qu'est-ce que tu regardes ? Je t'ai appelé *trois* fois !

— Tu as vu ces oiseaux ?

— Où ça ?

— Tu... » Il sonda son visage et s'interrompit.

« Maman dit que les braises sont prêtes. Tout le monde a faim. »

Il s'aperçut que Claire avait instillé le doute à son sujet dans l'esprit des enfants. « Très bien, alors allons-y, déclara-t-il en décidant qu'il aurait désormais pour projet de chasser ce doute. « Je te confère le rôle d'assistante.

— Ça veut dire quoi “confère” ? »

Il sourit et mit la main sur son épaule menue. « Ça veut dire que tu vas m'aider à faire la cuisine. »

Ils étaient bel et bien là, pourtant, hein ? En se dirigeant vers le barbecue avec Hope, Ran se posa la question, ou plutôt une petite voix la lui soumit, la même petite voix familière qui, le matin, quand on hésite entre la chemise bleue et la rouge, vous rappelle : *Le rouge te va mieux au teint*. La plupart du temps, chez la plupart d'entre nous, cette conversation intérieure se déroule de manière subliminale, mais pour Ransom, dans les mois qui avaient suivi le départ de Claire, quand il n'avait personne pour l'aider à choisir ses vêtements, cette voix était devenue audible ; il s'en était fait une amie – ou peut-être était-ce l'inverse ? – et il lui arrivait de répondre tout haut. Cela ne semblait pas si inquiétant – cette voix, après tout, était la sienne ; pourtant, dans le taxi et ailleurs, elle lui avait attiré des regards ; aussi, en revenant dans le Sud pour essayer de réhabiliter sa vie, Ransom avait décidé de renoncer à ce genre de conversations.

« Absolument, marmonnait-il à présent, oubliant cette résolution.

— Quoi, papa ?

— Rien, mon cœur. »

Elle le regarda, sourcils froncés, déposer le premier steak sur la grille. « C'est du zèbre ? »

Ransom éclata de rire. « Du zèbre ? Quoi, tu trouves que ton vieux père a l'air d'un braconnier, d'un type qui mangerait un cheval ? Non, ma puce, c'est du pur bœuf ! »

Les mains croisées derrière le dos comme un professeur d'Oxford, en se grattant le gros orteil avec l'ongle verni de l'autre pied, Hope contemplait la viande avec cet air étrange, fasciné et fascinant, qu'elle avait depuis l'enfance. « Scar mange du bœuf.

— Qui c'est, Scar ? demanda-t-il en achevant de saisir un côté avant de retourner le steak.

— C'est le méchant frère dans *Le Roi Lion*. » Ayant essuyé ses genoux maculés de terre, Claire sortit du potager avec Charlie, les pans de sa chemise alourdis par des épis de maïs et de jeunes pousses de mesclun.

« Il est pas méchant, dit Hope. Scar, c'est mon papa. »

Surpris, Ran partit d'un rire un peu trop aigu. « Et moi, dans tout ça ?

— Idiot ! Scar est mon *vrai* papa. Ouais, on va jouer à Scar et Mufasa ! »

Les yeux de Claire disaient « Oublie ! », mais Hope se laissa tomber à genoux et leva les mains vers lui, les doigts repliés comme des griffes.

« *Aide-moi, mon frère, je t'en prie !* dit-elle en le regardant de ses yeux bleus incandescents.

— Non, mademoiselle. » Claire hissa Hope sur ses pieds. « J'ai besoin de toi à la cuisine pour m'aider à décortiquer le maïs.

— *Allez*, maman !

— À la maison, mademoiselle. Tout de suite. En avant !

— *Ma-man* !

— Avance ! »

Qu'est-ce que c'est que cette histoire ? interrogea Ran du regard, mais, par le même biais, Claire répondit : *Plus tard*.

Dans le carré jaune et tacheté projeté par une lampe ancienne, il les regarda dépouiller devant l'évier le maïs de sa barbe et de son enveloppe verte – la même scène familiale qu'il s'était repassée chaque soir à New York les mois précédents lorsqu'il éteignait les lumières. Deux fois, Claire passa devant la table sans regarder, mais la troisième fois elle jeta un coup d'œil au chèque, comme pour s'assurer qu'il était bien là. Elle eut un autre coup d'œil vers la fenêtre, cherchant Ransom dans la nuit noire. Mais lui –

qui l'observait dans l'obscurité – devinait à son air vague qu'elle ne le voyait pas derrière sa propre image reflétée par la vitre.

« Je pense avoir diagnostiqué ton problème, lui dit-il un peu plus tard, en servant le vin.

— Dis-moi !

— De grosses fourmis blanches. »

Claire leva les yeux, surprise. « Tu plaisantes ?

— Il y a une fourmilière là-bas, sous les pervenches.

— Des fourmis blanches... mais ça n'est pas bien grave, hein ? »

Ransom haussa les épaules. « Moins grave que des termites. J'ai cru comprendre qu'elles ne s'attaquent qu'au bois humide. Et ce pilot m'avait l'air bien imprégné.

— Alors, d'où vient l'eau ?

— Toute la question est là. »

Claire réfléchit. « Ce côté de la maison est toujours boueux quand il pleut.

— C'est peut-être le ruissellement du toit. J'essaierai de voir ça demain... Au fait, ajouta-t-il en s'asseyant, il n'y a pas l'électricité dans la cabane, hein ?

— Non, pourquoi ?

— En tâtonnant de ce côté-là, j'ai reçu une décharge. Je me demandais s'il y avait un câble enterré. »

Claire secoua la tête. « Je ne crois pas. Les fils électriques de la maison passent de l'autre côté, sur ce poteau, là-bas, dans l'allée. Il doit y avoir cinq cents mètres entre les deux. »

Ran réfléchit. « Peut-être que j'ai pris peur, tout simplement.

— Regardez-moi ! »

Estimant que le tête-à-tête parental avait trop duré, Charlie s'était coiffé de son bol de macaronis.

« Joli couvre-chef », dit Ransom, sentant qu'un commentaire paternel était requis.

Encouragé, Charlie mitrailla de dizaines de projectiles alimentaires la vaisselle en porcelaine du placard d'angle : une heure de nettoyage pour une seconde et demie de jeu. Un autre lancer heurta le lustre puis retomba lourdement comme une pluie de boue. Avec un large sourire satisfait et un peu nerveux, il regarda autour de lui pour jauger de son effet. Consciente qu'il valait mieux éviter de rire, Hope leva un regard bleu plein d'attente sur ses parents, comme pour signifier : *Qu'on amène les ours savants !*

« Alors, petit monstre, t'as plus de munitions ? » dit Ran.

Ce qui les fit tous hurler de rire, à croire que l'enfer déversait des torrents de bonheur. Charlie prit son bol et le jeta à son tour.

La chaise de Claire crissa comme les pneus d'une voiture avant l'accident. « OK, terreur ! T'es fichu. File dans la salle de bains !

— Je le tiens. » Après une gorgée de pinot noir et une rapide bouchée de steak, Ran mit sur son épaule, comme un énorme sac de pommes de terre Idaho, le petit mécréant qui piaillait et se dirigea vers l'escalier de service.

Pendant que la baignoire se remplissait, Ran déshabilla son fils et, à l'aide d'un petit peigne noir, il retira de ses cheveux le fromage fondu et la sauce à la crème. Charlie profita d'une pause pour filer dans le couloir à toutes jambes. À vingt mètres de son père, il se retourna avec ce sourire réjoui, défiant et plein d'attente qui semblait dire : *T'es pas chiche, mais attrape-moi si tu peux !*

« Tu ferais mieux de ramener tes fesses par ici tout de suite, mon coco ! » dit Ransom, moins amusé, avec dans la voix une note inquiétante qui rappelait Mel.

Pour toute réponse, Charlie leva les bras et, un genou en l'air comme un insolent petit dauphin du roi, il se lança dans une imitation de danse des Highlands faite de piaffements rythmés par le balancement de son pénis : il galopa le long du couloir dans une direction, fit volte-face et revint sur ses pas. Sur le palier, Claire regarda Ran qui lui rendit son regard. Abasourdis et indignés, tous deux clignèrent des yeux puis se mirent à rire comme ils n'avaient pas ri de la journée, probablement même de toute l'année.

Sur la chaise à bascule, cependant, le petit animal se calma ; alors qu'il lui lisait une histoire, Ran vit sa langue rose s'enrouler autour de la tétine en plastique pour la sucer par en dessous comme aucun adulte ne sait plus le faire. Avec ses cheveux gominés, il avait l'air innocent et propret d'un enfant de chœur, mais, sous les relents persistants de cheddar, sous le parfum de pastèque de son shampoing qui-ne-pique-pas-les-yeux, quelque chose rappelait à Ransom l'odeur de jute qui, avec celles de la sueur et de l'essence, ne quittait jamais les habits de son père et que Ran aimait malgré tout.

Quand il le déposa enfin dans son petit lit, Charlie implora : « Reste, papa, reste ! » d'une voix si plaintive que Ran revint s'asseoir près de lui une fois la lumière éteinte.

« Papa ?

— Quoi, bonhomme ?

— Papa ?

— Je suis à côté de toi, mon cœur.

— Papa ?

— Ferme les yeux maintenant.

— Y a une n'ombre, papa…

— C'est le montant du lit, rien d'autre.

— Papa ?

— Chut.

— Papa ?

— Charlie, tu vas t'endormir, nom de Dieu ? »

Quarante minutes plus tard, il réussit à s'échapper.

Claire était dans la salle de bains, à sa toilette.

« Seigneur ! »

Elle fit la grimace dans le miroir : oui, elle en savait quelque chose !

« Comment tu t'en sors, toute seule avec eux ? »

Elle haussa les épaules. « Il est cinq heures et, l'instant d'après, neuf heures du soir : ils sont tous les deux au lit, chacun dans sa chambre, et aucun n'est mort – mais comment sont-ils arrivés là ? Pouf ! Je n'ai pas fait cinq pas dans le couloir que ça m'est déjà sorti de la tête.

— Comment ça se fait, que j'aie oublié tout ça ?

— Stress post-traumatique, chéri ! »

Elle avait accroché sa salopette à la porte, et ne portait que sa blouse sans manches en lin et une culotte – nouvelle, remarqua Ransom, une culotte rose vif assortie à ses ongles, avec un volant d'un fuchsia plus foncé. « Jolis dessous. »

Avec une grimace cocasse, elle appliqua une boule de coton sur un flacon d'essence d'hamamélis vert et agita le tout comme la Chance s'apprêtant à lancer le dé. Une odeur douce et astringente envahit la salle de bains.

« Alors, contente de commencer à enseigner ?

— Plutôt nerveuse. » Elle se mit à se tamponner le visage. « J'ai oublié des tas de choses depuis Juilliard[1]. Par exemple, comment écrire des partitions tonales à quatre fils mélodiques. C'est tout juste – mais vraiment *tout juste* – si je me rappelle ce que c'est.

— Ils ont de la chance de t'avoir, Claire, dit-il. Tu as dix fois plus d'expérience de la musique que n'importe qui dans ce trou. Sans parler de ton talent. »

1. Conservatoire privé situé à New York, où les étudiants peuvent suivre des cours de musique, de danse ou de théâtre. *(NdT.)*

Elle lui lança un regard incertain. « Oui ? Euh, merci ; peut-être. Mais Harlow n'est pas un trou, Ran. Vraiment pas. »

À partir de là, la conversation ne pouvait aboutir qu'à une question :

« Alors, comment va Cell Phone ? » L'effort que fit Ran pour adopter un ton dégagé se voyait comme le nez au milieu de la figure.

Le reflet de Claire le regarda en fronçant les sourcils, puis elle se contempla dans la glace. « Pour commencer, plus personne ne l'appelle Cell Phone.

— Je suppose que ce n'est pas à la hauteur de sa nouvelle dignité de doyen. » La seule bouchée de steak que Ran avait avalée – ça ou autre chose – lui remonta dans la gorge.

Claire se retourna. « Ça fait dix-sept ans, Ran...

— Dix-huit, corrigea-t-il. Mais on ne va pas pinailler.

— Dix-huit ans, dit-elle, en commençant à s'énerver. Quand Marcel a quitté...

— *Marcel* ?

— Quand il a quitté le groupe, il est parti en tournée avec Olatunji. Il était premier percussionniste au Boston Philarmonic, nom de Dieu ! Sa dignité n'a rien de “nouveau” et ne dépend pas de ton avis.

— Allez, tu n'as pas oublié ? répliqua Ransom. Ce premier téléphone qu'il avait acheté chez Crazy Eddie, à l'époque où même les routards ne savaient pas que les portables existaient ? Je crois que c'était une sorte de prototype. Il devait peser trois kilos et il était vendu avec sa petite sacoche en vinyle... ça ressemblait à un étui pour pistolet à rayons laser ! » Il se mit à ricaner. « Il ne pouvait passer des appels que du haut de l'Empire State Building par une belle journée où le vent soufflait du sud-sud-est ! » Plié en deux, les mains sur les genoux, Ransom suffoquait, les joues ruisselantes de larmes.

Claire frappa sur le plan de travail et tapa du pied, qu'elle avait nu et bronzé. « Ransom ! Regarde-moi ! »

Les yeux plutôt fixés sur sa jolie cuisse qui tremblait, il déglutit péniblement et se redressa. Un air contrit fort peu convaincant voila son regard.

« Marcel Jones est mon plus vieil ami. Ça fait bientôt trente ans que je le connais. Pendant dix-huit ans, je ne l'ai pas rappelé à cause de toi, à cause de ta fierté blessée et de ta susceptibilité ; mais quand je n'ai plus su quoi faire à part vendre cette maison pour payer les impôts, j'ai pris mon téléphone et je lui ai demandé ce boulot. Je ne savais même pas ce que c'était qu'un CV, Ran ! Mais il m'a embauchée sans poser de questions et je l'aime pour cela, je lui en suis reconnaissante : j'ai besoin que ça marche, pour Hope et pour Charlie, et aussi pour moi-même, alors je ne vais pas te laisser tout foutre en l'air à cause de vieilles histoires et de rancœurs à la con !

— Je crois que c'est clair, dit-il. Autre chose ?

— Eh bien, oui ! Il y a un cocktail à l'université demain après-midi et si tu penses ce que tu dis quand tu prétends me soutenir, j'aimerais bien que tu te ramènes pour que je voie ça in situ. Pardon : ça me ferait vraiment plaisir que tu viennes. Dans mon rêve, tu portes ton chapeau blanc, tu traverses la salle, tu le regardes dans les yeux et tu lui dis : "Marcel – pas 'Cell' ni 'Cell Phone' –, Marcel, je suis content de te revoir" ; tu lui serres la main, et paix sur la terre aux hommes de bonne volonté ! C'est compris, Ransom ? Ransom Hill ?

— Si Cell Phone veut faire la paix, il n'a qu'à faire le premier pas. »

Le froncement de sourcils de Claire s'accentua. « Tu n'as pas compris. Ransom, ce n'est pas pour Marcel que je te demande de faire ça, c'est pour moi. »

Il laissa passer un silence. « On dirait que je n'ai pas le choix.

— On dirait bien.

— C'est dur pour moi, Claire. Tu le sais.
— Eh bien, encaisse !
— J'ai droit à une nuit de réflexion au moins ?
— Bien sûr. La nuit porte conseil, alors dors bien. »
Sur ces mots, elle se détourna, mais Ransom ne bougea pas.

« Au fait, qu'est-ce que c'est que cette histoire de Scar ? »

Elle imbiba une autre boule de coton. « C'est évident, Ran. Scar lui fait peur. Si elle dit qu'il est son papa et fait comme s'il était gentil, il ne lui fera aucun mal, tu vois ?

— Donc, c'est lié à moi... »

Claire eut un petit rire amer. « Pourquoi pas ? Tout est lié à toi, non ? »

Ran leva les bras, vaincu, et s'écarta.

« Je suis désolée, lança-t-elle dans son dos. Ran ? »

Il fit volte-face.

« C'était un coup bas.

— Oui.

— Et merci pour le chèque. Ça m'aidera pour les réparations.

— Ça devrait amplement suffire non seulement pour les réparations mais aussi pour d'autres dépenses.

— Super, dit-elle. Parce que je dois encore sept mille dollars d'arriérés d'impôts, et ceux de cette année arrivent bientôt à échéance.

— Il y aura d'autres chèques. »

Le visage de Claire se fit calme et attentif.

« Tu veux savoir combien ?

— Tu sais bien que oui. Ne m'oblige pas à demander.

— Allez, devine ! lança-t-il sur le ton enjoué de la cajolerie.

— Cinquante mille ? »

Il pinça les lèvres et secoua la tête.

« Plus ? »

Il leva l'index vers le plafond.

« Cent ? »

Il secoua de nouveau la tête en réprimant un sourire.

« Oh, merde, Ran ! Vas-y, crache le morceau, tu veux ? Combien ? » Son excitation confinait à la terreur enfantine.

Il leva deux doigts en V.

« Deux ? dit-elle. Deux cent mille ? »

Il s'autorisa à sourire, et les yeux de Claire s'embuèrent. Elle s'adossa au plan de travail, le regard perdu dans le blanc de la baignoire à pattes de lion ; puis elle se couvrit le visage, et ses épaules se mirent à trembler.

Ransom ne l'avait pas vu venir, et il l'encaissa comme un coup de poing à l'estomac. Il prit Claire dans ses bras. « Ça n'a pas été facile pour toi, hein ? »

Elle leva sur lui des yeux ruisselants. « Pour toi non plus, Ran. Je le sais et j'en suis désolée.

— Ce n'était pas ta faute. Tu as fait ce qu'il fallait. »

Ce retour de fortune leur rappela l'époque pas si lointaine où ils avaient touché le fond, le sombre destin auquel ils avaient réussi à échapper. Pendant des années, ils avaient mené une vie de bohème sans jamais se soucier de l'argent – ou cru qu'ils ne s'en souciaient pas tant qu'il y en avait ; ensuite, ils avaient découvert ce que c'était qu'en manquer quand on a des enfants. Ils avaient découvert que ce qu'ils tenaient pour des droits fondamentaux et inaliénables – vivre dans un logement correct, se nourrir et se vêtir, prendre soin de leurs enfants – n'étaient absolument pas des droits, et n'étaient nullement garantis. Dès lors que le robinet de leurs liquidités s'était tari, dès lors que Ran n'avait plus été capable de remplir ses obligations, leur insertion dans la famille humaine, dans la société des hommes et des femmes de bonne volonté, était devenue extrêmement fragile : ils avaient cherché tout près, dans leur propre famille – c'est-à-dire celle de Claire – et plus loin dans le vaste monde, sans trouver une seule personne à part eux-mêmes qui fût prête à les soutenir et à se battre pour que Hope et Charlie aient le droit de manger, de respirer et d'avoir un endroit sur terre où vivre le nombre d'années qui leur était imparti. Ran l'avait compris en grandissant avec Mel, qui l'aurait laissé mourir de faim et y aurait vu une épreuve propre à forger le caractère plutôt que de débourser la somme nécessaire pour lui payer un Happy Meal ; mais Claire avait découvert cette vérité pour la première fois de sa vie. Cette douloureuse épreuve les avait transformés l'un et l'autre.

« Écoute, Claire, tu n'as pas besoin d'aller bosser à Harlow. »

Elle renifla et se ressaisit. « Si, c'est définitif, Ran. Ils comptent sur moi. J'ai promis et j'en ai envie.

— C'est très bien, dans ce cas.

— Si tu le penses, tant mieux. »

Il comprit ce qu'impliquait cette réponse, et le regard de Claire, plus triste que belliqueux, confirma sa déduction. Un changement fondamental s'était opéré et, dans le silence retentissant de la maison où les enfants dormaient, ils se toisèrent sans trop savoir ce qui allait suivre.

« Tu sais, dit-elle, même si tu n'as pas ton pareil pour me faire tourner en bourrique, tu m'as manqué. Tu m'as manqué chaque jour.

— Toi aussi, tu m'as manqué, répondit Ran, surtout la nuit. »

Ces paroles lui mirent le sourire aux lèvres, mais ses yeux restèrent graves. « Tu sais ce qu'a dit ma psy quand je lui ai annoncé que tu venais ?

— Si ce n'est pas un compliment, je t'encourage à garder l'information confidentielle.

— Elle m'a regardée et elle a dit : "Vous connaissez la définition de la folie, Claire ? Répéter la même action et s'attendre à une issue différente."

— Ouais, mais ils ne savent pas tout, les psys, répliqua-t-il. L'exception confirme la règle, non ?

— Essayons simplement de ne pas gâcher cette chance. »

Ransom secoua la tête, les yeux étincelants.

« Parce que je ne sais pas combien de chances j'ai encore la force de nous donner, Ran. Vraiment.

— J'ai changé, Claire, dit-il très sérieusement. Je sais que c'est à moi de faire mes preuves, mais cette période de séparation, si dure qu'elle ait été, a provoqué une sorte d'intervention divine en moi. On ne la gâchera pas, cette chance. Je ne la gâcherai pas. D'accord ? » Comme elle ne répondait pas, il répéta d'un ton insistant : « D'accord ?

— D'accord. Tu dois être fatigué. » Elle posa la main sur sa joue. « Non ?

— Pas spécialement.

— Je suis lessivée. Allons nous coucher. »

À sa décharge, Ran s'abstint de battre des mains, de sauter de joie et de foncer au lit.

Avec une timidité inhabituelle, Claire éteignit la lumière et lui tourna le dos pour se déshabiller, ombre chinoise sur le ciel étoilé qu'encadrait la fenêtre. Quand elle s'allongea, Ransom lui ramena les cheveux en arrière. Le visage de Claire était toujours grave mais réceptif. Devinant une permission qu'il tenait autrefois pour acquise, il retrouva une confiance jadis naturelle, et glissa la main entre le matelas et son sein. Sa chemise de nuit, douce et aussi fine que du papier de soie à force d'avoir été lavée, révélait les changements produits par le temps et la maternité. Ses seins, deux petites pommes qui auraient à peine suffi à faire une compote, étaient devenus plus amples et souples. Leur indolence l'excita. Quand il se mit à les caresser, Ransom décela une langueur révélatrice dans le visage et les épaules de Claire. En se redressant sur une épaule, il se pencha et posa ses lèvres sur les siennes. Elle l'embrassa à son tour. Les prémices du baiser furent aussi cérémonieux que les salutations de deux bureaucrates confucianistes ; puis Ran sentit la langue de Claire contre la sienne, et ils plongèrent la tête la première dans une sorte de bastringue tapageur où, emperlés de sueur, chacun goûtait dans la bouche de l'autre la brûlure d'un alcool pur malt.

« Ran.

— Quoi ?

— Il faut qu'on en parle sérieusement.

— De quoi ? » Il s'éloigna pour la regarder. « Qu'on parle sérieusement de quoi ?

— De l'argent. »

Avec un grognement, il roula lourdement sur le côté. « On ne peut pas commencer par la bagatelle ?

— Je ne plaisante pas, imbécile ! Il faut que je comprenne. Il faut que je sache où on en est.

— On essayait de faire l'amour... voilà où j'en étais, moi.

— Tu ne peux pas me laisser encaisser les chèques, dit-elle. Avec quel argent tu es censé vivre ? Tu dois en garder. »

Ransom soupira. « Tout ce que je veux, c'est de quoi enregistrer l'album. »

Elle s'accorda un silence avant de demander : « Et ça fera combien ? »

Il s'accorda un silence avant de répondre : « Soixante-quinze ? Au pire, cent mille. »

Dans le silence, Ran crut entendre le cliquetis d'un boulier.

Claire se redressa sur le coude. « Donc on paie, quoi ? quarante pour cent en impôts. Ce qui laisse cent vingt mille ; tu en dépenses cent pour l'album ; il en reste vingt, sur lesquels tu viens de me donner dix-sept mille. Et le loyer de l'appartement de Jane Street ? Et les courses, les factures, l'assurance ? Enfin, comment on s'en sort ?

— Il faut qu'on tienne jusqu'à la sortie de l'album, Claire. Même s'il ne se vend pas plus que le dernier, on dégagera cinquante mille dollars. C'est une somme respectable pour une année de travail. De quoi vivre, ici.

— Ho-ho-ho ! fit-elle. Attends un peu. On n'a jamais dit que tu vivrais ici. C'est aller beaucoup plus loin que je ne peux l'envisager pour l'instant. Et puis ça fait déjà un an que tu es sur cet album, non ? Tu as, quoi ? quatre chansons ?

— Cinq, dit-il avec le sentiment que la victoire commençait à lui filer entre les doigts. J'ai subi un revers, Claire. Sois juste !

— J'essaie, Ran, mais la vérité c'est que tu as toujours une bonne raison de prendre du retard quand tu écris. Il te faut six chansons de plus, et si ça prend encore un an, de cinquante on passe à vingt-cinq mille dollars l'année – pas de quoi vivre, ni ici ni ailleurs. Alors, explique-moi comment je pourrais me passer de travailler. »

Ran, lui, n'avait jamais réfléchi à cela de manière aussi détaillée. « Mais, bon Dieu ! dit-il. Je t'annonce que nous avons une rentrée de deux cent mille dollars et tu réagis comme si je t'avais assommée à coups de batte.

— Ce que je t'ai entendu dire, rétorqua-t-elle, aussi énervée que lui, c'est qu'il nous reste cent vingt mille après impôts, et tu as déjà pris cent mille. C'est comme ça que ça marche ? Les bons comptes font les bons amis !

— En tout cas, ça ne marchera sûrement pas si on ne croit pas l'un en l'autre. Ça ne marchera pas si tu ne crois pas en moi. Tu crois en moi, oui ou non ? »

Elle ne répondit pas.

Ransom posa les pieds sur le plancher glacial. « Qu'est-ce que tu veux que je fasse, Claire, que j'arrête la musique ? Je fais du rock'n'roll depuis trente ans. Pendant vingt ans, ça a très bien subvenu à tes besoins. Qu'est-ce que tu veux que je fasse d'autre ?

— Je ne t'ai jamais demandé d'arrêter la musique, Ransom. Jamais. Tant que tu en as envie, je pense que tu dois continuer, mais regardons les choses en face : la reprise de *Paroles de somnambule* par Mitchell Pike a été un pur coup de veine, ça n'arrive qu'une fois. Les petits et moi, on a des besoins et on ne peut pas compter sur toi pour décrocher le gros lot tous les ans ou tous les deux ans. Alors, vraiment, ne prends plus tes grands airs de star en décrétant que je n'ai pas besoin de travailler, parce que si, il faut fichtrement que je bosse ! Et d'ailleurs, je dois me lever à l'aube demain, alors si ça ne te dérange pas, je vais essayer de dormir un peu. »

Elle se tourna de l'autre côté et Ransom se dirigea vers la porte, mais, sur le seuil, il fit volte-face. « Dis-moi juste une chose, Claire, d'accord ? Qu'est-ce que je fous ici ? J'ai soudain beaucoup de mal à comprendre pourquoi tu as voulu que je vienne. »

Claire s'assit sur le lit. « C'est toi qui as demandé à venir... tu te rappelles ? Pas une fois : cent fois. Quatre-vingt-dix-neuf fois, j'ai dit non.

— Et à la centième tu as dit oui, pourquoi... ?

— Parce que tu es le père de Hope et de Charlie, et qu'ils ont besoin de toi. Parce que je n'arrête pas de me dire : Si seulement on arrivait à passer ce cap, peut-être qu'on pourrait leur éviter le chagrin que nos parents nous ont causé. Je ferais presque n'importe quoi pour les épargner, Ransom. Et, en même temps que Hope et Charlie, j'aimerais aussi nous épargner toi et moi. J'ai dit oui parce qu'on s'aime depuis nos vingt ans. Parce que je suis ta seule famille et toi la mienne, et que je ne supportais pas de te laisser te morfondre au volant de ton taxi dans les rues de New York. Je me fiche de ce que disent ma psy et les autres, je refuse de rester là à te regarder souffrir et dépérir, et quoi qu'il advienne de notre couple je ne le ferai jamais. Tu as compris ? Et *toi,* qu'est-ce que tu fous ici, Ran ? »

Ransom aurait dû avoir les réponses toutes prêtes. Pendant qu'il se morfondait dans son taxi à New York, pendant toutes ces nuits où, seul dans l'appartement de Jane Street, en fermant les yeux, il s'était passé le film de ces retrouvailles, il avait amplement eu le temps de préparer les répliques. Mais ce qu'il avait imaginé, c'étaient de tendres déclarations amenées par la passion et la tendresse, pas de se retrouver ainsi sur la sellette, acculé à l'autodéfense. Mais Ran n'avait plus vingt ans, il savait qu'il devrait faire ces déclarations quand même, il savait très bien que l'homme meilleur qu'il avait toujours voulu être – malgré Mel Hill, Clive DeLay et tous les autres – les aurait prononcées, malgré les circonstances. Mais l'homme qu'était vraiment Ransom se sentit trop blessé et effrayé par ce « Quoi qu'il advienne de notre couple », et il répondit : « À la vérité, Claire, je ne sais plus trop.

— Bon, très bien ! Parfait, comme tu veux ».

Et à cet instant, quand elle lui tourna le dos et se coucha face à la fenêtre, alors que Ransom prenait le chemin du couloir, un éclair blanc glissa sur le mur en face en direction de l'escalier. L'espace d'une seconde, une seule, Ran crut sentir le sol s'ouvrir sous ses pieds. Puis l'explication se fit jour – des phares ! – et il s'y raccrocha comme à une branche pour ne pas tomber dans le vide. C'était ça, tout simplement : une voiture passait sur la route. Il commença à se détendre, mais il entendit un grand bruit au rez-de-chaussée.

Claire se redressa. « Qu'est-ce que c'était ?

— Reste ici. »

Il longea le mur de la bibliothèque à l'aveuglette ; quelque chose le fit trébucher sur le seuil. Le premier interrupteur cliqueta sans résultat, le second alluma les lampes en cuivre de la galerie de portraits. Sous leur lumière, Ran se retrouva jambes écartées au-dessus d'un antique fusil à deux coups tombé au beau milieu d'un tas de livres. Perplexe, il l'examina, puis une traînée de poussière de plâtre le conduisit jusqu'à un crochet au-dessus de la porte et au petit trou creusé par un second crochet, manquant. Il s'agenouilla.

« Qu'est-ce que tu fais avec ça ? »

Claire se tenait sur le pas de la porte, la main sur la clavicule. Le canon du fusil, appuyé sur le genou de Ransom, était pointé sur elle.

« Il est tombé. »

Claire fronça les sourcils et parut tentée de mettre son explication en doute. L'espace de cet instant, la tension plana comme un sort.

Puis il fit un signe de tête vers l'emplacement du fusil et elle vint voir.

« Ah, dit-elle. Ah, c'est le Purdey.

— Le quoi ?

— C'est un fusil de chasse anglais pour tirer les oiseaux. Il a été fabriqué pour un des DeLay. Tu t'en occupes ? »

Il acquiesça. « Je m'en charge. Va dormir. »

Après son départ, il empila les livres qui étaient tombés et posa délicatement le fusil sur l'ancien bureau ministre. « Je ne pense pas que ce vieux truc marche, de toute façon », marmonna-t-il dans la pièce vide. Quand il ouvrit le tiroir latéral, un sac de douze kilos de plomb 8 mm ne tarda pas à le contredire. Dans une boîte en carton UPS – adressée à Clive DeLay par l'usine Dixie Guns, Tennessee – se trouvaient plusieurs autres articles : de la poudre noire FFG dans une boîte de conserve, cinq cents sachets de bourre de fusil et de bourre de cartouche, des capsules fulminantes et une baguette en cuivre encore dans son film plastique. Et puis, sur une feuille de papier un peu jaunie, pliée en quatre, il y avait un diagramme intitulé « *Procédure pour charger correctement un fusil par le canon* ».

Un pressentiment indéfinissable gagna Ran tandis qu'il examinait le contenu de la boîte. En amant et non pas en adversaire, il referma le tiroir, se servit un verre et alla s'asseoir sur le canapé en cuir vert éraflé. Cette pièce contenait cinq mille volumes, lui avait dit un jour Clive. En contemplant les rayons, on n'avait aucun mal à le croire. Mais Ran préféra fermer les yeux. Sirotant le vieux whiskey du Kentucky vieilli en fût de Clive, il s'adossa au canapé et son épuisement eut raison de lui. En une seconde et demie, il se retrouva en 1982, au CBGB, haut lieu new-yorkais de la musique rock underground… On le conduisait à la table de Claire entre deux morceaux. (C'est là que commence la vidéo.) En compagnie des Capuchins, tous en tenue de ville noire, Claire arborait une robe d'été en lin pastel et sa lourde chevelure descendait en cascade sur une de ses épaules nues. Un critique, Lester Bangs de *Creem*, pas moins, venait de décrire *Paroles de somnambule* comme la « révélation de l'année », mais Claire, pianiste à Juilliard, ne lisait pas *Creem*. « Bonjour, monsieur Hill », avait-elle dit d'une voix qui évoquait les fontaines et les jets d'eau derrière les grilles des demeures de Charleston, et aussi les canapés garnis de fromage frais et de tapenade. Deux heures du matin au CBGB, dans un quartier miteux de New York, en compagnie des Capuchins, et elle qui disait : « Bonjour, monsieur Hill. » Elle l'avait toisé, lui, le jeune prodige du rock, avec une ironie insolente mais amicale, en approchant les lèvres de la paille de son whiskey-coca pour en boire une gorgée. C'en était fait de Ran.

Un mois plus tard, elle s'installait dans son appartement qui donnait sur Tompkins Square Park. La fureur de leur désir était telle que parfois, en croisant son regard avide, il gémissait : « Oh, Seigneur, encore ? » Les yeux agrandis par un regard mauvais, Claire le martelait de coups de poing, joueurs d'abord puis brutaux. « Rends-toi, DeLay ! » Sous l'effet du stress, il reprenait les idiomes de sa ville natale.

« Rends-toi, DeLay ! lançait-elle pour l'imiter. Rends-toi, j'ai dit ! »

Et il se rappelait la salopette OshKosh, et comment le bouton – celui d'origine qu'ils n'avaient jamais retrouvé – était tombé avec un tintement métallique quand il avait tiré sur la bretelle. Claire lui avait donné une grosse claque sur la bouche et ils avaient fini coincés contre l'armoire : accroché à la porte de la salle de bains, il essayait de la pénétrer tandis qu'elle se débattait en l'exhortant « Vas-y, mais *vas-y* ! » et cherchait à l'égratigner, sans pitié ni pour lui ni pour elle-même, jusqu'à ce qu'ils finissent par se lâcher.

Avec un grognement sourd, Ran retrouva, seul sur le canapé, avec trois doigts et le pouce, le plaisir qu'ils avaient pris ensemble lorsqu'ils étaient tombés, en sueur, sur le lit. Allongés là, ils avaient entendu *Paroles de somnambule* – pas la version de Mitch Pike, la vraie, la seule et l'unique : celle de Ran – jouée par un radiocassette portatif ou par l'autoradio d'une voiture qui passait sur l'avenue B : à cet instant, ils avaient eu l'impression d'être au point de départ d'une irrésistible ascension. Et cette certitude était portée par une joie féroce, comme une révélation mystique. Claire avait quitté l'université pour jouer du synthé dans le groupe de Ransom. Elle avait renoncé à son rêve pour celui de Ran, ou y avait plutôt accédé car ses propres aspirations, plus incertaines et moins bien définies, avaient été entraînées dans le sillage des ambitions de Ran. Il était parvenu au bord de la célébrité sans arriver à l'atteindre tout à fait. Ils avaient appris, à la dure école de la vie comme n'importe qui, que la gloire ne vous revient pas de droit. Dans une autre vie peut-être, mais pas cette fois. En un clin d'œil, dix-neuf années avaient passé ; ils avaient eu Hope et Charlie, connu les vaches maigres et les jours fastes, la maladie et la santé, le pire entremêlé au meilleur, et, à quarante-cinq ans, Ran était toujours aussi éperdument amoureux de Claire qu'à vingt-six ans, mais il ne savait pas si elle l'aimait toujours, ni si elle l'aimerait encore.

Ce n'est qu'en se réveillant en sursaut qu'il s'aperçut qu'il s'était assoupi, et toute la scène se répéta : Claire était à nouveau sur le pas de la porte, la main sur la clavicule comme un peu plus tôt. Sauf que ce n'était pas Claire, ni le seuil de la bibliothèque. Ran mit un moment à retrouver ses repères. Il regardait le mur d'en face, sur lequel un tableau était accroché. Blonde aux yeux bleus, le modèle ne ressemblait guère à Claire. Sa masse d'épais cheveux dorés et indisciplinés, tout en ondulations aussi denses que des blancs d'œuf battus en neige, lui conférait une ressemblance avec la Vénus de Botticelli, pas la jeune déesse, mais celle qu'on aurait rencontrée dans une ferme ou une taverne, vingt ans après les coquillages et l'écume foisonnante, égarée dans l'âge mûr. Seul ce geste de la main, si particulier, liait les deux femmes à travers les générations, le poignet cambré et les doigts cherchant le bouton en nacre sur le corsage d'une robe d'un autre âge. Ran se perdit un instant dans les reflets alkyd de ses yeux finement dessinés, puis, pour la seconde fois, le son d'une sirène de bateau le fit sursauter. Mais, cette fois, derrière les immenses fenêtres noyées d'obscurité, l'embarcation apparut, le pont orné de lampions comme autant de colliers de perles incandescentes. Ran entendit des rires désincarnés planer sur les flots et regarda l'embarcation passer comme dans un rêve.

Lorsqu'elle eut disparu, il remarqua que quelque chose sortait des pages d'un livre doré sur tranche : une toile d'araignée ou peut-être un chaton de saule. Il prit le livre et s'aperçut qu'il s'agissait d'une plume, presque translucide à l'endroit où elle avait été exposée à l'air et à la lumière. Quand il ouvrit le livre à la page indiquée, cependant, la partie protégée de la plume était encore d'un vert vif.

5

Maintenant, Harlan a vu le bateau. Il sourit à Adélaïde, pose un doigt sur ses lèvres, puis, du même doigt, désigne la digue de la rizière de l'autre côté du fleuve. Par le clapet ouvert d'une conduite, l'eau provenant du champ caché par le haut remblai d'argile reflue vers le fleuve avec la marée descendante. À cause du moteur de la Nina, *Adélaïde n'entend pas le bruit de l'eau ; mais ensuite, couvrant le moteur, un autre son s'élève, un hululement étrange, évoquant des grillons ou des cigales, produit par des langues humaines. « Hi-i-i-i-i-i-i-i-i-i-i-i-i. » Les femmes poussent un long cri semblable à un lamento funèbre ou à un cri d'avertissement et s'accompagnent en frappant des pots avec des baguettes : Adélaïde entend le tintement tantôt aigu et tantôt sourd du bois sur l'étain et de l'ivoire sur l'ivoire.*

Un nouveau bruit noie tous les autres. Derrière les digues, comme d'un amphithéâtre invisible, monte une sorte de nuage de fumée, une fumée verte zébrée d'éclairs rouges et jaunes, mais c'est une nuée d'oiseaux et ce nouveau bruit, envahissant, est leur pépiement. La main d'Adélaïde se pose sur le bouton de son corsage, son cœur bat à coups redoublés. Le nuage monte encore. Il y a des milliers, peut-être des centaines de milliers d'oiseaux – si nombreux et si bruyants qu'elle n'entend pas Harlan tirer. Elle aperçoit l'éclair qui jaillit du canon, une fois, puis une seconde. Le coup s'abat sur la volée comme une main traverse la fumée et six ou sept oiseaux s'écrasent au sol. Le nuage se scinde en deux, se ressoude et traverse le ciel vers la maison de l'autre côté du fleuve. Adélaïde s'abrite les yeux et sent une brûlure sur son visage. Des résidus de plomb mitraillent le bastingage et tambourinent sur le pont telle une fine grêle noire. Une perle brûlante est tombée sur sa manche !

« Seigneur ! Seigneur Dieu ! » Blanche se met à la chasser de la main.

Trop tard, cependant. La mitraille a fait fondre la soie moirée comme du beurre et y laisse un minuscule trou fumant, bordé de noir.

Adélaïde fait un pas et doit se rattraper à la paroi de la cabine. Le capitaine vient de couper les moteurs et, dans un silence insolite et assourdissant, la Nina *glisse vers l'appontement sur une eau constellée d'oiseaux morts, étranges broméliacées duveteuses, tièdes et vert pomme, oscillant dans la tache de lumière que le soleil fait scintiller sur le fleuve sombre*

« Bienvenue à Wando Passo ! » lui lance Harlan, qui attend, le sourire aux lèvres. Son arme – le nouveau modèle de fusil à percussion que Percival DeLay a acheté sur Oxford Street à Londres en cadeau de mariage (avec un certificat de James Purdey lui-même) – est posée sur son avant-bras. Deux volutes de fumée bleue s'élèvent des orifices du canon en acier de Damas. L'air est chargé de poudre noire et de fumée de cigarette, et Adélaïde entend rire les amis de Harlan, de ce rire suave et rauque qu'ont les hommes qui viennent de pratiquer avec succès un sport sanguinaire.

Quand l'équipage a attaché les amarres et fixé la passerelle, alors qu'Adélaïde s'apprête à débarquer, sur un signe du marié, les invités se prennent tous par le bras pour entonner, d'une voix avinée mais de tout leur cœur, She Walks in Beauty Like the Night *– la chanson qu'Adélaïde a chantée à ses invités la première fois que Harlan a dîné chez sa tante. Elle lui a tant parlé de son amour pour Byron, qu'elle tient en plus haute* *estime encore que Longfellow ! Mais que Harlan s'en souvienne, qu'elle ait justement ce livre à la main... (En voyant son portrait de jeunesse sur la couverture, chez Russell's, elle s'est retrouvée au cours de Mme Togno : quand Adélaïde s'autorisait encore à imaginer son Gabriel Lajeunesse, lorsqu'elle croyait à sa venue, elle lui avait si souvent prêté les traits fins et mélancoliques du défunt poète ! Une petite voix, plus présente autrefois, s'est fait entendre au moment où Adélaïde, trois jours à peine avant son mariage – les trois derniers jours de sa vie de jeune fille – a acheté le livre.)*

Cette attention de Harlan est si exquise, trop exquise pour des mots ; en toute autre circonstance, Adélaïde aurait été émue, mais là, avec ces oiseaux morts qui dansent sur l'eau (et d'autres, qu'elle évite du regard, en train de se débattre faiblement sur l'herbe), au milieu de ces hommes éméchés qui la détaillent, un sourire figé sur les lèvres, elle est trop nerveuse. Un engourdissement a gagné la jeune mariée, aussi sournois qu'un mauvais sort. Une pensée lui traverse l'esprit comme un moineau, entré par la fenêtre ouverte, bouleverse la maison : elle ne connaît guère Harlan – et lui non plus – se sont-ils vraiment tenus devant l'autel de l'église St-Michael, ont-ils vraiment juré devant Dieu de s'aimer jusqu'à ce que la mort les sépare ? Et si la sagesse de la jeune fille de dix-sept ans – celle qui n'a jamais douté qu'Évangeline doive attendre Gabriel quoi qu'il advienne, aussi longtemps qu'il le faudra, au risque de mourir avant sa venue – était plus grande que celle de la mariée de trente-trois ans qui s'est dit : Oublions cela et vivons ? La petite voix qui lui revient – mais d'où ? – prononce distinctement ces paroles : Tout cela n'est qu'un mensonge auquel tous croient sauf toi. *L'espace d'un instant, cette pensée est plus réelle que la fête, plus réelle que les invités souriants, que la demeure et ses six cheminées, que les chênes et les magnolias du parc, plus réelle même que le monde.*

Mais non, ce n'est que de la nervosité. Oui, bien sûr ! Un frémissement, et l'oiseau s'est envolé.

Harlan l'a-t-il vu traverser ses yeux bleus en un éclair ? Prions Dieu que non ! Mais non, il sourit, il lui souhaite la bienvenue. Tous sont accueillants. Tous sauf un…

Debout dans un coin de l'appontement – où il s'entretient avec le capitaine des sacs de riz paddy prêts à être embarqués sur la Nina *après le déchargement de la cargaison en provenance de Charleston –, il a remarqué Adélaïde avant qu'elle le regarde. C'est un homme grand à la taille bien prise, vêtu d'un manteau noir dont la gabardine de bonne qualité est un peu usée, une légère usure qui le distingue aussi nettement des autres invités que la distance physique les séparant sur l'appontement. (Tout comme, sur le revers de sa veste, l'absence de la rosette en ruban bleu qu'ont tous les autres, avec son petit palmier en or, son étoile solitaire et son serpent.) Mais ce qui l'isole plus encore, c'est l'extrême gravité de ses yeux noisette pailletés d'agate aussi sombre que la crête d'une immense vague éclairée par le soleil à contre-jour. Cette gravité attire l'attention de la mariée comme le pôle magnétique attire l'aiguille d'une boussole, car, c'est impossible, mais on dirait que lui seul (cet homme qu'Adélaïde a l'impression de connaître, de reconnaître – mais d'où ?), lui seul dans la foule a regardé au fond de son âme et aperçu l'oiseau avant qu'il s'envole. On ne lit aucun jugement sur son visage, et aucune dissimulation. Ensuite seulement, alors qu'Adélaïde s'admoneste – il ne peut pas en être ainsi, son expression doit avoir une autre signification –, elle remarque la ressemblance avec le marié. Et enfin, elle comprend qui il est : Jarry, le régisseur de la plantation, le fils métissé de Percival, l'esclave de son propre frère. Ce n'est qu'après, juste avant de détourner le regard, qu'Adélaïde s'aperçoit qu'il est noir… Elle a soutenu son regard l'espace de quatre longs battements de paupières – pas un de plus. Pourtant, ce regard, Adélaïde s'en souviendra jusqu'à la fin de ses jours.*

Mais, bonté divine, voici Harlan, radieux, et encore plus massif que dans son souvenir ! Il s'est empourpré du col, grignoté par un petit repli de chair rose, jusqu'à la naissance de ses cheveux, au sommet de son large crâne dégarni. Sur son front luisant, des gouttes de transpiration affleurent en perles minuscules qu'il essuie avec son mouchoir lourd et gris de sueur. Il tend son fusil à un vieux domestique, prend une coupe de champagne sur le plateau que porte ce dernier, et en boit une gorgée avant de l'offrir à Adélaïde. Cette dernière sourit, mais, oh ! il y a quelque chose dans le champagne, plusieurs baies rouges y flottent comme des gouttelettes de sang en suspension. Voici que Harlan y trempe les doigts. Un index et un pouce charnu, aussi empourprés que ses joues, s'enfoncent dans le liquide. Adélaïde voit les poils noirs sur ses jointures flotter dans le champagne puis retomber à plat sur les doigts quand il les en ressort…

« Mais, Harlan, au nom du Ciel, que… ? fait-elle. Sont-ce des pépins de grenade ?

— Non, ma chère, une grenadille, un morceau de fruit de la passion ramené tout droit de Cuba ; il a franchi le blocus, pour vous. »

Il le lui tend, tout dégoulinant de champagne. Il arrondit la paume de sa main pour recueillir les gouttes. Pendant un moment, Adélaïde ne comprend pas. Son visage s'empourpre autant que celui de Harlan. Tout autour, la foule hoche la tête pour l'encourager. Elle n'a d'autre choix que sourire et manger.

La foule applaudit. En un clin d'œil, c'est chose faite.

Harlan la prend par le bras. Ils s'apprêtent à traverser l'appontement, mais le régisseur les intercepte.

« Je suis désolé, mais le capitaine dit qu'il ne peut pas prendre notre riz.

— Il quoi ? demande Harlan.

— Ils ont essuyé des coups de canon en franchissant le blocus, et il craint que le poids de la cargaison ne compromette sa fuite. Nous pourrons peut-être acheminer le riz jusqu'au pont de Mars Bluff, puis jusqu'à Charleston par train.

— Eh bien, occupe-t'en ! » Harlan se détourne déjà.

« Il y a autre chose... Nous avons perdu la commande.

— Quelle commande ?

— La commande du commissionnaire. Toute la commande de printemps a été jetée à l'eau hier soir. Le tissu, les outils, l'huile, le sel, les semences...

— Nom de Dieu ! Je n'ai pas besoin d'une liste ! C'est mon mariage. Ne m'ennuie pas avec ça. Trouve une solution ! C'est tout, maintenant ? »

Jarry fronce les sourcils. « Il se fait tard. Nous devrions rappeler les rabatteurs.

— Je veux qu'ils restent dans les champs jusqu'à ce que tous mes amis aient tiré.

— Mais ils n'ont rien mangé depuis ce matin.

— Alors, fais donner un quart de pinte de rhum à chacun d'eux quand ils reviendront, pour les payer de leur peine.

— Seulement aux rabatteurs ? demande Jarry. Je suis sûr que tous, dans le quartier des esclaves, seraient heureux de boire à la santé de la nouvelle maîtresse. »

Harlan prend un air matois. « Tu vois comme ils me manipulent ? dit-il à Adélaïde. Bon, d'accord, Jarry, va pour tous. Mais je ne veux pas qu'ils se saoulent. Je les veux dans les champs demain comme tous les autres jours.

— Je comprends.

— Tu comprends quoi ? »

Jarry ne répond pas.

« Très bien. Et ne t'abaisse pas à m'appeler "monsieur" ou "maître", surtout ! C'est pourtant ce que je suis. »

L'expression du régisseur est neutre ; son regard, franc, impassible, comme un robinet grand ouvert.

Face à cela, Harlan plisse les yeux, et l'enjouement qu'ils reflétaient se consume comme un papier dans une flamme. Ils se détestent ! pense Adélaïde et c'est avec soulagement qu'elle aperçoit un oiseau dans l'herbe, près d'eux, qui se débat faiblement et rompt le charme.

« Oh, regardez ! s'écrie-t-elle. Le pauvre. Il est encore vivant. »

Jarry le ramasse.

C'est une sorte de perroquet, vert vif avec une tête jaune et une sorte de masque orange foncé sur les yeux. Sa poitrine palpite frénétiquement puis s'arrête. Son œil devient fixe et voilé ; alors, Adélaïde remarque la main de Jarry – grande, fine, avec de longs doigts qui font penser à certaines truelles, celles qu'utilisent parfois le jardinier ou l'arboriculteur pour certaines tâches difficiles. Arrondie, reposoir de l'oiseau mort, elle frappe Adélaïde par sa délicatesse et sa douceur.

« C'est si beau ! dit-elle.

— Ces oiseaux-là ? Non, ma chérie, c'est de la vermine. » Harlan la contredit d'un ton léger. « Mais venez, vous devez saluer nos invités et boire un verre de punch. » Harlan la prend par le bras, mais elle résiste un instant.

« Qu'est-ce ? » Elle cherche le regard de Jarry pour la première fois depuis le début de la conversation et, pour la première fois, il la contemple avec une de ces expressions énigmatiques qui ne vous laissent aucun repos.

« Une perruche de Caroline. »

6

« Vraiment ? J'ignorais qu'il y avait des perruches en Caroline du Sud. »

Claire se pencha vers la gravure pour mieux voir. Elle représentait un petit oiseau vert et jaune posé sur un buisson de bardanes dans six ou sept positions improbables mais pittoresques ; *Conuropsis Carolinensis*, la « perruche de Caroline », faisait partie d'une petite exposition d'Audubon[1] accrochée dans le hall lambrissé, devant la salle à manger de Harlow, où Claire tuait le temps en attendant le petit déjeuner de l'université.

« Eh bien, il n'y en a pas. Plus maintenant. »

Après avoir fixé les yeux dessus, Claire eut du mal à détacher son regard de l'incroyable casque de cheveux noirs de son interlocuteur. Il ressemblait tellement à un postiche que c'était forcément ses vrais cheveux, décida-t-elle. Il aurait pu se faire passer pour George dans un groupe de sosies des Beatles sur le retour.

« Elles n'ont pas su gagner l'affection des planteurs de riz, poursuivit-il. Et les fabricants de chapeaux pour dames les trouvaient un peu trop à leur goût. Le dernier spécimen a été capturé à l'état sauvage en

1. Ornithologue français installé en Amérique, auteur d'encyclopédies qu'il illustra lui-même avec des planches hautes en couleur et un excellent sens du détail. *(NdT.)*

1904, je crois… Au fait, je me présente : Ben Jessup, le bibliothécaire de l'université.

— Claire DeLay.

— Je sais. » Il sourit et saisit la main qu'elle lui tendait. « Nous nous sommes rencontrés en Ombrie il y a une vingtaine d'années. Mon oncle faisait partie du jury à Casa Grande l'année où vous y avez concouru.

— Vous voulez rire ! Qui est votre oncle ?

— Glenn Gould.

— Glenn Gould était votre oncle ? » La main de Claire se posa sur l'anneau qui ornait la veste du tailleur Vertigo pêche qu'elle avait exhumé de sa penderie, où il avait passé quinze ans dans sa housse en plastique. Après de cruelles hésitations, elle l'avait mis, faute de mieux, et, à vrai dire, il était encore assez chic et lui allait très bien, malgré la grosse fermeture Éclair chromée style veste de motard, un peu trop 1989. « Si j'ai voulu devenir pianiste, c'est grâce à Glenn Gould, avoua-t-elle. J'ai grandi en écoutant les *Variations Goldberg*. J'ai dû les écouter un million de fois.

— Un million… vraiment ?

— Non, vous avez raison : *deux* millions sont sans doute plus proches de la réalité. »

Jessup rit. « Et vous préférez la version 55 ou celle de 81 ?

— Vous plaisantez ?… Celle de 55 ! Glenn Gould était un dieu pour moi !

— Il aimait votre jeu, lui aussi.

— Non, c'est pas vrai. *C'est pas vrai !* Ah bon ?

— Surtout le mouvement le plus lent. Vous aviez joué le second concerto pour piano de Brahms, si je me souviens bien.

— Et pas le troisième mouvement ? demanda Claire. Avec le mal que je me suis donné pour le jouer !

— Eh bien, il n'y a pas été insensible.

— Excusez-moi, il faut que je sorte me tirer une balle dans la tête !

— N'en faites rien, je vous en prie ! dit Jessup en riant de nouveau. Mais pourquoi ? Je pensais que vous seriez ravie.

— Je le suis ! Je suis ravie ! »

Toujours souriant, il plissa les yeux, mais comment Claire aurait-elle pu expliquer ce que cela représentait à ses yeux que Glenn Gould l'ait écoutée jouer l'andante du second concerto, qu'il ait été ému par son jeu, vingt ans plus tôt, à un concours auquel elle avait échoué ? Impossible ; aussi eut-elle plutôt recours au stratagème que vingt ans de vie commune avec un égocentrique lui avaient appris à perfectionner : « Mais parlez-moi de vous.

— Je suis bibliothécaire… je crois l'avoir déjà dit. » Ben esquissa une petite moue comique et, décidant qu'elle l'aimait bien, Claire rit à ce trait d'esprit. « Je peux me vanter d'être à l'origine de cette exposition, tout de même. » Il hocha la tête du côté du mur. « Près du *Conuropsis*, c'est la musaraigne commune de Say, extraite de *Quadrupèdes vivipares*. Ce n'est pas à franchement parler la plus attrayante des œuvres d'Audubon. Toutes ces gravures nous ont été léguées par la famille Harlow en même temps que le journal de Samuel Hilliard, vous avez dû en entendre parler… » L'arc de ses sourcils – qui avaient un air de famille avec ses cheveux – se fit interrogatif.

« Je ne crois pas, répondit Claire. J'aurais dû ?

— Il mentionne la disparition qui s'est produite chez vous. »

Elle cligna des yeux. « Une disparition ? Chez moi ? À Wando Passo ?

— Vous ne connaissez pas l'histoire ?

— Je ne crois pas.

— Tiens, bonjour Deanna, dit-il. Venez. Claire, vous connaissez Deanna Holmes, n'est-ce pas ? Deanna, Claire DeLay.

— Nous nous sommes déjà rencontrées, dit la vice-doyenne – lunettes de créateur à lourde monture, rouge à lèvres acajou et vêtue de noir basique comme Ben.

— Deanna faisait partie du jury pour mon entretien d'embauche », raconta Claire qui commençait à se demander si son tailleur était un choix judicieux : elle se sentait aussi déplacée qu'un cocktail avec son petit parasol planté dans un bout d'ananas égaré au milieu des Martini dry sur un plateau noir laqué. « Elle a dû m'expliquer ce que c'était qu'un curriculum vitae. J'avais tellement honte !

— Oui, acquiesça Deanna, mais vous êtes là maintenant. Quel effet ça fait ?

— Pour être franche, Deanna, j'ai terriblement peur.

— Mais de quoi donc ?

— De tout ! Si vous voulez vraiment le savoir, je suis terrorisée à l'idée que Marcel m'ait embauchée pour des motifs purement népotistes... ça se dit, ça ?

— Vous êtes de sa famille ?

— Pratiquement. Nous sommes amis depuis si longtemps, vous voyez, et j'avais désespérément besoin d'un travail. Mais je vous prends à témoin, je me suis fait une promesse : soit je suis excellente, soit je démissionne. Vous n'aurez pas à me renvoyer, je prendrai la porte, et plutôt deux fois qu'une !

— Nous vous maintiendrons en poste ! affirma Deanna, avec un gros rire entendu.

— Je ne demande que ça ! dit Claire en répondant par un rire qu'elle rangea dans la colonne intitulée *Haine*.

— Claire habite sur le domaine de Wando Passo, Deanna, intervint Ben Jessup. Ses arrière-arrière... non : arrière-arrière-arrière-grands-parents y ont disparu à la fin de la guerre civile.

— C'est pas vrai ! fit Deanna. Où sont-ils allés ?

— Ce n'est pas à moi qu'il faut le demander, dit Claire. Je n'ai mis les pieds à Wando Passo qu'une seule fois quand j'étais petite : pour un pique-nique, à douze ans. Non, treize. C'était avant que je parte en pension. Et depuis, vous avez sans doute passé plus de temps que moi en Caroline du Sud. De toute façon, l'histoire de la famille n'a jamais été mon point fort. »

Les deux femmes se tournèrent vers Ben. « Eh bien, comme je le disais à Claire, Deanna, ce que j'en sais provient du journal intime de Samuel Hilliard. Hilliard était le recteur de l'église épiscopalienne de Powatan pendant la guerre. Vos arrière-arrière-arrière-grands-parents étaient ses paroissiens. L'homme – son nom m'échappe maintenant – faisait partie de l'artillerie confédérée à Wagner.

— Wagner ?

— Battery Wagner. Un fort de résistance sur Morris Island, il servait à surveiller l'entrée sud du port de Charleston. Si vous avez vu le film *Glory*, vous connaissez l'endroit. Le 54e régiment du Massachusetts y a donné sa célèbre charge. Les fédérés y ont envoyé toute leur flotte de cuirassés et l'ont bombardé pendant des mois. D'après les descriptions, Wagner était un endroit atroce. À l'intérieur, les hommes vivaient debout, serrés comme des sardines, dans une pièce sans fenêtres appelée abri antibombes, les malades avec les biens portants, les vivants avec les morts. Et c'était à Charleston, en été. Harlan DeLay – juste au moment où on ne cherche plus, ça vous revient… Étrange, non ? – a été tué en 63, pendant l'évacuation du fort. Hilliard est allé à la plantation pour procéder à la cérémonie de l'enterrement *in absentia* – si c'est l'expression juste… Et deux ans plus tard, en septembre 1865, par un chaud après-midi, devinez qui débarque à Powatan ?

— Non ! » s'écria Claire.

Ben hocha la tête. « Harlan DeLay.

— Attends, intervint Deanna. Tu as dit…

— Je sais, dit-il pour devancer son objection. Il y a eu une erreur dans la liste des victimes. DeLay avait été capturé et incarcéré à Fort Delaware, une prison de l'Union située à Delaware Bay. Il lui a fallu cinq mois après la reddition d'Appomattox pour rentrer chez lui. Apparemment, il a fait le chemin à pied. Plusieurs personnes, dont la femme de Hilliard, l'ont vu sur King Street cet après-midi-là. Elles l'ont hélé, mais Harlan a continué droit devant lui comme un zombie. Il est allé à la quincaillerie Pringle's Dry et y a acheté une seule chose, un sac de grenaille, puis il a pris le chemin de Wando Passo, à pied. C'est la dernière fois qu'on l'a vu. Lui, et votre arrière-arrière-arrière-grand-mère, Claire.

— Adélaïde.

— Ça vous revient ?

— Un peu. Il y a un portrait d'elle dans la bibliothèque. Elle avait un enfant, je crois.

— Un petit garçon de trois ans. Laissé orphelin par leur disparition.

— Je me rappelle bien avoir entendu Clive et tante Tildy en parler.

— Donc ce dimanche-là, poursuivit Jessup, juste après le retour de Harlan, Adélaïde n'est pas allée à l'office du matin. Hilliard a pris son cheval pour lui rendre visite et il a trouvé la table mise pour le dîner. Quelqu'un avait préparé des sablés et du poulet frit, mais la nourriture était éparpillée et la maison pleine de mouches. Il a cherché Adélaïde et Harlan, il a posé des questions et pour finir il est allé voir le shérif. On a organisé une battue – c'est alors qu'ils ont mis la main sur l'enfant. Il était dans le quartier des esclaves, mais on n'a jamais retrouvé trace de son père et de sa mère. On a soupçonné un acte criminel, sans la moindre preuve. On n'a plus jamais entendu parler d'eux. Comme si, par un après-midi de septembre – à cette période-ci de l'année, justement –, Harlan et

Adélaïde DeLay avaient tout simplement disparu de la surface de la terre.

— Sacrée chute... »

En glissant de petites lunettes rondes à verres fumés dans la poche de son costume, Marcel Jones, qui sentait le bon air et l'after-shave Grey Flannel, les rejoignit avec le plus grand naturel : « 'Jour, tout le monde ! » De toute sa hauteur – un mètre quatre-vingt-quinze –, Jones leur lança le sourire à la fois gamin, gentil et un rien complice typique de ceux qui, retranchés derrière l'assurance que leur procure un physique agréable, peuvent faire fi des apparences. « Alors, qui c'est qui a disparu ?

— Mes arrière-arrière-grands-parents. »

Jessup fronça les sourcils et leva trois doigts.

« Arrière-arrière-*arrière*-grands-parents, corrigea Claire. À Wando Passo, juste après la guerre civile.

— Tu veux dire après la guerre des Yankees ? »

En plissant les yeux, Claire sourit à cette plaisanterie.

« Je ne crois pas avoir entendu parler de cette histoire.

— Tu ne les connais pas toutes, dit-elle. Moi non plus, apparemment. Mais vous avez éveillé ma curiosité, Ben. Je vais appeler tante Tildy quand je serai rentrée à la maison. Si quelqu'un a le scoop, c'est elle. » Elle reporta son regard sur Marcel. « Beau costume. »

Il baissa les yeux : « Ça ? » La veste en whipcord à quatre boutons était d'un vert bouteille tout à la fois saisissant et reposant, rehaussé par un T-shirt noir tout simple qui conférait à l'ensemble un style improvisé – mais Claire, qui connaissait bien Marcel, n'était pas dupe.

« Quoi, cette vieillerie ? » Avec un temps de retard, Claire se mit à rire. « J'ai simplement ouvert ma penderie les yeux fermés dans le noir et pris le premier truc qui m'est tombé sous la main. Ça pourrait tout aussi bien être une toge romaine ou une peau d'ours. » Railleuse, Claire lâcha l'anneau de sa veste, les épaules détendues et le visage animé d'une énergie vive et malicieuse.

Les non-initiés auraient pu croire qu'elle désapprouvait la tenue de Marcel, mais ce n'était pas le cas. Son sens de l'élégance, aux antipodes de celui de Ran, mettait Claire d'une humeur légère et facétieuse. Jones était un de ces hommes immenses qui dominent n'importe quelle assemblée, comme ces étrangers venus de pays lointains peuplés de géants. Au vu de sa stature imposante, ses goûts vestimentaires avaient de quoi étonner et tranchaient un peu avec sa personnalité, assurée, calme et réservée. Claire appréciait cette réserve, aussi précieuse que la lourde argenterie de son arrière-grand-mère, mais elle aimait aussi le secouer. Et bien qu'il prétendît le contraire, elle savait pertinemment que Marcel aimait être secoué et tiré de sa réserve exactement comme elle savait le faire.

« Désolé, chers amis, annonça-t-elle à la compagnie en reprenant, sans savoir pourquoi, son accent du Sud. Marcel et moi, on se connaît depuis Dieu sait combien de temps ; je me prends un peu pour sa tante, celle qui est restée vieille fille, et je le vois encore comme un gamin de cinq ans, alors je ne peux pas m'empêcher de le taquiner.

« Vous faisiez partie du Ransom Hill Band, je crois, dit Deanna d'un ton un peu sévère.

— Eh oui, fit Claire. J'appartiens au passé douteux de Marcel. Mais on se connaissait bien avant ça. On s'est rencontrés à quatorze ans, en pension. J'étais à Northfield, et Cell – excuse-moi, Marcel – à Mount Hermon. Il avait un béguin fou pour ma compagne de chambre, Shanté Mills.

— Pas Shanté Mills la mezzo-soprano ? questionna Jessup.

— Elle-même.

— C'est moi qui ai le béguin pour elle !

— Oui, comme tout le monde, répondit Claire, y compris mon mari, Ransom. Mais c'est une autre histoire… Vous voyez cette boucle d'oreille ?

— Ce n'est peut-être pas la peine de raconter l'histoire de la boucle d'oreille, Claire, intervint le doyen, dont l'oreille gauche était ornée d'un clou en or.

— On met la décision aux voix ? » Claire sonda le groupe de plus en plus nombreux, et une forêt de manches noires se leva, toutes sauf celle de Deanna Holmes.

« Vous savez sans doute que Marcel vient de Manhattan. Sa famille a un hôtel particulier sur Morningside Avenue et une résidence d'été à Vineyard Haven. Ce sont des piliers de l'Église baptiste abyssinienne. Marcel a été le président d'un petit club très sympa connu sous le nom de Jack and Jill. Il sortait de St. Bernard, et pendant sa première année à Mount Hermon, il s'est baladé dans un blazer bleu avec un petit écusson aux armoiries de son ancienne école et des grosses chaussures rouge foncé. Quelque part en Angleterre, de petits hommes à binocles et loupe de bijoutier avaient une forme de chaussure en bois façonnée à son pied ; et sa mère, Mme Corinne, n'avait qu'à les appeler pour qu'ils fabriquent aussitôt au jeune Marcel une nouvelle paire sur mesure. Et il portait également ces lunettes hideuses, on aurait dit des… » Claire ne put s'empêcher de regarder Deanna Holmes, puis elle se reprit et détourna les yeux. « … des hublots à grosse monture noire et la même coiffure afro que Sly Stone en 1969. Mais généralement asymétrique, parce qu'il avait dormi sur un côté, et ses cheveux étaient parsemés de peluches à cause de ses serviettes de toilette, et ne parlons pas des nœuds. Il suivait des cours comme Latin niveau 6 ou je ne sais quel truc ridicule qui n'existait que pour lui, et il ne se déplaçait jamais sans cette paire de baguettes de tambour spéciales. C'était quoi, déjà, Cell ?

— J'ai oublié.

— Ouais, ouais. Et moi, j'ai oublié comment je m'appelle ! Allez, tu sais bien… Tu le sais parfaitement. Des Zildjian 5A, c'est ça ?

— Zildjian ne fabriquait même pas encore de baguettes, à l'époque. Des Vic Firth, peut-être.

— À part ça, il a oublié ! dit-elle. Et vous voyez les rails métalliques à la cafétéria ? On poussait nos plateaux là-dessus pour que la dame de la cantine coiffée de son chapeau en papier mette une louche de sauce sur notre purée quand tout à coup : ra-ta-ta-ta, ra-ta-ta-ta ! C'était *Wipeout*[1] Et ce petit rire sinistre ! Il avait trouvé le tempo exact : tous les élèves qui faisaient la queue, vingt ou trente, grognaient en chœur et le bombardaient de serviettes en papier roulées en boule. Et j'allais oublier : c'était le pire joueur de basket de l'équipe, voire de toute l'histoire de l'école ; en bref, il était tout simplement si désespérément ringard que Shanté et moi, on l'a pris en pitié et adopté. »

Claire sentait qu'elle en rajoutait, mais quelque chose chez Marcel la poussait irrésistiblement à continuer, et cela depuis toujours. Alors que tous ses ancêtres venaient du nord des États-Unis, il ressemblait aux gentlemen du Sud au milieu desquels elle avait grandi, et à l'un d'eux en particulier : son père, Gardener DeLay, emporté dans la fleur de l'âge par une crise cardiaque foudroyante quand Claire avait dix-sept ans. Son épouse était la figure dominante du foyer. Jusqu'à ce qu'elle sombre dans la maladie d'Alzheimer, Rose DeLay avait été une personnalité remarquée de Charleston, très douée pour les provocations pince-sans-rire, et spécialisée dans cet humour

---

1. Chanson du groupe The Impact, célèbre pour son solo de batterie. *(NdT.)*

si féminin et typiquement sudiste qui consistait à s'envoyer des épigrammes brillantes, cocasses et très hautes en couleur qui tombaient comme des cocktails Molotov dans les bals, garden-parties et autres événements mondains à visée caritative. Rose se nourrissait de l'oxygène des salons où Claire avait grandi. Après avoir remporté un vif succès grâce à une impressionnante prestation, cependant, elle avait souvent des vapeurs et se retirait au lit, une compresse sur les yeux. À ces moments-là, en bas dans la cuisine, Gardener préparait à Claire des tartines de fromage grillé juste comme elle les aimait, en enlevant la croûte du pain. Ensemble, ils les trempaient dans de la soupe de tomate, une telle transgression que Gardener posait un doigt sur ses lèvres et que Claire faisait un signe de croix avant de se prêter à la conspiration. Gardener[1] et Rose... leurs noms exprimaient si parfaitement leurs natures et leurs rôles que la plaisanterie était sortie du cercle familial et s'était répandue dans toute la ville. Claire avait beau se le reprocher, tout au fond de son cœur elle avait toujours préféré son père. Dans une assemblée, Gardener n'avait pas besoin d'être le centre de l'attention à l'instar de la mère de Claire. Au contraire, il cédait la place. Quelque chose dans la qualité de son attention vous donnait l'impression d'être unique, à part, comme baigné dans la lumière dorée sous le parapluie d'un photographe. L'attention de Marcel ressemblait à cela, elle aussi. En ce moment même, dans cette foule nouvelle d'inconnus qui n'étaient pas tous disposés à devenir ses amis, cette attention mettait Claire en valeur. Quand ils étaient jeunes, en pension, elle avait trouvé cela normal ; mais à présent, depuis son retour à Wando Passo, elle voyait les choses autrement. Ces derniers temps, elle avait pas mal réfléchi à tout cela.

1. « Jardinier », en anglais. *(NdT.)*

« Dans son dos, on l'appelait la "mascotte de Royal Ascot" à cause de sa "lavallière", poursuivit-elle. Le saviez-vous, Dr Jones ? »

Le doyen se trouvait bien incapable de répondre, car il suffoquait de rire en s'efforçant – en vain – de garder son sérieux ; et, tandis qu'il pouffait, à bout de souffle, tout en agitant la main pour dire que non, il ne s'en souvenait pas, ou simplement pour qu'elle arrête, son visage brun clair rayonnait comme un coquillage desséché que l'on vient de plonger dans l'océan afin de lui rendre son éclat d'origine. Ce n'était plus le Marcel qui les avait rejoints avec tant d'aisance, et on pouvait en dire autant de Claire. Ransom et les enfants auraient eu peine à reconnaître leur épouse et mère. Mais son vieil ami et camarade d'école la reconnaissait bien, lui, et, chose plus importante, Claire se reconnaissait. Car celle qu'elle devenait avec lui – ainsi que cela nous arrive à tous avec quelqu'un une fois dans cette vie, si on a un peu de chance (et, parfois, si on joue vraiment de malchance, deux fois) – n'était autre qu'elle-même. Ou ne faisait-elle que ressusciter le fantôme de sa mère ? La question semblait importante. Désireuse de l'éviter à tout prix, Claire poursuivit sur sa lancée, détournant l'attention de son public, mais aussi la sienne.

« Donc, un samedi, il passe nous voir ; nous, on avait du haschisch, alors on l'a défoncé avant de lancer une opération de relookage. Quand il s'est aperçu de ce qui se tramait, il nous a dit : "Eh ! je suis comme je suis, c'est à prendre ou à laisser." Alors nous, on lui a dit : "Marcel, si tu envisages un jour – enfin, un jour *peut-être,* dans ta *vie* – de sortir avec une fille, sans parler de procréer et de transmettre ton patrimoine génétique, le but que tu dois t'efforcer de poursuivre, c'est de ne *pas* être toi-même, c'est d'essayer de toutes, toutes tes forces d'être quelqu'un d'autre." Après, on l'a débarrassé de son manteau et de ses lunettes ; Shanté lui a coupé les cheveux. La boucle d'oreille, ça a été le coup de grâce. Je ne me rappelle pas laquelle de nous deux a effectivement percé le lobe…

— Toi, dit Jones, à nouveau maître de lui-même, prenant un air renfrogné assez peu convaincant.

— Moi ? Tu as peut-être raison. Je sais que nous avons utilisé l'aiguille de notre trousseau de couture, et je peux aussi vous dire qu'il a crié et qu'il s'est évanoui à la vue de son propre sang.

— Alors *ça* ! » Sa voix de baryton résonna avec force sur ce mot, mais il riait. « Ça, c'est un mensonge, et un beau encore ! »

Claire partit d'un rire joyeux. « Dans les pommes. Il est tombé raide sur le lit de Shanté ; c'est bien la seule fois qu'elle l'a laissé s'y coucher ! Et regardez-le aujourd'hui… Voyez ce qu'est devenu le vilain petit canard ! Sans vouloir m'attribuer un mérite qui ne me revient pas, je dois dire que cette boucle d'oreille a marqué le début d'un tournant, l'amorce d'un changement de fortune dont voici le résultat.

— J'aimerais déclarer officiellement que primo, cette histoire est apocryphe, dit-il. Deuzio, je ne me souviens pas d'avoir fumé de haschisch avec toi…

— Il n'avalait pas la fumée, fit-elle remarquer *sotto voce*, et toute l'assemblée se mit à rire, convertie à sa cause.

— Et tertio, on nous attend dans la salle à manger, je suggère donc que nous nous y retirions sans plus tarder. »

Mais personne ne bougea. Les membres du chœur en toges noires contemplaient leur nouvelle collègue et le doyen comme s'ils ne savaient pas au juste à quoi ils assistaient. Quoi qu'il en soit, ils hésitaient à s'arracher à ce spectacle ; quant à Claire et Marcel, dans leurs couleurs éclatantes, pêche et vert bouteille – qui auraient pu rappeler, en d'autres circonstances, un concert rock du Ransom Hill Band au Mudd Club aux alentours de 1983 –, ils ressemblaient à deux oiseaux tropicaux, des perruches de Caroline, par exemple, égarées dans une grotte où nichaient des chauves-souris universitaires. Ils se détachaient dans la foule, auréolés d'un champ magnétique aussi dense et lumineux que leurs vêtements.

« Dr Jones ? » Un serveur nerveux pointa son nez à la porte intérieure.

« Allons-y ! » commanda-t-il d'une voix impérieuse en les précédant. Quand Claire rejoignit la file, il la tira par la manche.

« Oh, Seigneur ! Je suis désolée, Marcel ! Qu'est-ce que j'ai fait ? » Elle mit la main sur son cœur. « Tu as de la nitrine sur toi ? Je crois que je vais faire une crise cardiaque ! Je n'arrive pas à croire que j'ai dit tout ça ! Qu'est-ce qui m'a pris ? Ça ne me ressemble pas du tout.

— Comment ça ? répondit-il. C'est tout toi. »

Claire cligna des yeux et retourna l'idée dans sa tête, puis elle admit : « Tu as raison, c'est tout moi ! » Et ils rirent.

« Alors, dis-moi, comment ça s'est passé hier soir ? »

À ces mots, le visage de Claire redevint sérieux. « Oh, putain, Cell… putain de merde ! »

7

Dans le sous-marin de la Création
Le capitaine Nemo balance des claques et tempête.
J'en sais quelque chose, il m'a fait grande impression
Quand je faisais mes classes dans sa tête.

Il ne pleut jamais sous les mers ; pas d'intempéries.
En manœuvre, des poissons myopes viennent se coller aux hublots
J'aimerais connaître les secrets de leur taxinomie
Mais si je demande, j'ai peur que Nemo me fasse la peau.

Penché sur le bureau ministre, une main dans ses cheveux ébouriffés tandis que, de l'autre, il faisait tourner le stylo à plume de Clive, Ran relut ces strophes à la lumière d'une lampe à abat-jour vert et éclata de rire. Il avait trouvé l'inspiration, ou l'inspiration était venue à lui. Par une déchirure dans les strates rocheuses, le magma bouillonnant remontait des profondeurs. Il n'avait rien écrit d'aussi libre depuis des mois. Ou étaient-ce des années ?

Tout était là, devant ses yeux : le titre de l'album serait *Le Sous-Marin de Nemo*, et ce serait aussi celui de la première chanson. La mélodie – qui résonnait tout autour de lui, entre les murs moisissant et couverts de livres à presque quatre heures du matin – était le genre de leitmotivs fracassant à trois accords qui avaient accompagné Ran et toute sa génération au lycée, ceux des Clash et des Ramones (Joey était mort, et maintenant Joe Strummer avait disparu à son tour. Seul à New York, dans son taxi, Ran avait accusé le coup, mais cette nuit la mort ne lui faisait plus peur. Mieux encore : il avait trouvé un lieu où il savait que la mort n'existait pas.)

Et les paroles continuaient à jaillir…

Nemo n'est ni un tyran ni un monstre
En fait, il est un peu notre père à tous
Mais la solitude l'a endurci et son cœur de pierre…

« Maman ? »

En haut, Charlie appela à voix basse, et un déclic se produisit chez son père. En levant les yeux, il fut surpris par la lumière grise derrière la fenêtre. L'horloge indiquait déjà six heures quinze. « Rendors-toi, mon petit loup ! » chuchota-t-il. Pria-t-il. *Juste une heure de plus. Trente minutes.*

« Maaa-man… Maaa-*man* !… » D'une voix câline et enjôleuse, Charlie, qui avait décidé que la journée était commencée, sommait sa maman de venir.

Mais la solitude l'a endurci et son cœur de pierre…

Ran vit approcher le vers suivant, comme un espadon au bout de la gaffe tout près de la barque. Il fallait le sortir de l'eau, maintenant, ou le voir s'esquiver dans les profondeurs.

À l'étage, le sommier grinça ; les pas assourdis de Claire, qui titubait de sommeil, se firent plus assurés et plus rapides en longeant le couloir…

Et il… il est devenu cruel sourd cruel sourd…

« Maman ? Ma-*man* ? *Maman* !

— J'arrive ! lança Claire. Bon Dieu, Charlie ! »

Comme le sifflet d'un train, la chanson laissa à Ran une ultime chance de monter en marche.

Mais la solitude l'a endurci et son cœur de pierre
Est devenu sourd à toute gentillesse, à toute prière.

En fronçant les sourcils, il posa son stylo. « J'y vais, Claire », cria-t-il, puis il monta chercher son fils.

Il était onze heures moins le quart quand il revint enfin de Powatan, après avoir déposé les petits au jardin d'enfants. Il s'était écoulé des siècles, et Ransom était un autre homme, plus humble.

Un enfant morose sous chaque bras, il avait affiché un sourire pour le rétroviseur en regardant la voiture de Claire s'éloigner dans l'allée vers l'université.

« *Le cœur lourd, nous fîmes un ban avant de sombrer comme le destin au fond de l'Atlantique.* »

Ces vers de *Moby Dick* lui revinrent à l'esprit et, ainsi qu'on gobe une huître, Ransom ravala une angoisse glaciale et saumâtre ; ensuite, il emmena Hope et Charlie dans la maison et leur prépara des œufs brouillés.

« Les œufs, c'est des bébés poulets ? demanda Hope en grimpant sur son rehausseur violet et bleu.

— Les poussins sortent des œufs, concéda-t-il, en la servant.

— Ils meurent quand on les mange ?

— Eh bien, Hope, dit-il en cherchant le bec verseur du gobelet de Charlie, les poussins ne sont pas encore vivants dans l'œuf, donc on ne peut pas vraiment dire qu'ils meurent.

— Ça les embête, qu'on les mange ?

— Quoi ? Charlie, viens déjeuner !

— J'arrive, papa ! » Sa petite guitare à la main – encore un jouet acheté dans la rue et posté pour un anniversaire que Ran avait manqué –, l'enfant déboucha dans le couloir en glissant, chaussettes aux pieds.

« Regarde ! Regarde ! » s'écria-t-il avec son adorable sourire de bébé requin et une supplique si vulnérable, si franche dans ses yeux noisette qui ne ressemblaient ni à ceux de Ran ni à ceux de Claire. De qui en avait-il hérité ? La guitare dans la main gauche, la corde du *mi* aigu en haut, il fit un accord discordant de stadium rock. « Regarde, papa ! Regarde !

— J'ai vu, p'tit loup. » Luttant contre l'envie de remettre l'instrument à l'endroit et de l'accorder sur-le-champ, Ran souleva son fils pour le déposer dans sa chaise haute. « Maintenant, mange tes œufs, d'accord ?

— Ça les embête, papa ?

— Quoi ?

— Les poussins, ça les *embête* ? articula très distinctement Hope comme si son père était plus ou moins atteint de crétinisme.

— Eh bien, dit-il, quand on mange un poussin, il fait partie de nous, d'accord ? D'une personne qui peut penser, rire, rêver et faire toutes sortes de choses qu'un poussin ne peut pas faire… Alors peut-être que ça ne l'embête *pas*, le poussin. Peut-être que ça lui apporte quelque chose, à lui aussi. Tu comprends ? »

Hope écoutait, l'air grave. « Mmh-mmh, fit-elle en repoussant son assiette. Allez, on va jouer à Scar et Mufasa, papa. » La lueur mauvaise réapparut dans ses yeux.

Il lui fit face, les poings sur les hanches. « C'est quoi exactement, ce jeu, Hope ?

— Regarde, papa ! »

Il leva un doigt. « Juste une minute, p'tit loup.

— Toi, t'es Scar, et je suis Mufasa qui grimpe sur la falaise, expliqua-t-elle. Je dis : “Aide-moi, mon frère, je t'en prie !”, et toi, tu attrapes mes pattes et tu dis : “Longue vie au Roi !”, et après tu me laisses tomber dans la horde de gnous. »

Il fronça les sourcils. « Et après ?

— Chuis morte. » Hope fit un large sourire.

« Et si, quand tu dis : “Aide-moi, mon frère, je t'en prie !”, je te hissais à côté de moi sur la falaise, et que tout le monde vivait heureux et en paix pour toujours... ?

— Non papa ! » Elle le toisa avec une désapprobation outrée. « *Non !* C'est pas comme ça qu'on joue. Tu dois me lâcher.

— Je suis désolé, Hope, déclara-t-il. Je ne crois pas que je vais pouvoir jouer à ce jeu.

— Pourquoi ?

— Parce que j'aimerais mieux y tomber moi-même, dans ce précipice grouillant de gnous, plutôt que de te voir te casser l'ongle de ton petit orteil.

— C'est pas des ongles de pied que j'ai, c'est des griffes, dit-elle en les lui montrant. Ro-aarrr ! rugit-elle.

— “Ro-aarrr” toi-même », répondit-il en se demandant comment faisait Claire pour avoir toujours l'air de savoir comment réagir. Et Claire n'était pas la seule. On aurait dit que tout le monde à part lui avait suivi un cours universel d'initiation au métier de parents. Ce sentiment n'avait certes rien de nouveau. En l'éprouvant, Ransom se rappela qu'il devait absolument passer chercher ses médicaments à la pharmacie.

« Papa ? » La voix de Charlie s'étiolait, plaintive.

« Oui, Charlie, *quoi* ? » Quand Ransom se retourna, le sourire de son fils réapparut.

« Mangé mes œufs.

— Ah, oui. C'est très bien. Bon, tout le monde m'écoute ! Attention ! Fini les bêtises, il faut qu'on aille à l'école. Maman compte sur nous tous. Alors, où sont vos chaussures ? »

Charlie haussa les épaules en ouvrant de grands yeux ronds et Hope déclara : « C'est maman qui le sait. »

Ils fouillèrent la maison trois fois – les quinze pièces – et finirent par trouver les chaussures dans l'unique endroit où Ran n'aurait jamais pensé à regarder : le placard.

« On a le temps de faire de la balançoire avant de partir ? lui demanda Hope en sortant.

— Qu'est-ce qu'on fait, là, Hope ? »

Le ton de sa voix fit froncer les sourcils à la petite fille. « On va à l'école ?

— C'est ça. On va à l'école. Est-ce que j'ai l'*air* d'avoir le temps de te pousser sur la balançoire ?

— Non, mais maman, elle le fait.

— Eh bien, je ne suis pas maman. *Ça se voit, non ?* » Il s'envoya ce commentaire acerbe en aparté en bouclant la ceinture des sièges enfant. C'est alors que l'absence de bec verseur sur le gobelet de Charlie – celui que Ransom n'avait jamais le temps de fixer – provoqua un déluge de jus d'orange ; s'ensuivirent un débouclage des ceintures de sécurité, un retour à la maison, une douche dans la baignoire, après quoi il fallut mettre une nouvelle couche et une tenue de rechange.

Finalement – sur l'air de *Cinq petits canards* – ils se mirent en route. Ils en étaient à quatre petits canards quand le cadavre d'un opossum ou d'un raton laveur – les restes étaient dans un tel état qu'il n'était pas facile de faire la différence – disparut sous le capot de la voiture. À l'instant où les pneus l'écrasèrent avec un bruit sourd, Ran surprit l'expression de Hope dans le rétroviseur. Elle avait l'air grave ; dans ses yeux brillait une lueur songeuse. Elle ressemblait à un petit mathématicien en train de résoudre un problème, et son père comprit soudain que sa fille avait découvert l'équation ultime qui l'occuperait pendant le reste de sa vie. Elle avait le gène de l'artiste – Ran ne trouvait pas d'autre mot et il se demanda s'il n'aurait pas préféré qu'elle soit épargnée.

Mû par un besoin coupable de justice, il regarda du côté de Charlie et s'aperçut que son fils le guettait dans le rétroviseur.

« Coucou, papa !

— Coucou, fiston. »

Ransom sourit et Charlie cligna de l'œil gauche, des deux, et encore du gauche. Ran l'avait remarqué la veille au soir déjà, et peut-être que s'il avait passé les mois précédents ici, ce tic ne serait jamais apparu. Hope aurait peut-être consacré ses pouvoirs à des choses plus joyeuses dans la vie, comme les poupées Barbie, ou un modèle politiquement correct et moderne avec des Birkenstock, un tour de taille normal et pas de poitrine. Ransom n'aurait pas dû se faire de reproches, mais il ne pouvait pas s'en empêcher. *Je suis là maintenant, Charlie*, dit-il mentalement à son fils dans le rétroviseur. Le message glissa sans laisser de traces.

Après s'être garé et avoir balancé leurs sacs sur son épaule ; après avoir remis à Charlie chaussettes et chaussures dont il fit les lacets ; après avoir traversé le parking en portant son fils, en équilibre instable sur un bras, et en tenant Hope par la main tout en lui rappelant de bien regarder des deux côtés ; après les avoir confiés à leurs maîtresses d'école, être revenu avec des auréoles sous les aisselles et un tremblement dans la main droite, Ransom, qui s'était tant langui d'eux et avait tant souffert de leur absence, se glissa sur le siège conducteur et poussa un profond et très coupable soupir de soulagement. Dans l'espoir désespéré de retrouver un paquet de cigarettes datant de son dernier séjour en Caroline du Sud, deux ans plus tôt, il tendit la main vers la boîte à gants : hélas, non !

Maman canard appela : Coin, coin, coin !
Mais un seul des cinq canards revint...

Quand il éjecta la cassette des petits, la radio se mit en marche, sur un air bien connu :

On disait : C'est l'amour vrai,
On disait : C'est l'amour fou...

Ransom éclata de rire et tendit machinalement la main, prêt à éteindre l'autoradio pour la énième fois, puis il se ravisa. En s'insérant dans le trafic, il céda à la tentation et écouta, écouta vraiment, pour la première fois. Mitch Pike avait pris le rythme rock si entraînant de l'original, il l'avait trempé dans du bon vieux blues de Memphis et dans de l'afro-funk, puis en avait ralenti le tempo pour en faire une ballade. Ce qui avait donné des envies de suicide à Ran les onze premières fois où il avait essayé de l'écouter sans y parvenir. Mais aujourd'hui, tandis que la voiture avançait au pas dans la rue commerçante de la ville, il s'aperçut que Claire avait raison : Pike avait su trouver une certaine douceur dans cette chanson. Non que cette douceur eût été absente de la version de Ran, mais c'était un ingrédient parmi tant d'autres dans sa recette. Ran avait écrit *Paroles de somnambule* en pensant à la fin accablante d'un grand amour – son amour pour Shanté Mills. Le chagrin et la fureur qu'il y avait mis, le désespoir, l'interrogation fondamentale qu'il posait sur toutes les relations amoureuses, son défi aux dieux... tout cela avait disparu. Mitch avait simplifié : une idée de génie. Ran comprit soudain que, grâce à cela, la version de Pike était arrivée numéro 1 du box-office alors que celle du Ransom Hill Band avait plafonné à la vingt-troisième place. Le fantôme de Ponzi Gruber, son ancien agent, surgit et expliqua à Ran, exactement comme autrefois, quand tout avait commencé : *Les meilleurs se retrouvent forcément au sommet, Ransom. Forcément*.

Arrivé au feu, il tourna. Là, sur une route à deux voies bordée de grands arbres, il fut frappé de plein fouet par une vérité d'une résonance terrible et définitive : le succès dont il avait rêvé et pour lequel il avait travaillé ne viendrait jamais. Là, en pleine campagne, Ransom comprit que son travail, ce travail dans lequel il avait investi le meilleur de lui-même pendant trente ans, allait disparaître sans laisser de trace.

Mais ce n'était rien, chérie,
Des paroles, et c'est tout,
Rien que des paroles de somnambule…

Les pneus de la voiture cliquetèrent : Ran était arrivé.

Ce n'est qu'en engageant la voiture dans la verdure enchanteresse de l'allée qu'il s'aperçut qu'il était passé devant la pharmacie CVS sans même penser à tourner le volant. Ransom savait pertinemment qu'il aurait dû faire demi-tour. Après tout, il voulait devenir un homme meilleur… même s'il s'était un peu laissé aller. Il avait promis à Claire. D'un autre côté, il était vanné et il avait envie de relire sa chanson : qui sait ? Elle pourrait lui donner tort.

Tel l'âne de Buridan, écartelé entre deux tentations, il hésita entre le bien et la paresse, puis opta pour la paresse. De toute façon, il devrait retourner en ville un peu plus tard pour le cocktail.

« Qu'il me tarde d'y être ! » ironisa-t-il tout haut tandis que ses bonnes intentions s'éloignaient un peu plus. Et peut-être que l'ancien Ran, malade et sans traitement, n'était pas trop dangereux pour être laissé en liberté quelques heures de plus dans ce monde amical qui l'avait convaincu de son erreur.

Dans la maison, devant le bureau ministre, il relut sa chanson et il éclata de rire. Les paroles qui, moins de cinq heures plus tôt, tombaient comme une pluie de pièces d'or s'étaient transformées en sortes de scories calcinées et poreuses que des chimpanzés cosmonautes auraient rapportées de la face cachée de la lune. Leur étrangeté mise à part, elles ne présentaient absolument aucun intérêt, et quand bien même elles auraient scintillé au soleil de son génie, Ran avait tout oublié de la suite qu'il avait voulu écrire à cette strophe. La chanson, en bref, était perdue.

Il vida le tiroir et en sortit la vieille boîte de Clive. Ouais, super, se dit-il, on va s'amuser à faire pan pan avec des fusils !

Dehors, il chargea les deux canons selon les instructions, tira un premier coup, et fut surpris par la brutalité du choc, qui le fit reculer de deux pas. Le canon vomit un épais nuage de fumée noire et âcre. En s'éventant pour le dissiper, il vit la boîte de petits pois Costco à une trentaine de mètres de sa position initiale, réduite en lambeaux de métal fumants et méconnaissables, à peine plus gros que des rognures d'ongle.

« La vache ! fit-il, impressionné. Ce truc pourrait couper un homme en deux, pas vrai ? »

Ou une femme.

« Ou une femme, dit-il, acquiesçant à ses propres pensées. Ayant satisfait son envie de tirer et s'étant même fait un peu peur, il reporta son regard sur la véranda et remarqua la façon dont la cour descendait en pente douce du fleuve vers la maison. Un genou à terre, Ran jaugea le lie comme le fait le golfeur sur le green.

« Deux cents ans de ruissellement. Ouais, ça pourrait le faire. »

Il alla remplir le réservoir de la débroussailleuse dans la vieille case d'esclaves convertie en cabane à outils par Claire, puis s'enfonça dans la touffe de pervenches et dégagea l'endroit où l'eau avait dû s'accumuler. Ça coûterait bonbon, mais en quelques heures de travail un bulldozer pourrait la faire refluer vers la route. Une fois ce problème résolu, ils s'occuperaient des fourmis.

Quand Ran monta le régime du moteur et tira sur le double fil à l'extrémité du taille-haie, les deux épaisseurs de Nylon se tendirent, formant un ruban orange et acéré. Il ne quitta pas des yeux la grosse racine tandis qu'une motte feuillue après l'autre cédaient à la traction, dans une hémorragie verte et odorante qui remplit ses manchettes de fragments végétaux. Avant longtemps, son T-shirt trempé de sueur lui collait à la peau du dos comme un film plastique sur des blancs de poulet crus.

Il s'arrêta pour reprendre son souffle et contempla la tombe qui gisait au pied d'un énorme cyprès aux branches bruissantes sous le ciel menaçant, d'un bleu teinté de mauve. Au-delà du fleuve, de fins éclairs silencieux lançaient leurs zébrures fulgurantes du côté de Columbia.

Lorsque Ransom repartit à l'attaque au milieu des pervenches, la grosse racine vint à lui, mordant à l'hameçon avec une telle vigueur qu'elle faillit lui arracher des mains le taille-haie.

À genoux, il l'examina de plus près, au grand jour, alors que les premières gouttes de pluie tombaient comme des piécettes ternies, petits cercles qui se superposaient dans la poussière rouge et brûlante.

Ce qu'il avait déterré était en fait une patte, une patte en fonte. D'apparence féline, un peu plus large que le pouce, elle évoquait un grand fauve de la jungle, jaguar ou léopard. Sur ses coussinets grossièrement façonnés, on voyait encore les marques du marteau du forgeron et, à l'extrémité, de minuscules griffes que le temps ou l'usure avait presque effacées. Le maillon rouillé d'une chaîne forgée à la main dépassait dans l'argile à côté de la patte.

« Bon Dieu ! Qu'est-ce que t'as encore fait là ? »

Il tendit la main puis, se ravisant, alla chercher une bêche et des gants dans la remise. L'une après l'autre, sous une pluie battante, deux autres pattes apparurent, suivies par le fond arrondi d'une marmite noire retournée : une sorte de chaudron. Enfouie dans la fourmilière, elle était entourée d'une chaîne, une seule longueur refermée sur elle-même en une boucle continue. Quand Ransom tira d'un coup sec, les maillons s'émiettèrent comme de la cendre de cigarette, tachant ses gants de poussière orangée. En se baissant, il tira de toutes ses forces jusqu'à ce qu'enfin, dans un bruit de succion impressionnant, le chaudron sorte de terre.

À l'intérieur se trouvaient de nombreux objets – identifiables pour certains, méconnaissables pour la plupart – surnageant dans un composite d'argile et de boue solidifiée. Comme les épaves flottantes d'un très ancien naufrage, des bouts et des coins d'objets dépassaient, figés dans une mer limoneuse : une pierre, un morceau de chandelle, une pièce de monnaie, un clou, un coquillage. Il y avait une petite fiole en verre à moitié remplie d'un liquide. Ran la sortit et entendit quelque chose tinter à l'intérieur. Il la leva à la lumière mais ne put rien distinguer à travers le verre bleuté.

Ran hésitait à toucher le chaudron à mains nues mais sa petite voix lui dit : *Allez, vas-y !... Tu t'es fait peur tout seul, hier soir. Il ne peut pas te faire de mal.* Et quand il ôta son gant, il sentit bel et bien quelque chose se dégager de la fonte – pas de la chaleur, mais une sorte d'énergie plus subtile, indescriptible. Elle provoqua un picotement dans ses lobes d'oreille, un autre dans ses reins.

À cet instant, un rideau de lumière frappa en biais la pluie battante et embrasa chaque goutte de pluie comme les prismes d'un lustre. Ransom ferma les yeux et, aussi simplement que cela, sa chanson lui revint des profondeurs aquatiques, et les paroles tombèrent en une pluie de pièces d'or miroitantes :

Personne ne sait quand ça a commencé.
Au commencement, sans doute : un beau jour
La surface de la terre s'est effondrée sur ses désirs
Et la gueule béante du monde a englouti sa vie…

Une sorte de compteur Geiger se mit à grésiller en lui, de façon alarmante, mais Ransom eut du mal à arracher sa main à l'emprise du chaudron. Juste avant qu'il se force à lâcher prise, quelque chose projeta une lueur dans son dos, comme si une bougie l'avait frôlé mais pas tout à fait assez près pour le brûler. Des yeux l'observaient et, en se retournant, Ransom vit quelqu'un derrière une fenêtre du premier étage.

« Claire ? » Ce mot mourut sur ses lèvres, car, au moment même où il le prononçait, Ran sut que ce n'était pas sa femme. Il ne put distinguer qu'une silhouette, mais il était presque sûr qu'il s'agissait d'un homme.

8

« Madame, j'insiste ! Vous devez boire. La recette a une origine sacrée, elle a été rapportée du mont Sinaï avec les tables de la Loi. C'est le punch du colonel Lay en personne.

— Du colonel Lay ? » répète Adélaïde en saisissant la coupe. À cause du retard pris par la Nina, *Harlan se trouve, dirait-on, dans un état d'ébriété plus avancé que ceux dans lesquels elle l'a vu à Charleston. Elle remarque, en outre, que la foule qui se presse autour d'eux sous la tente est essentiellement composée d'hommes et de militaires : ils appartiennent à son régiment, le 21e régiment d'artillerie ; certains d'entre eux, qui ont à peine la moitié de son âge, semblent voir en lui une sorte d'oncle débauché et ne demandent qu'à d'être détournés du droit chemin. Les dames de la compagnie se sont retirées sur la véranda, où l'on peut les voir s'éventer en regardant ces messieurs faire la noce, les yeux plissés sous leurs grandes coiffes circulaires sanglées sous le menton.*

La fête vacille au bord du gouffre, sur le point de se dissoudre dans une mêlée générale et orgiaque, danger souligné par les grondements effrayants et répétés du Purdey, en contrebas, et par la table du banquet, certes magnifique mais qui ne ressemble à aucun buffet des États du Sud. Paloma et sa fille Clarisse – Adélaïde les cherche sans cesse du regard, désireuse d'établir quelle sorte de créatures elles sont, mais elles n'ont pas encore fait leur apparition – ont organisé une noce al estilo cubano. *Au lieu d'un rosbif ou d'un gigot d'agneau, la pièce de viande centrale est un cochon – non pas un cochon de lait mais un pourceau adulte de près de soixante-dix kilos – étalé comme une peau d'ours avec la tête et les pattes, des pattes ornées de papillotes en papier, semblables aux manchettes parfumées de quelque dandy élisabéthain. L'animal repose sur un lit, que l'on pourrait même décrire comme un champ, de coriandre fraîche, dont l'odeur très puissante – mais appétissante – se mêle à celles de l'orange amère et de l'ail. En lieu et place d'une pomme, le porc tient une mangue dans son groin, et d'autres fruits tropicaux l'entourent – abricots des Antilles, corossols et papayes, importés pour certains, cultivés à Wando Passo pour d'autres après avoir été transplantés de Cuba en Caroline il y a longtemps par Percival, qui est – ou était, avant que sa santé décline – un passionné d'horticulture. Prolongeant le thème cubain, deux filles vêtues de robes neuves et empesées se frayent un chemin dans la foule en distribuant des révérences en même temps que des rafraîchissements – limonades et* panales *– sur un plateau, ainsi que de savoureuses petites bouchées garnies de crabe ou de fromage et de goyave connues sous le nom de* bocalitas.

Mais la plus grande merveille est la pièce montée qui figure une grande bâtisse impériale de style colonial espagnol. Construite en fondant et en glaçage aux blancs d'œuf, elle possède une série d'arcades côté rue supportant des balcons à l'étage et sa façade donne sur un boulevard. Il y a plusieurs calèches miniatures noires – de celles que les Habaneros *appellent des* quitrines *– avec roues et chevaux en réglisse, et des postillons – au rendu très réaliste, avec leurs bottes de chasseur, leur cravache et leur chapeau haut de forme en peau de castor – façonnés en pâte d'amande colorée. De l'autre côté de la rue se trouve un parc dont les allées de gravier sont en granulés de sucre coloré, où l'herbe est figurée par des brins de noix de coco teints en vert* *vif, et les troncs des palmiers par des bâtons de cannelle.*

« Le colonel Lay de La Nouvelle-Orléans, Addie, répond Harlan en trempant dans le breuvage la louche en argent fin. Le propriétaire du Santa Isabel, un hôtel de La Havane, je crois... Son punch au rhum est célèbre. À part lui-même, je suis le seul dans tout l'hémisphère Nord à connaître la formule. Et croyez-vous qu'il me l'ait donnée par pure bonté d'âme ?

— Nooooon ! » font plusieurs de ses jeunes protégés, en bons épiscopaliens, pressentant la chute profane de ce petit sermon interactif.

*« Certes non, madame, confirme le marié, leur prêtre. Je la lui ai gagnée à l'*el monte*, un sport sanguinaire pratiqué par le colonel Lay. Et en vérité je vous le dis, Adélaïde, sans exagérer, ce gentleman a versé des larmes de sang, de grosses larmes de sang, en fait, comme Jésus-Christ sur la Croix, en consignant sur papier les ingrédients et les proportions. Je garde toujours ce billet sur moi, là, tout contre mon cœur, avec votre présent... » Avec deux doigts et le pouce, Harlan écarte en effet les pans de sa veste ; mais soit il plaisante soit il a oublié de porter la miniature qu'elle lui a offerte, celle qui contient son propre portrait – peint à la détrempe sur fond d'ivoire –, dans un médaillon ovale articulé par une fragile charnière en or, et qui renferme également son portrait à lui, en vis-à-vis. « Mais allons, finissez votre verre à présent ! Vous devez montrer l'exemple à ces mauviettes, ces petites natures.*

— Il est... très fort, dit-elle.

— Fort ?

— C'est un peu comme humer une flamme.

— Oui, oui... Mais encore ?... » Il agite la main sous son menton, pour l'inviter au lyrisme.

« Une flamme parfumée au rhum. » Elle a fini par trouver une formule. « Avec une brume d'orange.

— Ha, ha, les gars, elle a du répondant, pas vrai ? s'écrie-t-il. Je vous l'avais bien dit. Ce sont les petites

oranges amères que Père fait pousser autour de la maison. Elles font aussi une excellente marmelade. Mais voyez, vous avez bu jusqu'à la dernière goutte, dit-il en jetant un coup d'œil au saladier. Il faut en refaire. Où est Clarisse ? Bon, qu'elle aille au diable ! Tant pis. Allons, Addie, voulez-vous m'accompagner jusqu'à l'entrepôt ? Nous allons chercher le rhum nous-mêmes. » Il se penche vers elle pour chuchoter : « Dérobons-leur un moment d'intimité ! » Puis, de sa voix publique la plus retentissante, il reprend en lui offrant un bras : « Venez, faisons un petit tour du domaine, voulez-vous ?

» Dieu soit loué ! » Tandis qu'ils s'éloignent nonchalamment, il s'éponge le front. « J'ai cru que je n'arriverais jamais à vous avoir tout à moi. » À l'ombre de l'allée d'arbres, il se tourne vers elle et lui saisit les mains. « Comment allez-vous, Addie ?

— Je vais bien.

— Et votre voyage ? Étiez-vous terrifiée ?

— Exaltée plutôt, je le confesse sans fierté. »

Il sourit. « Alors je suis fier à votre place. Et la fête… en êtes-vous contente ? »

Elle a un moment d'hésitation, mais il est bref. « Elle est des plus originales, mon cher.

— Originale, en effet », approuve-t-il, le visage soudain aussi amer que les oranges de son père. Cherchant un cigare dans sa veste, il en mord le bout, qu'il recrache. « Je ne suis pas sûr que nos amis sachent quoi en penser. Quand ils sentent les relents d'ail, ils sourient et renvoient le plateau d'un geste. J'aurais dû me méfier de Clarisse au lieu de la charger d'organiser le banquet. Au diable tout cela, mais il y a eu une terrible dispute ici en début de semaine.

— Entre elle et vous ?

— Non, toute cette maudite famille s'est liguée contre moi, dit-il en allumant son cigare et en soufflant la fumée. Vous avez vu comment Jarry s'est comporté avec moi ?

— Oui ? » répond-elle sans trop savoir.

Il hoche la tête en agitant son allumette. « Paloma et lui m'en veulent encore. Père ne m'adresse plus la parole depuis et n'a pas daigné quitter la maison de la journée. Je croyais Clarisse en colère, elle aussi, mais elle est venue me trouver, tout sourires, pour m'annoncer qu'elle voulait enterrer la hache de guerre et organiser la noce. J'ai dit oui pour préserver la bonne entente.

— Mais, Harlan, vraiment, cette noce est extraordinaire malgré tout. Quelle pièce montée !

— Oui, la pièce montée. Savez-vous ce que je lui avais demandé ? Fort Sumter. Et voici le résultat : la Plaza de Armas à La Havane.

— C'est donc cela ! »

Il acquiesce. « Avec le théâtre Tacon.

— Elle est à croquer, Harlan. Je n'ai jamais rien vu de pareil !

— Mais bon sang de bonsoir, je voulais Fort Sumter ! Je voulais vous rappeler cette fameuse soirée.

— Oh, je n'ai pas besoin qu'on me la rappelle ! Je m'en souviens dans les moindres détails. »

Il concède un sourire incertain. « Donc, vous êtes heureuse ?

— Je suis heureuse.

— Vous êtes bien ?

— Oui.

— Puis-je vous embrasser ? »

Elle rit. « Certainement pas ! Pas ici, où tout le monde peut nous voir.

— Allons dans l'entrepôt, alors !

— Mais attendez », dit-elle quand ils passent devant la cuisine, une construction aux murs en rondins blanchis à la chaux, dont les deux grosses cheminées en pierre des champs, sur les pignons situés de part et d'autre du toit, crachent des tourbillons de fumée. Dehors, sous l'appentis surajouté à la bâtisse, une rangée de femmes coiffées d'un fichu, les bras plongés dans l'eau savonneuse, lavent à grand fracas vaisselle et ver-

res de cristal dans un abreuvoir en bois d'un mètre quatre-vingts. « Je devrais peut-être aller les saluer.

— Non, Addie, répond Harlan. Vous les rencontrerez bien assez tôt. Je veux d'abord vous entretenir de cette affaire. Je voulais attendre, mais, diable ! cela me taraude ! Allons à l'entrepôt. On y a plus d'intimité. »

Et c'est d'une humeur un peu moins légère qu'ils longent la route sablonneuse qui borde le fleuve vers le sud et passent devant Peter, le jardinier, occupé à enduire le framboisier de cendre de bois. Le jardin potager est immense – deux cent quarante mètres de long sur vingt-quatre ou vingt-cinq de large – et le jeune aide-jardinier fertilise les rangées de fraisiers. Adélaïde en distingue au moins trois variétés, dont les minuscules fraises nommées fraises des Alpes qu'elle a un jour goûtées en Italie avec Blanche – mais qu'elle n'a plus mangées depuis lors. Non loin de la maison, ils pénètrent dans l'enceinte de bâtiments qui entourent le vaste hangar à riz aux murs en bardeaux, comme un village de la Nouvelle-Angleterre entourerait son église. L'atelier du charpentier et celui du charron sont là, et, dans la forge, le marteau cesse de résonner sur leur passage. Les phaétons et les calèches des invités sont garés sur le bas-côté, près de l'étable devant laquelle Harlan s'arrête pour désigner quelque chose par la porte ouverte. « Regardez, là-bas, Addie, voyez-vous cette petite carriole jaune ? » Au milieu des charrettes de la ferme et des calèches familiales, à moitié dissimulée par la sellerie, on aperçoit une carriole d'enfant. « C'était la mienne quand j'étais enfant. J'avais une chèvre appelée Belzébuth, qui portait bien son nom à en juger par son tempérament. La chèvre nous tirait, Jarry et moi, à toute allure sur cette route, et il lui est arrivé plus d'une fois de nous renverser dans le fossé. Vous voyez ceci ? » Il incline sa grosse tête chauve pour lui montrer une cicatrice blanche.

« Je vois.

— C'est à Belzébuth que je la dois.

— Là. » Elle l'embrasse à cet endroit précis, mais s'écarte aussitôt, car un palefrenier apparaît, les bras chargés de foin.

« 'Soir maît', 'soir maît'esse, dit-il avec un sourire timide, en jetant des ballots de foin devant les chevaux attachés à la longe.

— Ah, en voilà une salutation empreinte de respect ! Bonsoir, James, lance Harlan. Oui, on vous a bien vu cligner des yeux dans le noir. » Son ton est amical, faux mais détendu ; pourtant, quand les chiens de chasse se mettent à hurler et bondissent contre la clôture de la niche, son visage s'éclaire.

« Non, Sultan, je ne t'ai pas oublié. » Il sort de son mouchoir des restes et les lance à un énorme limier qui se tourne, l'air méchant, vers les autres chiens avant d'emporter son butin dans un coin de l'enclos. « C'est bien, mon chien, montre-leur qui est le seigneur et maître de la cour ! » Harlan lâche un vigoureux rire approbateur. « Zut, suis-je bête ! Quelle est la bonne ? dit-il en examinant le cadenas qui ferme la porte de l'entrepôt et son lourd trousseau de clés.

— Quelle charmante maisonnette ! » fait remarquer Adélaïde en se penchant par-dessus la barrière d'un cottage blanc à la véranda qu'envahissent des bégonias grimpants en pleine floraison, au milieu d'une cour toute fleurie. « Mais, Harlan, ne sont-ce pas justement ces fleurs-là ? » Elle entoure de sa main et hume une grande rose blanche et odorante qui s'échappe de la palissade.

« Pardon, ma chère ?

— Celles que vous m'avez envoyées ce fameux matin... après le bal du Jockey Club ? Je les ai mises dans mon tiroir, avec mes affaires intimes, et depuis, chaque fois que je l'ouvre, je pense à vous.

— Ah oui, dit-il avec un sourire vague et artificiel, oui, je me rappelle. Ce sont des banksias, je crois.

— Celles-ci ? Des banksias ? Ce sont des roses muscades, Harlan. Elles ne ressemblent pas aux banksias – pas le moins du monde !

— Eh bien, répond-il, acculé, les noms propres n'ont jamais été mon fort. Mais en latin elles se nomment rosa muskaplentia, *je crois. »*

Adélaïde éclate de rire. « Harlan DeLay ! Savez-vous que je vous ai épousé pour ces fleurs ?

— J'espère que ce n'est pas l'unique raison.

— Mais si ! s'écrie-t-elle. La seule et unique ! Parce que vous n'avez pas envoyé un de ces stupides petits bouquets de fleurs montés sur bâton ! Il va falloir annuler le mariage à présent.

— Cela est bien plaisant, madame. » Il sourit, mais ses yeux noisette se sont étrécis d'un degré.

« Maudit soit votre colonel Lay ! Son punch est très insidieux. Il m'est monté droit à la tête. Mais, sérieusement, qui donc habite ici ? Une femme, sans doute.

— Non, c'est la maison de Jarry. Père et lui sont très portés sur les fleurs. » Ses lèvres expressives – dont le sybaritisme pourtant discret a toujours frappé Adélaïde – esquissent une moue quelque peu amère en prononçant ces derniers mots.

« Je vois quelle pente vous avez suivie. Votre frère est votre Cyrano. »

La clé entre dans la serrure, mais quand Harlan relève les yeux son sourire a disparu. « Ce n'est pas mon frère, Addie. Ne l'appelez jamais ainsi. Si un homme me disait cela...

— Mon cher ! s'exclame-t-elle, la main sur le cœur. Pardonnez-moi, je voulais simplement dire...

— Je sais, répond-il. Je sais que vous plaisantiez. Mais je ne peux pas en rire, Addie ; pas de cela. Ce dont je dois vous entretenir le concerne, cependant. »

Il pousse la grande porte en bois et déplie le bras : Adélaïde le précède dans le crépuscule odorant.

9

« Wouaouh ! Putain ! »

En montant l'escalier à reculons, une marche après l'autre, Ransom hissa le chaudron par à-coups.

« Mon vieux ! T'as bien besoin de te remettre au sport ! » Pantelant, les mains sur les genoux, il fit une pause sur le palier pour reprendre son souffle, puis il traîna sa lourde trouvaille dans la salle de bains. Avec le tintement sourd et mélancolique d'une balise flottante, le chaudron atterrit dans l'antique baignoire à pieds de lion de Claire, et Ran ouvrit les robinets.

En laissant l'eau faire son œuvre de délitement, il regarda par la fenêtre d'où il avait vu la silhouette l'observer. Les fourmis... le fusil... le chaudron... et maintenant cette ombre... Ransom eut soudain l'impression fugace que tout cela devait le mener quelque part... Mais où ? Et qui se cachait derrière tout cela ? *Encore un indice*, chuchota une voix dans sa tête. Était-ce la voix du matin, celle qui vous aide à choisir entre la chemise bleue et la rouge ? Comment se faisait-il que, parfois, cette voix semblait celle d'un *autre* ?

« Non, c'était ton imagination, *amigo* », dit-il pour se rassurer en effleurant les aspérités de la vitre. La lumière aveuglante du soleil qui joue sur du verre soufflé à la main... « C'était ça... et d'ailleurs, on va arrêter de parler tout seul, d'accord ? Tu sais que ça n'est pas grave, et moi aussi, mais il y a des gens qui ne comprendraient pas. Alors motus et bouche cousue, entendu ? » Ran fit mine de se sceller les lèvres avec une fermeture Éclair puis il sourit, amusé par son trait d'esprit. Bien sûr, il n'ignorait pas quelle impression cette conversation pouvait donner – il avait bien vu l'expression de ses passagers dans le taxi. Mais, à vrai dire, il se sentait parfaitement bien – mieux que cela, en fait : il se sentait *étrangement bien*.

Quand il se retourna vers la baignoire, un nuage de terre rouge avait commencé à couler dans l'eau, en dégageant une faible odeur, vaguement familière, mais qu'il n'arriva pas à définir. En tout cas, Ran eut soudain très faim. Il se rappela sa résolution de redevenir gentil, aussi ferma-t-il les robinets avant de descendre au rez-de-chaussée mettre le dîner en route.

Le destin avait voulu que là, dans le frigo, sur l'étagère du bas, un paquet de découpes de poulet à frire l'attendît. À l'instant où Ransom l'aperçut, tout luisant sous son emballage en Cellophane, il sut que c'était de poulet frit qu'il avait envie, ça et rien d'autre ; aussi se mit-il en devoir d'en préparer en rassemblant les ustensiles sacerdotaux comme un prêtre pour la messe. Dans un sac en papier kraft, il versa deux tasses de farine bien pleines – de la farine à gâteau, évidemment, avec deux pincées de poivre de Cayenne et de poivre noir. La grande poêle à large bord accueillit un morceau de margarine Crisco de la taille d'une tête réduite. Tout en allumant le gaz, il jeta l'ingrédient secret dans la poêle, quiddité et particule élémentaire de tout plat cuisiné avec amour : une mesure de beurre, indispensable à une bonne friture et à la saveur de la recette. Ensuite, comme notre prêtre métaphorique qui, de plus en plus heureux dans sa sacristie, se laisserait aller à boire une ou deux lampées d'un vin non encore consacré, Ran décida qu'un verre s'imposait. Et, tel un désir devenu réalité, à côté du moulin à poivre Peugeot que Claire avait chipé à New York, il y avait une bouteille, ouverte, sur le plan de travail.

Terriblement exigeant sur les vins, Ran tenta sa chance. « La vache ! dit-il, approbateur. Bon Dieu, la vache ! » Vigoureux, du caractère, jeune et insoumis, moelleux en diable et totalement déraisonnable : sans doute un grand cru ! Mais l'étiquette ne disait rien à Ran, et quand il vit le prix, il cligna des yeux, incrédule : un dollar quatre-vingt-dix-neuf.

« Putain de bon Dieu ! Fais-moi penser à en acheter d'autres bouteilles, lança-t-il en oubliant sa résolution. Sacré nom de nom, faudra en prendre toute une caisse ! »

Mais quelle était donc cette odeur ? Elle avait déjà envahi le rez-de-chaussée. En la humant, Ran se retrouva tout à coup à Killdeer, par une chaude soirée de septembre, presque trente ans plus tôt... Il avait dix-sept ans, un Colt 45 dans les mains, et du perron d'une petite maison en briques il regardait une femme s'affairer dans sa cuisine.

C'était vendredi, le jour de paie à l'usine, et derrière lui Ran entendait la ville résonner de réjouissances frénétiques mais pas toujours joyeuses. Avec son alcool de malt dans un sac en papier kraft, il avait fait tout le chemin à pied, sept pâtés de maisons jusqu'à l'intersection de Bane et de Depot Street où il avait rejoint des copains sous le réverbère pour écouter le dernier album des Stones et admirer le laquage customisé Earl Scheib, rouge « pomme d'amour », de la Trans Am de Tommy Hicks.

À la maison, Mel devait être en train d'entamer sa deuxième bouteille de bouchon-à-vis millésimé, de château-vieille-bicoque – ceux-là ou une autre promotion du vendredi soir – en s'énervant tout seul à la lecture d'un édito du *Socialist Worker*, prêt à invectiver Herbert Kincannon ou le premier capitaliste qui lui tomberait sous la main. Mais si Kincannon était resté directeur de l'usine pendant trente ans, c'est qu'il avait assez de jugeote pour éviter Killdeer après la tombée de la nuit, de même que Ran et bon nombre de ses copains savaient qu'il valait mieux éviter de rentrer chez eux avant dix heures le vendredi soir.

Le premier endroit qui était venu à l'esprit de Ran était ce lampadaire au coin de la rue, lieu de rendez-vous habituel de ses amis. Tout le groupe était d'accord pour dire qu'*Exile on Main Street* était une super-chanson, mais Tommy avait mis fin au consensus lorsqu'il avait ajouté : « C'est quand même pas *Let It Bleed.* » Ils avaient donc remis l'album précédent dont la musique avait suivi Ran pendant ses dix minutes de marche, une musique légère, aérienne, franchissant une frontière invisible, en bas, aussi chargée de tensions et de dangers que celle qui sépare Jérusalem-Est de Jérusalem-Ouest.

Bien loin de l'usine, sur le perron de la maison de Delores Mills, Ran l'entendait encore. Même déformée par la distance et concurrencée par les notes qu'émettaient trois grenouilles et des grillons, par le vrombissement des voitures au moteur gonflé et le claquement des wagons de fret que l'on découplait au dépôt, il n'y avait aucun doute possible sur la chanson. C'était *Gimme Shelter*, le premier morceau qu'il avait pu qualifier, sûr et certain, de vraie grande musique. À la centième comme à la première écoute, Ran s'émerveillait toujours des harmoniques de Mary Clayton, dignes de *La Chevauchée des Walkyries*, et, plus encore, des puissants chorus de Keith Richards ; du haut de ses dix-sept ans, il les trouvait aussi fondamentaux et éternels que le motif de l'ouverture de la Cinquième de Beethoven. Cette symphonie, il l'avait découverte grâce à celle qui faisait frire du poulet devant sa gazinière, en déshabillé, une sorte de combinaison démodée aux démarcations apparentes, et dont la couleur chair (Ransom s'en était fait la remarque en sirotant sa bière sans oser frapper) était plus claire que sa peau.

Organiste et chef des chœurs à la New Jerusalem Church of God in Christ, Delores Mills enseignait la musique au lycée de Killdeer depuis que les personnes de couleur y étaient autorisées. Quand ils s'y étaient rencontrés, Ransom étudiait déjà la guitare en autodidacte depuis trois ans. Il avait acheté sa première électrique à treize ans : une solid-body jaune orangé de marque Teisco à un seul micro commandée à Chicago pour quarante-neuf dollars quatre-vingt-dix-neuf.

Alors que les autres garçons ne pensaient qu'à marquer des essais et à gagner des tirs au but, Ran accordait sa guitare sur *sol* à vide, et rêvait de jouer au Shea[1] et dans les salles de Fillmore East Street à New York : il monterait en scène, laisserait son public s'exciter un peu, commencer à suer un brin – surtout les filles à dos nu et serre-tête tressé, celles dont les clés de la BMW de papa se dessinent en relief dans la poche de leur jean moulant. Ensuite, il se lancerait dans le riff, ce riff incroyable qui serait à la guitare rock ce que le record de Bannister en 1954 est à la course à pied et le triple lutz de Donald Jackson en 1962 au patinage artistique... Ne pas savoir lire une partition avait commencé à lui apparaître comme un obstacle possible à son avenir ; aussi, un après-midi, il était passé au bureau de Mme Mills pour voir si elle pourrait l'aider. Sa suggestion : qu'il rejoigne la fanfare.

« La fanfare ? » Ran avait regardé par-dessus son épaule, comme si l'invitation s'adressait à un élève plus crédule qui se serait glissé derrière lui dans le couloir. « Vous voulez rire, c'est ça ? »

L'expression de Delores Mills lui avait signifié qu'elle ne plaisantait absolument pas.

1. Stade où se sont produits les Beatles en 1965. *(NdT.)*

« Eh bien, ouais, merci beaucoup. » Après s'être gratté la tête, Ran s'était passé les doigts dans les cheveux, et avait tourné les talons. « À plus !

— Monsieur Hill… »

Il s'était retourné.

« Fermez la porte en sortant. »

Deux semaines plus tard, il était de retour. Forcé de choisir un instrument, il avait opté pour le plus grotesque de tous ceux qui lui étaient venus à l'esprit, rien que pour préserver sa dignité d'adolescent et ses lettres de créance révolutionnaires : le trombone à coulisse. Et il avait dû payer cette humiliation au prix fort, en plus ! Quand il avait demandé à Mel de lui avancer l'argent pour son uniforme et son instrument, le vieux lui avait donné une calotte sur la tempe en riant. Mme Mills s'était portée à son secours. Ainsi, au lieu de sortir des sons plaintifs de sa gratte comme Keith Jarrett ou Jimmy Page au Shea, Ran s'était mis à fréquenter la New Jerusalem le dimanche soir, où il passait la serpillière dans la salle des banquets après les répétitions d'un tas de nègres, conduites par une prof nègre dans une église de négros. Et c'est exactement en ces termes qu'il pensait à l'époque.

Solfège, indications de la mesure, gammes, intervalles et formes – sans se soucier de ses opinions politiques ni de la couleur de sa peau, Delores avait initié Ran à ces mystères et à bien d'autres ; et enfin, elle lui avait fait redécouvrir le rock dont elle avait brisé la coquille superficielle, comme l'œuf qu'elle incorporait dans le mélange farineux où elle trempait son poulet frit. Aussi, en entendant *Love in Vain* – contrairement à Tommy et aux autres beaufs, exégètes du vendredi soir à l'intersection de Bane et de Depot Street –, Ran savait que Robert Johnson l'avait écrite. Sous la peau du rock'n'roll, il avait appris à reconnaître les motifs plus anciens du blues à douze mesures, qui en est le squelette. Et quand Delores l'avait invité à dîner un vendredi soir, Ransom – doutant de savoir se tenir à table et un peu effrayé à l'idée d'attraper des « germes de nègres » – y était allé pour ne pas froisser son professeur de musique et avait pris le premier repas équilibré et cuisiné maison de sa courte vie. Cette invitation était devenue une habitude et, en plus de tout le reste, Delores lui avait appris à préparer le seul plat vraiment élaboré qu'il ait jamais réussi à cuisiner.

La différence entre les Noirs et lui n'était que superficielle ; une fois cette incroyable nouvelle assimilée, Ran avait développé un béguin peu surprenant pour Delores, et cette dernière – divorcée, mère d'un enfant, séduisante et dotée d'une certaine expérience des hommes –, parfaitement consciente des sentiments qu'elle lui inspirait, les exploitait sans vergogne, mais seulement pour son bien, afin d'encourager sa passion de la musique et sa concentration dans le travail, en le poussant toujours un peu plus loin. Elle avait été la première à croire en Ransom et à l'aider à croire en lui. Et cela, Ransom le savait, faisait toute la différence entre ses copains de Bane et Depot Street et lui : il avait trouvé un second refuge – bien meilleur. Ce qui ne l'empêchait pas de continuer à dire « négro » quand il était avec eux. Il continuait à ricaner et à appeler le quartier de Delores *Niggertown* – même si sa maison était en briques et en bien meilleur état que la sienne. Pourtant, depuis qu'il y avait Delores Mills, ces mots ne passaient plus très bien, comme des aliments jadis familiers que son système digestif n'arrivait plus à digérer. Et il avait beau les prononcer, il avait beau ricaner, il savait que Mme Mills l'avait sauvé. Ran n'avait qu'un souhait : monter sur la scène du Shea, y jouer cet incroyable riff et faire ramper à ses pieds, suppliantes, les petites filles riches qui l'avaient accablé de mépris. Au lieu de cela, il défilait dans les rangs de la fanfare et arpentait le terrain de foot détrempé dans ses mauvaises chaussures en jouant du trombone à coulisse pour Mme Mills. Et il serait allé jusqu'en enfer pour elle – aller et retour, en passant par Selma, Alabama –, si seulement Delores n'avait pas eu une fille, et si seulement cette fille n'avait pas été Shanté...

Si seulement, au concert de Noël de la chorale, devant l'assemblée des élèves, au milieu d'un morceau de Haendel, alors que Ransom, avachi quelque part au vingt-deuxième rang, faisait ostensiblement semblant de dormir ; si seulement Shanté (de retour pour les vacances car elle faisait ses études dans un lycée privé, voie royale que lui avaient ouverte son talent précoce et l'opiniâtreté de sa mère) ne s'était pas avancée pour entonner à pleins poumons *Jordan Roll* d'une voix au timbre aussi riche et aussi puissant que celle de Gladys Knight, mais avec six ou sept tonalités de plus ! Il y avait dans cette voix un érotisme émouvant, de la tristesse également, et, dans son registre supérieur, l'élan d'une espérance joyeuse, comme une trapéziste qui lâche la barre et fait le saut de l'ange, sans jamais douter qu'une main invisible la portera où son destin doit la mener.

Si seulement rien de tout cela n'était arrivé, Ransom, trois ans plus tard, par cette chaude nuit de septembre, n'aurait pas été planté sur le perron de Delores, l'haleine chargée d'alcool de malt, à la regarder frire son poulet sans oser frapper ! Quand il avait fini par s'y résoudre, elle avait regardé par-dessus son épaule, s'était essuyé les mains, et s'était avancée vers la porte à moustiquaire qu'elle n'avait pas ouverte.

« Ça sent vachement bon, ici », avait-il dit avec un grand sourire débordant de ce charme désespéré qui allait lui ouvrir tant de portes. Mais pas celle-ci.

« Je suis désolée, Ransom, avait répondu Delores. Je ne peux pas te laisser entrer.

— Ah, avait-il dit. Bon, d'accord. » Il avait déjà descendu la moitié des marches quand l'impact de ces paroles l'avait percuté comme une voiture folle conduite par un ivrogne. Il s'était retourné et était remonté coller son visage contre la porte grillagée. « Mais pourquoi ? avait-il demandé d'une voix douce et suppliante. Pourquoi, ma'ame Mills ? »

Delores l'avait regardé en face, bien en face, pendant un long moment. L'expression de son visage mêlait la pitié et le chagrin à quelque chose de dur et résigné.

« J'ai fait quelque chose de mal ?

— Non, Ran, tu n'as rien fait.

— Alors, pourquoi je ne peux pas entrer ? »

Delores s'était contentée de le regarder encore avant de refermer, tout doucement, lentement, la porte intérieure.

Depuis la cour, il avait vu la silhouette de Shanté se dessiner sur la lucarne. Elle avait posé la main sur la vitre. Le train, à cet instant, avait déjà quitté la gare. Au loin, Mick chantait :

... it had two lights on behind
Well, the blue light was my baby, and the red light was my mind[1].

Ransom s'était détourné et avait lancé sa canette d'alcool de malt contre le lampadaire. Après avoir martelé une voiture de coups de poing, il avait remonté la rue en titubant, une main sanguinolente nichée au creux du bras, avec, dans sa poche, deux tickets pour le New York City bus qu'il prendrait seul. Tandis qu'il s'éloignait, l'odeur du poulet de Delores l'avait suivi, et depuis ce jour il n'en avait plus jamais mangé.

Pourtant, elle était bien là, aujourd'hui, à Wando Passo, cette odeur de poulet frit qui filtrait par la porte à moustiquaire et l'enveloppait. Et le plus

1. « ... il y avait deux phares à l'arrière
Le bleu, c'était ma chérie, et le rouge, mon esprit. » *(NdT.)*

curieux, c'était que Ran n'avait pas commencé à cuisiner. Avant même qu'il eût plongé le premier blanc de poulet, comme un drakkar de Vikings, dans la mer d'huile pour le faire griller, la maison embaumait le poulet frit de Delores Mills : grâce à l'action assouplissante de l'eau, l'odeur émanait du fond boueux d'un chaudron enterré depuis des lustres. Comment était-ce possible ? Ransom n'en savait rien, pas plus qu'il ne connaissait la nature du vin.

Plus il en buvait et plus ses qualités s'avéraient magistrales ; elles l'emplissaient d'une tristesse exquise, comme la perspective dégagée que l'on a d'un point culminant par une journée d'automne parfaite, alors qu'une cloche sonne dans le lointain et que l'on sent déjà la première morsure, vivifiante, du gel. Il n'avait jamais rien goûté d'approchant – et ce n'était pas faute d'en avoir goûté ! Car il s'était senti obligé de faire ses preuves en matière d'œnologie pour se démarquer du vieux pot de confiture dans lequel Mel buvait de la bibine, à l'époque où, en rentrant, Ran le trouvait, comateux, sur le siège avant de la Thunderbird, en train d'écouter la musique Town & Country que l'autoradio, raccordé à une prise de la maison, jouait en sourdine. Aucun des rares millésimés qui, en des temps meilleurs, lui avaient coûté des centaines de dollars – et, à certaines occasions, bien plus encore – n'avait jamais fait cet effet-là à Ran : ce vin évoquait des vérités éternelles alors même qu'il s'évaporait dans la bouche.

Et il s'était évaporé jusqu'à la dernière goutte quand Ran déposa l'ultime morceau de poulet sur l'assiette et leva les yeux sur l'horloge. « Bon Dieu de merde ! Les enfants ! La soirée ! Claire ! Quel con ! »

Ransom attrapa les clés et se précipita dehors.

10

Harlan attrape Adélaïde par le poignet et la plaque contre la porte du magasin à provisions qui se referme avec un déclic. Tout contre elle, il l'embrasse goulûment – sur les lèvres, le cou, la clavicule. En remontant, sa main pousse le sein d'Adélaïde hors du corsage et il enfouit son visage dans le décolleté de la robe.

« Harlan ! Harlan ! chuchote-t-elle, entre supplique et rebuffade.

— Cela vous importune-t-il ? demande-t-il, les joues en feu, avec une expression soudain indolente, presque morne.

— Non ! Bien sûr que non, non. Je voulais simplement dire…

— J'ai attendu si longtemps, Addie. Je suis si impatient d'être à ce soir !

— Mais vous devez attendre, lui enjoint-elle en se redressant. Vous devez attendre jusqu'à ce soir.

— Vraiment ? Dites-moi pourquoi. Et si je ne peux pas ? »

Elle rit, mi-flattée mi-alarmée, et se met à longer la rangée d'étagères. « Quel endroit étrange ! » dit-elle en essuyant une tache de salive sur son sein et en réajustant son corsage. Quelques rayons de soleil égarés se glissent entre les fissures du mur chaulé et tombent sur des atomes de poussière qui s'élèvent du sol en terre battue où des pains de saindoux, produit des cochons tués à Noël, ont été mis au frais. Quand Harlan allume la lampe à huile de baleine, Adélaïde distingue des sacs de café en toile de jute empilés sur plusieurs rangées, des rayons entiers de bocaux et de conserves, du corned-beef et du porc macéré en pots, des jambons et des morceaux de bacon suspendus aux poutres. Il y a de pleins tonneaux de farine, du savon, de l'huile d'olive, des chandelles, des barriques remplies de mélasse, des boîtes de cigares et du sucre de qualité supérieure par pains de cinq kilos. Sur tout un côté de l'entrepôt s'entassent les alcools, les casiers de bouteilles de vin, une centaine peut-être – les vinos generosos, *xérès, vin de Málaga et amontillado sont largement surreprésentés –, des vins capiteux du sud de l'Espagne pour lesquels Harlan, comme Percival avant lui, a développé un goût dans sa période cubaine. Pour les quartiers des esclaves, il y a des tonneaux d'un vin rouge bon marché appelé* vino Catalán *ainsi que de ce brandy à base de canne à sucre brute que les Cubains appellent* aguardiente.

« Voyez tout ce qu'il y a ici, dit-il. Pourquoi me harcèle-t-il à propos d'une commande perdue ? C'est absurde ! Nous aurons pris Washington d'ici à l'été, de toute manière. Ceci suffira amplement à nous faire tenir.

— On dirait les entrepôts à grain d'Égypte », déclare Adélaïde.

Harlan rit. « Oui, et vous êtes l'épouse du pharaon. Mais venez par ici que je vous regarde à la lumière. » Il déploie un rouleau de flanelle sur les sacs de café et le tapote pour inviter Adélaïde à s'y asseoir. « J'ignore comment Père et les autres vont vous recevoir, Addie ; alors, avant de vous les présenter, je veux que vous sachiez ce qui s'est passé.

» Donc, jeudi dernier, dit-il en ôtant le verre de la lampe pour rallumer son cigare, le lendemain de mon retour de Charleston après le mariage, Père nous a tous convoqués dans la bibliothèque – et par "tous", vous comprenez, j'entends moi-même, Paloma, Jarry et

Clarisse. Avec force solennité et mystères, comme s'il s'apprêtait à nous faire procéder à quelque rite obscur, il a pris une clé attachée à son cou, il a ouvert le tiroir du bureau ministre pour en sortir son testament et ses dernières volontés. La plupart des gens, Addie, ont la décence de mourir avant d'infliger leurs intentions à leurs proches, mais Père, conscient qu'il allait provoquer un tohu-bohu, n'a pas pu se refuser le plaisir d'y assister aux premières loges. Aussi nous en a-t-on donné lecture. Ou plus exactement, Jarry nous l'a lu. Père, voyez-vous, préfère son style oratoire au mien… ou devrais-je dire sa rhétorique ? Mais qu'importe, je vous épargnerai le catalogue des affronts mesquins que l'on me fait, cela vous ennuierait certainement et nous retiendrait ici jusqu'au milieu de la semaine prochaine. »

Harlan ébauche un pâle sourire comme s'il avait goûté à un aliment gâté.

Adélaïde, qui ne lui a jamais entendu ce ton, croise les mains et, non sans effort, parvient à garder un air neutre. « J'en déduis que vous n'êtes pas satisfait du contenu de ce testament ?

— En un mot, non, répond-il. Bien que ce document me lègue la propriété – nous *la lègue – ainsi que je l'escomptais, et ainsi que Père le devait, il nous a réservé quelques surprises. Paloma, pour ses années de… "service", dirons-nous, doit être affranchie. Je l'ignorais, mais franchement, elle n'est plus toute jeune, et je suis heureux qu'elle puisse couler le reste de ses jours avec Clarisse dans le cottage de Pine Barren, si tel est son désir. Ce qui m'a causé un choc autrement plus grand…, ajoute-t-il en soufflant furieusement sa fumée, ce que je ne peux ni tolérer… ni consentir à accepter… ni autoriser… c'est l'intention qu'a Père d'affranchir Jarry. Pour le dire sans ambages, cela causerait notre ruine. En outre, d'après les lois en vigueur, il est illégal en Caroline du Sud, et dans tous les États confédérés, d'affranchir un esclave sinon par*

décret spécial de l'Assemblée législative. Père, bien sûr, n'entend pas se soumettre à l'autorité du gouvernement. La loi, voyez-vous, dans sa vision bien arrêtée des choses, peut être soumise à ses caprices, alors que sa propre parole a une force égale, voire légèrement supérieure, à un décret biblique.

— Il a donc donné sa parole ? demande-t-elle.

— Apparemment, oui, répond Harlan en arpentant l'entrepôt, un bras en équerre dans le dos. Ils étaient tous au courant, bien sûr. J'étais le seul – moi, son fils et héritier légitime – exclu de la confidence. Ce n'est qu'au lendemain de notre mariage, dix jours avant mon départ pour Fort Moultrie, que Père a jugé bon d'éclairer ma lanterne. Sa défense – totalement ridicule – a consisté à dire qu'il n'avait jamais pensé que je puisse y voir un inconvénient.

— Y voyez-vous un inconvénient ?

— Si j'y vois un inconvénient ? Madame, vous pouvez me croire, j'en vois un en effet ! Je m'y oppose de toutes mes forces et je le lui ai fait savoir en termes parfaitement clairs. S'il persiste dans cette folie, j'ai l'intention de contester le testament et de leur montrer si un tribunal de Caroline du Sud fera pencher la balance en faveur des droits d'un nègre gâté et égoïste ou de ceux du maître d'une plantation et premier lieutenant du 21e régiment !

— Mon Dieu ! s'exclame-t-elle. Et que s'est-il passé ?

— Ce qui s'est passé ? Ce qui s'est passé ? fulmine Harlan. S'il y avait eu des pistolets dans la pièce, madame, je ne suis pas sûr que le sang n'aurait pas coulé. Ils se sont tous rangés de son côté, bien entendu !

— Et Clarisse ? demande Adélaïde. Doit-elle être affranchie, elle aussi ?

— Clarisse ? Clarisse est libre, Addie. Depuis bien longtemps. Ne vous ai-je pas éclairée sur sa situation ?

— Je ne crois pas. »

Harlan prend un air concentré. Il fume et regarde au loin. « Clarisse n'est pas la fille de mon père, articule-t-il après un silence. C'est la fille de Wenceslao Villa-Urrutia et de Paloma. »

Adélaïde cligne des yeux. « Wenceslao…

— Villa-Urrutia. Vous ignorez tout de lui… ? »

Elle hoche la tête. « Oui.

— Évidemment. Comment pourriez-vous le connaître ? Comment dire… » Il se remet à faire les cent pas. « En bref, Addie, Père, dans sa jeunesse, a fait preuve d'une grande ingéniosité dans le domaine de la mécanique – on pourrait presque parler de génie – mais, suite à quelques déboires professionnels, il a dû faire affaire avec un dénommé Charles Derosne. Ensemble, ils ont conçu ce qui est ensuite devenu le moulin de Derosne. Père a contribué à la conception de la centrifugeuse. Voilà ce qui l'a amené à Cuba, où il a fait fortune. Je suis certain de vous en avoir déjà parlé.

— Cela a-t-il trait à la fabrication du sucre ?

— Exactement. Le moulin en produisait une nouvelle variété, iridescente, d'une qualité que l'on n'aurait jamais crue possible. Il y a bien longtemps que ce moulin a révolutionné le processus de la raffinerie – à Cuba et ailleurs – mais, à ses débuts, son histoire a connu des revers. La machine était complexe, capricieuse et terriblement coûteuse. Le prototype coûtait plus de soixante mille dollars et son efficacité restait à prouver. Dans le but de la faire accepter, Charles et Père ont fait le voyage jusqu'à Matanzas pour installer personnellement le premier moulin à La Mella, le domaine familial de Wenceslao.

— Villa…

— Villa-Urrutia. Oui, exact. Le comte Wenceslao Villa-Urrutia. Père a travaillé comme chef opérateur dans ce qu'on appelle le caldron et la purga du domaine, la distillerie et la raffinerie. C'est là qu'il a rencontré Paloma. Elle travaillait comme bonne à la hacienda et c'était la maîtresse de Villa-Urrutia. Fou *amoureux, Père a essayé de l'acheter. Les jeunes négresses – à Cuba, à cette époque – partaient pour vingt* onzas *ou un peu plus, soit environ quatre cents dollars. Père en a offert six, puis huit cents, mais le* conde, *comme de nombreux Cubains de sa classe, était un joueur invétéré, aussi a-t-il suggéré un marché plus hasardeux. Il a proposé de jouer Paloma contre les parts du moulin qui revenaient à Père. Nous parlons de deux ans et demi de travail.*

— Percival a-t-il tenu le pari ?

— Il l'a tenu.

— Elle devait être vraiment belle, commente Adélaïde avec un petit sourire.

— Elle l'est toujours. Mucha Mujer ! *Bien sûr, elle est vieille maintenant, mais vous verrez. Ils ont joué dans la raffinerie, en fumant le cigare ; les* bocoyes *de sucre brut faisaient office de table. Une seule partie de faro, et Père a gagné. Mais quand elle est venue dans son lit, Paloma était enceinte…*

— De Jarry ? »

Harlan agite un doigt.

« De Clarisse ! dit-elle. Clarisse ? »

Il sourit. « Exact. C'est la fille de Wenceslao. Elle est née à Cuba, elle a été élevée dans la demeure du comte et a reçu la même éducation que ses autres filles.

— Et ensuite elle est venue ici ? »

Harlan hoche la tête. « Quand je suis parti y faire mon apprentissage, je l'ai ramenée pour qu'elle aide sa mère à Wando Passo. C'est que, voyez-vous, Villa-Urrutia ne lui avait guère laissé que sa garde-robe et des goûts de luxe. C'était essentiellement un acte de charité, Addie, que Père a consenti par amour pour Paloma. Clarisse, voyez-vous, n'a aucun lien avec cette famille. Elle est l'enfant que Paloma a donné à Villa-Urrutia.

— Comme vous me l'avez dit.

— Ah oui ? Pardonnez-moi, j'ai perdu le fil de mes pensées… » Il se détourne et scrute les ténèbres, comme

si c'était un objet qu'il avait égaré parmi les biens périssables des denrées comestibles, tout au fond de l'entrepôt plongé dans les ténèbres.

« Vous me parliez de la promesse que votre père a faite à Jarry.

— Oui, merci. Il a fait cela pour Paloma, Addie. Selon notre conception des choses ici, en Caroline du Sud, cela peut vous sembler incompréhensible, mais les conceptions raciales de Père ont été formées dans sa jeunesse.

— À Cuba…

— À Cuba. Oui. Les choses sont différentes d'ici. » Il sort son mouchoir pour se tamponner le front et s'éloigne. « Les races s'y côtoient plus librement. On rencontre sans cesse des gens de sang mêlé dans la bonne société, jusque dans ses plus hautes sphères ; et il est requis, Addie, il est de rigueur de traiter ces gens – pour un jeune homme, disons, de réserver à ces femmes, ces mulâtresses bien nées, que l'on appelle morenas, *ou "brunettes", le même traitement que l'on réserve ici à des jeunes filles de bonne famille. En fait, on les traite comme je vous traite.*

— Je vois.

— Peut-être voyez-vous aussi combien il est facile pour un jeune homme de succomber à l'atmosphère de décadence espagnole et de s'oublier…

— Comme votre père…

— Comme mon père. » Il s'arrête de marcher et se tourne vers elle. Il prend un air malheureux. « Moi-même, durant mon séjour à Cuba… Je n'ai pas été irréprochable, Addie.

— J'apprécie votre franchise, Harlan, répond-elle au bout d'un moment, quand il lui apparaît qu'une réponse est requise. Mais si vous pensez me choquer, optez pour une autre tactique. Je ne suis plus une enfant. »

Il sourit. « Vous êtes bonne. Plus j'apprends à vous connaître et plus je suis convaincu que vous serez bonne pour moi. » Absous, il se remet à faire les cent pas, en fumant avec une énergie pleine d'assurance.

Après cette révélation, Adélaïde reste pensive et quelque peu offusquée par l'égoïsme de sa réponse – un peu, seulement. Elle est aussi à moitié amusée et curieuse de l'observer quand il sort de l'ombre. Elle ne l'avait pas vu sous ce jour.

« Fort heureusement, j'ai échappé à cette emprise à temps, poursuit-il. Père, depuis toutes ces années, n'y est toujours pas parvenu. Voici, en un mot, pourquoi Wando Passo est le domaine qu'il est et que vous voyez : un endroit qui doit vous sembler bien étrange. Je dois vous l'avouer, Addie, s'il n'avait tenu qu'à moi, Jarry n'aurait jamais été nommé régisseur. Il n'est pas judicieux, vraiment pas – et je parle d'après ma propre et amère expérience –, de se mettre dans une situation où l'on dépend de personnes de cette race. Je n'ai pas toujours vu les choses ainsi, mais le temps – la maturité, si je puis dire – m'a changé. Cela est bien triste, cependant, mais de l'eau a coulé sous les ponts depuis mes années cubaines. Il y a quatre cents âmes sur cette plantation : tous, de ceux qui travaillent aux champs jusqu'aux tonneliers, aux jardiniers et aux forgerons, sont aux ordres de Jarry. Cette plantation est une immense roue qui tourne autour de son régisseur comme autour d'un essieu, et si Père venait à mourir pendant que je suis au combat, si Jarry devait partir, honnêtement, je ne vois pas comment elle pourrait continuer de tourner. Cet endroit partirait à vau-l'eau en une saison – que dis-je, en un mois !

— Je vois, déclare Adélaïde, qui a finalement saisi, non sans difficulté, l'argument central. Vous avez donc demandé à votre père de ne pas tenir parole.

— Non, pas de ne pas la tenir, Addie, simplement d'attendre pour honorer sa promesse. D'attendre la fin de la guerre et mon retour. Beaucoup de soldats de mon régiment – même parmi les plus pondérés – pensent que nous serons à Washington d'ici à l'été.

— Vraiment ? Je m'y entends si peu en affaires militaires.

— Vous avez vu comment cela s'est passé à Fort Sumter – jugez d'après cet exemple. Dans le pire des cas, je ne crois pas que la guerre puisse durer plus d'un an. Les Yankees nous haïssent ; ils haïssent nos valeurs, nos institutions, notre style de vie : pourquoi ne nous laisseraient-ils pas sortir de l'Union ? C'est comme un mauvais mariage qui a trop duré. Ils s'insurgent peut-être contre l'idée d'y mettre fin, mais iront-ils jusqu'à verser leur sang pour nous garder prisonniers dans une relation qu'ils abhorrent – sans parler de nous ? Je ne le crois pas ; aussi, vous le voyez bien, n'est-ce pas trop lui demander que d'attendre.

— À Jarry ?

— Oui, à Jarry. Combien de nègres en Caroline du Sud, je vous le demande, peuvent se vanter de tels privilèges ?

— Votre père ne partage pas vos vues…

— En effet. Il a donné sa parole, voyez-vous… Il y met un point d'honneur. »

Quel gentleman ne le ferait pas ? pense Adélaïde sans se résoudre à l'exprimer. Dans ce domaine, son éducation n'autorise aucun écart. « Que s'est-il passé, alors, Harlan ?

— Cela a soulevé un tel tollé, madame, que l'on aurait cru avoir réveillé le diable !

— Qu'a-t-il fait ?

— Pas "il" : eux, madame, eux ! Ils ont fait corps contre moi ! On m'a fait passer pour le méchant de la maison. Vous pouvez aussi bien l'apprendre, Addie, c'est le rôle que l'on a coutume de me donner à Wando Passo, mon rôle depuis des années. Ils ont refusé de m'adresser la parole, de réagir à ma présence dans une pièce. Ils m'ont traité, en somme, comme si j'étais quelque substance malodorante qu'il eût fallu gratter de la semelle de leurs chaussures.

— Mais Clarisse s'est radoucie…

— Clarisse, oui, c'est la seule. Pourtant, je vous l'avoue, Addie, je ne me fie pas entièrement à ses motifs.

— Qui seraient... ?

— Dieu seul le sait ! C'est une femme, n'est-ce pas ? Je suppose qu'elle y a vu une occasion de jouer les hôtesses et de s'attirer les louanges.

— Une négresse ? Ici ? En Caroline du Sud ?

— Votre incrédulité – bien que je la partage – resterait lettre morte aux yeux des gens de cette maisonnée. À Cuba, un jour comme celui-ci, les nègres seraient félicités avec déférence, sang noir ou pas, et c'est en vertu de ce principe que Père a régenté cette maison. Ou plutôt, c'est en vertu de ce principe qu'il les a tous laissés échapper à son contrôle. Et j'en ai plus qu'assez de tout cela. C'est ce que j'ai dit à Clarisse, ma chère, je lui ai dit : "Clarisse, si vous avez envie d'organiser la noce, faites donc, et permettez que je vous en remercie. Mais je ne peux pas vous permettre, ni à vous ni à votre mère, de frayer avec les invités."

— Qu'a-t-elle répondu ?

— Pas un mot. Pas un seul. Son expression, cependant, en disait long. La capacité humaine à vivre de leurres ne laisse jamais de m'étonner, Addie. Je crois que, jusqu'à ce jour-là, jusqu'à cet instant précis, Clarisse croyait que je la considérais comme... » Le regard de Harlan retourne au fond de l'entrepôt, comme si le fil de ses pensées s'était encore perdu.

« Elle pensait que vous la considériez comment ?

— Comme une sœur. » Il reporte ses yeux sur Adélaïde. « Une sœur, à la peau blanche.

— Oh ! » La main d'Adélaïde se porte sur le bouton de son corsage. « Oh, quel choc terrible pour elle !

— Pour elle ? C'est pour moi que cela a été terrible, Addie, pour moi qu'elle a mis dans cette situation.

— Oui, mon cher, bien sûr, dit-elle. Bien sûr, cela a dû être terrible.

— Mais que devais-je faire ? demande-t-il en sortant à nouveau son mouchoir. Les présenter, Paloma et elle, à Louisa Elliott, à Blanche Huger, sur un pied d'égalité ?

— Non, bien sûr. Bien sûr que non, mon cher », assure-t-elle en remarquant qu'il transpire, qu'il accélère le pas, fume de plus belle en tirant frénétiquement sur son cigare et souligne ses propos de grands gestes des mains. Comme si on l'accusait et qu'il se sentait contraint – indigné mais contraint – de se défendre ; comme si, en outre, son accusateur se trouvait dans la pièce, troisième présence fantomatique, invisible pour Adélaïde. Elle devine cette présence au comportement de Harlan, aux sourires moqueurs qu'il lui adresse, à sa façon de la contourner ou de la pousser rageusement de l'épaule. Et peu à peu, elle en vient à soupçonner, ce n'est pas une certitude, seulement une hypothèse, qu'outre ce qu'il lui raconte – et dont elle n'a aucune raison de douter – il y a quelque chose qu'il garde par-devers lui.

« Clarisse a accepté cette décision paisiblement, néanmoins, et c'est tout à son honneur. C'est mon père qui a explosé.

— Qu'a-t-il dit ?

— Il a prononcé des paroles qu'en tant que gentleman je dois m'abstenir de répéter en votre présence. Je me contenterai de vous dire que les récents événements de Fort Sumter ne sont rien comparés aux déflagrations que l'on a entendues dans cette maison.

— Oh, très cher !

— Mais je n'ai pas cédé d'un pouce, Addie. Je le lui ai dit tout net et sans ambages ! Franchement, il est temps qu'il parte, et le plus tôt sera le mieux pour tout le monde. Nous ne pourrons remettre de l'ordre dans cette maison tant qu'il vivra. À la vérité, ce que j'aimerais faire dès que son corps aura refroidi en bière, c'est mettre Paloma et Clarisse sur le premier bateau en partance pour Cuba. C'était une erreur de ramener Clarisse

ici. Elle ne s'est jamais adaptée à son changement de statut. En Caroline du Sud, elle est comme un tigre en cage.

— Si elle est malheureuse et libre, pourquoi reste-t-elle ici ?

— Cette question, madame, il faut la poser aux philosophes ! Père, bien sûr, a refusé de participer aux réjouissances par solidarité avec Paloma. Cela fait des années qu'il refuse d'assister aux événements auxquels elle et les autres – la "famille sombre" comme nos amis bienveillants les appellent, je crois – ne sont pas conviés. Un comportement qui, en somme, explique pourquoi il ne quitte pratiquement plus la plantation depuis des années. Il a choisi lui-même de vivre en paria, d'être tristement célèbre dans tout le comté et l'État, et j'ai dû en supporter les conséquences, Addie, bon gré mal gré.

— Je n'imaginais pas que cela ait pu vous affecter à ce point.

— Cela a entaché toute mon existence, Addie ! proteste-t-il avec véhémence, et c'est à peine exagéré que de dire que cela m'a empoisonné la vie. » Harlan se concentre sur son cigare, il souffle sa fumée avec la même application qu'un enfant mécontent mettrait à sucer sa tétine, puis Adélaïde voit ses yeux devenir vitreux. « C'est ainsi que nous vivons ici, ma chère. Voilà pourquoi Wando Passo n'est pas une demeure respectable. Pour qu'elle le devienne, vous et moi devons nous préparer à une tâche herculéenne. Disons-le sans ambages, Père traite ces nègres au sang mêlé exactement comme il me traite ; j'irai même plus loin : il préfère leur compagnie à la mienne. Voici, ma chère, la raison pour laquelle Jarry a été nommé régisseur alors qu'on m'a envoyé – exilé n'est pas un terme excessif – à Cuba. Rares sont les soirs, madame, laissez-moi vous le dire, où on n'entend pas Jarry et Père disserter dans la bibliothèque, où on ne les entend pas s'employer à discuter de quelque projet ou de quelque

livre. Ils y étaient encore pas plus tard qu'hier soir – que Dieu me vienne en aide, ils y étaient, alors que la fête se préparait et que Père est au seuil de la mort, soit disant ! Ils dissertaient sur des poèmes de Wordsworth : je les entendais à travers le plancher. “Il n'en va plus aujourd'hui comme alors…” *Seigneur, donnez-moi la patience ! Et, un quart d'heure plus tard, c'était Thucydide !* “Les puissants font ce qu'ils peuvent et les plus faibles endurent ce qu'ils doivent subir.” *Leurs rires et leurs éclats de voix m'ont empêché de dormir jusque très tard dans la nuit ; ils buvaient du porto et fumaient le cigare comme des noceurs. Père, je peux vous l'assurer, n'a jamais daigné discuter de telles choses avec moi. Je n'ai pas assez d'intelligence, voyez-vous, pour comprendre la grande poésie anglaise et les philosophes grecs… oh, certainement pas ! »*

Les yeux d'Adélaïde sont écarquillés, son expression n'est pas sans rappeler celle de Blanche, à l'avant de la Nina, *effrayée par le vent brûlant. « Mais qu'est-il ressorti de tout cela ?*

— Ressorti de quoi ? demande-t-il d'un ton brusque.

— De votre désaccord avec votre père.

— À quel sujet, madame ? Ils sont légion et de tous ordres.

— Au sujet de l'affranchissement de Jarry.

— Ah, cela ! Il m'a enjoint, Addie, de me retirer séance tenante par la porte la plus proche – et cela, madame, n'est pas une paraphrase mais une citation. Depuis lors, je n'ai pas échangé un seul mot avec lui ni été gratifié de son sourire paternel et bienveillant. Eh bien, à présent, armons-nous de courage et allons affronter le dragon dans son antre ! »

11

Claire les aperçut de l'autre côté de la pièce : les enfants barbouillés de glace au chocolat, et Ran avec son chapeau blanc et son jean taché de boue aux genoux. Elle se dépêcha d'aller à leur rencontre.

« Qu'est-ce qui s'est passé ? Ça va ?

— Quoi ? fit Ran. Oui, on va bien.

— 'Jour, maman !

— 'Jour, 'man.

— Bonjour, ma douceur ! Bonjour, mon tout doux ! Allez, venez serrer maman dans vos bras ! » Elle s'agenouilla et reçut leurs baisers poisseux sans crainte. Elle les palpa comme des poires dans du papier de soie, à la recherche de bleus. Elle regarda tout au fond de leurs yeux pour y déceler des signes de traumatisme. Aucun n'était visible, même sous le laser de son regard. L'expression de Ran disait : *Tu vois, j'y suis arrivé !* non sans fierté.

« Tu leur as donné de la glace ?

— Ils avaient faim.

— Ça ne m'étonne pas. Il est presque l'heure du dîner.

— Et qu'est-ce que j'étais censé faire : tendre un quignon de pain à chacun et les abandonner dans la forêt ? Tu nous as demandé d'être là ; nous voici donc, à la demande de Madame. » Il s'inclina, son chapeau à la main, et, en se redressant, il la contempla avec des yeux à vous faire fondre, un regard auquel Claire n'était pas prête à faire face pour l'instant.

« Vous êtes en retard.

— J'ai eu un après-midi chargé. Tiens, regarde un peu ça ! » Il lui montra la fiole bleue.

« Qu'est-ce que c'est ?

— À toi de me le dire. Je l'ai trouvé dans un chaudron au fond du jardin.

— Quel chaudron ?

— Un chaudron noir enterré sous les pervenches.

— Tu as trouvé un chaudron dans notre jardin ?

— Retourné et entouré de chaînes.

— Entouré de chaînes ? » Elle se pencha pour sentir son haleine. « Tu as bu ?

— Quoi ? J'ai bu un verre de vin, dit-il avec une innocence blessée.

— Un verre... ou une bouteille ?

— Eh, excuse-moi, dit-il, j'ai l'impression que tu carbures au chardonnay, toi aussi, et pas qu'un peu ! Tout le monde boit ici, non ? C'est un cocktail... Alors, qu'est-ce que ça peut faire si j'ai pris un verre avant de venir ? Détends-toi !

— Oh, Ran », lâcha-t-elle. La déception se lisait dans son regard. « Bon Dieu, c'est mon premier jour ! Tu avais promis.

— Quoi ! *Quoi !* Je suis sage. Hein, que je suis sage ? J'ai mon chapeau blanc, non ?

— Papa est très sage, maman, expliqua Hope d'un ton où la gravité flirtait avec le reproche.

— Glaces ! » Charlie, qui surfait sur un pic de glycémie, ayant repéré d'autres sucreries, fonça sur les desserts.

« Reviens ici, voyou ! s'écria Ransom en riant. Où est Cell ? J'ai envie de le voir pour lui serrer la main. Il est temps de sceller la trêve et paix aux hommes de bonne volonté ! »

Claire commença à s'inquiéter réellement.

Deanna, qui avait surpris des chuchotements furieux, s'empressa de s'interposer. « Ce sont vos enfants, Claire ?

— Oh, bonsoir, Deanna... Oui, voici Hope et... Charlie, là-bas. Hope, dis bonjour au Pr Holmes.

— Bonjour, professeur Holmes.

— Bonjour », répondit Deanna, en évitant tout contact de peur d'être infectée.

Ransom sourit, la main tendue. « Je suis l'homme à tout faire. »

Claire fronça les sourcils. « Deanna, voici Ransom Hill, mon mari.

— Je vous écoutais tout le temps, au Smith. » Deanna eut soudain l'air d'avoir quinze ans. « On vous vouait une sorte de culte.

— Sans blague ! s'exclama Ransom. Un culte au Smith ? Dites-m'en plus.

— C'est tout. Ce n'était pas très important.

— Non, bien sûr, un petit culte d'ados, cela ne pouvait pas être bien important, hein ? »

Claire, qui comptait les points, ne put qu'en donner le maximum à son mari.

« Mais on formait un club très sélect. » Le sourire de Deanna révéla la présence de geysers bouillonnants sous le permafrost, et on sentait nettement qu'elle pouvait être sournoise – mais Claire l'avait déjà deviné.

Ransom éclata de rire. « Cette fille me plaît... Pardon, cette femme ! On dit "femme", c'est bien ça ? Parfois j'oublie dans quelle décennie nous vivons, voyez-vous Deanna... Trop de sexe, de drogue et de rock'n'roll ! »

Et la sévère Deanna, aux austères lunettes noires et gabardine de vampire, partit bel et bien d'un rire un peu trop volubile en réponse à ce que Claire tenait pour une petite plaisanterie usée et légèrement à côté de la plaque.

Elle les observait comme Tirésias, avec les yeux d'une épouse et, avant cela, d'une petite amie qui connaît la scène par cœur : une femme qui avait vu toutes ces Deanna snobs et glaciales fondre littéralement quand la fournaise sexuelle s'embrasait dans les yeux de Ran, cette toute-puissance presque intacte depuis leurs vingt-cinq ans. Claire se demanda si elle n'avait pas réagi un peu comme Deanna, autrefois, il y avait bien longtemps ; et dans ce cas, quand elle avait cessé d'aimer ce regard… ou était-ce seulement lorsqu'il n'était pas braqué sur elle ?

« Il y a quelque chose là-dedans. » Quand Ransom agita la fiole, elle produisit un « plop » liquide et un cliquetis qui n'avait rien de liquide. Il ôta le bouchon. « Tenez, Dee, humez un peu ça et dites-nous ce que vous en pensez.

— Je suis sûre que Deanna n'a pas envie de renifler ça, Ran.

— Non, ça ne me dérange pas, Claire. »

Ransom haussa les épaules. « Ça ne dérange pas Dee.

— C'est un peu musqué, dit Deanna.

— Musqué… Hmmm… » Ran la tendit à Claire.

— Non merci.

— Fais-moi plaisir. »

Elle renifla un coup. « Comme du parfum… plutôt sucré.

— Musqué ? Sucré ? répéta-t-il. Moi, je trouve que ça sent l'haleine de Pépé Finn après une sale cuite. Qu'est-ce que ça pourrait bien être que ce truc ? »

Avant qu'elles aient répondu – en admettant qu'elles fussent en mesure de le faire –, Ran regarda ailleurs, par-dessus leurs épaules, plus haut, toujours plus haut. « Docteur J ! » Avec un grand sourire, Ransom lui donna une très chaleureuse poignée de main. « Salut, vieux nègre ! »

L'un après l'autre, les invités se figèrent autour d'eux, à commencer par Deanna dont les yeux pleins d'étoiles clignotèrent puis s'éteignirent.

« Quoi ? fit Ran. Oh, désolé, j'imagine que je n'ai pas le droit de dire ça non plus. Je me suis encore trompé de décennie ! » Il chercha l'absolution dans le regard de Deanna, mais son regard n'était plus qu'un océan d'indifférence.

« On s'appelait comme ça, pendant les tournées. Il m'appelait vieux nègre, lui aussi... pas vrai Cell ?

— Ran ? » intervint Claire.

Il se tourna vers elle.

« N'insiste pas, tu veux ?

— Oui, oui, d'accord, dit-il. Du moment que tout le monde comprend que ce n'était pas... raciste, vous voyez. Je crois que c'est les roadies qui ont lancé ça, hein, Marcel ? C'est Tyrell et James, non ?

— Je ne me rappelle pas, en fait, répondit Marcel d'un ton égal.

— Je suis quasiment certain que c'est Tyrell et James... »

À l'instant, Claire se sentit des envies de meurtre. Tout de suite après la pulsion assassine vint la pitié – profonde et douloureuse. Moins pour Marcel, cependant, que pour Ran, qui s'était plus sali lui-même qu'il ne salirait jamais leur ami en utilisant cette épithète.

Ils s'adoraient, ces deux-là, pensa-t-elle. *Qu'est-ce qui s'est passé ?* Tout ça à cause de l'argent ? Claire avait presque envie de croire que tout se résumait à cette vieille dispute autour du refrain de *Paroles de somnambule*, la pierre d'achoppement sur laquelle le Ransom Hill Band était venu s'écraser, il y avait bien, bien longtemps. Mais, au fond, elle savait que la querelle n'était liée ni à l'argent ni au refrain. Et ce soir-là, elle regarda la vérité en face : *C'est à cause de moi*.

Répéter la même action en s'attendant à une issue différente... La petite phrase de sa psy lui revint en mémoire ; alors, quand Ran lui avait demandé pour la centième fois s'il pouvait venir, pourquoi avait-elle dit oui ? Parce qu'elle ne supportait pas l'idée de négocier avec qui les enfants passeraient Noël, parce qu'elle voulait recoller les morceaux ? Après l'avoir quitté pour toute une série de bonnes raisons, dont aucune n'avait vraiment été abordée, était-il bien raisonnable de croire qu'ils avaient encore de bonnes chances d'y arriver ? En regardant Ransom à cet instant précis, avec son regard embrumé et son haleine avinée, une réponse jaillit des profondeurs et se fit jour dans l'esprit de Claire. Elle avait accepté qu'il vienne car elle avait envie – et c'était plus qu'une envie : un besoin – d'y voir clair dans leur mariage. Il était temps, grand temps, que cela arrive. Et, confrontée une fois de plus à l'incroyable manque de tact de Ran, si familier sur la toile de fond moins familière que constituait la personne de Marcel, une autre idée vint à l'esprit de Claire. Avec Cell, elle jouait le rôle de sa propre mère, elle était le centre de l'attention : de son attention. Alors qu'en dix-neuf ans de mariage, elle avait été le jardinier, et Ransom, la rose. Elle le savait depuis le début, non ? Elle avait fait ce choix en toute connaissance de cause, mais le voulait-elle encore ? Peut-on changer, et en avait-elle envie ? Les autres questions – elle en avait compilé une belle et longue liste – devraient attendre.

« Et eux, ils m'appelaient le péquenaud, poursuivit Ran, creusant sa tombe encore un peu plus au lieu d'en sortir. Et “mon pote”... tu te rappelles, Cell ? Comme dans “Eh, mon pote : et ta sœur ? Euh, ta mère, non, ta sœur, comment va-t-elle... ?” » Déployant ses charmes en accéléré, il fit mine de distribuer des claques à chaque mauvaise réponse comme Jack Nicholson à Faye Dunaway dans *Chinatown*. Il avait tenté le sort avec « fille » et il s'en était tiré, mais à présent, avec « nègre », Ran avait scellé son destin aussi sûrement que la tombe d'un pharaon.

« Je fais un bide, là, pas vrai ? constata-t-il avec un mauvais pressentiment, tardif comme toujours.

Désolé, les gars, je ne sors pas beaucoup ces temps-ci. Allez, relancez la conversation !

— Comment ça va, Ran ? » dit Marcel, vaillamment, en montrant quel sorte d'homme il était.

Mais, en dépit de ses efforts, Claire décela la tension aux coins de ses yeux.

« Super bien, vieux. Je te remercie. Et toi ? T'aurais pas un peu grossi ?

— Un peu.

— Ça te va bien. Sans rire.

— Quoi de neuf ?

— Quoi de neuf ? répéta Ran. Oh, ceci cela. Aujourd'hui, j'ai écrit une chanson, je me suis occupé des enfants, je me suis attelé à une entreprise majeure de réparation de la maison, j'ai préparé le dîner et j'ai fait une découverte archéologique mineure. J'étais justement en train de dire à Claire et à Dee…

— Deanna.

— … À Deanna, que j'ai trouvé un chaudron enterré dans notre jardin. Il était entouré de chaînes, avec plein de coquillages, de bouts de chandelle et d'autres trucs… dont ceci. Tiens, sens un peu et dis-nous ce que c'est. »

Marcel se pencha à contrecœur. « Je ne sens pas grand-chose. De l'eau croupie, peut-être ? »

Ransom éclata de rire. « Eau croupie, musc musqué, parfum, haleine de vieux poivrot… La vérité est dans le nez de celui qui renifle. Hé, Charlie ? »

Leur fils, qui cueillait les rosettes d'un gros gâteau posé sur la table, leva les yeux, le museau plein de crème pâtissière.

« Il faut parfois savoir s'arrêter, mon grand. »

Avec un large sourire, Charlie retourna à son affaire.

Ransom haussa les épaules. « Bon, après tout, j'ai jamais cru à cette maxime, moi non plus. »

Claire s'apprêtait à aller chercher Charlie, mais Ran lui toucha le bras. « J'y vais, chérie. Écoute, Marcel, je viens de mettre les pieds dans le plat, mais bon, je suis un connard : je ne t'apprends rien, pas vrai ? »

Le doyen ne réfuta pas cette idée, mais il sourit.

« Si je suis passé, dit Ran en lui rendant son sourire, la seule raison, en fait, c'est que j'ai un truc à te dire : voilà, on est tous les deux – tous les trois – dans la même ville, enfin, pas loin. L'eau a coulé sous les ponts et ça ne nous rajeunit pas, tous autant qu'on est. On n'est plus des gosses, enfin, on est censés avoir mûri un peu. Alors on devrait se revoir, vraiment.

— Tout à fait, Ran, répondit Marcel. Bien sûr, pourquoi pas ?

— Pourquoi pas ce soir ?

— Ce soir ?

— J'ai cuisiné du poulet frit.

— Ran…, commença Claire.

— Quoi ? » Il se tourna vers elle, l'air innocent. « Je n'ai pas le droit de dire "poulet frit" ? Tu aimes le poulet frit, pas vrai, Cell ?

— J'aime bien ça.

— Tu vois, Claire, il aime le poulet frit. Tu aimes le poulet frit. J'aime le poulet frit. Les enfants aiment le poulet frit. Nous avons du poulet frit. C'est pas très compliqué, hein ? Viens donc dîner à la maison, Marcel. Amène ton djembé, tu pourras m'aider à poser le rythme de ma nouvelle chanson. Attention, Charlie, papa arrive ! Tu ferais mieux de filer ! » Ran replia les doigt comme les griffes de Scar et fonça sur son fils qui se mit à piailler.

« Alors, c'est votre mari ? demanda Deanna.

— En personne, répondit Claire.

— Il est charmant. »

Sale hypocrite ! Claire sourit en comptant sur la télépathie pour faire passer le message. Mais l'expression de Deanna, quand elle s'éloigna, ne suggérait aucune ironie de sa part.

« Je suis désolée, Cell, déclara Claire. Je suis vraiment désolée pour cette scène.

— Laisse tomber, Claire. Ça n'a pas grande importance et, de toute façon, ce n'est pas ta faute.

— Pas ma faute ? répliqua-t-elle. Et si ça l'était, au fond ? »

Il ne lui demanda pas de s'expliquer. D'un regard, ils se comprirent.

« Comment tu le trouves ? ajouta-t-elle.

— Ransom ? Encore plus vrai que nature, c'est tout.

— C'est bien ce qui m'inquiète. Ça commence toujours comme ça.

— Alors tu te fais du souci...

— Oui. Beaucoup. Tu ne dois pas avoir très envie de venir dîner, hein ? »

Cell ne sauta pas vraiment sur l'occasion de nier.

« Alors ce n'est pas la peine. Je t'assure, Marcel...

— Tu veux que je vienne ?

— Pas si tu n'en as pas envie.

— Ça te rassurerait que je vienne ?

— Oui, mais ça ira.

— Laisse-moi juste prendre mes clés.

— Oh, merci ! »

12

« La guerre ? Quelle guerre ? Il n'y aura pas de guerre ! »

Au moment de pénétrer dans la maison, Harlan et Adélaïde en sont empêchés par le colonel Allston, Allston avec deux « l », qui, éméché, retient plusieurs de ces dames en otages sur la véranda.

« Le sang versé dans cette guerre ne suffira pas à remplir un quart de pinte, déclare le vieil homme aux cheveux argentés fins comme du duvet et aux joues aussi rouges que de la viande crue. Il ne suffira pas à remplir cette coupe, je le jure... je boirai le sang versé dans cette guerre !

— Reprenez plutôt du champagne, colonel, suggère Harlan d'un ton sec en essayant d'éloigner le vieux gentleman.

— Croyez-moi sur parole, DeLay, dit Allston, qui s'accommode aussi bien d'une victime que d'une autre, dès que nous armerons nos baïonnettes, ces imbéciles de Yankees détaleront comme des lapins. Après tout, nous combattons pour nos maisons et notre liberté. Mais eux, pour quoi se battent-ils ? Pour l'esclave nègre ? Comment voyez-vous les choses ?

— Mon principal espoir, colonel, est que l'armée confédérée, quand elle vaincra, libérera enfin Cuba du joug espagnol et l'annexera pour en faire un nouvel État esclavagiste.

— Pardieu ! Et pourquoi pas ? braille Allston. Une sympathie mutuelle nous unit aux planteurs de Cuba, tout mécréants d'Espagnols qu'ils soient ! Prenez Gonzales, le nouvel aide de camp de Beauregard. Il a l'air d'un type convenable. Diable ! Prenez Percival et vous-même... n'avons-nous pas toujours été copains comme cochons ?

— Colonel, dit Harlan avec raideur, je ne peux pas me prononcer sur les croyances de mon père ni sur celles de don Ambrosio José, mais je peux vous assurer, monsieur, que j'ai été élevé, et cela depuis toujours, dans la plus pure tradition épiscopalienne de Caroline du Sud.

— Mais bon sang, ne vous froissez pas, mon garçon ! Je dis simplement que vous pourrez ramener votre sucre à Charleston sans payer de droits de douane. Et que nous enverrons notre riz et notre blé pour nourrir vos esclaves cubains sans rien acquitter à la monarchie espagnole.

— Sur ce point, nous sommes d'accord. Et, si Dieu le veut, après Cuba, Mexico.

— Mexico aussi ? intervient Adélaïde, très surprise par les vues de Harlan.

— Comptez-y, madame DeLay, pontifie le colonel, un jour, un empire sudiste et esclavagiste s'étendra du Maryland au Yucatán.

— Et notre roi ? demande-t-elle. Pensez-vous que la tête de Jeff Davis ait suffisamment enflé pour supporter une couronne ? »

Harlan fronce les sourcils.

« Au diable Jeff Davis, madame ! crie le colonel. Notre roi sera Maximilien, archiduc d'Autriche et empereur de Mexico ! Vous, là, William ! crie-t-il à l'intention du majordome apparu avec un plateau. Où partez-vous donc ? Venez remplir cette coupe ! »

Tandis qu'il s'éloigne en zigzaguant d'un pas mal assuré, Louisa Elliott, l'air d'un animal tenu aux abois, saisit la balle au bond.

« Excusez-moi, s'il vous plaît, dit-elle. Harlan, serait-ce abuser de votre bienveillance que de vous demander de faire chercher mon laquais ?

— Certainement pas, Louisa, j'y vais moi-même, mais restez donc couper le gâteau avec nous ! Il y aura des feux d'artifice.

— J'ai vu assez de feux d'artifice pour un seul après-midi, merci. »

La mortification fait rougir Harlan du col jusqu'à la racine des cheveux.

« Eh bien, donnez-moi deux secondes. Permettez-moi d'emmener Addie voir Père.

— Très bien. » Les yeux de Louisa se braquent sur ceux d'Adélaïde. « Je vous souhaite toute la joie possible dans votre nouvelle situation, madame DeLay », ajoute-t-elle en pinçant les lèvres aussi fort sur ce « situation » que sa coiffe en taffetas noir est étroitement sanglée autour de sa tête.

— Merci, madame Elliott », répond Adélaïde, avec une douceur tout aussi aiguisée, mais, alors qu'ils entrent dans la maison et longent le couloir, elle devine la fureur de Harlan.

À une dizaine de mètres, devant les portes closes de la bibliothèque, deux femmes s'entretiennent d'un ton pressant et, dès le premier regard, Adélaïde devine de qui il s'agit. Elles tiennent une assiette blanche que chacune tire d'une main comme si elles se la disputaient. Il y a quelque chose sur l'assiette : à manger pour l'infirme, pense Adélaïde. Paloma est grande, avec des épaules masculines, mais d'une maigreur que peu d'hommes conservent une fois l'adolescence passée, et aussi déliée qu'un cerf ; cela donne à son physique un caractère anguleux, creuse ses joues sous les hautes pommettes et prête à son visage un aspect décharné, sévère et sculptural. Sa peau n'est pas telle qu'Adélaïde l'avait imaginée – elle n'a ni la couleur de l'ambre, ni celle de la cannelle ou de l'or, ni aucune des autres nuances de brun : elle est d'un noir rare et saisissant, comme le goudron qui fond au soleil dans une rue de Charleston par une chaude journée comme celle-ci. Sa peau est lisse, son teint si parfaitement frais qu'elle paraîtrait quarante ans, voire trente-cinq, si ses cheveux ne grisonnaient pas et si on ne lisait la maturité sur son visage qui arbore trente ans de trop pour faire illusion. Elle porte une robe en soie noire, simple mais de bonne qualité, avec des jupons froncés ramenés à la taille ; et ses pieds, qu'elle a étroits, très longs et plats, sont chaussés d'une paire d'escarpins en satin argenté.

Clarisse – qui a le dos tourné – a la taille de sa mère, mais sa charpente est plus délicate, plus élancée, et sa robe, bien que noire également, révèle une position sociale différente de celle de Paloma, avec son brocart qui dessine comme une lourde toile d'araignée sur un fond de soie satinée noire. Elle est aussi chic et élégante qu'Adélaïde, mais d'une élégance particulière, pas le chic de Charleston, plutôt celui d'une habanera. *Elle tient un éventail fermé et sa chevelure – lustrée et ondulée, noire comme une aile de corbeau – est coiffée à la mode du jour,* « à la girafe* »*, et retenue par un peigne en écaille rehaussée d'or. Quelques cheveux, d'une légèreté soyeuse, s'en sont échappés, et bouclent sur sa nuque, pâle comme le parchemin ou l'ivoire jauni.*

« Ahí están », *dit Paloma ; les yeux fixés sur ceux d'Adélaïde, elle la jauge d'un regard profond et lugubre mais dénué de toute animosité.*

« ¡ Anjà ! » *Clarisse pivote sur ses talons et leur fait face, son éventail pressé dans un geste dramatique contre sa poitrine. « Vous m'avez fait peur. Mais, Harlan, est-ce donc elle ?* ¡ Guapa muchacha! ¡ Sí guapa, muy guapa ! *Vous êtes enfin arrivée !*

— Clarissa, Paloma, dit Harlan, voici notre nouvelle maîtresse. »

Clarisse saisit la main d'Adélaïde et la serre. « Nous nous sommes fait tant de souci quand la Nina *a pris du retard ! »*

Une certaine intensité dans son ton provoque un mouvement de recul instinctif chez Adélaïde. De près, les traits bien dessinés du visage de Clarisse rappellent ceux de Paloma, mais ils sont de type européen, héritage de son père sans doute. Elle ressemble à une Espagnole ou à une Sicilienne ; et Adélaïde, que l'on disait belle dans sa jeunesse mais qui s'efforçait – sans grand encouragement de la part de sa tante et de la bonne société – de réprimer l'orgueil qu'elle en tirait, fait l'expérience d'un sentiment peu habituel : en présence de cette femme, elle se sent quelconque. Clarisse est une vraie beauté, d'une splendeur saisissante avec ses cheveux qui dessinent un V sur son front haut et bombé et ses lèvres expressives. Mais ses joues et sa gorge sont couvertes de rougeurs et, dans ses yeux, d'un étrange brun clair, presque jaune, on discerne une lueur vitreuse et fébrile.

« Nous avons pu voir le fleuve au grand jour, dit Adélaïde. J'espère que ce retard ne vous a point contrariées.

— Ce retard ? » Les yeux écarquillés, Clarisse part d'un rire effréné et excessif. « ¿ Entiende, mamá ? *Ce retard nous a contrariées !*

— Silencio, muchacha, *dit Paloma, l'air peinée.*

— Pero, es divertido ¿ no ? »

Paloma pose la main sur le bras de Clarisse dans un geste apaisant ou modérateur et déclare à Adélaïde : « Vous êtes la bienvenue, niña. He aquí su casa... *vous êtes ici chez vous. Nous vous souhaitons tout le bonheur possible.*

— Comment va Père ? demande Harlan.

— Il est très faible. Le docteur lui fait encore une saignée. »

C'est alors qu'Adélaïde regarde, sur l'assiette, ce qu'elle avait pris pour de la nourriture : des sangsues, quatre sangsues, luisantes et gonflées, somnolentes et repues, entourées de gouttes roses de sang et d'eau.

« Nous étions si curieuses ! lance Clarisse à Adélaïde, comme une petite fille qui n'arrive pas à lâcher son

nouvel animal domestique. Nous avons tant entendu parler de vous. Harlan nous en a fait des poèmes. Vos cheveux d'or. Vos yeux. Su sangre azul. »

Paloma crache dans sa main gauche et, aussi prompte qu'une pensée – d'un geste du pouce trop rapide pour être esquivé –, dessine une croix sur le front d'Adélaïde. « Pardonnez-moi, niña », *dit-elle avec un regard si grave et direct qu'Adélaïde cligne légèrement des yeux, étonnée, mais ne peut s'en offusquer.*

En voyant cela, Clarisse rit à en perdre haleine. « ¿ Qué, mamá ? *s'écrie-t-elle.* ¿ Piensa mal y acertarás ?

— Tu es ivre », dit Harlan avec dégoût à l'instant où la même idée vient à l'esprit d'Adélaïde.

Ouvrant légèrement son éventail, Clarisse s'en sert pour effleurer le bras d'Adélaïde du geste précis du scientifique qui ajoute un réactif à un mélange chimique. « Il ne me passe rien, dit-elle avec le sourire calculé d'une coquette. C'est ce visage que nous lui avons toujours connu, comme un viejo, *un vieux bougon las de la vie ; et puis un beau jour, cet hiver, il est revenu des régates comme un jeune homme qui s'est remis à dire des poèmes. Vous lui faites le plus grand bien, je crois ! Nous sommes ravies que vous soyez là.*

— Merci, répond Adélaïde. Votre peigne est très joli.

— Ça ? » Elle y porte la main. « C'est mon père qui me l'a donné.

— Le comte Villa... Urrutia.

— Urrutia, corrige Clarisse en roulant les "r". Harlan vous a raconté une partie de mon histoire. J'en suis flattée. Voulez-vous... ? Permettez-moi... » Elle ôte le peigne, et une tresse lui retombe sur l'épaule, souple ruban noir. « Comme cadeau de mariage. » Quand elle l'offre à Adélaïde, Paloma arrête sa main.

« ¿ Por qué no, mami ?

— Por que lo digo yo. *Va t'occuper des invités.*

— Merci, mais votre mère a raison, renchérit Adélaïde. C'est beaucoup trop. Le cadeau que vous nous avez préparé, c'est la fête.

— Est-elle à votre goût ?

— Tout est adorable.

— Sauf le gâteau, dit Harlan. Il me semblait avoir commandé Fort Sumter. »

Alors, Clarisse fronce les sourcils pour la première fois. « J'ai essayé – toute la journée d'hier –, mais je n'arrivais pas à me rappeler. Je ne l'ai vu qu'une fois, du bateau. Mes mains ont façonné ce qu'elles connaissent.

— C'est l'opéra de La Havane, je crois ? »

En reportant son regard sur Adélaïde, Clarisse retrouve le sourire et plisse un peu les yeux. « Oui, le Tacón.

— Pourquoi avez-vous choisi cet édifice ? »

La question d'Adélaïde semble prendre Clarisse par surprise. Elle réfléchit une seconde, l'air interrogateur, et un ange passe. N'ayant préparé aucune réponse, elle se tourne vers Harlan, comme s'il en avait une.

Au sommet de son crâne sont apparues non pas de petites, mais de grosses perles dont la valeur serait inestimable si elles étaient en véritable nacre. Les voilà qui roulent le long de ses tempes, chargées de l'eau de toutes les mers du monde et de la saumure de toutes leurs huîtres. Ses yeux, ses yeux couleur noisette un peu vagues, sont clairs pour une fois : clairs et furieux. Adélaïde a l'impression étrange et très nette que c'est un autre homme, un homme qu'elle n'a encore jamais vu. Celui qu'elle connaît – celui qui l'a courtisée et qu'elle a épousé la semaine dernière –, elle ne l'a jamais trouvé beau ; mais cet homme, dans le couloir près d'elles, est plus que beau, il est magnifique, magnifiquement beau, de cette beauté spirituelle qu'ont ceux qui souffrent. Et, sans un regard pour elle, cet inconnu magnifique déclare : « Excusez-moi, je dois m'occuper de la calèche de Louisa », puis il tourne les talons et s'éloigne.

Adélaïde regarde Clarisse à nouveau. Elle n'a pas le choix. « Ce n'est rien, niña, *dit cette dernière, avec une compassion railleuse, rien qu'une vieille plaisanterie entre amis. » Voilà que le masque est tombé. Les yeux de Clarisse, ses yeux jaunes, se consument à feu doux, puis rougeoient comme du charbon qui, après avoir été sur le point de mourir, se ravive. La douleur et la haine qu'ils expriment choquent profondément Adélaïde ; la nature de ces sentiments est évidente. « Allez,* mami, *laisse-moi les prendre, lance Clarisse à sa mère en s'emparant de l'assiette. Je vais les emporter. Elles sont dégoûtantes, hein ?*

— Je m'en occupe, répond Paloma sans lâcher prise.

— Él me pidió que lo hiciera, *dit Clarisse d'un ton brusque. C'est à moi qu'il l'a demandé,* mamá, *pas à toi !* ¿ No es cierto ? »

Paloma hésite puis lâche l'assiette. « Disponga de ellos correctamente. Póngalos en el río.

— Sí, mamita, sé qué hacer.

— Donde la corriente se mueve », *lance encore Paloma tandis que Clarisse s'éloigne dans le couloir.*

« Sí, entiendo, *dans le fleuve, sur la rive, du côté où le soleil se lève. »*

Quand elle est partie, Paloma s'adresse à Adélaïde.

« Pardonnez-lui, niña, *elle ne pense pas à mal. Elle a trop bu. Nous nous réjouissons pour vous, mais c'est un jour difficile pour elle.*

— Pourquoi, Paloma ? Pourquoi est-ce un jour difficile pour elle ? »

Le regard de Paloma ne fléchit pas. Son expression est celle d'une femme qui porte un lourd fardeau : sans subterfuge, puissant, direct et triste, le regard d'une femme qui assiste au déroulement d'un désastre qu'elle redoute mais ne peut empêcher.

D'un geste rapide et inattendu, elle pose tendrement la main – qu'elle a longue et étroite, comme celle de son fils – sur la joue d'Adélaïde.

« Pobrecita, *dit-elle, vous êtes venue dans une bien sombre maison. »*

13

Dans le parking, pendant qu'ils attachaient les ceintures des enfants, Claire refusa de regarder Ran.

« Quoi ? lui lança-t-il par-dessus la galerie quand ils refermèrent finalement les portières.

— Ne me demande pas "quoi". Tu le sais parfaitement !

— Non, vraiment, Claire : quoi ? Je me suis arrêté en plein milieu de l'écriture d'une chanson et j'ai emmené les enfants à l'école pour que tu puisses partir au travail ce matin ; j'ai découvert une planche de soutènement pourrie dans le mur extérieur de la cuisine et j'ai téléphoné pour qu'on nous envoie une excavatrice – au fait, le type vient demain matin ; j'ai préparé le dîner, j'ai récupéré les enfants à l'école, je suis venu à la fête, j'ai serré la main de Marcel et je suis même allé jusqu'à l'inviter à dîner ; j'ai fait tout ce que tu m'avais demandé et même plus...

— Eh ben, dis donc ! Y compris te saouler et le traiter de négro devant toute l'école.

— Je ne l'ai pas traité de négro ; j'ai dit : "Hé, vieux nègre." Ce n'est pas la même chose.

— Vraiment, Ran ? Je crois que ces subtilités sémantiques ont échappé à ton public.

— Mon public... » Les yeux de Ran rougeoyèrent comme des braises. « Tu sais quoi, Claire ? Je t'aime, mais parfois, quand tu fais ta blanche colombe juste et vertueuse... » Il se mordit la langue.

« Oui ? dit-elle. Tu as envie de me filer une bonne trempe ? De m'en balancer une en pleine tronche ? Et paf ! Boum ! Tu voudrais me faire voir trente-six chandelles, comme ton vieux père en faisait voir à ta mère avant qu'elle se fasse la malle ?

— Espèce de garce ! s'écria-t-il. Je ne t'ai jamais touchée. Est-ce que j'ai jamais levé la main sur toi ?

— Non, jamais, mais les fils finissent toujours par ressembler à leur père, même s'ils commencent par prendre un autre chemin. »

Au moment même où ces paroles lui échappaient, Claire sut qu'elle se montrait injuste. Mais comme elle s'était laissée aller à espérer – une fois de plus –, comme elle l'avait écouté clamer qu'il avait changé, qu'il avait eu une sorte de révélation spirituelle, elle était amèrement déçue et furax. Plus qu'en colère, elle se sentait épuisée. Et maintenant que ces paroles avaient été prononcées, elle ne pouvait pas les retirer.

« Tu sais quoi ? répliqua Ran. Je t'aime, Claire, mais parfois je ne te trouve pas très aimable.

— Je peux te la retourner, celle-là. »

Ils se firent face, sur un terrain dangereux qu'ils avaient arpenté par le passé et où aucun d'eux ne s'attendait à revenir. Ou n'était-ce qu'un fol espoir qu'ils avaient entretenu ? Ran, en particulier, était perplexe. Chacune de ses actions durant cette journée avait été motivée par une volonté de réconciliation, de corriger les torts passés ; chaque geste avait semblé innocent et naturel – comment avaient-ils pu conduire à cette impasse ?

« Dis-moi un peu, Claire. Lorsque tu te regardes dans la glace, peux-tu te dire en toute honnêteté, toi, Claire DeLay, qui as grandi dans les beaux quartiers du sud de Charleston entourée de bonnes et de serviteurs noirs, que tu es à cent pour cent politiquement correcte, certifiée infaillible, et qu'il n'y a aucune trace de préjugés racistes dans ton cœur ?

— Oui, Ran, répondit-elle sans hésiter, franchement, je crois que oui.

— C'est intéressant. Sacrément intéressant. Parce que si toi, Deanna et tous tes nouveaux potes de la fac, si vous autres Blancs de gauche qui avez fait des études supérieures, vous êtes, ou croyez l'être, aussi purs et éclairés que ça, alors pourquoi la question raciale continue-t-elle à nous diviser ?

— Je n'en sais rien, Ransom. Peut-être que tu devrais écrire une lettre ouverte à un journal.

— Peut-être bien, rétorqua-t-il. Mais, en tout cas, il y a quinze ou vingt ans, dans le temps, à l'époque des méchants racistes, quand on se retrouvait tous les quatre, Cell, James, Ty et moi, deux Noirs et deux Blancs, à trois heures et demie du matin, en train de démonter les amplis et les tables de mixage une fois sortis de scène, on s'appelait tous "vieux nègre", c'était une blague et ça nous faisait bien rire : on était proches. Aujourd'hui, ce mot est tabou, tout le monde fait gaffe à ce qu'il dit et plus personne ne sait rigoler. C'est dur pour moi d'assister à ce grand progrès. Les gens n'ont plus le sens de l'humour ?

— Je ne sais pas, Ran. Peut-être que certaines petites filles qui ont été réduites en miettes par une bombe un dimanche matin dans leur église m'ont enlevé mon sens de l'humour… elles et certains Noirs qu'on a lynchés avant de leur mettre leur sexe dans la bouche. Sûrement que la plaisanterie a perdu de sa saveur après deux cents ans d'esclavagisme et encore cent ans de régime ségrégationniste.

— Eh bien, dans ce cas, les Huger et autres DeLay n'ont qu'à payer les pots cassés. Je ne connais pas mes grands-parents côté maternel, ni leurs aïeux, mais je pense pouvoir affirmer sans crainte qu'aucun Hill n'était propriétaire d'esclaves. Pendant que Marcel et toi fréquentiez un lycée privé, je passais la serpillière dans une église de Noirs. Mais je faisais déjà parler de moi à New York alors que vous n'étiez encore que de doux rêveurs en fac de musique. J'ai pris Cell dans le groupe pour te faire plaisir, et nos deux ans de tournées lui ont rapporté plus d'argent qu'il n'en gagne sans doute aujourd'hui. Et après, quand le groupe a été sur le point de percer, au moment où j'avais le plus besoin de lui, il est parti. Pourquoi ? Je ne l'ai jamais su. Je ne voulais pas qu'il parte. Qu'est-ce que je lui dois de plus, à ce type ?

— Oui, toi qui étais si bon et généreux, tu l'as tout de même arnaqué sur *Paroles de somnambule* ! »

Le visage de Ran se décomposa. « Alors, c'est ça ! » Il se donna une claque sur le front. « Que je suis bête… mais bien sûr ! Il veut sa part des bénéfices sur RAM… C'est ça qu'il t'a dit ?

— Nous n'en avons jamais parlé.

— Jamais ? Oh, allez, Claire !

— Écoute-moi bien : jamais, Ran, pas un mot.

— N'empêche, c'est ça. Forcément. Il est en rogne.

— Et même si c'était le cas, tu ne pourrais pas lui en vouloir.

— Combien de fois devra-t-on revenir là-dessus, Claire ? J'ai écrit cette chanson, les six strophes, chaque ligne, chaque mot. C'est moi qui en ai trouvé le concept, la musique…

— Elle a aussi un refrain, si je me souviens bien. Le tien, c'était : “ *Mais tout ça, c'était des paroles / et les paroles, ça s'envole.* ” Cell et moi, on l'a transformé en : “*Mais c'était des paroles, et c'est tout / des paroles de somnambule.*” On a réécrit. De toutes pièces. Et ça a changé la chanson. Tu le sais très bien. On a écrit le refrain dans le métro en revenant de Coney Island pendant que tu étais à New York, en train de… je ne sais avec qui c'était ce jour-là.

— Eh ! J'étais à une réunion d'affaires, Claire ! »

Elle lui lança un regard sévère mais pas totalement dénué de compassion. « N'essaie pas de me la faire, chéri. Je sais où tu étais. »

Ransom se tut un instant. « D'accord, j'ai fait des erreurs, Claire. J'avoue, je n'ai pas été parfait. Je n'ai jamais dit le contraire. Mais c'était il y a longtemps et je suis venu pour essayer d'arranger les choses. Au bout du compte, une seule phrase a été changée. Une. Et tout ce que j'ai gagné grâce à ma musique et à mon livre, je l'ai partagé, cinquante-cinquante, avec toi, non ? Je crois que Cell a plus profité de notre groupe que l'inverse ; et en admettant que je l'aie arnaqué, toi aussi tu l'as fait, au fond.

— Ou peut-être que tu nous as arnaqués tous les deux. »

Ransom ferma les yeux et secoua la tête. « Nom de Dieu ! C'est donc de ça qu'il s'agit !

— En fait, Ransom, tu as traité Marcel de "vieux nègre", voilà de quoi il s'agit, tu l'as embarrassé... et moi également.

— Tu sais bien que je ne suis pas raciste, dit-il. Accepte au moins de me regarder en face et de me dire que tu sais qu'au fond je ne suis pas raciste. »

Elle le regarda en face et dit : « Je ne sais pas ce qu'il y a au fond de toi. Ce que je sais, c'est que si tu fais l'imbécile les gens penseront que tu en es un. Ils n'iront pas chercher plus loin et ils se foutront éperdument de ce que tu es vraiment.

— Mais tu n'es pas les gens. Tu es ma femme. Tu ne peux pas t'en foutre. Tu ne sais donc pas ce que je suis vraiment ?

— Tu veux la vérité ? »

Il hésita à peine. « Je veux la vérité.

— J'ai cru le savoir, autrefois, mais je n'en suis plus très sûre aujourd'hui. »

Une expression triste se peignit sur les traits de Ransom. « Alors qui le saura, si toi tu ne le sais pas ? Je croyais qu'on était censés se connaître toi et moi, Claire. Je croyais que notre histoire était bâtie là-dessus, que tu savais qui je suis vraiment comme moi je sais ce qu'il y a au fond de toi.

— Je ne suis pas sûre que tu saches ce qui se passe au fond de moi, Ran, répliqua Claire, exprimant un doute qui venait de l'effleurer. Quant au "censés se connaître", il y a des années qu'on n'en est plus là. Et on n'est pas les seuls. C'est le cas de tout le monde. On ne fait pas exception à la règle. On a juste un train de retard sur les autres. »

Un certain regard apparut dans les yeux de Ran : le regard triste et mélancolique qui rappelait toujours Mel à Claire, le jour où elle était allée à Killdeer, juste avant le mariage. Elle avait tellement entendu parler du père de Ransom, et pourtant, quand ils avaient fini par se rencontrer, le grand méchant monstre n'était en fin de compte qu'un vieil homme seul et malade, dont les yeux bleus farouches montraient un regard perdu : celui d'un homme dont les cuites et les coups de sang n'avaient jamais été qu'une faible protestation contre le sentiment d'une défaite acceptée depuis si longtemps qu'il avait oublié jusqu'à la possibilité de résister. Et même s'il lui arrivait de l'entrevoir avant de sombrer dans l'ébriété procurée par ce premier verre de château-la-pompe, à l'avant de sa Thunderbird, il n'avait plus l'énergie, ni l'envie sans doute, de changer réellement. On pouvait dire ce que l'on voulait sur Ran, mais il avait toujours gardé l'énergie et la volonté de lutter, et s'il tenait quelque chose de son père, il s'était aussi battu contre cet héritage. En le voyant se débattre en ce moment même, Claire avait du mal à démêler ses sentiments, mais elle ne voulait pas le voir capituler.

« D'accord, lâcha Ran, je suis désolé. J'ai présenté mes excuses à Marcel. Je te les présente à toi aussi. Mais ne me laisse pas tomber, d'accord ? »

Ses accents, plaintifs tout à coup, et sa sincérité furent un déchirement pour Claire. « Je ne l'ai jamais fait. »

En la voyant soudain au bord des larmes, Ran prit ce signe encourageant comme un joueur en défense qui intercepte la balle et fonce vers le but. « Bon, je n'ai pas été super aujourd'hui, mais au moins j'essaie, dit-il. Il y a encore toute la soirée, et demain est un autre jour ! Si je peux réduire mon pourcentage d'erreurs et augmenter mon pourcentage de succès, tu vas te retrouver avec un mari modèle, DeLay. Tu n'auras pas le temps de t'en apercevoir : le mauvais homme va devenir le-bon-chrétien-régénéré-en-Jésus-qui-marche-sur-l'eau-et-soulève-des-montagnes ! » Son sourire ressemblait à la danse de victoire du joueur qui ne s'est pas aperçu qu'il a marqué contre son camp.

L'expression de Claire ressembla alors à celle, consternée et incrédule, de l'équipe du joueur fautif. « Ransom, tu as pris ton traitement ? »

Les traits de Ran se décomposèrent instantanément.

« Ransom...

— Tu rigoles ou quoi ? Tu ne vas tout de même pas croire que je déconne avec ça ? » Il avait le même air que Charlie surpris en train de se gaver de bonbons.

Sur le visage de Claire, l'expérience luttait tristement contre l'envie de le croire. « C'est important, Ran. C'est la priorité numéro 1 dans la liste de ce que tu dois faire.

— On ne pourrait pas appeler ça la liste des choses à faire, Claire ? La liste-des-choses-à-faire-s'il-te-plaît ? Tu sais que j'ai un petit problème avec l'autorité.

— Règle-le. »

La mâchoire de Ransom accusa le coup mais il parvint à esquisser un salut : « Oui, chef ! »

Et ils démarrèrent.

14

Quelque chose est caché là, sous les feuilles. Vous recevez un choc en posant la main dessus, mais il est facile de vous convaincre tout d'abord que vous l'avez imaginé. En un clin d'œil, votre vie a changé, mais il faut du temps, nécessairement, pour le comprendre, et plus longtemps encore pour déterrer le secret et découvrir quel il est.

Pour Adélaïde, le coup est si soudain, rapide et brutal qu'elle ne peut pas être absolument sûre de l'avoir reçu. Demain seulement, ou ce soir, la douleur et l'ecchymose apparaîtront et en porteront témoignage. Et c'est dans cet état, un peu assommée, qu'elle suit comme une somnambule Paloma et longe des portes closes jusqu'à la bibliothèque où Percival, soigné par son médecin, est installé sur son cabriolet, comme pour une présentation en public.

À côté de lui, sur une petite table couverte d'une nappe blanche, brûlent plusieurs chandelles dont les flammes se reflètent dans six ou sept verres à sherry dorés à l'or fin et pleins d'eau. Ils sont disposés autour d'un autre verre, plus grand – un ballon – où un crucifix est à moitié immergé ; il y a aussi un vase d'œillets blancs et une demi-douzaine de ferrotypes.

À leur entrée, le médecin, qui redescend ses manches de chemise, lève les yeux et un sourire pincé étire ses lèvres, ce sourire qu'ont les médecins lorsqu'il faut regarder les choses en face. La robe de chambre de Percival est ouverte sur sa poitrine, aussi lisse et blanche que le marbre. Dessus, plusieurs sangsues noires – fraîchement posées, encore petites – palpitent en silence, à l'œuvre sur les veines bleu lapis. Le visage du patient, dont les traits sont des plus délicats, est levé vers le plafond dans une attitude de souffrance calmement endurée ; la lumière oblique du soleil qui tombe de la fenêtre creuse des ombres dans l'orbite de ses yeux fermés et accentue l'impression sculpturale. Ses traits sont nobles, sa tête est lourde, surdimensionnée, presque chevaline par sa longueur et son ossature fortement charpentée. Une tête qui semble quelque peu incompatible avec la maladie, la vieillesse ou la mort, et, à vrai dire, l'homme paraît moins malade que délabré.

« Percival », chuchote Paloma.

Quand il ouvre les yeux, c'est fugacement, avec l'air vague et désorienté d'un homme qui émerge des profondeurs. En apercevant Adélaïde, il ne sourit pas, mais une expression douce, détendue et grave se peint sur son visage et la met à son aise. Ce regard lui rappelle celui que Jarry lui a lancé sur le ponton, et il émane des mêmes yeux agatisés, d'un noisette sombre. En cherchant la ressemblance entre son mari et son père, Adélaïde retrouve plutôt les traits de son autre fils.

« "Il dit qu'il parcourait le pays pour pêcher des sangsues", *dit-il en serrant le bras du médecin.*

» Et il dit qu'il voyageait à travers le pays
Pour pêcher des sangsues, agitant à ses pieds
La vase des étangs qui est leur domicile[1]...

» *Reconnaissez-vous ce poète ?*

— Si j'osais, je dirais Wordsworth, répond Adélaïde.

— Et vous auriez raison. Vous devez être Adélaïde, notre mariée. Vous avez été présentée à Paloma. Connaissez-vous le Dr Sims ?

---

1. William Wordsworth, *Résolution et indépendance*, in *Anthologie bilingue de la poésie anglaise*, Gallimard, 2005. *(NdT.)*

— Enchantée.

— Félicitations, déclare le médecin. Je vous souhaite tout le bonheur possible. Percival, je vous laisse maintenant. Paloma, puis-je vous dire un mot ? »

Tandis qu'ils se retirent, Percival désigne un fauteuil. « Asseyez-vous, ma chère, et causons un peu. Il paraît que votre voyage jusqu'ici a été plus stimulant que vous ne l'auriez souhaité.

— Pour la tranquillité d'esprit de ma tante, oui, réplique-t-elle en s'asseyant. Quant à moi, je l'ai trouvé singulièrement exaltant.

— Vraiment ? » Adélaïde lit une subtile lueur d'approbation dans son regard ; touchée par cette chaleur humaine, elle lui en manifeste en retour. « Si cela vous répugne... » Il désigne sa poitrine. « ... je peux les couvrir.

— Non. Mais ce doit être douloureux.

— Étonnamment, non. En fait, après la légère douleur causée par la morsure, je leur ai découvert une vertu anesthésiante. Je les préfère de loin à la lancette et à la cuvette de la saignée. Mais dites-moi, trouvez-vous Wando Passo à votre goût ?

— C'est un endroit... extraordinaire. »

Le visage de Percival se fait plus grave, comme si une équivoque s'était immiscée dans la voix d'Adélaïde. « Nos coutumes, je le suppose, vous sont étrangères.

— Non, je... »

Le regard de Percival suit celui d'Adélaïde qui s'est posé sur la table où se trouvent les bougies et le crucifix. « Demandez-moi, si vous êtes curieuse...

— Est-ce un autel ?

— En quelque sorte. Ça s'appelle une boveda. *On en rencontre dans de nombreux foyers cubains.*

— Est-ce une coutume catholique ?

— Certains catholiques en ont, mais ils les tiennent de leurs nègres. L'Africain, voyez-vous, vénère ses ancêtres selon des rites proches de ceux du noble cubain et de l'aristocrate blanc de Charleston. »

Adélaïde sourit.

Percival ne déclare pas à ce sourire, indiquant clairement qu'il ne cherchait pas à plaisanter. « La différence, poursuit-il, c'est que nous vénérons nos ancêtres comme des défunts, des êtres bel et bien disparus. Aux yeux des Africains, en revanche, les morts, les muertos *ou* nfumbi, *sont aussi proches de nous que ces gens, là-dehors, dans le jardin. Écoutez ! » Il lève le doigt. « Entendez-vous le bourdonnement de leurs conversations ? Parfois, quand je suis couché ici, j'ai l'impression d'entendre les morts de la même façon. Et si je me tiens parfaitement coi, parfaitement immobile, je commence à distinguer jusqu'à leurs paroles. Il y a aussi des fenêtres et des portes, Adélaïde, par lesquelles ils peuvent revenir parmi les vivants, se montrer à nous et nous parler. La* boveda *fait partie de ces lieux, c'est ce qu'elle représente pour moi : un endroit d'où je peux les remercier, leur demander leur aide, et par lequel ils peuvent me répondre... Mais j'ai souvent pensé qu'il n'est rien de si fâcheux que le récit importun des convictions religieuses d'autrui quand elles ne sont pas partagées. » Alors, pour la première fois, Percival sourit.*

« Mais comment font-ils pour parler ? demande Adélaïde en ignorant cette réserve, pas ennuyée le moins du monde.

— Ils utilisent un langage que vous reconnaîtriez, un langage dont vous avez fait mille fois l'expérience. Ils parlent à travers les rêves. À travers ce qu'on appelle l'"intuition". L'éclair soudain et lumineux de la compréhension, un problème insoluble qui trouve tout à coup sa solution. Quand des frissons vous courent le long de la colonne vertébrale.

— Comme c'est curieux, regardez ! » dit-elle en lui montrant la chair de poule sur son bras. « À l'instant où vous parliez...

— Oui, niña, *ce sont eux. Cela signifie qu'ils sont tout près. Et il existe d'autres langages, Adélaïde, des langages secrets dont je ne peux pas vous entretenir,*

sauf pour dire qu'ils sont plus directs et plus effroyables, au sens étymologique du terme. »

Et le plus étrange est qu'Adélaïde ne trouve pas du tout étrange d'avoir aussi vite une telle conversation avec le père de Harlan, une conversation qui ne ressemble à aucune de celles qu'elle a pu avoir jusqu'à présent. « Mais comment avez-vous percé de tels secrets ?

— Ah, ma foi », répond Percival, et tandis qu'il regarde par la fenêtre, un air mélancolique se peint sur ses traits. C'est l'expression d'un homme qui, parvenu au terme d'un long voyage, se retourne sur la vaste plaine qu'il a traversée en sachant qu'il ne rebroussera pas chemin, pense Adélaïde. « À Cuba, lorsque j'étais jeune – j'avais à peu près votre âge –, j'ai connu une période difficile. Un élément central de mon invention se dérobait à moi, et ensuite ma jeune épouse, Mélissa, la mère de Harlan, est soudain tombée malade. Dans l'espoir de la guérir, j'ai épuisé tous les recours médicaux à ma disposition, puis, comme rien n'y faisait, j'ai cherché… un autre genre de secours. C'est ainsi que j'ai fait la connaissance de Paloma. Je n'ai pas réussi à sauver Mélissa, mais mes efforts m'ont fait franchir une porte qui ouvrait sur un monde quasiment inconnu des gens d'ici. Cette expérience m'a métamorphosé.

— Comment cela ? demande-t-elle.

— Si vous en êtes curieuse, je vous en reparlerai une autre fois. Pour l'heure, contentons-nous de dire que j'ai entendu ce que l'on appelle les tambours du malheur. Je n'ai pas compris que c'était eux, les muertos, *qui me persécutaient.*

— Et pourquoi vous persécutaient-ils ?

— Pour la seule et unique raison qu'ils ont de tous nous persécuter : pour nous pousser à changer notre vie. »

Sans signe avant-coureur ni raison apparente, Adélaïde se met à pleurer : ce sont moins des pleurs qu'un sanglot isolé qui, à peine sorti, a déjà disparu. Quand elle se tourne vers Percival, elle rencontre un regard profond et scrutateur. C'est à nouveau le regard de Jarry, celui d'un homme qui connaît une vérité cruciale vous concernant, une vérité que vous n'avez pas encore apprise ni trouvé la force de vous avouer à vous-même.

— Je vous ai bouleversée, dit-il en lui touchant la main.

— Mais avez-vous réussi à changer ?

— Ah, ma foi, Addie, c'est là l'ennui. J'ai changé jusqu'à un certain point. Mais ce que j'ai découvert là-bas exigeait des changements plus profonds encore, que je n'ai pas réussi à opérer. Cet échec a frappé toute cette famille. » Il soutient son regard un instant puis quelque chose attire son attention vers la fenêtre. En se retournant, Adélaïde, aperçoit Clarisse dont la robe noire se détache sur la route de sable blanc. Elle porte l'assiette et ce qui frappe Adélaïde sur le moment, c'est qu'elle ne se dirige pas vers le fleuve : elle s'en éloigne ; elle marche non pas vers le levant, comme le lui a recommandé sa mère, mais vers l'ouest et la forêt, où elle disparaît bientôt au milieu des arbres sombres.

Quand Adélaïde se tourne à nouveau vers Percival, elle le trouve en train de l'examiner. « Mais je ne voulais pas me montrer si pesant. Si je me laisse aller, c'est que votre visage innocent inspire les confidences. Laissez-moi vous embrasser. Puis-je ? »

Elle sourit. « Vous le pouvez. » Lorsqu'elle se penche vers lui, Adélaïde sent l'odeur de la vieillesse, celle du lait caillé, perceptible malgré les clous de girofle qu'il mâche. À sa surprise, elle sent frémir le duvet sur sa peau à cause d'un souffle d'air inspiré par le vieillard qui la hume, lui aussi.

« Entretenons-nous de choses plus réjouissantes, à présent… Vous avez apporté un livre, à ce que je vois. On m'a dit que vous aviez un penchant pour la littérature.

— "On" ? » Elle sourit. « J'imagine qu'"on" ne l'entendait pas comme un compliment…

— Eh bien, ma chère enfant, nous sommes en Caroline du Sud, après tout, où la lecture pour le plaisir plus que pour s'instruire se répand aussi rapidement dans la société qu'une épidémie galopante de lèpre. »

Adélaïde accueille ces paroles par un rire débordant de gratitude. « Oui, à Charleston, on assure que mon goût pour la poésie a fait fuir mes prétendants. Les jeunes hommes voient en moi une sorte de Hester Prynne, mais, au lieu d'une lettre écarlate, je porte un nombre sur la poitrine.

— De quel nombre peut-il s'agir ? »

Elle effleure un endroit sur son corsage. « En ce moment, c'est trente-trois. »

Il sourit. « Eh bien, si cela peut vous consoler, de là où je suis assis – ou allongé –, vous me semblez tout juste sortie de l'enfance. Et regardez ces lourds rayonnages autour de vous. Voyez en quel lieu je me suis retiré pour mourir, comme un vieillard retourne dans sa nursery s'entourer des jouets cassés de sa jeunesse.

— Mais non pas cassés, assurément ? dit Adélaïde. Ne me dites pas qu'avec l'âge on se lasse de ses livres !

— Cela est bien triste, mais si, c'est mon cas. Dans ma jeunesse, j'ai été un grand lecteur. J'ai parcouru tous ces volumes en quête de celui qui me révélerait la seule chose que je souhaitais savoir.

— Et quelle était cette chose ?

— Comment vivre. Quelle autre question y a-t-il ?

— Et vous avez été déçu ?

— Je n'ai jamais trouvé la réponse, et pour finir la lecture m'est apparue comme une drogue, moins nocive, mais pas si différente du laudanum ou de l'alcool, en fin de compte ; une distraction de ce que je cherchais justement à faire : à savoir, vivre. Et si les grands – même Wordsworth, même Shakespeare – n'ont pas su m'indiquer comment vivre, vers qui dois-je me tourner pour apprendre à mourir ? Car telle est la leçon que je cherche aujourd'hui à étudier. Son urgence est si tyrannique et

préoccupante qu'en comparaison l'idée d'ouvrir un livre m'apparaît comme quantité négligeable. »

Adélaïde, pour qui la lecture a toujours été une sorte de religion personnelle, incontestée et incontestable, ne sait pas très bien comment réagir. « Eh bien, j'espère que lorsque mon heure viendra, j'aurai le courage de prendre la mort comme une leçon, moi aussi.

— Je n'en doute pas. N'ayez jamais peur, ma chère.

— N'avez-vous pas… ?

— Peur ? Bien sûr que si. Ne redoutez-vous pas le moment où vous vous retirerez avec Harlan dans votre chambre, ce soir ? Bien sûr que si, et pourtant vous irez. Vous savez qu'il le faut. Une force irrésistible vous y contraint, et la même m'attire vers la mort. J'éprouve tout à la fois de la peur et de l'attirance.

— Mais pour la mort, c'est différent, n'est-ce pas ? Ce que je redoute, c'est de cesser d'exister.

— Ah, dans ce cas, nous divergeons sur ce point. Cela, je ne le redoute pas du tout. Je suis certain qu'il existe une vie après la mort. Ma seule inquiétude porte sur cette autre vie… Mais c'en est assez ! Assez parlé de moi ! Quel volume avez-vous apporté ? » Elle le lui donne et il le tient à bout de bras. « Byron ! Madame ! Est-ce une lecture qui sied à une jeune épousée ?

— Comment ? Dois-je renoncer à lui ? répond-elle joyeusement. Mais je l'aime tant ! Je ne suis pas sûre de pouvoir y renoncer.

— Eh bien, voici quelqu'un qui va pouvoir nous donner son avis, dit-il, alors que la porte s'ouvre. Qu'en penses-tu, Jarry ? La lecture de Byron convient-elle à une jeune mariée ?

— Comme cela, au pied levé, répond le régisseur avec une pointe de gêne, je ne vois pas pourquoi ce serait inconvenant. À moins que le mariage sonne le glas de l'amour… auquel cas, si.

— Tout à fait ! s'écrie Adélaïde. C'est exactement ainsi que je l'ai toujours vu : comme le poète du véritable amour.

— Alors : à la sainte union de deux âmes fidèles, je n'admets point d'entrave ! déclare Percival en riant. Mais vous êtes tous deux à l'âge où on lit Byron. Faites-moi voir, je connaissais certains de ses poèmes, jadis…

» Depuis l'épave du passé péri,
Qu'ainsi du moins je puis remémorer,
J'ai reconnu ce que j'ai plus chéri
Digne d'être plus adoré[1].

— Je ne connais pas ce poème, dit-elle.

— Il faudra que nous essayions de vous le retrouver. Si vous admirez Byron, vous devez le connaître. Et ce sentiment ? Pensez-vous aussi que ce que nous chérissons le plus mérite d'être le plus adoré ?

— Cela semble incontestable.

— J'aimerais que cela le soit à mes yeux ! » *Alors, comme un feu de braises qui s'est ravivé en consumant une veine de sève impromptue, Percival semble vaciller et s'enfoncer en lui-même.*

« Je pensais à un de ses poèmes tout à l'heure, dit Adélaïde pour remplir le silence. "Connaissez-vous la contrée où le cyprès et le myrte sont les emblèmes des actions de l'homme qui l'habite ; où la rage du vautour et l'amour de la tourterelle font naître tantôt des histoires mélancoliques, tantôt des récits de crimes[2] ?" *Ils ressemblent à la Caroline du Sud, et tout particulièrement au paysage que nous avons traversé en bateau.*

— C'est La Fiancée d'Abydos, *n'est-ce pas ?* » *demanda Percival.*

Elle confirme d'un sourire.

« Et quelle est la suite ?

---

1. George Byron, *Stances à Augusta,* in *Poèmes*, trad. Florence Guilhot & Jean-Louis Paul. Allia, 2002. *(NdT.)*

2. George Byron, *La Fiancée d'Abydos*, Chant Premier, in *Œuvres choisies*, trad. Amédée Pichot, Classiques Garnier. (*NdT.)*

— “Où la rage du vautour, le chant de la tourterelle…” *Je ne me rappelle plus.*

— “L’une roucoule, plaintive, *souffle Jarry,* et l’autre cède à la folie meurtrière”. »

Elle lui sourit. « Vous connaissez ce poème…

— Il s’y trouve un vers que j’admire.

— Pouvons-nous l’entendre ?

— Une autre fois peut-être.

— Allons, insista Percival, ne fais pas ton modeste. Pourquoi nous laisser dans l’expectative ?

— Père…

— Il croit que parce qu’il est nègre, explique Percival à Adélaïde, je tire une fierté excessive de son érudition et le pousse injustement à en faire étalage ; mais ce qu’il ne comprend pas, c’est que si Harlan connaissait un seul vers, je ne serais pas moins prompt à vanter son mérite. Et ce n’est pas pour moi, après tout, Jarry ; c’est pour te faire connaître, toi, et ton esprit, à une personne qui sera peut-être ton amie. Allons, à présent, en toute confiance, dis-nous ce vers. “En vain, j’essaie de vous faire part…” *Tu veux bien m’aider ? »*

Jarry est partagé, il rougit à cette demande d’une façon qui suscite à la fois la sympathie et la curiosité d’Adélaïde : comment va-t-il réagir, quel homme va-t-il être ? Et, en une fraction de seconde, elle repense aux jeunes affranchis qu’elle a croisés dans les rues de Charleston, des hommes noirs à la mise très simple, arborant col empesé et cravate soigneusement nouée, somptueux emblèmes de respectabilité. En la croisant, ces hommes – et parfois des femmes aussi – soutenaient son regard, non pas d’un air de défi ainsi que le font certains domestiques, mais avec une curiosité intelligente et amène pareille à la sienne, et peut-être une pointe d’ironie, comme pour écarter un jugement que, d’expérience, ils s’attendaient à rencontrer dans les yeux d’une femme blanche. Adélaïde leur a rarement adressé autre chose qu’un « bonjour », avant de les regarder disparaître au coin de la rue en se demandant en quoi consistait leur vie, mais sûre d'une chose : elle n'était confinée ni dans le périmètre d'un champ de coton ni par la rigole boueuse d'une rizière.

« "En vain, ma langue voudrait t'exprimer…, *suggère encore Percival*… l'ivresse…" »

— … "de mon cœur"… » Et Jarry reprend à son tour :

» "C'est en vain que ma langue voudrait t'exprimer l'ivresse de mon cœur, lorsque pour la première fois ces yeux rendus à la liberté contemplèrent la terre, l'océan, le soleil et les cieux, comme si mon âme les eût pénétrés et en découvrait les merveilles les plus secrètes. Un seul mot peut te peindre cette sensation au-dessus de toutes les autres…[1]" »

Soudain sa voix s'éraille légèrement. Il se tourne vers la fenêtre. Et Adélaïde, dont le visage s'est éclairé, qui s'est avancée dans son fauteuil, pense : Oui ? Oui ?

« … j'étais libre. »

La réponse, quand elle arrive, la heurte comme un léger coup à la poitrine.

Et maintenant, Percival regarde Adélaïde, et sonde le fond de ses yeux, curieux de sa réaction, celle qui révélera quelle femme elle est.

« Vous récitez vraiment très bien, dit-elle.

— Et cela vous étonne ? » demande Jarry.

Adélaïde sourit et soutient son regard. « Cela ne m'étonne pas le moins du monde.

— Moi non plus. »

À ces mots, ils se retournent tous trois et découvrent Harlan qui, du seuil de la porte, fronce les sourcils.

« Nous n'avons pas encore coupé le gâteau et vous œuvrez déjà à monter ma femme contre moi. Devrais-je m'en étonner ?

1. George Byron, *La Fiancée d'Abydos*, Chant Deuxième, *op. cit.* (*NdT.*)

— Non, mon cher, ce n'est pas cela, affirme Adélaïde en s'empressant de le rejoindre.

— Pas du tout, mon garçon, renchérit Percival. Nous récitions simplement quelques vers. Ne t'agace pas pour si peu.

— Mais je ne m'agace pas, Père, répond Harlan en entrant dans la pièce. Je ne suis pas du tout en colère. En fait, je vous suis reconnaissant, car c'est une conversation que nous devons avoir, et Adélaïde doit y prendre part. Cela la touche d'aussi près, désormais, que tous ceux présents dans cette pièce. » Il s'adresse à Jarry : « Toute notre commande de printemps est à l'eau, elle flotte sur une cinquantaine de mètres le long d'une plage de Caroline du Sud. J'ai été appelé sous les drapeaux pour défendre mon pays alors qu'ici, à Wando Passo, quatre cents esclaves ont besoin de nouveaux habits, n'ont ni bas ni chaussures, sont à court de chandelles et de sel pour leur nourriture ou pour leurs animaux. Cependant, la seule chose qui te préoccupe, c'est la poursuite de ton plaisir égoïste.

— Ce n'est pas…

— Non, excuse-moi ! l'interrompt Harlan. Laisse-moi te conter une petite histoire sur la "liberté", Jarry. Je l'ai entendue pas plus tard qu'aujourd'hui. » Harlan cherche un cigare dans son manteau. « Jules Poinsett la racontait à un groupe de convives dont je faisais partie. Il y a une ou deux semaines, un vieux nègre du nom de Pompey s'est présenté à la porte de Poinsett. Jules n'avait pas la moindre idée de qui il était. Une vieille femme du quartier des esclaves s'en est souvenue. De fait, le grand-père de Jules – pas son père, son grand-père, le vieux M. Sam – avait affranchi ce Pompey à sa mort. Pendant quarante ans…, ajoute-t-il en allumant son cigare, il a travaillé comme forgeron, en homme libre… à Charleston. Et savez-vous pourquoi il est revenu ? » Triomphant, Harlan adresse cette question à la cantonade en agitant son allumette. « Je vais vous dire pourquoi. Pour demander – non, pas pour "demander" :

pour implorer – que le petit-fils de son maît' le reprenne comme esclave ! Et savez-vous pourquoi Pompey voulait redevenir esclave ? Afin d'obtenir l'insigne qui lui permettrait d'exercer en tant que forgeron itinérant sans être harcelé par les gens d'armes. Et c'est partout la même chose. Voilà à quoi en sont réduits tes frères libres de Charleston, Jarry. La ville est un camp armé. En supposant qu'on te laisse partir, voilà ce qui t'y attend.

— Je n'ai pas l'intention d'aller à Charleston.

— Ah non ? Et où as-tu l'intention d'aller ? Tu ne peux pas émigrer. À l'heure actuelle, onze navires croisent au large de Charleston. À moins que tu n'envisages de retenir ton souffle et de nager jusqu'à l'Afrique, je ne comprends vraiment pas ce que tu comptes faire.

— Je ne doute pas qu'il y aura des difficultés, répond Jarry. Mais des difficultés, j'en rencontre déjà. Tous les matins, au réveil, j'en récolte une nouvelle moisson et je les résous de mon mieux, à mesure qu'elles surviennent. Je suis certain que je résoudrai de la même façon celles qu'apporte la liberté. La différence…

— Oui ? l'encourage Harlan. Explique-nous.

— Les difficultés qui se présentent ici et maintenant sont les vôtres, et j'entreprends de les résoudre en votre nom ; là-bas, quand je serai libre, ce seront les miennes.

— Oui, oui, voilà qui est bien dit, acquiesce Harlan d'un ton affecté. La réponse est bien tournée, mais elle ne reflète pas la réalité qui t'attend. Tu es comme un enfant. Tu vois cette flamme qu'on appelle liberté. Elle est belle et brille de tous ses feux, et tu pousses des "oh" et des "ah" ! Mais les gens plus avisés, qui ont fait l'expérience de la liberté, te diront qu'on s'y brûle ; seulement tu crois tout savoir. Tu mettras ta main dans la flamme quoi qu'ils disent ; mais moi, je suis là pour te mettre en garde, Jarry : tu t'y brûleras et tu vas souffrir.

— Peut-être, mais je suis sûr que cela ne brûlera ni ne me fera souffrir autant que l'esclavage. »

Impertinent ! pense Adélaïde, par réflexe. Pourtant, quelque chose de très digne voire d'un peu triste dans le visage et le maintien de Jarry donne du poids à ses paroles, et ce poids persiste une fois que le réflexe s'estompe. Elle retient son souffle et pense ensuite : Non, non, ne lui parlez pas de la sorte. Vous ne ferez que nuire à votre cause !

« Tu es un ingrat, Jarry ! Tu es un nègre ingrat.

— Je n'admettrai pas de t'entendre appeler ton frère par ce nom ! dit Percival.

— Il n'est pas mon frère. Il vous sied peut-être de le considérer comme votre fils, mais il ne sera jamais qu'un serviteur et un esclave pour moi. Si Jarry était blanc et capable d'éprouver une loyauté de frère, il y a longtemps qu'il aurait proposé de nous aider jusqu'à la fin de la guerre. Nous n'aurions pas eu besoin de demander. » Harlan se tourne vers lui. « Jarry, je me demande combien de nègres dans cet État peuvent, comme tu le fais à présent, ici, dans ton bel habit, discuter de… Byron – c'est bien cela ? – et de la perspective de leur affranchissement. Pas tant que cela, je peux te l'assurer. Tu devrais tomber à genoux et remercier Dieu tout-puissant pour les privilèges que tu as reçus. C'est cette famille qui a fait de toi ce que tu es aujourd'hui.

— Ce que je suis, réplique Jarry, c'est un esclave. Voilà ce que cette famille a fait de moi. » Sa voix est forte ; ses yeux lancent des éclairs à présent. Le silence tendu qui règne dans la pièce ressemble à celui qui suit l'explosion d'une bombe.

Harlan a pris un air sévère et rébarbatif, et Adélaïde sent que son cœur fait palpiter sa gorge. « C'est Dieu qui t'a fait noir, pas moi. Mais tu as raison, Jarry : un esclave, voilà ce que tu es et ce que Père, par une indulgence inconsidérée envers toi, t'a laissé oublier pendant toutes ces années. Ce que je soupçonnais et hésitais à croire est vrai, je le vois bien. À mon avis, tu sais que si tu nous quittes cela nous causera du tort et peut-être notre ruine ; et non seulement cela t'indiffère, mais de plus c'est ce que tu recherches. »

Jarry s'éloigne de l'âtre. Il s'avance jusqu'au milieu de la pièce et se tourne. Quand il se met à parler, sa voix est douce, mais il est un peu essoufflé. Adélaïde voit le plastron de sa chemise se soulever puis retomber. « Vous vous trompez. Je n'ai jamais souhaité nuire à cette famille. Je comprends votre but : préserver ce domaine pour votre épouse et les enfants que vous aurez peut-être. À votre place, je ressentirais la même chose. À quarante-deux ans, je n'ai ni femme ni enfants. Dès l'âge de quinze ans – cela fait vingt-sept ans –, j'ai travaillé à faire de Wando Passo le domaine qu'il est aujourd'hui. Sa surface cultivée a doublé depuis cette époque. Je n'aurais pas pu y travailler plus dur même si j'avais dû en hériter, or je savais que ce domaine ne me reviendrait jamais, mais je ne l'ai pas convoité. Je savais que le jour viendrait où je partirais avec ma seule liberté et la possibilité de prendre un nouveau départ, comme Père me l'a promis, ici même. Il m'a donné sa parole. Je n'ai aucun pouvoir légal pour vous y contraindre, mais je crois que votre honneur vous contraint à l'honorer.

— Tu me sermonnes sur l'honneur, à présent ? Je ne crois pas que l'honneur puisse contraindre un homme à enfreindre la loi, à se ruiner, lui et sa descendance, pour un nègre gâté et égoïste, trop bête pour voir où est son intérêt. Laisse-moi te dire une chose, Jarry : quand tu obtiendras ce que tu souhaites, si ça arrive un jour, tu devras atteindre un lieu reculé en ce vaste monde pour retrouver un endroit où l'on te traitera mieux, ou même à moitié aussi bien, qu'ici.

— On me traitera peut-être moins bien, mais je n'aurai jamais à regarder ces rizières, de l'autre côté du fleuve, en pensant à toutes les années que j'y ai investies, des années perdues à jamais. »

Harlan plisse les yeux et contemple le visage de Jarry d'un air incrédule. « Tu nous hais, n'est-ce pas, nous qui ne t'avons apporté que du bon ?

— Non, Harlan, répond Jarry, c'est vous qui me haïssez. C'est de cela qu'il s'agit, pas du domaine, qui

souffrira peut-être de mon absence mais vous appartiendra encore après la guerre et que vous pourrez toujours remettre en l'état à votre retour.

— Je ne te hais pas, Jarry, dit Harlan. Qu'est-ce qui te fait penser cela ? Pourquoi te haïrais-je ?

— Parce que j'ai l'outrecuidance, moi, un nègre, de me considérer comme un être humain et un homme, au même titre que vous, et parce que, dans son cœur, Père m'a choisi. Non que je sois meilleur, Harlan. Mais il y a toujours eu une sympathie entre nous, une proximité de nos tempéraments qui suscite votre rancœur depuis qu'il m'en souvient. Et maintenant, vous lui demandez réparation pour l'amour que vous n'avez pas reçu, dont vous vous estimez lésé par ma faute ; et ce que vous exigez de lui en dédommagement, c'est de me trahir, de trahir son honneur et de rompre sa promesse. L'homme que je connais est trop sage et trop scrupuleux pour vous laisser l'emporter.

— C'est un mensonge ! répond Harlan. Tout cela est un tissu de mensonges haineux et impudents. Cette plantation a produit un million de livres de riz l'an dernier. La nation a besoin de ce riz. Il faut nourrir l'armée. Face à ce devoir et au bien-être de notre famille, qu'as-tu à mettre dans la balance ? Rien que ton souhait égoïste ! En fin de compte, nous n'avons pas plus besoin de ta permission pour te garder que je n'ai besoin de celle de Runcipole pour l'enfourcher et le monter, ou de celle de la boue des rizières pour y faire pousser mon riz. Père te considère peut-être comme son fils, Jarry, mais ne t'y méprends pas : tu n'es rien de plus à mes yeux que l'équivalent de ton poids en pâturage et en paddy. Obéis-moi, et tu obtiendras ta liberté à la fin de la guerre. Contrarie-moi, et je te fourrerai une houe entre les mains avant de t'envoyer dans la rizière la plus proche où tu travailleras comme un âne jusqu'à la fin de tes jours. »

Jarry soutient le regard de Harlan, puis il s'adresse à Percival. « Parle-t-il en votre nom ? »

Le poids de cette question se lit sur le visage du vieillard, et tous, dans la pièce, le contemplent. Manifestement déchiré, il hésite ; Adélaïde décèle des signes d'épuisement et de vieillesse qui n'étaient pas encore apparus aussi nettement. « Je suis sensible à ma promesse, Jarry, déclare-t-il, les traits creusés, l'air flétri et malheureux, mais tu dois savoir que Harlan peut contester le testament, et devant les tribunaux tels qu'ils existent aujourd'hui tu n'aurais aucune chance, mon garçon, absolument aucune chance. Et puis, il y a une part de vérité dans ce qu'il dit. Les routes sont pleines d'hommes en armes, à l'heure qu'il est. Il serait peut-être plus sûr pour toi d'attendre ton heure à Wando Passo jusqu'à la fin des hostilités, ce qui serait aussi un réconfort pour ta mère. Pourrais-tu envisager de rester si on t'affranchissait et si on te donnait un salaire ?

— Ce n'est pas ce dont nous étions convenus.

— Vous voyez ? crie Harlan. Vous voyez, Père ? » Et son regard sollicite aussi l'approbation d'Adélaïde. « Il refuse de chercher un terrain d'entente.

— Ce que je vois, dit Percival, c'est que vous m'en voulez tous les deux, pourtant vous tournez cette animosité l'un contre l'autre. Laissez-la-moi. Donnez-moi ce qui me revient. Ne peut-il y avoir ni paix ni cause commune entre vous jusqu'à la fin de la guerre ?

— La paix se fera quand il acceptera son devoir, qui est d'obéir, décrète Harlan.

— Dis-moi ce que je dois faire, Jarry, demande Percival, qui semble au désespoir. Si je t'affranchis, il fera annuler le testament et il te punira ; si j'y renonce, tu te sentiras trahi. »

Jarry ne répond pas. Son expression, Adélaïde ne l'oubliera jamais : l'absence de surprise et, par-dessus tout, la lassitude, extrême, causée par une vieille blessure ou une vieille jalousie qu'a ressuscitée cet échange mais qui est plus ancienne ; voilà pourquoi ses yeux ressemblent à ceux de Percival et, en fin de compte, en sont très différents. Il pose le Byron d'Adélaïde sur le bureau ministre et sort sans un mot.

Harlan se tourne vers eux. « Vous voyez ? Voilà bien les esclaves ! » Un triomphalisme mesquin et satisfait se peint sur son visage.

« Voilà bien les esclaves ? explose Percival. Je vais te dire qui est Jarry. À quinze ans, il s'est enfui et il a été rattrapé par les chiens. Par deux fois il a essayé de se tuer. La seconde fois, j'ai coupé de mes propres mains la corde à laquelle il s'était pendu avant de le faire asseoir dans ce fauteuil. Je lui ai promis : "Si tu acceptes de travailler et de te réconcilier avec ta position, je t'affranchirai à ma mort." Alors, pendant que tu jouais, que tu montais à cheval et que tu gaspillais le produit de son travail, Jarry s'est levé avant l'aube pour revenir chaque soir après la tombée de la nuit ; il était parmi les esclaves qui rentraient en dernier de la rizière la plus éloignée. Si tu peux rêver d'avenir, d'un avenir pour ta femme et tes enfants, cet avenir, c'est Jarry qui l'a construit. Et quel avenir a-t-il, lui ? Que lui reste-t-il, aujourd'hui, de vingt-sept années de labeur – un costume de seconde main ? Un meilleur morceau de viande que ses congénères ? Son seul rêve, c'était la liberté, qu'il a gagnée par son travail depuis longtemps. Et maintenant, tu me demandes de me présenter devant mon Créateur en ayant sur la conscience le poids d'une promesse non tenue…

— S'il a payé sa dette, eh bien, rendez-lui sa liberté tout de suite. »

Percival fronce les sourcils, manifestement surpris.

« Pourquoi attendre ? poursuit Harlan, profitant de son avantage. Voilà ce que je vous reproche, Père. Conscient de ce que représentait Jarry pour vous, vous ne l'avez jamais affranchi, pas plus que Paloma. Aujourd'hui vous me demandez, vous nous demandez… » Il pose sa lourde main sur l'épaule d'Adélaïde. « … un sacrifice que vous-même trouviez trop pénible. »

Sur les traits de Percival se lisent les signes d'une brève lutte – bien vite remplacés, cependant, par une expression d'acquiescement. Avec un soupir fatigué, il s'affaisse sur lui-même. « Eh bien, admet-il d'une voix éteinte. Eh bien, en cela du moins tu as raison, j'en ai peur. » Le vieillard regarde Adélaïde. « Je souhaitais voir la concorde régner entre ces deux-là. Je me disais : Si cela pouvait commencer ici même, dans cette maison… C'est ma faute si nous en sommes là.

— Si vous souhaitez changer les choses, Père, dit Harlan, qui prend de l'ascendant à mesure que Percival faiblit, vous n'avez qu'un mot à dire. Donnez-moi le testament. Nous le brûlerons sur-le-champ et ce sera chose faite. Vous avez ma promesse solennelle que j'affranchirai Jarry dès mon retour. »

Percival hésite et regarde Adélaïde, perdu. « C'est sans doute la solution, soupire-t-il. Peut-être la guerre sera-t-elle de courte durée…

— Harlan, votre père est fatigué, dit-elle en se levant. Et nous avons négligé nos invités trop longtemps. Nous devrions remettre cela à plus tard.

— Oui, dit Percival. Oui, je suis fatigué. Je n'ai plus la force de débattre de cette question aujourd'hui.

— Il me faut votre réponse avant de partir pour Fort Moultrie, Père, insiste Harlan.

— Tu l'auras. Maintenant, laissez-moi, allez ! » Il les chasse d'un faible geste du poignet.

Harlan s'arrête devant la porte de la bibliothèque et se tourne vers elle. « Addie, vous avez affaibli ma position. Je le tenais.

— Je suis désolée, Harlan, répond-elle. Mais vous avez jugé bon de m'inclure dans cette discussion et je pense que vous lui demandez de commettre un acte très grave.

— Jarry est un nègre, Addie. C'est un esclave, notre propriété. Nous lui avons tout donné.

— Mais le problème n'est pas qui a reçu la promesse, n'est-ce pas, Harlan ? À mon avis, seul compte celui qui l'a faite, s'il s'agit d'un gentleman, comme votre père, et comme vous-même, je crois. »

Harlan se renfrogne et ses sourcils se rejoignent. « Madame, j'ai déjà été tancé aujourd'hui sur les obligations liées au sens de l'honneur, et par un esclave encore, aussi n'ai-je pas besoin d'un autre sermon venant d'une femme, et encore moins de ma propre épouse. Vous devez vous conformer à mes vues sur cette question.

— Vraiment, monsieur ?

— Oui, madame. En effet. Nous sommes mariés à présent. Je comprends que vous soyez habituée à une certaine indépendance, et vous continuerez à en jouir ici, dans les limites de ce qui est raisonnable. Vos avis seront toujours les bienvenus ; mais, en définitive, quand j'aurai prononcé le mien, je compterai sur votre soutien inconditionnel. Vous me devez, je crois, rien moins que cela. »

Les lèvres serrées d'Adélaïde barrent son visage d'un trait. Pourtant elle ne le contredit pas.

« J'ai fait cela en grande partie pour vous, ajoute-t-il.

— Pour moi… ?

— Avez-vous bien saisi l'enjeu de cette discussion ? J'en doute. Ce que je cherche à empêcher, Addie, c'est qu'à mon retour de la guerre, dans une saison, dans un an, je retrouve nos jardins envahis par les mauvaises herbes et vous-même courant les routes en haillons, hirsute, mendiant des quignons de pain. Je suppose qu'une telle issue vous semblerait fâcheuse, à vous aussi.

— Cette perspective n'a rien d'attrayant, concède-t-elle.

— Nous sommes d'accord, dans ce cas. Venez, à présent, ne nous querellons pas. Voulez-vous bien me serrer la main ? »

Adélaïde ne sourit pas, mais elle accepte tout de même la main de Harlan.

« Tout cela s'arrangera pour le mieux. Vous verrez. Retrouvons le sourire et allons rejoindre nos invités pour couper le gâteau. »

15

Dans le cortège de véhicules qui roulaient au pas sur la route, Ran vit la pharmacie CVS approcher et piqua une suée. « Arrête-toi, pauvre con ! » s'admonesta-t-il, mais la voiture de Claire était juste derrière dans le rétroviseur. Ayant menti, tout compte fait, il lui sembla préférable d'aller jusqu'au bout. *Le chemin de l'excès conduit au palais de la sagesse*. Cette maxime, il avait passé l'essentiel de sa jeunesse à la tester. Elle n'avait pas tout à fait fonctionné, mais peut-être n'était-il pas allé assez loin dans l'excès... Qui sait, ça pourrait encore marcher !

Et s'il s'était abstenu de suivre son traitement pendant quelques jours – cela ne pouvait pas déjà faire deux semaines, si ? –, n'était-ce pas aussi par altruisme, en partie pour le bénéfice de Claire ? En prévision de leurs retrouvailles, voyez-vous, à l'idée de lui faire l'amour sans être entravé par les effets secondaires gênants... qui, dans son cas – pour passer aux choses sérieuses et un peu sordides –, consistaient en une incapacité à jouir. Certes, il arrivait à bander – sur ce point, il faisait partie des heureux élus, comme son médecin ne se lassait pas de le lui rappeler ; mais être incapable de prendre du plaisir, d'éjaculer, de *jouir** : essayez donc pendant une semaine, à l'occasion... et ensuite pendant un an ! Pour Ran, c'était une forme de punition, de torture, de servitude que, dans l'ensemble, il acceptait courageusement. Mais quand, à sa centième demande, Claire avait bien voulu qu'il vienne, il s'était autorisé à désirer encore ce que la vie semblait lui avoir interdit à jamais : être lui-même. Il s'était dit : *Allez, pourquoi pas, pour une fois*... ? Était-ce si condamnable ?

Même en admettant qu'il aille à la pharmacie maintenant, voyez-vous – s'il révélait son mensonge à Claire en ajoutant ainsi des munitions à l'arsenal qu'elle possédait déjà –, il lui avait fallu deux semaines pour en arriver là (pas trois, quand même ? Sans doute par culpabilité, il s'était montré tout sauf consciencieux dans le décompte des jours), et il en faudrait deux (voire trois) pour sentir à nouveau l'effet du traitement. Mieux valait attendre le lendemain. C'est ainsi que la décision fut prise, et de toute façon la pharmacie était déjà loin. Ils étaient arrivés au feu rouge et, en prenant le tournant, Ransom se sentait toujours aussi bien. Pour tout dire, il était sur un petit nuage.

Une idée se précisa soudain : il avait entamé un voyage. « On me guide, marmonna-t-il, mais qui ? Et vers quoi ? »

Vers la découverte de son Moi Authentique ?

« C'est sans doute ça !

— Quoi, papa ?

— Rien, mon cœur. »

Ce voyage, il l'avait déjà entamé par le passé. Il y avait bien longtemps à Killdeer, lorsqu'il rêvait de jouer au Shea et sur Fillmore East Street, et de se lancer dans ce riff incroyable ; l'art et la musique l'avaient poussé à faire preuve d'audace dans la découverte et l'épanouissement de son Moi Authentique. Ensuite, quelque chose s'était perdu. D'une façon ou d'une autre, il s'était assoupi ou il avait fermé les yeux, et en un clin d'œil la moitié de sa vie s'était écoulée. Mais peu importait. Il avait les yeux ouverts, maintenant ; il était bien éveillé et la route était là, devant lui ! Pourquoi l'avait-il quittée ? À cause des autres, n'est-ce pas ? Et pourquoi fallait-il toujours qu'au moment précis où il atteignait cet état de bonheur taille XXXL et de vision extralucide, ça commence à leur poser des problèmes ? Pourquoi semblaient-ils toujours vouloir qu'il étouffe son Moi Authentique ? Chaque fois qu'il s'en approchait, comme aujourd'hui, il voyait la peur et l'inquiétude se peindre sur leurs visages ; il les voyait reculer vers la porte. Surtout Claire. Cela le rendait si triste. Elle voulait qu'il suive son traitement, mais l'effet de ce traitement, tout son effet – c'était parfaitement clair aux yeux de Ransom, à présent – revenait à le séparer de sa lumière intérieure, à le détourner de la quête de ce Moi Authentique, ce lieu auquel il était destiné et qu'il était en droit de trouver. Il lui apparut soudain que Claire n'était pas libre. Mais pourquoi ? Pourquoi n'était-elle pas libre ?

« Est-ce à cause de moi ? »

Oui ! C'était indirectement lié à sa personne et à leur histoire. Était-ce parce qu'à l'époque elle avait renoncé à sa carrière pour embrasser la sienne ? Parce que son rêve à lui avait entraîné les siens dans son sillage ? Oui, c'était bien cela, et depuis ils estimaient l'un et l'autre, tacitement, qu'il lui devait réparation : voilà pourquoi il devait prendre les médicaments, pour protéger Claire de sa liberté à lui. Ou pour la protéger de sa propre liberté ? L'écheveau lumineux de son raisonnement commençait à s'effilocher et Ransom n'était plus très sûr de rien. Il savait seulement qu'il n'avait plus envie de prendre ses médicaments. Il voulait que Claire soit libre, elle aussi, qu'elle le retrouve, librement, comme sa partenaire et son égale, dans un havre fait de force et de joie. Quoi de plus simple ? En fait, il n'avait jamais rien désiré d'autre ! Pendant toutes ces années, il n'avait pas pu réaliser ce souhait, mais il n'était peut-être pas trop tard. Peut-être pouvait-il encore y parvenir ?

Arrivé en rase campagne, tandis que les enfants chantaient à l'arrière, Ransom était perdu dans ces pensées aussi profondes qu'optimistes.

« C'est juste là ! dit-il en les conduisant au carré de pervenches, dès qu'ils se furent tous garés. C'est là que j'ai trouvé le chaudron. Et la planche de soutènement toute vermoulue... » Il retourna vers la maison à grandes enjambées. « ... est juste ici.

— Elle est cassée, notre maison ? demanda Hope.

— Non, ma douce, pas du tout, répondit Claire, ne t'inquiète pas.

— C'est vrai, renchérit Ran. Si on ne fait rien, on aura peut-être un problème, mais on ne va pas laisser ça comme ça. Papa va enlever le bois pourri. Claire, Marcel, vous voyez, la cour descend en pente de ce côté-là. Si vous voulez mon avis...

— J'ai envie de faire pipi, annonça Hope en croisant une jambe devant l'autre. Je peux faire dans l'herbe ?

— Bien sûr, mon cœur, vas-y, répondit Ran. Où tu veux. Un amoncellement d'eau...

— Non, Hope, dit Claire. Viens, je t'emmène aux toilettes. »

Hope interrogea du regard son papa.

« Bon, va à la maison avec maman... Tu pourrais peut-être mettre une casserole d'eau à bouillir pour le riz, lança-t-il à Claire tandis qu'elle s'éloignait en tenant les enfants par la main. Allez, Marcel, je vais te faire visiter le ranch. C'est la première fois que tu viens, non ? »

Jones hésita un instant. « J'ai donné un coup de main à Claire pour emménager.

— Ah bon ? Très sympa de ta part, vieux. J'apprécie beaucoup. Viens un peu admirer la vue. »

Ils traversèrent le parc et débouchèrent sur le promontoire. Ran tendit le doigt.

« Là-bas, ce sont les digues de l'ancienne rizière. Elles sont complètement envahies par la végétation, mais c'est incroyable qu'elles aient tenu aussi longtemps. T'imagines à quel point ça a dû être dur de les construire ?

— Pas vraiment, répondit Marcel.

— Dans l'eau noire et froide jusqu'aux genoux avec une houe, commença Ransom pour l'aider, à creuser pour en sortir des paquets de boue gros comme des briques et les rejeter par-dessus son épaule, encore et encore. Ils ont dû construire des murs d'un mètre quatre-vingts à deux mètres quarante de haut, et autant en largeur tout autour de ce champ, qui doit faire une dizaine d'hectares. Il y avait plus de quarante champs ou "carrés" ici même à Wando Passo, dont un ou deux sur Beard Island, là-bas. » Ran tendit le doigt vers le sud. « Un type de l'université de Charleston, un anthropologue, a trouvé une église sur l'île, il y a quelques années : toute la charpente, même le clocher, était en cyprès, et elle tenait debout, intacte. Personne ne sait ce qu'elle faisait là. Et ces champs s'étendent sur des centaines de kilomètres… des deux côtés du fleuve Pee Dee, du Waccamaw, du Black, du Santee, de l'Ashley et du Cooper. Certains comparent cet effort à la construction des pyramides, mais, si tu veux mon avis, ça a demandé plus de boulot. À son apogée, juste avant la guerre civile, ce domaine produisait un million de livres sterling de riz par an. *Autant en emporte le vent*, les fortunes bâties grâce au coton, ou grâce au tabac par chez moi… ça n'était rien comparé aux bénéfices dégagés par le riz. Ce domaine était un des endroits les plus prospères d'Amérique du Nord, à l'époque.

— Tu as l'air d'en connaître un rayon là-dessus. »

Ransom ne put s'empêcher de se rengorger un peu. « Oh, pas tant que ça, vieux ! C'est que j'ai entendu Clive tenir ce discours si souvent que je pourrais le répéter dans mon sommeil. Il voulait s'assurer qu'un pauvre bouseux comme moi, un petit Blanc originaire de l'autre Caroline, celle qu'était moins bien, prenne bien la mesure de la chance imméritée qui lui était tombée dessus. Mais bon, je ne sais pas, Cell, peut-être que toutes ces conneries te semblent étranges. Je peux dire ça sans déclencher la Troisième Guerre mondiale ? »

Marcel sourit. « Tu peux.

— Alors, ça te semble étrange ?

— Un peu.

— À moi aussi, dit Ransom. Rien à voir avec le bruit des chaînes d'esclaves ou les negro spirituals d'antan portés par le vent : une présence émane de cette terre. » Ran promena ses regards sur le fleuve, l'air contemplatif. Quand il se retourna, il surprit Marcel en train de l'observer. « Tu la sens ?

— On sent quelque chose. »

Ils se regardèrent longuement. Ayant franchi, par accident, une porte invisible qu'ils n'auraient sans doute retrouvée ni l'un ni l'autre, ils se faisaient face sur un terrain d'entente délesté de leurs vieilles rancunes, un lieu où celles-ci avaient tout simplement perdu leur importance. Ici, ils n'étaient plus que deux hommes, deux vieux amis. En y arrivant, l'un et l'autre reconnurent l'endroit pour y être venus bien souvent.

Ransom fut le premier à se détourner. « Tu vois, là-bas... ce truc qui ressemble à une guillotine en bois ? Ça s'appelle un pertuis. La lame, c'est le sas de l'écluse. On la lève ou on l'abaisse pour laisser entrer l'eau du fleuve ou assécher les champs.

— Il y a les mêmes à Madagascar. »

Ran cligna des yeux. « Sans blague ! Quand t'es allé à Madagascar ?

— Avec Baba Olatunji.

— Ah oui. Claire m'en a parlé. Chouette tournée.

— On s'est bien marrés, il m'a beaucoup appris.

— Tu sais, vieux, il faut que je te dise : j'ai suivi ta carrière de loin avec une certaine admiration.

— Admiration ? demanda Jones, sceptique.

— Bon, c'est peut-être un peu exagéré, admit Ran. Mais sérieusement, tu as réussi. Tu dois être fier. Moi, je suis fier de toi. Peut-être même un peu envieux. Oh, et puis tant pis : je suis super jaloux ! »

Marcel sourit. « Merci, Ran. J'apprécie le compliment.

— Alors je peux te poser une question ? Je meurs d'envie d'avoir ton avis sur la chanson du groupe de Mitch Pike, les RAM.

— *Paroles de somnambule ?* Je l'aime bien.

— Elle est mieux, hein ?

— Que la nôtre ? »

Les traits de Ran se durcirent involontairement.

« Tu vois, le genre de sentiment que tu éprouves dans une salle de cinéma ? poursuivit Cell. À la fin d'une comédie romantique – une très bonne comédie romantique –, quand les amoureux sont enfin réunis, que la musique enfle et qu'on a une boule dans la gorge ?

— Oui ?

— C'est l'effet qu'elle me fait, Ran. Je l'ai adorée lors des quatre premières écoutes. Aux cinq premières, peut-être. Maintenant, j'ai l'impression qu'elle fait partie des meubles. Ta version…

— Notre version…

— Qu'importe.

— Apparemment, on n'a jamais réussi à se mettre d'accord là-dessus.

— Apparemment. Pour moi, la version du Ransom Hill Band rappelle un peu les sensations qu'on éprouve quand on doit regarder sa vie en face, sous un soleil implacable, sans être porté par le mélo des violons. C'est pour ça qu'elle n'a pas pris une ride.

— Alors, tu penses que les meilleurs se retrouvent toujours au sommet ? »

Marcel éclata de rire. « Sûrement pas ! Elle est de qui, celle-là ?

— Ponzi Gruber, entre autres. »

Marcel haussa les épaules. « Bien sûr, Ran, les meilleurs finissent par se retrouver au sommet. Une fois sur cent ou sur cent mille. Mais ceux qui réussissent le plus souvent, ce sont les moins bons. Voilà ce que je pense. Mais je vois sans doute les choses en noir.

— Oui, sans l'ombre d'un doute ! Seulement, je ne peux pas t'en vouloir pour ça, hein ?

— Elle est bonne, celle-là ! » dit Cell en souriant et en concédant une tape complice dans la main que Ran lui tendit.

« On est devenu chatouilleux avec ce genre de blague, pas vrai ?

— Un peu, reconnut Cell.

— Donc, les pertuis..., reprit Ran. Comment les pertuis de Caroline du Sud ont-ils pu se retrouver à Madagascar ?

— Ils ont fait le chemin en sens inverse, dit Marcel en riant. Et pas de Madagascar, mais depuis l'Afrique de l'Ouest.

— Sans blague ! C'est pas vrai, si ?

— Bien sûr que si. Tu crois que la famille de Claire a importé la culture du riz du Sussex ? Du comté de Cork ? Non, Ran, c'étaient les Yoruba et les Ewe, les tribus qui parlaient le bantou et peuplaient la région du delta du Congo... Ils cultivaient du riz depuis des siècles. Ils ont tout amené d'Afrique : pas seulement la force de travail, le savoir-faire aussi. »

Ran réfléchit. « La vache ! Alors, l'homme blanc leur a également volé ça ? »

Marcel prit l'air méfiant.

« Je te jure, on est vraiment des sales prédateurs ! ajouta Ran. Il aurait fallu tous nous exterminer comme des rats d'égout avant qu'on se propage.

— C'était pas pour te chercher, Ransom. Je me contente de te rapporter un fait historique. Désolé si ça ne correspond pas à ta conception de la suprématie blanche.

— La “suprématie blanche” ? » Ran se mit à rire. « Ça me rappelle notre vieille dispute sur les origines du rock’n’roll, hein, Marcel ?

— On ne va pas recommencer, Ransom.

— D’accord.

— Tu sais mieux que quiconque que le rock est issu du blues. »

Ran répondit par un rire joyeux.

« Je te revois encore assis pendant des heures, reprit Cell. Tu rendais tout le monde dingue, avec ce vieux magnéto à bandes complètement pourri. Tu repassais sans arrêt les mêmes phrases mélodiques – Leadbelly, Johnson, Son House. Tu les rembobinais et tu les repassais pour les décomposer en particules élémentaires jusqu’à ce que tu arrives à les rejouer note pour note, y compris les erreurs. Tu étais une sorte d’Alan Lomax[1]. Alors, pourquoi on repart là-dessus ?

— Tout ce que tu dis est vrai, Cell. Le rock vient du blues. Le blues vient d’Afrique. Ce sont des racines africaines, des rythmes africains, tous passés au tamis de l’esclavage. Le blues est noir, à cent pour cent. Cent dix pour cent. Mais le rock et le blues, ce n’est pas la même chose. Le rock était une réponse au blues, mais une réponse essentiellement, majoritairement blanche, voilà pourquoi le rock’n’roll est essentiellement, majoritairement, une création de Blancs. »

Cell poussa un profond soupir.

« Pour moi, le blues c’est comme l’alcool de contrebande, Cell. Quand t’as envie de ça, rien d’autre ne fera l’affaire. Certains de ces alcools sont excel-

1. Dans les années 30, Alan Lomax et son père John enregistrèrent et compilèrent des chansons de musique folk du sud et du midwest des États-Unis, révélant ainsi Muddy Waters au public. *(NdT.)*

lents et certains distillateurs clandestins sont entrés dans la légende, mais au bout du compte on ne peut pas les comparer à un grand cru français. Les Beatles et les Rolling Stones, Dylan, Led Zeppelin... Les Who, peut-être ? Et Hendrix... je veux bien te concéder Hendrix, même si on dit qu'il a composé un rock de petit Blanc jusqu'à sa mort... On peut se chamailler sur le rocker qui constitue la ligne de partage, en ajouter ou en retirer un ou deux de la liste. Mais, grosso modo, voilà les grands crus du rock'n'roll, et tous, sauf un peut-être, sont Blancs. Sans vouloir manquer de respect à la musique noire ou au blues, je veux simplement dire que les Blancs y ont apporté un plus, un ingrédient crucial. Cet ingrédient a permis au rock de mettre le feu au monde entier, ce que le blues n'a jamais fait et ne fera jamais.

— Mais peut-être que c'est comme la version plus accessible de Mitch Pike par opposition à celle du Ransom Hill Band, dit Cell. Ce n'est pas parce que le rock a atteint un public plus large que ça en fait de la meilleure musique, Ran. Si tu veux mon avis, il y a pas mal de chances pour que les gens écoutent encore Robert Johnson et Muddy Waters quand les Beatles et les Stones ne seront plus que poussière.

— Tu le penses vraiment ?

— Oui, vraiment.

— Alors, tu veux bien admettre, comme je l'ai dit, que le rock est essentiellement, majoritairement, blanc ?

— Non, je n'admets rien du tout ! Et j'ai une autre idée : si on acceptait simplement qu'on n'est pas d'accord et qu'on laissait tomber ?

— Mais pourquoi ? demanda Ran, avec un air soudain pressant, et sincère. Je ne te cherche pas, moi non plus, Cell. Tu m'as fait part de tes infos sur la culture du riz. Je te donne les miennes sur le rock. Pourquoi ce seraient des propos incendiaires ?

— Tu sais parfaitement pourquoi.

— Bon, il y a deux raisons possibles : soit ils sont incendiaires parce qu'ils ne sont pas politiquement corrects, voire racistes ; soit ils le sont parce que c'est la vérité et que ça ne correspond pas à ta conception de l'infériorité des Blancs.

— À mon avis, tu sais vers quelle solution je pencherais.

— Tu penses donc que je suis raciste, toi aussi ?

— Je ne suis pas sûr que tu aies envie de le savoir.

— Qui sait, Marcel, peut-être que la vérité va me libérer…

— D'accord, dit Jones. D'accord. Tu veux la vérité ?

— Vas-y, tire dans le mille.

— T'étais un gamin pauvre quelque part en Caroline du Nord…

— Killdeer, précisa Ransom.

— À Killdeer. Tu as eu un père violent. Tu as grandi en racontant des blagues sur les négros, en méprisant les Noirs parce qu'eux, au moins, étaient un cran plus bas sur l'échelle sociale. Je crois que tu t'en es tiré à force de talent et de désespoir pur, et c'est tout à ton honneur. Tu es monté à New York où tu as très vite eu beaucoup de succès. Tu as impressionné Christgau et Lester Bangs, tu t'es acheté un costume Comme des Garçons, et tu t'es mis à fréquenter Le Bernardin parce que tu avais lu quelque part que Mike Jagger y déjeunait lorsqu'il était de passage. Tu as appris à utiliser la bonne fourchette et le bon couteau, et à commander des vins qui coûtent des milliers de dollars. Mais, au fond, tu n'as jamais eu l'impression d'avoir mérité tout ça ; alors, arrivé à un certain niveau, tu t'es toujours débrouillé pour t'autosaboter, comme en ce moment. C'est dommage, Ransom, parce que raciste ou pas, connard ou pas, tu as une sorte de génie. Il apparaît quand tu joues de la guitare, et dans les paroles de tes chansons parfois. Je préfère certains guitaristes, mais aucun ne joue comme toi. Entendre un solo de Ran Hill dans ses bons soirs, il n'y a pas d'équivalent. Ça ne vous quitte plus. Je me rappelle encore certains de ces solos, voilà pourquoi *Paroles de somnambule* n'a pas pris une ride en vingt ans. Et c'est la tristesse qui émane le mieux de ta musique.

» Tu en as fait du chemin, et pourtant tu n'as jamais cessé d'être ce plouc qui vient d'un trou perdu, et quand tu me vois – moi, le Noir qui a eu une jeunesse privilégiée, qui est allé en pension et qui possède une résidence secondaire à Martha's Vineyard[1] –, c'est plus fort que toi, ça ébranle ton système de valeurs. Je suis une sorte d'aberration à tes yeux : un petit lord Fauntleroy nègre ; alors, tu ne peux pas t'empêcher de m'égratigner et de m'envoyer des crochets pour voir si tu peux pas me mettre en rage, ou peut-être que tu as simplement envie que j'aie aussi mal que toi. Je pense que c'est pour ça que tu m'appelles "vieux nègre", Ran. Je pense que c'est pour ça que tu le faisais, dans le temps ; et que dix-huit ans plus tard, c'est le premier mot qui t'a échappé en me voyant. Et, à la vérité, tu as toujours su que je n'aime pas cette façon d'être interpellé, pas plus à l'époque qu'aujourd'hui, et pas plus que "Cell Phone".

— Eh ! protesta Ran, tu ne peux pas m'en vouloir pour ça.

— Mais bien sûr que si.

— Tout le monde t'appelait comme ça. »

Marcel secoua la tête. « Personne. Jamais. Jusqu'à ce que je fasse partie de ton groupe.

— Tyrell et James...

— Tyrell et James tenaient ce surnom de toi. Ils n'allaient pas se gêner. C'était ton groupe. Ils ont fait pareil que toi. Et ce qui m'énervait vraiment, c'est que tu ne me croyais pas assez malin pour comprendre la blague.

---

1. Station balnéaire agrémentée de vignobles située sur la presqu'île de Cape Cod, à proximité de New York. *(NdT.)*

— Voilà qui est intéressant, Marcel, dit Ran. Vachement intéressant. Et quelle était cette blague que je ne te croyais pas capable de comprendre ?

— Allez, Ran ! Tu m'appelais "Cell Phone" parce que j'étais tellement *pas* le genre de type à avoir un surnom de caïd comme celui-là ! J'étais tellement *pas* le genre de type qui appelle ses copains "mon pote" ou qui dit "on s'arrache" et "on s'bouge" ! Jamais de ma vie on ne m'a traité de "bâtard". Tu m'appelais "Cell Phone" pour me mettre le nez là-dedans et sous-entendre tout en finesse : *Est-ce qu'on peut considérer un type comme Marcel Jones, un Noir de la haute, comme un black, un vrai de vrai ?* Si j'estime que tu es raciste, c'est pour ça.

— Donc, tu penses que je suis raciste.

— Exact. Je pense que tu es un raciste et un péquenaud : tu portes de grands rêves en toi et ton esprit recèle des merveilles, mais tu peux aussi te montrer méchant comme un diable et plus vil qu'un serpent. Tout compte fait, ce que je pense de toi, tu peux le déduire du fait que j'ai quitté le Ransom Hill Band il y a dix-huit ans et que j'ai choisi de ne pas garder le contact. Et, malgré ta proposition de tout à l'heure, je ne crois pas que je vais te revoir souvent.

— Je peux en placer une ?

— Vas-y.

— En tant que pur fantasme, c'est vaguement intéressant ; mais au fond, tout ça, c'est à cause de la chanson. Les RAM reprennent *Paroles de somnambule* et, tout à coup, Claire et moi on a des rentrées d'argent. Ça ravive les vieilles rancunes à propos du travail et du savoir que je t'aurais volés. Toi, t'es le Noir qui a grandi avec le poulet frit en héritage et, tout à coup, je me retrouve dans le rôle du colonel qui a volé la recette et qui s'enrichit. Tu es dégoûté et tu veux ta part. Qu'est-ce que tu veux pour cette dernière ligne du refrain, Marcel : mon cœur ? mon foie ? Tu acceptes un poumon ? Un suffira ou il te faut les deux ? Ce n'est pas de ça qu'il s'agit ?

— Tu es complètement à côté de la plaque, Ran. Oui, tu m'as arnaqué. Comme tu as arnaqué Claire. Oui, je croyais qu'on était amis et ce que tu as fait, ça ne se fait pas entre amis. Si on avait inversé les rôles, je ne t'aurais pas fait ce coup-là. Oui, j'ai été dégoûté. Pendant six mois ou un an, je t'en ai voulu. Mais c'était il y a dix-huit ans. J'ai mis tout ça derrière moi. Je ne suis pas dans le besoin. Je ne manque de rien. Si toi et Claire vous avez des rentrées d'argent, je m'en réjouis. En fait, c'est un véritable soulagement.

— Un "soulagement" ? répéta Ran. Je ne suis pas sûr de te suivre.

— Je trouve que tu rends la vie très difficile à Claire. »

Le visage de Ran se décomposa. « Je rends la vie difficile à Claire... »

Marcel soutint son regard.

« Je rends la vie difficile à ma femme... ?

— C'est bien ce que je dis. »

Aucun des deux ne détourna les yeux et ils se retrouvèrent soudain dans une autre pièce, plus sombre, de ces endroits où les mots deviennent inutiles et où autre chose semble possible, sinon nécessaire, pour terminer l'échange.

« Ransom ! Cell ! » Le cri de Claire rompit le charme.

Portant Charlie sur la hanche et poussant Hope de l'autre main, elle accourut sur la véranda. « Venez ici ! appela-t-elle. J'ai besoin de vous deux. S'il vous plaît, venez vite à la maison ! »

16

La fusée déploie sa traînée vers le ciel en l'éclaboussant d'étincelles comme autant de confettis rouges, puis elle explose au-dessus du fleuve et dessine les frondaisons d'un saule pleureur doré : elles scintillent et s'attardent – une seconde, deux, plus longtemps qu'on ne s'y serait attendu – avant de s'évanouir.

Ici et là, des applaudissements et des exclamations s'élèvent de la cour où les derniers invités attendent leurs calèches pour partir. Après avoir fait des adieux éplorés à sa tante – Blanche loge à Chicora Wood, ce soir –, Adélaïde regarde par la fenêtre de la chambre, avec Harlan, et le feu d'artifice lui rappelle cette fameuse nuit du 12 avril 1861, quand les tirs d'obus l'avaient réveillée à quatre heures trente du matin. À cinq heures, la calèche de Harlan s'était arrêtée en bas devant le trottoir.

« Ma chère, c'est inconvenant ! avait dit sa tante Blanche. Je ne peux pas te laisser partir ! »

Mais Adélaïde était bien trop excitée pour ne pas faire fi des convenances.

Le temps qu'ils arrivent à Mills House, des spectateurs enthousiastes s'étaient déjà massés sur le toit. C'était une nuit sans étoiles ; au-dessus du port, il y avait une légère brume ; la lueur soudaine des obus tombant en arc de cercle y vibrait comme des éclairs de chaleur dans les nuages d'été, illuminant la baie de Charleston d'une aube factice. De James Island, de

Morris Island, de Sullivans et de Mount Pleasant, plus de quarante canons ont fait feu simultanément, ébranlant les fenêtres des immeubles au sud de Calhoun Street et secouant jusqu'aux pavés des rues. Par la suite, Adélaïde a entendu dire qu'Edmund Ruffin, ce vieillard étrange et terrible, avait tiré de toutes ses forces sur le cordon du canon, à Cummings Point, car son camarade originaire de Virginie, Roger Pryor, s'étant vu offrir cet honneur, avait été incapable de se résoudre à donner le coup d'envoi de la guerre. À l'aube, la bannière étoilée flottait toujours sur Fort Sumter, les jeunes artilleurs confédérés étaient montés sur les parapets et avaient poussé trois hourras, avant de lancer leurs chapeaux en l'air en l'honneur du commandant Anderson et des soldats de l'Union qui faisaient preuve d'un tel cran sous le feu ennemi. Le teint empourpré par l'épuisement et la boisson, les yeux vitreux, une profondeur étrange dans le regard, Harlan avait choisi ce moment pour faire sa demande en mariage et Adélaïde, portée par une émotion qu'elle croyait sienne, avait dit oui. Harlan avait renvoyé la calèche, et ils étaient rentrés à pied dans une ville transformée. À chaque coin de rue, les cloches des églises résonnaient. Dans Battery Park, une foule de gens heureux et ivres déambulait bras dessus bras dessous en habits du dimanche ; le port s'était rempli des voiles blanches, celles des bateaux de plaisance. On n'avait plus assisté à pareille scène, dit-on, depuis le Paris de la révolution de 1848.

Adélaïde regarde Harlan en souriant et il lui rend son sourire. « Ces objets étaient à ma mère. » Il effleure le manche d'une brosse en or, élément d'un trousseau de toilette qui se reflète dans le miroir de la coiffeuse. « J'ai pensé qu'ils pourraient vous plaire.

— Oui, ils sont à mon goût, merci. » Adélaïde est d'humeur chagrine après la scène qui a eu lieu en bas.

Un silence s'installe, qu'ils ne savent trop comment meubler.

« Je suppose que vous voudriez procéder à vos ablutions, dit-il.

— Oui, merci. »

Il sourit. « Vous n'imaginez pas à quel point j'ai attendu cette soirée, Addie. »

Son visage, quand elle le lève vers lui, est grave mais franc. « J'espère qu'elle sera... » Plusieurs possibilités se présentent à son esprit. « ... satisfaisante, mon cher, choisit-elle. Conforme à vos souhaits.

— Je n'en doute pas. Et aux vôtres aussi, ma chère. Je suppose que vous éprouvez quelque anxiété, Addie. Laissez-moi donc vous mettre à votre aise. La chambre, chère épouse, doit être un lieu de franchise et de liberté. Et je souhaite surtout... Mais j'ai fait assez de sermons pour ce soir. L'heure n'est plus aux discours, n'est-ce pas ? »

Et ces paroles, à leur façon, sont charmantes. Aussi, quand Harlan se retire dans la salle de bains, Adélaïde se concentre sur ce qui vient de se dire, car elle veut être charmée. La franchise et la liberté semblent parfaites, d'une manière abstraite ; mais quant à leur signification, dans cette situation particulière, Adélaïde ne peut que l'imaginer. « Conforme à vos souhaits à vous aussi, ma chère. » Et comment la souhaite-t-elle, cette nuit ? Étrangement, elle n'a aucun souhait, n'éprouve aucun désir, aucun frémissement d'anticipation, pas même – comme l'a suggéré Percival – de la peur. Son imagination est en retrait, plus inerte qu'une pierre, et, à vrai dire, Adélaïde préfère qu'il en soit ainsi. Mais pourquoi cela ? Pourquoi la résignation stoïque l'emporte-t-elle sur le reste ?

À la réflexion, elle n'aime pas la chambre à coucher, aux murs peints de cette couleur passée que l'on nomme douce-amère, un jaune semblable à celui des murs en ruine de Toscane. La pièce est dominée par un lit à baldaquin dont les piliers en roseau supportent des urnes d'aspect sévère et quelque peu funéraire, cela frappe Adélaïde. En prenant la brosse, elle a un mou-

vement de recul à la vue d'un cheveu, un unique et long cheveu noir qui s'enroule comme un serpent entre les soies.

Comment le croire ? Non, Adélaïde ne peut pas y croire. Elle s'y refuse ! Le croire serait nourrir un doute de la plus haute gravité sur la moralité de Harlan et représenterait, par conséquent, un acte de déloyauté extrêmement grave de sa part à elle. Et quand bien même ce serait vrai, cela fait manifestement partie du passé. Manifestement. La colère de Paloma et de Clarisse en est la preuve. Harlan n'a-t-il pas dit qu'il n'aimerait rien tant que les mettre toutes les deux dans le premier bateau pour Cuba ? Et il ne serait pas le premier homme de sa connaissance, et de loin, à être victime de cette faiblesse bien particulière, à manifester ce penchant particulier. (Comme Percival, pense-t-elle : tel père, tel fils !) Adélaïde fait les cent pas devant la fenêtre. Peut-être est-ce un cheveu de sa mère, resté là depuis toutes ces années... Dans ce cas, n'aurait-on pas nettoyé la brosse ? Mais qui sait, après tout, quelle sorte de ménage font ces Cubaines ?

Et à sa place, pense aussi Adélaïde, à la place de Clarisse, si j'avais cru que Harlan me considérait presque comme sa sœur, si j'avais passé des semaines à préparer une noce pour découvrir qu'en fait il a honte de moi... mes yeux ne se consumeraient-ils pas et ne rougeoieraient-ils pas en se posant sur celle qu'il vient d'épouser, ainsi que j'ai vu les siens se consumer et rougeoyer quand elle m'a fixée ? Adélaïde s'est arrêtée devant la fenêtre. Elle regarde dehors, mais c'est par son propre reflet que ses yeux sont attirés : il flotte, fantomatique, sur la vitre sans parvenir à pénétrer l'obscurité. « Ce n'est rien de plus, dit Adélaïde à haute voix. Assurément, rien de plus. »

Peut-être est-ce dû à l'absence de femme de chambre, mais quand Adélaïde se met en devoir de se préparer pour la nuit – quand elle défait son corset, quand elle éprouve le poids familier de ses seins, quand elle peut à nouveau respirer librement, quand elle enfile le déshabillé qu'elle a choisi avec tant de soin, en songeant tout particulièrement à cette nuit, quand elle va s'asseoir devant le miroir et y contemple son visage –, elle a l'impression d'être une invitée dans le manoir d'une connaissance plutôt qu'une jeune mariée, une maîtresse de maison et une épouse. Quand elle brosse ses cheveux, ses réflexions la ramènent à la dispute qui a eu lieu en bas...

Le comportement de Harlan, il est vrai, a quelque peu laissé à désirer. (Tous ces hurlements, cette agitation, ces gesticulations, sans cesse à s'essuyer le front... et toute cette sueur ! Elle n'a jamais rien vu de pareil, pourtant il est mesquin de le mésestimer pour une affection physiologique – une véritable maladie, peut-être – qu'il ne peut pas maîtriser.) Ce qui compte, c'est la force de caractère d'un homme, son cœur et son intellect, et n'y a-t-il pas, justement, beaucoup à dire en faveur de Harlan sur ce point ? Par exemple... Eh bien, même si rien ne lui vient à l'esprit dans l'immédiat... Mais si, cela lui revient. Assurément, ce serait une honte, une grande honte – comme l'a souligné Harlan – de laisser Wando Passo sombrer dans la ruine. Quand Dieu favorise les gens de notre classe et de notre race, estime-t-elle, nous dote de richesses et de terres, Il nous confie le devoir – le devoir sacré, pourrait-on dire – de les entretenir. Harlan a avancé cet argument, qui est juste. Très, très juste. Et, manifestement, les DeLay ont accordé des avantages considérables à Jarry. Comme il parlait bien ! Et sa façon de réciter les poèmes – sa maîtrise du tétramètre iambique est loin d'être rudimentaire et, à vrai dire, si Adélaïde devait en juger, elle serait forcée d'avouer qu'elle préfère sa diction à celle de Paul, Paul Hayne, qui fut son admirateur, jadis, et qui jouit aujourd'hui d'une petite renommée (elle l'a entendu lire des poèmes patriotiques au palais de l'Agriculture, il n'y a pas si longtemps). Et le ton de Jarry, sa façon digne et sobre de formuler son argumentation – tellement émouvante, tellement plus facile à suivre que les péroraisons décousues et impétueuses de Harlan ! Et son attitude si directe, ses yeux limpides (de manière inexplicable, c'est leur extrême lassitude qu'elle a trouvée particulièrement touchante).

« Ce que cette famille a fait de moi ? Un esclave… »

Mais quel était donc ce silence qui s'est fait dans la pièce, pareil à celui d'une église ? Et les frissons qui lui ont parcouru la colonne vertébrale quand Jarry a prononcé ces paroles, ce picotement dans ses yeux ? Étaient-ce les esprits de ses propres ancêtres, le cri de dizaines voire de centaines de générations anglo-saxonnes sorti de l'abîme du temps ? Mais quel message essayaient-ils de transmettre ? Adélaïde a cessé de se brosser les cheveux. Elle fixe son reflet dans le miroir…

« C'était la vérité, la vérité ! » s'écrie-t-elle tout haut. Et c'est un cri de désespoir. Elle a porté les mains à sa bouche. Se fera-t-elle cette violence qui consiste à appeler la vérité mensonge et les mensonges vérité ? Ils ont fait une promesse à cet homme – qu'importe s'il est noir ! « Promesse tenue, l'enfer est ému » *– cette comptine lui revient, souvenir du cours de Mme Togno –* « Promesse brisée, l'enfer a bâillé. » *Qui donc ai-je épousé ? pense Adélaïde. Je n'aimerai jamais cet homme. L'amour ne viendra jamais. Dussé-je vivre mille ans.*

Mais qu'est-ce que cela change ? Elle sait qu'elle ne l'aime pas, depuis le début, n'est-ce pas ? Et la voici qui se remet à brosser ses cheveux avec vigueur – frénétiquement, en fait. Blanche ne le savait-elle pas, elle aussi ? Pourtant, elle n'a jamais sourcillé. Et les gens ne se marient-ils pas tout le temps pour des raisons qui n'ont rien à voir avec l'amour : famille, enfants, alliance de classe, ou simplement par solitude ? Cent fois, Adélaïde a invoqué ces raisons, et quatre-vingt-dix-neuf fois elle s'est pardonnée. Alors, qu'est-ce qui a changé, à la centième ? Pourquoi se sent-elle au bord de la panique à l'idée que, d'un instant à l'autre, l'homme jovial et peu distingué qu'elle a épousé passera la porte et s'attendra à ces gestes intimes qu'elle sera désormais, et pour toujours, dans l'obligation de lui prodiguer ? (Car elle aussi a fait une promesse, une promesse aussi grave que celle de Percival DeLay : celle d'aimer et d'honorer Harlan jusqu'à ce que la mort les sépare.) Qu'est-ce qui a transformé le petit moineau voletant et inoffensif en un grand corbeau noir et tapageur qui croasse dans un coin de la chambre et n'est manifestement pas disposé à s'en aller ? Quoi qu'il en soit, Adélaïde, qui a sauté à pieds joints et avec gratitude dans ce mariage, contemple gravement le miroir en pensant : Mon Dieu, qu'ai-je donc fait ?

Et voici qu'on frappe. Voici Harlan qui sort de la salle de bains en chemise et bas. Il rougit comme un jeune marié – ce qu'il est, de fait – et sourit d'un sourire qui semble à la fois sournois, puéril et bon enfant. L'objet de ce curieux humour, Adélaïde ne peut que le remarquer : c'est l'érection qui dépasse d'entre les pans de sa chemise et oscille à chaque pas comme une planche disjointe sur une véranda de Pawleys Island.

« Elle m'a pris par surprise, explique-t-il. J'étais là, derrière la porte, j'avais envie de rentrer sous terre, j'attendais qu'elle retombe, et puis je me suis dit : De quoi avons-nous parlé ? De liberté ? De franchise ? Où est passé ton courage, mon gaillard ! Qu'y a-t-il à cacher ? » Il rit.

En voyant l'expression d'Adélaïde, cependant, il s'arrête net. Son membre qui pointait vers le nord pivote vers l'est.

« Mais j'espère ne pas avoir présumé de votre réaction. Vous ai-je plongée dans l'embarras ? Vous semblez plutôt pâle… Je ne voudrais pas que vous trouviez cela effrayant ou malpropre…

— Non, Harlan, non, ce n'est pas ça… C'est juste que je suis…

— Oui ?

— Eh bien, mon cher, c'est un choc pour moi. »

Le temps de décider de la façon dont il doit prendre cette remarque, il cligne de ses yeux noisette au regard un peu vague où on décèle un je-ne-sais-quoi d'avide, d'enfantin et d'intrépide qui cherche confirmation de son effet et ne semble pas, réflexion faite, trouver motifs à déception. Il rit encore. « Ah ah ah ! Oui, je peux vous l'assurer, ma chère, quoique vous n'ayez aucun élément de comparaison, on me considère assez bien doté. Aussi bien monté qu'un taureau, comme certaines... mais qu'importe ! Venez, laissez-moi vous présenter à mon petit ami si vigoureux. Il vaut mieux y aller sans détours avec lui, Adélaïde, lui serrer la pince en le prenant bien en main. » Il tend son membre tuméfié pour qu'elle l'inspecte de plus près, le tournant et le retournant entre trois doigts et le pouce, de la même manière qu'il porte son cigare Lonsdale à son oreille pour en écouter le crépitement révélateur avant de l'allumer. « Allez, touchez-le maintenant. Il ne va pas vous mordre. N'est-il pas beau garçon ? Mais je vous préviens, il a mauvaise réputation ! C'est un gredin, un rustre ! Bien, laissez-moi vous regarder, à présent. » Il saisit les mains d'Adélaïde, petites, froides et inertes comme celles d'une poupée de porcelaine, dans ses grandes mains chaudes et charnues. Il la fait lever et ouvre en grand les pans de son déshabillé. « Oh, oh... oui, je m'en doutais : votre poitrine est petite. Mais bien formée, cependant. » Il la jauge en connaisseur.

Entre ses mains, les épaules fines d'Adélaïde semblent aussi peu consistantes que l'hostie de l'eucharistie. Ses doigts caressent les bras menus et remontent vers ses seins. Il les touche, doucement, puis moins doucement, avec avidité. Il les soulève pour les regarder ; il change de visage à ce spectacle ; il s'excite à soulever et à regarder sa poitrine, et suscite, chez Adélaïde, un fourmillement, un léger émoi. Elle lève les yeux vers lui, mais lui ne la regarde pas.

« Voyez comme ils sont blancs ! poursuit-il. On dirait de la neige fraîche... et ces charmantes aréoles roses autour des tétons ! Je dois avouer, ma chère, que je n'aime pas les larges cernes bruns. Puis-je les toucher ? Un pinçon ? un suçon ? »

Il prend son silence pour un acquiescement, mais ses dents s'avèrent plus acérées que celles d'un vison ! Adélaïde tressaille, elle a un mouvement de recul.

« Oh ! » fait-elle, mais il ne la regarde toujours pas. Il est comme un marin qui a levé l'ancre pour aller bourlinguer vers d'autres lieux, d'autres ports ; et ces autres lieux, ces autres mers, c'est elle. Son corps est l'océan où il vogue ; mais après ce bref frémissement de désir, cet unique sursaut, ce frisson, Adélaïde ne fait plus partie du voyage.

Il vaut mieux se montrer autoritaire, se dit Harlan. Elle n'entend rien aux réalités de la vie, à coup sûr. Comment le pourrait-elle ? (Et, à franchement parler, quand bien même elle s'y entendrait, elle ne serait guère experte.) Vu son âge, n'étant plus vraiment de la première jeunesse, elle lui doit une certaine gratitude. Non que Harlan y fasse jamais la moindre allusion, ni en paroles ni par ses actes. Cela serait fort peu délicat, indigne d'un homme du monde, mais il serait tout aussi faux de prétendre qu'elle est au courant*. *Elle n'est plus toute jeune, elle lui est reconnaissante et, de surcroît, est dotée de suffisamment de maturité pour regarder en face les réalités de la vie : tout cela est pour le mieux. Harlan n'a pas la moindre intention de renoncer aux plaisirs de la chair, il doit donc donner le ton. Quel cheval, après tout, se réjouit d'être dompté ? Mais ils sont plus heureux – n'est-ce pas ? – une fois que cela est fait. Il s'absorbe encore plus dans la délectation que lui procure le corps d'Adélaïde, en suçotant la chair si tendre qui recouvre sa frêle ossature comme celle d'une caille en sauce. Alors, le souvenir de Grace Peixotto – cette grande dame dont Harlan, à l'adolescence, a découvert le bordel, sur Beresford Street – lui* traverse l'esprit. Lors de leur première rencontre, Grace lui avait fait un compliment égrillard sur ce qu'elle avait appelé son « équipage » ; cela lui avait donné l'assurance et le pragmatisme rustique qui ne le quitte plus en pareilles circonstances depuis ce jour. Jadis, il s'endormait sur l'ample poitrine de Grace et payait la nuit entière, même si son père s'insurgeait contre les frais ainsi engagés.

Et derrière ce souvenir, un autre, plus ancien encore, se fait jour : le souvenir de la maison de Matanzas, la quinta, avec son avenue bordée de manguiers et sa haie d'agaves ; le toit en tuiles rouges ; les fenêtres à barreaux et sans vitres ; l'odeur, prégnante et suave, de la mélasse qui provenait de l'entrepôt les jours où l'on broyait la canne à sucre. Le dimanche – Harlan ne devait pas avoir plus de cinq ans –, Percival demandait la calèche ouverte pour les emmener en promenade, sa mère et lui, au-delà des champs de canne à sucre aux épis à barbe violette, au-delà des champs de banane plantain délimités par des alignements de petits coraux, jusqu'à Cumbre, cette haute chaîne montagneuse au nord de l'île de Matanzas ; là, ils pique-niquaient d'une nourriture simple et rudimentaire, poisson séché et plantains, en buvant des panales que sa mère avait préparés tout spécialement pour lui avec du sucre et des blancs d'œuf. Ils contemplaient la vaste baie et la ville, les navires à l'ancre ; au nord, la mer Aqua, et, au sud, la magnifique vallée de Yumurí avec ses pics acérés et, sur les basses terres, le vert pomme de la canne à sucre qu'on apercevait entre les pans de brume. Harlan s'endormait, la tête sur les genoux de sa mère, assommé par le soleil, pendant qu'elle lui caressait les cheveux en lui chantant quelque vieille berceuse anglaise qu'il a oubliée depuis longtemps, même si des bribes lui reviennent parfois comme maintenant, avec… Adélaïde. Il ne se rappelle pas tout de suite où il est, ni avec qui. Et elle a attrapé la fièvre des marais, sa mère, elle est morte cette année-là ; ensuite, il y a eu

Paloma, qui l'a toujours nourri et habillé, qui ne s'est jamais montrée dure avec lui, qui a toujours été juste, mais seulement juste. C'est à Jarry, quand il est né, qu'elle chantait la dernière chanson du soir ; Jarry à qui étaient destinés les consolations et les encouragements, l'assurance presque sexuelle que le regard d'une mère aimante confère à un fils – avec Harlan, elle se montrait juste. Voilà pourquoi il est allé trouver Grace, dans la grande bâtisse en briques située au numéro 11 de Beresford Street où il lui arrivait de payer la nuit entière. Et si Percival s'insurgeait contre les frais, il pouvait aller au diable ! Son père lui devait bien cela, non ? Harlan se souvient aussi les avoir entendus, Paloma et son père, leurs cris bestiaux et leurs grognements derrière les fenêtres à barreaux sans vitres ; il a dû attendre des années pour se sentir à nouveau aimé sans avoir à payer, pour voir ce regard chaud et fondant – que Paloma réservait à Jarry et à son père – briller dans les yeux d'une femme pour lui, Harlan, pour être celui qui reçoit ce regard en le sachant sincère. Son heure est enfin arrivée !

Il est tombé à genoux maintenant et, au grand étonnement d'Adélaïde, il a niché son visage au creux de son ventre. Il embrasse, lèche et lape comme une sorte d'animal affamé ou comme un enfant qui tète. Elle baisse les yeux sur la surface luisante de son crâne chauve et retrouve une sensation qu'elle se rappelle avoir éprouvée, enfant, en jouant avec ses cousins plus âgés, quand ils couraient en avant pour la distancer : elle avait envie de les rejoindre, d'être associée à leurs jeux, mais ils fonçaient avec une indifférence cruelle ou joyeuse en la laissant derrière eux. Abandonnée par Harlan à présent, Adélaïde pose délicatement la main sur le sommet de son crâne pour essayer de raviver le frisson d'excitation sexuelle, pour essayer de rattraper son époux. Sous ses doigts, elle sent la fine pellicule de sueur huileuse laissée par une longue et chaude journée en plein air, pareille à la substance que l'on utili-

serait pour graisser les rouages d'une montre. Soudain, Harlan la touche, il lui écarte les jambes et sa langue l'effleure à cet endroit-là. Elle a un frisson d'excitation, mais il est trop intense. C'est comme goûter à un aliment trop épicé : une seule bouchée, et il vous faut toute la soirée pour recouvrer vos sens. Cette sensation lui a fait franchir la frontière qui sépare le plaisir du désagréable, un point de non-retour. Le sursaut de désir glisse hors de portée, irrémédiablement passé. Cela ne va pas, les choses prennent un tour terrible. Adélaïde n'arrivera pas à rattraper Harlan. Il n'y a plus la moindre chance que cela se produise. Harlan doit le comprendre et cesser. Il doit attendre, mais on dirait qu'il a attendu toute sa vie et n'a plus aucune patience. Cette femme est son épouse.

Il l'a poussée jusqu'au lit. Comme un agneau qui va au sacrifice, Adélaïde lève des yeux implorants ; mais Harlan, peu prompt à envisager la possibilité d'être déçu, ignore son regard et se méprend sur ce qu'il voit. Son poids sur elle est écrasant. Adélaïde a du mal à respirer. Et voilà qu'il met sa main entre leurs deux corps. Il trouve son membre et l'introduit en elle comme la manivelle dans une baratte. Le sang tambourine aux oreilles d'Adélaïde. Elle sent une brûlure, une déchirure. Oh, qu'il est grand ! Oh, que cela fait mal…

« Harlan, je vous en prie, soyez doux…

— Oui. Je suis doux, chuchote-t-il d'un ton détaché, comme on parle dans son sommeil.

— Non, ça fait mal ! Arrêtez ! Arrêtez ! » Prise de panique, cherchant désespérément de l'air, elle le repousse à deux mains.

Il y prend garde, à présent. Il s'écarte. Il la regarde en clignant des yeux.

« Je vous en prie… » L'air angoissée, elle respire par petits halètements sifflants qui n'expriment pas la passion, mais une cruelle offense. « Il faut que je reprenne… mon souffle… »

Et son expression est manifestement différente, très différente de ce qu'il s'attendait à voir. Dans les yeux noisette un peu vagues de Harlan, la lueur espiègle s'est assombrie. En fait, elle s'est éteinte. Ce je-ne-sais-quoi dans son regard, avide, enfantin et intrépide, qui cherche confirmation de son effet et ne semble pas envisager la possibilité d'être déçu, se heurte, en la personne de son épouse, à une déception qui ne lui est, en fin de compte, que trop familière.

Il se retire d'elle, s'éloigne. Il s'assied au bord du lit, apathique, le regard dans le vide.

« Seigneur ! s'écrie-t-il. Oh, Seigneur ! » De ses deux mains épaisses, il couvre sa large figure.

« Je suis désolée, Harlan, il faut que vous m'appreniez, déclare Adélaïde. Essayons encore une fois. » Elle lui touche l'épaule.

Il s'écarte. « Comme vous devez me mépriser !

— Non, proteste-t-elle, atterrée. Non, mon cher…

— Seigneur… oh, Seigneur ! » Il y a une telle répugnance dans sa voix. Est-elle destinée à Adélaïde ? L'espace d'un instant, elle n'en est pas très sûre. Mais non, il se la destine à lui-même.

Harlan se lève. En se dirigeant vers la porte, il trébuche et tombe sur un genou. L'air effondré, vaincu, il se redresse en utilisant le bouton de la porte comme béquille.

Il disparaît dans la salle de bains obscure.

« Harlan ? »

Il ne répond pas.

Dans le silence, Adélaïde s'aperçoit que le roulement des tambours est bien réel et qu'il vient du dehors. Une porte est ouverte sur le couloir. Des bruits de pas, rapides, se font entendre devant la chambre.

« Harlan ? »

Parti.

Au rez-de-chaussée, la porte d'entrée s'ouvre. Adélaïde arrive à la fenêtre à temps pour voir une bande de lumière tomber sur la pelouse. Et voici Harlan qui s'éloigne à grands pas vers le parc et disparaît au milieu des silhouettes noires des arbres, comme une ombre de plus.

À la hâte, elle enfile sa robe et le suit.

Depuis les marches de la véranda, elle l'aperçoit près de l'étable, qui allume un cigare avec des gestes nerveux. Il s'emporte contre l'allumette, la maudit et l'éteint brusquement.

Un homme noir muni d'une lanterne – James ? – sort Runcipole de l'écurie. L'étalon rétif tire sur ses rênes, comme s'il était mécontent d'avoir été dérangé à pareille heure. Quand le palefrenier tente de l'apaiser, Harlan repousse le domestique. Il ajuste lui-même les sangles de la selle et enfourche sa monture.

« Harlan ! » Au milieu de la pelouse, elle l'appelle, et Harlan regarde dans sa direction avec un air de froide concentration, à la façon dont un guerrier contemple son ennemi à l'autre bout de la plaine. Marchant puis courant vers lui, Adélaïde trébuche, mais Harlan s'éloigne sur sa monture vers le feu qui luit entre les arbres.

Une main empoigne fermement le bras d'Adélaïde et l'aide à se relever.

« Où est-il parti ? demande-t-elle en reconnaissant Jarry qui est sorti de sa maisonnette.

— Vous feriez mieux de rentrer », répond-il avec le regard qu'il lui a lancé sur l'appontement, un regard lourd de sens et plein de compassion qu'Adélaïde comprend bien mieux à présent.

« Je vous en prie, supplie-t-elle. Je vous demande de m'aider. Dites-moi où il est.

— J'essaie de vous aider », répond Jarry. D'une main douce mais ferme, il la reconduit à la maison.

Des heures plus tard, après avoir enfin sombré dans un sommeil agité, Adélaïde entend dans le couloir des pas qui marquent un arrêt devant sa porte.

« Harlan ? »

Ils s'éloignent à nouveau. Lorsqu'elle ouvre la porte, le couloir est désert. Sur le plancher, il y a son livre, le Byron en maroquin rouge. Quand elle allume la lumière, Adélaïde aperçoit la plume et ouvre le livre à l'endroit qu'elle signale.

Depuis l'épave du passé péri,
Qu'ainsi du moins je puis remémorer,
J'ai reconnu ce que j'ai plus chéri
Digne d'être plus adoré :
Du désert sourd fontaine jaillissante,
Du sauvage inculte un arbre s'éploie,
En la solitude un oiseau chante
Qui parle à mon esprit de *toi*[1].

Elle lève les yeux et lit le titre : Stances à Augusta.

1. George Byron, *Stances à Augusta, op. cit. (NdT.)*

17

Toc. Toc. Toc.

« Monsieur Hill ? »

Ransom se retourna et vit l'officier de police qui, la main en visière, regardait à l'intérieur par la porte à moustiquaire de la cuisine.

« Enfin, dit-il à Marcel, d'une voix audible. Entrez !

— Brigadier Tommy Thomason », annonça le campagnard bedonnant dont la mèche de cheveux rabattue sur la calvitie tranchait avec un visage mélancolique et plein de compassion. « Et voici l'agent Johnson. » D'un signe de tête, il indiqua son jeune compagnon noir au maintien d'une raideur toute militaire et à la carrure bodybuildée ; ce dernier contempla Ransom et Marcel comme s'il espérait que cette visite aboutirait à la crise d'héroïsme à laquelle il se préparait depuis des années. « La centrale d'appels nous a dit que vous aviez été cambriolés… »

Ransom s'écarta pour les laisser apprécier. Quand Claire avait ramené Hope et Charlie dans la maison, elle avait trouvé la cuisine sens dessus dessous – presque au sens littéral du terme. Les morceaux de poulet, que Ran avait empilés sur une assiette avant de partir, étaient éparpillés partout dans la pièce. Des lambeaux de viande avaient été projetés contre les murs et les placards, où ils avaient laissé des traces de graisse luisante. Ici et là sur le sol, de petits dépôts de chair avaient été régurgités avec des bouts d'os broyés et sanguinolents.

« La vache ! fit Thomason en avançant. Ils ont bien saccagé la pièce, ça c'est sûr. Z'ont volé quelque chose ?

— À première vue, non.

— La porte était fermée à clé ?

— Nous ne la fermons jamais à clé. »

Ils se retournèrent tous lorsque Claire entra dans la cuisine.

« Je vous présente ma femme, brigadier Thomason.

— 'Soir, m'dame.

— Ils sont hors d'état de nuire ? » demanda Ran.

Claire lui lança un regard de connivence parentale. « Pour ainsi dire. »

Thomason poussa doucement un blanc de poulet déchiqueté avec le stylo qu'il avait sorti de son étui. « Z'ont quel âge, vos enfants ?

— Quatre et deux ans.

— La vache ! » Tout à coup, Thomason eut l'air illuminé. « L'âge de mes petits-enfants ! Vous avez quel âge, monsieur Hill ?

— Quarante-cinq, répondit Ran, laconique.

— *Pas possible ! Moi aussi,* j'en ai quarante-cinq ! – depuis juin, le 9 ! Z'avez l'air à peine plus vieux que Johnson. »

Un instant, Ransom et Thomason se toisèrent comme deux incarnations du même homme qui se seraient rencontrées à la croisée des chemins sur une route peu fréquentée. Sous l'effet d'un processus très éloigné de ce qu'était la « vie » pour Ransom, le policier s'était laissé aller comme Ransom n'aurait jamais pu le faire, mais Thomason avait l'air mieux dans sa peau que Ransom pouvait l'imaginer. Après ce bref instant de réflexion, ni l'un ni l'autre se sembla regretter la voie qu'il avait choisie.

« Vous pouvez nous dire ce qui s'est passé ici, brigadier ? s'enquit Claire.

— J'ai ma p'tite théorie. Et toi, Johnson ?

— Un animal ? »

Claire se tourna vers Ran, l'air triomphant. « Ce n'est pas ce que j'avais dit ? C'est exactement ce que j'ai dit !

— Hum-hum. P'têt ben que vous avez trouvé le coupable, m'dame. » Thomason soutint le regard dubitatif de Ransom. « Vous avez un chat, ici ?

— Oh que non ! fit Ran. Et franchement, je ne vois pas comment un chat…

— J'ai pas dit que c'était forcément un chat. Ç'aurait pu être un opossum ou un raton laveur. Un écureuil, même.

— Un "écureuil"… » Ransom regarda Marcel sans même essayer de cacher son hilarité.

Thomason secoua la tête. « J'écarterais pas cette possibilité, monsieur Hill. S'agissant de leur pouvoir de destruction, tout bien pesé, peu d'animaux font autant de dégâts que les écureuils gris. Vous connaissez tous Titus Nevers, qu'habite plus bas sur la route ?

— Je ne crois pas que nous ayons ce plaisir.

— L'été dernier, Titus a emmené sa femme à Myrtle Beach pour leur anniversaire de mariage. Une p'tite partie de golfe, un bon dîner au Red Lobster, et puis y z'ont repris la voiture pour rentrer. Quand ils sont arrivés à la maison, on aurait dit qu'Al Capone et son gang avaient tout mitraillé. Et vous savez ce que c'était ?

— Je crois avoir deviné : un écureuil, répondit Ransom.

— Oui monsieur. Un petit écureuil de rien du tout. Il était passé par un trou sous l'avant-toit ; il avait déterré toutes les plantes en pot, renversé un schefflera de deux mètres quarante et, après avoir regardé par la fenêtre, il avait essayé de ronger le mur pour ressortir. L'était pas loin d'y arriver, en plus, sauf qu'il a croqué un câble de haute tension et a fini aussi grillé que vot' poulet. L'assurance a dû débourser trois mille sept cents dollars et il a fallu près d'un mois pour réparer tous les dégâts que c't animal avait fait en moins d'une demi-journée de boulot, et sans heures supp' ! »

Claire mit la main sur sa bouche et Marcel lâcha un gloussement sourd et profond.

« Oui m'dame, reprit Thomason, très marrant, si on veut. Mais je peux vous dire que Titus et Francine, y rigolent pas, eux.

— Ça mange de la viande, les écureuils ? » demanda Ran.

Thomason fronça les sourcils. « Non, c'est pour ça que je pencherais plutôt pour un opossum ou un raton laveur, monsieur Hill. Il a pu remonter du vide sanitaire. Dans une vieille maison comme ça, vous devez avoir des éléments de charpente pourris quelque part.

— Exactement ! s'exclama Claire. Ran en a trouvé un hier. Hein, Ran ? »

Ransom tendit l'index. « Sergent Thomason, vous voyez ce chaudron ? » Rénovée par son bain – il semblait même fraîchement récuré et noirci –, la pièce à conviction numéro 1 était à présent placée sur la table. « Quand je suis parti cet après-midi, ce chaudron était en haut, dans la baignoire. Est-ce que vous me suggérez que l'écureuil – appelons-le Super-Écureuil – l'a soulevé, descendu et posé à l'endroit sur la table ? »

Cette question finit tout de même par imposer le silence à ses persécuteurs.

« Ou c'est peut-être un écureuil volant, reprit Ran en profitant inconsidérément de son avantage. Il l'a peut-être transporté par voie aérienne avant de le larguer avec un parachute top secret qui s'autodétruit après utilisation ? »

Thomason eut l'air peiné. « Allons, monsieur Hill, inutile de le prendre sur ce ton. Vraiment. On essayait simplement de réfléchir tous ensemble.

— Vous avez raison, déclara Ran. Absolument raison. Désolé.

— Peut-être que tu l'as déplacé et puis tu as oublié », suggéra Claire.

Ran croisa son regard et y lut un sous-entendu. « Pas du tout. Je suis sûr à cent pour cent, non, à *deux* cents pour cent que ce chaudron était bel et bien dans la baignoire quand je suis parti.

— Ça vous ennuierait de me dire ce qu'il faisait dans votre baignoire, monsieur Hill ?

— Je l'avais mis à tremper. Pour moi, la seule personne susceptible de l'avoir déplacé est la même qui a mis tout ce bazar : donc, le cambrioleur. »

Thomason fronça les sourcils et secoua la tête. « Le problème, monsieur Hill, c'est que nous, on en voit pas mal, des cambriolages, et ça n'y ressemble pas. Enfin, comment vous voyez les choses ? Le type entre par effraction, vous chipe du poulet, saccage la cuisine, et s'enfuit en laissant toute l'argenterie dans le vaisselier, là, tout l'équipement stéréo dans l'autre pièce et vingt autres trucs bien en vue qu'il aurait pu revendre ?

— Et si c'étaient des lycéens ?

— J'ai jamais vu des lycéens faire des saletés pareilles, et vous ? » Il hocha la tête en direction d'un des petits monticules à moitié digérés. « Ça ressemble à une boule de poils revomie par un chat. »

Ran soupesa l'argument. « Donc vous croyez à un animal.

— C'est ma meilleure hypothèse.

— J'aimerais pouvoir dire que vous m'avez convaincu, brigadier.

— Mais vous n'y croyez pas.

— Non. »

Thomason le contempla avec l'air résigné et sans rancune d'un homme qui voit souvent son travail récompensé par la déception.

« Vous ne pourriez pas relever les empreintes, au moins ? »

Thomason et Johnson échangèrent un regard d'une patience à toute épreuve, puis le brigadier secoua la tête avec regret. « Je vais être franc, monsieur Hill. Rapport à la police et à ses méthodes, la télé a mis que des conneries dans la tête des gens. Il est pas bien grand, not' poste. Faire appel à la médecine légale, c'est faire venir deux hommes de Columbia et ça irait chercher dans les deux cent cinquante dollars de l'heure. C'est l'argent de nos impôts, monsieur Hill. Si ça ne vous était pas arrivé à vous, vous seriez prêt à nous faire dépenser six cents dollars pour du poulet ?

— Je voudrais être sûr que ma femme et mes enfants sont ici en sécurité.

— Je comprends, monsieur Hill, vraiment, vous pouvez me croire. Mon paternel était mécano, et s'il y a une chose qu'il m'a toujours répétée, c'est qu'il faut commencer par la solution la plus simple. Par exemple, c'est pas la peine de démonter un moteur quand on a juste besoin d'une bougie à quatre-vingt-neuf cents, voyez ce que je veux dire ? Dans ce cas, l'explication la plus simple, c'est un animal. » Il mit la main dans sa poche et tendit une carte de visite à Ransom.

« Si vous avez d'autres problèmes, appelez-moi.

— Bon, merci d'être passé.

— Pas de quoi. Allez, Johnson.

— 'Soir », dit Johnson.

Ransom les reconduisit jusqu'à la porte, puis il se retourna. « Bon, les gars, il était écrit qu'on mangerait pas de poulet ce soir. On commande du chinois, ça vous dit ? »

Claire et Cell éclatèrent de rire.

Ran leur lança un petit sourire en coin qu'il laissa s'épanouir. Ensuite, son visage se fit sérieux. « Le chaudron était dans la baignoire quand je suis parti. »

18

Charleston brûle, rêve Adélaïde. L'odeur dégagée par la combustion des fondations en bois détrempé que la mer a infiltrées flotte autour d'elle quand elle se réveille. Elle provient de son mari, qui est là lui aussi, qui empeste la fumée de bois, et dont l'haleine est chargée de relents aigres de bordeaux. Allongé sur le dos, Harlan n'a quitté ni sa culotte ni ses hautes bottes en cuir fauve, qui ont taché la couche nuptiale d'une teinte proche de celle de l'empreinte sanglante, en forme de feuille d'érable, qu'Adélaïde découvre entre ses cuisses. La figure barbouillée de suie, sourcils froncés, Harlan affiche une expression concentrée et soucieuse qu'elle ne lui a jamais vue éveillé. Son épaule gauche est nue ; son bras droit, encore dans la manche de sa chemise – sa belle chemise en fine étoffe de Sea Island tissée en Angleterre : tout abîmée ! –, est posée sur son front plissé, comme pour l'abriter. On dirait que se déshabiller, dans l'état où il a commencé à le faire, s'est avéré trop difficile.

Le temps de retrouver ses repères, elle se sent souffrante et étourdie. La minute d'après, elle se sent résignée. À présent, elle est furieuse. Furieuse ! C'en est fini de ce mariage. Elle va rentrer à Charleston sur-le-champ. Aujourd'hui même. Sur l'heure. Des explications ? Elle n'en veut aucune. Quelles explications pourrait-il fournir ? Pendant la nuit de noces, en plus ! Mais comment a-t-elle pu se méprendre de façon si flagrante sur Harlan ? Les rumeurs qu'elle avait écartées avec tant d'insouciance tandis qu'il la courtisait reviennent l'assaillir. Quelle sorte d'assurance imbécile l'a convaincue que son propre jugement était plus éclairé que celui de la bonne société de Charleston ? Le sanglot prend Adélaïde par surprise, remontant de très loin, des profondeurs où gisent les fondations inondées. Oh, quel chagrin ! Ce ne sont ni des larmes ni des pleurs, mais un gémissement animal qu'elle essaie, sans y parvenir, de retenir à deux mains.

A-t-elle une part de responsabilité dans tout cela ? N'a-t-elle pas vécu honorablement ? Quelle faute lui impute donc le Seigneur pour la punir ainsi ?

Tu t'es mariée sans amour. *La voix qu'elle entendait plus souvent autrefois et à laquelle elle n'a plus prêté l'oreille depuis des lustres s'est élevée pour lui répondre. (À qui appartient cette voix ?) Oh, quelle terrible erreur elle a commise ! Quelle erreur désastreuse, quelle ruine pour l'âme ! Mais que doit-elle faire à présent ?*

Que faire, sinon accepter sa responsabilité, confesser sa faute et faire annuler le mariage ? Trop tard, oui, mais mieux vaut aujourd'hui que dans un an, ou dix. Oui, elle va lui avouer la vérité. Elle va le réveiller tout de suite.

Et cependant, rentrer, déshonorée, à Charleston, après un seul jour de mariage… Affronter les regards et les chuchotements, les paroles faussement compatissantes que l'on vous débite avec des yeux brillants de joie… (Louisa Elliott !) Oh, quelle horreur ! N'existe-t-il pas un moyen, n'importe lequel, de rester et de sauver ce mariage ? L'amour, bien qu'absent à ce jour, ne peut-il pas encore fleurir ?

Pourtant, la voix dit : Non, cela n'arrivera jamais. *Et Adélaïde se rappelle pourquoi elle a cessé de l'écouter. Attendre son Gabriel éternellement, quand bien même il ne viendrait jamais, dût-elle mourir intacte, vieille fille comme sa tante – cette exigence lui avait paru trop sévère, inhumaine, aussi Adélaïde s'était-elle mise en colère contre la petite voix et l'avait-elle chassée. Mais qui l'a réveillée ? Le regard de Jarry sur l'appontement, un regard furtif échangé de part et d'autre du fleuve, celui d'un homme qu'elle ne connaît même pas, un nègre. Et Dieu dans tout cela ? Mais non, elle est prête à tout perdre, tout sauf la foi. Pas cela !*

Et regardez Harlan sur le lit, si agité en fin de compte, si malade ! Ne doit-elle pas lui donner – une fois l'atroce premier spasme de colère dissipé – une chance d'expliquer son comportement ? Et qu'a-t-il fait au juste ? Peut-être s'est-il simplement senti offensé (comme elle). Peut-être a-t-il simplement cédé à la tentation de fuir (celle-là même qu'elle éprouve à présent). Peut-être s'est-il simplement abruti dans l'alcool – il ne serait pas le premier marié à trahir ainsi l'amour romantique. Qui sait s'il ne nourrissait pas simplement de grands espoirs qu'il a vus détruits, comme les siens – cela suffit-il à mettre fin à un mariage ?

Tu n'aimes pas cet homme.

Oui, oui, il y a cela, mais, hier, quand elle a admiré les rameurs et les perruches, quand le ciel ressemblait à un dôme de cristal qu'un simple coup de maillet aurait suffi à faire carillonner, l'amour ou son absence, là n'était pas la question. Peut-être, demain, lui semblera-t-il à nouveau que la question n'est pas là ? (Allez, laissons cela !)

Mais non, c'est impossible : elle doit partir !

À vrai dire, elle ne sait que faire. Pour l'heure, elle sent bien qu'elle doit quitter cet endroit plein d'urnes funéraires et de pensées douces-amères. Elle doit sortir de cette maison et marcher.

Cependant, les portes de la bibliothèque sont ouvertes et, bien qu'elle s'efforce de presser le pas lorsqu'elle passe devant, Percival la voit et elle ne peut décemment pas fuir.

« Ma chère ! » la hèle-t-il d'un ton enjoué ; puis il voit son expression. « Doux Jésus, Adélaïde, que s'est-il passé ? »

Les yeux bleus d'Adélaïde, qui ne savent rien cacher, sont rouges et tourmentés. Elle secoue la tête, en s'efforçant de retenir ses larmes ; elle n'y parvient pas.

« Je vous en prie, dit-il. Je vous en prie, ma chère, asseyez-vous. » Il tapote la chaise, et elle obéit. « Puis-je vous faire apporter quelque chose ? Avez-vous besoin d'un médecin ? Êtes-vous souffrante ? Comment puis-je vous aider ?

— Vous êtes bon. Non, merci, rien.

— Qu'y a-t-il, Adélaïde ? Qu'est-ce qui ne va pas ?

— Harlan m'a quittée. Il est sorti toute la nuit, sanglote-t-elle. J'ignore où il est allé.

— Et il n'est pas rentré ?

— Si, il est au lit là-haut maintenant, profondément endormi, encore tout habillé, encore chaussé de ses bottes toutes crottées ! »

La jaugeant de ses yeux noisette, il évalue la situation. « Je suis navré, Adélaïde, vraiment navré, ma chère. Vous venez de passer une nuit affreuse, une nuit épouvantable, vous ne méritiez pas cela. »

Elle lève les yeux à présent. Elle parle d'un ton virulent. « Dites-moi où il est allé !

— Ah ! Ah ! ma chère, cela je ne puis le faire. Et je crois assez bien vous connaître, je pense vous avoir vue suffisamment longtemps, pour être sûr que vous le comprenez.

— Est-ce vous qui avez déposé le livre ?

— Quel livre ? »

Elle étudie l'expression de son visage. « Mon Byron. Quelqu'un l'a posé devant ma porte hier soir.

— Je ne monte plus cet escalier depuis deux ans et demi.

— Alors c'était Jarry, dit-elle, confirmée dans son soupçon. Il a marqué la page des Secondes stances à Augusta*... Pourquoi ? »*

Percival ne semble pas avoir de réponse. « Parce que nous avons évoqué ce poème hier... je suppose.

— Dites-moi pourquoi vous l'avez cité.

— Ma chère ! Ces vers me sont simplement venus à l'esprit. Il n'y avait aucune arrière-pensée. Et cepen-

dant... » Il regarde ailleurs, par-dessus l'épaule d'Adélaïde, et fixe quelque chose au loin.

« Et cependant ?

— Vous savez qui elle était, bien sûr...

— Augusta Leigh était la sœur de Byron.

— Sa demi-sœur, oui. Vous êtes trop jeune pour vous le rappeler, mais je garde un souvenir très vivace du jour où la nouvelle de leur liaison a éclaté. La foule de ses adorateurs, ceux qui avaient fait de Byron l'idole des femmes, leur petit chéri, leur mignon, tous se sont retournés contre lui. Les marquises et les comtesses qui l'avaient couvert de bijoux et avaient levé leurs jupons pour lui l'ont banni de la riante Angleterre. Je l'ai rencontré quelque temps après...

— Vous avez rencontré Byron ? »

Il acquiesce. « En Italie, à Strà, dans les années 20, je crois. Il vivait avec la comtesse Guiccioli, faisait un peu de politique, et il était surveillé par la police. Il n'était plus, Adélaïde, l'homme que vous imaginez sans doute. Sa célèbre chevelure d'un noir de jais grisonnait. À trente-deux ans seulement, il avait de l'embonpoint et de mauvaises dents. Son haleine n'était pas de la première fraîcheur et une partie de son petit déjeuner était étalée sur sa redingote – un œuf coque, à en juger par l'aspect de la tache. Il était toujours brillant orateur, mais il parlait comme on rabâche de vieilles histoires pour lesquelles on a perdu tout intérêt depuis longtemps, comme un homme qui craint de cesser de parler. Il ressemblait à une coquille desséchée dans laquelle un vieux noyau tinte comme une crécelle, à un homme vidé de la substance qui l'animait jadis. Et pourtant, de son infortune il a tiré :

» ... ce que j'ai le plus chéri
Était digne d'être le plus adoré.

» Et celle qu'il chérissait entre toutes, c'était Augusta Leigh. Hier, quand j'ai cité ces vers, vous avez dit que

cela vous semblait indéniable. Cela vous paraît-il contestable aujourd'hui ?

— C'est une bien sombre histoire, monsieur, répond-elle, d'un ton sévère et solennel.

— En effet. Et la question qu'elle soulève – celle qu'elle a toujours soulevé à mes yeux – est la suivante : qu'est-ce qui a causé la perte de Byron, aimer Augusta ou n'y point parvenir… ? »

À ces mots, le front d'Adélaïde se plisse. « Vous voulez dire…

— Je veux dire, ou simplement demander si, en la quittant, il ne s'est point soustrait à son véritable destin, celui que Dieu lui avait assigné.

— J'ai peine à croire que Dieu – du moins Celui que je connais – puisse lui assigner à lui ou à un autre un tel destin.

— Peut-être êtes-vous mieux placée que moi pour juger de Ses voies, admet Percival. Selon ma perspective, il me semble qu'Il, ou eux » – il hoche la tête en direction de la boveda *– « … quels que soient les esprits qui règlent et dirigent nos existences, assignent parfois des tâches hors du commun aux êtres hors du commun, des tâches que le monde ne peut juger et qu'il n'a par conséquent aucun droit de condamner. Mon destin, contre lequel je me suis insurgé et auquel j'ai résisté bec et ongles, était d'aimer une femme d'une autre race, une femme que la loi considère comme humaine aux trois cinquièmes, que je possède de plein droit au même titre que les chevaux de mon écurie – et il se trouve des chevaux dans mon écurie qui m'ont coûté plus cher. Pourtant j'ai aimé Paloma, Adélaïde, plus que j'ai jamais aimé ma femme ; et l'essentiel de ce que je sais de la vie, bien peu de choses en fait, c'est d'elle que je l'ai appris, ou par elle. Je remercie le Seigneur chaque jour de l'avoir connue ; néanmoins j'ai manqué à mes devoirs envers Paloma d'une façon capitale et fondamentale. Et ce manquement, comme je vous l'ai dit hier, a rejailli sur nos enfants, sur les siens et les miens.*

Ce que je n'ai pas dit, ce que je pensais mais redoutais de vous dire, c'est que cela pourrait – oui, c'était quasiment certain –, cela pourrait et devrait inéluctablement rejaillir sur vous. Et voici que c'est arrivé. Je ne veux pas atténuer la gravité de la faute de votre époux. Harlan doit répondre de beaucoup de choses. Mais la douleur que vous éprouvez aujourd'hui, j'en suis la racine et le faîte.

— Mais que vous reprochez-vous donc ?

— Pour répondre à cette question, je dois être franc. Je n'ai pas approuvé votre mariage, Adélaïde, quand Harlan m'a annoncé son projet il y a quelques mois ; pas plus qu'aujourd'hui. »

Le visage d'Adélaïde s'empourpre violemment. « Ce qui signifie que vous me désapprouvez…

— C'est tout le contraire. Je désapprouve cette union dans votre intérêt aussi bien que dans celui de mon fils.

— Mais pourquoi ? Je suis troublée.

— Ces choses sont difficiles à démêler, Adélaïde. Elles remontent à plus de quarante ans. Hier, je vous ai parlé de cette époque, à Cuba, où ma femme est tombée malade et où elle est morte.

— La mère de Harlan…

— La mère de Harlan, oui, Mélissa. Nous vivions à La Mella, à l'époque. Villa-Urrutia avait mis Paloma au service de mon épouse comme femme de chambre. Paloma avait alors dix-neuf ou vingt ans, et elle était d'une beauté saisissante ; mais il n'y avait rien d'inconvenant entre nous, comprenez-vous ? Quand Mélissa a été prise de fièvre, Paloma a essayé de lui venir en aide. Un jour, je l'ai entendue prier San Luis Beltrán, et j'ai trouvé une croix tressée de feuilles de basilic dans un verre d'eau près du lit. J'ai fait peu de cas de ces choses. Je les ai prises pour des remèdes populaires inoffensifs, au pire, pour des superstitions de catholiques. À Wando Passo il y avait une femme, Maum Binah – elle est morte l'année dernière –, qui était l'accoucheuse du quartier des esclaves et dont on disait qu'elle invo-

quait les esprits. Mon père se gaussait de telles idées, mais tous les esclaves allaient la trouver, et ma mère... Je me rappelle clairement, étant petit, l'avoir accompagnée dans la case de Binah ; j'ignore pour quelle raison, mais je suis certain qu'elle y croyait. Aussi, vous comprenez, quand Paloma m'a dit qu'il se trouvait d'autres personnes à La Mella susceptibles d'aider Mélissa, l'image qui s'est formée dans mon esprit a été celle d'une vieille femme étrange et colérique vivant isolée à la lisière des terres de Villa-Urrutia. Ce n'était pas du tout cela. La porte, quand elle a fini par s'ouvrir, donnait sur une église, une immense cathédrale invisible, Adélaïde ; cachée, elle existait pourtant au vu et au su de tous, non seulement dans le quartier des esclaves de La Mella, dans les plantations telles que La Mella, mais dans les cabildos[1] *de La Havane. Et quant à son clergé – ces prêtres-là ne ressemblent pas à mon ami Hilliard de Powatan. Ces hommes ne trempent pas le pouce dans l'huile de l'extrême-onction, ils ne dessinent pas le signe de la croix sur le front des mourants – ceux qui, comme moi, sont au seuil de la mort – avant de les envoyer à leur destin. Non, ces hommes-là interviennent. Ils sont chamans et magiciens.*

— Qu'est-ce que cela veut dire ?

— Qu'ils ramènent les morts à la vie. Non, je vais m'efforcer d'être précis avec vous. La mort n'existe pas, Adélaïde. Ceux que nous appelons les "morts" – on les nomme muertos, *là-bas – ne meurent pas. Ils se débarrassent de leur corps, oui, mais leur âme, leur* alma, *accède à une vie nouvelle dans un royaume différent du nôtre. La différence, c'est que ces prêtres dont je parle – les détenteurs du Secret,* el Secreto *– ont le pouvoir de les invoquer, de ramener les morts dans le*

1. Municipalités mises en place dans l'Amérique latine coloniale et dont la juridiction s'étendait, au-delà des villes et des plantations, jusque dans les hameaux et la campagne environnants. *(NdT.)*

royaume des hommes pour les faire travailler avec nous, les vivants, afin de guérir, de protéger et de sauver – mais il arrive aussi que ce soit pour détruire. Vous saisissez ?

— Mais cela ne peut pas vraiment exister, si ?

— Cela peut exister et cela existe. Je suis épiscopalien, Adélaïde. Je crois en Dieu tout-puissant, créateur du Ciel et de la Terre, et en Jésus-Christ Son fils unique, notre Seigneur... je crois au Saint-Esprit, à la Sainte Église catholique, à la communion des saints, au pardon de tous les péchés, à la résurrection du corps et à la vie éternelle de l'âme. Avant d'aller à Cuba, combien de dimanches ne me suis-je pas agenouillé pour prier, levé pour chanter et rassis sur un signe du prêtre ? Je pensais que tel était le destin des hommes, Adélaïde : rester patiemment sur le banc familial dimanche après dimanche, à attendre, à espérer en dépit de tout, et à prier que la mort du corps ne signifie pas "cesser d'exister" comme vous l'avez dit hier, qu'elle n'entraîne pas l'extinction de l'âme. Jamais je n'aurais rêvé qu'il fût possible de savoir. Savoir, Adélaïde !

— Mais savez-vous ? Le savez-vous à présent ?

— Je l'ai vu. Je l'ai vu de mes propres yeux. Pas une fois. Cent fois.

— Mais comment... comment cela s'est-il produit ?

— Cette religion s'appelle palo mayombe. Elle se pratique principalement chez les esclaves du Congo. Paloma m'a présenté son parrain, son padrino, *un vieux Congolais nommé Demetrio. Par son entremise, j'ai fini par faire la connaissance d'Andrés Petit, un mulâtre affranchi, un des hommes les plus impressionnants qu'il m'ait été donné de rencontrer. C'est à peine exagérer que de le décrire comme un Luther ou un Calvin cubain. Il a fondé une variante du palo qui s'appelle Kimbisa,* "La Regla Kimbisa del Santo Cristo del Buen Viaje" – *Kimbisa, l'ordre sacré du Christ Pèlerin. Quand je suis allé le trouver la première fois – à Guanabacoa –, il m'a rabroué, mais avec beaucoup de*

chaleur et de douceur. J'ai dû m'y reprendre à trois ou quatre fois pour le convaincre de ma sincérité. J'ai fait partie des premiers Blancs qu'on a autorisés à entrevoir les mystères, et il se trouvait parmi ses fidèles des gens qui estimaient que la raza blanca, *tout particulièrement les propriétaires d'esclaves tels que moi, ne devaient pas être autorisés à entrer dans le temple. À ce jour, certains considèrent encore Petit comme un Judas qui a vendu le Secret* "por ochenta onzas", *pour quatre-vingts piécettes d'argent. Et c'est vrai, il m'a fait payer, mais l'argent... ça n'était pas la raison.*

— Pourquoi vous a-t-il admis dans son temple ?

— Il a regardé au fond de mes yeux et y a vu le chagrin que j'éprouvais pour ma femme ; il a vu que j'étais désespéré et assoiffé de vérité. Il m'a admis parce que je me suis montré persévérant, sincère et prêt à m'humilier devant lui, et parce qu'en dernière analyse il a su voir en moi autre chose qu'un Blanco, *qu'un homme blanc : il a vu l'être humain,* un "profano que anda errante y desea pertenecer", *une âme perdue qui aspire à trouver refuge. Et il m'a pris en pitié, il m'a accepté au sein de son temple. Mon ancienne religion, la foi dans laquelle m'avaient élevé mes parents – elle a fini par m'apparaître comme un jouet d'enfant, un sabre en bois ; mais le palo, Adélaïde, le palo était une lame d'une puissance inouïe qui tranchait pour mieux guérir.*

» J'ai été initié à La Havane, dans la calle Ancha del Norte, *au numéro 115. J'ai procédé au* juramento. *J'ai prêté les quatorze serments et je les ai scellés avec mon sang. Pendant deux ans, j'ai assisté aux* fechas *à La Havane avec Petit ; mais l'essentiel, je l'ai appris à La Mella, de Demetrio, qui m'a pris pour filleul, lui aussi. Le jour, je travaillais dans la chaudière ; la nuit, je dansais et je suais aux côtés de ces mêmes hommes qui alimentaient la fournaise en bagasse, de la canne broyée. Le jour, je leur donnais des ordres ; la nuit, je leur devais obéissance, car ils étaient mes aînés dans cette religion. Nous nous regardions dans les yeux et*

nous partagions ce secret en silence. Toute ma vie j'avais vécu avec des nègres ; c'est étrange à dire, mais je ne les avais jamais regardés dans les yeux et je ne les avais jamais considérés comme des hommes. C'est là-bas que j'ai appris à le faire, à les voir tels que Petit me voyait. Paloma et moi nous sommes tombés amoureux. Je suis tombé terriblement et éperdument amoureux d'elle. Rétrospectivement, ces deux années ont été les meilleures de ma vie. Et le plus étrange, c'est que j'avais l'impression que c'était moi, et non eux, qui vivais en esclavage. Pourtant, à partir de ce moment, mes chaînes se sont desserrées. Là-bas, au milieu des plus humbles, se trouvaient des vérités et des réponses que nous, les prétendus privilégiés, les grands de ce monde, avions oublié alors que nous les avions sues. C'était comme si j'étais tombé par hasard sur ce que tous les hommes passent leur existence à rechercher en vain : la certitude qu'il y a une vie après la mort, que les êtres chers que nous avons perdus continuent d'exister, que l'âme perdure, qu'elle est immortelle et impérissable. Plus encore, Adélaïde, j'ai appris qu'il y a des êtres supérieurs aux morts : nos ancêtres. On les appelle parfois santos, *bien que "saints", le terme catholique, ne soit qu'un pâle reflet de ce qu'ils représentent. Leur véritable nom est* nkisi *; ce sont des esprits extrêmement puissants et très anciens qui résident dans les étoiles et le vent, dans les éclairs et la mer. Eux aussi se préoccupent du destin des hommes, et les prêtres – les gens comme Demetrio et Andrés Petit – peuvent les invoquer et les faire intervenir.*

— Mais on les voit ? demande Adélaïde, un peu perdue. On peut vraiment voir ces esprits ?

— Pas les voir, Adélaïde. Les nkisi *sont invisibles, mais je les ai entendus parler aussi clairement que vous m'entendez en ce moment même.*

— Comment cela ?

— Ils bajan, *ils descendent parmi nous… ils viennent habiter un fidèle et parlent* por su boca, *par sa bouche.*

Ils donnent des instructions et assignent des trabajos *bien précis aux vivants, toutes sortes de tâches. Ils guérissent et exorcisent des mauvais esprits. Ils font tout ce qu'aucun poète, dans tous les livres que j'ai lus, aucun de ceux que vous voyez sur ces rayonnages n'a jamais su faire pour moi : nous apprendre à vivre. Et, au bout du chemin, ils nous apprennent à mourir. Et ils nous imposent des obligations aussi. Ils expriment des exigences… Autrefois, une de ces exigences m'a été imposée. C'est là que mon histoire revient à son point de départ. On m'a enjoint d'affranchir Paloma. C'était à la* fecha del Santo Cristo *de La Havane, le 5 septembre, un mois avant que nous ne prenions le bateau pour rentrer en Amérique. C'est Petit lui-même, le* caballo, *le médium ou "cheval" monté par San Luis Beltrán. Il ne m'a pas enjoint de libérer tous mes esclaves, et de causer la ruine financière de ma famille et la mienne. Non, il m'a ordonné de faire ce qu'au fond de moi-même je savais déjà être de mon devoir ; alors je me suis prosterné devant lui, j'ai posé mon front sur les briques, j'ai pleuré et juré d'obéir… Mais ensuite…* » *Percival détourne les yeux et regarde par la fenêtre.*

« *Ensuite ?*

— Ensuite, j'ai ramené Paloma avec moi en Caroline du Sud. Elle a porté mon enfant, quarante ans ont passé et je n'ai jamais pu m'y résoudre.

— Pourquoi ?

— Est-ce si difficile à deviner ? »

Adélaïde n'est même pas tentée d'essayer.

« *J'avais peur qu'elle ne me quitte, si je l'affranchissais.* »

Dehors, sur la branche d'un cèdre, un cardinal se lance dans un trille étrangement joyeux et tous les deux tournent la tête.

« *J'avais peur qu'elle ne me quitte, si je l'affranchissais.* » *Ces paroles trouvent un écho dans la mémoire d'Adélaïde, et tout en écoutant l'oiseau elle s'aperçoit qu'elle n'a jamais rien entendu prononcer d'aussi terrible.*

« L'idée de vivre sans elle et, par la suite, sans Jarry m'était insupportable. J'ai décidé que je pourrais les libérer à ma mort et respecter mon serment à la lettre. Je me suis raconté ce mensonge. Voilà ce que je voulais dire, Adélaïde. Quand j'ai déclaré que j'étais la racine du mal, son faîte, et que tout cela nous ramène à moi... voilà pourquoi. »

Le cardinal prend son envol et s'éloigne dans le ciel. Adélaïde le regarde, elle reste pensive. « Je peux comprendre combien cela doit vous peser. Mais qu'est-ce que cela a à voir avec Harlan, ou avec moi ?

— Vous serez amenée à le comprendre avec le temps, j'en ai peur.

— Si vous refusez de me dire où il est allé, dites-moi au moins ce que je dois faire.

— Posez cette question à votre époux. Si vous devez vivre comme mari et femme, c'est le seul recours que je vois.

— Je ne crois pas que nous puissions encore vivre comme mari et femme.

— Cela dépend entièrement de vous, ma chère. Avant de le quitter, cependant, ne devez-vous pas à vous-même, et à lui, de savoir ce qu'il a fait ?

— J'ai trop peur de le savoir.

— Vous avez trop peur de savoir. Ce ne sont que des soupçons. »

Elle soutient son regard et reste songeuse. « Vous avez raison : des soupçons.

— J'ai une chose à vous demander, Adélaïde. »

Elle le regarde à nouveau et Percival glisse la main sous sa chemise. Suspendue à une ficelle qu'il porte autour du cou, il y a une clé. « Dans ce tiroir, lui déclare-t-il en désignant le bureau ministre, vous trouverez mon testament, il contient les dispositions pour l'affranchissement de Jarry et de Paloma. Je vous serais reconnaissant de le déposer en lieu sûr. Je ne peux pas compter sur Harlan pour respecter mes dernières volontés sur ce point. Cela est tout autant ma faute que la sienne. Ce que Jarry a dit hier soir est vrai. Je l'ai toujours aimé plus que son frère. Je ne l'ai pas choisi : aucun père ne le fait. Mais j'ai eu beau me mentir, Harlan le savait. Il y a une part essentielle de moi-même que je n'ai jamais pu lui livrer – et ce n'est pas faute d'avoir essayé – alors que je l'ai partagée avec Jarry dans la joie et en toute simplicité. Et c'est curieux, n'est-ce pas, que Harlan soit celui qui hérite de Wando Passo, de tout ceci, alors que Jarry quittera cet endroit sans rien d'autre que les habits qu'il aura sur le dos ? Pourtant, la promesse que je lui ai faite sera tenue. Si j'avais adoré par-dessus tout ceux que j'ai le plus chéris, il y a longtemps que j'aurais affranchi et Jarry et Paloma. À présent, la mort est ma dernière chance d'arranger les choses, et ce que je redoute, Adélaïde, ce n'est pas de cesser d'exister, c'est la vie qui m'attend si je ne le fais pas. Puis-je compter sur vous ? »

Elle prend le testament. « Je crois que c'est la bonne décision.

— Allons, embrassez-moi, conclut le vieillard, et allez vous entretenir avec Harlan. »

Quand Harlan se lève, il est presque l'heure du souper. En revenant d'une promenade, Adélaïde le trouve qui attend, nerveux, sur la véranda avec un bouquet des roses de Jarry qui s'étiolent. « Ma chère ! s'exclame-t-il en sautant sur ses pieds. J'avais peur que vous ne m'ayez quitté ! Addie, je suis atterré par mon comportement ! Je n'ai aucune excuse ! » Il s'éponge le front et cherche un cigare dans sa redingote.

« Où êtes-vous allé ?

— Où ? Ils festoyaient dans le quartier des esclaves, Addie. Ils voulaient me voir sauter par-dessus le balai… C'est une coutume, ici. Nous avons porté des toasts. J'ai bu trop de rhum, l'essentiel d'un tonnelet, si j'en juge par l'état dans lequel je me sens. Je ne me rappelle pas grand-chose après, c'est une bénédiction !

— Pas grand-chose ?

— Pratiquement rien, ma chère ; mais si cela peut vous consoler, Addie, je souffre le martyre. Si on me posait un Purdey sur la tempe et qu'on tirait sur la détente à l'instant où je vous parle, je considérerais cela comme un geste d'amitié. Pour vous le dire sans ambages, mon comportement a été digne d'un porc. Et, en bref, je suis un porc.

— Où vous êtes-vous réveillé ? » demande-t-elle.

À ces mots, il se tait. Alors, l'expression de souffrance mortelle, de beauté spirituelle, réapparaît.

« Dans la suie, avoue-t-il, près du feu de joie éteint. Mon cheval, ce vieux Runcipole, me chatouillait avec ses naseaux. J'ai cru, que dis-je ? j'ai espéré, que c'était le baiser amoureux de ma chère femme.

Adélaïde étudie son visage. « J'aimerais pouvoir vous croire, Harlan.

— Mais vous devez me croire ! s'écrie-t-il. Vous devez essayer ! Il y a des choses, Addie. Des choses…

— Quelles choses ?

— Des choses que vous ne comprenez pas encore…

— Expliquez-les-moi, dans ce cas.

— Je ne peux pas !

— Pourquoi ne le pouvez-vous pas ?

— Vous ne les croiriez pas, Addie. Vous penseriez que j'ai perdu l'esprit, et franchement, ma chère, parfois j'ai peur… Mais non, non. Vous devez essayer, cependant. Addie, je vous en prie, essayez de croire que mes intentions envers vous sont honorables. Je réparerai ma faute. Je la réparerai, ma chère. Battez-vous pour moi. Je vous en prie, battez-vous ! »

Et Adélaïde, qui redoute de lui faire complètement confiance mais encore plus de ne pas le faire du tout et de risquer une rupture définitive, se laisse enjôler et emmener à l'étage où, à l'issue d'un épisode bref et sordide, elle devient de fait sa femme.

19

« Je te le répète : le chaudron était dans la baignoire quand je suis parti.

— Ransom…

— Pas un mot de plus, dit-il en l'interrompant, je sais déjà ce que tu vas dire, alors rends-nous service. Contente-toi de dire non. »

Claire jeta un regard frustré à Marcel, qui ressemblait à un homme coincé au mauvais endroit au mauvais moment mais à qui le sens de l'honneur interdit la fuite.

« Ransom, mon ange, écoute », commença-t-elle, et à ce « mon ange » inattendu il devint doux comme un agneau. « Je vais te raconter une histoire. Hier, lorsque tu m'as appelée de l'aéroport, j'étais dans la buanderie. J'avais trié le linge et j'attendais simplement que la lessive se dissolve. Le téléphone sonne, je vais décrocher, on parle et je raccroche. Tu sais ce que j'ai fait après ? Je suis montée chercher la corbeille à linge et je suis restée plantée dans le couloir pendant une minute, sans savoir ce que je faisais là ; c'est alors qu'à l'autre bout de la maison j'ai entendu la machine faire ce drôle de bruit, tu sais, ce petit grognement bronchiteux ? »

Il fronça les sourcils. « Bon, où tu veux en venir ?

— Je pense que tu vois où je veux en venir. On oublie tous ce genre de détail.

— Oui, renchérit-il, sauf les alcoolos et les cinglés !

— Je n'ai pas dit ça. Est-ce que j'ai dit ça ? Non, alors il faut que tu arrêtes de sauter de A – comme "tu as peut-être oublié"– à Z – comme "je te traite de cinglé". C'est *ça* qui est irrationnel. Et puis tu avais bu : tu l'as admis toi-même. »

Ran se tourna vers Cell : « Qu'est-ce que je t'avais dit ?

— Et puisque tu mets ça sur le tapis…

— C'est le moment de tendre l'autre joue », suggéra-t-il.

Claire lui lança son regard grave-et-inquiet, celui qui lui donnait l'impression de rapetisser, comme si on le regardait par le petit bout de la lorgnette. « Cell nous a déjà entendus aborder ce sujet, poursuivit-elle, alors je ne vais pas y aller par quatre chemins : tu ne crois pas que tu devrais revoir le dosage de tes médicaments ? Depuis ton arrivée, tu sembles survolté… »

Démasqué !

« … Marcel trouve aussi. »

Ransom le regarda et Marcel soutint son regard. Le visage de Cell était franc ; on n'y décelait pas la moindre trace de méchanceté, aucune jubilation – bien sûr ! Il n'y en avait jamais eu. Et pourtant, Cell semblait lui aussi le contempler de très haut, comme un dieu sur l'Olympe contemple un pauvre mortel perdu dans la ténébreuse forêt de la crise de la quarantaine. Et le pire dans tout ça, c'est que Ran savait que cette sensation – celle de leur domination et de sa propre insignifiance – prouvait justement qu'ils disaient la vérité : il n'allait pas bien ou il flirtait dangereusement avec la limite. Pourtant, il avait beau être coupable, il devait tout de même lutter contre la tentation de les considérer comme ses ennemis et de les envoyer balader tous deux.

« Très bien, répliqua-t-il. Tu sais quoi, Claire ? Si ça peut te tranquilliser, j'irai dès demain. Mais je te le dis tout de suite, je peux revoir le dosage de mes médicaments à la hausse jusqu'à la fin de mes jours, rejoindre les Alcooliques Anonymes et me faire faire une lobotomie frontale pendant que j'y suis – il ne put résister au plaisir de proposer cet expédient –, ça ne fera jamais descendre ce chaudron de la baignoire du premier étage, où je l'avais laissé, jusqu'au rez-de-chaussée, dans cette cuisine, au bout du couloir. Et si, juste pour rigoler, à titre d'expérience intellectuelle, vous conceviez la possibilité que je dise vrai, que le chaudron était bien dans la baignoire quand je suis parti et ici quand nous sommes revenus, mais que ce n'est *pas moi* qui l'ai déplacé ?

— Je crois que je vais m'en tenir à la théorie de l'explication la plus simple, comme le brigadier Thomason.

— Et toi, Cell ? demanda Ran.

— Quelqu'un l'a déplacé, répondit Marcel. Si ce n'est pas toi, alors quelqu'un est entré dans la maison.

— Merci ! dit Ran. OK. Si quelqu'un est entré, n'est-il pas évident que cette personne, qui que ce soit, a fait deux choses : éparpiller le poulet et descendre le chaudron ?

— D'accord, Ran, très bien, fit Claire, mais pourquoi ?

— C'est exactement la question que je pose ! De toutes les bêtises qu'on peut faire dans une vieille maison telle que celle-ci, quelle sorte de cambrioleur ou de vandale irait choisir ces deux choses-là ? Franchement, dans la liste des priorités d'un cambrioleur ou d'un vandale, ces actes relèvent d'un choix pour le moins obscur !

— Où veux-tu en venir, Ran ? demanda Cell.

— Tu veux que je te le dise franchement, mon vieux ? Je n'en sais rien. Je sais juste que ça n'a pas de sens. Aucun animal ne peut avoir fait ça, c'est impossible ; un cambrioleur n'aurait eu aucune raison de le faire non plus. Et ça ne peut pas être moi, dans un état d'amnésie avinée, parce que, quoi que vous pensiez, je n'ai jamais été cinglé à ce point.

— Alors que nous reste-il, Ran ? lança Claire. Ce chaudron n'a certainement pas descendu l'escalier tout seul sur ses trois petites pattes. »

Le front de Ran se plissa et il ne répondit pas.

« Ransom ?

— Quoi ?

— S'il te plaît, dis-moi que ce n'est pas ce que tu suggères.

— Non, répondit-il, d'un ton quelque peu récalcitrant. Non. Bien sûr que non. Mais je vais te dire... » Il pivota vers elle et retrouva son air excité. « Puisque tu penses que je suis cinglé, je peux aussi bien te dire qu'hier, et cet après-midi encore, quand j'ai touché ce truc, j'ai reçu une décharge.

— Une décharge ?

— Je te jure, Claire. Le métal semblait brûlant. C'est pour ça que j'ai cru que j'avais touché un câble électrique.

— Oh, Ran, mon ange !

— Je sais, je sais... Très bien, tout ce que tu voudras. Appelle l'asile – tu connais le numéro –, mais, avant de demander aux messieurs en blouse blanche de sortir leur camisole, fais-moi plaisir : touche le chaudron. »

Claire hésita un instant puis elle s'approcha de la table et obtempéra. « Bon, et alors ?

— Rien ? »

Elle secoua la tête. « Rien, Ransom. Rien du tout. »

Pour une fois, Ran resta sans voix.

« Peut-être que le soleil l'avait surchauffé, suggéra Marcel. Comme il est en fonte, il est noir. Il faisait très chaud dehors aujourd'hui. »

Ransom le regarda et sentit la gratitude lui gonfler la poitrine. « Il était enterré sous quinze centimètres de terre et de pervenches, Cell. Merci quand même.

Tu n'as pas envie d'essayer, juste pour me faire plaisir... ? »

Marcel alla poser la main à l'endroit où Claire avait mis la sienne et Ransom leva les sourcils, mais Marcel esquissa une moue en secouant la tête.

« D'accord, fit Ran, une fois de plus vous avez démontré que je suis nul, s'il fallait encore en faire la preuve.

— Mais vous savez... » Après avoir retiré sa main, Marcel fit mine de l'essuyer et se tourna vers Claire. « Au risque d'ajouter une épaisseur de ténèbres à l'obscurité, vous savez ce qui vient de me traverser l'esprit ?

— Quoi ?

— L'histoire de Ben. Le jour où le pasteur est venu ici chercher tes ancêtres, tu ne m'as pas raconté qu'il avait trouvé la table mise et du poulet frit éparpillé dans toute la salle à manger ?

— Waouh ! fit Ransom. Qui est Ben ? Qu'est-ce que c'est que cette histoire ?

— Ben Jessup, dit Marcel, notre bibliothécaire.

— Ce matin, Ran, il nous a raconté l'histoire de mes arrière-arrière-arrière-grands-parents, ajouta Claire. Tu vois, le portrait dans la bibliothèque ? C'est Adélaïde DeLay. Elle a disparu à Wando Passo juste après la guerre civile.

— Pas la blonde ? »

Claire hocha la tête. « Harlan, son mari, était un prisonnier de guerre confédéré. Il est revenu de je ne sais où dans le Nord, a acheté du plomb à Powatan et s'est mis en route pour Wando Passo ; on ne les a plus jamais revus. »

Ran désigna quelque chose au fond du couloir. « Elle ? » Comme entraîné par sa propre main, il se dirigea vers la porte de la bibliothèque puis tourna la tête vers eux. « Robe blanche. Chevelure à la Botticelli ?

— Oui, j'en suis pratiquement sûre, dit Claire qui le rejoignit avec Marcel. J'appellerai tante Tildy demain matin.

— On n'a qu'à l'appeler tout de suite.

— Il est trop tard. »

Ran consulta sa montre. « Huit heures et quart !

— Elle a quatre-vingt-huit ans. Je l'appellerai demain matin. » Elle regarda Cell. Alors, tu as quoi en tête ?

— Rien du tout. Ça m'est simplement venu à l'esprit. C'est sans doute une coïncidence.

— À moins que le chaudron t'y ait fait penser. »

Ils posèrent l'un et l'autre un regard consterné sur Ran.

« Blague ! Je bla-gue ! Seigneur !... Hé, les gars ! » Ran se donna une claque sur le front. « La baignoire ! Allons voir ce que l'eau a dégagé du chaudron ! »

Ils le suivirent à l'étage, où Ran alluma la lampe de la salle de bains. En s'écoulant, l'eau avait laissé une traînée sinueuse d'alluvions grises, comme de la lave sur les ruines d'une petite ville. Ran fit couler la douche, et plusieurs cailloux apparurent au rinçage : un caillou pointu, noir rayé de blanc, un morceau de cristal de quartz rose translucide, un autre de quartz rouge cuivré en forme de cœur, et un quatrième qui s'avéra une magnétite – et où plusieurs épingles rouillées demeuraient fixées. Ran souleva une pièce de bois moisi et ruisselant avec des éléments en fil de cuivre vert-de-gris. Préservées par un milieu dépourvu d'oxygène, des traces d'écriture bleue imprimées dans le bois étaient encore visibles. « On dirait un vieux piège à souris, remarqua-t-il. Et ça, qu'est-ce que vous en pensez ? » Il souleva une paire d'anneaux rouillés reliés par un bout de chaîne.

« Des menottes ? hasarda Claire.

— Des menottes d'esclave », précisa Cell.

Il y avait aussi un fer à cheval, une sorte de pieu métallique, une petite tête de poupée, un anneau en ivoire et plusieurs coquillages : un buccin et différentes autres coquilles rayées, semblables par la taille et la forme à des *conchiglie*. Pour finir, émergeant de la boue noire, on distinguait le crâne d'un petit animal, peut-être un chien.

Ils contemplèrent le tout en silence tandis que l'eau tambourinait dans la baignoire.

« Traitez-moi de cinglé, dit Ran, traitez-moi d'irresponsable, mais ça me rappelle les trucs qu'on voit dans les magasins sur North Rampart à La Nouvelle-Orléans. »

Claire leva les yeux. « Quels magasins ?

— Les magasins vaudous.

— Ah, génial ! C'est un chaudron vaudou, maintenant ?

— Eh, fit-il. Tout le monde ici sait que je suis la voix de la déraison. Vous en pensez quoi ?

— Ce que c'est ? Des cailloux et des débris. Je pense que tu es tombé sur un tas de détritus, dit-elle. La voilà, ta grande trouvaille. Enfin ! ils avaient bien des déchets à l'époque, eux aussi ; j'irai jusqu'à supposer qu'ils n'avaient pas de camions-poubelles, alors comment faisaient-ils ? Ils enfouissaient leurs ordures. Et ton chaudron vaudou n'est qu'une vieille marmite qu'ils ont jetée.

— Cependant, Claire… commença Marcel en prenant un des petits coquillages. Ce sont des cauris. En Afrique, on les utilise pour la divination. Je ne crois pas qu'il y en ait en Amérique.

— D'accord. » Claire leva les mains et battit en retraite. « Vous m'avez fichu la trouille. Tous les deux. Voilà, c'est dit : j'ai la trouille.

— Bon, on est tous à cran, dit Cell. Il y a eu un incident en début de soirée et nous sommes dans une vieille maison en pleine campagne… Il ne nous manque plus qu'un orage ! Selon toute probabilité, ce n'était qu'une bande d'étudiants en médecine survoltés qui sont partis dans un mauvais délire. Pour ce que j'en sais, on n'utilise même pas de chaudron dans les pratiques vaudou. Et si c'est le cas, je n'en ai jamais entendu parler. Mais si – et j'ai bien dit *si* – nous voulions en savoir un peu plus, je vais vous dire qui pourrait nous éclairer…

— Qui ? demanda Ran.

— Shanté.

— Shanté, répéta Claire. Shanté Mills ? »

Cell le lui confirma d'un regard, sans se départir de l'air pondéré qu'il destinait à Ran. « Elle est ici, vous savez. »

Le visage de Ran se détendit : il prit l'air aussi doux et candide que l'agneau qui vient de naître. « Ici ? répéta-t-il dans un petit bêlement.

— À environ une heure au sud, vers Beaufort, à Alafia. » Cell les regarda comme si ce nom devait leur rappeler quelque chose. « Vu à la Télé : Authentique Village Africain. »

Ran et Claire clignèrent des yeux.

« "60 Minutes" a fait un reportage sur eux. Le village a été fondé par des dissidents du mouvement radical venus de Philadelphie dans les années 60. Ils ont acheté un bout de terre, s'y sont installés et se sont coupés du monde.

— "Coupés du monde" ?

— Oui, du reste du monde. De l'Amérique. De l'Occident. Du reste de la Caroline du Sud. Ils sont devenus complètement africains – tenue tribale, agriculture, tout. Ils y vivent depuis trente ans. C'est un endroit célèbre.

— Qu'est-ce que Shanté fait là-bas ? »

Cell regarda Ran. « Eh bien, tu sais, quand elle a arrêté le chant, elle est partie en Afrique pendant plusieurs années. Principalement au Zaïre. Je ne connais pas tout, mais c'était pour un homme, et puis leur histoire s'est terminée. Quand ils ont rompu, elle est revenue aux États-Unis ; elle a commencé par faire un séjour à Alafia, et pour finir elle y est restée. Mais le plus important, c'est que pendant qu'elle était au Congo, elle a étudié pour être ordonnée.

— Ordonnée quoi ? s'enquit Claire. Non, ne me dis pas “prêtresse vaudou” !

— Eh bien, je ne crois pas qu'ils appellent ça le vaudou, là-bas, répondit Cell, mais c'est l'idée générale. »

Ran et Claire ouvrirent de grands yeux.

« La vache ! » finit par s'exclamer Ran.

Claire se mit à rire. « Ah oui ! Oui, de mieux en mieux ! On avait vraiment besoin de ça ! Shanté Mills ici, en train de boire du sang de poulet et de jeter de la poudre de perlimpinpin aux yeux de Ran en agitant des gris-gris ! Voilà qui éclaircira immédiatement notre affaire ! Qu'est-ce qu'on attend pour l'appeler ? »

Ransom, qui n'était pas sur la même longueur d'onde, regarda Cell. « Tu as son numéro ?

— Chez moi.

— Ha ! Ha ! Ha ! fit Claire.

— Maman ? »

Ils se retournèrent tous les trois et trouvèrent Charlie sur le seuil : dans son pyjama rouge de pompier, il se frottait l'œil de son poing.

« Oh, mon chéri, maman t'a réveillé ? » Claire s'agenouilla et le prit dans ses bras.

« Non, c'est le chien.

— Quel chien, mon tout doux ?

— Il y a un chien noir dans le couloir, en haut. » Hope sortit de l'ombre à son tour. « J'ai peur. »

Claire regarda Ran, qui fit de même. « Je ne crois pas qu'il y ait un chien, ma chérie. Tu as peut-être rêvé, mais on va aller vérifier et puis je vous borderai dans vos lits, tous les deux.

— Non, papa », dit Charlie.

Hope confirma : « C'est papa qu'on veut. »

Manifestement, la revendication de ses enfants prit Claire par surprise. Elle dévisagea Ran.

Il haussa les épaules. « Eh, tout nouveau tout beau, dit-il, consolateur. Ils apprendront. Allez voir ce que vous pouvez dégoter comme dîner, vous deux. Domino Pizza, peut-être ? »

Claire consentit à sourire.

« Quoi ? ajouta Ran. Il doit bien y avoir un Domino Pizza par ici ! »

Mais elle connaissait tous ses vieux tours. « Monsieur Hill, je le jure, vous me faites encore sourire de temps en temps. Vraiment.

— C'est un bon soir, hein ? » Il lui lança son plus beau sourire entendu et penaud, et elle le lui rendit, mais son regard restait pensif, comme si son inclination pour lui allait à l'encontre de son bon sens.

Ran, qui n'avait jamais considéré le bon sens comme important dans les relations humaines – en ce qui le concernait, du moins –, y vit un signe d'encouragement.

Pendant que Claire redescendait à la cuisine avec Marcel, il se tourna vers les enfants. « OK, les gars, on va chasser de ces lieux tous les envahisseurs canins ! Mais d'abord, levez la main droite et répétez après moi : "Je prête allégeance au Grand Papa..." »

20

Dans le lit, Adélaïde tourne le dos à Harlan et se réveille d'un léger somme au moment où ce dernier va dans la salle de bains. À en juger par la lumière mélancolique qui filtre par la fenêtre, c'est la fin de l'après-midi. De retour dans la chambre, il se penche sur elle pour la scruter, mais elle continue de feindre le sommeil tandis qu'il s'habille et s'en va. Par la fenêtre, elle le regarde traverser la pelouse et ressortir une fois encore de l'écurie sur Runcipole. Il disparaît derrière le même rideau d'arbres, cependant cette fois Adélaïde s'habille et se met en devoir de le suivre.

Le chemin est humide, les branches des arbres sont basses et elle ne tarde pas à se retrouver dans le marais, où le crépuscule est plus avancé, sa tonalité plus sinistre que sur la pelouse. Au-dessus d'elle, les cyprès moussus sont pris dans un entrelacs de vigne vierge. Un grand corbeau volette et disparaît. Sur sa gauche s'étend une vaste prairie inondable couverte de feuilles de nénuphars et de souches de cyprès en décomposition. Il y a des fleurs sauvages et de jeunes fougères vert tendre. Les pas d'Adélaïde font un bruit de succion mouillé dans la boue où les empreintes de Runcipole, déjà pleines d'eau, montrent le chemin. Ses chaussures sont gâtées et l'ourlet de ses jupons est trempé quand elle arrive à Barren Pine. Sous les hauts pins, l'immobilité règne dans le sous-bois et, lorsque Adélaïde s'avance sur le tapis d'aiguilles, le bruissement du vent à la cime des arbres produit un murmure presque humain. Elle croit entendre des voix et, quand elle s'arrête pour écouter, elle aperçoit une maisonnette à travers les arbres. Entourée de parterres de fleurs – herbes de la pampa à fleurs roses, orchidées jaunes, lys tigrés aux grandes trompettes éclatantes mais aussi plantes aromatiques et médicinales : basilic, ase fétide, patience –, la maisonnette est en rondins de pin équarris et enduits d'argile blanche, flanquée d'une véranda très rustique et d'une cheminée en pierres de ballast. Le toit en bardeaux est noir, parsemé de lichens, comme des furoncles vert pâle ; Adélaïde entend des poules couver et glousser quelque part, sans pourtant voir de poulailler. Ses yeux et toute son attention sont fixés sur la véranda où sont suspendues des nattes d'herbes et de fleurs mises à sécher : dans ses profondeurs ombragées, Harlan, debout, parle à Clarisse.

Clarisse sourit. Les rougeurs malsaines, les yeux vitreux, envolés ! Elle est radieuse. Elle lui tend quelque chose, mais il repousse sa main, alors elle fronce les sourcils et son visage s'assombrit comme si un nuage passait au-dessus de sa tête. Après avoir allumé un cigare, Harlan se met à arpenter le plancher, gesticulant avec emphase.

Ils se disputent. Adélaïde entend leurs voix courroucées, mais non ce qu'ils disent. Toute la forêt s'est tue autour d'elle. Le vent a cessé de souffler. Ils se font face. Clarisse pleure, maintenant. Sous les yeux d'Adélaïde, Harlan tend la main et replace une boucle de cheveux derrière l'oreille de Clarisse ; en guise de réponse, la jeune femme le gifle sur les lèvres. Harlan semble abasourdi, mais ensuite – au grand dam d'une Adélaïde horrifiée – il se met à rire. Son rire est fort et audacieux, il résonne dans les bois. Harlan prend la main de Clarisse et saisit ce qu'elle lui tendait un peu plus tôt. Un rai de lumière oblique illumine le gobelet. À l'intérieur, quelque chose, une petite baie rouge, en suspension, pareille à une goutte de sang. Il y enfonce le pouce et l'index. Il en ressort la grenadille. Le visage de Clarisse a perdu sa froideur à présent. Il s'est animé. Des deux mains, elle prend celle de Harlan et la porte à ses lèvres.

Sous les yeux d'Adélaïde, le partage du fruit de la passion se transforme, entre eux, en baiser vorace. Elle se détourne et se met à courir.

21

« Vous voyez ? Pas de chien noir. » En s'écartant du placard, Ran éteignit la lampe torche. « D'accord ?

— D'accord, papa. »

Un enfant niché au creux de chaque bras dans le grand lit parental – ou seulement celui de Claire ? –, Ran ouvrit un des contes pour enfants de Mercer Mayer, et lut à Hope et Charlie l'histoire d'un gentil petit monstre duveteux qui rêve d'être méchant et se transforme en une sorte de Mister Hyde en peluche avec des crocs et des piquants de hérisson. Il se trouve un acolyte en la personne d'un gorille et obtient tout ce qu'il veut : glace et pizza au petit déjeuner. Il ne se lave plus, prend leurs jouets aux autres enfants et, en bref, fait tout ce qui lui plaît. Jusqu'au moment où il s'aperçoit enfin que plus personne ne l'aime, alors il se met à pleurer et appelle sa maman, mais, en fait, tout ça n'était qu'un rêve.

C'est peut-être ce qui m'arrive à moi aussi, se dit Ran qui tournait les pages du livre en pilotage automatique parental – des intrus mystérieux, des chaudrons vaudou, des chiens noirs, les tensions entre Claire et lui – ce dernier point, surtout. La veille au soir, on aurait dit qu'ils avaient réussi à sceller une trêve – un point de départ aux négociations –, mais les tensions avaient resurgi ce soir, cristallisées dans de vieux schémas familiers. Quant à son état maniaco-dépressif, même après trente ans, il lui apparaissait aussi comme un cauchemar dont il ne tarderait pas à se réveiller.

En regardant le gentil petit monstre se transformer en méchant, Ran se rappela la première fois où la dépression l'avait englouti – il était arrivé seul à New York, peu après que Delores lui eut fermé sa porte et que Shanté, à sa lucarne, eut posé la main sur la vitre en le regardant partir ; peu après que, à la gare routière, tard dans la nuit, au milieu des alcoolos fatigués et des femmes esseulées qui dormaient cramponnées à leur sac à main, dans le ronronnement des moteurs tournant au ralenti et dans l'odeur du diesel, Mel eut tiré un billet de vingt dollars de son portefeuille en lui disant : « Ne dépense pas tout d'un coup, champion » puis eut fait volte-face pour partir le premier. Un jeune que Ran avait rencontré en bande un soir lui avait donné un exemplaire écorné du *Mystérieux Étranger*, de Mark Twain, dont Ran avait lu et relu la fin jusqu'à la connaître par cœur… « *Tout ça n'est qu'un rêve… un dieu qui pouvait créer des enfants sages aussi facilement que des méchants préféra en fabriquer des méchants ; un dieu qui aurait tous pu les rendre heureux, mais les rendit tous malheureux ; qui leur fit chérir leur existence amère, mais abrégea cruellement leurs jours… Vous comprenez,* à présent, *que ces choses ne peuvent exister que dans un rêve. Rien n'existe, sauf le vide… et vous !* » Ran avait adoré cette histoire. Et il y croyait, en plus, il croyait à chacune des paroles que Satan disait à Theodor… Chaque mot sonnait juste.

Pourtant, en lisant un conte à ses enfants dont il sentait les petits corps chauds se presser contre lui, Ran comprit qu'un tel solipsisme était un luxe qu'il ne pouvait plus s'accorder. Il voulait que le monde offre d'autres plaisirs à Hope et à Charlie, des joies plus grandes que la suavité du désespoir qu'il avait goûtée dans ce livre et pour laquelle il avait, comme Twain, développé un penchant excessif.

« Papa, c'est quoi ce gentil monstre ? demanda Charlie au moment où Ran refermait le livre.

— Hummm. » Ran contempla l'illustration. « Bonne question, bonhomme. Je ne suis pas très sûr. Qu'est-ce que tu en penses ?

— Sais pas.

— Peut-être une marmotte.

— C'est pas une marmotte, *papa* ! » le reprit Hope en s'attardant sur le dernier mot avec une ironie pesante.

« Un loir ?

— Hum-hum. » Elle secoua ses boucles en signe de dénégation.

« Est-ce qu'il pourrait s'agir, par hasard, suggéra Ran avec une pointe d'affectation, d'un rat musqué ?

— Pas rat musqué ! » Tout sourires, Charlie entra dans le jeu.

« Eh, vous n'êtes pas un public facile, dit-il. Un hamster ? Un capybara ? Je suis à court d'idées, moi.

— Pa-*pa* !

— Qu'est-ce que tu en penses, toi, Hope ?

— C'est des cochons d'Inde, répondit-elle, en toute simplicité.

— Hmm, fit Ransom. Hmm. En effet, peut-être que tu as raison.

— J'ai raison. » Sa certitude était d'un bleu limpide et sans nuages.

« Eh, Charlie, mon petit gars, déclara-t-il, je me trompe ou ta sœur, La Princesa, prend ses grands airs ? Elle a les chevilles qui enflent un peu trop dans son pantalon de pyjama.

— Humpf ! » Hope haussa une épaule et regarda ailleurs, comme une petite morveuse qui fait sa princesse, à la télé.

« Qu'est-ce que t'en dis, Charlie… elle a besoin d'être chatouillée ?

— Ouiiiiiiii !

— Un peu ou beaucoup ?

— Un peu… non, beaucoup ! »

Ran présenta des doigts crochus et menaçants à Hope, dont le calme impérial semblait devoir résister à toute pression.

Il attaqua directement les aisselles.

« Papa ! Papa, *arrête* ! »

Mais quand il s'arrêta, elle craqua et se mit à piailler : « Encore, pa-*paa*, en-*core* ! »

Il leva un sourcil. « Quoi, encore des chatouilles ?

— Encore ! cria Charlie.

— Encore ! Encore ! Encore !

— Quelle sorte de petit monstre tu es, lui demanda-t-il en riant à son tour, un hamster dame ? »

Dans les yeux de Hope, de fins rouages s'immobilisèrent. Puis, comme une étoile de mer assure son emprise sur une palourde, elle brisa la coquille du jeu de mots et en goûta la substance. « Un hamster dame ! Un hamster dame ! Oh, papa ! Pa-*paa* ! » Le cœur de Ran fit un bond comme s'il avait vu une acrobate minuscule s'élancer pour la première fois d'un trapèze à l'autre.

« Reste me faire un câlin, dit-elle quand Ransom s'apprêta à partir, après l'avoir déposée dans sa chambre.

— Hope, il est tard.

— S'il te plaît, papa ! Allez, s'il te plaît. Juste une minute.

— Une seule. » Il s'allongea à côté d'elle et noua ses mains derrière la tête.

— Papa ?

— Endors-toi.

— J'ai une question.

— Quoi ?

— Qu'est-ce qui arrive quand on est mort ? »

Oh, bon sang ! pensa Ransom. « Je n'en sais rien, mon cœur. Certains disent que nous avons une âme en dedans et que, quand on meurt, elle s'en va vivre avec Dieu.

— Et notre corps, il y va aussi ?

— Non, on le laisse ici. Il n'y a que notre âme ou notre esprit qui part.

— C'est quoi, un esprit ? »

Ransom soupira. « C'est dur à expliquer, Hope. Tu vois cette lampe ? Si l'ampoule, c'est ton corps, alors ton esprit, c'est un peu la lumière qui brille derrière l'ampoule. » Il donna une chiquenaude sur le verre. « Même lorsqu'elle s'abîme ou se casse, la lumière continue de briller, toujours. Certaines personnes pensent qu'elle va au ciel et qu'elle y reste. D'autres, qu'elle va dans une sorte de lieu d'attente avant de renaître dans un autre corps, un corps différent. En revenant sur terre, on ne se rappelle pas ce qu'on était avant. Il y a des gens très spéciaux qui y arrivent, mais c'est rare.

— Tu t'en souviens, toi, papa ?

— Non, ma douce, je ne m'en souviens pas.

— Tu vas mourir, papa ? »

Il hésita. « Un jour, ma chérie. Pas avant très longtemps, j'espère.

— Je veux pas que tu sois mort. »

Il se tourna vers elle et contempla son petit visage sur l'oreiller. « Je n'ai pas envie de mourir. Mais d'ici là, tu seras une grande personne, comme maman et papa, tu auras tes enfants à toi. Tu n'as pas besoin de t'inquiéter pour ça, d'accord ? Je resterai aussi longtemps que je pourrai.

— Promis ?

— Promis, dit Ransom d'une voix soudain enrouée.

— Papa ?

— Quoi ?

— Je connais une blague.

— Vas-y.

— "Toc toc. — Qui est là ? — Orange. — Orange qui ? — Orange qui est content de me voir !" »

Ran se mit à glousser bêtement.

« Papa ?

— Quoi encore ? »

Et le temps de prononcer ces mots, elle s'était endormie. Quand il tendit le bras pour éteindre la lampe, il se rappela Abner Grant à l'enterrement de son père : « Il n'a jamais manqué un jour de travail », avait-il déclaré, et ces mots avaient constitué l'unique rai de lumière sorti du trou noir qu'avait été l'existence de Mel. Allongé dans le lit de Hope, Ran se demanda soudain ce que sa petite fille dirait de lui. Et Charlie ? Et Claire ?

Au rez-de-chaussée, sa femme éclata d'un rire qu'il ne lui avait plus entendu depuis une éternité, et Ran repensa au jour où elle était venue à Killdeer, juste avant le mariage. Mel, mourant à l'époque, buvant plus que jamais, lui avait proposé un petit verre – comme le lépreux qui offre son cigare à Steve McQueen dans *Papillon*. Claire DeLay de Charleston, dans sa robe en lin sans manches, avec son pull en cachemire jaune noué autour du cou, avait répondu : « Bien sûr, pourquoi pas ? » Puis elle avait avalé cul sec une lampée de château-la-pompe et poussé un « ahh ! » en s'essuyant la bouche avec la main. Les yeux de Mel s'étaient embués comme ceux d'un vieux chien à la vue de son maître – il avait été terrassé par cela même qui avait vaincu son fils. Mel s'était ouvert et avait raconté à Claire son enfance à la ferme, comment il surgeonnait les plants de tabac, les protégeaient contre les vers, et retournait à la grange à califourchon sur le sac en toile de jute bourré de feuilles préparées, tiré par Commander, la mule de son père. Ransom, qui n'avait jamais entendu ces histoires, n'avait jamais entendu son père prononcer plus de vingt mots d'affilée, avait écouté de la cuisine, abasourdi et, pour finir, blessé. Il était sorti fumer sur le perron de la cuisine en contemplant la vieille Thunderbird, toujours sur ses cales, et, quand Mel avait fini par s'endormir, c'est là que Claire l'avait découvert.

« Alors, avait-il dit, je suppose que tu vas me dire qu'il n'est pas si méchant.

— Non, je ne vais pas te dire ça.

— Bon, tu sais maintenant.

— Je sais maintenant.

— Il n'est pas trop tard pour annuler le mariage. »

Claire avait éclaté de rire ; Ransom l'avait scrutée de son regard triste et mélancolique, et il avait compris qu'elle croyait qu'il plaisantait.

Ran avait toujours eu envie d'éprouver pour son père le genre de compassion dont Claire avait fait preuve cet après-midi-là ; mais il n'avait trouvé que la force de signer un chèque pour faire réparer la Thunderbird. Lorsqu'il l'avait garée le long du trottoir, tous les habitants du quartier s'étaient retournés, et Ran s'était plu à imaginer que Mel serait comme un gamin qui vient de recevoir un vélo tout neuf : il donnerait des petits coups de pied dans les pneus en mourant d'envie de faire un tour. Au lieu de cela, il avait inspecté la voiture sous toutes les coutures, enlevé une tache de produit lustrant que le concessionnaire avait laissée sur la roue de secours Continental, et examiné le bout de son doigt maculé avant de poser des yeux tourmentés sur Ran, un regard non seulement dépourvu de gratitude mais aussi débordant d'un ressentiment décuplé. Ran avait mis longtemps à comprendre qu'à cette époque Mel n'espérait même plus que la voiture soit réparée – si tant est qu'il l'eût jamais souhaité –, que son état de délabrement faisait partie, voire était partie intégrante, de ce qu'il aimait en elle – et que lui, Ran, lui avait ôté cela. Ainsi Mel était mort sans que le genre de conversation toute simple que Claire avait eue avec lui ce jour-là ait jamais eu lieu entre le père et le fils.

En se le rappelant, Ran s'aperçut que, de même qu'il avait oublié ou négligé son Moi Authentique, il avait oublié celui de Claire, et celle qu'elle avait été ce jour-là, sans se forcer. *Je trouve que tu rends la vie très difficile à Claire*... Les paroles de Cell lui revinrent et soudain, avec un coup au cœur de mari jaloux, Ransom s'aperçut que c'était vrai. Allongé sur le lit étroit à côté de sa fille endormie, il fut frappé non par une pensée mais par une douleur poignante au côté gauche : l'autre reproche, que Claire et Cell lui avaient fait, était tout aussi justifié : *Je suis raciste* ! se dit-il. Une partie de lui, profondément enfouie et jamais complètement remise en cause ni expurgée, l'était bel et bien ; Shanté avait peut-être été son premier amour, voire son grand amour, mais cela ne l'exonérait en rien.

Pourtant, il lui semblait qu'il pouvait assumer cela aussi, de même que tout le reste, qu'il découvrirait un moyen de regagner l'amitié de Cell, de redevenir le père dont Hope et Charlie avaient besoin, et le mari que méritait Claire. Peut-être n'était-il pas trop tard pour devenir cet autre homme, cet homme meilleur qu'il avait toujours cru pouvoir devenir sans y parvenir. Et par la même occasion, arriver à écrire cette fameuse chanson à succès, tant qu'il y était. Allongé là, Ransom sentit son cœur se gonfler quand il comprit qu'il avait trouvé la réponse à la question de Claire, celle qu'elle avait posée la veille au soir : *Qu'est-ce que tu es venu faire ici ?*

Et Ran eut envie de le dire à Claire : l'annoncer tout de suite et sans tarder lui parut important. Il fallait commencer par tout lui avouer au sujet de son traitement. Il était sur le palier et s'apprêtait à descendre l'escalier lorsqu'il aperçut le reflet de Claire et Cell dans le miroir à dorures du hall. Ils se trouvaient dans la bibliothèque. Cell était assis au bureau ministre, en train de lire un livre. Claire était debout derrière lui et, sous les yeux de Ransom, elle posa doucement une main sur l'épaule de Cell, un geste très léger, familier : elle avait levé la main et l'avait posée sur son épaule. Ce geste n'avait rien d'inconvenant, pourtant quand Ransom essaya de déglutir il s'en trouva incapable. Et à cet instant, la corbeille à linge en osier, celle dont avait parlé sa femme, attira son regard. Pour une raison inconnue, ses yeux ne purent s'en détacher, comme la limaille est attirée par un aimant. La corbeille en osier était pleine, et au sommet trônait la culotte rose vif de Claire, cet article de lingerie audacieux et luxueux qu'il avait cru acheté à son intention. Le plancher commença à perdre de sa solidité sous les pieds de Ran. Claire rit à nouveau, et il ne reconnut pas ce rire qui remontait loin, si loin dans un espace et un temps où lui-même n'avait jamais été admis. Après quoi, Cell leva les yeux pour lui sourire, et ce n'était plus Cell. Enfin, la femme qui lui rendit son sourire, cette femme aux cheveux teintés de reflets blonds dans la lumière traîtresse du miroir, n'était plus l'épouse de Ransom.

22

Adélaïde court et trébuche, trébuche, court. L'ourlet de sa robe est trempé. Elle a les cheveux dans la figure. Qu'a fait Harlan ? Elle formule sa pensée à haute voix. « Que m'a-t-il fait ? » Elle sanglote ; elle porte ses mains à sa bouche. Elle secoue la tête mais ses yeux sont secs : Harlan est aussi absent de ses pensées qu'il y a trois mois quand elle ignorait jusqu'à son nom. Il se passe longtemps avant qu'elle songe à retrouver son chemin. Le temps qu'elle le cherche, il est perdu. Le chemin est perdu, tout comme Adélaïde, irrémédiablement, et la nuit tombe vite.

Elle débouche sur une clairière, dans une atmosphère différente. Il y fait plus chaud – le terrain est légèrement surélevé – et pourtant, soudain, elle a froid. Elle a la chair de poule. En se frottant les bras, elle se rappelle Percival – « Cela signifie qu'ils sont tout près, niña *» –, mais elle se hâte d'enfouir le souvenir dans sa mémoire. Un faible bruit de succion accompagne chacun de ses pas, un bruit qu'elle prend pour celui de ses chaussures mouillées. À côté d'un cercle calciné laissé par un ancien feu, on aperçoit la carcasse d'un arbre foudroyé – un cyprès ? –, un tronc si grand qu'il faudrait que quatre personnes fassent une ronde pour l'encercler, et encore, tout juste. Les insectes et la pourriture ont creusé une cavité dans le tronc, et quand les rayons du soleil couchant tombent dans le trou, noir, quelque chose scintille au fond, qui lance* *des lueurs ambre, vertes et bleutées. Scrutant prudemment la cavité – la main sur sa gorge, un doigt sur le bouton de sa robe –, Adélaïde aperçoit les fragments d'une bouteille cassée, des pièces d'une monnaie inconnue ; et aussi des sortes de bonbons à la marrube, les mêmes, en papillotes, que sa tante lance par poignées aux enfants qui attendent dans la cour, avides, le matin de Noël. Au fond de la cavité, elle distingue un dessin à la craie, des traits et des taches d'une substance orange, évoquant un peu la graisse qui se forme à la surface d'une marmite où la soupe est en train de refroidir. Il y a des chandelles et des verres à pied pleins à ras bord, identiques à ceux de la* boveda *de Percival, et d'autres objets – un couteau rouillé, un cigare à moitié fumé, une bouteille de rhum sombre –, et l'assiette de Paloma, la belle assiette en porcelaine fine qu'elle tenait quand Adélaïde l'a vue pour la première fois, en grande conversation avec Clarisse. Les sangsues y sont encore, disposées en croix. Chacune a été transpercée, l'une par un clou, une autre par un os d'animal incurvé et aiguisé, une troisième par une aiguille et du fil ; elles se détachent comme des îles sur le lac noir du sang de Percival, dont l'odeur imprègne l'air, une odeur de viande avariée et de cuivre à laquelle se mêle un parfum lourd, douceâtre comme celui des roses. Au bord de ce petit lac est posée une seule grosse mouche noire qui se frotte les pattes. L'atmosphère qui se dégage de cette composition n'a rien à voir avec celle de la* boveda *de Percival.*

À présent, le regard d'Adélaïde est attiré vers les profondeurs du tronc par un gros objet tapi à l'arrière. Il lui apparaît, fugacement, presque humain ; mais, une fois que ses yeux se sont accoutumés à la pénombre, elle s'aperçoit qu'il s'agit d'une étoffe, une étoffe noire drapée sur quelque chose. Une branche en dépasse, verte, tachetée de blanc, pareille à celle d'un sycomore. Sur cette branche, une unique brindille, et sur cette brindille, une unique feuille rabougrie. Plus bas, Adélaïde aperçoit le bord strié d'une corne en ivoire, et, au niveau du sol, un pied en fer, de forme animale – ressemblant à celui d'un grand fauve, jaguar ou léopard –, et le ventre rond et noir de ce qui s'avère être une marmite en fonte… un chaudron, pour ainsi dire.

La peur s'embrase tel un incendie dans son cerveau, mais Adélaïde se convainc qu'il s'agit simplement d'une pratique de nègres, d'un objet laissé là par les esclaves, une superstition, comme le balai pour les noces… C'est alors qu'elle scrute un renfoncement dans le tronc, aussi large que ses mains jointes, et y voit son propre visage – et non un reflet – qui lui rend son regard. Harlan est là, également. C'est leur miniature à tous les deux, celle qu'elle a commandée, gravée à la détrempe, sur ivoire, et qu'elle lui a offerte en cadeau de fiançailles. On l'a immergée dans de l'eau, et le couteau rouillé est planté dedans, qui scinde leurs images. Clarisse, *pense Adélaïde,* c'est Clarisse qui a fait ça, *et elle est gagnée par une sensation proche de la folie. Elle se demande un instant si c'est un rêve tout en sachant bien que non. Et maintenant, Adélaïde s'aperçoit que le son qu'elle entend depuis tout à l'heure provient de la cavité, sous l'étoffe, et non de son propre déplacement. Elle se tient immobile, parfaitement immobile, et écoute de toutes les fibres de son être : le son ressemble moins à des bruits de pas sur un chemin boueux qu'à un animal qui mange, à la façon dont Sultan, le limier de Harlan, dans un coin au fond de son enclos, ronge un os juteux. Et de même que le limier lèverait la tête d'entre ses pattes en constatant la présence d'un étranger, de même cette chose, au fond du chaudron, devine sa présence et s'interrompt. Adélaïde perçoit une conscience inhumaine braquée sur elle, morne, archaïque et puissante, une chose indicible. Un goût qu'elle ne parvient pas à définir, un goût désagréable, envahit sa bouche, et soudain elle est en sueur ; elle ne transpire pas, non, elle sue à grosses gouttes. Toute la forêt s'est immobilisée. Il n'y a plus le moindre souffle d'air. Aucun chant d'oiseau. Rien que le bourdonnement somnolent de la mouche sur le bord de l'assiette. À l'instant où Adélaïde regarde son bras, un moustique s'y pose, et, tout en se disant qu'elle pourrait l'écraser, elle l'observe qui s'affaire sur sa peau avant de disparaître dans les ténèbres avec un chuintement plaintif et ténu. Adélaïde reste plantée là, avec la conviction soudaine et viscérale que la vie tout autour d'elle, la vie verdoyante du marais et du monde lui-même, dont elle fait partie, n'est qu'une mince écume à la surface d'une mare noire et profonde, et que cette mare, c'est la mort. La mort est archaïque et d'une profondeur insondable, alors que la vie est nouvelle, fragile et mince ; le moindre objet – un caillou que l'on jette, un souffle de vent – pourrait réveiller ces eaux noires et immobiles, et la vie, sous cette vague de sang, cesserait.*

C'est le mal. *La voix parle dans la tête d'Adélaïde, qui prend conscience qu'on la regarde du haut d'un arbre. Elle n'a jamais rien vu de pareil, mais, quand la créature se déplace, ses plumes font jouer des reflets huileux et elle reconnaît un grand corbeau noir. Il tourne la tête et l'examine sévèrement de ses yeux d'obsidienne luisante ; puis, avec un croassement rauque et courroucé, il déploie ses ailes et disparaît entre les arbres.*

Adélaïde se remet à courir. Les dernières lueurs du jour s'évanouissent. Elle court, court jusqu'à ce qu'elle n'en puisse plus, alors elle tombe à genoux, hors d'haleine. Elle reste allongée sur le ventre à l'endroit où elle est tombée, une joue contre terre. De façon inexplicable, cette position la soulage. Elle a peur de bouger, peur que le mouvement réveille son désespoir. Les battements de son cœur font tressaillir son buste, un peu moins fort chaque fois. Elle s'endort et rêve qu'elle se dispute avec Harlan. Une dispute âpre. « Que m'as-tu fait ? »

Son propre cri la réveille et elle se dresse brusquement sur son séant, en repensant à Clarisse, à son com-

portement sur la véranda. Leur relation – c'est clair comme de l'eau de roche, Adélaïde le comprend à présent – n'a rien de récent : elle ne date pas d'hier. Et les autres – Paloma, Jarry, Percival – savent tous. Bien sûr, qu'ils le savent ! Les Stances à Augusta, *le regard de Jarry : Adélaïde a compris ce qu'ils signifiaient. Lorsqu'elle a quitté la passerelle et débarqué sur la terre ferme, Jarry savait où elle mettait les pieds. Le frère nègre a éprouvé de la compassion à son égard ; mais Harlan, le bon fils blanc, a souri et l'a laissée venir à lui. Pourquoi donc ? Pourquoi, pense-t-elle, Harlan m'a-t-il épousée ? Adélaïde ne peut répondre à cette question. Elle sait seulement qu'aucun être humain, aucun ennemi ne lui a porté un coup aussi cruel que son mari, qui a récemment juré de l'aimer et de l'honorer, qui était censé la chérir et la tenir pour son bien le plus précieux. Sur le moment, Adélaïde ignore si elle va pouvoir continuer à vivre en portant cette croix.*

La nuit est tombée, à présent. La pleine lune, pareille à une pastille de menthe longtemps sucée, vient élire domicile au-dessus des arbres dans lesquels les cigales chantent leur longue note continue et les grillons les leurs, intermittentes et saccadées. Adélaïde est trempée, elle commence à grelotter. La nuit d'avril est froide, et le froid devient si douloureux qu'elle peut à peine l'endurer. Elle l'endure pourtant, et peu à peu les frissons s'arrêtent et elle ne sent plus le froid ; elle a presque chaud, en fait. Quelque chose en elle – non pas la partie la plus familière d'elle-même –, quelque chose lui revient en mémoire, sans qu'elle sache d'où, qui la réconcilie avec le froid. Ici, dans la forêt obscure et bruissante, sous cette pleine lune qui décline, la voix se remet à parler, plus clairement. Elle ne dit pas : « Tu as été trahie. » Elle ne fournit aucune explication ni signification à ce qui s'est passé. Elle dit : Tu t'es mariée sans amour. *Et, contrairement à hier, où cette voix l'importunait, lui apparaissant comme un moineau qu'il faut chasser de la maison, cette nuit, alors que les pensées d'Adélaïde ralentissent, que la colère refroidit, elle écoute la voix et lui répond qu'elle a raison. Elle le prononce à haute voix : « Tu as raison. C'est vrai. » Puis la phrase suivante lui vient : « Je suis perdue. Je ne sais plus comment vivre. » Adélaïde avait cru commencer une nouvelle vie à Wando Passo, mais il lui semble à présent qu'on l'a conduite jusqu'ici pour que son ancienne vie s'achève. Elle se met à pleurer. Il y a de la tristesse, une profonde tristesse ; mais, plus profonde encore, la vérité longtemps redoutée, quand elle arrive, s'avère être un soulagement. « Je suis perdue. Je ne sais plus comment vivre. » Elle répète ces paroles comme une prière ; à quoi ou à qui ? Elle l'ignore. Elle sait une chose, une seule : c'est l'unique véritable prière qui soit jamais sortie de ses lèvres.*

Comparées à cette oraison, les formules qu'elle a prononcées à l'église, les vœux qu'elle a échangés avec Harlan devant l'autel de St. Michael – « Je la prends… je le prends… dans la richesse et la pauvreté, dans la maladie comme dans la bonne santé, jusqu'à ce que la mort nous sépare » – sont pareils aux paroles que l'on marmonne dans le sommeil. Il lui apparaît soudain qu'un jour, mû par une foi identique à celle qui l'anime à cet instant, quelqu'un a inventé de telles formules, et a enjoint aux autres d'y croire et de les répéter à leur tour. Mais ces paroles n'ont été authentiques qu'une fois, pour cette personne-là, à l'heure brûlante de la foi… plus aujourd'hui. Aujourd'hui, elles sont lettre morte, et quand Adélaïde et Harlan ont longé l'aile centrale de l'église, pareils à des somnambules, pour aller prononcer leurs vœux devant l'autel, ce n'était rien de plus que des paroles de somnambule. Les seuls mots qu'Adélaïde a l'impression de prononcer éveillée et bien vivante sont ceux qu'elle vient d'apprendre et répète inlassablement. Puis elle pose la question suivante : « Veux-tu m'aider ? » et la voix qu'elle connaît sans savoir d'où répond : « D'accord. »

Voilà où en est Adélaïde au premier chant du coq, et, des heures plus tard, quand les lueurs grises, à l'est, virent au céladon et nimbent les arbres de lumière. Elle se trouve au bord de la prairie inondable qu'elle a traversée hier soir, ou d'une autre qui lui ressemble. La prairie est tapissée de nénuphars dont les tiges aussi vertes que le céleri se dressent par centaines, comme autant de coups de pinceau verticaux sur lesquels culminent, tels des étendards, de grandes fleurs jaunes, toutes inclinées dans le même sens par la même brise. Il y a des roses sauvages sur la rive et des lobélies pourpres. Il y a des fougères et de l'herbe de la pampa à fleurs roses ; des oiseaux volettent au-dessus de l'eau, taches jaune canari, bleues et rouges ; et sur le sol tout autour d'elle pousse une vigne vierge verte qu'elle n'avait jamais vue, avec de petites fleurs blanches qui embaument le parfum des fleurs d'oranger. Comme si le monde qu'Adélaïde connaissait avait été détruit et qu'en l'espace d'une nuit un autre monde, tout neuf, avait été créé à la place ; ou comme si Adélaïde avait été détruite et que sa destruction lui avait permis, grâce à une vision extralucide, de voir le monde tel qu'il a toujours existé. Elle contemple.

Elle n'a aucune envie de partir, ni de regagner un jour cet autre monde, celui d'avant, mais c'est alors qu'elle commence à entendre leurs appels. Elle entend la note grave du cor et, au loin, des chiens se mettent à aboyer. Il ne s'écoule pas longtemps avant que Sultan et un autre limier apparaissent entre les arbres, leurs vieilles têtes tristes – comme comprimées et étirées par le temps – semblent étrangement déplacées sur leurs corps lestes. Ils sont suivis de près par un homme à cheval. C'est Jarry. Adélaïde n'est pas surprise, mais, manifestement, Jarry l'est. Il descend de sa monture en marche, laisse le cheval s'arrêter tout seul et court vers elle.

« Vous n'avez rien ?

— Non, je n'ai rien.

— Dieu soit loué. » Il s'assied sur ses talons devant elle. « Nous craignions que vous vous soyez noyée. Vous ne nous avez pas entendus vous appeler ?

— J'ai entendu. »

Il se tait à cause du ton sur lequel elle répond. Les chiens, à l'intuition plus rapide, se mettent à agiter la queue. Ils font des bonds de joie et lui lèchent le visage, et elle se prête à leurs marques d'affection, les yeux fermés, le menton levé. « Quelle gentillesse ! dit-elle en les repoussant doucement.

— Vous avez passé toute la nuit ici ?

— Presque.

— Vous devez être transie ».

Adélaïde secoue la tête, mais Jarry lui passe son manteau autour des épaules, malgré tout.

« Nous devrions prévenir les autres.

— Pas encore », dit-elle. Pour la première fois, son visage froid et lisse semble défait. L'épuisement affleure dans ses yeux, comme la vase à la surface d'une mare limpide.

« Voulez-vous ? » Il tend la main et la pose – pas la main entière, un seul doigt, le majeur, rien que l'extrémité du majeur – sur son épaule. Sa pression est si légère qu'Adélaïde aurait tout aussi bien pu ne pas s'en apercevoir si elle n'avait pas regardé. Pourtant, son corps noué par la longue nuit passée à lutter contre le froid s'ouvre, comme un bourgeon qui fleurit, au contact d'une sollicitude perçue de façon aussi intuitive que la réaction des chiens. Lentement, doucement, elle se met à pleurer.

Tous les traits du visage de Jarry se concentrent. Son regard se remplit de compassion.

« Je les ai vus, déclare Adélaïde. Je l'ai suivi jusqu'à la maisonnette. Vous m'aviez dit de ne pas le faire, mais j'y suis allée quand même. »

Les yeux de Jarry sont graves. Il pose sa main tout entière sur son épaule sans détourner les yeux. « Je suis désolé. Je suis désolé. Je crains que vous n'ayez attrapé la fièvre. »

Elle secoue la tête, mais Jarry tend le bras, et Adélaïde aperçoit la vieille cicatrice à l'intérieur de son poignet gauche. Son regard s'assombrit à cette vue. Elle cherche celui de Jarry, cependant une délicatesse innée le pousse à tourner la main comme pour cacher ce qu'elle a déjà vu. Du dos du poignet, il lui effleure le front, un geste bref et tout à fait circonspect, et pourtant aucun homme ne l'a jamais touchée à cet endroit. Un échange a lieu – sous-entendus troublants d'une part et déductions tout autant troublantes de l'autre – l'espace d'un unique regard silencieux.

« Pourquoi m'a-t-il épousée ?

— Pour sauver son âme. » Jarry s'assied.

Adélaïde, qui ne s'attendait pas à une réponse, et certainement pas à une réponse aussi prompte et assurée que celle-ci, plonge ses yeux dans les siens pour jauger ce qu'elle contient de vérité.

« De l'emprise de Clarisse ? »

Il hoche la tête une fois.

« Voilà pourquoi vous m'avez laissé le poème…

— Je vous l'ai laissé parce que vous êtes innocente et que vous méritez la vérité. »

Adélaïde a les larmes aux yeux, témoignage de la gratitude qu'elle n'exprime pas. « J'ai quelque chose à vous dire…

— J'ai quelque chose à vous dire, moi aussi, répond-il. Père est mort cette nuit.

— Quoi ? Jarry, non ! » Elle pose la main sur son bras. « Oh, Jarry, je suis vraiment désolée. Et vous êtes parti à ma recherche… Il faut que nous rentrions.

— Oui, acquiesce-t-il, pourtant ni l'un ni l'autre ne fait le moindre geste. Mère l'a trouvé il y a quelques heures. Il avait une expression étrange sur le visage, comme si quelque chose était entré dans la pièce – j'ignore quoi, mais cela n'avait pas l'air d'être ce à quoi il s'attendait. »

Tout en assimilant cette nouvelle, elle laisse sa main sur le bras de Jarry. « Je crois qu'il était prêt, Jarry. Il m'en a parlé. Il semblait plus curieux qu'effrayé. J'espère que quand mon heure viendra j'aurai ne serait-ce que la moitié de son courage. »

Il ne répond pas ; les bras autour des genoux, il contemple la prairie inondable. Le silence se prolonge un peu sans qu'il soit besoin de le rompre. « Il y a un poème, finit-il par dire, qui me hante depuis des semaines...

Le vieillard se tenait toujours à mes côtés,
Mais à présent sa voix était tel un ruisseau
Lointain ; je ne distinguais plus un mot d'un autre ;
Et son corps tout entier revêtait l'apparence[1]...

Un court instant, l'émotion le submerge, et Adélaïde se permet de lui serrer le bras jusqu'à ce qu'il se reprenne.

Et son corps tout entier revêtait l'apparence
D'un homme que j'aurais en rêve rencontré
Ou de quelque envoyé d'une étrange contrée
Venu pour m'affermir par ses sages conseils[1].

« Ce n'est rien, Jarry... »

Il secoue la tête, incapable de terminer.

« Quel est ce poème ? s'enquiert-elle après avoir observé un silence de circonstance.

— Résolution et indépendance. *C'est le premier poème qu'il m'a lu.*

— Quel âge aviez-vous ?

— Quinze ans.

— Vous étiez proches... »

Il secoue la tête et s'essuie les yeux. « Je le haïssais. Notre amitié a commencé avec ce poème. »

---

1. William Wordsworth, *Résolution et indépendance, op. cit. (NdT.)*

C'est cet instant qu'Adélaïde gardera en mémoire, l'instant où elle contemple Jarry, et ce n'est pas un homme noir qu'elle reconnaît en lui, ni même un homme, mais une âme plus proche de la sienne que personne ne l'a jamais été. Comme un diapason inerte jusqu'alors, quelque chose résonne en elle, en réponse, quand elle entend pour la première fois la note exacte et bien particulière destinée à la faire vibrer à l'unisson. Son visage, quand elle regarde Jarry, n'est plus blême ni épuisé. Son regard a repris sa profondeur. Elle hoche la tête en direction du brin de vigne qu'il a cueilli et enroule machinalement autour de ses doigts. « Toute la matinée, j'ai senti le parfum de cette plante en me demandant ce que c'était.

— Du pain de perdrix. Les anciens l'appellent la vigne des amoureux. »

Adélaïde s'empourpre mais soutient son regard. « Pourquoi lui donnent-ils ce nom ? »

Il lève les deux fleurs blanches. « Après leur floraison se forme une unique baie à deux têtes. »

Son extrême lassitude, remarque-t-elle, est sublime.

Jarry lui tend le brin de vigne. « Que vouliez-vous me dire ? »

Les traits d'Adélaïde s'affaissent à ce souvenir. « J'ai vu quelque chose la nuit dernière, Jarry. Dans le marais, quand je me suis enfuie. Caché dans le tronc creux d'un arbre. Cela m'a fort effrayée.

— Qu'avez-vous vu ?

— Une marmite, je crois. Elle était partiellement couverte, mais je pense que c'était une marmite en fonte. Et il y avait des objets à l'intérieur.

— Quels objets ? » Soudain, le ton de Jarry est grave.

« Des cornes. Les cornes d'un animal, un bélier peut-être. Les maillons d'une chaîne. Les branches de certains arbres. Le médaillon de Harlan, aussi... celui que je lui avais offert en cadeau de mariage. Avec un couteau planté dans la charnière. »

Il fronce les sourcils et réfléchit. « Pourriez-vous retrouver cet endroit ?

— Je ne sais pas, il faisait nuit noire. Il me semble être venue par là. » Elle lui montre la direction et Jarry cherche puis retrouve ses empreintes sur le sol mouillé. En tirant le cheval par la longe, ils rebroussent chemin en silence. Au bout de quinze minutes, ils parviennent à la prairie surélevée et à la souche de l'arbre.

« Là », dit solennellement Adélaïde, en désignant le tronc creux.

Jarry regarde à l'intérieur et cligne des yeux. Il met sa main en visière pour mieux voir puis se retourne vers elle, le visage inexpressif.

« Quoi ?

— Il n'y a rien là-dedans.

— Ce n'est pas possible ! » Elle le rejoint et regarde à son tour. « Le chaudron était là cette nuit, Jarry. J'en suis sûre. »

Avec l'ongle de l'index, Jarry ramasse un minuscule objet qui brille sur le sol. Il le lève à la lumière. C'est une pièce en argent de dix cents, à l'effigie de la Liberté assise.

« Je ne comprends pas, insiste-t-elle. Je suis sûre que c'était ici.

— Venez, il faut que nous en parlions à ma mère. » Il enfourche sa monture, lui tend la main et la fait monter en croupe.

Pendant quelques instants, Adélaïde ne sait où poser les mains, mais, quand le cheval se met en marche, le mouvement la précipite vers Jarry et elle passe les bras autour de sa taille. Tandis qu'ils cheminent en silence, la voix qu'elle connaît sans savoir d'où elle vient, celle à qui Adélaïde a demandé de l'aide et qui a chuchoté : « D'accord », *lui dit, alors qu'elle appuie sa tête fatiguée sur le dos de Jarry,* « Voici toute l'aide que tu recevras. »

« Jarry, dit-elle quand ils atteignent l'allée et que le cheval se met au pas. Jarry ! Je n'y avais pas pensé plus tôt mais vous êtes libre !

— Non, répond-il. Le testament a disparu. Mère a fouillé le bureau ce matin. Il n'y était pas.

— Non, écoutez, dit Adélaïde d'une voix animée. Écoutez, Jarry… »

Il se retourne à moitié pour lui faire face sur la selle.

« Addie ! »

À cet instant, le cri de Harlan les rattrape, et ils se tournent vers la maison. Harlan s'avance sur la véranda, et, à la vue de ses yeux vitreux et de son visage assombri – on dirait qu'il les attend depuis quelque temps déjà –, Adélaïde laisse passer l'occasion de parler.

23

Marcel aperçut sa silhouette reflétée par les huiles du portrait d'Adélaïde et fut le premier à se retourner. « Eh, Ran ! »

Sur le pas de la porte, Ransom répondit : « Salut. »

Claire tourna la tête. « Ils dorment ?

— Oui, ils dorment.

— Quelque chose ne va pas ?

— Eh bien, je n'en sais rien. »

Elle le dévisagea. « Bon, tu restes planté là à débiter des kmans ou tu entres ? On étudiait le poème que tu as trouvé.

— Allez-y, continuez sans moi. »

Il fit demi-tour, mais elle le suivit et le rattrapa par le bras. « Ransom, viens t'asseoir. Qu'est-ce qu'il y a ?

— Rien, dit-il. Je vais juste prendre l'air.

— Où est le Purdey ? J'ai vu qu'il n'était plus sur le mur. »

La question le prit par surprise. Sa petite partie de tir du matin même semblait déjà faire partie du passé, à présent. « J'ai dû le laisser dans la cour.

— Qu'est-ce que tu fabriquais avec le Purdey dans la cour ?

— Je voulais voir s'il fonctionnait toujours. »

Claire fronça les sourcils. « Et alors ?

— Oui. En fait, il tire très bien. »

Sur ces mots, il les abandonna au déchiffrage de la poésie d'antan et sortit par la porte de derrière.

L'air offrait une sorte de caresse humide et un peu fraîche. Ransom, qui n'était pas d'humeur à se laisser toucher, s'éloigna de la maison illuminée pour s'enfoncer dans l'euphonie rauque des sauterelles et des grillons, sous un ciel noir taché d'étoiles.

Il revint sur ses pas, chercha vaguement le fusil et ne le trouva pas. Mais il faisait noir et il était trop troublé pour poursuivre ses recherches.

La lune gibbeuse et décroissante se levait sur le marais. Quand Ran s'approcha du trou qu'il avait creusé l'après-midi même, une silhouette d'un noir d'encre se profila sur le fond miroitant de lumière. Il fallut à peine une seconde à Ran, peut-être même une demi-seconde, pour comprendre que c'était son reflet dans une flaque d'eau créée par l'orage ; mais l'espace de cette seconde, de cette demi-seconde, l'ombre qui le regardait ressembla à un autre homme.

Et si ça n'arrive pas, Hill ? Si le bel avenir que tu as imaginé ne devient pas réalité ?

Ces questions, il se les était posées – Ransom le savait parfaitement –, pourtant on aurait dit que l'ombre de la flaque les avait chuchotées ou suggérées à son esprit. Ses pensées prenaient une tournure de plus en plus anormale… Ransom observait et reconnaissait les signes avant-coureurs : principalement, le fait que plus elles s'éloignaient de la normale, plus elles semblaient gagner en véracité, une véracité inhabituelle, un degré de réalité supérieur, plus dur, et difficile d'accès, et qui, une fois atteint, était plus difficile à supporter. Cette ombre, cet autre dans la flaque n'était ni un inconnu ni un ami. Ransom et lui se connaissaient depuis très longtemps, et Ran cherchait à éviter cette rencontre depuis quelque temps déjà.

Et que se passera-t-il quand tu me trouveras ?

« Désolé, vieux, mais ce que je cherche, ce n'est pas toi. »

Alors, qu'est-ce que tu cherches – ton « Moi Authentique » ? demanda la voix avec une trace d'ironie mordante. *Serais-tu au moins capable de le reconnaître, si tu le voyais ? Et qui dit que ce n'est pas moi ?*

« Je suppose que je vais devoir me fier à mon instinct. »

Il ne t'a guère rendu service jusqu'ici.

« Va te faire foutre », rétorqua Ran sans grande conviction, car il avait soudain du mal à se rappeler laquelle des deux voix était la sienne et l'importance qu'avait cette conversation – si elle en avait.

Il franchit le portail grinçant du cimetière, s'assit sur une crypte, démoralisé et épuisé. Tout à coup sa tristesse et ses angoisses le submergèrent, et Ransom ne leur opposa aucune résistance. Et s'il perdait Claire et les enfants ? Si cet éclat qu'elle irradiait la veille à l'aéroport n'était pas dû au bonheur de le revoir, ni à son statut retrouvé de maîtresse en sa demeure, mais au fait qu'elle en aimait un autre ? Si toute la bonne volonté du monde, tous les efforts qu'il était prêt à consentir ne comptaient plus ? Si Claire était hors de portée ? L'idée qu'elle puisse donner son cœur à un autre ne lui était jamais venue à l'esprit pendant tous ces mois – encore moins qu'elle puisse le donner à Marcel. Mais pourquoi ? Parce que Marcel était noir ? Si cela avait pesé aux yeux de Claire lorsqu'elle avait dix-sept ans, Ran l'ignorait ; mais quant à l'effet dissuasif que cela pouvait avoir sur la femme qu'elle était aujourd'hui, à quarante-deux ans, la réponse ne faisait aucun doute : il était nul, voire pire.

Et que ferait Ransom si c'était vrai ? Devrait-il retourner conduire son taxi à New York ? Acheter son dîner chez le petit traiteur coréen chaque soir en revenant du garage ? Le rapporter dans son appartement vide ? Forcer un peu sur le vin en écoutant Maria Callas chanter *Vissi d'arte* en fond sonore, ou écouter des CD – Neutral Milk Hotel et Manitoba, Cannibal Ox, The Wrens : la dernière moisson des groupes du mois, des jeunes bourrés de talent, et qui en voulaient – tout en sachant pertinemment qu'ils en étaient au stade où le Ransom Hill Band et lui-même se trouvaient à l'époque : ils se croyaient sur le point de devenir les Beatles ou les Stones. Ran savait aussi, contrairement à eux, que cela n'arriverait jamais. Retrouver cette petite vie triste sans le rêve de l'amour et de sa famille pour le soutenir, comme ces derniers mois… Ransom ne savait pas comment il pourrait affronter cette réalité, ni s'il y parviendrait.

Tout au fond de lui, un sentiment qu'il n'avait encore jamais ressenti, ou du moins plus depuis longtemps, se réveilla. Comme une secousse tellurique, des rails qui se mettent à trembler, un serpent qui déroule ses anneaux et lance des coups de queue après un long sommeil ; et toutes ces choses – serpent, volcan, locomotive – n'en formaient qu'une : la rage, la rage de celui qui, toute sa vie, a essayé de donner le meilleur de lui-même – à sa musique, à son couple, à sa famille, et, surtout, à sa femme – pour découvrir en fin de compte que ce n'est pas assez. Pas assez bien.

En agrippant le rebord de la dalle glacée, Ran baissa les yeux sur l'inscription gravée que la lumière oblique de la lune avait remplie d'une encre noire toute fraîche…

CAPITAINE HARLAN P. DELAY
21e BAT. DE CAROLINE DU SUD, ARTILLERIE CONFÉDÉRÉE
8 DÉCEMBRE 1820 - 1er SEPTEMBRE 1863
MORT POUR SA TERRE ET SA PATRIE
REPOSE ICI DANS L'ATTENTE DE SA RÉSURRECTION

N'était-ce pas de lui – ce nom titillait la mémoire de Ran – que Claire avait raconté l'histoire, l'homme qui était revenu de la guerre et avait disparu avec Adélaïde, sa femme ? Comment, dans ce cas, pouvait-il être enterré ici ? Ran pensa d'abord qu'il y avait eu confusion. Puis la réponse lui vint : il n'y avait personne là-dessous, aucun corps dans cette tombe. Personne. Adélaïde lui avait offert une sépulture – probablement après qu'il eût été déclaré mort au combat. Par la suite, il était revenu et… Quoi ? Un après-midi, il avait traversé le parc, sous la lumière pommelée filtrée par le feuillage des chênes et des magnolias centenaires, et il était tombé sur son propre nom gravé sur une pierre tombale récente dans le cimetière familial. Et quel effet cela faisait-il, se demanda Ran, de rentrer chez soi, après des années de souffrances et de privations subies dans quelque prison du Nord, pour découvrir que votre femme vous a pleuré et enterré, et qu'ensuite elle a continué à vivre ?

En percevant un bruit de pas, un faible bruit de succion sur le sol détrempé, il se retourna, mais il n'y avait personne. Nul être humain.

La moustiquaire de la porte de la cuisine claqua contre le mur de la maison et soudain il entendit des voix, des voix bien réelles, sur la véranda.

« Ransom ? Hé, *Ran*-som ? »

Il reconnut les inflexions joyeuses de l'ivresse dans la voix de Claire ; il allait répondre, mais s'en abstint quand Marcel sortit à son tour.

« Il est où, à ton avis ?

— Aucune idée.

— Il est sorti faire un tour sur son nouveau balai ?

— Ce n'est pas exclu.

— Il a peut-être emmené Nightmare[1], son fidèle étalon, faire des cabrioles par-dessus les clôtures au clair de lune.

— Également possible, dit Cell, qui descendit les marches du perron et suivit Claire dans l'allée.

— J'ai horreur que tu acquiesces pour me faire plaisir.

— C'est ce que je fais ?

1. « Cauchemar. » *(NdT.)*

— Oui, dit-elle, arrivée à sa voiture, en se retournant vers lui, exactement. Après trente ans, je devrais le savoir.

— Je suppose. » Cell laissa passer un silence avant de demander : « Ça va aller ?

— Oui, je crois. Merci d'être venu. J'apprécie vraiment le geste, Cell.

— Je me suis bien amusé.

— Toutes ces histoires de chaudron vaudou ?

— Toutes ces histoires de chaudron vaudou.

— Eh bien, tu es un menteur, mais un sacré beau menteur !

— Je suis content que tu le penses. C'était intéressant.

— "Intéressant"… ouais, ouais. »

Ran s'attendait à les entendre rire, mais aucun des deux ne le fit. Il accusa le coup de ce temps mort – sans parler du suivant…

« Je suppose que je te verrai demain matin. » Marcel restait debout, l'air d'attendre, à côté de sa portière ouverte, comme si leur conversation n'était pas encore terminée.

« Je suppose. » La tête levée, Claire referma les bras autour de son propre buste, un geste qu'elle faisait quand elle avait froid. Un geste qui la rajeunissait étrangement.

Ransom regardait tout cela comme un rêve, un sortilège, un hologramme représentant des gens morts depuis longtemps ou pas encore nés, projetés dans l'avenir ou dans le passé pour l'accomplissement d'un moment fatidique et révolu ou encore à venir. Puis Claire se dressa sur la pointe des pieds et l'embrassa simplement sur la joue.

« Bonne nuit », dit-elle quand il monta en voiture.

Elle regarda ses feux stop s'allumer avant de s'estomper dans l'allée ; ensuite elle rentra, et Ran se leva pour la suivre. Il franchit la porte, longea le couloir, gravit le grand escalier sous le lustre suspendu à ses vingt-cinq kilos de bonne chaîne. La galerie des ancêtres le toisait, juges sévères : ils n'étaient pas ses pairs.

Qu'est-ce que tu vas faire, maintenant ? demanda la voix dans sa tête.

« Parler, c'est tout », répondit-il, agacé par cette inquiétude peu sincère. Comme s'il avait jamais été question de quoi que ce soit d'autre, de plus que cela.

Les DeLay défunts observèrent son ascension d'un air soupçonneux et inquiet.

Le palier du haut était plongé dans l'obscurité, et la porte de la salle de bains entrouverte. S'arrêtant juste devant, Ransom écouta le tintement métallique de la douche dans la vieille baignoire avant de pousser la porte. Un nuage de brume chaude l'enveloppa, puis il aperçut Claire derrière la buée qui s'était accumulée sur le rideau de douche transparent. Son corps était blanc sans vraiment l'être : en fait, c'était un dégradé d'ivoires, de roses et de jaunes pâles, avec des cheveux et des poils bruns en haut et en bas. Ses tétons et ses lèvres avaient été esquissés par le même pinceau, un trait moins rouge que terre d'ombre, deux points marqués au poinçon avant d'être élargis.

« Claire ? »

Elle n'entendit pas.

« Claire ? »

Toujours rien.

« *Claire !* »

Elle fit un bond. « Oh, merde, Ransom ! » Elle passa la tête par l'ouverture du rideau de douche. « Pour qui tu te prends, le Vagabond de la nuit ? Où tu étais ? »

J'ai emmené Nightmare, mon fidèle étalon, faire des cabrioles au clair de lune, suggéra la voix. Mais Ransom mit son veto à cette réplique. « Je suis allé me promener, dit-il. Je crois qu'il faut qu'on parle… »

24

« Qu'y a-t-il à dire ? lui demande-t-elle dans la chambre à coucher. Je vous ai vu l'embrasser sur la bouche. J'ai vu Clarisse vous embrasser. À moins que vous ne me persuadiez de faire fi du témoignage de mes sens, de mes propres yeux...

— Je ne le peux pas, répond Harlan. Je n'ai même pas l'intention d'essayer. Vous avez vu ce que vous avez vu et je regrette ce que vous avez vu. Je regrette la douleur que je vous ai infligée. Mais je dois vous dire, Adélaïde, que vous ne comprenez pas ce que vous avez vu. Vous n'avez pas la moindre idée...

— Qu'est-ce que je ne comprends pas ? l'interrompt-elle. Est-il dans vos intentions d'avoir une maîtresse noire dans sa maisonnette et une épouse blanche dans votre demeure ? Pensiez-vous que je consentirais à un tel arrangement ?

— Cela n'est pas dans mes intentions, madame. Cela ne l'a jamais été. Vous êtes plongée dans les ténèbres. Vous êtes à des lieues de comprendre la situation. Si vous voulez bien essayer de vous calmer et de me laisser parler, je vais vous l'expliquer. Si, quand j'en aurai terminé, vous souhaitez partir, je ne me mettrai pas en travers de votre route. Mais mon espoir, Addie, mon fervent espoir est tout autre. Mon espoir est que vous me soutiendrez et vous battrez pour moi, comme j'entends vous soutenir et me battre pour vous. En

dépit des apparences, c'est ce que je fais en ce moment même. »

Adélaïde lâche un rire aigu. « Vous avez raison ! Vous avez parfaitement raison ! Passer la nuit – notre nuit de noces – dans le lit d'une autre femme ne donne vraiment pas l'impression que vous vous battez pour votre femme !

— Je n'ai pas choisi d'y aller.

— Je vois... Ce sont donc ses charmes, ses charmes de Cubaine sont simplement si envoûtants que vous avez été incapable de résister...

— Je suis ensorcelé. »

Adélaïde écarquille les yeux. Elle se remet à rire. Elle s'apprête à rire à gorge déployée, mais quelque chose dans la gravité de Harlan l'arrête. Il ne transpire pas cette fois-ci, il ne gesticule pas avec emphase. Une maîtrise de soi toute nouvelle a pris possession de lui. Est-ce dû à la mort de son père ? Que ce soit cela ou autre chose, ses yeux noisette un peu vagues sont limpides pour une fois. Son expression est celle d'un homme qui contemple un grand péril, qui ne panique pas en sa présence, mais le considère avec sérieux et vigilance. Une pensée traverse l'esprit d'Adélaïde : la clairière dans les bois et ce qu'elle a vu dans le tronc creux... La petite patte griffue de la peur lui court le long de l'échine comme une souris. Cependant, elle ne peut accepter cette affirmation sans la contester.

« Vous êtes "ensorcelé", répète-t-elle avec mépris.

— Vous souriez, madame. Mais il n'y a pas matière à rire, je vous l'assure. Acceptez-vous de m'écouter ? »

Adélaïde n'aura pas l'obligeance de lui répondre. Elle a la rage au cœur, à présent. Pourtant, elle n'a d'autre choix que d'écouter et Harlan le lit sur son visage.

« Pour que vous compreniez la situation... je dois vous ramener, explique-t-il en allumant son cigare, au commencement. Je vous demande de vous rappeler, Addie, que mon souvenir de Clarisse, mon seul souvenir d'enfant, est celui d'un paquet de langes dans les

bras de Paloma, des pleurs qui, à la quinta, *me réveillaient parfois dans la nuit. J'avais six ans lorsque nous avons embarqué pour rentrer à Charleston. Père et Paloma étaient tous les deux là. Pas le paquet de langes. Il n'y eut plus de pleurs dans la nuit. Je ne revis pas Clarisse avant mes trente-trois ans.*

» Elle a été élevée à La Mella, dans la maison de Villa-Urrutia. Je vous l'ai déjà dit, mais il y a un fait crucial que vous devez connaître pour comprendre : Paloma était enceinte quand Père l'a gagnée ; mais l'enfant, conformément à la loi, appartenait à Wenceslao. Le comte, vous l'imaginez aisément, n'était pas content de perdre son esclave et maîtresse favorite, et certainement pas d'humeur – pour rien au monde – à céder Clarisse en prime à mon père. Ainsi Paloma a suivi Père, mais Clarisse, après sa naissance, est revenue à Wenceslao, et le vieux comte l'a trouvée charmante, à ce qu'on disait. Elle est très belle, je pense que vous en serez d'accord...

— Oui, acquiesce Adélaïde, dans un souffle.

— Et charmante, quand l'envie lui prend de l'être. Le conde, *était vieux, voyez-vous. Ses autres enfants étaient tous adultes. Alors elle est devenue sa petite mignonne. Il l'a élevée comme son enfant, l'a envoyée chez les franciscains à Guanabacoa, l'a gâtée, l'a laissée s'habiller comme une marquise et, à sa mort, il l'a affranchie mais en ne lui laissant guère que sa garde-robe et, ses bijoux. J'ignorais tout de sa situation, Addie. Le jour où je suis parti faire mon apprentissage à Cuba, juste avant que j'embarque, Père m'a pris à part pour me glisser une enveloppe dans la main. À l'intérieur, il y avait un nom, une adresse et une somme d'argent. Il m'a raconté l'histoire sans plus de détails que je ne vous en donne maintenant. Bien moins, en fait. Il m'a demandé de la retrouver, de lui remettre la somme d'argent et de l'aider, si je le pouvais. Comprenez, Addie, qu'à ce moment-là, il y a huit ans,*

Clarisse n'était guère plus qu'un prénom pour moi, la fille noire de la concubine noire de mon père.

» Mais il en va autrement à Cuba, Addie, comme je vous l'ai déjà dit. J'ai commencé à percevoir un changement imminent à quelques milles de la côte, alors que nous étions encore en haute mer. La chaude brise du sud venue de l'île nous apportait une odeur épicée, celle des flamboyants rouges. J'ai senti une espèce de sortilège s'emparer de moi. Sur l'appontement, à peine avais-je débarqué que je faillis être renversé par une quitrín, *une calèche. Le* calesero, *un valet de pied noir affublé d'un chapeau haut de forme et d'éperons en argent, me lança une insulte en espagnol et leva son fouet dans un geste menaçant. Sur moi, un homme blanc ! Par la fenêtre, Addie, quand la calèche passa avec fracas, j'aperçus une femme au teint sombre, une mulâtresse ou une quarteronne. Parée de soies et de bijoux, elle trônait sur son banc à coussinets. Elle posa sur moi un regard arrogant, comme si je méritais d'être rossé pour avoir eu la témérité d'interrompre son voyage. À Charleston, elle et son cocher auraient été sortis de leur voiture et fouettés. Là-bas, le mépris avec lequel ils traitèrent un homme blanc passa tout à fait inaperçu. J'ignorais où je me trouvais. Je me sentais perdre mes attaches.*

» J'ai écrit à Clarisse pour que nous nous rencontrions. Elle a suggéré l'Opéra. Elle m'a fait savoir que je la reconnaîtrais à la fleur qu'elle porterait dans ses cheveux ; c'est ainsi que je me suis retrouvé dans la rue devant le Tacón à huit heures du soir, Addie. Les calèches légères défilaient devant moi, pleines d'hommes et de femmes bien mis. Rares étaient les visages dont le teint n'était pas coloré de brun, qu'ils fussent d'origine espagnole ou africaine – comment le savoir ? Personne ne semblait s'en soucier à part moi. Et les filles… il y en avait des dizaines, des centaines peut-être, toutes vêtues à l'identique d'une robe blanche, une mantille en dentelle jetée sur les épaules, et toutes, sans excep-

tion, Addie, portaient une fleur dans les cheveux. Madame, j'étais dans tous mes états ! Je me tournais de tous côtés. Je transpirais. Pour vous le dire sans ambages, je suais comme un porc ! Les femmes ramassaient leurs jupes et s'éloignaient en toute hâte en me jetant des regards meurtriers. Les officiers paraissaient prêts à tirer leur sabre et à pourfendre le possédé que je semblais être ! Enfin, je la vis, Addie... Non, non, d'abord, je ne sus pas que c'était Clarisse. Vous l'avez vue – auriez-vous deviné qu'elle avait même une seule goutte de sang noir ? Elle se tenait à l'ombre d'un pilier, à la lueur des flambeaux, et elle riait, Addie, cette jeune beauté dans son élégante robe du soir se gaussait de mes efforts frénétiques pour la reconnaître. Je m'approchai d'elle, furibond. Vous me comprenez, n'est-ce pas ? J'étais bien décidé à lui dire son fait, sans plus de cérémonie. Mais elle ne pouvait réfréner son hilarité. Elle essayait. Elle retenait son souffle pendant dix ou quinze secondes mais ensuite elle me regardait et pouffait à nouveau. Aujourd'hui encore, Addie, j'ignore pourquoi, mais, après deux ou trois fous rires de ce genre, je me mis à rire à mon tour. Nous restâmes là, secoués, littéralement secoués par l'hilarité, en pleine rue, devant le Tacón, tandis que la foule étincelante se déversait autour de nous en déviant son cours. Pendant cinq minutes nous nous tordîmes de rire, cinq minutes et demie s'écoulèrent avant que nous nous présentions ou prononcions la moindre parole. Et que puis-je vous dire : de toute ma vie jamais je n'avais rencontré une femme pareille, et cela ne m'est plus jamais arrivé depuis. Quand nous avons fini par reprendre notre calme et que nous nous somme parlé, ce fut sans la réserve et la méfiance des inconnus, comme si nous nous connaissions depuis toujours. Je lui parlai de ma mère, Addie, moi qui n'en parle jamais...

— Certainement pas à moi...

— Non, Addie, vous avez raison, ni à vous ni à personne, et tout juste à moi-même. Pourtant, à Clarisse,

dès le premier quart d'heure, je racontai la maladie et la mort de ma mère. Je m'y sentis autorisé et, tandis que je parlais, ses yeux se remplirent de larmes. Je vis qu'elle comprenait ce que cela avait été pour moi, à cinq ans. Nous étions toujours sous les arcades, à faire les cent pas, quand vint l'entracte, et toujours quand le rideau finit par tomber. Comme si le temps ne s'était pas écoulé. Cela semblait innocent, Addie. Je n'aurais pas appelé cela de l'amour. Il se passa des semaines avant que je donne ce nom à ce que j'éprouvais. Tout ce que je savais, c'est qu'un entrain nouveau me portait. Comme si, enfin, j'avais découvert la sensation de vivre, j'en étais reconnaissant et je ne me posais pas de questions…

— Comment pouvez-vous imaginer que j'ai envie d'entendre cela ? lui demande-t-elle avec tristesse. Voulez-vous donc me torturer ?

— Non, ma chère. Non, Addie, pas du tout. » Il vient s'asseoir près d'elle sur le lit et essaie de lui prendre les mains, mais elle refuse. « Mon unique intention est de vous aider à comprendre ce qui s'est passé, comment cela nous a conduits à la présente situation. Puis-je continuer ?

— Oui, allez-y. Poursuivez, s'il faut que j'entende ce récit, et je suppose qu'il le faut. »

Le visage de Harlan exprime la tendresse, à présent, la tendresse, la compassion et le regret.

« Voyez-vous, Addie, quand je plonge mon regard dans le vôtre, dit-il, j'y lis la méfiance et le dégoût. J'y vois un homme que je n'aime pas, que je n'ai pas envie d'être, mais que je redoute et ai toujours redouté d'être. J'ai contribué à créer cette image de moi dans vos yeux, je le sais. Mais dans le regard de Clarisse, j'ai vu un homme fort et capable, un homme généreux et débordant de vie qui la faisait rire. Avec elle, j'ai entrevu celui que je n'avais jamais été mais que j'avais toujours cru pouvoir devenir un jour. Vous n'avez peut-être jamais

éprouvé de tels sentiments. Si c'est le cas, je ne me permettrai pas de croire qu'ils étaient pour moi. »

Voici toute l'aide que tu recevras... *La voix qu'Adélaïde a entendue en traversant le marais à cheval derrière Jarry lui revient : Harlan a touché un point sensible. Aussi, lorsqu'il poursuit son récit, elle l'écoute sans trop savoir que penser.*

« C'est l'expérience la plus bouleversante de toute ma vie, reprend-il. Et cela ne s'est pas arrêté là. Jour après jour, l'amour a grandi. Et il est arrivé un moment où il m'est apparu que je ne pouvais pas revenir en arrière. J'ai décidé de renoncer à mon héritage et de rester avec elle à Cuba, et cette perspective me réjouissait. J'ai demandé à Clarisse de devenir ma femme. Il ne m'était jamais venu à l'esprit qu'elle pût hésiter, et pourtant elle le fit. Elle me dit : "Je t'aime, Harlan, mais il y a des choses dont je ne t'ai pas fait part, des choses importantes, des choses que j'ai redouté de dire. Je m'aperçois que tu dois les savoir maintenant.

» – Eh bien dis-les-moi, ai-je répondu. Pour l'amour de Dieu, dis-les-moi à présent."

» Mais elle posa son doigt sur mes lèvres en secouant la tête. Elle murmura : "Chut ! Il y a les choses que l'on peut dire et celles qu'on ne peut que montrer."

» Le samedi suivant, nous nous rendîmes à Matanzas, à la plantation. Son demi-frère avait hérité de La Mella et dirigeait le domaine à distance, si bien que nous fûmes seuls dans la maison. Pour parler franc, Addie, nous étions restés chastes jusqu'alors, et c'était le choix de Clarisse, pas le mien. Cette nuit-là, nous dormîmes dans des chambres séparées, situées dans deux ailes distinctes. Le dimanche matin, je fus réveillé par le son des tam-tams un peu après l'aube. Quelques instants plus tard, Clarisse vint frapper à ma porte. Voyez-vous, Addie, depuis que je la connaissais, elle était habillée comme le premier soir, devant le Tacón, elle n'avait pas quitté la mise d'une jeune fille cubaine de bonne famille. Ce matin-là, c'était une autre

personne. Elle portait sur la tête un foulard imprimé, un de ces fichus rouge et jaune qu'ils appellent vayajá, *une paire de boucles d'oreilles créoles et une jupe à volants avec des jupons. Elle avait des* collares, *des colliers de perles, autour du cou et des bracelets aux bras. Elle était pieds nus.*

» Elle me conduisit au quartier des esclaves. J'étais le seul Blanc là-bas, et les mots me manquent pour vous décrire la scène. On aurait dit la fin du monde, Addie. La confusion régnait dans les rues ; les gens dansaient, vendaient du bœuf séché et des bananes plantains, jouaient à des jeux, tout cela au rythme des tam-tams. Là, en plein jour, sous les huées et les railleries des femmes et des enfants, des hommes plongeaient leur sexe – ne m'en veuillez pas –, des hommes adultes plongeaient leur sexe dans de grandes cruches en argile pour essayer de toucher la couche de cendres qui se trouvait au fond. Les gens nous dévisageaient et s'écartaient sur notre passage. Je croyais que c'était dû à la couleur de ma peau, mais ensuite je remarquai leur façon de détourner les yeux du visage de Clarisse, comme si elle était de naissance royale.

» Nous nous enfonçâmes de plus en plus dans le quartier des esclaves, jusqu'à ce que nous arrivions à une petite maison, de meilleur aspect que les autres baraques. Sa porte était garnie de clous et de rivets de style espagnol, et un motif avait été dessiné dessus avec de la pembe, *de la craie : ils appellent ça une* firma, *un hiéroglyphe… je l'ignorais alors. Nous la franchîmes et pénétrâmes dans la cour où se trouvaient les joueurs de tam-tam – ils étaient trois – qui tapaient sur la* caja, *la* mula *et ce petit tambour aux sonorités plus aiguës qu'on nomme* cachimbo. *La danse était devenue presque frénétique. Les poings sur les hanches, ondoyant du bassin, des femmes avançaient en ligne tandis que d'autres tendaient les bras et tournoyaient comme des oiseaux en plein vol. Clarisse me présenta son parrain et sa marraine, Demetrio et Esperanza, deux vieux*

esclaves du Congo tout de blanc vêtus. Sur un signe de Demetrio, les tam-tams se turent.

» "Padrino, Madrina..., *dit Clarisse en rompant le silence, parrain, marraine, voici Harlan, qui m'a demandé de devenir sa femme. Je viens solliciter votre bénédiction et celle de ce* munanso."

» *Demetrio alluma un cigare à la flamme de la* candela *située à ses pieds et, sans crier gare, me souffla la fumée en plein visage. J'eus un mouvement de recul ; Addie et plusieurs personnes se mirent à rire, mais il n'y avait rien de méchant dans ce rire. Je ne me sentis pas ridiculisé. Alors j'entendis un bêlement et, en me retournant, je vis un jeune homme qui amenait une chèvre au milieu du patio. Demetrio sortit un couteau et, sur la lame, il dessina des lignes en versant les gouttes de cire d'une bougie noire, des deux côtés. On lava les pattes et la bouche de la chèvre, et Demetrio se mit à psalmodier : "Kiao lumbo ! Kiao lumbo !" Ensuite, il posa la tête de la chèvre sur mes organes génitaux, puis sur les seins de Clarisse, et se mit à parler d'une voix forte et autoritaire, dans un espagnol émaillé de mots qui m'étaient inconnus : "Nous sommes ici aujourd'hui pour demander à cette* rama, *les vivants et les morts, de bénir ce mariage. Et nous invoquons les* nkisi, *et surtout Zarabanda, par le pouvoir de ces* firmas, *pour que notre sœur, Clarisse, soit bénie dans son union avec cet homme."*

» *Alors, Addie, il montra le couteau à la chèvre, qui tirait sur sa corde et vidait ses intestins, qui roulait les yeux comme si elle savait, et il dit :* "Buen meme, y a lesa kwame, *gentille chèvre, tu vas trouver le sommeil." Il chantonna ces paroles puis lui chuchota quelque chose dans les oreilles et dans les naseaux, et elle se calma, Addie. Elle devint docile. C'était très étrange. Puis la foule recula et, pour la première fois, au centre du patio, caché jusqu'alors par les danseurs, je vis un chaudron en fonte.* »

Tout à coup, Adélaïde sent le duvet de sa nuque se dresser.

« À l'intérieur, il y avait des branches d'arbre, de toutes sortes, et des bois, ceux d'un cerf, d'un bélier ; il y avait une machette, et des os. Des os d'animaux, pour certains, mais pas tous. Et, au milieu, un crâne humain. »

La clairière au milieu des bois, l'arbre foudroyé, ce qu'elle a vu dans le tronc creux... Tout cela lui revient en mémoire pendant que Harlan parle, et elle frissonne, mais ce n'est pas de froid. Et c'est curieux, n'est-ce pas ? la rapidité avec laquelle, elle, Adélaïde – qui a souvent souri des « superstitions des nègres » : la lame de la hache sous le matelas pour guérir les rhumatismes, la tisane de bambou et le tisonnier que l'on s'empresse de mettre dans l'âtre au cri de la chouette ; Adélaïde qui, toute sa vie, a cherché à développer la raison et la foi en Jésus-Christ chez les domestiques de sa tante –, la rapidité avec laquelle elle laisse la magie, présentée sous ce jour, faire à nouveau irruption dans sa vie comme une possibilité bien réelle ; elle efface le sourire entendu et condescendant de la maîtresse de maison et ne conserve, à sa place, que le regard grave d'une petite fille contemplant une sombre forêt au crépuscule.

« Demetrio présenta le couteau à ce chaudron, Addie, poursuit Harlan, avec toute la déférence d'un vassal pour son seigneur, comme si cet objet, lui aussi, était doué de sensations, ou comme si un être doué de sensations y résidait, et ils se mirent tous à chanter :

Ahora sí menga va corre, como corre,
Ahora sí menga va corre, sí seño,
Ahora sí menga va corre !

Je comprends l'espagnol, Addie, mais le mot menga, *qui est issu d'une langue plus ancienne, m'était inconnu ; cependant, quand Demetrio plongea le couteau dans la gorge de la chèvre, je compris. Ce mot signifiait sang, sang sacrificiel, et ils chantaient : "À présent le sang va couler, assurément il va couler, assurément, le sang va couler à présent." Quand il jaillit, tout chaud, Demetrio le recueillit dans une assiette recouverte de sel puis le versa sur le crâne, qu'ils appelaient* kiyumba. *En chantant* "Fogoro yarifo, menga corre sangra sala lai la lai la", *il trancha la tête de la chèvre d'un grand geste. Horrible, horrible ! Il la déposa dans le chaudron, sur le crâne humain, et ce fut une explosion de tam-tams, Addie, tout autour de nous ; les gens se mirent à psalmodier, à prier et à gémir : c'était une Babel de cris perçants et de gémissements d'extase. Ils se jetèrent dans la danse à corps perdu, ils tournoyaient et se perdaient... Puis, au bout d'un moment, une femme poussa un cri et tomba. Des gens l'attrapèrent par les bras. Ils la soutinrent, car elle tressautait et tremblait de tous ses membres. Ensuite, elle s'immobilisa. Son visage se détendit. Elle eut l'air, un instant, d'être saoule, saoule au point de ne pas pouvoir garder les yeux ouverts. Seule une mince fente blanche restait visible ; et un cercle d'iris, comme un soleil, un soleil noir qui se lèverait sur une colline. Mais il y avait autre chose dans ses yeux, Addie, pas de l'ivresse : une conscience, immuable, ancienne et totalement maîtresse d'elle-même. Alors, la femme se leva et rouvrit les yeux, et pour la première fois je fus terrifié. Parce que je l'avais vue tomber, Addie. Je l'avais vue fermer les yeux. Quand elle les rouvrit, elle était quelqu'un d'autre. Ses yeux ressemblaient à l'éternité, c'étaient deux lacs, noirs comme l'orage, dans lesquels j'aperçus la fulgurance de l'éclair. À quarante-cinq ans, j'ai vu bien des visages, mais jamais je n'ai revu un être humain avec un regard pareil. Et quand elle se mit à parler, ce fut d'une voix différente, une voix d'homme, profonde, impérieuse. Elle choisit des gens dans la foule et se mit à les réprimander. Elle ordonna à un homme de renoncer à l'alcool pendant quarante jours, à un autre de ne plus manger de crevettes.*

» Soudain, elle se tourna vers moi, et quelque chose se produisit. Je fus pris de vertiges. Je me sentis étourdi, malade, mais ensuite j'eus l'impression d'être en feu. Je sondai ses pupilles et j'y vis flotter comme des étincelles et des lucioles, des constellations d'étoiles tourbillonnantes, qui s'approchèrent ; alors je m'aperçus que c'étaient des esprits, Addie – des anges, des fantômes, je l'ignore –, mais je n'avais plus peur. Ils étaient vêtus de blanc, un blanc étincelant, ils chantaient en frappant dans leurs mains. Je compris qu'ils m'accueillaient. Et en baissant les yeux, je vis la cour et les danseurs, je vis Demetrio et Esperanza. Je vis Clarisse agenouillée à côté d'un corps qui se tordait. Le mien. J'étais étendu sur les dalles. J'avais quitté mon corps, Addie. Il était tombé par terre, je l'avais quitté ; et ces présences étincelantes, des êtres de lumière, j'avais envie de les rejoindre, de rester avec eux. Je ne voyais pas ma mère mais je savais qu'elle serait là, et que ces autres esprits me guideraient. Je savais aussi qu'il me faudrait mourir pour avancer. Je savais que j'étais en train de mourir. J'ignore comment, Addie, mais beaucoup de choses m'apparaissaient clairement ; et je vais vous dire une chose, je n'avais pas peur de mourir, non, j'en avais envie : la mort ressemblait à une porte qu'on ouvre pour passer dans la pièce d'à côté… Cependant, aussi vite que cela » –, il claque des doigts –, « ils s'évanouirent. Je retombai par terre.

*» Je revins à moi sur la berge du fleuve. On entendait toujours le son des tambours, mais ils s'étaient éloignés. J'étais torse nu. Tout mouillé. Clarisse me lavait avec un liquide – un mélange de rhum, d'épices, d'*albahaca… *Du basilic, c'est bien cela ? Du basilic, oui, bien sûr, et du poivre – le même mélange qui avait servi à laver la chèvre. Cela s'appelle du* chamba *et c'est comme le chrême pour nous. Elle pleurait. Je lui pris la main et lui demandai ce qui n'allait pas. Elle m'annonça que le* nkisi, *l'esprit qui avait possédé la femme avant de s'emparer de moi, avait décrété, et par*

ma bouche, que nous ne pourrions jamais nous marier, que cela nous était interdit, que notre union serait une souillure. Je restai abasourdi. Je lui demandai pourquoi. Elle secoua la tête. "Les esprits ne nous donnent pas toujours d'explication. – Et tu acceptes ce décret ? demandai-je. Tu acceptes la fin de tout ce que nous sommes et éprouvons l'un pour l'autre, comme cela ?" Elle prit mes mains dans les siennes. "Harlan, dit-elle, c'est ma religion. Cette maison, cette rama, *est ma maison. C'est mon église. Demetrio et Esperanza en sont les prêtres. Ils sont mon père et ma mère. J'ai fait vœu d'obéissance, à eux et aux* nfumbi, *les* muertos *de cette lignée. Briser ce vœu susciterait leur colère." Je ne comprenais pas, Addie, j'étais blessé et bouleversé. "Les morts ? lui dis-je. Qu'ont-ils à voir avec nous, les vivants ? J'ai renoncé à l'existence qui aurait été la mienne, pour toi. Ce que nous éprouvons, je ne l'avais encore jamais ressenti. Et toi ? Regarde-moi dans les yeux et dis-moi qu'il n'en va pas de même pour toi. Regarde-moi dans les yeux et dis-moi que tu acceptes qu'il est mal d'aimer ainsi ?" Mais elle ne put pas le faire, Addie. Elle ne le put pas. Clarisse se contenta de me regarder avec ces grands yeux sombres en déclarant : "As-tu la moindre idée de ce que tu me demandes ? As-tu la moindre idée du prix à payer, non seulement pour moi, mais pour toi ?" Je répondis : "Non, pas la moindre ; tout ce que je sais, c'est que, quel qu'il soit, je suis prêt à le payer." Elle me contempla longuement, Addie, puis elle dit :* "Pues, que asi sea" *– Qu'il en soit ainsi. Ensuite elle se leva, me prit par la main et m'emmena dans l'herbe, sous les saules pleureurs. »*

Il s'interrompt. Son regard se perd derrière l'épaule gauche d'Adélaïde.

« La belle histoire que voilà, Harlan, murmure Addie, qui se met à pleurer. C'est elle que vous auriez dû épouser, pas moi.

— C'est ce que j'avais l'intention de faire, Addie. Clarisse accepta de devenir ma femme ce jour-là. Nous fûmes amants pendant trois ans, presque quatre. Nous nous fiançâmes. En réfléchissant à notre situation, nous nous sentîmes l'un et l'autre le devoir d'annoncer la nouvelle à Paloma et à Père en personne. Aussi, nous fîmes la traversée jusqu'à Charleston. Là-bas, nous embarquâmes sur la Nina, *tout comme vous, ma chère. Nous remontâmes le fleuve, nous aussi. C'était il y a quatre ans. Ils vinrent nous accueillir sur l'appontement, comme nous sommes venus vous le faire. Comprenez, Addie, Paloma non plus n'avait pas revu sa fille depuis que cette dernière était dans les langes. Nous descendîmes la passerelle, souriants, en nous donnant le bras. Ils souriaient, eux aussi. Au début. Puis l'expression de Paloma devint grave. Son visage devint littéralement gris.* "Mamá !" *s'écria Clarisse, et un grand sourire éclairait et animait son regard. Elle insista :* "Mamá ? Mamá ?" *d'un ton inquiet, et son visage se décomposa à son tour. "Qu'y a-t-il, Paloma ?" demanda Père, mais celle-ci se couvrit la bouche des deux mains en secouant la tête. Je crus comprendre, Addie. Je crus que notre liaison – qu'elle ne pouvait que déceler – l'avait choquée. Je crus que lorsque nous aurions annoncé le but de notre visite, lorsqu'elle verrait que mes intentions étaient honorables, Paloma serait en paix. Mais ce n'était pas cela. Son horreur n'avait rien à voir avec cela. Savez-vous de quoi il retournait ?*

— Dites-le-moi », chuchote Addie ; mais elle craint d'avoir deviné, et sa main s'est insensiblement posée sur son corsage, le doigt sur le bouton de la robe, qui dessine inlassablement un cercle sur la nacre lustrée.

« Père ne vit rien. Moi non plus. Il fallait l'œil d'une mère. Paloma saisit les mains de Clarisse. Elle les examina, le dos, les paumes. Ensuite elle se tourna vers Père. "Ne voyez-vous pas à qui sont ces mains ? Ne voyez-vous pas à qui est ce sourire ?" »

Harlan laisse la question en suspens. Tout se tait dans la pièce.

« Elle est donc bien votre sœur, dit Adélaïde.

— Elle est bien ma sœur.

— Oh, Harlan ! Oh ! Mais comment… ?

— Paloma s'était donnée à Père, avant la partie de faro.

— Et à son ancien maître, aussi.

— À Wenceslao aussi, oui. Et Paloma ne sut enfin la vérité qu'en voyant le sourire de mon père sur le visage de sa fille adulte.

— Mon Dieu ! Mon Dieu, Harlan !

— Commencez-vous à saisir la terrible situation dans laquelle je me trouvais ?

— Et qu'avez-vous fait ? Qu'avez-vous fait alors ?

— Exactement, Addie, que fait-on dans une telle situation ? En bref, chacun de nous devint fou. Fou. Nous pleurions et nous nous emportions. Nous nous disputions. Nous nous réconcilions. Nous nous demandions si nous pourrions vivre avec cela. Nous répondions oui. Nous essayions. J'ai essayé. À plusieurs reprises. Chaque fois j'ai échoué. J'étais profondément révulsé à l'idée que j'aimais ma sœur et je ne pouvais surmonter ce sentiment. Puis-je me reprocher d'éprouver une horreur que partage l'humanité entière ?

— Non, mon cher, dit-elle, bien sûr que non. Je comprends. Je comprends ! »

Harlan prend ses mains et elle le laisse faire. Il se penche et les baise.

« Et Clarisse ? » dit-elle.

Il secoue la tête. « Clarisse ne partageait pas ce sentiment. Aussi, peu à peu, nous qui nous étions aimés plus que tout au monde, nous en vînmes à nous haïr farouchement et en silence. Je fis tout mon possible pour que notre séparation se passe bien, sans animosité. Mais Clarisse avait renoncé à tout, voyez-vous. Tout. Jusqu'à sa religion. Elle s'était damnée pour moi, et aucun retour en arrière n'était possible – du moins c'était son senti-

ment. Aussi prit-elle mon désengagement comme une trahison, Addie. Je dus faire preuve de persévérance et de sévérité vis-à-vis d'elle, de persévérance et de sévérité, pour me libérer. Et c'est à cela que je finis par percevoir la différence de nos caractères, Addie ; c'est à ce stade que je finis par comprendre où étaient ma faute et mon erreur : j'avais franchi la frontière entre les races. Cuba m'avait envoûté et j'avais oublié les préceptes de ma propre religion, où il est écrit : "Vous pourrez acheter les enfants des étrangers qui séjournent parmi vous, et vous les laisserez en héritage à vos fils après vous ; vous les garderez comme esclaves à perpétuité." Ma boussole avait été frappée par la foudre et démagnétisée, je m'étais écarté du droit chemin, Addie. Je m'étais écarté du droit chemin comme mon père avant moi et j'avais failli me perdre, comme il l'a fait. J'ai été si près, si près de la perdition, voyez-vous ? Mais j'ai mis ce regrettable épisode derrière moi, j'ai entrepris de me réformer et de mener une existence convenable.

— Et vous m'avez rencontrée.

— Et je vous ai rencontrée. Comprenez, Addie, que mes intentions envers vous furent honorables dès le début. Et le sont toujours. Pendant un an avant notre rencontre, je ne l'avais pas touchée, pas jusqu'à…

— Notre nuit de noces.

— Notre nuit de noces.

— Notre nuit de noces, Harlan ! Dites-moi, comment voulez-vous que je puisse tolérer cette idée !

— En comprenant ce qui ne m'est venu à l'esprit qu'aujourd'hui. Je pensais que Clarisse avait accepté notre rupture, Addie. Je croyais qu'elle m'avait rendu ma liberté. Mais ce n'est pas le cas. Ma sœur a commencé à jeter le trouble dans mon esprit.

— "Jeter le trouble"… ?

— Ne comprenez-vous pas ? Toute la souffrance et la discorde de ces deux derniers jours, c'est son œuvre, Addie. C'est de la brujería, *de la sorcellerie.*

— De la sorcellerie, Harlan ? De la sorcellerie ? Dites-moi comment je dois prendre cela. Aidez-moi à y croire.

— Vous devez me faire confiance, Addie. Vous devez comprendre que je me suis aventuré dans un monde dont vous ignorez tout, et votre foi en moi doit vous aider à sauter le pas. Si vous ne le pouvez pas, je vous libère de vos vœux. Car j'ai besoin de vous, Addie. J'ai besoin de votre force, de votre amour, de votre courage. J'ai besoin que vous vous battiez pour moi comme j'entends me battre pour vous.

— Je vais essayer ! Je vais essayer ! s'écria-t-elle, proche du désespoir. Mais, Harlan, si de telles choses sont possibles, si elles sont vraies, comment peut-on les combattre ? Que peut-on faire ?

— Vous voulez la vérité ? répond-il. Je l'ignore. En ayant foi en Dieu et l'un dans l'autre… Ce sont les seules armes que nous possédions. »

Ils se taisent. Ils se regardent longuement dans les yeux en méditant ce qui s'est dit. Mais il reste une chose à raconter, encore, et Adélaïde la raconte :

« J'ai vu quelque chose dans les bois la nuit dernière – un chaudron, je crois. Il était recouvert d'une étoffe, mais c'était exactement celui que vous avez décrit. »

Les yeux de Harlan étincellent. « Alors, vous me croyez ?

— Je ne sais pas ce que je crois. J'essaie. Mais, Harlan, pensez-vous… ?

— Oui, ma chère ? »

Ce qui s'est passé dans les marais, la voix qu'elle a entendue, et ce qu'elle a éprouvé pour Jarry quand il est arrivé… Tout cela traverse l'esprit d'Adélaïde à présent, mais n'était-ce pas, en quelque sorte, un rêve, un charme ? Et si la voix avec laquelle elle a conversé n'était pas celle de Dieu, si elle n'émanait ni de Lui ni de quelque ange gardien ? Et si elle l'avait tentée, comme le serpent a tenté Ève jadis en pareil lieu ? Cela n'expliquerait-il pas tant de choses, si troublantes à présent ? Qu'elle – une femme de sa classe et de son rang, une femme blanche – éprouve de tels sentiments pour un esclave… Cela peut-il avoir une cause naturelle ? Et si… oh, si…

« Pensez-vous que cela pourrait m'affecter, moi aussi ? »

Harlan cligne des yeux. « Bien sûr… bien sûr, cela se peut ! Mais vous est-il arrivé quelque chose, Addie ? Avez-vous ressenti… ?

— Non, dit-elle. Non, rien, j'ai simplement… Je… »

Il lui prend la main et la serre. « Je comprends, ma chère. Je comprends. Il est naturel d'avoir peur.

— Mais qu'attend-elle, Harlan ? Que veut-elle ?

— Tout, Addie. Ne le voyez-vous pas ? Moi. Ceci. Wando Passo. Elle veut tout pour elle-même et pour le laisser en héritage à ses enfants. À nos enfants. Les siens et les miens.

— Ah, fait Adélaïde. Oui, je vois.

— Je l'ai quittée et je suis venu à vous par choix, dit-il. C'est à vous que j'ai choisi d'unir mon destin, vous que j'ai choisie comme mère de mes enfants. Je vous aime, Addie. Aimez-moi en retour. Croyez en moi et nous vaincrons.

— Je ne suis pas sûre de pouvoir vous aimer désormais.

— Ne pouvez-vous pas essayer ? »

Son visage l'interroge et l'implore. Il la touche, essaie de l'embrasser, mais elle recule. Pourtant ses yeux insistent, interrogateurs et incertains. Il essaie encore et cette fois-ci elle ne repousse pas sa main. Et ce n'est pas comme la première fois, quand il a continué en la laissant sur le chemin. Cette fois-ci, dans son effort pour reconquérir ce qu'il a perdu, il est avec elle. Harlan est tout à elle cette fois-ci.

25

« Je crois qu'il faut qu'on parle, dit-il.

— J'ai une meilleure idée », répondit Claire.

Laissant le bain se vider, elle sortit de la baignoire en inondant le carrelage. Le haut du corps rougi par l'eau chaude, elle s'avança vers lui, tout sourires, avec l'assurance d'une folle animée de mauvaises intentions. D'une main, elle lui empoigna les cheveux pour l'embrasser brutalement, à pleine bouche, avec une langue fureteuse. Ransom se mit instantanément à bander et éprouva une déception familière, et très ancienne, face au manque de caractère de son sexe. Il lui arrivait rarement – quoi qu'il y ait eu des précédents – d'avoir l'impression d'être transformé en objet sexuel par le désir d'une femme ; mais ce soir, c'était le cas. Après avoir attendu ce moment, après en avoir rêvé, il se sentait partagé à présent : non, vraiment, ne devrait-il pas soulever des objections ? Claire l'avait bien fait, la veille au soir. Au moment où ils allaient franchir le point de non-retour, elle avait eu assez de cran et de respect de soi pour reculer et dire : « Comment est-ce que ça va marcher ? » Et lui, avait-il moins de cran ? La réponse, la triste réponse, apparemment, était affirmative.

« Tu m'aimes pour moi ou juste pour mon corps ? lui lança-t-il dans un faible effort pour conserver un reste de dignité.

— Juste pour ton corps, dit-elle en faisant sauter les boutons de sa chemise, qu'elle lui fit passer par-dessus la tête.

— Eh bien, dit Ran en la regardant s'emparer de sa braguette. Voilà au moins un fait d'établi. »

Claire éclata de rire, et il rit à son tour, tout en se demandant si c'était vraiment une plaisanterie. Il ne l'avait pas vue aussi désinhibée depuis très longtemps, voire jamais. Elle était tout à ce qu'elle faisait, sans aucune honte ni subterfuge. Et il serait faux de dire que son adresse était dépourvue de tendresse ; elle ne l'était pas. Il fut bien obligé de se demander pourquoi elle était aussi excitée, tout à coup ; il se le demanda mais ne poussa pas la curiosité jusqu'à poser la question. Alors même qu'ils commençaient à faire l'amour, Ransom comprit qu'il ruminerait cette question pendant un certain temps. Mais, pour l'heure, renonçant à ce qu'il lui restait de respect de soi, il fut pleinement satisfait de pouvoir baiser sa femme jusqu'à l'épuisement.

La main sur son sexe à lui, bébé rose à la fois doux et musclé, Claire mit un pied dans son boxer, accroché à ses genoux, le descendit jusqu'à ses chevilles et le piétina avant de se laisser tomber à genoux. Elle le prit tout entier dans sa bouche et laissa ses lèvres s'attarder comme du crêpe un peu humide, puis recula et se releva. Ses seins, petits et pleins, encore chauffés par l'eau du bain, lui effleurèrent la poitrine. Elle l'empoigna par les épaules et leur imprima un mouvement pour le mettre à son tour à genoux, ensuite elle lui plaqua les deux mains derrière la tête, qu'elle poussa contre son mont de Vénus. En le regardant avec avidité, elle se mit à donner des petits coups de bassin en avant, excitée non seulement par ce qu'il faisait mais par le spectacle qu'elle-même offrait. (Hypothèse que Ran échafauda à partir de ce qu'il entrevoyait quand elle l'autorisait à relever la tête, de temps à autre, pour respirer.) Trop excitée pour s'en tenir à une seule position, elle se tourna et se pencha sur la coiffeuse. Comme un orphelin enfermé dans l'usine où l'on fabrique tout l'amour et tout le chocolat du monde, Ransom resta planté là, à se frotter les yeux de ses poings, puis il s'essuya la bouche qu'il avait aussi humide que celle, barbouillée de rouge à lèvres, d'une putain parisienne saoule. Claire le guettait dans le miroir, avec un regard éclairé par un sourire carnassier. Elle tendit la main pour le guider en elle, et quand il la prit par-derrière, ses yeux ne quittèrent pas son visage un seul instant dans le miroir. Ransom vit le sang lui monter au visage, il vit les veines se dessiner et gonfler sur la gorge, les tempes, le front.

« Non, dit-elle, plus bas, tiens-la, plus fort, comme ça ! » Elle descendit un peu plus sur lui pour forcer sa verge à lui écraser le clitoris à chaque coup de boutoir, mais elle poussa trop fort et l'expulsa dans une vague de sécrétions. En baissant les yeux, Ransom vit le cercle plissé de son anus et laissa son sexe s'y attarder juste pour voir.

« C'est ça que tu veux ? » Sans s'effaroucher, Claire ouvrit le tiroir d'un geste malhabile et en sortit un tube de vaseline qu'elle dévissa d'une main, la même qu'elle utilisa ensuite pour les lubrifier tous les deux.

« Ho-ho, tout doux, mon gars, tout doux », dit-elle au moment où il la pénétra ; mais Ran se sentit pris de folie, quelque chose de brutal et d'irrésistible s'empara de lui, et il s'enfonça profondément, plus profondément encore, sans aucune douceur. Dans le miroir, elle fermait les yeux à présent, elle serrait les dents, et ses seins, ses petits seins aux formes pleines, tressautaient, projetés en avant à chaque mouvement de recul. Son propre visage, quand il le regarda, lui apparut très net, saisissant lui aussi, détendu et épuré, mais presque lugubre dans ces ébats qui dépassaient ses fantasmes les plus fous, ses prévisions les plus optimistes. Puis, comme un nageur qui est resté trop longtemps en apnée, Claire reprit son souffle bruyamment et le repoussa avec rudesse. Elle se retourna, saisit sa verge et, quand Ransom la souleva, elle leva les deux genoux jusqu'aux épaules : ils recommencèrent ainsi, face à face, au rythme et à la vitesse d'un marteau piqueur, et elle le dévisagea, les yeux bien ouverts, avec une expression qui lui déplut, presque provocante, comme si elle le défiait de ralentir. Mais il ne ralentit pas. Ils continuèrent, dans un ensemble parfait, tels des rameurs sous l'impulsion du barreur, et le visage de Claire finit par se radoucir, par se teinter de tristesse, et elle se mit à gémir ; posant ses lèvres tout contre l'oreille de Ran, elle chuchota : « Allez, va, va ! Ne... Tu n'as pas intérêt, tu n'as pas intérêt à... » – Ran sentit la jouissance l'emporter – « ... t'arrêter ! dit-elle dans un chuchotement aigu. Ne... n'arrête pas, encore, n'arrête, pas encore, arrête ! »

Perdus dans cette profusion de messages tout à la fois contradictoires et irrésistibles, ils s'affalèrent, alanguis, languides, sur la table de la coiffeuse, puis se laissèrent tomber, amorphes, apathiques, sur le carrelage froid où ils demeurèrent étendus, nus et suants. Comme un patient sur la table d'opération quand l'anesthésiste lui pose le masque sur la figure, Ransom sombra, et quand il revint à lui Claire l'embrassait sur la joue.

« Alors, ce repos du guerrier ? »

Avec le sourire niais de l'amoureux, il regarda ses belles épaules nues disparaître, l'une après l'autre, dans son peignoir. Lorsqu'elle le noua, cependant, quelque chose l'arrêta. Claire baissa les yeux, s'essuya l'intérieur de la cuisse et regarda fixement le bout de son doigt.

« Tu as joui ? » Elle se tourna vers lui, l'air joyeux et surpris. « Comment... »

Ransom se redressa précipitamment. « Claire... »

Et le visage de sa femme commença à se décomposer tout entier.

« Vivre un moment tel que celui-ci, c'était mon rêve, Claire, chuchota-t-il désespérément. Une seule fois, te retrouver comme avant. Ne m'en veux pas, dis ! S'il te plaît !

— Tu as arrêté ton traitement ?

— J'irai à la pharmacie demain, d'accord ? Demain matin. À la première heure. »

Elle se contenta de le dévisager, et ses yeux se remplirent de larmes.

« Claire… »

Elle détacha son regard du sien, contempla le mur pendant environ trois secondes comme si elle y avait soudain vu quelque chose ; après quoi, elle noua la large ceinture de son peignoir et sortit sans un mot ni un autre regard pour lui.

Encore en proie à l'épuisement qui suit l'amour, Ran se recoucha par terre et ferma les yeux. Comme si, ayant succombé à l'opération, il éprouvait quelque difficulté à s'arracher à la lumière blanche dans laquelle nous attendent nos ancêtres, là-bas au bout du tunnel. Et la discussion qu'il aurait dû avoir avec Claire, il l'avait maintenant avec lui-même. D'accord, il avait flirté avec les limites, mais il n'avait pas sauté, si ? Il n'avait pas sombré dans l'abîme. Rien de vraiment grave n'était arrivé. Les choses étaient encore rattrapables. Il avait juste eu envie de retrouver sa virilité : Claire pourrait certainement comprendre et lui pardonner cela, non ? Après tout, elle l'avait déjà fait par le passé.

Ayant choisi le dur retour à la vie, Ran se releva, aussi courbaturé qu'un arthritique, trébucha, et se rattrapa au bouton de porte dont il se servit comme béquille. Il longea le couloir jusqu'à la chambre de Claire pour parler, et le trouva au lit, profondément endormie.

Ransom la regarda et une sensation de bonheur l'envahit, suivie par une soudaine pointe de doute. Respirait-elle encore ? L'espace d'un instant, Claire lui sembla presque sans vie. Son visage avait l'air aussi détendu et rajeuni que le visage des morts : libérés de leurs soucis, ils retrouvent une certaine jeunesse. Même en approchant l'oreille de ses lèvres, quand il l'entendit respirer, toucha sa peau et en sentit la tiédeur, Ran ne fut pas complètement rassuré. Une vague de chagrin le submergea, comme s'il était lui-même à l'origine de sa disparition prématurée. Pourtant elle n'était pas morte – il le savait –, mais le chagrin revint à la charge, malgré tout, encore et encore : tant de chagrin ! Oh, tant de remords ! Ran versa des larmes bien réelles. Et pourquoi ? Pour quelle raison ? Ce qui venait de se passer dans la salle de bains était une bonne chose, non ? Ce rapprochement n'était-il pas un prélude probable au nouveau départ qu'il avait espéré ? Pourquoi, dans ce cas, n'éprouvait-il aucune joie ? Pourquoi ce sombre pressentiment, soudain ? Bizarrement, une prémonition s'était insinuée dans l'odeur de leurs ébats. Et le plus étrange, c'est qu'il avait l'impression que ce chagrin ne lui appartenait pas. Il donnait l'impression d'être celui d'un autre.

Le visage toujours ruisselant de larmes, il longea le couloir où l'attendait le panier à linge. Sur le tas de vêtements sales, la culotte rose de Claire, exactement comme un peu plus tôt. Ran s'arrêta. Son chagrin disparut aussi vite qu'il était survenu. Autour de lui, la maison tout entière s'immobilisa.

Encore un indice...

Quand la voix lui chuchota à l'oreille, Ran sentit la peur siffler comme une balle. Et si, pensa-t-il... Et si ce voyage ne le conduisait pas vers un havre de bonheur, s'il ne lui faisait pas découvrir son Moi Authentique, mais quelque chose... d'autre... ?

Oh, allez ! Va vérifier, tu sais bien que tu en as envie.

La voix n'avait pas tout à fait tort. Et s'il allait prendre la culotte pour la retourner et y chercher des traces suspectes, quel mal y aurait-il à cela ? Qui le saurait ? S'il y avait quelque chose à découvrir, autant l'apprendre maintenant et affronter la réalité. Dans le cas contraire, une fois encore, mieux valait le savoir, bien sûr, et épargner à Claire d'autres soupçons injustes. Un contrôle surprise pourrait la disculper, non ? Enfin, non, pas vraiment, cela pouvait aussi prouver qu'elle prenait ses précautions, tout simplement. Ran comprit soudain une chose cruciale : la seule preuve définitive que lui fournirait la culotte ne pouvait être qu'une preuve matérielle, du genre accablant. Et s'il l'inspectait, à présent, serait-ce aussi une sorte de crime ? Cela marquerait-il la fin de son ambition d'être le mari qu'elle voulait et méritait ? C'était bien cela, hein ? S'il voulait devenir un jour cet homme différent, et meilleur, qu'il avait toujours cru pouvoir devenir sans tout à fait y parvenir, n'était-il pas également vrai que Ransom devait commencer à changer à un moment ou à un autre ? Ne devait-il pas, en fait, commencer ici et maintenant, en tournant les talons ?

Mais la voix lui dit : *Allez, gros nul ! C'est humain, va jeter un œil, c'est l'affaire d'une seconde et demie.*

Ran alla jusqu'à tendre le bras pour toucher la culotte, puis il s'arrêta. Soudain, une porte s'ouvrit dans sa tête ; la conscience de ce qu'il faisait s'y engouffra aussi brutalement que l'air sort d'un tuyau d'aspirateur percé. Comme un somnambule au bord d'un précipice, Ran se réveilla dans le couloir du premier étage, en train de fouiller dans le panier de linge sale, attiré par la nouvelle culotte de Claire autant que par les faisceaux tracteurs de l'Étoile de la Mort[1].

« Mais qu'est-ce que je fabrique ? » dit-il tout haut avant de filer.

---

1. Référence à *La Guerre des étoiles*. *(NdT.)*

Réfugié à la bibliothèque, il s'assit au bureau ministre, la tête entre les mains. « C'est de Claire qu'il s'agit, dit-il. De Claire ! » Quelle que soit l'image qu'elle pouvait donner, avait-elle jamais été du genre à coucher avec le premier venu ? Non, jamais. (Oh, ils avaient été nombreux – *lui aussi*, par le passé – à commettre cette grave et triste erreur !) Pas plus qu'elle ne lui avait été infidèle, à sa connaissance. Et dire, avec le sous-entendu que cela impliquait, « à sa connaissance » n'était pas tout à fait honnête non plus. Au fond de lui, Ran était certain, sûr à cent pour cent qu'en dépit de toutes leurs difficultés Claire lui avait conservé sa loyauté dans ce domaine. La seule raison qui lui ferait commettre un tel acte serait sérieuse : si leur mariage, à ses yeux, était vraiment fichu. Et dans ce cas, ne le lui avouerait-elle pas ? Claire – Claire ! – n'aurait-elle pas assez de sens moral, de respect, pour le regarder dans les yeux et faire l'honneur à leurs années de vie commune de lui dire la vérité ? Bien sûr que si ! Et Cell était du genre à jouer franc jeu, lui aussi. Il l'avait toujours été. L'idée qu'ils puissent s'envoyer en l'air dans une chambre de motel en se gaussant de la crédulité de Ransom, de son espoir pathétique qu'on puisse encore sauver leur mariage : ridicule ! Cela ressemblait à un rêve, à un horrible cauchemar dont il venait de se réveiller brutalement, et, une fois de plus, étrangement, ce n'était pas vraiment le sien. Un peu comme si, pendant une heure ou deux, il avait sombré dans le cauchemar d'un autre ; comme un nageur pris dans un courant… et il avait failli être emporté au large. Assis au bureau, Ran eut l'impression de l'avoir échappé belle, et de peu. Mais si ce n'était pas son rêve, à qui appartenait-il ? Quels étaient tous ces phénomènes étranges ?

Troublé, il sortit un étui à lunettes vide du premier tiroir du bureau. À l'intérieur, dans une pochette ternie, autrefois jaune vif, quelques brins et fleurs de cannabis très friables se mélangeaient à une multitude de petites graines. Pendant que Ran se roulait un joint, un éléphant poussa un barrissement et déboula sur le fond noir de l'écran de l'ordinateur. Ran alluma sa cigarette, en aspira une bouffée et retint son souffle le temps d'ouvrir la fenêtre pour rejeter la fumée dans la nuit.

En se retournant, il remarqua la fiole bleue posée sur un coin du bureau. Il l'agita doucement, il entendit le « plop » liquide et le cliquetis qui n'avait rien de liquide. Quand il la leva à la lumière, elle lui échappa des mains et il la vit aussitôt se briser en mille morceaux à ses pieds.

« Merde ! » s'exclama-t-il tandis que la flaque s'élargissait.

Au milieu, il vit un petit tas grisâtre qui ressemblait simplement à de la boue. Quand il le ramassa, il sentit quelque chose de dur au centre. De la taille et de la forme d'une piécette, l'objet était muni d'un moraillon ou d'un petit anneau sur le côté. Il comportait des caractères imprimés en relief sur sa surface et quand Ran essuya le dépôt de sédiments, il distingua des lettres. Il lut et cligna des paupières, et cligna des paupières et lut à nouveau : « *Oshkosh* », les lettres polies et dorées semblaient fraîchement imprimées dans le métal.

« Oshkosh », répéta-t-il à haute voix. Il leva les yeux, et Adélaïde l'attendait dans le tableau, son regard bleu était lourd d'un secret qu'elle semblait impatiente de transmettre.

26

Personne ne sait quand ça a commencé.
Au commencement, sans doute : un beau jour
La surface de la terre s'est effondrée sur ses désirs
Et la gueule béante du monde a englouti l'amour de sa vie.

Plein d'une ~~passion colère~~ passion légitime, il plongea pour le rattraper…
Car après ~~dix-neuf~~ vingt ans, il savait…

En se réveillant, la tête lourde, assis au bureau ministre, Ran trouva ces vers écrits sur une feuille de papier. Ils lui semblèrent d'abord incongrus, mais peu à peu, en les lisant, les détails de sa séance de travail nocturne lui revinrent. Le premier couplet était sorti en quinze secondes chrono. Il s'était battu avec le deuxième pendant une heure et demie. La mission de Nemo était-elle placée sous le signe de l'amour ou sous celui de la colère ? Devait-il utiliser dix-neuf ans, la durée de son mariage, ou parler de vingt ans pour essayer de donner le change ? Et qu'il s'agît de dix-neuf ou de vingt ans, qu'avait appris Nemo au terme de ce long séjour sous les mers ? À ce stade, le processus créatif s'était interrompu. Ransom avait posé la tête sur le bureau pour se réveiller des heures plus tard, la nuque ankylosée et le motif du sous-main en cuir imprimé sur la joue.

Il était presque sept heures. Les fenêtres étaient restées ouvertes et il faisait froid. Dans la bibliothèque haute de plafond, tout n'était qu'ombres grises. Sur le dos d'un livre relié en bougran, non loin de lui, il remarqua des traces de moisissure ; il regarda les autres : tous ces titres obscurs et oubliés. Il pensa à tous ces efforts, à toutes ces ambitions qui tombaient lentement en poussière, et il comprit que ses propres chances de succès avec cette chanson, ou une autre, à venir étaient très minces. La peur lui serra le cœur, et il réalisa soudain que l'incartade vis-à-vis de son traitement ne lui serait peut-être pas aussi facilement pardonnée qu'il l'avait supposé ; une seule goutte d'eau, après tout, pouvait faire déborder un vase ! Son projet de devenir un autre homme, un homme meilleur... était-ce vraiment réaliste à son âge ? Changer, quel que soit le moment, est difficile, mais à quarante-cinq ans ? Devenir un autre homme après tout ce temps ? Franchement !... Tout à coup, il entendit un bruit sourd au-dessus de sa tête ; des petits pieds tambourinaient sur le plafond en longeant le couloir au pas de course.

Interrompant les sombres ruminations de son père, Charlie déboula en criant : « Papa ! Papa ! Réveille-toi ! Gros camion ! Viens voir ! »

Charlie courut à la fenêtre et tourna vers Ran son petit visage éveillé et tout excité. « Là ! Viens voir ! » Ransom le rejoignit au moment où l'excavatrice à benne s'encadrait dans la fenêtre ; elle tractait une remorque munie d'un godet chargeur Caterpillar jaune retenu par des chaînes.

« Gros camion ? »

Ransom secoua la tête.

« C'est un excavateur.

— Escavateur ?

— C'est ça.

— Pas gros camion ?

— Pas un camion de pompiers.

— Qu'est-ce qu'y fait, l'escavateur ?
— Il fait un gros trou.
— Un trou ?
— Allons lui dire bonjour.
— Lui dire bonjour ?
— Allez, viens.
— D'accord, papa. »

Charlie tendit sa petite main, pas plus grosse qu'une pièce de un dollar en argent et, en la prenant, Ransom vit en un éclair comment se serait déroulé le reste de la journée sans cette interruption. Ses courbatures le quittèrent, son moteur interne prit de la vitesse.

Dehors, il montra la planche de soutènement pourrie au conducteur de l'engin, et lui exposa sa théorie de l'amoncellement d'eau.

« Ça me semble sensé.
— Alors, ça va prendre combien de temps à votre avis ?
— Oh, pas plus de deux cents heures ! »

Ran le gratifia d'un mince sourire. « Donc, vous aurez fini à midi.
— Y a des chances, si je saute ma pause beignet de dix heures.
— À vue de nez, ça ne vous ferait pas trop de mal.
— Je croirais entendre ma femme !
— M'en parlez pas, vieux ! » Tout sourires, Ran leva la main ; l'autre concéda une tape dans la paume, à contrecœur mais sans animosité. « Je dois déposer mes enfants à l'école à Powatan, faire une ou deux courses. Je pense être de retour avant votre départ.
— De toute façon, je ne m'en irai pas avant que vous m'ayez payé.
— Bon, alors à tout à l'heure. »

En finissant son café, les cheveux encore mouillés après sa douche, Claire sortit par la porte de derrière.

« Il faut que je file, dit-elle. Un bisou à maman. » Elle s'agenouilla pour le recevoir. « À plus tard, mon bonhomme.

— Au'voir, maman.

— Quant à vous... »

Ran scruta son visage, mais ne décela rien d'accusateur dans le regard qu'elle lui lança, un regard plein de messages codés portés par une hilarité contenue. « Vous étiez en grande forme, hier soir, monsieur Hill.

— Vous de même, madame. »

Elle le gratifia d'un petit sourire gentil et Ran vit toute sa journée prendre un autre tour. Il rentra préparer le petit déjeuner pour les enfants ; puis il les conduisit en ville. Tout cela se passa plus simplement que la veille, sauf que la logistique de la Thunderbird laissait à désirer. Ran se rappela les plaintes de Claire à ce sujet et s'arrêta dans une concession de voitures d'occasion.

Un vendeur d'un âge certain qui arborait une exubérante banane de cheveux gris un peu clairsemée s'avança d'un pas nonchalant et lâcha un sifflement : « Belle voiture... modèle 1955 ?

— 56.

— J'ai toujours rêvé d'en avoir une », dit-il en en faisant le tour. Dans sa tenue de gentleman-farmer démodé, avec un pantalon de madras, il avait tout l'air d'un séducteur qui ne s'est pas assagi avec l'âge. « J'imagine que vous n'avez pas l'intention de la vendre.

— Je pensais plutôt à un échange, dit Ran. Je cherche une voiture pour ma petite famille.

— Voici le véhicule qu'il vous faut. » Banane Argentée désigna une Odyssey de marque Honda d'une teinte deux tons plus foncée que sa crinière.

« Une fourgonnette ? demanda Ran, sceptique. Je ne sais pas, *padre*. Je ne suis pas sûr que mon amour-propre et une fourgonnette soient conciliables en ce bas monde.

— Mais ça n'a rien à voir avec la fourgonnette que conduisait votre père, mon ami, répliqua le concessionnaire, sachant lire dans l'esprit du client et faisant preuve d'une excellente connaissance de la nature humaine. « Intérieur cuir, deux portières coulissantes électriques... » – il déclencha l'ouverture d'une des portières et Ran jeta un œil à l'intérieur – « Deux sièges rabattables pour les chargements volumineux. Et regardez un peu ça ! » Il fit coulisser un écran fixé au plafond.

« Une télé, en plus ? dit Ransom, qui se laissait amadouer.

— C'est pas une simple télé, vieux. C'est un lecteur de DVD.

— Sans blague ! » Tout en sachant qu'il aurait été plus malin de se faire prier, Ran, qui en était incapable, sourit en se caressant le menton.

« C'est une belle voiture, mon pote. Et en plus, je vous offre cinq DVD gratuits. »

Ransom éclata de rire. « Comme si ça allait conclure l'affaire !

— Ça s'est déjà vu, fit le vieux beau.

— Vous avez *Le Roi Lion* ? »

Le vendeur eut l'air perplexe, mais pas pour longtemps. « Si on l'a pas, on l'ajoutera à la liste. »

Ran lui tendit la main en souriant.

Ensuite, il passa chercher ses médicaments, s'acheta un Coca pour avaler ses cachets sur-le-champ, et partit faire une prise de sang au labo d'analyses de Claire. Quand il prit la route pour rentrer à Wando Passo, enveloppé par la bonne odeur de neuf de la voiture, Ran se sentait vertueux, il se sentait bien. Son humeur du matin avait disparu comme l'ombre d'un nuage passe sur vous puis s'éloigne. Dès qu'il fut au volant de l'Odyssey, il commença à se sentir plus calme, les pieds sur terre. Sur le pare-brise, il vit se dérouler la journée qui aurait été la sienne à New York, dans son taxi ; et, à côté, la journée qui l'attendait ici... grâce à la petite interruption de Charlie, grâce à la remarque et au gentil sourire de Claire. D'une certaine façon, la vente de la Thunderbird paternelle couronnait le tout, comme s'il s'était débarrassé d'un vieux bagage encombrant. À New York, sa dépression aurait duré et pris de l'ampleur au fil des heures ; ici, cela n'avait pas été le cas. Voilà ce qu'avait perdu Nemo, ce qui l'avait transformé en monstre assoiffé de vengeance, presque inhumain : il avait perdu sa femme et ses enfants. Ran comprenait tout à présent. Quand il arriva à Wando Passo, le soleil pointait derrière la chape de nuages. Cela valait la peine de se battre, après tout.

Lorsqu'il s'engagea dans l'allée, là-bas, à côté de l'excavateur à benne et de sa remorque, il ne put que remarquer six voitures de police garées en ordre dispersé, gyrophares allumés. Ran se gara en marche arrière sur le dégagement en gravier derrière la maison et aperçut la pelleteuse jaune, immobile, un amas de racines et de mottes de terre dans son godet cranté. Sous l'engin se tenait le brigadier Thomason, en grande conversation avec le conducteur de l'engin. Tous deux se retournèrent dès que Ransom sortit de voiture.

« Monsieur Hill, dit Thomason.

— Comme on se retrouve, répondit Ran. Que se passe-t-il ? »

Thomason fit un signe de tête en direction de la tranchée semblable à une tombe qui avait remplacé la touffe de pervenches.

En levant les yeux sur Ran comme si son heure de gloire tant attendue était enfin arrivée, l'agent Johnson souleva une bâche en plastique bleu. Là, un squelette intact était étendu à côté d'un second ensemble d'ossements éparpillés par la pelleteuse.

Ran reconnut un pelvis, une série de vertèbres et un os qui ressemblait à un fémur humain.

« Docteur ? » lança Thomason à un homme grisonnant, vêtu d'un costume froissé, qui, assis sur ses talons à l'autre bout de la tranchée, examinait quelque chose que Ransom ne pouvait pas voir. « Docteur Sneeden ?

— Humm », fit le médecin légiste pour la forme. Quand il se retourna enfin, Ransom put voir le second crâne, plus gros que le premier, qu'il tenait. Sur la boîte crânienne, on apercevait un trou de la taille d'une petite pièce de monnaie et les fissures de l'impact qui partaient en étoile comme les rayons d'un soleil noir. Le médecin secoua le crâne, et quelque chose tinta à l'intérieur.

« Mais, bon Dieu, qu'est-ce que c'est que ça ? fit Ran.

— Voyons un peu, déclara le médecin légiste. Il ouvrit la mâchoire et plongea sa main dans la bouche pour en ressortir une bille de plomb noire. « Plomb de chasse. Du numéro 8, on dirait.

— Voici M. Hill, docteur, dit Thomason. Le propriétaire des lieux. »

Se souvenant de ses bonnes manières, Sneeden se hâta d'ôter la cigarette qu'il avait entre les lèvres et sourit.

« Bonjour », dit-il, et ses yeux gris se braquèrent sur Ransom comme l'obturateur d'un objectif.

II

UNE LUMIÈRE MOUCHETÉE

1

Adélaïde est réveillée par les pelles qui creusent paresseusement le sol sablonneux – tchoc... tchoc... tchoc – et par le bruissement sourd de la terre meuble qui retombe sur la terre meuble fraîchement retournée.

« Ho ! hisse ! » dit une voix dehors ; une autre rit. Au son de cette voix, en humant l'odeur du fleuve au lieu de l'odeur iodée de la mer, Adélaïde se rappelle où elle est et ce qui s'est passé sur ce lit hier soir. Quelque chose est différent, une sensation nouvelle qu'elle perçoit en elle-même : elle éprouve dans son corps la paisible pesanteur qui suit un effort physique agréable. Est-ce donc cela, se demande-t-elle, le mystère qu'elle a tant attendu, dont elle s'est préservée si longtemps ? Pour un peu, elle en rirait. Mais autre chose va à contre-courant, s'oppose à son bonheur.

Harlan, à la fenêtre, est déjà habillé – en uniforme, avec une large ceinture en soie noire et son sabre d'apparat qui lui descend jusqu'au genou. Il regarde du côté de l'étang noir et du cyprès, là où les esclaves creusent la dernière demeure de Percival.

« Bonjour. »

Il se retourne, et son visage s'éclaire ; il n'exprime pas le chagrin, c'est le regard d'un homme soulagé. « Vous êtes réveillée.

— Oui. »

Il vient s'asseoir près d'elle sur le lit et prend ses mains dans les siennes. « Si vous saviez comme je regrette de devoir partir, Addie, surtout maintenant, lui dit-il avec tendresse. Surtout maintenant. »

Elle lui caresse la joue. « Vous serez bientôt rentré. Washington sera prise dans un mois ! » Elle sourit et il lui rend son sourire.

Alors même qu'elle le rassure ainsi, cependant, le moineau de l'inquiétude volette à nouveau dans la pièce, et elle s'aperçoit qu'elle n'espère pas tout à fait cette issue. Et si elle ne vivait pas dans l'espoir du prompt retour de son mari ? « Harlan, je pensais..., commence-t-elle, en chassant énergiquement cette idée et en s'asseyant dans le lit. Vous savez, toute la cargaison que nous avons perdue ? Si quelques-unes des esclaves m'aidaient à coudre, nous pourrions confectionner les vêtements des travailleurs des champs nous-mêmes. Et si nous avons de la laine, nous pourrions la filer et leur tricoter des bas, aussi. Je crois que ce serait possible », affirme Adélaïde qui a souvent tricoté de la layette, d'abord pour les bébés de ses amies, et ensuite, de plus en plus souvent, pour les jeunes mères qui n'étaient que des fillettes en tablier quand elle-même faisait ses débuts dans le monde.

Harlan lui tapote la main. « Ma mère disait toujours que la maîtresse d'une plantation doit devenir l'esclave de ses esclaves. Je savais que vous sauriez y faire. Parlez-en à Paloma. Elle vous procurera ce qu'il vous faut. » Le voilà qui se lève et arpente la chambre. « Mais je dois vous dire... C'est un grand soulagement, Addie, pour cette histoire, avec Clarisse, que de vous avoir tout avoué. Je voulais en discuter avec vous depuis des lustres.

— Je comprends », dit-elle en remarquant sa promptitude à changer de sujet pour en revenir à lui-même. Mais pourquoi ne l'aviez-vous pas fait ? ajoute-t-elle dans sa tête. Que serait-il arrivé s'il en avait parlé ? Ses pensées vagabondent tandis qu'il poursuit son monologue. S'il était venu la trouver à Charleston, l'air grave et pénitent, s'il avait dit : « Je dois vous parler d'une

situation, Addie, d'un événement de mon passé... Je suis tombé amoureux d'une femme sans savoir qui elle était. » Elle n'aurait eu d'autre choix que de lui pardonner. Non, pense-t-elle, cela n'aurait rien changé : elle serait tout de même là où elle se trouve aujourd'hui. Mais qu'il ne soit pas venu, l'air grave ou non, voilà bien l'ennui. Qu'il ait passé outre et l'ait épousée en la laissant ignorer une vérité fatale à son bonheur, qu'il ait pris le risque de gâcher sa vie... Voilà l'homme que vous êtes, constate-t-elle en regardant Harlan parler et sourire. Elle le voit distinctement à cet instant, mais cette lucidité ne suffit pas à vaincre sa tendresse. À la lumière de ce qui s'est passé entre eux ici, hier soir, il semble aujourd'hui que ce mariage existe pour de bon, et quand elle a accepté de l'épouser, elle savait qu'elle devrait faire des concessions. Ici, dans la lumière neuve et crue du matin, il lui apparaît soudain que c'est sur cette question qu'elle doit en faire.

« ... il a fini par retrouver ses esprits, poursuit Harlan. C'est la seule conclusion que je puis en tirer.

— Pardonnez-moi. J'ai perdu le fil. Qui ?

— Père. Nous avons fouillé partout, Paloma et moi, et il reste tout simplement introuvable. »

Elle se redresse et s'adosse au montant du lit. « Vous parlez du testament ?

— Il a dû le brûler pendant la nuit. Qui aurait cru, après tout ce temps, que le vieux finirait par... Mais qu'y a-t-il, Addie ? Vous êtes blême, ma chère.

— Harlan, je redoute de vous avouer... »

Le visage de Harlan se fait attentif.

« Il me l'a confié.

— Quoi ? » demande-t-il, d'un ton que la surprise rend brutal.

Adélaïde cligne des yeux ; son regard se pose involontairement sur la table de nuit. Les yeux de Harlan l'y suivent. Les époux tendent la main en même temps. Chacun s'empare d'un coin de page.

« Vous permettez ? » lance-t-il, les lèvres si pincées qu'elles dessinent sur son visage une ligne souffreteuse. Adélaïde n'ose répondre autrement qu'en lâchant prise.

Harlan parcourt la page et la retourne d'un geste brusque qui la fait claquer. Il la parcourt à nouveau et trouve ce qu'il cherchait. « Bon sang ! s'exclame-t-il. Maudit soit-il ! Il n'y a rien d'étonnant, finalement. » Sur ces mots, il déchire le testament en deux.

« Harlan, pour l'amour de Dieu… »

Il déchire alors les moitiés, puis les quarts qu'il jette dans l'âtre.

« Que faites-vous, Harlan ? Arrêtez ! »

Il frotte une allumette. Il la tient entre le pouce et le majeur pour lever l'index. « Pas un mot de plus, vous m'entendez, Addie ? Pas un ! Nous avons eu toute la discussion que j'avais l'intention d'avoir à ce sujet. Je pars aujourd'hui et Dieu sait jusqu'à quand. Dès que Père sera en terre, je quitterai la plantation, et je n'ai ni le temps ni l'envie d'entamer une bataille judiciaire fastidieuse qui, de toute façon, aboutirait au même résultat. » Et il enflamme le papier.

« Mais, Harlan, c'étaient ses dernières volontés…

— Cela, je n'en sais rien, répond-il en s'essuyant les mains. Je n'en sais rien du tout. Les dernières volontés que je l'ai entendu exprimer allaient, en fait, dans le sens contraire. Et si vous n'étiez pas intervenue… Mais non, je ne veux pas me quereller. Nous nous sommes assez querellés. Je pense que nous pouvons nous accorder sur ce point, au moins.

— Ne pouvez-vous pas penser à Jarry et à Paloma, tout de même ?

— Paloma est libre d'agir à sa guise.

— Et Jarry ? Qu'en dites-vous ? Mettez-vous à sa place, Harlan : si c'était de vous qu'il s'agissait ?

— Mais c'est de moi qu'il s'agit, Addie, réplique-t-il, avec une note pathétique dans la voix. C'est bien de moi. Depuis toujours. Maintenant, c'en est fini. Il vient un moment où l'on doit cesser de s'en remettre à autrui

et commencer à agir dans son propre intérêt. » Le testament est réduit en cendres. Harlan pose sa botte dessus et les écrase sur les briques noircies de l'âtre. « Ce secret ne doit pas sortir de cette pièce. »

Adélaïde observe un silence morose.

« Vous devez m'en faire la promesse.

— Je ne suis pas sûre de le pouvoir.

— Il le faudra bien, Addie, lui annonce-t-il avec une assurance froide qu'elle trouve menaçante. Vous le ferez certainement si les sentiments de Jarry vous importent. C'est mieux pour lui aussi.

— Comment cela ? répond-elle. Comment cela, "mieux" ?

— À sa place, dit-il, quelle situation susciterait en vous le plus d'amertume : rester travailler en sûreté selon les vœux de votre père ou vous y sentir contrainte par un frère que vous haïssez ? »

Elle fronce les sourcils et ne répond pas.

« Allons, ma chère, dit-il en prenant confiance en lui, nous avons beau ne pas être d'accord, il est indigne de vous, quand vous savez que j'ai raison, de me refuser une réponse par dépit.

— Peut-être, déclare-t-elle, mais de façon plus générale vous avez tort.

— C'est votre opinion. Pensez ce que vous voulez. Je ne peux rien changer à cela. Mais gardez vos pensées pour vous. Je ne veux pas que vous abordiez ce sujet avec Jarry ou Paloma : vous m'avez bien compris ? C'est ma famille, Addie, la mienne : mon père, ma plantation, mes esclaves. Toute cette affaire remonte à plus de quarante ans et vous êtes ici depuis moins de trois jours. Je suis le maître du domaine à présent, et votre mari de surcroît. Il y a une semaine aujourd'hui, à l'église, vous avez juré non seulement de m'aimer et de m'honorer, mais aussi de m'obéir. Si vous avez l'intention de respecter ce serment, vous devez me promettre le secret.

— Très bien, Harlan », répond-elle. Mortifiée par cette conversation, elle décide de capituler pour en finir. « Très bien, dans ce cas, très bien.

— J'ai votre parole ?

— C'est ce que je viens de vous dire, non ?

— Bon, fort bien. Parfait, dit-il, en s'autorisant un sourire. Venez, Addie, nous avons traversé bien des tempêtes ces deux derniers jours, mais nous avons franchi le cap. Ne gâchons pas les dernières heures qu'il nous reste. Allez vous habiller et informer Paloma de votre projet pendant que je vais voir si tout est prêt pour la cérémonie de l'enterrement. » Il se penche pour l'embrasser sur la bouche, mais Adélaïde lui tend une joue.

Quand il est parti, elle s'habille rapidement et va s'asseoir à la coiffeuse. Elle cherche le cheveu noir dans la brosse de la mère de Harlan : il a disparu, et Adélaïde, furieuse contre son mari, mais encore plus furieuse de sa propre concession, se demande si elle n'a pas rêvé. Absorbée dans la contemplation de son visage renfrogné, elle s'aperçoit qu'elle attend quelque chose. Depuis qu'elle a ouvert les yeux, elle attend, et redoute, de manière plus ou moins consciente, que la voix lui parle. La voix ne s'est pas fait entendre, jusqu'à maintenant ; à l'instant non plus. Et c'est une bénédiction. Peut-être qu'à présent, pense Adélaïde, la vie, la vraie vie, suspendue ces deux derniers jours, peut reprendre son cours. Oui, décide-t-elle en se brossant les cheveux vigoureusement – avec frénésie, même –, ce silence est un soulagement.

2

« Eh bien, dites-moi si je me trompe, messieurs, lâcha Ransom en marchant de long en large, pris de frénésie, devant le bureau ministre, mais nul besoin d'avoir d'un diplôme en médecine légale pour affirmer que notre Yorrick, avec sa petite balle dans la tête, est enterré là-dehors depuis belle lurette. »

Il hocha la tête en direction de la fenêtre et du site de l'excavation, où l'on s'affairait encore à photographier et recueillir les ossements dans des sacs.

« Eh bien, permettez-moi de vous dire, déclara Sneeden, le médecin légiste, que vous vous trompez. Quand un corps a séjourné un certain temps sous terre, monsieur Hill, les os s'oxydent, ils prennent une teinte jaune ivoire défraîchie et il devient quasiment impossible d'estimer à l'œil nu – du moins, pour moi, et je fais ce métier depuis vingt-cinq ans – s'ils sont là depuis un an ou un siècle.

— Vraiment ?

— Oui. »

Ransom s'immobilisa. « Et qu'est-ce que ça sous-entend ? »

Ayant lancé la question, il laissa son regard passer de Sneeden au brigadier Thomason – lequel debout, sa casquette à la main, l'observait d'un regard mélancolique, froid, clinique, comme un enfant pauvre qui, à sa première sortie au cirque, examine le lion en train d'arpenter sa cage.

« Enfin, fort de vos longues années d'expérience, poursuivit Ran en retrouvant son inspiration, des années passées à traquer des grands criminels et tout ça, pensez-vous – et soyez franc, je vous en prie, ne me cachez rien pour épargner ma susceptibilité –, pensez-vous que je sois le genre de type qui s'amuse à zigouiller les gens et à enfouir leurs restes dans des tombes improvisées sur son terrain comme un chien enterre ses os ? J'ai une tête à faire ça ?

— C'est pas facile de deviner ce que renferme l'âme des gens rien qu'à leur tête, monsieur Hill. Vraiment pas, répondit Thomason. Prenez Ted Bundy[1], par exemple... Personnellement, je vous trouve plutôt sympathique – un peu nerveux peut-être, un peu sarcastique parfois...

— Et du sarcasme, on glisse vite sur la pente dangereuse du crime en série, pas vrai ? l'interrompit Ran. Je suis sûr que c'est écrit à la première page du chapitre 1 du *Manuel de procédure policière*. »

Ayant imprimé un quart de tour à la page raturée de *Nemo's Submarine* toujours sur le bureau, Sneeden la parcourut rapidement, catalogua Ran comme un prévenu potentiel puis se dirigea vers la fenêtre, dont il tira le rideau ; là, il sembla s'absorber dans une observation trigonométrique de leur position par rapport au site d'excavation. « Pourquoi êtes-vous si susceptible, monsieur Hill ? demanda-t-il en se retournant. Voilà la question que j'ai envie de vous poser.

— C'est cette question-là que vous avez envie de me poser ? Pourquoi je suis si susceptible ? Si je suis aussi susceptible, monsieur Sneeden...

— Docteur.

— Docteur Sneeden, si je suis aussi susceptible, c'est parce qu'on vient de découvrir deux corps sur

1. Serial killer à qui on aurait donné le bon Dieu sans confession. *(NdT.)*

notre propriété et que j'ai l'impression de subir un interrogatoire ; et quand je vous demande si vous pensez que j'ai quelque chose à voir avec la présence de ces corps, vous ne le niez pas. Je suis quelqu'un de sensible, docteur Sneeden, je suis un artiste et je trouve ces sous-entendus très blessants, cruels – vous ne voyez pas à quel point ça m'affecte ? Et puis ça m'énerve un brin aussi.

— C'est tout à fait naturel, monsieur Hill, tout à fait naturel, dit Thomason. Je ressentirais la même chose à votre place. Comme tout le monde.

— Vous a-t-on accusé de quoi que ce soit ? intervint Sneeden. A-t-on prononcé la moindre parole qui vous accuse ?

— Attendez une minute ! répliqua Ran. J'ai compris. Le brigadier, c'est le bon flic. Et vous êtes le méchant. C'est ça ?

— Je suis le médecin légiste du comté, monsieur Hill, répondit Sneeden. J'ignore l'identité de ces corps, ce qui s'est passé et combien de temps les cadavres ont séjourné ici, s'ils sont morts assassinés ou de cause naturelle, et qu'est-ce...

— En tout cas, Yorrick a du plomb dans le crâne, dit Ransom, donc, pour commencer, j'écarterais la cause naturelle.

— C'était peut-être un accident de chasse, un soldat tué à la guerre, un suicide : je vois une bonne dizaine de raisons de se retrouver avec une balle dans la tête à part le meurtre.

— Et vous voyez aussi une bonne dizaine de raisons pour se retrouver dans une tombe sans stèle à moins d'un mètre sous terre ? »

La mâchoire de Sneeden tressaillit.

« Il n'a pas tort là-dessus, doc, fit observer Thomason. On est sur la même longueur d'onde, vous et moi, monsieur Hill. Il y a une histoire là-dessous, et ça ressemble à une vilaine histoire, mais à vrai dire, on ne sait pas ce qui s'est passé, et le découvrir, c'est notre boulot. Voilà ce qu'on essaie de faire, et si on vous interroge, c'est parce que les ossements ont été découverts sur votre terrain. Ça ne va pas plus loin. Et nous apprécierions grandement que vous fassiez preuve de bonne volonté en nous fournissant toutes les informations et toute l'aide possibles.

— Eh bien, je sais qui c'est, déclara Ran. C'est pas de la bonne volonté, ça ? »

Les deux policiers clignèrent des yeux.

« On dirait que vous m'écoutez enfin, continua Ran, avec un effort manifestement hypocrite pour dissimuler sa joie. C'est Harlan et Adélaïde DeLay, messieurs, les arrière-arrière-arrière-grands-parents de ma femme, ou un truc dans le genre. Voici Adélaïde. » Il leur montra le portrait.

« Qu'est-ce qui vous fait penser que c'est eux ? demanda Thomason.

— Harlan DeLay est revenu de la guerre en 1865, il est arrivé en ville, à Powatan, il s'est mis en route à pied pour Wando Passo et personne ne l'a jamais revu, ni lui ni Adélaïde. Ils sont portés disparus depuis... quoi ? cent quarante ans et des poussières ? Le hasard ou le destin a fait que j'ai entendu parler de leur disparition pour la première fois hier, juste après avoir... »

... découvert le chaudron en fonte, faillit-il dire, mais sa petite voix intervint : *À ta place, je laisserais ça de côté !* et, pour une fois, Ran fut d'accord. « Donc, ce ne peut-être qu'eux.

— Bon, il a raison sur un point, lança Sneeden à Thomason. La seconde série appartient à une femme.

— La seconde série de quoi ? demanda Ran.

— D'ossements, précisa le brigadier.

— De quoi est-elle morte ?

— Nous devrons attendre le rapport médico-légal du labo de Columbia pour nous prononcer, monsieur Hill, répondit Sneeden. J'ai bien remarqué une côte brisée à gauche, ce qui concorderait aussi avec l'hypothèse d'un coup de feu.

— Ils feront une étude ostéométrique et une datation au carbone 14, là-bas, monsieur Hill, expliqua Thomason. Ça devrait nous dire si les dates correspondent. Alors, ce serait quoi, votre théorie ? Qu'ils ont été assassinés ? »

Ran haussa les épaules. « Moi, je parierais pour un meurtre doublé d'un suicide.

— Il la tue et ensuite il se suicide ?

— Ou c'est peut-être elle qui lui a tiré dessus, dit Ran.

— D'habitude, ça marche dans l'autre sens, objecta Sneeden. Dans neuf cas sur dix.

— Allons, ne soyons pas sexistes, dit Ran. On est au XXIe siècle, comme personne ne manque jamais de me le rappeler.

— Et quel est le mobile, à votre avis ?

— Peut-être qu'elle l'a trouvé trop sarcastique à son goût. » Ran jeta un regard agressif à sa montre. « Sur ce, messieurs, je vous ai fourni tous les renseignements que j'avais, réels ou supposés. Maintenant, à moins que vous ayez prévu de m'arrêter et de m'envoyer casser des cailloux enchaîné à d'autres forçats, il faut que j'y aille.

— Vous ne quittez pas la région, hein, monsieur Hill ? demanda Thomason. Si je vous le précise, c'est juste au cas où on aurait d'autres questions.

— Je vais chercher mes enfants à la maternelle de Powatan. Vous voulez que je vous remette mon passeport ?

— Ce ne sera pas nécessaire, rétorqua Sneeden d'un ton sec.

— Je ne vous raccompagne pas. Je crois que vous connaissez le chemin.

— Oui, sûr », répondit Thomason, et, ayant lissé la longue mèche sur sa calvitie, il se recoiffa de sa casquette.

« Salauds ! s'exclama Ran dès qu'ils furent partis. Sales rats ! »

Et il l'avait vu venir, non ? Il l'avait bien vu venir ! Ce matin, les choses s'étaient tout simplement trop bien passées. On en avait eu vent, apparemment, dans les hautes sphères de l'univers : pour une fois, Ransom Hill touchait au bonheur ; il avait même réussi à faire l'amour à sa femme ! Appelez les Cavaliers de l'Apocalypse ! Que les Harpies déversent leurs excréments sur son bol de corn-flakes ! Remettez bon ordre à tout ça, pour l'amour du Ciel, avant que ce pauvre loser de Ran s'imagine qu'il a droit à *un seul instant* de répit...

Alors, on s'apitoie sur son propre sort ? intervint la petite voix.

« Va te faire foutre, toi aussi ! » cria Ran, très fort, dans la pièce déserte. « Va te faire foutre et retourne d'où tu viens ! Dans quel camp tu es, de toute manière ? »

Dans le tien, bien sûr. Mais vraiment, Ransom, il n'y a pas de quoi en faire un plat. Tu sais que tu es innocent, non ?

« Mais bien sûr que je suis innocent ! Y a pas plus innocent que moi ! »

Tout cela est arrivé il y a très longtemps.

« Ça remonte à sacrément loin ! »

Cette histoire – quelle qu'elle soit – ne te concerne en rien, pas vrai ?

« Y a pas plus vrai ! »

Alors, pourquoi tu te mets dans tous tes états ?

« Eh ! Je ne suis pas sûr d'apprécier le tour que prend cette conversation. »

Tout ce que je dis, c'est que Sneeden n'a pas vraiment tort. À ton comportement, on pourrait presque croire qu'on a touché la corde sensible.

« Tout ça, ce sont des conneries ! Des conneries ! Je n'ai aucune corde sensible de ce genre. C'est de moi qu'on parle, bon Dieu ! *De moi,* Ran ! Je suis un pacifiste dans l'âme ! Je me suis fait réformer... Enfin, je l'aurais fait s'ils n'avaient pas cessé d'appeler les jeunes sous les drapeaux trois mois avant que je sois en âge d'y aller. Merde, j'ai été végétarien, dans le temps... treize ans pendant lesquels je n'ai pas cassé un seul œuf ! »

Oh, si je m'en souviens !

« Tu es qui, au juste, le Grand Farceur ? C'est très grave. »

Tu as raison, c'est grave. Voilà pourquoi je trouve un peu étrange que tu ne leur aies pas tout donné.

« Qu'est-ce que tu veux dire ? Je leur ai tout donné sauf mon sang. »

Et le fusil ?

Ran s'immobilisa au milieu de la pièce et regarda les crochets vides au-dessus de la porte, ceux qui avaient retenu le Purdey. « Qu'est-ce que tu veux d... Oh, attends ! Attends, j'ai compris. Si c'est l'arme du crime, peut-être qu'ils pourraient... »

Prouver qu'il est à l'origine du coup de feu ?

« D'accord, d'accord. Excellent. Bonne idée. Je n'y avais même pas pensé. »

Ah non ?

« Absolument pas. »

Ah bon, désolé. Je me suis trompé. J'ai cru qu'à un instant...

« Quel instant ? Rien, à aucun instant ! »

Tu sais, quand tu marchais de long en large comme un fou en agitant les bras, en protestant de ton innocence ; quand tu donnais libre cours à ton indignation vertueuse à l'idée que les policiers puissent penser que toi – toi, toi entre tous, le fils de Melvin Hill ! – tu sois capable de violence... J'ai cru que l'espace d'un court instant tu t'étais dit : « Et si c'était le Purdey ? » mais que tu n'avais pas voulu en parler.

« Eh bien, tu te trompes. Tu te trompes sur toute la ligne. Je ne me rappelle pas avoir pensé ça. »

Oui, bon, c'était une pensée subtile, très facile à oublier…

« Eh ! protesta Ransom. Eh, va te faire foutre ! En fait, si tu veux une réponse exacte, ce que je me souviens d'avoir pensé, c'est : Comment leur remettre le fusil alors que je ne sais même pas où il est ? »

Tu ne sais pas ?

« Mais non, je n'en sais rien ! Et toi ? »

Hummm, fit la voix d'un ton pensif. *Non, désolé. Aucune idée.*

« Très bien, petit malin, tu veux que je te montre ? Je vais le retrouver et le remettre à la police. »

Vas-y, Ran.

« Tu crois que je ne le ferai pas ? Regarde un peu. Je vais te le prouver, pauvre con, sale traître ! »

Et sur ces mots, il longea le couloir d'un air digne avec sa semelle qui claquait.

« Moi ! grommela-t-il. *Moi !* » répéta-t-il, indigné. En sortant dans la cour, il claqua la porte si fort qu'il faillit en briser les gonds.

3

Il règne une forte odeur d'herbes et on entend l'eau tomber goutte à goutte ; puis, soudain, en cascade, quelque chose que l'on essore – linge ou éponge – dans une cuvette ou dans un seau.

Adélaïde suit ces bruits jusqu'au grand salon, sur la droite du grand escalier, et elle y trouve Paloma qui lave le mort en silence. Percival est étendu sur une porte que les charpentiers ont posée sur des tréteaux. À l'exception d'un tissu sur le bas-ventre, il est nu, et la lividité de son corps est presque choquante, un corps choquant et impressionnant par sa taille et sa vigueur, et surtout sa jeunesse apparente. Mis à part la pâleur anormale, le renflement et l'avachissement du bas-ventre, il ne semble pas vieux. Adélaïde se rappelle Achille sur son bouclier, elle repense à un tableau de la Déposition qu'elle a vu un jour. Paloma soulève un des bras ballants – qui semble se prêter à cette manipulation avec une tendre indifférence – et le tamponne à l'aide d'une éponge, de l'épaule jusqu'au poignet. Elle lave chaque doigt séparément, retourne ensuite la main pour en nettoyer la paume, qu'elle frotte du talon jusqu'au bout des doigts. Et pendant ce temps, l'eau dégouline sur le panneau de bois jusqu'au sol recouvert de serviettes.

La scène est aussi intime que si deux vieux amants prenaient un bain, entre mari et femme. Le plus silencieusement possible, Adélaïde s'apprête à partir, mais le plancher grince.

« Qu'y a-t-il, niña *? » La voix de Paloma est calme, mais son visage, quand Adélaïde se retourne, est un masque terrible de chagrin, d'amertume et de colère. Elle ne pleure plus, mais elle a les yeux rouges et creusés, et ses joues sont striées de traces de larmes.*

« Excusez-moi, Paloma. Ce n'est rien. Nous en parlerons une autre fois. »

La vieille femme ne répond pas. Elle reste là, plongée dans ses pensées, à regarder dans le vide.

Adélaïde est partagée entre la compassion et l'envie de fuir. « Paloma, puis-je vous aider ?

— Non, vous ne pouvez pas m'aider. Qu'est-ce que vous voudriez faire ? »

Adélaïde hésite, un instant seulement. Elle s'avance vers Paloma, lui prend doucement l'éponge des mains et la conduit jusqu'à un fauteuil. « Venez, répond-elle. Venez vous reposer un peu.

— Il faut le laver et l'habiller.

— Je sais. Je sais cela. Mais restez donc assise et dites-moi comment m'y prendre. »

La vieille femme n'accepte ni ne résiste. Une fois dans le fauteuil à bascule, elle prend une bougie sur le guéridon et la tient à bout de bras, les yeux écarquillés. Au grand désarroi d'Adélaïde, Paloma frotte une allumette et cherche à enflammer la bougie par le bas.

« Voulez-vous que je le fasse ?

— Non.

— Mais, Paloma, vous l'allumez par le mauvais bout.

— Je l'allume comme il faut, réplique-t-elle. Si vous voulez m'aider, allumez l'autre de la même façon. Grattez la mèche avec l'ongle pour la redresser. Là, comme ça. Maintenant, allez les poser de part et d'autre du corps ; et, niña, *quand vous le lavez, lavez-le de haut en bas, vers les pieds, pas vers le haut. De bas en haut, pour enfermer. De haut en bas, pour délivrer.*

Troublée par ces instructions, Adélaïde s'y soumet cependant sans poser de questions. La fraîcheur du corps est déroutante, comme la façon dont la chair, quand on la touche, garde l'empreinte des doigts en creux. Ce qui la déroute plus encore, c'est que Percival, de près, n'a pas l'air mort. Il a les yeux fermés exactement de la même façon que lorsqu'elle l'a vu pour la première fois, sur le cabriolet, comme si ce premier instant avait été prémonitoire. Quant à son expression, elle ne suggère plus les souffrances calmement endurées. On dirait un homme que l'on a empoisonné ou qui a trop bu, et qui a fermé les yeux pour prendre un douloureux repos mais ne parvient pas à trouver le sommeil.

« Paloma, si je ne l'ai pas déjà fait, je vous présente mes condoléances.

— Non, vous ne l'aviez pas fait. Je vous remercie. Vous aussi avez reçu un coup terrible. »

Adélaïde lève les yeux mais Paloma se contente de soutenir son regard ; ses yeux fatigués effraient non par leur hostilité mais pas leur longue expérience de la vie.

« Comment allez-vous, niña *?*

— Tout cela est du passé, Paloma. Comment puis-je leur reprocher ce qu'ils ignoraient ?

— Non, niña, *leur comportement quand ils ont appris la vérité, voilà ce qu'on doit leur reprocher. »*

Ces intuitions rapides et pénétrantes, pense Addie, Jarry en a hérité.

« Qu'êtes-vous venue me demander ? ajoute Paloma.

— Je pensais aux habits que nous avons perdus. Nous en reparlerons une autre fois.

— Dites-moi.

— Je me demandais si nous ne pourrions pas en coudre. Je sais tricoter et je me suis dit que nous pourrions – que je pourrais – peut-être commencer par confectionner une nouvelle paire de bas pour les esclaves qui travaillent dans les rizières, et ensuite…

— Oui, l'interrompt Paloma, autrefois, il n'y a pas si longtemps, avant que le prix de l'étoffe venue d'Angleterre et des usines du Nord ne devienne intéressant,

nous cousions sur place. Mais, niña, *il y a quatre cents personnes dans cette plantation. Ça fait huit cents bas, huit cents pieds.*

— Cela ne doit pas être si long, tout de même ? objecte Adélaïde. Pour une chaussette ?

— Je ne sais pas. Peut-être. » Paloma semble incapable, en fin de compte, de rester concentrée longtemps sur ce sujet, et elles écoutent en silence l'eau qui rejoint les petites rigoles déjà formées avant de ruisseler sur le bord de la porte et de tomber sur le sol.

Quand elle plonge l'éponge dans la cuvette, Adélaïde sent un objet au fond et sort de l'eau une chaîne dégoulinante. Elle croise le regard de Paloma et cligne des yeux.

« Vous savez pourquoi les maillons sont cassés aux extrémités de la chaîne ? demande la vieille femme.

— Pourquoi ?

— Pour détacher, niña. *On brise la chaîne et on les libère.*

— Et les herbes ?

— Ce que vous sentez, c'est de la rue. Il y a aussi de l'aigremoine. Et d'autres choses.

— C'est une pratique cubaine ?

— Cubaine ? Non, je l'ai apprise ici même, dans cette plantation, je devais avoir à peu près votre âge… ou un peu moins. Quand je suis arrivée, je ne connaissais personne à part Percival. Tout m'était étranger. Je pleurais mon pays et mon enfant. Binah, une vieille femme, m'a enseigné ces choses. Il y a de l'hysope dans l'eau, aussi. “Purifie-moi avec l'hysope, et je serai plus blanc que neige.”

— C'est dans les Psaumes.

— Oui, le 51. *Celui qu'on récite si on a attiré le diable sur soi par ses actes, ou pour quelqu'un qui l'a fait. Le Psaume 37, si on vous a injustement causé du tort. Binah m'a appris tout cela, et aussi qu'il faut mettre une chaîne brisée dans l'eau, laver le corps de la tête*

vers les pieds et brûler les bougies par le bas. Tout cela, pour nettoyer, purifier, protéger et inverser.

— Inverser quoi ? »

Le visage solennel de Paloma se fait encore plus grave. « Ça, niña*... ça, je l'ignore. Mais quelque chose ne va pas. » Du menton, elle désigne le corps. « Regardez-le. Vous ne voyez donc pas le trouble qui se lit sur son visage ? Son esprit est troublé, également. Il n'est pas parti. Je le sens, tout près. »*

Soudain, la chair de poule apparaît sur les bras d'Adélaïde.

« Il est dans un endroit obscur, il appelle. Il essaie de me dire où il est et je veux l'aider : voilà pourquoi j'ai allumé ces bougies et lavé son corps. Mais je suis en colère aussi. Tellement en colère, niña *! J'ignore s'il nous a trahis ou si on nous a trompés. »*

Le regard de la vieille femme la scrute de si près, avec une telle intensité qu'Adélaïde sent le rouge lui monter aux joues.

« C'est dur, niña, *reprend Paloma, très dur, dans un moment pareil, de ne pas savoir la vérité. Et ce qui est dur pour moi l'est encore plus pour Jarry. Vous-même, je crois, vous savez quelque chose. »*

Tout ce qu'Adélaïde peut faire, c'est soutenir le regard de Paloma en priant pour que ses yeux, qui ne savent rien cacher, ne la trahissent pas. « Comment va-t-il ? demande-t-elle à voix basse.

— Il n'est pas lui-même. Mais Dieu lui a envoyé du travail pour lui épargner le chagrin. »

Adélaïde essore l'éponge et baisse les yeux sur le corps, tout en ayant l'impression d'être essorée et déformée elle aussi. Sur ce point, son éducation n'a laissé aucune zone d'ombre. Mais elle a quitté le chemin de la lumière. Elle est dans les bois. À cet instant, elle s'aperçoit qu'elle s'est égarée. « Vous êtes libre, Paloma. Harlan vient de me le dire, là-haut.

— Et mon fils ?

— Nous ne pouvons pas nous passer de lui, Paloma. Mais Harlan pense que la guerre pourrait bien être terminée d'ici à l'été.

— Et si elle dure dix ans ?

— Que puis-je faire ? demande Adélaïde, frustrée. Voulez-vous que je quitte le navire et que je me mette à commander à mon mari ?

— Non, niña, *ce n'est pas ce que j'attends de vous.*

— Même s'il y avait un testament, même s'il affranchissait Jarry dès aujourd'hui, Harlan dénoncerait ce testament devant les tribunaux et Jarry devrait continuer à travailler sur la plantation... Cela ne changerait rien, vous le comprenez, n'est-ce pas ? »

Paloma secoue la tête. « Qu'importe la durée de la guerre, niña, *qu'importe si elle dure jusqu'à ce que nous soyons tous morts ou un seul jour. Ce qui compte pour Jarry, c'est le message que lui envoie son père par ses dernières volontés. Savez-vous ce qu'il y a de pire dans l'esclavage ? Je vais vous le dire,* niña. *Quand on enchaîne un homme, on ne lui vole pas que son corps, on lui vole la vérité sur lui-même.*

— Comment peut-on faire cela ? demande Adélaïde avec une certaine véhémence. Non, je ne comprends pas, Paloma. À ce qu'il me semble, vous avez tous les deux été traités honnêtement, très bien même.

— Je vais vous expliquer. Si vous avez deux enfants, deux fils, et que vous dites à l'un : "Tu es mon enfant, tu es un être humain, quand tu seras grand tu seras un homme comme moi", tandis qu'à l'autre, vous dites : "Tu es un animal, quand tu seras grand, je te mettrai un mors, je t'attellerai à une charrette et tu devras la tirer"... la première chose qui arrivera, c'est que le second enfant, s'il est fort, comme Jarry, vous résistera, il se révoltera. Et si c'est son propre père, la personne qu'il aime et respecte le plus, qui le lui dit, cela brisera le cœur de l'enfant, cela le détruira ; cela les détruit tous sauf les plus forts, et parfois cela détruit même ceux-là. Voilà comment, niña, *vous comprenez ?*

On commence par lui voler son corps, et ensuite on lui vole la vérité sur lui-même, on lui vole son humanité ; et quand on lui a pris ça, il ne peut plus s'aimer, et s'il ne peut plus s'aimer, il ne peut pas vous aimer non plus, ni les autres ni personne ; et quand on lui a fait cela, on l'a vraiment privé de son humanité. Alors il devient un animal, vraiment, et pire, bien pire. Parce qu'un animal, même un loup, est innocent, tandis qu'un homme qui a perdu son humanité n'a plus d'âme, et quand il n'a plus d'âme, il est capable du pire. Il est capable de tout. J'ai lutté pour protéger mon fils de cette situation, et pendant toutes ces années, j'ai réussi. Maintenant que Percival a manqué à sa dernière promesse, j'ai peur pour Jarry, mais celle pour qui j'ai encore plus peur, c'est Clarisse. Percival a attiré tout ce malheur sur nos têtes, et encore plus sur lui-même.

— Vous êtes dure envers lui, Paloma, proteste Adélaïde, trop dure, à mon avis. Il vous aimait, il vous aimait profondément. Lorsque je l'ai vu, hier, il me l'a dit lui-même. C'est pratiquement la dernière chose qu'il m'ait dite : qu'il vous avait aimée plus que sa femme. »

Paloma reste pensive. « Autrefois, peut-être, cela a été vrai ; durant quelques mois ou quelques semaines, au début... Tout ça, c'était il y a si longtemps ! Je me le rappelle, mais pas combien de temps ça a duré. Mon souvenir le plus clair, c'est Percival assis près du lit où nous avions dormi, en train de me lire de la poésie en anglais. Je ne comprenais rien, mais j'adorais la musique de sa voix et la façon dont son visage changeait d'expression. Il fronçait les sourcils, et l'instant d'après un sourire éclairait ses traits ; il levait un doigt de cette manière, comme une mise en garde ou une promesse concernant la suite du poème. On aurait dit le soleil, niña, *la façon dont le soleil se glisse dans le feuillage d'un arbre... Jarry a hérité cela de son père. Et il est encore très beau. » Elle contemple le corps, sourcils froncés. « Il est encore très beau, n'est-ce pas ?*

— Oui, Paloma, répond Adélaïde, compatissante.

— Mais tout cela a pris fin, voyez-vous.

— Quand il ne vous a pas affranchie… »

Paloma secoue la tête. « Non, ce n'est pas ça. Nous n'avons jamais parlé de liberté. Cela semble naïf et bête aujourd'hui, mais je me sentais déjà libre. Je sentais que, dans son cœur, Percival m'avait déjà accordé la liberté et bien plus. Je sentais que je la lui avais aussi accordée, cette même liberté. Et en disant cela, j'entends une autre sorte de liberté, plus grande, niña, une liberté que nous ne possédions ni l'un ni l'autre avant de nous rencontrer. Nous étions égaux : Percival avait autant besoin d'être affranchi que moi, et nous avons l'un et l'autre donné et reçu. Alors, lui parler de cette liberté, niña, la liberté légale, le fait qu'il conservait mon acte de propriété, cela nous aurait gênés. Nous étions là-haut. » Paloma porte une main sur son front. « Et parler de cette liberté-là… » Elle laisse retomber sa main sur sa poitrine. « Vous voyez ? Cela aurait été comme si, à l'église, quand vous discutez de votre mariage avec le prêtre, et que vous évoquez votre joie et votre bonheur à venir… vous vous interrompez pour lui demander : "Mais combien, padre, combien ça va coûter ?" Ce serait bien mesquin, non ? C'est ce qu'il me semblait. » Elle se tait et regarde ailleurs.

« Certains membres du templo pensaient différemment. Percival, à l'époque, était plus kimbisa que les kimbiseros, vous comprenez : il était tout feu tout flamme pour le palo. Alors s'il était sincère, ce Blanco, estimaient-ils, il aurait dû affranchir sa femme, n'est-ce pas ? Demetrio, notre padrino, lui en a parlé et Percival l'a écouté jusqu'au bout, respectueusement, mais ensuite il a continué comme avant et rien n'a changé. Finalement, ce sont les santos qui lui en ont donné l'ordre. C'est San Luis Beltrán qui parlait par la bouche d'Andrés Petit. Mais moi, niña, je n'ai jamais demandé ma liberté. La seule chose que j'aie jamais demandé, c'est Clarisse. »

Le visage d'Adélaïde se décompose. « Clarisse…

— Voilà ce que vous n'avez pas compris. Je lui avais demandé mon bébé. Clarisse avait trois mois, niña, *quand on l'a arrachée à mon sein.*

— Mais, je croyais que c'était Villa-Urrutia. N'est-ce pas Villa-Urrutia qui a fait cela ?

— Wenceslao l'a réclamée, mais Percival s'est soumis à sa demande. Je l'ai supplié de ne pas la lui rendre. Quelle différence, pour ce vieillard ? Il ne la voulait que pour nous punir.

— De quoi ?

— De quoi ? Il avait perdu son pari. Percival avait gagné. Le comte me voulait et il m'avait perdue.

— Mais ce n'était pas votre faute. Vous ne l'aviez même pas choisi ! »

Paloma rit. « Et puis après ? Cela vous choque, que Wenceslao se soit montré cruel ? Qu'il se soit montré injuste ? C'était ainsi, le conde *nous en gardait rancune et il fallait que quelqu'un paie. Il ne pouvait pas punir Percival, qui cela laissait-il ? Il a donc décidé de me punir en me prenant ce que je désirais le plus au monde, et Percival – cet homme dont vous dites qu'il m'aimait plus que sa propre femme – l'a laissé faire. Voilà ce que je lui demandais, pas la liberté. Qu'est-ce que la liberté ? Un mot. La seule liberté qui avait un sens pour moi, c'était qu'on me laisse être la mère de mon enfant.*

— Oh, Paloma ! Je n'avais pas compris.

— Non, vous n'aviez pas compris. Pas plus que Percival. Simplement cette compréhension, niña, *voilà, pour moi, ce qu'est l'amour, essentiellement. Il y a en chacun de nous un endroit ultime, profondément enfoui. Aimer vraiment l'autre, c'est percevoir cet endroit, voir cette personne comme elle se voit elle-même, et la prendre en considération, dans sa différence, avec autant d'égards et de tendresse que l'on en a pour soi-même. Si Percival m'avait comprise et aimée de cette façon, comment aurait-il pu faire ça ? Si j'avais été blanche comme vous, tout Cuba se serait levé*

pour me défendre. Les ministres du culte auraient tempêté du haut de leur chaire. Les armées auraient marché au combat. Mais qu'une esclave pardo *perde un enfant ? Cela arrivait cinquante fois par jour. Qui était là pour la pleurer, à part moi ? Binah, c'est tout.*

— Je suis choquée d'apprendre que Percival a permis cela.

— Il a essayé de la racheter – je dois le lui accorder –, mais, pour Wenceslao, la vengeance était plus douce que l'argent. Il a refusé, et il n'en a plus été question.

— Mais qu'est-ce que Percival aurait pu faire de plus ?

— Qu'est-ce qu'il aurait pu faire ? Nous aurions tout simplement pu monter à bord du bateau en emmenant le bébé, et Wenceslao n'aurait rien pu y changer. Il aurait trépigné, fulminé, et il aurait oublié tout cela avant la fin de la journée. Un homme ne ferait-il pas cela pour la femme qu'il aime, un mari ne le ferait-il pas pour sa femme ? Mais non, niña, *Percival était un gentleman. Ne pas honorer une dette de jeu envers un autre* caballero ? *Impensable ! Donc, pour être fidèle à son honneur, il m'a pris ma fille – son propre enfant. Aurait-il agi de la même manière avec Melissa ? Jamais,* niña. *Jamais de la vie ! Non, s'il m'avait aimée autant qu'il le disait, Clarisse serait venue avec nous en Caroline du Sud. Elle aurait grandi dans cette maison avec ses deux frères. Harlan et elle se seraient regardés dans les yeux cent fois par jour. Et s'il en était allé ainsi,* niña… *vous comprenez ? Vous ne souffririez pas comme vous souffrez aujourd'hui. Ni Jarry. Percival m'aurait épousée et Jarry aurait grandi libre. Mais il ne devait pas en aller ainsi, non.* "Por donde salta la madre, salta la hija"… *Où va la mère, va la fille – comme on dit dans mon ancien pays – et* "Hijo de gato ratón caza", *Le fils du chat chasse le rat. Vous voyez comment les choses se sont passées. Il en va pour Clarisse et Harlan de même que pour Percival et moi. Et maintenant vous êtes touchée, vous aussi.*

Tout cela est le fruit, le fruit de l'arbre empoisonné. Et ce n'est pas fini. Non, quand je regarde au fond de vos yeux ce matin, quand je regarde le visage de ce vieil homme et que j'y vois tant de douleur, je crains que nous n'ayons pas encore vu le commencement du pire.

— Cherchez-vous à m'effrayer ?

— Ce n'est pas moi que vous devez craindre.

— Dois-je craindre Clarisse ? »

Paloma a soudain l'air en colère.

« Harlan pense que nous avons été ensorcelés, ajoute Adélaïde.

— Que m'importe ce que pense Harlan ?

— Jarry vous a-t-il dit ce que j'ai vu ?

— Il m'a raconté ce que vous dites avoir vu.

— Vous ne me croyez pas ? »

Paloma tourne les yeux vers la fenêtre. « Je ne sais pas ce que je crois. Tout ce que je sais, c'est qu'il ne peut pas y avoir de prenda *ici. C'est absurde.*

— J'ignore ce qu'est une prenda.

— Et vous n'avez pas besoin de le savoir.

— Mais mon médaillon, Paloma, proteste Adélaïde, celui que j'avais donné à Harlan pour nos fiançailles… je l'ai vu là-bas. Avec un couteau planté dans la charnière. Et les sangsues sur l'assiette. Qui d'autre que Clarisse aurait pu les y mettre ? »

Le regard de Paloma rougeoie, lourd de reproches. « Vous vous rendez compte de ce que vous êtes en train de dire ? Vous êtes en train de me dire que c'est une bruja, niña. *Vous êtes en train de me dire que ma fille est une sorcière ! J'ai regardé au fond de ses yeux, je lui ai posé la question et elle dit qu'elle ignore tout de ces choses. À quelle parole dois-je me fier : à la vôtre ou à celle de ma propre fille ?*

— Mais, alors, qui cela peut-il être ? Je suis sûre de ce que j'ai vu, Paloma.

— Tout ce que je sais, c'est que ça ne peut pas être Clarisse. Faire cela, fabriquer une prenda *– en admettant qu'elle sache comment s'y prendre, où l'aurait-elle*

appris ? – et, pour toute femme n'ayant pas encore atteint le retour d'âge, entreprendre cela serait risquer sa vie, et même davantage. Plus que sa vie. Ce serait se damner. Pourquoi, niña ? Pourquoi ferait-elle cela ? Non, je refuse de le croire. Clarisse n'enfreindrait pas la regla.

— Qu'est-ce que la regla ?

— La regla, niña ? La regla, c'est l'ordre, le bon ordre. Il y a une regla dans chaque maison, dans chaque pays, entre deux personnes, vous et moi, la maîtresse et l'esclave, entre les parents et l'enfant, entre une femme et un homme. Il y a aussi une regla entre eux et nous... » – du menton, elle désigne Percival – « ...entre les vivants et les morts. Quand on l'enfreint, niña, tout va de travers. Les nfumbi et les nkisi nous donnent une chance de réparer notre faute, en moins de quelques heures parfois. Percival a eu des années pour le faire et il n'a jamais réparé sa faute. À présent, il est mort et il nous a laissé tout ce désordre. Et il ne s'agit pas que de Percival. Cette guerre qui arrive, voilà ce que c'est, à mon avis. Il y a longtemps, en Afrique et en Europe, la regla a été enfreinte par nos rois, qui ont vendu leur peuple, et par les vôtres, qui ont acheté ces esclaves. Nombreux sont ceux dans mon peuple qui ont perdu la foi à cause de cela. Ils pensent que l'esclavage est la preuve que nos divinités sont faibles et inférieures à votre Dieu ; mais ce que je pense, niña, et j'en suis intimement convaincue, c'est que les nkisi nous ont donné l'occasion d'y mettre bon ordre, mais maintenant le moment est passé. Maintenant ils sont fatigués et courroucés. Nous n'avons pas rétabli la regla, et ils viennent nous l'imposer, ils planent au-dessus de nos têtes au moment où je vous parle. Car voyez-vous, niña, ils nous laissent une chance, pendant longtemps ou de courts instants, de réparer dans l'amour et la douceur ; mais si nous laissons passer cette chance, ils s'abattent sur nous dans le sang et le feu... Aujourd'hui, quand j'entends parler d'armées qu'on *lève dans le Nord et dans le Sud, je crains que les esprits ne viennent instaurer la* regla *dans cette nation. Quand je vous entends dire que vous avez vu une* prenda *dans les bois, je crains qu'ils ne viennent instaurer la* regla *dans cette maison.*

— Qu'attendez-vous de moi, Paloma ? Je ne vous veux aucun mal, ni à vous ni aux vôtres, mais je ne peux faire que ce qui est en mon pouvoir.

— Dire la vérité est en votre pouvoir, non ? Voilà ce que j'attends de vous, niña, *et rien de plus. Avant d'accuser ma fille, regardez dans votre cœur. Si Percival est innocent et que vous savez la vérité, ne nous laissez pas l'enterrer injustement accusé. Si le mensonge de Harlan vous a blessée, épargnez-nous, à Jarry et moi, ce qu'il vous a infligé. Nous sommes des êtres humains, nous aussi. Aidez-nous,* niña. *Si vous voulez bien le faire, alors je vous aiderai moi aussi. »*

Qui dois-je trahir ? se demande Addie. Dois-je lui dire la vérité et trahir mon époux ? Ou dois-je garder le secret et trahir Paloma, Jarry, Percival, moi-même ? C'est étrange comme la réponse lui semble claire, à elle...

« Je comprends votre déception, Paloma », répond-elle, en essorant l'éponge qu'elle pose à côté du corps sur la planche. Son visage a pris la même expression mélancolique qu'au moment où elle observait les rameurs et les perruches à l'avant de la Nina. *« J'aimerais pouvoir vous donner ce que vous voulez, tout ce que vous voulez, mais je vous ai dit tout ce que je pouvais dire. Désormais, la seule chose que je peux faire, c'est m'efforcer d'être la meilleure maîtresse possible. Pour cela, j'ai l'intention de me mettre immédiatement, dès aujourd'hui, à organiser la confection de nouveaux habits pour que les esclaves soient bien vêtus, au moins. »*

Paloma l'examine un long moment. « Bueno, *mon enfant,* que asi sea, *qu'il en soit ainsi », déclare-t-elle. Cependant, lorsque Adélaïde se dirige vers la porte, la vieille femme l'attrape par le poignet. « Mais n'oubliez pas,* niña, *ajoute-t-elle, il y a aussi une* regla *en chacun de nous. »*

Adélaïde se contente de cligner les yeux sans répondre, et à cet instant on dirait que la vieille femme s'est retirée derrière un mur de verre.

Le révérend Hilliard, un homme maigre, chauve et au visage ascétique, porte des lunettes à monture d'acier qui tranchent avec le faste de son habit sacerdotal. Dans le rituel de l'Église anglicane, il lit la messe des morts à ceux qui viennent de se réunir au bord de l'eau noire de la mare sous le cyprès, et à ceux qui sont déjà enterrés là, sous les pierres moussues, et qui ont déjà entendu ces paroles.

« Tu connais, Seigneur, les secrets de nos cœurs. Ne refuse pas Ton oreille miséricordieuse à nos prières... »

Pendant qu'il lit, le regard d'Adélaïde erre sur la petite assemblée et se pose sur Paloma, puis sur Jarry à son côté. Clarisse n'est pas là et Adélaïde s'en étonne un instant, mais c'est l'expression de Jarry qui la préoccupe. Il garde la tête baissée et il a l'air nerveux et tendu. Son col et ses vêtements sont en désordre, comme s'il avait dormi tout habillé – ou pas du tout. Il a les yeux rouges et paraît soit ivre soit atteint d'une certaine folie.

« Seigneur, ô Dieu tout-puissant, ô notre Sauveur si miséricordieux, Toi, juge suprême et éternel, fais qu'aucune des douleurs de l'agonie, à notre dernière heure, ne nous soit infligée par Toi. »

Comme dans un rêve, Adélaïde regarde Harlan jeter sa poignée de terre ; elle va ensuite jeter la sienne. Comme dans un rêve, elle prend la rose muscade blanche qu'il a détachée de la plante grimpante de Jarry, et elle la garde tandis qu'il l'embrasse et enfourche sa monture.

« Je regrette, Addie, que notre mariage ait eu un aussi piètre début. »

Le soleil l'éclaire à contre-jour ; pour le fixer, elle doit s'abriter les yeux. « Que Dieu vous ramène bientôt, mon chéri.

— J'aimerais pouvoir rester », affirme-t-il, mais malgré le soleil qui l'éclaire à contre-jour, Adélaïde voit bien qu'il regarde du côté de l'allée de chênes et de la route. Elle perçoit dans ses yeux une lueur qu'elle a vue dans ceux des chiens avant la chasse, et elle devine que au moment même où il prononce ces paroles qu'il pense sincères, il a hâte d'être parti.

« Partez, lui dit-elle. Et sachez que je prierai chaque jour pour que vous rentriez bientôt sain et sauf. »

Il se penche pour l'embrasser avant de s'éloigner, au petit galop vers la route blanche, vers le point de fuite où les chênes convergent, au bout de l'allée.

En le suivant des yeux, Adélaïde éprouve une légère déception, puis l'idée lui vient, précise : Ce n'est pas ça... *En fin de compte, le mariage n'a pas été l'ombre du commencement de ce qu'elle espérait. Après la déception vient soudain le sentiment que tout est possible, exactement comme il y a trois jours, à l'avant de la* Nina, *comme si, maintenant, la vie, la vraie, pouvait commencer.*

Harlan est parti, et quand elle se retourne, le parc s'étend, aussi verdoyant que dans un conte de fées et, comme dans un rêve, voici Jarry qui vient vers elle. Pendant qu'elle l'attend, son cœur bat la chamade sans qu'elle sache pourquoi, sans qu'elle se demande ce qui va arriver lorsqu'il l'aura rejointe.

Une fois qu'il est près d'elle, elle sourit, mais pas lui.

« Hier, quand nous sommes revenus des marais, dit-il d'un ton direct, sans préliminaires, vous étiez sur le point de me dire quelque chose... »

Adélaïde cligne des yeux. Elle garde le sourire, mais c'est un rictus figé, en décalage avec l'incompréhension feinte que reflète son regard. « Vraiment ? J'étais tellement troublée, hier, Jarry, je ne me rappelle quasiment plus ce que je disais. Je ne m'en souviens plus, j'en ai peur. »

Il la scrute, dubitatif.

« Je suis désolée, ajoute-t-elle. Je sais que vous devez être déçu de la façon dont les choses ont tourné. »

Il continue à la contempler d'un air pénétrant. « Ce n'est pas votre faute », répond-il, et tandis qu'il s'éloigne elle attend que la voix se fasse entendre, qu'elle émerge des profondeurs, tonnante, pour lui expliquer ce que cela signifie. Mais elle ne se fait pas entendre, et Adélaïde comprend qu'elle ne le fera plus. La voix, silencieuse pendant de longues années, se terre à nouveau. Et après tout, n'est-ce pas un immense soulagement ? Mais pourquoi, dans ce cas, se sent-elle abandonnée ? La coupe s'est éloignée, conformément à ses souhaits et à ses prières – alors, pourquoi éprouve-t-elle cette soif soudaine et cruelle ?

4

« Papa, j'ai soif ! gémit Hope, assise à l'arrière.

— Moi aussi, papa… z'ai soif, moi aussi !

— Vous aurez de l'eau dans une minute.

— Non, du *jus de fruits* !

— *Silence !* » Au moment où le feu passait au rouge sur Meeting Street, Ran accéléra pour traverser l'intersection. Le chauffeur d'une voiture qui venait de la droite le klaxonna copieusement et s'éloigna sur Broad Street en maintenant son avertisseur enfoncé ; perdant son sang-froid au beau milieu de Charleston, Ransom le suivit du regard dans le rétroviseur avant de devoir faire une embardée pour éviter une calèche de touristes. Quand il écrasa la pédale de frein, il sentit l'ABS s'enclencher et vibrer sous son pied. La roue côté passager crissa sur le trottoir, et l'Odyssey bascula vers l'avant avant de retomber sur ses quatre roues avec raideur.

« Ça va ? »

À l'arrière, les enfants le contemplaient en silence, l'air grave et choqué.

Quand la calèche tourna le coin de la rue, le chauffeur leva la main, doigts écartés, et se leva de son siège pour lui lancer un regard furieux. Avec le sentiment d'être un criminel, Ransom resta assis derrière le volant, le cœur battant, et se força à respirer lentement.

« Qui vous essayez de tuer, vous ou les autres ? » lui demanda une vieille vannière qui avait étalé ses paniers sur des couvre-lits devant le tribunal. Pour Ran, la question eut une résonance prophétique qu'il connaissait bien pour l'avoir perçue à l'occasion d'autres crises, et dont il avait appris à se méfier.

Malgré la dose de lithium qu'il avait avalée au cabinet médical de Claire, il était au fond du trou sans espoir de revoir la lumière avant plusieurs jours. Avec le recul, comme toujours, le caractère totalement irrationnel de ses actions lui apparut. La veille au soir, avec Claire, son vœu avait été exaucé ; à présent, il en payait le prix. Voilà où il en était – où ils en étaient. Une fois de plus.

« Si vous voulez une réponse, dit-il à la vannière, je suis confronté à une crise familiale mineure. »

Elle secoua la tête en faisant « tss-tss » et se remit à tresser l'osier qu'elle avait sur les genoux.

« Veux une glace, papa ! s'écria Charlie, exigeant un dédommagement à l'instant même où il émergeait du choc post-traumatique.

— Eh bien, tu n'en auras pas, répliqua Ransom, un point c'est tout. C'est presque l'heure du dîner. Je t'ai acheté une glace hier soir et voilà où ça nous a menés. »

Exactement, renchérit la voix. *Tout ça, c'est la faute à ces sales gosses qui ont réclamé une glace hier, hein ? Sans eux, tu siroterais un cocktail sur une terrasse d'East Street, et des femmes nues t'éventeraient avec des plumes d'autruche en te mettant des grains de raisin pelés dans la bouche*.

S'il avait pu, avec le tranchant d'une main bien acéré, Ran aurait fendu sa propre poitrine en deux pour agripper par la gorge ce maudit locuteur et l'étrangler. Mais il n'était pas expert en karaté et une pensée lui traversa l'esprit : il avait fait l'expérience de toutes sortes d'effets secondaires aussi hauts en couleur qu'épouvantables à la suite d'autres interruptions de son traitement, mais il n'avait jamais entendu de voix – pas cette voix-là. Que lui arrivait-il donc ?

Ses devoirs de père ne lui laissèrent pas le loisir de s'appesantir sur son état médical et mental.

« On pourrait écouter une autre chanson, au moins ? fit Hope.

— Qu'est-ce qu'elle a, celle-ci ? » Dans le lecteur de CD, Robert Johnson gémissait les paroles de *Hell Hound on My Trail*. « Je croyais que vous aimiez ma musique.

— Pas vingt fois la même, protesta Hope. Vingt fois, non, j'aime pas !

— Mais moi, elle m'aide », dit Ran avec un tremblement dans la voix ; il se sentait assailli de toutes parts, de l'intérieur aussi bien que de l'extérieur. Puis il perdit son calme. « J'ai bien le droit, non ? Je sais que c'est moi l'adulte ici, je sais que je suis censé être omniscient et omnipotent, mais j'ai bien le droit, pour une fois, d'avoir besoin d'un peu d'aide et même de l'obtenir, *nom de Dieu* ! » Sa voix alla crescendo, et il se surprit à hurler les trois derniers mots si fort que l'Odyssey vibra comme la porte d'une cave du Kansas secouée par une tornade.

La Voix de son Maître, susurra son double, et Ransom n'eut pas besoin de lui demander ce qu'il entendait par là.

Dans les yeux bleus de Hope, on lisait le même doute que Mel, autrefois, avait fait naître dans le regard de son fils, ce doute que Ran était venu effacer. Pire, il savait d'expérience que ce cri l'avait fait douter non pas de lui, le coupable, mais d'elle-même. « Qu'est-ce qu'il y a, papa ? s'enquit-elle d'une voix de toute petite fille. On a fait quelque chose de mal ?

— Non, c'est moi, répondit-il dans un murmure enroué. C'est moi, pas vous, tu comprends ? »

En entendant cette confession, les enfants se mirent à pleurer, et Ransom, submergé par la culpabilité, sentant les larmes lui venir aux yeux, posa la tête sur le volant.

« Papa, z'ai soif !

— Oui, dit-il. Oui.

— Eh, monsieur !... » La vannière claqua des doigts en direction de la voiture, et Ran se retourna en fronçant les sourcils, prêt à en découdre.

« J'ai de l'eau là-dedans. » Du menton, elle indiqua la glacière posée près de ses genoux.

Pris de court, Ransom cligna des yeux sans bouger.

« Sortez de cette voiture, et venez prendre de l'eau pour donner à boire à cet enfant ! »

Il n'aimait pas ce ton, mais en son for intérieur, il fut soulagé de recevoir des ordres et d'avoir à les suivre ; aussi il quitta la voiture pour aller chercher une petite bouteille d'eau. « Merci. Je vous dois combien ? »

Elle pinça les lèvres et secoua la tête en évitant son regard.

« Alors, laissez-moi vous acheter un panier. Ils sont à combien ? » Il en prit un.

« Vingt dollars.

— C'est écrit vingt-deux sur l'étiquette.

— J'ai bien le droit de fixer les prix comme je veux, non ? »

Réjoui par cette humeur irascible, Ran sortit de sa poche une liasse et en tira un billet. « Voilà pour vous, Alberta. » Son nom était sur l'étiquette en tissu habilement cousue dans le panier.

Elle fourra le billet dans la poche de son tablier puis mit sa main en visière pour le regarder en plissant les yeux. « Z'avez des ennuis, pas vrai ?

— Quelques petits soucis.

— À vous voir, on dirait plutôt de gros ennuis.

— On vous la fait pas, à vous ! dit-il, sans rancune.

— En tout cas, c'est pas la peine de faire ça, déclara-t-elle. Pas la peine de crier sur vos enfants. Vous le savez bien, pas vrai ?

— Oui, dit-il après un silence, oui, je sais bien.

— Il faut parfois savoir passer le relais. Tous les parents ont dû faire ça à un moment ou à un autre. Moi-même, j'ai eu ce sentiment une ou deux fois par jour. Y a pas de honte à ça. »

Une réplique lui vint à l'esprit – « Merci pour la petite leçon d'éducation » –, mais comme il trouvait cette leçon-là apaisante, il ne la formula pas.

« Ça vous embête si je les laisse se dégourdir les jambes ? demanda-t-il.

— La rue est à tout le monde, répondit Alberta. Avec tout le temps que je passe ici, le trottoir devrait m'appartenir. Z'auraient au moins pu lui donner mon nom, mais y l'ont pas encore fait. C'est toujours écrit "Meeting Street" sur le panneau, pas vrai ? »

Ransom hocha la tête en souriant.

« Et pas "Alberta Johns" ?

— Non, pas Alberta Johns.

— Comment vous vous appelez, jeune homme ?

— Ransom.

— Ransom comment ?

— Ransom Hill.

— Ransom, faites sortir vos enfants, qu'ils boivent un peu. »

Il fit coulisser la porte latérale.

« Comment tu t'appelles, mademoiselle Beaux Yeux Bleus ? » demanda Alberta, en attrapant une bouteille.

Hope regarda son père, qui l'encouragea d'un signe de tête.

« Hope, dit-elle.

— Tu sais ce que c'est ? » Alberta hocha la tête en direction du panier posé sur ses genoux : rond et évasé, aux trois quarts tressé, il était hérissé de fibres de roseau qui partaient dans tous les sens comme les rayons multicolores d'une roue. « Autrefois, on les appelait des vans. On les utilisait pour vanner le riz.

— Ça veut dire quoi, vanner ?

— Ça veut dire séparer le bon riz, ce que tu manges, de la paille qu'on donne aux cochons. Je suis sûre que t'as jamais donné à manger aux cochons, pas vrai ? T'en as sans doute même jamais vu.

— À la télé.

— À la télé. Viens par là, je vais t'apprendre à tresser la canne. Tu veux essayer ?

— J'aimerais bien, dit Hope, mais j'ai pas le droit de parler aux inconnus.

— Il n'y a pas de problème, Hope, intervint Ran.

— Et toi, petit bonhomme, lança Alberta à Charlie. Comment tu t'appelles ?

— Cholly.

— Tu sais compter, Charlie ?

— Un, deux, trois ! dit-il en lui faisant son adorable sourire.

— Tu vois ces paniers ? Va au bout de la rangée et empile-les tous. Je vais bientôt partir. Les gros en bas et les petits au-dessus.

— OK.

— Va pour "OK", mais je suis sûre que tu sais dire "Oui, m'dame", pas vrai ?

— Oui, m'dame ! »

Charlie partit en courant, tout content d'avoir un travail, et Ransom pensa une fois de plus à ce fameux cours universel d'introduction au métier de parents : manifestement, Alberta Johns avait suivi une formation très poussée. Il avait beau avoir un problème avec l'autorité, il était soulagé de passer le commandement des troupes à quelqu'un, soulagé de rentrer dans le rang comme simple caporal. Il promena ses regards sur le pâté de maisons, côté sud, et s'arrêta sur une grande demeure géorgienne de l'autre côté de la rue. Ravi de cette occasion de reprendre son souffle, Ransom se demanda quelle allait être sa prochaine étape...

N'ayant pas réussi – malgré des recherches plus exhaustives cette fois, et de jour – à retrouver le

Purdey, il était venu directement en ville avec l'intention de tout dire au brigadier Thomason. Mais, quand il était arrivé devant le poste avec les enfants, un jeune policier en faction sur le perron avait lancé un regard noir et méfiant dans sa direction, et Ransom s'était soudain demandé si, sans le fusil, une confession n'allait pas soulever encore plus de questions qu'elle n'en résoudrait et confirmer les soupçons qu'il espérait justement écarter. À la réflexion, la meilleure solution, semblait-il, était de continuer la route, *Keep moving* – comme le fantôme de Robert Johnson le chantait dans l'Odyssey en ce moment même. Il y avait une histoire là-dessous, ainsi que l'avait constaté Thomason, et même si tout cela s'était passé il y a longtemps, alors qu'il n'était même pas né, Ran avait commencé à se demander aussi, non sans inquiétude – à cause de la petite voix qui, avec le temps, lui semblait de moins en moins familière –, si cette vieille histoire ne le renvoyait pas à lui-même, après tout, et à eux tous. Pour déterminer de quelle manière, il devait d'abord découvrir quelle histoire se cachait derrière les deux cadavres. Son regard remonta vers la fenêtre du deuxième étage : Ran était à peu près sûr que c'était celle de la salle de musique et il pria pour que tante Tildy soit chez elle.

« Celui-là, il est en jonc, et celui-ci en avoine odorante », expliquait Alberta à l'intention de Hope, et elle tendit le bras pour en lisser une longue tige entre ses doigts. « Tu sens cette bonne odeur ? Ma maman sentait ce parfum-là, et elle avait également la peau de la même couleur. Moi, je suis aussi foncée que cette gerbe-là. C'est de la paille de pin ; et ça, à ton avis, c'est quoi ? » En souriant, Alberta posa une lanière pâle, pas plus large qu'un ruban, sur le bras de Hope.

— À mon avis ?

— Hum-hum. Des feuilles de palmier nain, ma douce. Le jonc et l'avoine, ça rend les paniers solides ;

mais les lanières en feuilles de palmier nain maintiennent le tout. Ça, c'est le fil qu'on utilise pour coudre le fond. Et là, tu vois ? C'est l'aiguille. Une vieille cuiller dont on a enlevé la partie creuse et qu'on a limée pour la rendre bien plate, tout simplement ! Bon, regarde un peu : on l'enfonce et on la fait passer de l'autre côté, ensuite on la refait passer, on tire, et ainsi de suite, en dehors et en dedans, aller et retour... T'as bien regardé ? À toi maintenant. »

Alberta tendit la cuiller à Hope, et Ransom regarda sa fille tresser le brun et le blanc, le blanc et le brun, puis à nouveau le brun et le blanc. Quand la vieille femme se mit à tourner progressivement le panier sur ses genoux, dans le sens des aiguilles d'une montre, la spirale hypnotisa Ransom, et les lanières de différentes teintes qui partaient du disque central ressemblèrent moins aux rayons d'une roue qu'à ceux d'un soleil, aux rayons zébrés irradiant d'un début de soleil moucheté... car les lanières tressées à quatre mains, noires et blanches, par cette vieille femme et cette petite fille, continuaient à créer l'astre, un soleil naissant qu'il fallait terminer à tout prix.

Quelque chose s'empara de Ran. Il sentit ses cheveux se dresser sur sa nuque et se rappela soudain ce qu'il oubliait chaque fois : la raison profonde pour laquelle il faisait des entorses à son régime chimique. Le sexe ne représentait que le bas du tableau ; la véritable raison, c'était qu'arrivé à un certain stade ses symptômes ne lui apparaissaient plus comme une maladie. À un certain degré, il entrait en contact avec une partie de lui-même à laquelle il se fiait plus qu'aux médicaments et aux médecins ; plus, même, qu'à Claire, sa femme. Ici, à Charleston, sur le côté ouest de Meeting Street, devant le tribunal, en face de l'église, il avait une fois de plus atteint ce stade, et voilà qu'il humait l'air marin et entendait le claquement des sabots qui s'éloignaient sur les pavés. Le bruit de la circulation s'évanouit tel un soupir et il remarqua la lumière, cette lumière de septembre si particulière, comme on n'en voit qu'à Charleston en fin d'après-midi, après quatre heures. Ran, en tout cas, ne l'avait vue nulle part ailleurs : il faisait encore grand jour là-haut, tout là-haut dans le ciel bleu, pur et limpide où les mouettes tournoyaient, tandis qu'en bas, plus près du sol, les ombres s'étiraient déjà.

« C'est pas facile de deviner ce que renferme l'âme des gens rien qu'à leur tête, monsieur Hill. Vraiment pas facile. » La remarque du brigadier Thomason lui revint à l'esprit et, les yeux rivés sur Alberta, Ransom y réfléchit longuement avant de l'écarter. C'était un principe élémentaire ; Ransom, lui, en était au niveau supérieur de la connaissance de l'âme humaine.

« Alberta ? »

Elle leva les yeux et fronça les sourcils, prenant acte de sa présence à contrecœur.

« Il faut que j'aille parler à quelqu'un qui habite là-bas dans la rue. Vous voyez cette maison ? » Alberta tourna la tête dans la direction qu'il indiquait.

« C'est celle de Mme Tildy DeLay, remarqua-t-elle. Qu'est-ce que vous lui voulez ? Z'allez pas l'assommer pour lui voler ses bijoux, hein ?

— C'est ma tante, répondit Ran.

— Votre “tante” ? » Alberta le regarda de la tête aux pieds. « Allez, arrêtez de raconter n'importe quoi ! Z'êtes pas de cette race-là ! »

Ransom fronça les sourcils. « Vous êtes perspicace, Alberta – c'est un fait établi. Je voudrais que vous me rendiez un service. Vous pouvez surveiller les enfants pendant que j'y vais ?

— Surveiller vos enfants… ?

— Pendant dix minutes. Quinze maxi.

— Ça va pas la tête ? protesta-t-elle avec indignation. Vous ne me connaissez même pas. Je pourrais être le diable en personne. »

Ran sonda le regard plein d'expérience de la vieille Alberta et secoua la tête.

« Non, euh, je ne crois pas. On ne peut pas tresser le jonc aussi droit et avoir l'âme tordue. Vous savez bien que j'ai raison.

— Vous vous mettez le doigt dans l'œil, voilà ce que je pense. Et jusqu'au coude encore.

— C'est important, Alberta.

— Alors emmenez-les. »

Ransom secoua la tête. « Impossible. Si j'étais en train de brûler vif, Tildy me ferait pipi dessus plutôt que d'aller chercher un seau d'eau ! Mais j'ai de gros ennuis, Alberta. Elle est mon seul espoir. Je ne peux pas m'occuper des enfants et l'affronter en même temps. Je vous paierai, cent dollars !

— Cent dollars ?

— Disons deux cents. Cent tout de suite et cent à mon retour.

— Seigneur Dieu ! » Alberta fit claquer sa langue et détourna les yeux. « J'espère que vous n'êtes pas le diable tentateur.

— Je l'espère aussi, répondit Ran. En fait, je suis pratiquement sûr que non.

— Pratiquement sûr, c'est pas très rassurant.

— C'est pour ça que je préfère vous les laisser. Alors, ça marche oui ou non ?

— Dix minutes.

— Quinze maxi. » Il tendit le billet, elle hésita puis s'en empara.

« Quinze minutes, c'est quinze minutes, prévint-elle. Pas une de plus.

— Merci, Alberta. Merci beaucoup. Vous voyez cette fenêtre ? Je resterai tout le temps derrière et je ne vous quitterai pas des yeux. Si vous avez besoin de moi, vous n'aurez qu'à me faire signe et je serai là en une minute. Et s'ils disparaissent, Alberta, si mes enfants disparaissent ne serait-ce qu'une seconde et demie… » Il tourna le panier et hocha la tête en direction de l'étiquette. « N'oubliez pas, je sais où vous habitez.

— Ne commencez pas à me menacer, dit-elle. J'vais pas les kidnapper. Pourquoi je f'rais ça ?

— Voici son numéro. » Ran lui tendit la carte qu'il avait sortie du répertoire de Claire, puis son téléphone portable. « Appelez-moi si vous voulez que je redescende ; et écoutez, Alberta : s'il se passe quelque chose... enfin, quelque chose de vraiment grave, enfin, s'il y a une urgence... vous voyez, ça ? Appuyez sur cette touche – Numéro 2 – et gardez le doigt dessus : ça correspond au numéro de leur mère. Elle s'appelle Claire. Ne lui téléphonez que si c'est vraiment nécessaire, Alberta, vous m'entendez ? Mais s'il le faut, n'hésitez pas une seconde. Mes enfants sont tout pour... » Soudain, Ransom dut retenir son souffle et regarder ailleurs.

« Bon, vous allez pas vous mettre à pleurer en pleine rue, dit-elle. J'ai gardé des tas d'enfants dans le temps et je n'en ai encore jamais perdu. J'crois que je peux en surveiller deux plus de dix minutes.

— Bon, Hope, dit Ran à sa fille qui avait suivi ces négociations avec une expression très craintive. Charlie, viens par ici. Écoutez, vous deux, Alberta va vous garder quelques minutes ; pendant ce temps, je vais aller au bout du pâté de maisons. Je reviens tout de suite, compris ? Soyez sages, faites ce qu'elle vous dit et n'approchez pas de la rue.

— Papa, chuchota Hope à voix basse, je ne crois pas que maman...

— Maman n'est pas là, répondit-il en lui coupant la parole. Je dois rendre visite à quelqu'un. Alberta est très bien. Elle s'occupera parfaitement de vous. »

Hope n'avait pas l'air convaincue et Charlie, qui perçut son humeur, se mit à pleurer. Le regard de Ran passa de l'un à l'autre. « Écoutez, les enfants, reprit-il, en optant pour la franchise, je vais vous dire la vérité. Il y a un petit problème, mais j'ai les choses bien en main. Papa va tout arranger, seulement j'ai besoin de votre aide pendant dix ou quinze minutes. Vous pouvez faire ça pour moi ? »

En reniflant, Charlie ravala ses larmes et se contenta de hocher la tête, prêt à soulever des montagnes. « Veux une glace, papa.

— Quand je reviendrai, je t'en achèterai une.

— Promis ? »

Ran mit la main sur son cœur.

Hope, elle, ne le laissa pas filer si facilement. Le regard qu'elle lui lança lui fit l'effet d'un fer chauffé à blanc. C'était le regard de quelqu'un qui vous a défendu contre vents et marées, prêt à tous les mensonges pour vous... au moment où il s'aperçoit que vos détracteurs avaient raison.

« Il faut vraiment que j'y aille, ma chérie », dit Ransom. Et il lui tourna le dos.

5

Et Adélaïde se met au travail.

Au matin de la première journée qu'elle passe seule à Wando Passo, elle descend l'escalier à la hâte, prête à se lancer dans son projet, et trouve quinze esclaves qui l'attendent sur la véranda.

« Bonjour. Je peux faire quelque chose… ?

— Nou vini pran lod a jouné la, Madanm[1]. » *Peter, le jardinier, lève vers elle un regard attentif, la casquette à la main.*

Son front se plisse tant et plus tandis qu'elle essaie d'extraire l'essence de ce message. « Journée » est le seul mot qu'elle pense avoir compris. « Vous devriez peut-être demander à Jarry… ?

— Il é avèk lé zesklav ki chassé les zwazo anbor dolo, rogardé ! » *Peter tend le doigt vers les champs de l'autre côté du fleuve Pee Dee.*

« Je suis désolée…

— Anbala, métrès. Ou ka tann'li[2] ? » *Il montre son oreille.* « Anbala, anbala ! » *Il agite la main avec une emphase qui trahit sa frustration.*

Par bonheur, à cet instant, Paloma apparaît entre les arbres accompagnée de deux jeunes filles chargées de ces paniers évasés en jonc tressé qu'on appelle des vans.

---

1. « Nous venons prendre les ordres de la journée, Madame. » *(NdT.)*

2. « Il est là-bas, maîtresse. Vous l'entendez ? » *(NdT.)*

Ordinairement utilisés pour vanner le riz, ils sont remplis d'un duvet blanc argenté qu'Adélaïde ne reconnaît pas.

« Lod a jouné la » *s'avère être la formule d'usage, et la jeune femme écoute attentivement, sans comprendre grand-chose, Paloma attribuer à chacun ses tâches de la journée. Minda, la cuisinière en chef, est là, ainsi que Peter le jardinier, et son jeune aide ; William, le majordome ; Ancrum, le cocher ; et aussi Tenah et Annie, les femmes de chambre du rez-de-chaussée et du premier étage ; Hattie, la blanchisseuse ; deux couturières ; Jas, l'assistant du maître d'hôtel ; Lem, le garçon de cuisine ; et enfin Peck, John et Tilly, dont Adélaïde ne parvient pas à comprendre les fonctions, sans parler de plusieurs autres dont elle ne retient pas les noms lors de ce premier passage en revue. Elle ne comprend pas qui sont tous ces gens ni l'utilité de tant de serviteurs. Et la langue des esclaves n'a qu'un rapport lointain avec les imitations qu'elle a entendu Harlan et d'autres planteurs de Georgetown en donner dans les soirées mondaines : aux bals de la Sainte-Cécile, entre les danses allemandes et la valse, ils charmaient et amusaient un auditoire dont elle faisait souvent partie, en racontant des anecdotes sur un pauvre vieil esclave qui, malheureux en amour, tenait le rôle du benêt donnant la réplique à un rival dans une joute oratoire afin de gagner les faveurs d'une demoiselle à la langue bien acérée.*

Pour remplacer la cargaison de chandelles perdue – à Wando Passo, on en utilise trente douzaines par mois – , Paloma charge les jeunes esclaves de filer des mèches avec le duvet des asclépiades cueillies dans les marais ; puis elle se tourne vers Adélaïde qu'elle jauge d'un regard froid, rappel du terme qu'elle a utilisé en privé – la regla *– et qui fait désormais partie des principes fondamentaux grâce auxquels Adélaïde comprend le monde.*

Intimidée par la vieille femme, Adélaïde s'efforce de rendre leur échange poli mais minimal. Avec le sentiment d'être une présence isolée et superflue en sa demeure, la nouvelle maîtresse de Wando Passo se lance dans son projet de confection de bas, mais la maxime de l'époque du cours de Mme Togno revient insidieusement : « Promesse brisée, l'enfer a bâillé… Promesse tenue, l'enfer est ému… »

Adélaïde tricote au rythme de cette litanie sans parvenir à la chasser de ses pensées. Pour la faire cesser, elle se met à compter. Il y a deux cents mailles par rang. À près de deux mille, dans les mille neuf cent quatre-vingt-dix, elle perd le compte et doit recommencer. Le premier jour, à l'heure du déjeuner, elle – qui a tricoté plus d'un bonnet de nouveau-né pour des amies enceintes à Charleston – en est à cinquante rangs ; à l'heure du dîner, elle atteint la centaine. Vingt mille mailles en une seule journée pour tricoter un morceau de tissu à peine plus grand que la paume de sa main. Ce soir-là, la vision brouillée, elle lit les préceptes de Mme Hamilton sur l'éducation, car elle veut se remplir l'esprit de pensées industrieuses, et c'est avec une crampe dans la main droite qu'elle en tourne les pages. Le deuxième jour, elle accélère la cadence et parvient à tricoter cent cinquante rangs. Le premier bas, une fois achevé, contient neuf cents rangs et a demandé sept jours complets de travail. Comme un voyageur sur une montagne qu'il pensait pouvoir gravir sans peine, Adélaïde sent l'ombre du sommet s'étirer sur elle et, en levant les yeux, commence à en appréhender l'altitude réelle. Encore sept cent quatre-vingt-dix-neuf bas. Le treizième jour, avec un sentiment de triomphe mêlé de désespoir, elle achève le second bas. Plus que trois cent quatre-vingt-dix-neuf paires.

Et c'est alors, au treizième jour, vers l'heure du dîner, que le froid la gagne – surtout aux mains et aux pieds. Elle met d'abord cela sur le compte de l'excès de travail. Quand Tenah vient inviter Adélaïde à passer à table, la servante la trouve prostrée sur le cabriolet, emmitouflée dans des couvre-lits et des couvertures, en train de claquer des dents sans pouvoir se contrôler. Paloma appa-

raît, lui pose une main tiède et sèche sur le front, et examine l'intérieur de sa paupière inférieure.

« El paludismo », *annonce-t-elle à son fils, et Adélaïde lit la gravité de sa maladie sur le visage de Jarry.*

Ayant renvoyé tout le monde, Paloma soulève les vêtements de nuit d'Adélaïde et lui passe une ficelle autour de la taille. La ficelle est imprégnée d'un liquide astringent qui dégage une odeur de térébenthine. Dans la ficelle, Paloma fait un nœud.

« À quel usage ? demande Adélaïde.

— Ça va vous aider. »

La vieille femme lui prescrit une tisane de brindilles de sureau et de baies de cornouiller. Adélaïde trouve le breuvage apaisant, mais malgré ce remède, une heure et demie plus tard, le refroidissement a fait place à une fièvre qui la consume toute la nuit. Chaque centimètre de sa peau est en feu ; elle se tord de douleur, aucune position n'est confortable. Elle rejette les couvertures et appelle pour qu'on ouvre les fenêtres, mais elles le sont déjà. Elle a beau boire, elle n'arrive pas non plus à étancher sa soif. Enfin, vers l'aube, la fièvre tombe. Elle sue tant que Tenah et Paloma doivent changer ses draps à deux reprises. À l'heure où, les traits encore tirés par le sommeil, les esclaves montent à bord des barques à fond plat pour aller aux champs de l'autre côté du Pee Dee, Adélaïde finit par sombrer dans un sommeil torpide.

Quand elle se réveille, tard dans l'après-midi du lendemain, le Dr Sims lui tient le poignet gauche, les yeux sur sa montre. « J'ai cru comprendre que vous aviez passé une nuit à errer dans les marais il y a deux semaines, madame DeLay, declare-t-il d'un ton pince-sans-rire qui la revigore sur-le-champ. Je désapprouve cela au plus haut point. Au plus haut point. Vos pérégrinations vous ont valu une fièvre rémittente.

— Vous parlez de... ?

— Je parle du paludisme, madame, dit-il en refermant le couvercle de sa montre d'un coup sec avant de la glisser dans son gousset. Je parle de la fièvre des

marais. C'est le nom que lui donnent les nègres et les vieilles gens, ou celui qu'ils lui donnaient autrefois quand on croyait encore qu'elle provenait des miasmes dégagés par les marais. L'opinion plus éclairée qui a cours aujourd'hui – aussi bien en Amérique que sur le continent européen – veut que la fièvre paludique soit causée par les spores de certaines plantes vénéneuses qui se nourrissent des matières en décomposition présentes dans les marais. Au crépuscule, lorsque les vapeurs montent des marais, chargées de ces spores toxiques, nous les inhalons par les poumons. Notre organisme peut en tolérer une certaine quantité – l'homme en tolérera plus que la femme, le nègre plus que l'homme blanc, un habitant de la région plus qu'un étranger. Vous, et c'est regrettable, vous êtes donc trois fois plus vulnérable. Le seul palliatif connu – et, notez-le bien, je ne dis pas remède – est le sulfate de quinine. Malheureusement, Jarry m'a informé que les réserves de quinine de Wando Passo ont été perdues en mer quand vous avez quitté Charleston. Pour ma part, du fait de ce maudit blocus – si vous me passez l'expression –, je suis dans l'impossibilité de nous en procurer, à mes patients et à moi-même, depuis plus d'un mois, quel que soit le prix que j'en offre. Il reste peut-être quelques pharmacies à Charleston, mais, en admettant qu'on y trouve de la quinine, elle y vaudra assurément son pesant d'or, voire, en fait, plus probablement son pesant de pierres précieuses. Votre tante, cependant, avec sa position, pourrait peut-être obtenir par ses relations…

— Pardon ? demande Adélaïde, alarmée. Me suggéreriez-vous de retourner à Charleston ?

— Je ne suggère rien de la sorte, madame. Je suggère – c'est un ordre exprès, en réalité – que vous restiez exactement où vous êtes, au lit. S'il le faut vraiment, vous enverrez quelqu'un à Charleston ; mais je dois vous dire que faire courir les routes avec une forte somme d'argent, à Jarry ici présent ou n'importe quel

autre esclave nègre – des routes pleines de brigands à l'heure qu'il est –, mènerait tout droit à quelque mésaventure.

— Je suis prêt à y aller, propose Jarry.

— Nous n'en serons peut-être pas réduits à cette extrémité, dit Sims. La maladie peut prendre diverses formes, il en est de moins inquiétantes que d'autres.

— En vérité, je me sens beaucoup mieux maintenant, lui assure Adélaïde en s'asseyant vaillamment dans son lit.

— Ce sentiment, ma chère, réplique Sims, est tout à fait illusoire. Les épisodes de la maladie obéissent à un schéma invariable : frissons, fièvre, diaphorèse, parfois appelée phase de fièvre et de sueurs, suivie, enfin, par une période de rémission ; puis le cycle recommence. La question essentielle, c'est l'intervalle. Si vous restez ainsi jusqu'à demain à la même heure sans rechute, ce sera signe que vous avez contracté la forme la moins virulente de la maladie, et nous pourrons avoir bon espoir de chasser les materia morbi *de votre organisme avec les moyens du bord, c'est-à-dire des émétiques, des purgatifs et des saignées.*

— Et si la fièvre revient avant demain à la même heure ?

— Nous aviserons à ce moment-là, madame, si toutefois cela arrive. La forme maligne de la fièvre rémittente est bien moins répandue dans nos régions.

— Mais si c'est… celle que vous avez dite ? »

Elle soutient son regard. « Alors Jarry se mettra en route pour Charleston sur le plus rapide de vos chevaux.

— Suggérez-vous que je pourrais mourir ?

— Selon mon expérience, répond Sims, si on ne la traite pas avec de la quinine, la fièvre maligne est fatale dans quatre cas sur cinq. »

Adélaïde met quelques instants à saisir pleinement la portée de ces paroles. « Merci », dit-elle d'une voix claire, et digne.

Pour la première fois dans cet entretien, on voit l'émotion briller un instant dans les yeux du médecin. « Je repasserai demain matin.

— Vous devriez vous reposer, maintenant, lui conseille Jarry, une fois Sims parti.

— Oui, je sais. Mais, Jarry… ? »

Déjà à la porte, il tourne la tête. « Je vais m'asseoir près de vous, dit-il avec cette intuition rapide qu'elle se rappelle avoir remarquée dans les marais. Voulez-vous que je vous fasse la lecture ?

— Vous voulez bien ? »

Il prend le Byron d'Adélaïde sur le pupitre.

« Mais pas ce livre. Pas lui. Choisissez pour moi. Je suis si lasse de mes lectures favorites. »

Il réfléchit quelques secondes, puis quitte la chambre. Pendant qu'elle l'attend, le cardinal vient se poser sur une des épaisses branches du noyer, dehors, et Adélaïde le regarde chanter.

« “Le vent toute la nuit a soufflé en hurlant”, *commence Jarry…*

La pluie est tombée dru, en torrents diluviens ;
Le soleil se lève à présent, calme et brillant ;
Et chantent les oiseaux dans les bois au lointain.

— Ces vers me sont familiers, constate-t-elle à la fin de la strophe. C'est Wordsworth ?

— Résolution et indépendance.

— “Poètes, nous vivons, jeunes, dans l'allégresse, *récite-t-elle,* Mais viennent…” *Rappelez-moi ce qu'il y a ensuite…*

— “Mais viennent pour finir la folie, la détresse.”… *Oui, ce sont les vers que tout le monde retient ; mais pour moi, ce ne sont guère que les fruits des plus basses branches de l'arbre.*

— Les plus basses branches… » Elle part d'un rire languide. « Vous savez, je trouvais Wordsworth ennuyeux, à l'école.

— Je le place au-dessus de Byron – bien au-dessus, même. »

Face à la contradiction, Adélaïde sourit. « C'est le poème que vous avait lu votre père.

— Oui.

— Mais si vous haïssiez Percival, dit-elle, comment cela a-t-il pu se produire ? »

Une ombre passe sur le front de Jarry. « Je ne sais pas si vous trouverez ce récit très divertissant.

— Eh bien, faites-moi un récit peu divertissant... »

Il referme le livre sur son doigt, le place sur son genou et s'adosse à sa chaise. « C'est l'année où je me suis enfui avec Thomas.

— Qui était Thomas ?

— Le maréchal-ferrant. C'était un père pour moi, plus que Père lui-même.

— Comment avez-vous réussi à vous enfuir ?

— J'étais garçon de cuisine, raconte Jarry, comme Lem aujourd'hui. Tous les matins, je charriais du sable du fleuve à la cuisine pour récurer le fond des marmites. Comme j'étais le fils du maître, on avait du mal à m'accepter dans le quartier des esclaves, alors que c'était tout juste si Père lui-même jetait les yeux sur moi, sauf pour m'envoyer lui chercher ceci ou cela. Le seul endroit où je me sentais chez moi, c'était la forge. Thomas avait quarante-deux ans, l'âge que j'ai aujourd'hui. Il nous racontait des histoires... » À cet instant, c'est comme si un rayon de soleil s'était posé sur son front, et, par réflexion, le visage d'Adélaïde s'éclaire à son tour. La porte qui s'était refermée sur le souvenir de leur matinée dans les marais s'entrouvre à nouveau, et ce qui avait fini par lui apparaître presque comme un rêve n'en est plus un.

« Quelles histoires vous racontait-il ?

— Des contes animaliers, surtout. Compère Lapin et Compère le Loup.

— *Vous parlez de* Compère Lapin et Compère Renard ? *Lucius nous racontait ces histoires dans la cour de ma tante à Charleston.*

— *Là-haut, du côté de Cheraw et plus loin, ils racontent l'histoire avec un renard. Quand ma mère était petite, à Cuba, une vieille Jamaïcaine lui disait ces contes avec une araignée et un tigre. Mais dans l'histoire que Thomas nous racontait, telle qu'on la raconte ici, il y a un lapin et un loup.*

— *Et comment la racontait Thomas ?*

— *Eh bien, Compère le Loup et Compère Lapin étaient voisins...*

— *Non, l'interrompt-elle, dites-la-moi comme on vous la racontait.*

— *En gullah, le créole des esclaves ? » Il y a quelque chose d'abrupt dans son hésitation, puis il accède à sa demande.* « Compè Loua é Compè Lapin té vwasin, *commence-t-il.* La sésrès rivé. Dlo la vinn ra. Compè Loua commancé fouyé on sous'pou touvé dlo. Compè Lapin, li, té tro fengnan é savan pou i té pé trava mem pou li mem[1]. Pou sa i téka comté asi lézot.

— *Il... comptait sur... ?*

— I comté asi lézot.

— *Il comptait sur les autres ?*

— *C'est ça, dit-il.* Tou lé jou, lè do a Compè Loua té touné, Compè Lapin téka glissé adan sous' la pou i té pé rempli on calebasse dlo pou bwè épi mangé. Compè Loua té ka vwè mak a pié a Compè Lapin, mè i pa té ka réissi pongné, volè dlo la sa[2] !

---

1. « Compère le Loup et Compère Lapin étaient voisins. La sécheresse arriva. L'eau se fit rare. Compère le Loup se creusa une source pour avoir de l'eau. Compère Lapin, lui, il était trop paresseux et rusé pour travailler ». *(NdT.)*

2. « Tous les jours, quand Compère le Loup avait le dos tourné, Compère Lapin se glissait jusqu'à la source et se remplissait une calebasse d'eau qu'il ramenait dans sa maison pour cuisiner et boire. Compère le Loup voyait bien les traces de Compère Lapin, mais il n'arrivait pas à le prendre sur le fait, ce voleur d'eau ! » *(NdT.)*

— Attendez, le coupe-t-elle en s'asseyant sur le lit. C'est l'histoire du Tar Baby, n'est-ce pas ? »

Jarry sourit. « Vous l'avez déjà entendue…

— Mais pas cette version-là. Continuez. Je vous en prie. »

Tandis que Jarry lui raconte l'histoire, Adélaïde repense à Paul Hayne, qui, il y a bien longtemps, lui avait fait la lecture en français, sur la véranda du haut – des poèmes d'amour en général – pour la courtiser en secret pendant que Blanche restait dans la salle de musique avec son propre livre, à les écouter par la fenêtre ouverte. Jarry, quand il parle gullah, ressemble à Paul, ou plutôt au soupirant que Paul n'avait jamais réussi à incarner, celui dont Adélaïde rêvait en lisant « Évangeline » pendant le cours de Mme Togno, celui qui n'est jamais vraiment venu. Pourtant, de même que Jarry ne ressemble absolument pas à Paul, de même Adélaïde est très loin de la jeune fille qui lisait ce poème et chérissait ces rêves. Elle est adulte et mariée à présent, et Jarry n'est, après tout, qu'un nègre qui ne pourrait jamais devenir son soupirant. Mais ce soir, pendant un moment, quinze ou vingt minutes peut-être, Adélaïde ne l'appelle plus « nègre » ou « homme noir » – du moins pas plus qu'elle ne se nomme elle-même « Blanche » en pensée. La notion d'une différence entre eux s'évanouit et elle se surprend à l'écouter comme elle écoutait Paul jadis, sauf que Jarry est plus beau que Paul Hayne ne l'a jamais été. Son intelligence a une qualité plus humaine, plus nuancée, et l'extrême lassitude qui affleure de temps à autre sur son visage paraît exquise à Adélaïde, aussi exquise qu'une peinture de Rembrandt ou de Michel-Ange. Il y a dans cette lassitude quelque chose de définitif qu'Adélaïde associe à la beauté du monde que nous regardons une dernière fois avant de mourir. Cette lassitude réveille en elle l'écho d'une fatigue analogue, celle d'avoir sérieusement et honnêtement supporté le poids de la vie. Paul, de même que Harlan, fuyait cela : la poésie française, les cigares et le punch au rhum du colonel Lay – autant d'artifices et de stimulants qu'ils s'étaient choisis. Voilà pourquoi, en fin de compte, elle n'avait pas pu se donner à Paul, comme elle n'a pas pu se donner à Harlan, alors qu'elle l'aurait fait si…

« C'est un de mes meilleurs souvenirs, conclut Jarry, ces moments où j'allais m'asseoir dans la forge avec Thomas. Il battait le fer brûlant avec sa masse, puis il buvait une louchée d'eau ; et j'adorais la fin de l'histoire, quand Thomas annonçait : "Dèpi Compè Lapin té réissi caché, i té ka lévé ké a, i té ka soté é i té kriyé : 'Ovwa, mon frè. Cé la manman mwen ka vini chèché mwen'. É i té ka filé avan Compè lapin té trapéy[1]" *Thomas me lançait toujours un clin d'œil en disant :* "Compè Jarry, ola manman ou ka vinn chèchéw[2] ?" *et ma réplique, c'était :* "Mi la owa ma la – *Juste là dans le marais, Thomas", et il disait :* "Mwen osi, frè an mwen, mi-là, é on jou, nou ké disparet, nou ké pran savann' nou osi, pa vré ? Oui, mon frè, nou tou lé de nou ké pati[3]. » *Il m'a dit ça pendant des années. Et puis un jour, on l'a fait.*

— Vous êtes partis, conclut-elle.

— Et on a failli réussir, en plus. »

L'ayant amené à ce point du récit, Adélaïde est à deux doigts de demander : « Que s'est-il passé ? Pourquoi n'avez-vous pas réussi ? » Mais elle aperçoit le cardinal derrière lui, et elle se tait. Une sensation de pesanteur l'envahit sans cause apparente. Tandis qu'elle regarde l'oiseau chanter sur la branche, elle

---

1. « À l'instant où Compère Lapin se réfugiait dans les ronces, il dressait la queue, faisait des bonds et criait : "Au revoir, mon frère ! C'est ici que ma maman vient me chercher…" Et il filait avant que Compère le Loup ait pu l'attraper. » *(NdT.)*

2. « Compère Jarry, où c'est que ta maman vient te chercher ? » *(NdT.)*

3. « Moi aussi, mon frère, juste ici, et un jour, on prendra le maquis, nous aussi, pas vrai ? C'est sûr, mon frère, nous deux, on s'en ira. » *(NdT.)*

réalise que le mur de verre qui s'est dressé entre Paloma et elle vient de surgir entre Jarry et elle, aussi ; lui chante de l'autre côté du mur, et son chant, sans être inaudible, est assourdi à présent, alors qu'il ne l'était pas, l'autre matin, dans le marais. Et elle comprend que Jarry n'a aucune chance de traverser le mur parce qu'il ne le voit pas. Seule elle-même le voit. Son secret lui confère ce pouvoir sur lui. Le divulguer pourrait faire voler le verre en éclats et Adélaïde ne peut pas le briser parce que... parce que... Mais soudain elle ne sait plus pourquoi cela serait mal, et la pesanteur laisse place à une décharge électrique, celle de la peur.

« C'est Clarisse qui m'a fait cela ? » demande-t-elle soudain, avec une incohérence apparente.

La question le prend par surprise. « Je l'ignore, finit-il par répondre. Je ne crois pas, mais, en toute honnêteté, je l'ignore.

— Donc, c'est possible.

— Certaines maladies ne sont pas naturelles, oui. Et parfois certaines maladies naturelles n'ont pas de cause naturelle.

— Cette chose que j'ai vue dans les marais... Votre mère a dit que cela s'appelle une prenda. *Expliquez-moi ce que c'est. »*

Le visage de Jarry se voile. Il se lève et va à la fenêtre. « J'hésite à vous en parler.

— Paloma a cru que je mentais, elle ne croyait pas à sa présence dans le marais.

— Vous vous trompez, réplique Jarry, en se retournant vers elle, l'air grave. Ce qui est dur pour Mère, c'est d'accepter ce que cela signifierait.

— Et vous, que croyez-vous ?

— Je ne crois pas que mentir soit dans votre caractère. »

Adélaïde rougit. « Ne me surestimez pas.

— Je vous tiendrai en haute estime tant que vous ne m'aurez pas donné de raisons de ne plus le faire. Et quand bien même vous chercheriez à nous tromper,

comment sauriez-vous ce qu'est une prenda, *comment pourriez-vous en décrire une ? Jamais vous n'auriez pu inventer une chose pareille. Mère le sait aussi bien que moi.*

— C'est de la sorcellerie...

— Non, répond-il en fronçant les sourcils. Non, le décrire ainsi serait une erreur. Père vous a parlé du palo...

— Il a dit que cela servait à faire le bien, à guérir et à exorciser.

— Si on est bien intentionné, la prenda *fait le bien. Sinon... » Il la laisse tirer la conclusion. « À certains égards, une* prenda, *c'est comme un revolver. Le long de ce fleuve vivent, quoi ? une centaine de familles ? Chacune possède un revolver. Le mari l'utilise pour nourrir sa famille, pour protéger sa femme et ses enfants. C'est un outil de survie. Mais il suffit d'un homme, d'un seul, en colère et animé de mauvaises intentions : s'il braque ce revolver sur vous et appuie sur la détente, vous êtes morte. Il en va de même pour une* prenda. *Elle est exactement comme un revolver, ni bonne ni mauvaise en soi. Ce qui la rend bonne ou mauvaise, c'est ce qu'abrite le cœur du palero. »*

Adélaïde tend la main et lui agrippe le bras. « Qu'y a-t-il dans le cœur de Clarisse ? Elle me hait, n'est-ce pas ?

— Vous possédez tout ce qu'elle estime qu'il lui revient de droit.

— Mais je n'en veux même pas, Jarry... ne le voyez-vous pas ?

— Alors, vous avez, pour rien, tout ce qu'elle désire et n'aura jamais quel que soit le prix qu'elle est prête à payer. Vous imaginez-vous que cela vous absolve à ses yeux ? »

Ils échangent un long regard aussi franc que dans le marais, sauf que la douceur de l'échange de ce matin est une torture pour Addie. Le secret qu'elle dissimule à Jarry ressemble à une épine dans sa chair ; elle n'a qu'une envie, l'ôter, mais elle ne peut pas.

« Et votre histoire ? dit-elle. Vous me racontiez comment vous vous étiez enfuis, Thomas et vous.

— Notre aventure s'est mal terminée.

— C'est ce que j'ai cru comprendre. Que s'est-il passé ? »

Il la jauge du regard et s'adosse à sa chaise. « Nous avons pris une pirogue dans le hangar à bateaux – deux, en fait. La première, nous l'avons envoyée à la dérive et nous l'avons laissée descendre le courant pour qu'ils la retrouvent. Dans la seconde, nous avons pagayé toute la nuit pour remonter le courant, jusqu'à ce que nous ayons dépassé Society Hill. À l'aube, nous l'avons tirée sur la berge et nous en avons défoncé le fond à coups de pierres pour la couler. Nous avons entendu les chiens aboyer toute la journée, mais les aboiements étaient lointains et confus. Ils n'avaient aucune piste. Alors, nous nous sommes cachés pour dormir jusqu'à la tombée de la nuit avant de nous remettre en route.

» Nous avons cheminé six jours. Nous avons dépassé Cheraw pour arriver en Caroline du Nord où le fleuve Pee Dee devient le Yadkin, et nous avons tous les deux senti monter en nous une exaltation tranquille. Nous pensions avoir réussi ; et c'est au matin du septième jour, juste à l'aube, tandis que nous nous lavions, debout dans les bas-fonds, qu'ils nous ont trouvés. Nous ne les avions absolument pas entendus arriver. Tout à coup ils furent là, sur la berge, au-dessus de nous, deux hommes portant barbe et chapeau, montés sur des mules, avec leur carabine sur le flanc. L'espace d'un instant, je crus qu'il s'agissait simplement de voyageurs ordinaires, mais ensuite l'un d'eux lança : "Vous avez l'air de vous être bien amusés, les enfants... il faut rentrer à la maison maintenant." Il sourit et cracha du jus de tabac, ensuite l'autre dégaina. Thomas me poussa vers la berge et commença à reculer vers les eaux plus profondes, mais l'homme

l'arrêta : "Pas un pas de plus, négro !" et Thomas me regarda – il souriait – et il dit : "Ola manman ou ka vinn chèchéw ?" *Puis il poussa un hurlement, se détourna et plongea. "Bon Dieu, imbécile de nègre !" s'écria l'homme, et j'entendis l'écho de la détonation renvoyé par la falaise. Le premier coup atteignit Thomas dans l'omoplate, mais il continua à nager, faiblement, avec un bras. La seconde balle l'atteignit à la tête. Alors il s'arrêta, et le courant retourna son corps. Il avait les yeux ouverts, la bouche pleine d'eau, et il coula.*

— Oh, Jarry ! » Adélaïde tend la main pour la poser sur son poing fermé. Il ne l'ouvre pas, mais, l'espace d'un instant, l'abîme qui les sépare s'amenuise pour n'être plus que la distance qui sépare le lit d'Adélaïde de la chaise de Jarry. Cependant, en regardant son visage, l'honnête douleur de Jarry, la fausseté de sa propre position apparaît à Adélaïde.

« Ils m'ont ramené à la maison, poursuit-il, je trottais derrière les mules avec une corde autour du cou. À l'infirmerie, j'ai cassé un verre pour me taillader les poignets. » Il lui montre les cicatrices qu'il lui avait cachées. « Mais Mère m'a trouvé et a étanché l'hémorragie. La seconde fois, j'ai attaché une corde au lustre et j'ai essayé de me pendre en sautant du bureau ministre. Je voulais que ce soit Père qui me trouve. Je voulais laisser cette image imprimée dans sa mémoire. Cette fois-là, il a coupé la corde lui-même. Quand je suis revenu à moi, je l'ai vu en train d'arpenter la bibliothèque. C'est à ce moment qu'il a fini par me regarder. "Explique-moi pourquoi tu veux faire ça à ta mère, a-t-il dit. Explique-moi pourquoi tu veux te faire ça à toi-même.

» — Parce qu'un homme tel que vous a le droit d'ôter la vie à un homme tel que Thomas et de s'asseoir devant son dîner comme si de rien n'était et parce que Dieu le permet, ai-je dit.

» — Je n'avais pas autorisé ces hommes à faire ce qu'ils ont fait, a répondu Père. Ils ont dit qu'ils lui avaient donné toutes les chances de se rendre, mais qu'il s'était retourné pour s'enfuir à la nage…

» — Il s'est retourné pour s'enfuir à la nage parce que c'était un homme *! ai-je crié. Un* homme. *Voilà pourquoi ils l'ont tué. Vous avez son sang sur les mains. Et je ne vous le pardonnerai jamais. Jamais !". Ces misérables, ajoute Jarry, qui ne raconte plus ce qu'il a dit à son père mais s'adresse directement à Adélaïde. Ils auraient dû tomber à genoux et se prosterner devant lui pour ce qu'il avait fait, pour leur avoir montré ce que sont vraiment le courage et l'humanité. Au lieu de ça, ils lui ont… » Il se mord la langue très fort pour réprimer son émotion. « Au lieu de cela, ils lui ont tiré une balle dans la tête et ils l'ont regardé couler.*

— Mais Percival a compris qui vous étiez. »

Jarry fronce de nouveau les sourcils et détourne les yeux. « J'ignore ce qu'il a compris.

— Si, il a forcément compris qui vous étiez. Je le sais, parce que c'est ce que je vois en vous en ce moment même. »

Il soutient son regard sans la contredire. « Que voyez-vous ? demande-t-il soudain. Qu'est-ce qui ne va pas ?

— Je ne… sais pas », répond-elle, le souffle court. Elle ouvre de grands yeux ronds, trop grands pour son visage ; elle tremble, aussi : des mains, des épaules, puis des pieds à la tête.

6

Par une fenêtre ouverte, Ransom entendit la sonnette, geignarde et insistante comme un moustique, à l'étage de la vieille maison blanche de Tildy. En jetant un regard en arrière vers Alberta et les enfants, il se dit, non sans désespoir, que la vieille dame était peut-être sortie. Mais au même instant le rideau bougea et bientôt il entendit des pas assourdis par des semelles de crêpe. La porte s'ouvrit et Della – la bonne que Claire appelait sa « Doudou » – le dévisagea.

« *Missié* Ransom », fit-elle d'un ton qui ne dénotait aucune surprise, aucun sentiment quel qu'il fût… « *Missié* Ransom », de cette voix traînante qu'il avait toujours adorée, lente, lugubre et drôle pourtant.

« Bonjour, Della, lança-t-il, souriant malgré tout. Tante Tildy est là ?

— Mme Tildy est en haut dans le petit salon. » Le « piti » salon, avait prononcé Della en corrigeant au passage sa façon d'appeler Tildy, comme une discrète mise en garde. Le terme « tante » n'avait jamais été concédé au petit arriviste originaire de Caroline du Nord qui avait épousé Mlle Claire. Ransom ne releva pas.

« Par ici. »

Della ouvrit la lourde porte noire à bouton de cuivre et lui fit longer la cour intérieure jusqu'à l'entrée, située au milieu de la véranda du rez-de-chaussée.

Dans la maison baignée d'une lumière sépia, ils passèrent sous le vieux lustre à gaz du hall de devant, fabriqué en bronze et en or moulu à Philadelphie – avec ses formes aussi baroques et sinueuses, selon Ran, que l'orgue de l'antichambre de Nemo. Il aimait tout particulièrement les globes en verre dépoli sur lesquels, gravés à l'eau-forte, on voyait des gerbes de riz, rappel du labeur qui, jadis, avait produit ces richesses. En longeant des Piranèse qui représentaient des paysages d'Italie – gravures rapportées par des ancêtres amateurs de Grands Tours d'Europe oubliés depuis longtemps –, ils gravirent l'escalier qui menait au petit salon de l'aile ouest, également appelé « salle de musique », où se trouvait le pianoforte sur lequel Adélaïde Huger avait jadis joué pour son futur mari, et chanté la version de *She Walks in Beauty Like the Night* écrite par Thomas More, dont la partition jaunissait paisiblement dans le tiroir sous le banc du piano.

Euterpe ratatinée aux mains tremblantes posées sur une canne à pommeau d'argent, parée d'une robe de cérémonie et d'une coiffe remontant à une époque révolue, Mme Matilda était assise entre cet instrument et une harpe du XVIIIe siècle construite à Londres par Sébastien Erard.

« Ça fait un bail, tatie ! lança Ran lorsque Della se fut éclipsée en refermant doucement les portes coulissantes. Ravi de te revoir. »

Tildy le toisa d'un œil chassieux aussi froid et sombre que le petit miroir ovale qui ornait l'applique à chandeliers au-dessus de la cheminée. « J'aimerais pouvoir en dire autant. »

Instruit par le passé, Ransom ne s'attendait pas à une manifestation de joie ; il n'empêche, cet accueil le piqua au vif. « D'accord, trêve de plaisanteries. J'ai compris. Les règles du jeu sont claires. » Il se permit un sourire.

Ostensiblement, Tildy s'épargna cette peine. « Quand j'ai su que Claire vous avait quitté pour retourner chez Clive, chez les siens, je me suis dit que c'était la nouvelle la plus réjouissante que j'avais entendue depuis des années, déclara-t-elle de sa voix âgée, traînante, lugubre et sonore. Et la moins réjouissante est d'avoir appris que vous étiez revenu aspirer la force vitale de cette pauvre enfant. Quand la laisserez-vous enfin tranquille ? Pas avant d'en avoir extrait jusqu'à la dernière goutte de sève, je suppose, et de n'en avoir laissé que la coquille.

— Allons, tante Tildy, vous êtes un peu dure, non ? » répondit-il en faisant un effort pour garder le sourire – ou plutôt pour refuser à la vieille femme la satisfaction de le lui faire perdre. Mais il était crispé, et tout en affichant ce sourire crispé, Ran pensa : *Espèce d'affreuse vieille sorcière ratatinée, qu'est-ce que tu sais de la vie à deux, de la mienne, de la nôtre à Claire et moi, du mariage en général ?*

« Et je ne suis pas votre tante », précisa Tildy en retournant le couteau dans la plaie.

À présent, la gravité avait repris ses droits dans l'expression de Ran. Sans y avoir été invité, il traversa la pièce jusqu'à la fenêtre, tira le rideau et regarda à l'extérieur.

Affublé d'un casque d'avoine odorante, Charlie était en grande conversation avec Alberta qui, debout les poings sur les hanches, était manifestement sous le charme. Hope, quant à elle, se tenait à l'écart ; les yeux levés vers la fenêtre, elle réfléchissait. Ils allaient bien. Chacun à sa façon. Le problème, c'était la situation dans laquelle il les avait mis. Le problème, il le comprit, c'était lui.

Un *troubadour*... le mot lui vint soudain à l'esprit. « Nous avons eu des hommes de loi, des gouverneurs, des diplomates, avait dit Clive à Ran la première fois qu'ils s'étaient rencontrés, peu après l'annonce de ses fiançailles avec Claire, mais notre famille a dû attendre bien longtemps pour compter un troubadour parmi les siens. » Et ses yeux – ses petits yeux étroits de vieille chouette, brillants, joyeux et sûrs de leur bon droit – s'étaient illuminés, ravis de cette victoire bien mesquine, puis Clive s'était détourné pour lui signifier sa mise à mort. Ran était alors au zénith de sa carrière – il ne l'avait pas perçu comme tel, à l'époque, bien sûr, mais, rétrospectivement, c'était bien cela. *Paroles de somnambule* grignotait du temps d'antenne dans tout le pays ; le groupe avait été nominé pour les Grammy Awards. Son enfance à Bagtown, le mauvais père qu'avait été Mel, Ran avait mis tout cela derrière lui, du moins il l'avait cru jusqu'à ce que Clive, en une seconde, d'un seul mot, le lui renvoie à la figure. Comme sa sœur Tildy semblait décidée à le faire en ce moment même.

« Ne la laisse pas t'atteindre », se chuchota-t-il, de façon audible. Mais la voix dit : *Oh, allez, balance-lui la sauce, à cette vieille chouette : peut-être même que ça lui ferait du bien. Tu sais parfaitement que si elle s'était fait sauter, si elle s'était un peu laissée aller, elle ne serait pas devenue ce monstre de vindicte, cette vieille face de pomme toute ridée qui juge les autres. Donne-lui une dose de son propre remède, une petite bombe irlandaise en pleine figure et un bon verre de lithium pour digérer !*

« La ferme ! » dit Ran, plus vraiment à voix basse. De l'autre côté de la rue, à la hauteur de Hope, un homme sortant d'une maison cherchait quelque chose dans sa poche... *Bip-bip*. Un simple beeper, Dieu merci. Dieu merci ! Le coffre d'une Mercedes s'ouvrit.

« Quoi ? interrogea Tildy, alors qu'il marmonnait pour lui-même. Qu'est-ce que vous m'avez dit ? »

Quand Ransom pivota vers elle, il avait débarrassé son visage de toute expression artificielle de bonne volonté. « Écoutez, Tildy, Mme DeLay ou quelle que soit la façon dont je suis censé vous appeler après dix-neuf ans, je ne suis pas venu me disputer avec vous.

— Qu'êtes-vous venu faire ici ? interrogea-t-elle, aussi impérieuse qu'imperturbable.

— Je suis venu parce que, ce matin, on a trouvé deux corps à Wando Passo, dans des tombes de fortune. »

Tildy cligna des yeux, deux fois. « Ils ont enfin été retrouvés !

— Qui ?

— Harlan et Adélaïde DeLay. »

Ran en resta bouche bée. « On est sur la même longueur d'onde, alors. Il a été tué d'une balle dans la tête. Elle a peut-être essuyé des coups de feu, elle aussi. Leurs restes vont être emmenés à Columbia pour examen.

— Qu'ils reposent en paix. Que leurs âmes reposent en Dieu. » Pour la première fois, Tildy détourna les yeux. « C'est Claire qui devrait m'annoncer cette nouvelle, pas vous. Pourquoi n'est-elle pas là ?

— Elle était à son travail quand on les a découverts. Elle n'est pas encore au courant. Je suis venu directement après avoir parlé à la police.

— Pourquoi ? demanda Tildy.

— *Pourquoi ?* Parce que je veux savoir ce qui leur est arrivé. Je veux savoir ce que vous savez d'eux.

— Dans ce cas, vous allez être déçu du voyage. Les archives de Wando Passo ont été détruites quand l'étude de grand-père a brûlé, après le grand tremblement de terre en 1886.

— On a dû raconter des histoires…

— Très peu. Mère pensait qu'ils étaient partis à Cuba. Elle racontait que Harlan était revenu de la guerre » – Tildy prononça ce dernier mot avec un accent sudiste marqué – « brisé et sans le sou. Ils ne pouvaient pas s'en sortir, alors ils se sont enfuis, comme les amants de Keats : *"Oui, il y a bien, bien longtemps, ces amants se sont enfuis dans l'orage."* J'imagine que vous ne connaissez pas *Sainte-Agnès* ?

— Non, mais à mon avis on peut écarter cette hypothèse.

— Ma mère était d'un tempérament romantique. Papa » – encore un mot déformé par son accent sudiste – « pensait que les nègres avaient fait le coup.

— Les "nègres" ? » Ran ne put s'empêcher de relever.

Tildy lui lança un regard courroucé. « Je suppose que vous trouvez cela divertissant, la façon dont je parle des gens de couleur. Je suis un pur produit de mon époque et de mon milieu, de même que vous, Ransom Hill, bien que vous n'ayez peut-être pas assez d'intelligence pour le reconnaître. Après ce que vous venez de me dire, mes soupçons se portent sur le mari.

— Harlan.

— Harlan. Il avait beau appartenir à une famille fortunée, c'était lui, le parvenu, dans ce mariage – un peu comme vous.

— Vous n'abandonnez jamais, hein ? s'exclama Ransom. Vous êtes bel et bien décidée à m'énerver.

— Je suis bien décidée à dire ce que je pense, répondit-elle. Si j'étais un homme, et plus jeune, je quitterais ce fauteuil sur-le-champ et je vous administrerais une correction que vous ne seriez pas près d'oublier pour ce que vous avez fait subir à Claire et à ces pauvres petits. Je vous renverrais en Caroline du Nord la queue entre les jambes, vous vous réfugieriez en rampant dans la grotte infâme qui vous a vu naître. Dieu m'est témoin, si j'étais un homme, si j'étais jeune, c'est ce que je ferais.

— Si vous étiez un homme, et si vous étiez jeune, répliqua Ran, dont la poitrine se soulevait sous l'effet d'un léger essoufflement, c'est ce qu'on verrait. »

Mais elle avait fait mouche, avec son allusion aux enfants. Ran écarta le voilage en batiste fine et vérifia une fois encore que tout allait bien. L'homme au beeper déposait une valise dans le coffre de la Mercedes. Le parfait citoyen de Charleston : la trentaine, des cheveux sombres et fournis à la coupe impeccable avec une première touche de gris très distinguée aux tempes, il portait un pull en cachemire noir, un pantalon en flanelle et des chaussures en cuir brillant à trépointe. Des mocassins à glands – Ran avait toujours détesté les mocassins à glands. *Voilà celui qu'ils auraient voulu*, pensa-t-il, *voilà celui qu'ils auraient voulu pour Mlle Claire. C'était le type censé devenir le père de Hope et de Charlie.*

« Pourquoi ? demanda-t-il en se retournant. Pourquoi l'aurait-il tuée, Tildy ?

— Pourquoi ? fulmina-t-elle. Depuis quand les maris ont-ils besoin d'une bonne raison pour terroriser et tuer leur femme ? Depuis quand leur faut-il une excuse ? Ils le font parce qu'ils empoisonnent la source même de l'amour et qu'ils s'attendent à ce que l'eau reste pure. Ils veulent que leur femme les aime comme leur maman – ou comme celle-ci était censée le faire –, et ensuite ils mettent à l'épreuve cet amour par des comportements scandaleux jusqu'à ce qu'ils finissent par le détruire ; quand il n'y a plus d'amour, ils se mettent en devoir d'assouvir leur vengeance pour cette "trahison" – n'en va-t-il pas toujours ainsi ? Vous-même, me semble-t-il, devez en savoir long sur ce processus. »

Un calme inquiétant s'empara de Ransom. « Je sais que vous n'avez jamais approuvé notre mariage, Tildy.

— Je ne m'en suis jamais cachée.

— Vous ne m'avez jamais trouvé assez bien pour Claire.

— En un mot, non, en effet. Et pas plus maintenant. »

Ran la regarda fixement et se mit à hocher la tête. « Vous savez quoi, Tildy ? Dans mes pires moments, lorsque j'étais malade, je l'ai redouté, moi aussi. En ce moment même, je le crains encore. Mais quand j'étais au mieux de ma forme – non, même pas : quand j'étais simplement moi-même –, j'ai toujours pensé que j'étais assez bien pour Claire, et, en fait, elle était très bien avec moi. Et si je suis assez bien pour elle, je le suis aussi pour vous, pour Clive et tous les autres ! Et si vous n'êtes pas de cet avis, franchement, j'en ai rien à foutre ! J'ai toujours apprécié votre franchise, mais à part ça, je ne vous ai jamais vraiment portée dans mon cœur, moi non plus. Je vous trouve coincée du cul, castratrice et plus glaçante que la bise hivernale de Buffalo. Et surtout, je vous trouve bouffie d'orgueil pour quelque chose que vous n'avez rien fait pour mériter, et qu'est-ce que c'est, en fin de compte, Tildy ? Un nom, une maison pleine d'antiquités du XIXe siècle… Tout le monde s'en fiche, sauf vous.

— Ce que j'ai fait, Ransom Hill, rétorqua-t-elle, et je peux en être fière, c'est porter ce nom honorablement pendant quatre-vingt-dix ans. Il n'y a pas – à quelques précieuses exceptions près – d'antiquités du XIXe siècle ici, monsieur. Ceci, par exemple – que vous souillez de votre main – est une chaise chippendale, elle date de la fin du XVIIIe siècle. On peut l'admirer – celle-ci, ou son pendant – dans *The Gentleman and Cabinet Maker's Director*[1]. Parmi les rares objets XIXe que je possède, il y a le lustre à gaz du rez-de-chaussée, qu'on a installé quand la maison a été alimentée avec ce combustible, en 1846. Je vous ai entendu vous répandre en éloges une douzaine de fois sur les gerbes de blé qui en ornent les globes ; mais à mes yeux, c'est une abomination, une allusion grossière à la fortune familiale. Mes ancêtres se sont rendu coupables d'une telle faute de goût, mais

1. Premier catalogue de mobilier chippendale qui a pour auteur Thomas Chippendale. *(NdT.)*

c'étaient des gentlemen et des ladies, malgré tout, même à l'époque. Où étaient les vôtres en 1846 ? »

Tildy observa un silence, pas assez long cependant pour lui laisser le temps de répondre – en admettant qu'il ait su quoi répondre.

« Vous l'ignorez, n'est-ce pas ? Je le sais, moi. Dans une pauvre bicoque de l'ouest de l'Irlande, où ils mangeaient des pommes de terre pendant que leurs gamins allaient pieds nus, la figure toute noire, les cheveux filasse, le nez plein de morve, et jouaient à se donner des coups de bâton sur la tête. Laissez-moi vous dire une chose, Ransom Hill : vous ne le savez pas parce que vous ne pouvez pas le savoir. Il faut trois générations, si ce n'est quatre, pour se forger un nom, trois ou quatre de plus pour qu'il soit respecté et trois ou quatre encore pour en arriver là où j'en suis, où votre femme et vos enfants en sont. Vous, monsieur, n'en êtes qu'au commencement de ce long et pénible voyage. Qui donc était votre père ? Un vulgaire ouvrier ! Un moins que rien. Et vous, à mon avis, ne l'avez guère dépassé. Mon espoir et mon souhait le plus cher sont que votre fils héritera aussi peu que possible de votre côté de la famille et autant du nôtre, à Claire et moi.

— Et moi, j'espère qu'en grandissant, riposta Ran, Charlie et Hope n'infligeront jamais à aucun être humain ce que vous et les vôtres m'ont infligé pendant dix-neuf ans, c'est-à-dire me juger avant même que j'aie mis les pieds chez vous. Pendant toutes ces années, vous n'avez jamais eu assez d'imagination – ou de respect pour Claire – pour vous demander qui j'étais vraiment et ce qu'elle aimait en moi, et certainement pas assez de générosité pour la soutenir dans son choix. J'espère qu'en grandissant nos enfants écouteront mes chansons et se diront : Eh, mon papa a écrit ça, et en entendant les paroles de ses chansons, y a des jeunes en pleine révolte, paumés, en colère, écrasés par le poids de toutes les conneries qu'on leur faisait porter dans des maisons comme celle-ci, qui se sont sentis autorisés à s'émanciper, ou au moins encouragés à tenter le coup. Vous ne vous en rendez peut-être pas compte, Tildy, mais je prie pour que Hope et Charlie le comprennent un jour, et ils le comprendront. Je mettrai mes chansons dans la balance face à vous et toute votre lignée, et je laisserai mes enfants en juger et décider. Et vous savez quoi ? Je crois que c'est ce que Claire a fait, elle aussi, et vous ne pouvez pas me le pardonner. Elle possédait tout ça, tout l'orgueil et les antécédents d'une jeune fille bien de Charleston ; mais, un jour, elle est allée dans un pauvre petit night-club miteux de New York, elle m'a entendu jouer du rock'n'roll et elle a tout balancé par la fenêtre. Elle s'en est débarrassé comme de la merde accrochée à la semelle de ses chaussures, parce que ça n'est rien de plus : rien que de la merde de chien !

— Votre langage est dégoûtant, lâcha Tildy. Claire a été victime d'un égarement de jeunesse et maintenant, avec le recul de la maturité, elle voit le prix qu'elle a payé.

— C'est votre avis, répondit Ran. Voici le mien : Claire n'a jamais été aussi bien qu'avec moi, ni aussi fidèle à elle-même, et je crois, au fond, que même avec le recul de la "maturité" elle le sait, elle aussi, et c'est pour ça qu'on va s'en sortir, que ça vous plaise ou non.

— Si vous voulez remettre votre mariage sur les rails, qu'est-ce que vous faites ici à me harceler au lieu d'être avec Claire et vos enfants ? »

Ran fronça les sourcils et se détourna. « Je suis venu parce qu'il faut que je sache ce qui leur est arrivé, dit-il, en luttant soudain pour retrouver le fil de ses pensées.

— Pourquoi ? insista Tildy. Qu'est-ce que Harlan et Adélaïde DeLay ont à voir avec Claire et vous ? Quel lien possible peut-il y avoir ? »

Elle n'a pas tort, tu sais, intervint la petite voix, aux dernières loges.

« La ferme ! dit Ransom en appuyant sur ses tempes.

— À qui vous adressez-vous ? » demanda Tildy.

Ransom dirigea vers elle des yeux rougis et traqués, et elle lui rendit son regard.

« Vous avez perdu l'esprit, déclara-t-elle.

— Allez, aidez-moi, Tildy, implora Ran. Je ne sais pas pourquoi c'est important, je le sais, c'est tout. Aidez-moi à découvrir ce qui s'est passé et je partirai.

— Ce qui s'est passé ? Il l'a tuée, et ensuite il a retourné l'arme contre lui par remords et dégoût de lui-même, voilà.

— Et après ?

— Comment ça, "et après ?"

— Eh bien, si Harlan l'a tuée avant de se faire sauter la cervelle, il n'a pas vraiment pu se relever et creuser un trou pour les enterrer, Adélaïde et lui, après sa mort !

— Épargnez-moi votre ironie, rétorqua Tildy. Évidemment, quelqu'un les a enterrés.

— Qui ? Les nègres ?

— Pour l'amour du Ciel, ça peut être n'importe qui ! Quelle différence cela fait-il ?

— Une, et d'importance, répondit Ran. Imaginons que vous êtes invitée à dîner dimanche soir. Vous frappez à la porte et personne ne répond. Vous entrez, et vous trouvez le mari et la femme morts, tués par balles. Vous n'appelez personne ? Vous ne prévenez pas la police ? Il va sans dire qu'ils auraient dû être ensevelis dans un cercueil au cimetière familial, et pas à cinquante mètres de là, dans des tombes de fortune dont rien n'indique l'emplacement. Et n'en aurions-nous pas entendu parler ? Enfin, nous avons bien entendu parler de leur disparition. Mais s'ils avaient été assassinés, raison de plus pour que l'histoire traverse les siècles, non ?

— Tout cela, ce n'est qu'une simple spéculation, répliqua-t-elle, cependant son regard perçant quitta celui de Ran pour la seconde fois. Peut-être que personne n'en a jamais rien su.

— Mais il a bien fallu que quelqu'un soit au courant. Par exemple, celui qui les a enterrés et a décidé de garder le secret. Et si vous étiez l'assassin, ça ne serait pas une bonne raison de la boucler ?

— Je refuse d'être complice de votre obsession en poursuivant ces élucubrations inutiles.

— Mais ce n'est pas inutile, Tildy. En fait, peut-être que Harlan n'est pas le meurtrier, après tout. Peut-être qu'il ne s'est pas suicidé. Peut-être que quelqu'un d'autre les a tués tous les deux et a enterré leurs corps. La question étant : Qui, et pourquoi ? »

Tildy resta immobile, les lèvres pincées dans une moue récalcitrante, et Ransom remarqua que ses mains grêlées de taches de vieillesse étaient devenues toutes blanches sur le pommeau de sa canne. « Vous savez quelque chose, hein ?

— De quoi parlez-vous ? Je vous ai dit tout ce que je sais.

— Regardez, vous rougissez !

— Vous êtes fou. Vous délirez.

— Eh bien, disons que c'est l'intuition des fous, alors. Tildy, pour l'amour de Dieu, si vous savez quelque chose, ne me le cachez pas. Ce n'est pas que pour moi : c'est pour Claire, Hope et Charlie aussi. »

Tildy trônait sur son fauteuil, bouillonnant de colère, indécise ; enfin, du bout caoutchouté de sa canne tremblante, elle tapota – avec une précision infaillible – un cadre en argent fin sur le piano, caché au milieu des monceaux de photos de famille. « Là. Mais je ne pense pas que ça vous apprenne grand-chose. »

Ransom prit le daguerréotype. Bien que son visage soit un peu flou, il reconnut immédiatement Adélaïde. Elle était sur la véranda de Wando Passo, appuyée sur la pointe d'un parasol fermé. Elle avait l'air plus fatiguée, plus prosaïque que l'Adélaïde du portrait, mais plus réelle, moins désincarnée aussi ; et quand Ran plissa les yeux pour la regarder, Adélaïde plissa les yeux à son tour, presque comme si elle pouvait le voir, comme si Ran était le personnage d'un rêve ou une illusion. Après un moment, cependant, ce n'est pas Adélaïde, mais le bel homme noir debout à côté d'elle dans l'ombre de la véranda qui attira l'attention de Ran. Avec son regard solennel et son manteau en gabardine sombre de bonne qualité quoique légèrement usée, il avait l'air vaguement familier, mais Ransom ne sut pas tout de suite pourquoi.

« Qui est-ce ? demanda-t-il.

— Ouvrez le cadre », ordonna-t-elle.

Ran le retourna, fit jouer les charnières non sans difficulté, pour ne trouver, quand le fond doublé en velours bleu se détacha, qu'une simple ligne écrite en lettres cursives d'autrefois : « *A. H. D. avec J., Wando Passo, août 1865.*

— "*A. H. D.*", lut Ran.

— Adélaïde Huger DeLay. Elle a épousé mon arrière-arrière-grand-père, Harlan. Le fils de Percival, là. » Elle désigna le portrait d'un jeune homme sur le mur. « Adélaïde et Harlan ont eu un fils, James. Il a transmis la propriété à mon père.

— Votre père à vous et celui de Clive ?

— C'est cela.

— Et qui est "J." ?

— Un esclave qui s'appelait Jarry. Je ne sais pas grand-chose de lui, à part qu'il était le régisseur de la plantation.

— Pourquoi a-t-on pris cette photo ?

— Que voulez-vous dire ?

— Pourquoi la maîtresse – Adélaïde – se ferait-elle prendre en photo avec un esclave ? »

Tildy fronça les sourcils et resserra son étreinte sur sa canne. « Un hasard, je suppose.

— Et vous me l'avez montrée… pourquoi ? »

Comme elle lui lançait un regard noir, récalcitrant, la double porte s'ouvrit.

« Quoi donc ? » fit Tildy, contrariée.

Della se contenta de cligner des yeux sans bouger d'un pouce.

« Très bien, très bien », dit Tildy en se levant avec peine.

Tandis qu'elle s'éloignait en boitillant, le regard de Ran se posa une fois encore sur le portrait. À la réflexion, il y avait aussi quelque chose de familier dans l'expression de Percival DeLay. Ran examina ses yeux d'agate à la couleur noisette sombre, puis reporta son regard sur l'homme noir de la photo.

« Qui es-tu, toi ? demanda-t-il en s'adressant à "J.". Mais qui es-tu donc ? »

Ce mystère l'absorbait tout entier, à tel point qu'il fallut les « Papa ! Papa ! » larmoyants de Charlie pour le ramener sur terre.

« Qu'est-ce qu'il y a, bonhomme ? » Ran s'agenouilla et le prit dans ses bras. Par-dessus l'épaule de Charlie, Percival et J. le considéraient toujours… Ran les regarda en clignant des yeux, puis il contempla le visage malheureux de son fils, et ses yeux d'agate à la couleur noisette sombre. Comme un énorme rocher au sommet d'une montagne, quelque chose s'ébranla dans l'esprit de Ran.

Avant même que le rocher ait pu se détacher, Hope apparut à la porte, suivie de près par Alberta Johns, Tildy, Della, et une représentante de la police de Charleston en uniforme bleu et à l'air mécontent. Debout sur le seuil, elles le toisaient sévèrement comme si Ran était, en fait, l'homme que, dans ses pires cauchemars, il avait toujours redouté être mais, que jusqu'à cet instant, il n'avait pas tout à fait cru possible d'être.

Alberta brandissait quelque chose dans sa direction : un pistolet ? Malheureusement non. Ni un revolver ni un beeper. En fait, c'était son téléphone portable. L'écran était allumé. La vannière posa sur lui un regard peu amène. « C'est pour vous », déclara-t-elle.

7

À mesure que la fièvre progresse, elle se fait plus régulière et, à chaque cycle, plus forte. Toutes les deux nuits, entre cinq et huit heures, Adélaïde est prise de frissons, rapidement suivis par la fièvre, qui fait rage pendant le reste de la nuit, toute la journée suivante, et empire en fin d'après-midi. Le pouls d'Adélaïde s'accélère à tel point que Sims ne peut plus le mesurer avec précision. Elle a la bouche pleine de mucosités âcres et visqueuses. En proie au délire, elle gémit et grince des dents, respire avec difficulté et sa poitrine se soulève comme celle d'un animal qui halète par une chaude journée d'été. Vers l'aube, la fièvre tombe et la laisse dans un état de prostration comateuse. La rémission dure entre dix et douze heures. Puis, vers le crépuscule, quand les ombres s'allongent, le cycle reprend. D'une crise à l'autre, il dure quarante-huit heures et, à chaque nouvelle crise, Paloma fait un nœud de plus à la ficelle qu'elle a passée autour de la taille d'Adélaïde.

Il n'y a qu'un nœud lorsque Jarry se met en route pour Charleston. Ayant utilisé de l'écorce de cèdre et de la poix pour calfater l'allège de Wando Passo – l'étoupe fait aussi partie des pertes occasionnées par la rencontre de la Nina *et du* Niagara *–, Jarry s'y embarque avec une cargaison de riz et un équipage de huit hommes. Le fleuve est en crue : les homme doivent attacher une corde aux arbres sur la berge pour* *remonter le courant en se halant au cabestan. Il leur faut dix heures d'efforts exténuants pour atteindre le pont de chemin de fer de Mars Bluff, et une bonne partie de la nuit pour décharger l'allège et hisser leur cargaison au sommet du talus très raide jusqu'au train. Il y a deux cents sacs de riz. Chacun pèse trois cents kilos. Cela fait soixante tonnes de riz, plus d'un dixième de la production annuelle de Wando Passo. À Charleston, où tous les lieux publics, du champ de courses Washington aux jardins de White Point, sont envahis par les tentes, Jarry vend la cargaison de l'allège pour trois centimes de la livre, soit trois mille six cents dollars. Avec cette forte somme, malgré les efforts fervents voire hystériques de Blanche Huger, la tante d'Adélaïde, Jarry ne parvient à se procurer que cinquante grains de quinine. Il n'y en a pas plus, quelle que soit la somme qu'on en propose.*

On compte quatre nœuds autour de la taille d'Adélaïde le matin de son retour. Il a les yeux rouges et vitreux d'avoir chevauché toute la nuit. Son pantalon est trempé de la sueur de son cheval, ses bottes tout éclaboussées d'écume.

« C'est moitié moins que ce que j'espérais, constate Sims, mais toujours plus que ce que nous avions. »

Il prescrit trois grains le premier jour, quatre le deuxième, et ainsi de suite, jusqu'à six le quatrième jour. Le cinquième et le sixième jour, il administre à Adélaïde huit grains à douze heures d'intervalle. L'après-midi du septième jour, elle n'a plus eu d'accès de fièvre depuis quarante-huit heures. Assise dans son lit, elle donne tous les signes d'un retour à la vie. Jarry lui apporte des présents du jardin – des fraises des Alpes, des pois mange-tout, des salsifis, et les premiers petits légumes, que Peter appelle ses courges jaunes au cou tordu.

« C'est le goût de l'été », dit-elle à Jarry, après avoir brisé la cosse d'un pois mange-tout dans un craquement sonore pour lui tendre l'autre moitié. « Je

n'aurais jamais imaginé que des aliments puissent avoir autant de saveur. »

Son exaltation fait sourire Jarry.

« Mes craintes étaient donc sans fondement, finalement. J'ai été injuste envers Clarisse en pensant à mal. »

Il ne la contredit pas, mais ses pupilles s'étrécissent dans ses yeux.

« Merci, Jarry. » Elle va chercher la main posée sur son genou et la serre. Leur proximité – inexplicablement enivrante, et effrayante – semble intacte. À se perdre ainsi dans les yeux de Jarry, Adélaïde en oublierait presque son coupable secret, car ils lui renvoient son image comme aucun regard ne l'a jamais fait. C'est comme si, soudain, elle était devenue celle qu'elle a toujours voulu être, celle qui s'est dérobée à tous ses efforts ; aujourd'hui, sans même essayer, quand Jarry la contemple, elle y est enfin parvenue.

« Voulez-vous que je vous fasse la lecture ? demande-t-il.

— Pas si vous avez l'intention de me lire du Wordsworth…

— Non, je doute que vous soyez assez rétablie pour cela. »

Elle s'autorise à ouvrir de grands yeux en percevant l'ironie dans sa voix. « Il y a une étincelle de malice en vous, n'est-ce pas Jarry ? Une étincelle de pure malice et d'impertinence. Je ne l'avais encore jamais remarquée. »

Il s'empourpre et sourit, sans faire le moindre effort pour réfuter l'accusation.

« Savez-vous ce qui me plairait encore plus, cependant ? ajoute-t-elle. Une promenade… Non, non, ne me la refusez pas ! Je vous en prie. Il y a si longtemps que je suis cloîtrée ici. Un peu d'air frais et quelques rayons de soleil sur mon visage : voilà qui me ferait plus de bien que toute la poésie du monde. Voulez-vous ? Rien qu'un petit tour jusqu'au promontoire.

— Êtes-vous bien sûre que ce n'est pas trop tôt ?

— Si je tombe, vous pourrez y aller de votre "Je vous l'avais bien dit". Vous pouvez même emporter votre Wordsworth. Je m'armerai de courage pour endurer la lecture d'une strophe.

— Cela s'avérera peut-être un meilleur remède que vous ne le croyez.

— Ce ne sont pas ses propriétés médicinales que je mets en doute. »

Et les voilà partis, par cette belle matinée de juin, sur la route en sable blanc. Quand ils passent devant la grange, des rires féminins attirent leur attention.

À l'intérieur, un groupe d'adolescentes tout en jambes, les mollets découverts et les jupes remontées à hauteur des cuisses, écrasent de leurs pieds nus une purée de boue gris foncé. Un homme plus âgé, qui s'appelle Jonadab, y déverse des seaux qu'il remplit à un tonneau plein d'eau du fleuve mélangée à de l'argile. Conscientes de son regard – et de ceux de plusieurs autres admirateurs alentour –, les jeunes filles dansent une sorte de menuet sensuel, font semblant de glisser, rient, et poussent des cris de protestation quand un artilleur embusqué dans le grenier lâche une brassée de graines qui atteint sa cible : les graines vont se loger dans leurs coiffes et dans leurs cheveux, avant que les jeunes filles s'époussettent et mélangent les semis à l'argile.

« Que diable font-elles ? demande Adélaïde.

— Elles enduisent d'argile les semences qui seront plantées demain, lui explique Jarry. Vous n'avez jamais vu cela ?

— Vous n'allez pas me faire croire qu'elles travaillent ? »

Bien qu'Adélaïde rie pour manifester son intérêt, une des adolescentes en prend ombrage. « Si, m'ame, *c'est du travail. Si on les enduit pas de boue, les graines vont remonter quand le champ sera irrigué, et après, les* zwaso les manjé.

— Les oiseaux ?

— Oui, m'dame, les zwaso, *comme j'ai dit.*

— Eh bien, vous m'avez appris une chose que j'ignorais.

— À vot' service, conclut la fille, charitable.

— Pour un peu, confie Adélaïde à Jarry tandis qu'ils reprennent leur promenade, elles me rappelleraient ce que c'est d'être si jeune et insouciante. Jamais on n'imaginerait que des armées hostiles rôdent dans la région.

— Les enfants jouent aussi pendant la guerre.

— C'est un proverbe ?

— Il me semble que vous prenez plaisir à me taquiner.

— Ce n'est pas ma qualité la plus séduisante, à n'en pas douter, répond-elle le rouge aux joues. Pourtant, cela me fait infiniment plus de bien que Wordsworth. Vous ne me refuserez pas ce fortifiant, n'est-ce pas ? »

Il a l'air contrarié.

« Vous aurais-je mis mal à l'aise ? Je le crains ! Oh, Jarry, je ne voulais pas...

— Non, ce n'est rien. »

Ils sont arrivés au bord du fleuve, qu'elle contemple la main sur le cœur.

« Regardez comme c'est beau ! » Pour laisser à Jarry le temps de se reprendre, elle se détourne, reporte délibérément son attention sur l'eau, et admire le jasmin bleu et jaune qui prolifère sur les berges. Perchée sur une patte, une aigrette pêche dans les eaux peu profondes de l'autre côté du fleuve, et on aperçoit une rangée de tortues noires – elles sont neuf, alignées carapace contre carapace sur un rondin – sur le fond étincelant de l'eau. « Pourquoi le ciel semble-t-il si grand ici ? »

Jarry, qui a retrouvé son calme, secoue la tête.

« Mais, Jarry, qu'est-ce qu'il signifie, ce nom ? dit-elle en repensant à une question qui lui est venue à

l'esprit plusieurs fois. "Wando Passo"... C'est de l'espagnol ?

— Non.

— Un nom indien ?

— Il y avait une tribu, les Wando, par ici. Cette rivière, là... » – il la montre du doigt –, « ... relie le fleuve Pee Dee au Waccamaw, et autrefois ils l'ont peut-être utilisée comme passage pour rejoindre le poste d'approvisionnement anglais qui était situé sur ce promontoire. Père pensait que c'était une sorte de dialecte né entre deux peuples qui ne partageaient pas la même langue. Wando Passo...

— Un "passage pour les Wando" ? »

Il acquiesce. « Simple supposition. À vrai dire, personne ne le sait.

— Comme c'est étrange, remarque-t-elle. Quand on pense qu'autrefois ce nom avait tellement de sens que des gens l'ont donné à leur terre, alors qu'aujourd'hui ce sens s'est perdu et que ceux qui le connaissaient ont tous disparu.

— Je l'ai toujours bien aimé.

— Moi aussi. Il ressemble au passé, vous ne trouvez pas ? » Elle lève sur lui un regard interrogateur. « Quelque chose d'insaisissable, malgré toutes nos tentatives, mais qui perdure et exerce son charme sur nous. »

Jarry sourit et, l'espace de quelques instants, tandis qu'il soutient son regard, ils sont eux aussi sous une sorte de charme.

« Mais, honnêtement, ajoute Adélaïde en le rompant, la guerre n'inspire-t-elle donc aucune inquiétude aux esclaves de Wando Passo ?

— Bien sûr que si.

— Je suppose qu'ils espèrent que nous serons vaincus. Vous l'espérez, n'est-ce pas ? » Elle lui lance un regard.

« Je n'ai fait aucun mystère de ma position sur la question. Mais non, certains dans le quartier des esclaves ne partagent pas mon point de vue.

— Quel est leur sentiment ?

— Si le Sud perd, les plus âgés s'inquiètent du sort qui sera réservé à leur famille. Ils me demandent si la distribution de vêtements pour le printemps et l'hiver, les provisions de bois de chauffage... si tout cela continuera comme avant.

— Et que leur dites-vous ?

— Que quand ils seront affranchis, si cela arrive, ils pourront disposer d'eux-mêmes, monnayer leur travail et acheter toutes ces choses. Ils n'arrivent pas tout à fait à croire que l'avenir puisse être différent du passé.

— Jarry, comment cette plantation pourra-t-elle être exploitée si nous perdons ? »

Il s'avance jusqu'au bord du promontoire et contemple la vue, les mains nouées dans le dos.

« Pas comme elle l'est à présent. C'est la seule réponse dont je sois sûr. Tout cela est fondé sur le travail non payé. S'il faut rémunérer ce que l'on a toujours eu gratuitement, la question devient : Quel sera le prix de la main-d'œuvre ? Sera-t-il plus élevé que les profits de la vente du riz ? Si c'est le cas, qu'adviendra-t-il de Wando Passo et d'autres plantations comme celle-ci ? Seront-elles abandonnées et retourneront-elles à l'état de marais ? Et qu'adviendra-t-il de ses esclaves et des milliers d'autres qui vivent dans le Sud ? Qu'adviendra-t-il de vous, les propriétaires ? » Il se retourne. « Votre principale richesse a toujours été la terre. Si vous devez en vendre des parcelles pour payer la main-d'œuvre qui cultivera le reste – et si tous les propriétaires se retrouvent dans la même situation –, que vaudra la terre ? Plus grand-chose, à mon avis.

— Vous avez une vision bien sombre de l'avenir.

— Je pense qu'il existe des solutions, mais elles supposent une évolution des mentalités, et je ne suis pas sûr que les maîtres y soient mieux préparés que les esclaves, pour l'instant.

— Expliquez-moi ce que vous entendez par là.

— Je pense depuis longtemps que Wando Passo pourrait produire un tiers de riz en plus.

— Un million et demi de livres par an ?

— Ou à peu près.

— Comment cela ? »

Il vient s'asseoir près d'elle, les mains nouées et les coudes sur les genoux, et il la regarde. « Je pourrais vous montrer cela, je suppose. Tim et Silas ont transporté les semoirs sur Beard Island ce matin. Demain, quand les semences auront été enduites d'argile, nous les planterons. Les deux parcelles qui s'y trouvent n'ont produit – il faudrait que je vérifie – que vingt-six ou vingt-sept boisseaux l'an dernier. Si ce soir je disais à Tim : "cette année, nous allons louer Beard Island à la maîtresse... Tu la paieras..." Je n'ai pas réfléchi aux détails, vous comprenez ?

— Non, bien sûr, répond Adélaïde qui, le voyant aussi concentré, ne veut pas interrompre le cours de ses pensées.

— Mettons dix boisseaux de l'acre. » Il se lève et se met à faire les cent pas. « À titre d'exemple, disons dix. S'ils sèment demain, rentrent chez eux et ne font que se saouler jusqu'en septembre, ils en produiront dix de l'acre. Mais s'ils bénéficient d'une météo favorable et travaillent la terre comme ils savent le faire, ils tireront de ces champs quarante boisseaux.

— Quarante !

— Voire quarante-cinq. En prélevant vos dix boisseaux plus la moitié des trente ou trente-cinq restants, vous vous en sortiez aussi bien, voire mieux que l'an dernier.

— Pourquoi ne pas leur demander de produire quarante-cinq boisseaux pour moi ? »

Il rit. « Impossible. Dites-moi comment. J'ai tout essayé : les exhortations, les humiliations, les châtiments. J'ai fait appel à leur orgueil et à leur virilité. Rien de tout cela n'a jamais marché. La seule chose que je n'ai jamais essayée – parce que je n'avais pas autorité pour le faire –, c'est de partager les profits avec eux. Si on veut obtenir un excellent travail de leur part, c'est la seule solution. Si on adoptait ce principe, je pense que les choses se dérouleraient de la façon suivante : prenez un ouvrier comme Tim, qui bine son hectare de terre jusqu'à dix heures et demie ou onze heures du matin avant de rentrer chez lui s'occuper de ses petits pois et de ses porcelets ; vous le verriez dans les champs jusqu'à cinq ou six heures de l'après-midi. Au lieu d'une tâche, il en effectuerait trois ou quatre ; et comme un ouvrier sur trois est capable d'un tel effort, en étendant l'expérience à l'ensemble de votre plantation, vous arriveriez à produire un million et demi au lieu d'un million de livres de riz. Si je me trompe, s'ils se dérobent et jouent les malades, vous perdrez tout au plus quelques boisseaux sur deux champs qui en produisent près de cinquante. Cela ne vaudrait-il pas la peine de tenter l'expérience ?

— Je crois que si, répond Adélaïde, emportée par son enthousiasme.

— Ai-je donc votre permission de le leur proposer ?

— Oui, vous l'avez, dit-elle. Mais pas ce soir. Attendez quelques jours. Il faut d'abord que j'écrive à Harlan.

— Ah, fait Jarry, dont l'enthousiasme retombe comme un soufflé. Ah, bon, tant pis.

— Mais pourquoi dites-vous cela ? proteste-t-elle. Vous pensez qu'il ne sera pas d'accord ?

— J'en suis sûr.

— Comment ? le défie-t-elle. Comment pouvez-vous le savoir ? Peut-être vous montrez-vous injuste envers lui.

— Je le sais parce que j'ai demandé. J'ai fait une proposition similaire à Père autrefois, et Harlan n'a pas voulu en entendre parler.

— Quelle objection a-t-il soulevée ?

— Vous ne devinez pas ? À l'heure actuelle, Wando Passo produit un million de livres de riz dont tout le

profit lui revient. Alors, pourquoi irait-il tout changer pour produire un demi-million de livres supplémentaire qui profiterait à d'autres ?

— N'est-ce pas une objection valable ?

— Mais la réponse ne vous saute-t-elle pas aux yeux ? Si vous devez courir le risque de tout changer, c'est pour sauver Wando Passo. Dans l'éventualité où le Sud perdrait la guerre, pour préserver le million que vous possédez, vous devrez en produire un million et demi et donner le surplus à ceux qui ne possèdent rien à l'heure actuelle. Sinon, vous perdrez votre million de livres, et une fois que vous l'aurez perdu vous risquerez aussi de perdre vos terres.

— Avez-vous expliqué cela à mon mari ?

— Harlan l'a compris. Mais faire accéder les esclaves à une prospérité qu'il considère comme imméritée, aussi modeste soit-elle, l'exaspère encore plus que l'idée de sa propre ruine, et de la vôtre.

— Je trouve cela difficile à croire, Jarry, réplique-t-elle, avec un soupçon de froideur.

— Vraiment ? Je pense que sa position est assez commune. Dans le cas contraire, il y a bien longtemps qu'on aurait pu mettre fin à l'esclavage dans ce pays, en vertu du principe que je vous ai décrit. Mais il est peu d'hommes qui céderont volontairement du pouvoir à d'autres, même si, en définitive, c'est dans leur intérêt. Harlan, quelles que soient ses qualités, n'est pas de ceux-là. »

C'est vrai ! C'est vrai ! pense Adélaïde avec désespoir. Tout ce que dit Jarry est exact. Alors, quel est cet étrange scrupule qu'elle sent s'emparer d'elle, celui qui la pousse à se raidir et à demander : « Et vous pensiez que je consentirais à une chose que mon mari a expressément interdite ? »

Jarry entend le ton de sa voix et répond calmement : « Je pensais que vous admettriez peut-être qu'il est préférable de préserver vos privilèges, qui sont considérables, plutôt que de les perdre.

— Je pense que vous savez, déclare-t-elle, que vous savez parfaitement que je ne peux décider d'aucun changement, d'aucun changement radical concernant la propriété de mon mari sans lui demander son accord.

— Je vois, dit-il. Je croyais que vous, une maîtresse, en son absence, étiez libre de faire ce que bon vous semblait.

— Eh bien, nous ne sommes pas d'accord là-dessus. Je ne vois pas l'intérêt de poursuivre cette conversation.

— Je suis d'accord, rétorque Jarry, qui s'est redressé sur le banc et s'écarte d'elle. Ce serait gaspiller notre salive.

— Voulez-vous me faire la lecture ?

— Je n'en ai plus envie maintenant. Si vous voulez bien m'excuser, j'ai du travail. » Il se lève et s'éloigne d'elle, et elle est sur le point de lui dire, les mots sont prêts à franchir ses lèvres : « Je souhaite que vous me fassiez la lecture. »

Mais elle s'en abstient.

Plus tard, assise devant sa coiffeuse, elle repensera à cet instant où elle a bien failli lui donner un ordre auquel, en fait, il n'aurait pu qu'obéir.

Et si j'étais comme cela, moi aussi ? se demande-t-elle en contemplant son image dans la glace. Et si j'étais comme Harlan sur ce point ? N'est-ce pas là, au fond, la raison pour laquelle elle n'a pas révélé le secret du testament ? Parce que cela lui donne du pouvoir sur Jarry ? N'est-elle pas aussi peu disposée à renoncer à cela que Harlan à un demi-million de livres de riz supplémentaire ? Pourtant, son pouvoir secret possède une qualité empoisonnée qui la met mal à l'aise. Ou est-ce autre chose ?

Soudain, Adélaïde remarque ses yeux. Ses pupilles sont dilatées, larges comme des pièces de dix cents. Et il y a autre chose. En se penchant, elle remarque à sa tempe, à l'endroit où ses cheveux sont tous blonds – presque incolores, pareils au duvet du pissenlit –, un épais cheveu noir. Y était-il, avant ? Comment se fait-il qu'elle ne l'ait jamais remarqué ? Et quand elle lève la main pour le toucher, le lisser entre ses doigts afin de l'examiner de plus près, Adélaïde sursaute en le voyant tressauter.

8

« Mme Johns ici présente, dit la représentante des forces de l'ordre en uniforme bleu, affirme que vous lui avez proposé cent dollars pour qu'elle prenne vos enfants. »

L'agent de police, Alberta, Tildy, Della et Hope – oui, Hope aussi –, palette assez représentative de la gent féminine de Charleston, de la féminité sudiste, l'*Éternel Féminin* soi-même, posaient sur Ran des regards d'une sévérité unanime, comme un jury favorable à la pendaison que l'envie de condamner démange.

« Pour les *surveiller*, nuança Ran. Pour les surveiller un quart d'heure. Ce n'est pas un crime. Ils vont bien, non ? Ça va, les enfants ? ajouta-t-il en s'adressant à eux.

— Charlie a fait caca dans sa couche, papa, répondit Hope d'un ton accusateur qu'elle avait jusqu'alors réservé à Claire.

— Et aussi pipi, papa », renchérit Charlie avec des yeux évoquant un pare-brise sous la pluie. Sa lèvre inférieure tremblait – elle était aussi pleine que celle de Claire (étrangement, c'était la première fois que Ran le remarquait).

— Bon, bonhomme, dit Ran, accablé. Bon, on va te changer. »

Ransom !

« La ferme ! » dit-il à voix basse, avec un sourire à l'adresse de ses accusatrices – qui l'ont manifestement entendu –, le genre de sourire que l'invité d'honneur d'une soirée de bienfaisance réserve à l'assemblée très habillée, après avoir lâché un pet sonore en plein discours. Ran comprit, mais un peu tard, que la petite voix grêle qu'il avait perçue était celle de Claire.

« Allô ? dit-il dans le téléphone.

— Ransom, mais qu'est-ce qui se passe ? demanda-t-elle. Qu'est-ce que tu fais à Charleston ?

— Ils ont retrouvé les corps, Claire.

— Quoi ? Quels corps ? Qui les a retrouvés ? De quoi tu parles ?

— De Harlan et d'Adélaïde. »

Un blanc, puis… un bruit qui ressemblait à un lointain bruissement de vagues.

« Passe-moi tante Tildy, dit Claire, d'un ton plus mesuré. Non, laisse tomber. Dis-lui que j'arrive. Ne bouge pas ! Je suis là dans une heure, trois quarts d'heure plutôt.

— Ce n'est pas la peine, Claire, protesta-t-il. Je suis sur le coup. On maîtrise la situation, pas vrai, les enfants ? »

Hope et Charlie levèrent sur lui des regards lugubres.

« On sera à la maison pour dîner, reprit-il.

— Ne *bouge* pas, ordonna Claire. Ne bouge pas d'un centimètre ! Tu m'entends, Ransom Hill ?

— Mais oui, chérie, parfaitement. Compris. » Comme un militaire de haut rang aux abois enfermé dans le bunker présidentiel, après un regard au bouton rouge, Ran appuya dessus sans se soucier des conséquences : la fin de la civilisation telle que nous la connaissons, de la vie sur terre. « *Appel terminé* », annonça l'écran du portable. Une petite croix se dessina puis disparut. Ran se tourna vers son jury, le sourire aux lèvres. « Bien, les gars, maman arrive. Elle sera là dans une heure. Tout est au poil ! Allez, viens, bonhomme... » Mais quand il tendit la main à Charlie, l'agent de police s'interposa.

« Quoi ? Je n'ai pas le droit d'emmener mon fils aux toilettes ? » Il y alla de sa petite note d'indignation paternelle. « Vous n'avez qu'à nous accompagner. »

L'agent de police fronça les sourcils. « Quand vous en aurez terminé, il faudra qu'on procède à quelques vérifications.

— Tout à fait. J'aimerais moi aussi procéder à quelques vérifications. Nous allons mettre en place une commission de vérification. » D'un bras, il souleva Charlie avant de lancer un regard à Alberta. « Vous auriez pu me laisser deux minutes de plus, Berta.

— Il ne s'agit pas de vous. Il s'agit de ces enfants. Prenez bien soin d'eux, compris ? N'oubliez pas ce que je vous ai dit. » Elle lui empoigna le bras, et Ransom, la gorge soudain nouée, les yeux brûlants, contempla cette main noire sur sa peau blanche.

« Je suppose que vous voulez vos cent dollars supplémentaires. »

Alberta émit un « tss-tss » impatient et le lâcha.

« Hope ? » Ran lui tendit sa main libre.

« Je n'ai pas envie.

— Allez, viens. Tu n'es pas allée aux toilettes depuis qu'on est partis. »

Elle fronçait les sourcils d'un air rebelle. Et ne bougea pas d'un pouce.

« Ne commence pas ! » dit Ransom, qui prit soudain son air autoritaire et sa voix de papa.

Et Hope le suivit. Ils descendirent l'escalier, longèrent les paysages de Piranèse, passèrent sous le lustre à gaz...

« Il est très bien, ce lustre, marmotta Ran en levant les yeux vers lui.

— À qui tu parles ? demanda Hope.

— À toi, ma puce, répondit-il. Dis-moi ce que tu penses, maintenant, croix de bois, croix de fer : tu ne le trouves pas chouette, ce lustre ? »

Hope regarda le lustre, cligna des yeux, regarda ensuite son père et cligna encore des yeux. Soudain, elle ressembla à Claire. Du haut de ses quatre ans, elle possédait déjà ce sens du bon goût dont parlait Tildy, celui qu'il ne posséderait jamais, même si on lui expliquait cent fois. Sa fille ne semblait pas le juger, mais avoir pitié de lui, qui n'aurait jamais bon goût.

Ransom sentit sa gorge se serrer. « Allez, viens, Charlie, on va s'occuper de cette couche ! Et après, qui voudra une glace ?

— Moi ! cria Charlie. Oui, oui, oui ! »

Hope ne dit rien. Évitant soigneusement de la regarder, Ran eut l'impression d'être le sauveteur qui sent la corde tenue par sa petite fille lui échapper, brûlante, entre les mains.

Après avoir changé la couche de Charlie et l'avoir aidé à se laver les mains, Ran se mit à genoux, le visage à la hauteur des enfants, une main sur chaque hanche menue. « Écoutez, les petits gars, il va falloir que vous m'aidiez encore une fois. Il y a un léger changement de programme. On va faire un tour.

— Où on va, papa ? demanda Charlie

— Je ne sais pas très bien, avoua Ran.

— Et maman ?

— Ne t'inquiète pas, mon cœur. On la verra après.

— D'accord, papa. » Charlie y alla de son clignement d'yeux asynchrone et hocha la tête. Il était partant.

« Hope ? demanda Ran en avalant sa salive.

— On est obligés ? »

Ran prit une inspiration, l'air résigné. « Non, tu peux rester ici si tu veux. Mais j'aimerais vraiment que tu viennes. »

Hope se contenta de pincer les lèvres et d'acquiescer, en lui faisant un cadeau qui, son expression le disait clairement, serait peut-être le dernier.

Ransom se pencha pour l'embrasser sur la joue. « Bien. Hop-là ! Tous en voiture ! »

Sur ces mots, il souleva la fenêtre à guillotine et ils sortirent de la maison.

9

« ¿ Quién hizo esto a ella ?

— Tu sabes, mamá.

— Je n'y crois pas, dit Paloma, qui pince la peau sur la tempe d'Adélaïde entre le pouce et l'index pour l'examiner.

— ¿ Quién habriá podido hacerlo ? »

L'autre voix est celle de Jarry. Adélaïde – qui n'a qu'une envie : dormir, se réfugier dans l'inconscience – remarque sa présence et celle de sa mère dans la chambre, perçoit l'inquiétude dans leurs voix, mais comme un détail parmi d'autres, dont aucun n'a d'importance. Ils parlent d'elle ainsi qu'on parle d'une mourante ou d'une personne gravement atteinte. Va-t-elle mourir ? Il y a peu de temps encore, cette idée lui aurait semblé ridicule : comment peut-on mourir avant même d'avoir commencé à vivre ? Mais, pour Adélaïde, la mort n'est plus qu'un mot, un autre détail sans importance. Ses forces déclinantes sont tout entières absorbées par le désir de dormir, par cela et l'effort qu'elle doit faire pour inspirer, tant sa poitrine lui donne l'impression d'être fragile, endolorie et à vif : chaque bouffée d'air lui fait l'effet d'une brûlure. Et les maux de tête ! Son crâne résonne comme une enclume sous les coups d'un maillet. Les vibrations lui descendent jusque dans l'estomac et elle a l'impression qu'elle va vomir d'un instant à l'autre.

« No lo creeré.

— Eh bien, n'y crois pas, dit Jarry. Aide-la, c'est tout.

— Pourquoi ? demande la vieille femme. Pourquoi devrions-nous l'aider, hijo ?

— Parce qu'elle est innocente.

— Elle n'est pas innocente. Cette femme m'a regardée dans les yeux et m'a menti devant le corps de ton père.

— Je n'y crois pas. Et même si elle l'avait fait, mériterait-elle de mourir pour cela ?

— Nous avons sué sang et eau pour produire tout cela, elle arrive et tout est à elle : comment peut-elle être innocente ?

— Si c'était moi, dit-il en lui effleurant l'épaule, tu ne me laisserais pas mourir.

— Tu es mon enfant, mon fils.

— Dans ce cas, fais pour elle ce que tu ferais pour moi. Fais-le pour moi, mamacita. »

Paloma fronce les sourcils. « Va me chercher du basilic au jardin, et une fiole d'eau bénite. »

Elle plonge la main dans son col et en tire son makuto, *l'amulette en cuir qu'elle porte autour du cou, dont elle sort, soigneusement pliée, la prière à San Luis Beltrán écrite de la main de Tata Quien Vence – le* nom de guerre* *d'Andrés Petit. Trois fois par nuit pendant trois nuits d'affilée, ils récitent cette prière à son chevet* – « Criatura de Dios, yo te curo, ensalmo y benedigo en nombre de la Santisima Trinidad, Padre, Hijo y Espiritu Santo… » – *tout en l'aspergeant d'eau bénite et en faisant le signe de la croix avec des feuilles de basilic. À l'aube du quatrième jour, cependant, la fièvre n'est toujours pas tombée. On compte quatorze nœuds à la ficelle à présent, vingt-huit jours de maladie. Physiquement, Adélaïde est une épave. Rien qu'essayer de respirer est devenu une bataille quasiment insurmontable.*

« Ce bilongo *m'est inconnu, constate Paloma. Il est très fort.*

— Peux-tu dresser le Mur de Feu ? »

Elle lance un regard sévère à Jarry. « Tu t'imagines que je vais faire briller l'étoile noire sur ma fille ?

— Eh bien, n'utilise pas la terre d'un cimetière. Jette la chandelle dans le fleuve.

— Pour qu'il emporte ma fille ? Non, je ne m'opposerai pas à sa magie noire. »

Jarry lui prend la main. « Si elle meurt, mamá, *en quoi cela peut-il aider Clarisse ? En rien. Ce sera simplement une faute de plus à sa charge, une faute de plus pour laquelle elle devra payer. Et qu'a fait Addie pour endurer ceci ? »*

Depuis les ténèbres où elle se trouve – comme si, du fond des mers, elle regardait le soleil et la plage de sable blanc –, Adélaïde l'entend plaider sa cause. C'est la première fois qu'elle l'entend utiliser son prénom dans sa forme abrégée, et elle en est profondément émue, mais c'est moins l'émotion suscitée par l'espoir qu'une nostalgie de ce qui aurait pu être.

« Nous allons essayer l'angélique », décide Paloma ; cependant, les racines échouent, elles aussi, et on compte seize nœuds autour de la taille d'Adélaïde à présent.

« Il doit bien y avoir un autre remède, mamá, *dit Jarry.*

— Il en reste un dernier. S'il ne marche pas, je serai à court d'idées…

— Alors essaie, mamá, *essaie ce dernier remède. »*

Paloma le regarde en fronçant les sourcils. « Bien, porte-la », lui dit-elle avant de quitter la chambre.

Quand Jarry la soulève, Adélaïde, du fond de ses limbes, seule et effrayée, lui chuchote : « Pourquoi ? Pourquoi faites-vous tout cela ? »

Il la regarde dans les yeux, incrédule. « Pourquoi ? Parce que vous êtes un être humain. Parce que vous feriez la même chose pour moi. »

Au comble du désespoir, elle ferme les yeux et tourne la tête. Et, lorsqu'il la porte jusqu'au rez-de-chaussée, elle a l'impression de n'être qu'un mince vêtement contre lui. Les bras de Jarry sont le refuge qu'elle a désiré et appelé de ses vœux. Alors, pourquoi maintenant ? se demande-t-elle. Pourquoi la proximité de la mort leur octroie-t-elle une permission qui leur était refusée dans la vie ? Elle sent la poussière sur son manteau noir, et sa sueur, une odeur agréablement âcre, comme du sel. Adélaïde pense aux blocs de sel dans la cour de la laiterie et dans les stalles des chevaux, auxquels les animaux donnent de drôles de formes à force de les lécher.

À travers un voile de grisaille, de découragement et de langueur, elle voit le ciel défiler au-dessus de sa tête et entend grincer les roues d'une charrette. Elle sent la chaleur de la couverture dans laquelle Jarry l'a emmitouflée et remarque avec un bref regain d'intérêt que les feuilles des arbres sont adultes maintenant. Clignotant à travers les feuillages, un soleil incandescent rivalise avec un noir d'encre pour dessiner la nervure des feuilles en filigrane. On la transporte à nouveau à l'intérieur. Est-ce la maisonnette ? Elle ne reconnaît pas l'endroit, mais, après une vague tentative, elle n'a plus guère la force de s'en soucier. D'autres gens se trouvent dans la pièce, ils parlent d'une voix étouffée et leurs visages s'estompent. Qu'y a-t-il là-bas ? Un autel ? De nombreux objets y sont disposés, mais ce qui attire son attention est une figurine, un drôle de petit buste aussi noir que le charbon, avec des cauris à la place des yeux, du nez et des lèvres. La statuette a un air presque grotesque, comme la grossière silhouette qu'un enfant aurait façonnée dans l'argile. Ou comme Tar Baby… Cette pensée traverse l'esprit d'Adélaïde, puis elle ferme les yeux.

« Oté ! Otwé, Sèr, ou résté là pandank mwin rod dlo ? Ou conprann pak mon po brilé ? Ou coprann pak mwin dagaze ? Ou ka tann' mwin di atwé bouzé[1] ? »

1. « Hé, toi, tu vas rester là à me regarder chercher de l'eau ? Tu ne vois pas que mon pot brûle ? Tu ne me vois donc pas m'agiter ? Quand est-ce que tu vas te bouger ? » *(NdT.)*

Le récit de Jarry lui revient en mémoire, les mots se mélangent aux formules de Paloma, qui psalmodie : « Eshu a ke buru bori ake boye to ri to ru la... Ye fi o'ru a're a la le ku'pa she eyo me 'ko... »

Quelque chose lui effleure le visage et, lorsqu'elle ouvre les yeux, Adélaïde voit les yeux jaunes et hypnotisés des coqs que Paloma tient par les pattes, les ailes déployées et pendantes, et qu'elle agite au-dessus de sa tête comme pour l'éventer doucement.

« Jarry ? »

Il lui prend la main et la serre. « N'ayez pas peur », murmure-t-il.

Et cette fois-ci, quand Adélaïde regarde le buste noir, le Tar Baby, que les autres appellent Lucero, Nkuyu ou Eshu, il la contemple avec des yeux dotés de conscience. Elle est terrifiée. Elle comprend soudain que le Tar Baby se dresse entre elle et le printemps, et que le printemps, c'est la vie.

« Vous êtes la Mort, c'est cela ? » demande-t-elle.

Et le Tar Baby – Lucero, Nkuyu, Eshu, les noms ne manquent pas – se moque d'elle : « Non, je ne suis pas la Mort, dit-il. Je suis mort, mais je ne suis pas la Mort. Je suis El Portero. J'ouvre les portes de la mort.

— Vais-je donc mourir ?

— Assurément.

— Mais je ne suis pas prête !

— Personne n'est jamais prêt, niña. *Moi-même, je ne l'étais pas. La vie est comme un jouet auquel on s'accroche de toutes ses forces, et un jour on se réveille en ayant oublié qu'on en a besoin. On le lâche et quand on finit par le retrouver dans le coffre à jouets, tout abîmé, souillé et plein de poussière, on se demande pourquoi on l'aimait tellement. J'ai été vivant, autrefois, et c'est ainsi que la vie m'apparaît aujourd'hui, comme votre enfance peut vous apparaître : un passé dont vous gardez un souvenir ému mais auquel vous n'avez aucune envie de revenir. Il en ira de même pour vous.*

— Je vous en prie, supplie Adélaïde. Je vous en prie, pas maintenant ! J'ai envie de vivre avant de mourir. Laissez-moi rester encore un peu. » Elle s'accroche à la main de Jarry, comme pour s'y arrimer.

Lucero pose sur elle un regard plein de compassion, comme un adulte regarde un enfant fatigué qui refuse d'aller se coucher. Et soudain, une pluie tiède se met à tomber. Adélaïde sent une petite goutte sur son visage. Puis une autre. Et une autre. Quand elle ouvre les yeux, elle voit les coqs se tordre au-dessus de sa tête. Ils ressemblent à des danseuses, se dit-elle, à des jeunes filles qui dansent la mazurka en relevant leurs jupes et leurs jupons. Paloma danse, elle aussi ; elle danse avec les coqs qu'elle fait voltiger en cercles, et dont elle tord le cou en psalmodiant : « Ensuso kabwinda… Embele kiamene… Eki menga nkisi… », *et une pluie de sang s'abat sur Adélaïde en légères gouttelettes, ainsi que sur le Tar Baby, Lucero ; Adélaïde remarque qu'il s'est détourné d'elle. Il a pris les coqs à sa place.*

Et autour d'elle dans la pièce, les gens chantent :

Ahora sí menga va corre, como corre,
Ahora sí menga va corre, sí seño,
Ahora sí menga va corre…

On dirait une belle et vieille chanson dont Adélaïde se souvient, une chanson d'il y a bien longtemps, comme une berceuse que sa mère lui aurait chantée quand elle était petite, ou dans une autre vie, et qu'elle aurait rangée puis oubliée dans le coffre avec tous les autres jouets cassés. Et le sang ruisselle, « menga va corre, como corre », *telle une pluie douce et tiède qui n'a rien d'horrible à ses yeux. Il n'y a rien d'horrible ici. Adélaïde a l'impression d'être une jeune fille à l'église, la même impression qu'autrefois, il y a bien longtemps, à St. Michael, à sa première communion, quand elle était sortie dans la lumière printanière et le doux parfum des gardénias, tandis que le carillon résonnait au-*

dessus de sa tête, par une magnifique journée qui respirait la paix et la tranquillité. Tous les autres souvenirs inaccessibles depuis des jours et des jours lui reviennent, et Adélaïde dort pendant ce qui lui semble une éternité mais se réduit en fait à quelques secondes. Elle se réveille au son de la voix de Paloma.

« Apporte le couteau.

— Le couteau ? demande Jarry.

— Nkuyu m'a montré ce qu'il fallait faire... »

Sous le peignoir en soie qu'Adélaïde a choisi avec tant de soin pour une circonstance bien particulière, Paloma soulève l'étoffe de la chemise de nuit juste au-dessus du cœur et en découpe le bouton en nacre française : celui-là même qu'Adélaïde avait choisi pour ses reflets aussi changeants que les fonds marins. Paloma y attache le cheveu noir qui pousse à la tempe d'Adélaïde et se met à tirer ; Adélaïde sent le cheveu sortir, par à-coups, comme du fil de pêche qu'elle aurait avalé, et qui remonterait de ses entrailles, du cours sinueux de ses intestins. Ensuite, Paloma dépose le cheveu dans une fiole bleue pleine de chamba *et en scelle le bouchon à la cire. La vieille femme prend la bible, se rencogne dans son fauteuil, détendue, et lit le Psaume 51...*

Ô Dieu, Dieu de mon salut ! Délivre-moi du sang versé, et ma langue acclamera ta justice.
Car tu ne prends pas plaisir au sacrifice, autrement j'en donnerais ; tu n'agrées pas d'holocauste.
Les sacrifices agréables à Dieu, c'est un cœur brisé : un cœur brisé et contrit, ô Dieu, tu ne dédaignes pas.

« Maintenant j'ai fait tout ce que je pouvais, déclare Paloma. Pour le reste, il n'y a plus qu'à attendre. » Elle pose sur son fils un regard scrutateur, et Jarry acquiesce, reconnaissant.

Au crépuscule, il sort de la chapelle en portant Adélaïde ; au crépuscule, elle entend grincer les roues de la charrette ; au crépuscule, il la porte au premier étage et la borde dans un lit frais.

« Merci, Jarry », chuchote-t-elle d'une voix rauque quand il soutient sa nuque pour l'aider à boire.

Il sourit et lui essuie le front avec un linge, avant de replacer sa tête, aussi doucement que celle d'une poupée de chiffon, sur l'oreiller. Puis Adélaïde s'attend à sentir le froid gagner ses mains et ses pieds. Elle s'attend à claquer des dents. Il est six heures. Puis sept, sept heures passées. Peu après huit heures, elle s'endort. Et pour la première fois depuis des semaines, elle dort toute la nuit. Au matin, elle est faible, mais elle perçoit à des signes imperceptibles que la maladie l'a quittée. Et tout ce qu'elle vient de vivre, sa conversation avec Lucero ou Nkuyu, lui semblera bientôt irréel, onirique, comme des paroles de somnambule.

10

Ran leur fit traverser le jardin secret où flottait le parfum entêtant des fleurs d'oranger et passer devant la nymphe sans tête de tante Tildy, avec son adorable poitrine dénudée mais souillée par les pluies acides. À l'extrémité de son bras svelte, son doigt était tendu vers le bassin en cascade qui, sans jamais cesser de se vider, était toujours plein. Quand Ran regarda dans l'eau, un poisson rouge fit ondoyer sa queue, éclat de couleur vive au milieu des algues... Et voici que déjà la lourde porte noire au bouton en cuivre s'entrouvrait sur Meeting Street et un ciel dégagé.

Au moment où ils arrivèrent sur le trottoir, le parfait citoyen de Charleston en cachemire noir déposait son sac de golf dans le coffre de sa voiture.

« Comment ça va, vieux ? » dit Ran, comme si tout était normal, mais en pressant les enfants et en baissant les yeux lorsqu'ils passèrent à sa hauteur.

L'homme fronça les sourcils et ne répondit pas. Dans le pare-brise du véhicule garé devant eux le long du trottoir, Ran le vit se redresser, les mains sur les hanches, pour les toiser.

« J'adore vos mocassins ! » Ayant atteint sa voiture, Ransom ne put résister. Sa main tremblait quand il déverrouilla la portière, et le bruit du sac de golf – le son métallique bien particulier des cannes en graphite qui s'entrechoquaient au fond du coffre – lui fit l'effet d'un coup de massue sur un pieu en fer, un coup de chaîne, un coup de fouet : Ransom lâcha ses clés.

Le mousqueton d'escalade qui lui tenait lieu de porte-clés se coinça entre les barres de la grille d'une bouche d'égout, et comme Ran s'agenouillait pour les récupérer, le son ténu de l'eau claire qui coulait dans les profondeurs, sous le trottoir, le fit penser à Shanté, à l'été où elle était revenue de Northfield, où ils étaient tombés amoureux et avaient formé le projet de s'enfuir ensemble…

À l'époque, Ran travaillait à l'église New Jerusalem pour un dollar trente-cinq de l'heure, mais Wallace, le cousin de Shanté, disait que c'était au Country Club de Killdeer qu'on pouvait gagner des pépettes. Alors un dimanche matin, de bonne heure, Ran avait fait tout le chemin jusqu'à l'ouest de la ville. Tommy Janklow, le golfeur professionnel, cachait son air renfrogné et sa gueule de bois derrière ses lunettes noires opaques ; il avait écouté le boniment de Ran sur ses expériences passées et semblé s'en contreficher. Il lui avait assigné les quatre premiers joueurs de la journée, parmi lesquels, par un coup du sort, se trouvait Herbert Kincannon, bête noire de Mel qui voyait en lui l'incarnation même du capitalisme. Quand le propriétaire de l'usine Dixie Bag avait demandé sa Grosse Bertha au tee numéro 1, Ran lui avait tendu la mauvaise canne, puis il avait fait tomber le sac au beau milieu du swing de Kincannon. À partir de là, tout était allé de mal en pis.

Deux heures plus tard, tandis qu'ils approchaient du dix-huitième trou, la figure de Kincannon était plus cramoisie que sa chemise Izod, une teinte assez proche de celle du rosbif à point que découpait le chef au restaurant du club, à l'étage. Le Grand Herbert n'adressait déjà plus la parole à son caddie depuis le trou numéro 9 et Ransom, quant à lui, semblait s'être baigné tout habillé. Il avait des ampoules ouvertes aux talons et son épaule, tout engourdie, le brûlait à force d'avoir porté le sac. Kincannon avait fait un putt, puis il s'était tourné vers Ran pour lui demander d'une voix sonore et publique qui avait attiré l'attention de tous ceux qui se trouvaient à portée : « Comment tu t'appelles, déjà ? » C'était la première fois qu'il posait la question.

Ransom avait répondu, et Kincannon avait dit : « T'es le fils de Mel Hill, c'est ça ? »

Le piège était tendu, mais Ransom s'était contenté de cligner des yeux, renfrogné et apeuré, et avait refusé d'y poser le pied. Ce qui ne lui avait pas épargné l'humiliation :

« Mel Hill est un pauvre ivrogne et un bon à rien qui ne coudrait même pas droit avec une règle, avait décrété Kincannon, et si tu mènes ta vie comme tu fais ton boulot de caddie, t'es bien parti pour finir comme lui, voire pire. Allez, débarrasse-moi le plancher, espèce de nègre blanc ! Que je ne te revoie plus au Country Club de Killdeer. Les Hill n'ont rien à faire de ce côté-ci de la ville. Ni maintenant ni jamais. »

Puis il avait tiré deux billets humides de la liasse qu'il avait dans la poche et les avait laissés tomber sur le green avant de s'éloigner à grands pas.

En haut, derrière les larges baies vitrées, les fidèles qui venaient directement au buffet du club après l'église se pressaient sur deux ou trois rangées pour voir ce qui se passait au trou numéro 18. Un gamin avait émis un sifflement ; un autre avait ri. Une femme d'âge mûr les avait fait taire. Toute la gamme des réactions humaines s'était exprimée, c'est du moins l'impression qu'avait eue Ransom Hill ce jour-là.

Mais ce qu'il en avait retenu en fait, et ce dont il se souvint à cet instant, agenouillé sur la grille rouillée de la bouche d'égout – il avait momentanément oublié où il était, ce qu'il faisait là, sa femme, ses enfants, son succès passé, son espoir de retrouver le bonheur, et, au sens le plus profond du terme, il s'était oublié lui-même –, c'étaient des filles sur leurs chaises longues au bord de la piscine, de l'autre côté d'une grille à barreaux de fer. Allongées sur le ventre, elles se faisaient bronzer ; elles avaient détaché la lanière de leur bikini à pois, dont elles retenaient le haut contre leur poitrine, et assistaient à la scène, dressées sur les coudes. Et l'une d'elles – Ran ne connaissait pas son nom mais il la voyait encore, derrière ses Wayfarers – avait pris le grand verre de Cherry Coke que Wallace, à présent vêtu d'une livrée, lui apportait du club-house sur un plateau. La paille entre les lèvres, elle avait siroté sa boisson en observant le caddy, à côté de la rangée de charrettes, pour voir s'il allait se baisser afin de ramasser son salaire. Ransom, qui avait pourtant gagné cet argent, l'avait laissé par terre et était parti sans rien d'autre que sa fierté blessée et des ampoules aux talons après une matinée de travail. À sa connaissance, ces deux billets humides flottaient toujours quelque part dans l'univers, encore abandonnés, toujours à lui.

« Papa ? »

Ransom leva les yeux et rencontra le regard curieux de Charlie. Le petit garçon cligna des yeux, puis examina la grille. « C'est quoi, tu cherches dedans, papa ?

— La clé des champs », répondit Ransom sans hésiter, face au regard franc et direct, d'homme à homme, de Charlie.

Charlie tendit son petit poing et l'ouvrit.

« Et les voilà », ajouta Ran. S'essuyant les yeux d'un revers de manche, il s'assit un instant sur le trottoir, inspira un grand coup comme s'il manquait d'air et se releva. « Allez, c'est parti ! En voiture, l'équipe ! »

Mais, alors qu'il bouclait leurs ceintures, on entendit des éclats de voix assourdis dans la rue.

« Il est là ! » dit quelqu'un – la voix ressemblait à celle d'Alberta Johns.

Quand il regarda vers la maison de Tildy, la jeune policière pointait son doigt juste entre ses deux yeux. « Vous, là, arrêtez ! cria-t-elle. Pas un geste ! On ne bouge pas. » Et, se coiffant précipitamment de sa casquette, elle longea le pâté de maisons au pas de course, son revolver et sa matraque lui battant les flancs.

Le regard du parfait citoyen de Charleston passa de Ran à l'agent de police, se reporta sur Ran, puis il piqua un sprint vers ce dernier. « Vous, là ! Arrêtez !

— Ne me cherchez pas, hein ! les prévint Ran en ouvrant la portière côté conducteur.

— Qu'est-ce que vous faites, là ? » L'homme attrapa Ransom par l'épaule.

Ransom fit un pas vers lui et l'envoya au tapis.

« Papa ! Papa, non ! Non, papa ! » hurla Hope à l'arrière, mais Ran avait mis dans le mille.

« C'est mes enfants, dit-il, les *miens*, fils de pute ! Pas les tiens. Compris ? »

Ran se pencha sur l'homme, ivre de son pouvoir, grand et fort, et enragé : « On fait oui de la tête. »

Le bon citoyen de Charleston hocha la tête, surpris, apparemment, d'avoir peur.

Ce qui étonna Ran sur le moment – lui, le pacifiste qui s'était fait réformer et avait été végétarien pendant treize ans –, c'est l'exaltation soudaine qu'il éprouva, la décharge électrique qui le traversa tout entier, non pas la sensation d'avoir dépassé les limites, mais bien celle de dominer.

À présent, la jeune policière les avait rejoints, rouge et haletante, sa casquette à la main. « Pas un geste », ordonna-t-elle, à bout de souffle, effrayée, en défaisant la lanière de l'étui qui contenait son arme de service.

Ran se tourna vers elle, calme et attentif. « Ce sont mes enfants, expliqua-t-il. Je suis leur père. Je les emmène manger une glace. Si vous voulez m'abattre, allez-y donc ! »

À l'arrière de la voiture, les deux enfants pleuraient : « Papa ! Papa !

— S'il vous plaît, ne le tuez pas !

— Pas tuer papa !

— Je ne peux pas vous laisser partir. »

Ransom sourit à l'agent de police comme on sourit à un enfant, puis il monta dans son Odyssey et démarra sans se presser.

11

La santé, quand elle revient, ressemble à l'eau délicieusement fraîche d'un puits et, dans les premiers jours, Adélaïde la goûte avec modération, la savourant comme elle a savouré peu de choses jusqu'alors. Mais où est Jarry ? Assise tout habillée derrière la fenêtre, elle contemple le parc, attend et se demande pourquoi il ne vient pas. Interrompant sa rêverie colorée par la verdure, la voix se fait entendre : Il a peur. *Mais elle aussi est effrayée ; c'est comme si la liberté accordée par la proximité de la mort avait été retirée par son retour à la vie. Et comment peuvent-ils se retrouver à présent ? La réponse n'est pas bien loin : si la permission a été retirée, Adélaïde doit se la donner à elle-même. Elle trouve le prétexte à une visite dans le volume de poésie qu'il lui a prêté et qui est rangé dans sa bibliothèque.*

Ainsi, aujourd'hui, pour la première fois depuis leur conversation sur le promontoire, elle s'habille et descend, avec des gestes hésitants ; s'agrippant à la balustrade durant son passage en revue par les ancêtres réprobateurs, elle tient le Wordsworth de Percival dans l'autre main pour faire contrepoids.

Par ce matin de mai, le ciel est immobile et d'un bleu limpide. En longeant la route de sable blanc, guidée par des voix, elle se dirige vers l'échoppe du tonnelier où elle trouve Jarry et une demi-douzaine d'hommes en grande conversation.

« Bonjour.

— Maît'esse. » Les hommes s'écartent : Jarry – vêtu d'une chemise en toile filée maison aux manches roulées au-dessus des coudes – sourit et, d'un signe de tête, lui indique un tonneau ouvert. « Venez voir. »

À l'intérieur, il y a une substance grise, trouble, comme du sable translucide, encore légèrement imprégné d'eau de mer.

« Goûtez », dit-il avec l'expression d'un homme satisfait de son dernier succès.

Adélaïde y trempe le doigt. « Mais où donc avez-vous trouvé ça ?

— Nous l'avons fabriqué.

— Mais comment peut-on bien fabriquer du sel ?

— Voulez-vous voir ?

— J'aimerais beaucoup. »

Et, pendant qu'il grée le petit bateau à voile, Adélaïde demande aux femmes de cuisine de préparer un pique-nique qu'elle emporte dans un panier ; puis ils remontent le fleuve vers l'est, poussés par une légère brise d'ouest, en suivant les méandres de Wando Passo Creek. Ils n'ont pas couvert cent mètres qu'ils rencontrent Hattie, la blanchisseuse, et ses lavandières qui mènent grand tapage sur la berge du fleuve où elles font la lessive. Après avoir trempé le linge dans de larges baquets d'eau savonneuse, les jeunes filles le jettent sur des petits bancs de bois et le battent avec des pagaies à spatule blanche appelées gaules à linge. Le bruit sec et retentissant suit Adélaïde et Jarry sur près de huit cents mètres le long de la rivière.

« Purifie-moi avec l'hysope…, *murmure Addie à voix basse.*

— Quoi ? » demande-t-il depuis l'avant du bateau.

Elle sourit en secouant la tête. « Pourquoi pensez-vous que la vie nous malmène ainsi ? demande-t-elle. Est-ce qu'elle nous bat pour nous débarrasser des souillures et du péché afin que nous soyons enfin propres ? »

Il sourit à son tour et ne répond pas. C'est inutile ; mais ces paroles donnent le ton de cette journée.

Avec le chuintement de la vague de proue, le claquement des bords de la voile bien tendue, il devient impossible de soutenir une conversation, cependant ils échangent des regards et des sourires, et Jarry lui montre parfois quelque chose du doigt : un grand héron bleu perché sur une de ses longues pattes au bord du fleuve, une rangée de tortues alignées sur un rondin, celles que l'on nomme tortues de Cooter, très recherchées pour la soupe ; rondes et toutes plates comme des assiettes à salade, elles tendent la tête vers le soleil. De temps à autre, il élève la voix pour lui donner le nom d'un oiseau. Ils aperçoivent des tohi à flancs roux et des bruants indigo, un ibis blanc, un nid de tyrans plein de petits. Il y a des tangaras vermillon et des pics d'Amérique, un busard saint-martin. Ils aperçoivent même un alligator de trois ou quatre mètres de long qui se dore au soleil sur l'argile douce de la berge.

Quand ils quittent la petite rivière pour voguer sur le Waccamaw, la perspective se dégage tout à fait. On dirait que Dieu tout-puissant a gonflé Son torse, pense Adélaïde, et aspiré l'air à pleins poumons. Le monde, vu d'ici, semble infini. Tout étincelle, comme fraîchement verni. Tandis qu'ils approchent de la rive boisée, à l'ouest de Pawleys Island, encore distante d'un kilomètre et demi à vol d'oiseau, un gros vapeur à aubes – deux cents tonnes ou plus et quarante-cinq mètres de large – surgit à bâbord. Ils le prennent d'abord pour un navire ordinaire, mais en s'approchant ils distinguent les sabords, des ouvertures de fortune qui accueillent ses obusiers et son grand canon Parrott. Quand ils croisent le navire – de si près que l'ombre de sa proue couvre le sloop tout entier –, ils lisent son nom, Mendota, *précédé par sa désignation,* USS. *Une canonnière fédérale sur le Waccamaw ! Jarry se hâte de tirer des bordées et de naviguer vent debout pour mettre de la distance entre eux, mais pas assez vite : un marin yankee qui urinait sur le côté du navire les aperçoit et les hèle : « Hé, négro, tu sais nager ? Si t'acceptes de boire la tasse un bon coup, tu seras un homme libre au pays des morts ! »*

Cette rencontre et la remarque railleuse du marin assombrissent leur humeur. La barre sous l'aisselle, Jarry baisse un peu la voile principale en évitant le regard d'Adélaïde. Il se concentre sur la navigation, droit devant lui, d'un air triste, et la jeune femme aimerait le voir retrouver le sourire. Si elle lui disait la vérité au sujet du testament et faisait voler en éclats le mur de verre ? Si ce mur ne les séparait plus, que se passerait-il ? Elle comprend soudain que c'est ce qu'elle redoute le plus. Car, si ce mur s'effondrait, que resterait-il entre eux ? Rien – est-ce cela la réponse ? est-ce pour lui révéler la vérité qu'elle est venue ? Adélaïde a l'impression de se tenir par mégarde au milieu d'une embuscade qu'elle a elle-même tendue, et la voix qu'elle n'a plus perçue depuis un certain temps intervient : Les choses n'iront mieux que lorsque tu lui auras dit la vérité.

Mais Harlan ? Et leur mariage ?

Ton mariage est un mensonge, tout le monde y croit sauf toi.

Oui, mais voir la vérité et la suivre sont deux choses différentes. Une partie d'elle-même meurt d'envie d'avouer la vérité ; pourtant, faire passer les droits d'un homme noir avant le caprice d'un homme blanc, ce serait plus qu'un manque de respect : ce serait un pur acte de sabotage, et pas seulement contre Harlan, contre la classe à laquelle elle appartient, contre Charleston, le Sud… Jamais elle n'a envisagé d'en arriver à une telle extrémité. Ainsi, après l'agréable répit de l'équipée de ce matin, elle se trouve à nouveau en proie à l'anxiété. Désormais aveugle aux charmes du paysage, elle se réjouit du chuintement de la vague de proue qui se brise sur la coque, elle se réjouit du claquement des bords de la voile bien tendue, et c'est avec soulagement qu'elle voit Jarry engager le bateau dans une petite rivière d'eau salée pour l'échouer à proximité d'un campement dans les bois.

Là, sous un appentis, deux énormes cuves en cuivre sont posées sur des piliers en briques. Sous l'une des cuves, un feu est allumé, et deux esclaves de Wando Passo l'alimentent en petit bois. D'une cheminée grossière, de la fumée s'élève et, de la cuve elle-même, un nuage ondoyant de buée.

« Nous avons pris une des machines à distiller le sucre, lui explique Jarry en l'aidant à descendre du bateau, un des prototypes que Père avait fabriqués jadis, et nous l'avons coupée en deux pour en faire des cuves à évaporation. »

Une auge en bois – qui ressemble à un petit aqueduc incliné avec ses piliers – s'étend sur une centaine de mètres au-dessus des marais tout proches jusqu'à un échafaudage de six mètres de haut. Il supporte une plate-forme au centre de laquelle a été montée une poignée qui ressemble au levier en forme de I d'un wagonnet de chemin de fer. Adélaïde s'abrite les yeux et le montre du doigt : « Qu'est-ce que c'est ?

— Il y a une pompe dans la rivière, répond Jarry. Quand la marée monte, au moment où l'eau est très salée et moins chargée de sédiments, on remplit les cuves et on allume le feu.

— Et vous faites bouillir l'eau pour qu'elle s'évapore. »

Il hoche la tête. « On laisse l'eau s'évaporer et on recueille ceci. » Il prend une poignée de sel, en train de refroidir dans la seconde cuve, et la verse dans la main d'Adélaïde.

« C'est encore tiède. » Elle sourit et y trempe le bout de la langue. « Il est presque sucré.

— Je le préfère à celui qu'on achète en magasin.

— Comment avez-vous eu cette idée ingénieuse ? »

Il hausse les épaules, manifestement flatté.

« Nous en prendrons pour nos œufs durs, voulez-vous ? » Elle soulève son panier.

« Vous avez faim ?

— Pas encore tout à fait. J'aimerais me dégourdir les jambes d'abord. La plage est-elle loin ?

— À moins de huit cents mètres.

— Vous voulez bien faire la promenade et déjeuner avec moi ? »

Il donne des instructions aux esclaves puis ils se mettent en route vers l'est de l'île.

« Mon idée, lui dit-il tout en marchant, c'est d'acheminer le sel jusqu'à Mars Bluff avec notre riz pour l'échanger contre du coton.

— Pourquoi avons-nous besoin de coton ?

— Nous n'en avons pas besoin. Nous l'emporterons à Nassau.

— En forçant le blocus ?

— En forçant le blocus. Là-bas, les Britanniques nous le paieront à prix d'or. J'en ai discuté avec les banquiers et les conseillers de Père, et nous pensons tous que c'est la meilleure chose à faire.

— Je m'en remets à vous, dit-elle. Franchement, Jarry, je ne sais pas ce que nous ferions... ce que je ferais... »

Elle n'a pas besoin d'en dire plus. Jarry, qui a compris, sourit et regarde par terre, là où le sol est devenu sablonneux sous leurs pieds. Bientôt, ils entendent le mugissement des vagues.

Adélaïde enlève ses chaussures et ils gravissent la dune. « En vérité, j'ai oublié la dernière fois que j'ai vu l'océan ! »

C'est donc à l'est de l'île, face à l'océan, qu'ils choisissent un endroit abrité du vent, qu'Adélaïde déploie la nappe et lui tend une tasse.

« Le café est un problème que nous n'avons toujours pas résolu, lui raconte-t-il en se servant. Mais Mère en a fabriqué un succédané à partir de graines de gombo... Avez-vous une autre tasse ? »

Elle regarde dans le panier et secoue la tête. « Nous pouvons boire tous les deux dans celle-ci. »

Elle tend la main, et il hésite un instant avant de lui passer la tasse dans laquelle il a bu en lui présentant le côté intact. De manière impulsive, Adélaïde la tourne et boit à l'endroit même où il a posé les lèvres. Quand elle relève les yeux, ceux de Jarry sont embués et son regard est brûlant.

« Regardez ce que nous avons », lui dit-elle avec un sursaut d'assurance et d'enthousiasme, et elle dispose leur petit festin. Il y a des pommes de terre nouvelles à l'anglaise ; d'épaisses tranches de bacon froid, reste du petit déjeuner ; du gâteau de farine de maïs ; du babeurre encore tiède pour les œufs durs ; et le sel, si frais qu'il sent la fumée de bois.

« Et regardez encore... » Niché dans les replis du tissu du panier, il y a le Wordsworth du père de Jarry.

« Je croyais que vous le trouviez ennuyeux.

— J'espère que vous allez m'éclairer sur sa poésie.

— Peut-être surestimez-vous mes compétences. »

Adélaïde éclate de rire. « Cette calomnie-là vise-t-elle vos compétences ou mon intelligence ? »

Pour une fois, la vivacité d'esprit de la jeune femme le rend nerveux. « Je ne voulais pas dire... »

Sa réponse tourne court, et Adélaïde s'engouffre dans la brèche. « Vous n'aviez pas fini de me raconter l'histoire de ce poème. »

Le visage de Jarry se détend. « Vraiment ? »

Elle secoue la tête et Jarry regarde au loin. « Où en étais-je resté ?

— Vous m'avez raconté que vous aviez essayé de vous suicider et que Percival s'était porté à votre secours. Vous le rendiez responsable de la mort de Thomas. Qu'a-t-il répondu ?

— Il m'a dit que j'avais raison. Il avait le sang de Thomas sur les mains. Il a dit : "Hais-moi si tu veux, mais ne hais pas la vie." Il a dit qu'il y avait une beauté dans l'humanité que je n'aurais jamais l'occa-

sion de découvrir si je mourais. Il m'a demandé ce que je voulais et j'ai répondu : "La liberté" ; alors il m'a dit : "Il y a deux libertés, Jarry ; la première, celle que tu recherches, est la moins importante des deux. Je le sais, puisque j'en jouis ; j'en jouis de plein droit depuis la naissance, mais je ne me sens pas plus libre que toi. Cette liberté est la seule que je puisse t'accorder ou te retirer, mais il en existe une autre, une liberté plus profonde dont aucun homme ne peut te priver, quand bien même il t'ôterait la vie. Je la cherche depuis que j'ai ton âge et elle continue de m'échapper, mais j'ai appris quelque chose depuis tout ce temps. Moi, du moins, j'en sais plus que toi à ce sujet. Et je te montrerai où réside cette vérité, comment la chercher, et pourquoi, mais seulement si tu me donnes ta parole que tu ne tenteras plus de mettre fin à tes jours. Acceptes-tu de faire ce pacte avec moi ?" Il a tendu la main.

— Et vous l'avez prise, dit Adélaïde.

— Je l'ai prise.

— Et ensuite ? »

Il s'empare du livre. « Il est allé prendre ce volume dans la bibliothèque et il m'a lu ce poème.

— Lisez-le-moi maintenant », murmure-t-elle.

Hésitant à accéder à cette requête, il soutient son regard puis commence à lire.

Les yeux fermés, Adélaïde imagine le poète parcourant la lande. C'est une très belle matinée. Le soleil a succédé à la pluie. D'abord, il se sent en communion avec la nature tout entière. « L'air résonne de bruits d'eau si doux à l'oreille… le lièvre gambade joyeusement. »

Cette fois-ci, Wordsworth la charme comme il ne l'a jamais fait quand elle l'étudiait. Ce qui lui semblait alors si ennuyeux lui apparaît aujourd'hui chargé de vérités plus élevées. Et quelque chose dans la lecture qu'en donne Jarry – à la fois calme, enthousiaste, sûr de sa métrique et clair – est aussi captivant que le spectacle d'un pur-sang qui court dans un champ.

Cependant déjà l'humeur change…

Mais il arrive que par cet effet puissant
De la joie sur l'esprit aux limites poussé,
Dans l'ivresse aussi haut que nous sommes montés,
Nous tombons aussi bas dans notre abattement.
C'est là ce qui m'advint en cette matinée[1]…

Pendant qu'il lit, Adélaïde s'aperçoit soudain qu'il lui révèle un moment crucial de son existence et son humeur change, à elle aussi. Car c'est de sa vie qu'il s'agit. Celle de Jarry. Étalée là, devant elle. Il s'ouvre à elle, il lui révèle ce qu'il y a de meilleur en lui, contrairement à elle qui se tapit dans l'ombre et cache la part la plus sombre d'elle-même. Alors elle pense : Et *si je lui disais ? Si je faisais voler le mur en éclats ? Si les fondations en étaient ébranlées, et que je les laissais trembler ? Que pourrait-il bien se passer ? Cela ne pourrait-il pas, en fin de compte, marquer le début de sa vraie vie à elle aussi ?*

Mais elle ne le fait pas, et tandis que Jarry poursuit sa lecture, le poète aperçoit un vieil homme au loin, qui scrute un étang.

Puis enfin s'ébranlant, voici que le vieillard
Remue de son bâton les eaux de cette rive,
Qu'il fixe intensément, parcourant du regard
La vase comme s'il avait lu dans un livre[1]…

« Seigneur ! Vous me donnez la chair de poule », commente Adélaïde en se frottant les bras.

Jarry croise son regard. « Cela m'a fait le même effet la première fois où Père me l'a lu. »

---

1. William Wordsworth, *Résolution et indépendance*, *op. cit.* (*NdT.*)

Le poète accoste le vieil homme et ils se parlent. C'est un pêcheur de sangsues, il en cherche dans l'étang pour les vendre. Ils bavardent aimablement. Le vieil homme lui livre quelques détails sur sa profession. À part cela, cette rencontre est des plus ordinaires. Pourtant, quand ils se séparent, l'humeur du poète a encore changé :

> … quand il cessa,
> j'aurais pu ressentir pour moi quelque mépris
> Devant cet homme usé dont l'âme était si forte.
> « Que Dieu m'aide ! me dis-je et que toujours je pense
> Au pêcheur de sangsues sur la lande déserte[1]. »

« Ainsi, Percival, remarque-t-elle lorsqu'il a terminé, Percival que vous aviez fui, avec qui vous étiez brouillé…

— Je le haïssais.

— Percival, que vous haïssiez, vous a lu ce poème… et ensuite ?

— Il m'a demandé ce qui avait changé. »

Adélaïde cligne des yeux.

« Ce qui, dans cette rencontre, a détourné le poète de… – Jarry cherche le vers. – … “La solitude, le chagrin, le désarroi, la pauvreté” *pour le ramener à la vie.*

— Et qu'est-ce que c'était ? Vous l'a-t-il expliqué ?

— Père ne m'a rien expliqué, répond Jarry. Il a posé le livre sur ma poitrine et m'a dit de trouver la réponse moi-même.

— Et c'est ce que vous avez fait.

— J'ai lu ce poème pendant… » Il détourne les yeux. « Pendant deux ans et demi. Il ne serait pas exagéré de dire qu'il a constitué toute mon éducation. Et le jour où je suis allé trouver Père… Ce jour-là, il m'a declaré : “Tu es mon fils. Si tu acceptes de travailler pour moi, j'essaierai d'être un père et un ami pour toi, et je

1. *Ibid.* (*NdT.*)

t'affranchirai à ma mort." » Les yeux de Jarry se remplissent de larmes. Il n'essaie pas de les cacher, cette fois.

Elle se glisse à côté de lui et pose la main entre ses larges épaules. « Et c'est ainsi que vous avez fini par l'aimer. »

Il regarde au loin, du côté de la mer. « Il a su être ce pêcheur de sangsues pour moi.

— Il vous aimait, lui aussi. Il me l'a dit avant de mourir. Savez-vous ce qu'il a dit ? »

Jarry secoue la tête.

« Il m'a dit que vous étiez son fils préféré. Et qu'il avait en lui des choses qu'il pouvait vous donner sans effort, mû par une joie simple, alors qu'il n'avait jamais pu les donner à Harlan, en dépit de tous ses efforts, et je vois très bien ce que c'était et pourquoi.

— Père ne m'aimait pas, répond Jarry.

— Quoi ? demande-t-elle, surprise. Bien sûr que si ! »

Jarry secoue la tête. « Il croyait m'aimer. À une époque, je l'ai cru moi aussi. Mais plus maintenant. S'il m'avait aimé, il m'aurait affranchi. »

Jarry est de nouveau maître de lui-même. Il a retrouvé ce regard qu'Adélaïde connaît bien, celui qu'elle a vu pour la première fois sur l'appontement. Ses yeux ressemblent à l'océan : sérieux, tristes, pénétrants, ils expriment cette lassitude que font entendre les vagues en se retirant. « Il m'a fallu longtemps – des années – pour m'en apercevoir, dit-il. En fait, ce n'est que depuis l'enterrement ; mais ce qu'a fait Père : il m'a tendu les deux mains… » Jarry tend les poings, en tourne un vers le haut et l'ouvre. « Dans la droite, il y avait la liberté, et dans la gauche la poésie, et il a déclaré : "Ceci, la poésie, est la plus précieuse des deux ; et si tu me confies cela, ta liberté, je te la ferai découvrir." Et comme j'avais quinze ans et que je n'ai pas compris qu'il s'agissait d'une tactique, et comme il était mon père et que j'avais envie de le croire, j'ai accepté.

— Mais, Jarry, je suis certaine que pour votre père la poésie était le don le plus précieux qu'il pouvait vous faire ; et c'est avec vous seul qu'il l'a partagé, pas avec Harlan.

— Je n'en nie pas la valeur, réplique-t-il, mais c'est un bien secondaire. Sans la liberté, que vaut-il réellement ? Chaque jour en se levant, Harlan pouvait décider de ses actes.

— Mais votre père a mis la gestion de l'entreprise familiale entre vos mains et vous a appris à vous en acquitter. Qu'a appris Harlan ? À chasser à courre et à fréquenter les prostituées de French Alley ?

— S'il n'a pas utilisé sa liberté de façon constructive, il n'en était pas moins libre. Si j'avais dit à Père que j'avais envie de passer mon temps dans la bibliothèque et de laisser aux autres le soin de gérer la plantation, qu'aurait-il dit ? Il en aurait été choqué et indigné, Addie. Père se serait senti trahi par mon ingratitude. Si j'avais insisté, il aurait fini par me punir. Je le sais aussi sûrement que je sais que le soleil se lèvera demain. Et comment peut-on appeler cela de l'amour ? Ça n'en est pas. Que père eût de l'estime pour moi, je ne le nie pas. Mais de l'amour, non. Il ne s'agit pas d'amour quand celui qui aime considère l'être aimé comme moins digne que lui, et lui accorde moins de droits qu'il ne s'en donne à lui-même. Il ne s'agit pas d'amour tant que celui qui aime laisse moins de libertés à l'être aimé qu'il n'en jouit lui-même. »

Adélaïde pleure, à présent.

« Mais qu'est-ce... ? » D'un geste tendre et surpris, il lui effleure l'épaule.

« Vous savez, j'ai toujours craint qu'ils ne m'aient pas aimée, eux non plus. » Elle tourne vers lui des yeux ruisselants de larmes.

« Qui ?

— Mes parents. Ils sont morts à moins de quatre kilomètres d'ici, vers le sud. » Elle tend la main droite. « Un jour, j'avais trois mois, par un après-midi aussi

calme que celui-ci, ils sont partis dans cette mer-là pour ne jamais revenir. Ma tante a toujours prétendu que c'était un accident, mais regardez... regardez là, et dites-moi comment ils auraient pu se noyer.

— Vous ne le croyez pas ? »

Elle secoue la tête. « Je ne l'ai jamais cru et ne le croirai jamais.

— Mais pourquoi... ?

— À cause de moi. Parce que je leur pesais trop.

— Cela n'est pas possible. Je suis sûr que non.

— Et je suis tout aussi sûre que Percival vous aimait. »

Réfléchi par le miroir de l'autre, chacun se regarde sous un jour plus vrai. Et l'amour est proche, tout proche, car l'amour n'est rien d'autre que cela : deux êtres qui se regardent vraiment, et, par le pouvoir de ce regard, contemplent le monde d'un œil affranchi.

Adélaïde est plus belle aujourd'hui que la jeune fille de dix-sept ans qui lisait Évangeline et avait fait le vœu d'attendre son Gabriel quoi qu'il advienne, quel que fût le temps que cela prenne. Et après tout, elle a attendu en dépit d'elle-même. Une porte s'est ouverte, une porte qu'elle n'avait jamais trouvée au cours de Mme Togno. Pour chacun d'eux, c'est comme si le monde venait d'être créé en une heure et qu'eux seuls existaient.

C'est le moment de lui dire la vérité. Adélaïde sait qu'elle doit la lui avouer.

Mais pourquoi ne le fait-elle pas ? Pourquoi, au lieu de cela, laisse-t-elle sa tête tomber sur son épaule et ses yeux se fermer ? Elle se complaît, l'espace d'un bref instant, dans cette douceur inattendue, en écoutant les vagues approcher, et se promet de lui parler sur le chemin qui les ramène au camp ; pourtant elle ne le fait pas. Pas plus que pendant le retour en bateau. Elle se réjouit du chuintement de la vague de proue qui se brise sur la coque, du claquement des bords de la voile bien tendue.

Une fois à la maison, elle accuse son reflet dans le miroir en se brossant les cheveux. Il ne s'agit pas d'amour tant que celui qui aime laisse moins de libertés à l'être aimé qu'il n'en jouit lui-même. N'est-ce pas ce qu'a dit Jarry, n'est-ce pas ce qu'elle a fait ? Et pourquoi ?

Le cardinal se pose sur la branche, et Adélaïde entend ses paroles aussi distinctement que si le mort les lui soufflait à l'oreille : « J'avais peur, peur qu'ils partent si je les affranchissais. »

Il faut que je lui dise, pense Adélaïde. « Il faut que je lui dise la vérité, tout de suite. » Elle prononce ces paroles à haute voix, mais elle ne se lève pas. Car ébranler les fondations est, après tout, une entreprise redoutable. Elle ne quitte pas sa chambre de la nuit, mais reste éveillée dans son lit et s'agite, nerveuse. Elle lui dira demain matin. Oui, se promet-elle. Demain. La nécessité de cet aveu a le caractère inévitable de la mort, et Adélaïde ne le redoute pas moins. Elle ne s'en rend pas compte, mais apparemment elle s'est assoupie, car quelque chose la réveille en sursaut : la chambre est baignée d'une lumière grise et, derrière la fenêtre, assourdis par les vitres, elle entend des cris.

12

À droite, à gauche, puis encore à droite. Tout en prenant la fuite, Ransom sentit quelque chose monter en lui, lui gonfler la poitrine. La fierté. Il entendait une chanson dans sa tête : *Street Fighting Man*.

« Pourquoi tu l'as frappé, papa ? demanda Hope, à l'arrière, en pleurant. Pourquoi ? »

La mélodie de la chanson se fit soudain discordante. Dans le rétroviseur, il croisa le regard ruisselant de larmes de sa fille.

« Je n'en sais rien, Hope. Je n'aurais pas dû. Ce n'était pas bien. »

Oh, quelles conneries ! intervint la voix.

« Tu l'as fait saigner.

— Je sais. Je suis désolé. »

Tu parles.

« Mais pourquoi ? Papa, pourquoi ? »

Il freina brutalement et pivota vers elle, l'air hagard. « J'avais peur qu'il te prenne, Hope, compris ? Voilà. Je n'aurais pas dû faire ça. Je suis désolé. Maintenant n'en parlons plus.

— Veux une glace, papa, dit Charlie.

— Je vais t'en acheter une. Mais, pour l'instant, on va mettre un film. Qu'est-ce que vous voulez voir ? » Il fit défiler les précieux coffrets à DVD sur la console comme s'il s'agissait de cartes à jouer. « On a *Kipper*, dit-il, en donnant les cartes, *Dora*… *Le toit du car sco-*

laire enchanté s'est envolé : qu'est-ce que vous en dites ?

— Je veux *Le Roi Lion,* dit Hope.

— Et voici *Le Roi Lion.* » Ran glissa le DVD dans le lecteur.

Tu ne veux pas arrêter de lui mentir et de te mentir à toi-même, gros nul ? suggéra la voix quand Ran redémarra, sans trop savoir où ils étaient. *Tu ne regrettes rien. Ça t'a fait plaisir. Arrête de jouer les gentils. Et tu sais très bien pourquoi tu l'as frappé. T'aimais pas son froc... ses « pantalons », ce n'est pas comme ça que Claire les avait appelés, ce jour-là ? Rappelle-toi, le jour où elle t'a poussé à t'en acheter une paire !*

« La ferme ! » dit-il sans conviction, fatigué et démoralisé. Sitôt qu'il se retourna, un souvenir l'assaillit... Le petit vendeur guindé avec son nœud papillon et ses lunettes à monture en écaille, dont le mouchoir – assorti à sa cravate, mais d'une teinte subtilement différente – débordait de sa poche de poitrine d'une façon apparemment très naturelle ; et pourtant, Ransom avait eu beau s'y reprendre un bon millier de fois par la suite, il n'était jamais parvenu à l'imiter tout à fait. Debout devant le miroir à trois faces, dans la lumière calculée et révélatrice du sixième étage de chez Saks, le petit homme, si propret et sûr de lui du haut de sa position de vendeur, s'était agenouillé et avait retourné le revers du pantalon.

« Quelle longueur souhaitez-vous, monsieur ?

— Vous feriez mieux de me le faire extralong ! » avait dit Ransom en plaisantant, comme toujours, pour cacher sa gêne. À près de trente ans, il n'avait encore jamais possédé un seul froc à plis... À ce stade de la transaction, il s'était mis à transpirer et à en vouloir à Claire – qui faisait défiler les cintres sur le portant derrière eux, parfaitement inconsciente de ce qui se passait – il avait commencé à la haïr, en fait, juste un peu, et puis un peu plus que ça, de l'avoir mis dans cette situation et de ne pas s'en être aperçue.

« Le drapé est très flatteur. Cette laine italienne est extrêmement douce au toucher. » Le petit vendeur continuait son boniment.

Ransom avait essayé de toutes ses forces d'éviter son reflet dans le miroir. En vain : un cadavre réanimé le regardait dans la glace ; bleu et tout suant, il avait désespérément besoin d'une transfusion sanguine ou de n'importe quel élixir chimique susceptible de le rendre enfin tout à fait humain, comme le petit vendeur, comme Claire, sa femme, comme tous les autres clients qui allaient et venaient dans le magasin, et dans cette vie.

« Ils ne te plaisaient pas ? » avait demandé Claire, les sourcils légèrement arqués.

Ils avaient quitté le magasin main dans la main, ce jour-là, mais les paumes de Ransom étaient moites, et celles de Claire aussi sèches et nettes que le ciel automnal était bleu et clair au-dessus de leurs têtes, sur la Cinquième Avenue. Un ciel semblable à celui d'aujourd'hui, à la sortie de Charleston : le crépuscule gagnait du terrain à l'horizon ; il remontait vers le zénith, tout là-haut, où il faisait encore jour, et il était d'un bleu indigo profond dans lequel scintillait une première étoile comme la pointe de Cupidon trempée dans de la poudre magique. Et le jeune croissant de lune qui lui servait d'archet, tendu et arqué, visait Ransom droit au cœur. Mais n'était-ce pas ce qu'il aimait chez Claire, son insouciante légèreté – même s'il l'avait aussi haïe pour cela ? Quelque part au fond de son cœur, il avait espéré que la confiance tranquille avec laquelle Claire n'attendait que de bonnes choses de la vie finirait par être entamée, que cela compenserait sa honte secrète à lui, le sentiment qu'il ne méritait pas mieux que la pauvre bicoque dans laquelle il avait grandi et les corrections expéditives et sans appel que son ivrogne de père lui administrait à coups de poing. Il avait espéré, en un mot, que Claire le sauverait de lui-même. Et maintenant, à quarante-cinq ans, Ran savait parfaitement que personne ne peut vous sauver de vous-même. Pourtant, dans ce lieu secret où l'on reste à jamais enfant, dans cet endroit imprenable et irréductible, il n'avait pas encore complètement abandonné l'espoir que, par nécessité ou rétribution extraordinaire, les dieux feraient une petite exception pour lui. Était-ce trop demander ? Apparemment, oui, puisque après tant d'années cela n'était toujours pas arrivé. Était-il trop tard pour continuer de l'espérer ?

Oui. Le verdict tomba brutalement.

Ils traversaient un cours d'eau, sur un pont. Était-ce l'Ashley ou le Cooper ? Ran ne savait pas très bien et il s'en fichait.

« La vie est injuste, pas vrai ? » Mielleuse, pleine de fiel, la voix, semblable à celle d'un démon rouge à la queue fourchue, s'insinua dans l'oreille de Ran – tout droit sortie du haut-parleur du lecteur de DVD.

« Qui a dit ça ? »

Ni Hope ni Charlie ne répondirent : dans le rétroviseur, Ran vit leurs petits visages figés, les yeux levés, ils étaient captivés par la scène.

« Hope, qui c'est, celui qui parle ?

— C'est Scar, papa. Chuuut ! » Elle lui lança un regard sévère en posant un doigt sur ses lèvres.

Ma foi, il a raison, non ? renchérit la voix. *La vie est injuste.*

« Il n'a pas vraiment tort », concéda Ran, tandis que les immeubles s'espaçaient. Des marais s'étendaient devant eux et sur la gauche. Dans le rétroviseur, le soleil était rouge sang. Ils avaient dû prendre la route de l'est, se dit-il, vers l'océan.

C'était cette injustice que Shanté et lui avaient voulu fuir, autrefois, afin de la laisser derrière eux. Ils devaient partir pour New York, où avoir la peau noire ou bien venir de Bagtown et s'appeler Ransom Hill n'avaient aucune importance… Mais, en fin de compte, Delores avait tout découvert et avait fermé la porte de sa cuisine à Ran. Au bout du compte, son professeur bien-aimé – une femme qui militait pour les droits civiques des Noirs, qui avait fait entrer sa fille dans un bon lycée du Nord, qui avait été la première à croire en lui et à l'aider à croire en lui-même – était capable de toute la générosité du monde envers lui, mais accepter qu'il fût l'amant de sa fille, non, c'était impossible.

Au final, tu n'étais même pas assez bien pour elles, hein, Ran ? suggéra la voix, *même pas assez bien pour ta petite amie noire et sa négresse de maman.*

« La ferme ! cria-t-il.

— On n'a rien dit, papa ! protestèrent Hope et Charlie en chœur.

— Désolé. Ce n'est pas à vous que je m'adressais.

— À qui tu parlais ?

— À personne. » Il évita le regard interrogateur de Hope dans le rétroviseur. « À moi-même. »

Tu comprends ? poursuivit la voix qui s'enhardissait. *Tu commences à comprendre pourquoi Harlan a fait ça ?*

Une autre voix sortait du haut-parleur à présent : celle de Mufasa. Son timbre de baryton sonore et viril semblait étrangement familier à Ran. Comment s'appelait cet acteur ? L'espace d'un instant, il écouta la bande sonore du dessin animé. Mufasa montrait au petit Simba l'étendue de la terre des Lions. Tout ce que l'œil apercevait lui appartiendrait un jour. Tout sauf une tache sombre au loin. Cet endroit, expliquait Mufasa, Simba devait l'éviter à tout prix.

Seulement il a tort, n'est-ce pas ? intervint la voix. *Il faut aller voir par là-bas aussi, non ?*

Stoïque, Ransom serra les dents ; ce que disait la voix lui semblait juste toutefois.

Ils traversaient un autre pont, plus ancien, vers ce qui ressemblait à une île – pour ce qu'il en savait, cela aurait aussi bien pu être Sullivan que Kiawah. Il s'y trouvait autant de demeures cossues dominant des terrains à la tenue impeccable que de bicoques flanquées de cours encombrées de bric-à-brac. Une hippie qu'on aurait crue attifée pour aller à Haight-Ashbury en 1968 discutait avec un clochard hâve coiffé d'une perruque d'épouvantail. De jeunes surfeurs en combinaison revenaient de la plage où les vagues se déchaînaient sous la jetée. Des quantités inhabituelles de chiens et de chats erraient près de la voie publique comme des Aborigènes en route pour le désert.

À côté d'une bicoque délabrée qui ressemblait étrangement à l'ancienne maison de Ran, à l'angle de Ninth et de Bane Street, une très vieille dame ratatinée était assise dans un fauteuil à bascule sous un panneau dont les lettres grossièrement peintes à la main annonçaient : CREVETTES FRITES.

Ran gara la voiture sur le parking poussiéreux, puis il sortit en laissant les enfants attachés à l'arrière.

« Des crevettes frites, dit-il en examinant les crustacés gris qu'elle étêtait sur ses genoux. C'est celles qu'on utilise comme appât...

— Exactement, concéda-t-elle, d'un ton assez enjoué. Mais que ça ne vous arrête pas. Elles sont bonnes. Tenez, goûtez-en une. » Elle lui tendit une assiette en carton toute graisseuse.

Il mordit dans une des crevettes qui y étaient entassées. « C'est vrai qu'elles sont bonnes.

— Et encore meilleures chaudes. Je vous en fais frire une portion ?

— En fait, je cherche des glaces pour mes enfants. »

Elle s'essuya les mains et déposa le panier dans la friteuse. « Il y a un magasin en ville. Sinon, j'ai un pot de Ben & Jerry's dans la maison.

— Je suppose que ce serait abuser de vous demander si vous avez des cornets…

— Un peu, oui, dit-elle. Mais vous savez quoi ? C'est votre jour de chance.

— Ça, je n'en suis pas sûr, répondit-il. Mais on ne va pas se chamailler pour ça. Deux cornets à deux boules. Vous ne regretterez pas votre peine. »

La porte à moustiquaire claqua derrière elle, et Ran resta là à écouter le crépitement de l'huile et le murmure des vagues.

Dans le minivan, Scar expliquait à Simba que seuls les plus courageux s'aventurent au pays des ombres.

Scar a raison, n'est-ce pas ? dit la voix. *Mufasa a beau être bon et sage, quelque chose lui échappe. Il faut que tu y ailles, toi aussi, Ran, dans la vallée des ombres, non ? Ce voyage-là n'est-il pas, en fait, le seul qui compte vraiment ?*

« Et nous y allons en ce moment même, c'est ça ? » demanda Ran.

Et la voix répondit : *Tu y es déjà !*

« Je peux vous poser une question ? dit-il à la vieille femme revenue avec les glaces.

— Allez-y.

— Où on est, exactement ?

— À Folly Beach. »

Ran se mit à rire, ce qui eut pour effet d'expulser la crevette qu'il mâchouillait. « Et je suppose qu'une fois ici on ne peut plus jamais repartir ?

— C'est pas à moi qu'il faut le demander, déclara-t-elle. Quarante ans que je vis ici.

— D'accord, fit Ran. Le côté zinzin du lieu saute aux yeux, mais où est la plage exactement ?

— À une centaine de mètres par là, déclara-t-elle avec un signe de tête.

— Ça vous embête si je laisse mes enfants se dégourdir les jambes ?

— On est dans un pays libre.

— C'est ce qu'on dit. »

La plaisanterie la fit sourire et, réjoui par cet échange, Ransom retourna à la voiture avec les cornets de glace pour y trouver un troupeau de gnous qui se ruait dans un ravin, des hyènes à leurs trousses. Poursuivi par les animaux pris de panique, Simba le petit lion courait d'un côté et de l'autre en trébuchant.

Captivé, comme les enfants, Ransom suivit la scène où le sombre Scar informe Mufasa, son noble frère à crinière dorée, du danger que court son fils dans le ravin. Scar et Mufasa dévalent le flanc escarpé du canyon… Mufasa tombe au milieu du troupeau de gnous déchaînés… Le petit Simba est accroché à une branche d'arbre… Mufasa le prend dans sa gueule… et le dépose, sain et sauf, au sommet d'un rocher. Puis le troupeau l'emporte et Simba hurle.

Soudain, Mufasa réapparaît. Il se traîne et se hisse sur le flanc du ravin. Au-dessus de lui, Scar attend en le regardant, étrangement calme.

Mufasa murmure faiblement, il appelle à l'aide. Scar s'élance et enfonce ses griffes dans les pattes de Mufasa. Ses yeux orange s'illuminent d'un éclair mauvais ; les yeux jaunes de Mufasa s'écarquillent, mus par un funeste pressentiment. « Longue vie au roi ! » lance Scar.

Et Mufasa n'en finit pas de tomber en hurlant.

Le martèlement des sabots s'amenuise.

Blême, Ran se pencha pour arrêter le DVD.

« Papa ! C'était pas fini !

— Si, dit-il en les détachant brusquement de leurs sièges.

— Et le film ?

— Tenez, voici vos glaces. Allez, venez. »

Il les prit par la main et les entraîna à la plage.

« Regardez ! » s'exclama Charlie en courant dès que l'océan fut en vue.

Hope, qui se laissait moins facilement distraire, leva un regard courroucé sur Ran.

« Quoi ? »

En entendant le ton de la voix de son père, elle se ravisa et suivit son petit frère. « Hé, Charlie attends-moi ! »

Resté seul, Ran se laissa tomber sur les fesses et massa ses tempes palpitantes.

« Scar, mon frère, aide-moi ! »

Au dernier moment, juste avant que Mufasa tombe, Ran avait reconnu le comédien qui doublait l'animal. C'était James Earl Jones, et cette voix lui rappelait Cell. Cell était Mufasa. Leurs voix avaient un timbre similaire, une intensité similaire. Hope l'avait remarqué, elle aussi.

Et toi, qui es-tu ?

Tout à coup, Ran comprit que sa fille le défendait contre le favori de Claire lorsqu'elle lui avait dit : « Idiot ! Scar est mon *vrai* papa... » Dans les rêves de Hope, le méchant lion devait gagner. Et pourquoi ? Parce que, dans la vraie vie, son papa était un perdant.

Tu crois que Mufasa a déjà dû livrer bataille contre un miroir à trois faces ? demanda la voix. *Tu crois qu'il a déjà angoissé à l'idée de s'acheter une paire de pantalons ? D'accord, tu as balancé un coup de poing à l'autre connard à Charleston, mais ce n'était qu'une doublure : nous savons, toi comme moi, à qui tu aimerais bien casser la figure. Et si c'était un tel plaisir avec un inconnu, Ran, imagine tout le bien que ça te ferait de mettre Marcel K-O, de leur infliger un peu du mal qu'ils t'ont fait, Claire et lui.*

La nuit était tombée. Portée par la marée montante, une vague vint s'écraser, aussi blanche que les dents du méchant lion. *Shhhhh !* fit-elle, de la même voix susurrante que Scar.

« A. H. D. avec J., Wando Passo, août 1865. » Une idée vint soudain à l'esprit de Ran : « Merde alors ! »

Tu commences à piger ?

« Attends... tu ne veux pas dire... »

Ouais, tu chauffes…

« Attends ! Ce n'est pas lui ? Ce n'est pas Harlan, dans la tombe ? »

Eh bien, t'en as mis du temps !

« Merde alors ! Donc, en revenant de la guerre… »

Aigri et sans le sou, tout droit sorti d'une prison du Nord…

« Il a trouvé… »

A. H. D. avec J.

« Elle l'avait pris pour amant ? »

En plein dans le mille !

« Donc il a découvert la vérité, c'est ça ? Harlan les a trouvés ensemble, et ensuite… Et ensuite, qu'est-ce qui s'est passé ? »

Tu le sais, ce qui s'est passé. Ce qui devait arriver arriva. Ce qui doit encore arriver aujourd'hui.

« Alors, il… ? »

Vas-y, dis-le !

« Attends, non, attends ! » s'écria Ran. Tenant son crâne douloureux entre ses mains, il poursuivait seul cette conversation animée sur la plage.

Allez, Ransom, dis-le !

« Non ! »

Tu sais qu'il le faut.

« D'accord, il les a tués ! Il les a butés, c'est ça ? »

Ah, bon Dieu, oui ! Dis-le, dis-le encore ! exulta la voix, en une pâle imitation de celle de James Brown.

« Et après ? dit Ransom, qui s'était mis à pleurer. Et après ? Ce n'est pas parce que c'est arrivé autrefois que ça doit se reproduire. »

Bien sûr que non ! fit la voix en riant. *Tout cela s'est passé il y a très longtemps.*

« Il y a plus de cent ans ! »

Cent quarante, en fait. Qu'est-ce que tout cela a à voir avec toi ? Avec Claire ? Ou avec Marcel « alias Cell Phone » Jones ?

« C'est d'un meurtre dont on parle ici, dit Ran qui avait pris un ton pathétique et implorant. D'un meurtre. Et de moi. De moi, *Ran* ! »

Mais c'est là que tu fais erreur, Ransom, vois-tu ? répondit la voix, non sans compassion. *Les gens s'imaginent que le meurtre est un acte noble, difficile et obscur. Pas du tout. Est-ce qu'il est difficile d'appuyer sur la détente d'un revolver ? Pas plus difficile que d'aller examiner la petite culotte de ta femme, par exemple !*

« Eh, je ne l'ai pas fait ! »

Mais tu étais à deux doigts de le faire, hein ? Nous réfléchissons simplement à ce dont tu es capable. Tu as bel et bien assommé un parfait inconnu parce que ses mocassins à glands et son pantalon ne te plaisaient pas. Si tu veux mon avis, mettre son poing dans la figure de quelqu'un, lui envoyer un bon direct dans les dents, c'est un contact bien plus personnel qu'un coup de revolver. Et un geste plus courageux. Tu peux t'accorder ce mérite. C'était une attaque plutôt courageuse. Tes vieux copains de Bane & Depot l'auraient sans doute approuvée. Et tu sais pourquoi ça t'a plu, de le frapper ?

« Pourquoi ? »

Parce que c'est la première réaction authentique que tu t'es autorisée depuis... Combien de temps, Ran ? Des années ?

« Mais ça va à l'encontre de tous mes principes ! »

Allez, Ransom, regarde les choses en face : au fond, tu n'y crois pas tant que ça, à tes principes.

« Ce n'est pas civilisé », dit-il.

Et alors ? rétorqua la voix. *La civilisation n'est pas tout : tu devrais quand même savoir ça, non ? Tu étais d'accord avec Scar tout à l'heure, quand il disait que simba devait aller faire un tour dans la vallée des ombres, non ?*

« Si, c'est vrai », admit Ran comme s'il s'était donné un coup de poignard dans le dos.

Au-delà de la frontière, derrière la grille défendue, s'étend une contrée désertique et sauvage là-bas – ici. C'est là que doit aller Simba pour devenir roi. Et toi également, Ran. C'est là que tu trouveras enfin ce que tu cherches depuis tant d'années.

« C'est-à-dire ? »

Ton Moi Authentique, affirma la voix, obligeante. *Tu te rappelles ? Il t'attend là-bas. Tu sais aussi bien que moi que tu dois entreprendre ce voyage. C'est écrit. Tu en as déjà pris le chemin. Il est trop tard pour reculer ou pour le quitter, tu ne peux qu'avancer.*

« Mais pas un meurtre ! protesta Ran. Pas un meurtre, quand même ! Ça ne peut pas être le but de mon voyage. Je ne suis pas capable de tuer. »

Tu te rappelles le film Chinatown ? *« Dans certaines circonstances, monsieur Gittes, un homme est capable de tout. »*

« Oui, je me rappelle. Eh bien, qu'est-ce que tu cherches à prouver ?

La même chose que Sneeden cet après-midi : si tu es parfaitement innocent et au-dessus de tout reproche, pourquoi ça t'a énervé à ce point d'être traité comme un suspect ? Si tu es tellement sûr d'être incapable de meurtre, POURQUOI EST-CE QUE T'AS PLANQUÉ LA CARABINE DE HARLAN ?

« Mais je ne l'ai pas fait ! s'exclama Ran. J'ai fait ça ? »

Après être montée dans les aigus sous l'effet de la colère, la voix observait à présent un silence méprisant.

« Je ne m'en souviens vraiment pas ! »

Oui, c'est ça ! Et Compé Lapin ne sait pas par où on se fait la malle !

« Tu ne crois jamais en moi », fit Ran, offensé, une pointe de colère enfantine dans la voix.

Au contraire. Je suis le seul à avoir jamais cru en toi. Tu te sapes sans arrêt le moral, et moi, je dois passer derrière pour te ramasser à la petite cuiller.

Réfléchissant à cette affirmation, Ran reprit ses esprits, ainsi qu'il l'avait déjà fait devant le panier à linge, et pour la première fois il ne répondit pas. Dans le silence, il entendit rire ses enfants. La nuit était tombée sur la plage. Une vague vint se briser sur le sable. Il se leva.

« Qui es-tu ? » demanda-t-il à voix haute, mais d'un ton calme, tourné vers la mer. Un frisson lui courut le long de la colonne vertébrale comme les poils se hérissent sur le dos d'un chien à l'approche d'un inconnu dans le noir. « Mais qui es-tu donc ? »

Moi ? Personne, Ransom. Ce n'est pas ce que tu as dit à ta fille ?

« Personne, comme dans... »

Enchanté de faire votre connaissance. Allez, devine comment je m'appelle !

« Nemo », dit Ransom.

La voix éclata de rire. *Appelle-moi capitaine ou mon capitaine. Et n'oublie pas le salut militaire !*

Cette fois, Ransom se tut. En levant les yeux, il aperçut les milliards d'étoiles scintillantes, et il comprit soudain qu'en peignant *La Nuit étoilée* Van Gogh n'avait pas représenté une illusion d'optique, mais bien ce qu'il voyait dans le ciel d'Arles : une réalité très présente. Si Ransom le savait, c'est qu'il voyait la même chose en ce moment même : un tourbillon qui, au-dessus de l'arc dessiné par la lune, s'enroulait lentement sur lui-même, tout là-haut dans le ciel, au large.

« Hope ! Charlie ! Venez ! Il est temps de rentrer !

— Encore une minute, papa !

— Venez tout de suite ! rugit-il dans la nuit.

— Encore ! Encore ! Encore ! »

C'est donc ici que le voyage s'achève... c'est ici que le voyage s'achève...

« J'ai besoin d'aide », dit-il alors, à haute voix, pas aux enfants, ni à la voix mais à celui qui avait peint la toile qu'il avait sous les yeux ; à l'Auteur du monde, bien que, même à cet instant, Ran ne crût que tièdement à Son existence. Pourtant, il n'avait personne d'autre vers qui se tourner à part lui-même. Et, comme il s'en aperçut, il ne pouvait plus se fier à lui-même.

Soudain Ran comprit que la petite voix, cette petite voix familière qui vous aide le matin lorsque vous hésitez entre la chemise bleue et la rouge, ne lui appartenait plus, ne faisait plus partie de lui. À un moment donné, elle était devenue étrangère, extérieure à lui-même, elle n'était plus en accord avec lui et ne lui voulait aucun bien. Mais quand était-ce arrivé ? Quand il avait déterré le chaudron.

Voilà où menaient tous les indices depuis le début… Mais que peut-on faire quand, déjà sur le mauvais chemin, on finit par comprendre où il mène… ?

« Qu'est-ce que je fais maintenant ? »

La première partie de la réponse – mais la première seulement – lui vint quand il boucla la ceinture de sécurité des enfants avec le plus grand soin et se remit en route.

13

Le premier cri exprime la surprise et le chagrin. C'est le second qui continuera à réveiller Adélaïde dans la nuit pendant les années qui lui restent à vivre. Il n'y en a plus d'autre après celui-là. Quand la grille du cimetière s'ouvre, le grincement de ses gonds rouillés brise et envahit le silence matinal. Paloma est allongée sur le dos dans l'herbe. À part sa paupière gauche aux trois quarts close qui tressaille, la vieille femme semble calme ; elle contemple d'un air un peu pensif la lumière mouchetée, filtrée par le vieux cyprès barbu.

« Paloma ? » Adélaïde glisse la main sous sa tête. « Paloma, vous m'entendez ?

— Eschuche, niña. Los periquitos… ¿ Usted los oye ?

— Paloma, je suis désolée. C'est Addie, je ne comprends pas ce que vous dites.

— Han venido para mí. »

Paloma esquisse un sourire asymétrique, et Adélaïde diagnostique une attaque. Elle n'est pas certaine que Paloma la reconnaisse. Le visage de la vieille femme ressemble à un masque, mi-comique, mi-tragique, et sous la paupière baissée, son œil a pris une opacité effrayante, comme celui d'un poisson poché. Ensuite, pareille à une détonation, la porte de la maison de Jarry claque et rompt le silence ; alors seulement, Adélaïde remarque le nuage de brume verte qui se retire lentement au-dessus de la digue et dans les champs.

« Periquitos » *: elle comprend le sens de ce mot. Les perruches. Jarry accourt, son manteau, enfilé à la hâte, flottant au vent – comme un drapeau, songe-t-elle soudain, le drapeau noir d'une armée qui donne la charge pour une bataille perdue d'avance. Elle éprouve une envie futile de crier, de lui dire de ne pas courir, mais elle étouffe son cri.*

« Que s'est-il passé ? Qu'est-ce qu'elle a ? Elle est... ? » Il tombe lourdement à genoux dans l'herbe dont la luxuriance, par ce bel été, semble soudain cruelle à Adélaïde pendant que Jarry l'interroge du regard.

« Je viens de la trouver. »

Il se penche et murmure : « Mamá ? Mamá, *qu'est-ce qu'il y a ? Parle-moi !*

— ¿ Percival, eres tú ?

— *Non,* mamá, *c'est moi, Jarry, répond-il, l'air affligé.*

— *Ta voix ressemble tant à la sienne.* Tienes la voz igual que tu papá.

— *Qu'est-ce que tu as,* mamá *? Tu es malade ? » Il lui caresse les cheveux. « Où as-tu mal ?* ¿ Dónde te duele ?

— *Vous devriez aller chercher le médecin, dit Adélaïde d'un ton qu'elle veut mesuré. Je pense que vous devriez aller chercher le Dr Sims sans tarder. »*

Quand il la regarde, ses yeux rougis reflètent brusquement l'indécision et le désespoir, et Adélaïde souffre pour lui. Perdre sa mère maintenant... Seigneur, épargnez-lui cela ! pense-t-elle, et, si ce n'est pas possible, donnez-lui la force d'endurer cette douleur.

« No te preocupes con el doctor, *dit Paloma.* Es demasiado tarde ahora para los doctores.

— *Non,* mamá. » *Dans un abandon total, il se laisse tomber par terre et pose la tête de Paloma sur ses genoux. « Tu vas guérir. » Il pleure, à présent ; pourtant, Adélaïde remarque qu'il force sa voix à conserver un timbre clair et plein de tendresse tandis qu'il lui caresse tendrement les cheveux. Il y a une douceur dans sa mâchoire lorsqu'il baisse la tête vers elle, comme si Paloma était un bébé ou un tout jeune animal sans défense qu'il défendra coûte que coûte. Ses yeux, quand il les relève vers Adélaïde, débordent d'une souffrance et d'un questionnement non dissimulés, et elle soutient son regard aussi longtemps qu'il le faut pour en prendre la part qu'elle peut supporter, partager ce qu'il est possible de partager.*

Paloma, qui semble bien moins affectée qu'eux, essaie de lever le bras. Dans l'herbe, la paume tournée vers le ciel, ses doigts se déplient légèrement, incapables de plus. C'est donc l'autre main qu'elle met faiblement sur la joue de Jarry. « ¿ Tu sabes lo que ha hecho tu hermana ?

— *Quoi,* mamá ? *répond-il. Qu'est-ce qu'elle a fait ?*

— Mira, niño. » *Le visage de Paloma est plus expressif maintenant. Sur ses traits, on lit une résignation indicible. Jarry lance un regard grave à Adélaïde, puis ses yeux se posent sur ce qu'elle a vu depuis longtemps... À côté de la pierre tombale aux lettres fraîchement gravées se dresse un monticule de terre brun clair, laissé là par ceux qui ont été surpris par l'aube alors qu'ils dévalisaient la tombe de Percival DeLay.*

« Ve a traerla, *dit Paloma.*

— *Laisse-nous d'abord te ramener à la maison,* mamá.

— *Amène-la, tout de suite !*

— No hace falta. »

En entendant cette voix, ils se retournent pour voir Clarisse, impassible, qui les contemple, derrière les barreaux de la grille, comme un animal en cage. Du fichu qui entoure sa tête jusqu'à ses jupons, elle est toute vêtue d'une toile blanche tissée à la main, nette, empesée et virginale, d'un blanc presque aveuglant dans la lumière du matin. Elle est pieds nus et porte des colliers de perles colorés autour du cou. Elle tient une canne en bois verni à tête de léopard et aux yeux de jais à l'éclat sinistre.

« ¿ Quién es ? ¿ Clarisse, eres tú ?

— Sí, mamá. Estoy aquí », *répond-elle. Son regard est grave, attentif, intense, c'est l'expression d'une personne qui s'avance au milieu d'une embuscade n'ayant rien d'inattendu et qu'elle ne redoute pas le moins du monde. L'absence de surprise, voilà ce qui frappe Adélaïde, cela et le fait que Clarisse ne semble pas particulièrement troublée – à peine préoccupée – par l'état de sa mère. Et Adélaïde ne peut que remarquer l'éclat cruel qu'elle dégage, et qui, comme l'herbe du cimetière, irradie de la santé naturelle de ce bel été. Son teint est aussi frais et translucide que si elle sortait d'un bon bain, et son air aussi languide que celui d'une reine lors d'une apparition publique – à l'exception de ses yeux jaunes qui, ostensiblement, cherchent d'abord ceux d'Adélaïde, et qui, quand leurs regards se croisent, rougeoient de haine et s'embrasent un instant sous l'effet d'une assurance agressive. Si je la hais moi aussi, elle aura gagné, pense Adélaïde, ayant recours aux lieux communs de sa jeunesse. Et pourtant, alors qu'elle n'a jamais vraiment haï personne auparavant, elle s'est déjà aventurée bien loin dans cette sombre contrée.*

« ¿ Qué hiciste, muchacha ? *s'écrie Paloma en essayant péniblement de se redresser. Au nom de Dieu, qu'as-tu fait ?*

— Nada malo, mamá. No he hecho nada malo, *répond Clarisse en franchissant la grille.* Estoy buscando solamente la justicia. *Rien que la justice », dit-elle, une fois dans le cimetière, en abandonnant l'espagnol pour être sûre qu'Adélaïde comprenne. Les yeux de Clarisse n'exultent plus, et leur gravité est de loin plus impressionnante et plus effrayante que toute la joie provocatrice qui brillait en eux jusqu'alors.*

« ¿ Justicia ? répète Paloma. ¡ Ésta no es justicia, niña ! Ayúdame a incorporarme.

— *Reste tranquille,* mamá, *dit Jarry. Il faut te reposer.*

— Aide-moi à me lever, j'ai dit ! »

À contrecœur, il la prend par les coudes et l'aide à s'asseoir.

« *On m'a dit que vous aviez été malade,* niña. » *Clarisse s'adresse à Adélaïde comme à une connaissance qu'elle recevrait pour le thé. Vous êtes rétablie, j'espère ?*

— Tout à fait, répond Adélaïde, décontenancée.

— Bueno, china. » *Puis Clarisse s'adresse à Jarry d'un ton lugubre et autoritaire :* « Déjenos. Llévese a la blanca de aquí. *Elle n'a rien à faire ici.*

— Qui est responsable de ça ? demande-t-il en faisant la sourde oreille, le doigt pointé vers la tombe.

— Éso no es asunto suyo.

— C'était mon père. Comment cela pourrait-il ne pas me regarder ?

— Él era mi padre, tambien, hermano. Él y yo lo convenimos.

— ¿ Qué ? *demande-t-il. Quel accord y avait-il entre vous ?*

— Demande à mamá, *si tu ne le sais pas.* Ella sabe muy bien. *Elle connaît la réponse, n'est-ce pas ?*

— Je ne le permettrai pas ! crie Paloma. ¡ Yo no lo permitiré ! ¿ Me oyes ?

— Je t'entends, mamá, *répond Clarisse, mais ça ne te regarde pas, toi non plus.*

— Él no sabía lo que hacía.

— Il en savait plus que tu ne crois. De qui crois-tu que je tiens ce secret ?

— Muchacha, *gémit Paloma,* muchacha, *qu'as-tu fait ?* Ven aquí. *Viens près de moi.* » *Elle tend sa main valide vers sa fille, mais Clarisse reste où elle est, imperturbable.* « *Que t'est-il arrivé, mon enfant ? As-tu oublié Demetrio ?* ¿ Se te ha olvidado lo que él te enseñó ? ¿ Qué, no recuerdas nada ?

— Je n'ai rien oublié, mamá. No se me ha olvidado nada. *Je me rappelle des choses dont tu ignores tout.*

Tu n'as aucun droit de me juger. Ninguno de ustedes tiene el derecho a juzgarme.

— *Et la* regla, *mon enfant ? Que fais-tu de la* regla ?

— *Et puis quoi,* mamá ? *Il n'y a pas de* regla *qui vaille ici.* No hay nadie que nos diga qué hacer. Todo está roto, mamá. *Toutes les promesses ont été brisées. Nous devons restaurer la* regla *nous-mêmes, comme Binah autrefois.* Binah hizo lo que ella quería. Haré lo que yo quiera, también.

— *La* regla *n'émane pas de ton* padrino, niña. Viene de los muertos. Los ojos invisibles te están mirando. Verán y sabrán.

— *Eh bien, ils verront. Et ils sauront. Qu'est-ce que ça peut me faire ?*

— *Tu vas souffrir,* niña. Los dos sufrirán los dolores del infierno.

— ¿ Los dolores del infierno ? » *Clarisse part d'un rire amer.* « *Quelles terreurs l'enfer peut-il encore me réserver ?* Los sufro ya. »

Et Paloma se met à pleurer. « Hija, le pido, que no hagas esto. Por favor. *Je t'en supplie.*

— *C'est trop tard,* mamá. *Le pacte est scellé.* No puede ser deschecho.

— *Tu me refuses ma dernière volonté ?*

— Sí, mamá, sí éste es su ultimo deseo, entonces mi respuesta debe ser No.

— *Va-t'en !* ¡Vete ! » *Paloma retombe sur la poitrine de Jarry, et, avant de partir, Clarisse se tourne à demi et pose la main sur son ventre d'un geste tendre, assuré, afin qu'Adélaïde remarque le renflement, léger mais caractéristique, qu'il présente.* « *Moi aussi, j'ai été souffrante,* niña, *dit-elle. Mais je suis rétablie, comme vous.* » *L'outrage que ressent Adélaïde, choquée et furieuse, la submerge telle une vague qui la paralyse – et avec l'outrage, aussi étrange que cela puisse paraître, elle éprouve une profonde honte et un chagrin poignant.*

Ils demeurent seuls, trois blessés abandonnés sur le champ de bataille, tandis que Clarisse s'en retourne d'où elle est venue.

« Nous devrions ramener Paloma à la maison, Jarry, la soustraire à cette chaleur, dit Adélaïde.

— Non, niña, *laissez-moi, répond Paloma. Je veux mourir dehors, Jarry.* Deseo morir debajo del cielo.

— Tu ne vas pas mourir, mamá.

— Sí, niño, estoy muriendo. » *Sa mère lève sur lui des yeux empreints d'une tendre pitié. « Je ne peux pas t'épargner ça.*

— Pas maintenant, mamá. Hoy no. No te vayas.

— Sí, niño, me voy, *répond-elle doucement.* No puedo esperar. Déjarme ir. »

Pour toute réponse, Jarrry hoche la tête en pleurant. « D'accord, mamá. *Bon, d'accord.*

— Pobre muchacho, *ne sois pas triste pour moi. Je suis fatiguée,* Jarry. Estoy tan cansada de vivir. No tengo miedo de morir. *J'accueille la mort à bras ouverts.*

— Alors, va, mamá.

— Écoute, niño. Los periquitos... ¿ Los oyes ? *Tu te rappelles quand tu étais petit ?* Te conté la historia de los periquitos.

— Sí, mamá, *l'histoire des perruches. Je me rappelle. »*

Les traits de Paloma se contractent brusquement dans une grimace de douleur déchirante. « Qui était là pour raconter des histoires à Clarisse ? Clarisse nunca tuvo a nadie, Jarry, nadie. *Il n'y a jamais eu personne pour Clarisse. » Paloma empoigne Jarry par le col avec l'énergie de la peur et attire son visage tout contre le sien.* « Ella es una bruja, Jarry. ¿ Entiendes ? *Ta sœur est une sorcière.* Encuéntralo y destrúyclo. *Tu dois trouver cet objet et le détruire. Tu as compris ?*

— Sí, mamá, entiendo, ¿ pero como ? *Comment dois-je le détruire ?*

— Las hormigas, niño. Las hormigas harán el trabajo, *les fourmis feront le travail.* »

Sur ces mots, elle retombe en arrière, épuisée. Quand Adélaïde lui prend le pouls, il bat irrégulièrement à son cou. Cela lui rappelle la perruche blessée dans la main de Jarry, le souffle rapide et frénétique de l'oiseau qui s'est interrompu de façon soudaine et définitive – de même que celui de Paloma, à présent. Son front se contracte nerveusement, comme si elle écoutait une sinistre et impérieuse ouverture qu'elle seule peut entendre et, l'instant d'après, la paix détend tout son visage – le front, les joues, les mâchoires, les lèvres – puis s'étale telle la ride que dessine une pierre jetée dans l'eau, et s'efface peu à peu. Une douce brise se lève dans le parc ; elle fait onduler la mare d'eau sombre, ternit ses reflets et bruisse au sommet des arbres centenaires. Quand elle retombe, tout est calme, alors Adélaïde entend soudain le chant des cigales et, plus loin, des bruits d'eau, derrière la grille, sur l'autre rive du fleuve.

« Vaya, mamá, *murmure Jarry.* Vuele con ellos. *Tu es libre. » Il l'embrasse tendrement sur le front et lui couvre les yeux du plat de la main, comme pour les abriter du soleil ; il la retire, ils sont fermés.*

« Comme j'aimerais pouvoir vous épargner cette douleur, dit Adélaïde, les yeux brûlants.

— C'est aussi ce qu'elle a dit. Mais elle ne le pouvait pas, pas plus que vous.

— Savez-vous ce que je crois ? C'est dans la capacité à endurer les difficultés de la vie que l'on montre son caractère, ni plus ni moins. Je n'ai jamais admiré personne autant que votre mère et vous. »

Jarry ne répond pas, mais Adélaïde voit bien que ces paroles l'émeuvent. Elle se redresse et rassemble ses jupes sans se presser. Toujours sans se presser, elle lève les yeux vers le faîte des arbres centenaires et le ciel tout bleu où des nuages d'un blanc saisissant évoluent avec une lenteur majestueuse qui évoque l'éternité. Pour une fois, rien ne presse, absolument rien.

« Il règne une telle paix ici. La sentez-vous ? »

Le silence amène de Jarry est la réponse qu'il lui offre. Pour lui laisser un peu d'intimité, Adélaïde promène son regard sur les eaux courantes du fleuve. Elle entend le gazouillis des nuées de perruches qui couvent sur l'autre berge.

« Elle racontait toujours qu'elles venaient de Guinée », dit-il au bout d'un moment.

Adélaïde le regarde. « De Guinée ?

— En Afrique. La mère de maman, et sa mère avant elle… Là-bas, les anciens croyaient qu'à notre mort nous traversons un océan ; ainsi quand on les a amenés ici, après avoir été capturés et embarqués sur les navires, ils ont pensé, pour certains, qu'on les avait conduits en enfer. Ils se sont dit que ce pays était celui des morts… Et lorsque les perruches arrivaient au printemps, la mère de maman lui racontait qu'elles venaient de Guinée, qu'elles avaient traversé tout l'océan. Elle disait qu'elles étaient les messagers de Dieu, qu'Il nous les envoyait comme des amies venues manger le riz du pharaon. Elle disait qu'elles représentent ce qu'il y avait avant les plantations et ce qui existera quand elles auront disparu… Car ici, voyez-vous, nous sommes en enfer. Nous vivons le tourment et l'asservissement, mais les oiseaux viennent nous rappeler où se trouve notre pays, de l'autre côté de l'océan, tan lejos… *si loin d'ici.*

— C'est pour cela que vous avez mis une plume de perruche dans mon livre, constate Adélaïde, les yeux brillants.

— C'est pour cela que j'ai mis une plume de perruche dans votre livre, parce que vous êtes arrivée en même temps qu'elles et que, comme elles, vous m'avez rappelé qu'après l'enfer, après cette existence, il y a une vie nouvelle, et qu'un jour je naîtrai à cette vie nouvelle. Nous renaîtrons vous et moi. Car je vois à présent que c'est la même chose pour vous.

— Oui, approuve-t-elle, c'est la même chose pour moi. Merci de l'avoir vu.

— Voilà le sens de l'histoire que racontait ma mère. Elle me la racontait pour la même raison que sa mère la lui avait dite : pour me donner foi et espérance. Et c'est pour cela que j'ai mis la plume dans votre livre, pour vous dire, ne perdez pas courage même si vous souffrez, il reste la beauté, et la beauté, c'est déjà quelque chose… pour vous dire, courage, il reste la vie, et la vie, c'est déjà quelque chose. Un jour, vous retournerez chez vous, vous aussi. »

Jarry la regarde. Ses yeux sont toujours pleins de questions, mais ils voient au-delà de la souffrance et du chagrin. Ils ressemblent à des fenêtres ouvertes sur une nouvelle profondeur, et dans cet espace se trouve une force tranquille et triste, alourdie par le fardeau de la vie – perplexe, également, mais émerveillée : une force qui n'est ni fuite, ni rejet, ni révolte, ni peur de la vie.

« J'ai quelque chose à vous dire, Jarry. » Elle s'agenouille par terre à côté de lui, et ils se font face. « Vous êtes libre. »

Il se contente de cligner des yeux. « Vous voulez dire avec vous…

— Non, répond-elle. Je veux dire que votre père vous a affranchi dans son testament. Il me l'a donné, Jarry. Mais Harlan l'a pris et détruit. Il m'a fait jurer le silence, et je… Ce n'était pas ce que me dictait ma conscience, mais je me suis soumise à son autorité. »

Il soutient son regard pendant un long moment. Adélaïde voit qu'il ne s'attendait pas à cela, mais il conserve son attitude ouverte. Puis il commence à réfléchir. Une condamnation se lit sur son visage, et son expression est moins ouverte. Ses yeux se figent et, pour finir, il détourne le regard. « Je m'attendais à quelque chose de la sorte, déclare-t-il enfin, d'un ton égal qui cause chez elle un début de panique. Mère m'avait dit que vous étiez mêlée à cela. Elle m'avait dit qu'elle l'avait lu sur votre visage. Je ne l'avais pas crue.

— Je vous en prie, pardonnez-moi. Pouvez-vous me pardonner ? »

Il ne répond pas, ne la regarde pas, et face à son silence, à son refus de croiser son regard, Adélaïde se sent éventrée et éviscérée, comme une biche entre les mains d'un chasseur.

« Jarry, je vous en prie, dites quelque chose. » Elle tend la main vers lui. « Ne me laissez pas ainsi, démunie.

— Comme vous m'avez laissé ? dit-il en baissant les yeux vers la main blanche posée sur son bras noir. Comme vous l'avez laissée, elle ? »

Adélaïde reçoit ces paroles telle une gifle. Abasourdie, elle ne trouve rien à répondre. Et, muette, elle regarde Jarry prendre le corps de Paloma dans ses bras et s'apprêter à quitter le cimetière.

Elle court derrière lui et l'arrête à la grille. « J'aurais dû vous en parler, Jarry. Si je ne l'ai pas fait, c'était par peur et par faiblesse. Et parce que j'étais dans la confusion. J'ai grand tort et je vous demande pardon de tout mon cœur. »

Jarry se contente de la regarder encore pendant un long moment ; ensuite, sa mère dans les bras, il s'écarte et s'éloigne.

14

Ransom s'agenouilla face à ses enfants sur Meeting Street devant la grande porte noire. Il repoussa les cheveux de Hope pour dégager ses yeux bleus, rajusta le col de Charlie ; puis, du bout d'un doigt humidifié, il enleva la glace qui maculait la joue de son fils. L'odeur – celle de la salive mêlée au chocolat – fit surgir le fantôme d'une femme esquissant le même geste avec lui. Sa maman ? Un souvenir de plus à ajouter à l'album dégarni qu'il possédait, – un album qui se limitait, en fait, à une seule page, une seule image distincte : sa mère s'affalant le long du mur de la cuisine, le nez en sang, et son père, debout devant elle, les jambes écartées, saoul, beuglant : « C'est jamais assez, hein, salope ? Quoi que je fasse ou pas, c'est jamais assez bien pour toi ! »

Les enfants commencèrent à s'agiter et Ransom renonça à vouloir les rendre plus propres.

« Écoutez, dit-il. Maman est là-haut. Je vais l'appeler et elle descendra vous chercher.

— Tu ne montes pas ? demanda Hope.

— Non, ma douce, il faut que j'y aille.

— Pourquoi ?

— Il le faut.

— Pour toujours ? »

Il lui effleura la joue d'un geste tendre. « Non, ma chérie. Je ne serai pas parti longtemps.

— Combien de temps ? insista-t-elle.

— Où tu vas, papa ? s'enquit Charlie.

— Je reviens bientôt, dit Ran qui n'avait aucune réponse à leurs questions. Maintenant, attendez ici, ajouta-t-il en mettant fin à leur interrogatoire. Elle sera là dans une minute.

— D'accord, papa. »

Ostensiblement, Hope garda le silence, et une fois de plus Ran ravala ses excuses.

En remontant la rue vers le nord, il ouvrit son téléphone, balaya du regard les façades et choisit le porche de l'église.

Claire décrocha au milieu de la première sonnerie. « Allô ?

— Ils sont en bas.

— Tu les as laissés dans la rue ? »

Jamais assez bien pour toi !

« Je ne les quitte pas des yeux. Je suis dans le coin. » Il referma le téléphone.

La porte s'ouvrit presque instantanément. Claire s'agenouilla pour les embrasser ; elle les serra dans ses bras, très fort ; les tenant à bout de bras, elle sonda leurs yeux pour y déceler les signes d'un traumatisme. Désormais, Ransom ne pouvait plus affirmer avec certitude qu'elle n'en trouverait pas. Une fois ce rituel terminé, Claire les fit entrer, puis s'attarda sur le trottoir et scruta la rue alentour.

Le téléphone de Ran sonna : « Où es-tu ?

— Pas loin. Je te regarde… »

« Every move you make… every breath you take… » La voix, imitant Sting, se mit à chanter dans sa tête.

« Ransom, rentre. Tu as besoin d'aide. Laisse-nous t'aider.

— "Nous" ? »

Le silence à l'autre bout du fil lui souleva le cœur.

Toutes les fenêtres de la maison de Tildy étaient éclairées. Sur la véranda du haut, Ran vit Della qui soutenait Tildy par un bras. Marcel tenait l'autre.

« Je sais ce qui se trame, dit-il, d'une voix tremblotante.

— Ran, reviens, répondit-elle sans rien nier.

— Je ne peux pas. Vaut mieux pas.

— Pourquoi ? Pourquoi tu ne peux pas ? Pourquoi il ne vaut mieux pas ? »

Parce que j'ai un pressentiment, Claire – un très mauvais pressentiment – et si je découvre la vérité, je ne sais vraiment pas de quoi je suis capable.

La voix lui suggéra cette réponse, mais Ran se contenta de refermer le téléphone en pleurant et il le jeta dans une poubelle avant de monter dans la fourgonnette.

« Et maintenant ? murmura-t-il en mettant le contact. Qu'est-ce que je vais bien pouvoir faire ? » Mais ni l'Auteur de l'univers ni capitaine Nemo, le double de Ran – cette petite voix qui ne lui semblait plus si anodine – ne lui répondirent. Et Ransom, lui, n'en avait pas la moindre idée.

Umm-umm-umm, blues falling down,
Blues falling down like hail
Got to keep moving…

… chantait le fantôme de Robert Johnson, chant éternel de tous ceux qui souffrent partout dans le monde. Était-ce une réponse ? À cet instant – alors que, dans les ténèbres, Ransom regardait sa femme tirer la lourde porte noire de la maison et la refermer, derrière elle et ses enfants, sur un havre de lumière –, ce fut la seule qui s'offrit à Ran :

… *keep moving*
Got a hell hound on my trail,
Hell hound on my trail.

15

En longeant la route de sable blanc, Adélaïde entend le son des tambours provenant du quartier des esclaves. Il y a des cris et des rires frénétiques. Elle aperçoit un feu derrière les arbres et des silhouettes bondissantes devant le bûcher. Depuis que la nuit est tombée, il règne une atmosphère de désordre, de chaos et de déchaînement des énergies à la suite de l'enterrement de Paloma. Pour la première fois à Wando Passo, Adélaïde a peur, elle se sent étrangère dans une demeure où elle n'exerce qu'une autorité fragile ; et pourtant, malgré la peur, elle poursuit son chemin jusqu'à la maison de Jarry.

Ceux qui se sont réunis pour lui exprimer leur compassion font essentiellement partie du personnel de maison et des vieux esclaves artisans. Adélaïde a préparé un quatre-quarts selon la recette de sa tante – celle de la mère de Blanche, en fait. Elle y a consacré la plus grande partie de la journée. Cet effort l'a aidée à calmer ses nerfs. Les personnes présentes lèvent les yeux quand elle frappe et entre avec son panier couvert. La conversation s'interrompt. Jarry la regarde et, dans ses yeux vitreux, elle discerne une lueur fugace et intense qu'elle ne sait comment interpréter.

« Où dois-je poser… ?

— Laissez-moi vous débarrasser, dit-il avec empressement en se levant pour traverser la pièce.

— Si vous voulez bien me montrer où…

— Non, laissez-moi faire. »

Quelle pitoyable comédie, pense-t-elle, que cette déférence mutuelle !

Elle le suit dans la petite salle à manger où se trouve une table chargée d'autres offrandes comestibles. Il prend le panier, le pose, et quand il se retourne vers elle, elle lui chuchote – car la porte donnant sur l'autre pièce est ouverte : – « Jarry, je sais que ce n'est pas le moment, mais je suis au supplice depuis hier. Si vous vouliez seulement m'accorder une minute de…

— Non, répond-il, non, je souhaite aussi vous parler. Et j'ai quelque chose pour vous, moi aussi. Je vous retrouve sur la véranda. »

En retraversant la pièce, Adélaïde remarque que les personnes présentes évitent délibérément de la regarder. Ils savent, pense-t-elle. Ils savent. Elle a levé l'ancre et ne peut ni ne veut plus retrouver son port d'attache. La gravité de sa décision assombrit son humeur quand elle ressort ; pourtant, c'est aussi une décision libératrice qui ne la rend que plus déterminée à dire ce qu'elle est venue exprimer. Elle contemple les silhouettes bondissantes près du bûcher, puis elle entend le bruit de ses pas.

« C'est étrange, observe-t-elle, l'émotion d'aujourd'hui est très différente de celle qui régnait à l'enterrement de votre père.

— Il était respecté. Elle, on l'aimait. »

Alors, elle le regarde. « Oui, c'est cela, n'est-ce pas ? Vous possédez cette qualité qu'elle avait, Jarry, cette profondeur qui va droit au cœur. J'aime cela en vous et je ne supporte pas l'idée que vous m'en vouliez. Vous en avez le droit, mais je ne le supporte pas. »

« Aimer » : c'est la première fois qu'elle utilise ce verbe et, étrangement, il a presque l'air peiné. « Je ne vous en veux pas, Adélaïde.

— Oh, j'en suis soulagée ! » Elle fait un pas vers lui, lui prend les mains, mais y trouve son livre, son Byron relié en maroquin rouge. Dans la lumière jaune de la lampe qui brille derrière la fenêtre, elle distingue son visage solennel, et le soulagement d'Adélaïde est de courte durée.

« Ce n'est pas de la colère que j'éprouve », dit-il d'une voix douce mais ferme, en plaçant le livre entre des mains qui ne demandent qu'à prendre les siennes. Quand il s'écarte et va à l'extrémité de la véranda, Adélaïde sent l'odeur des roses muscades sur la tonnelle dans la cour.

« Alors, qu'est-ce...

— J'ai repensé à notre conversation, moi aussi. La personne que j'avais cru voir en vous n'aurait pas pu faire cela. Vous n'êtes pas celle que je croyais. J'ignore qui vous êtes.

— Je ne le crois pas. Mon cœur me dit autre chose. Vous me connaissez. Vous êtes le seul à m'avoir jamais connue. Et si j'ai trahi votre confiance, vous devez me laisser la regagner. Je vais m'y employer.

— Si vous m'aviez vu tel que je suis, Addie, si vous aviez la moindre idée de qui je suis, vous n'auriez pas pu faire cela. À votre place, je ne crois pas que je vous aurais infligé une chose pareille.

— Mais je vous vois tel que vous êtes, Jarry, affirme-t-elle en le rejoignant, en levant un regard fervent sur son visage, je vous vois. Je vous vois comme personne ne vous a jamais vu ni ne vous verra jamais.

— Alors, dites-moi une chose. Si j'avais été un homme blanc et libre, comme Harlan, m'auriez-vous caché cela ? Lui auriez-vous caché une vérité aussi cruciale à son bonheur que celle-ci l'était au mien ?

— Oh, Jarry, répond-elle. Je ne sais pas, je ne sais pas ! Comment pourrais-je répondre ? Peut-être pas. Peut-être lui aurais-je dit, mais...

— C'est ce que je crois. Vous lui auriez certainement dit. Ne pas lui dire aurait entaché votre honneur.

À l'inverse, me l'avouer maintenant… n'est-ce pas essentiellement par charité ? Une manifestation de philanthropie envers un malheureux, une personne de rang inférieur ? Non, Addie, me le dire constitue un acte de générosité, une grâce de plus qui s'ajoute aux charmes de votre personnalité alors que le cacher à un homme blanc aurait constitué un déshonneur irréparable. C'est en cela, Addie… » – *il parle avec conviction, à présent, d'un ton farouche* – « *… en cela que vous ne voyez pas qui je suis. C'est en cela que je reste invisible à vos yeux.*

— Mais vous vous trompez, Jarry. Vous vous trompez si gravement ! Je ne me sens pas généreuse. Il ne s'est pas passé un seul jour, pas une heure sans que j'éprouve ce poids sur ma conscience, surtout à la lumière de tout ce que vous et votre mère avez fait pour moi lorsque j'étais malade. Oh oui, mon silence est déshonorant. Je me suis mal conduite, mais, Jarry, essayez de comprendre… Si vous me voyez comme vous souhaitez que l'on vous regarde, vous devez comprendre que j'ai gardé le silence par peur et par faiblesse. Je me sentais écartelée. Je ne savais que faire, mon cher. Je n'étais pas mue par de mauvaises intentions, vous ne pouvez pas penser cela ! Je ne voulais pas vous nuire. N'ai-je même pas droit à une chance de corriger une erreur quand on me la montre ? Si je ne vous vois pas tel qu'en vous-même, si je ne vous aperçois que confusément, ne puis-je donc pas apprendre à vous regarder en face ? L'amour ne peut-il me l'enseigner ? Nous l'enseigner à tous deux ? Ne puis-je donc pas changer ? Ne puis-je pas espérer que l'amour fera de moi une personne meilleure ? Si je vous ai trahi, donnez-moi au moins une chance de réparer ma faute. Jarry, Jarry… "L'amour croit tout, il espère tout, il supporte tout[1]…" »

1. Première Épître de saint Paul aux Corinthiens, chap. 13, 4-7. *(NdT.)*

Adélaïde pleure à présent, désespérée, mais la douceur qu'elle aime tant chez Jarry a déserté son visage, ce soir. « Ma mère repose dans ce cimetière, Addie, elle est morte de chagrin. Elle est morte avec dans son cœur une accusation contre mon père dont vous, et vous seule, connaissiez l'injustice, et vous le lui avez caché. Vous nous l'avez caché à tous les deux, et elle est morte sans la consolation de la vérité. Et si l'âme de mon père souffre aujourd'hui je ne sais quels tourments, si Clarisse a attiré le malheur sur lui... si cela arrivait parce que vous n'avez rien dit ?

— Vous me reprochez la mort de votre mère ? s'écrie-t-elle, choquée. Vous me tenez pour responsable de ce qu'a fait Clarisse ? Est-ce là ce que vous croyez ?

— Ce que je crois, répond-il, c'est que cela ne réussit jamais. Mère me l'a dit avant de mourir et je ne l'ai pas crue. J'ai refusé. Mais elle avait raison, Addie. Cela n'a pas marché pour elle et Père. Pourtant, c'était un homme bon et honorable. Il l'aimait, ou croyait l'aimer, cependant il l'a gardée comme esclave jusqu'au jour de sa mort. Harlan aimait Clarisse, et voyez où elle en est arrivée. Aucun Blanc, aucun d'entre vous, n'est capable de nous considérer avec autant d'estime que vous vous considérez vous-mêmes : vous ne me voyez pas tel que je suis. Vous ne le pouvez pas.

— Si, murmure-t-elle avec ferveur. Si. » Alors elle prend son visage à deux mains et l'embrasse, un baiser fougueux, ardent et passionné, où se mêlent le désir longtemps réprimé et la peur désespérée de le perdre.

Le baiser est reçu avec autant d'abandon qu'il a été donné, mais, quand il s'écarte, Jarry lance d'un ton empli de désespoir : « Je ne sais pas, Adélaïde. Je ne sais pas... je dois retourner à l'intérieur.

— Allez-y, lui déclare-t-elle tendrement. Retournez à vos invités. Nous en reparlerons demain. Vous viendrez ? J'ai tant d'autres choses à vous dire. »

Cette question reste sans réponse, elle aussi, comme Adélaïde s'en souviendra par la suite. Pour l'heure, elle rebrousse chemin et rentre chez elle dans le noir, troublée, triste, mais malgré cela étonnée par la force et la magnitude de ce qu'elle ressent. C'est donc ce que les poètes décrivaient comme le destin, pense-t-elle. Toutes ces années, même quand elle n'était qu'une jeune fille, elle n'y a jamais cru vraiment. Mais tout ce qu'ils promettaient, tout ce qu'ils disaient : tout cela est vrai, tout cela est bien réel ! Comme c'est étrange de ne plus avoir peur, de ne plus vouloir que ce que l'on a ! Comme c'est étrange de ne plus souhaiter être une autre ! Et une pensée lui vient : Ainsi c'est cela, être simplement humaine.

Elle n'est pas fatiguée, pourtant elle s'en dort. Aussi n'est-ce qu'au point du jour, au sortir d'un rêve dont elle ne se souvient que fugacement, puis qui lui glisse entre les doigts comme un fil, qu'Adélaïde aperçoit son Byron sur le pupitre et remarque la plume qui se détache, verte, sur la tranche dorée ; et qu'elle ouvre le livre à l'endroit qu'elle indique.

> C'est en vain que ma langue voudrait t'exprimer l'ivresse de mon cœur, lorsque pour la première fois ces yeux rendus à la liberté contemplèrent la terre, l'océan, le soleil et les cieux, comme si mon âme les eût pénétrés et en découvrait les merveilles les plus secrètes. Un seul mot peut te peindre cette sensation au-dessus de toutes les autres : j'étais libre[1].

C'est La Fiancée d'Abydos, *la strophe que Percival a convaincu Jarry de lui réciter le premier jour, mais il y a aussi ces vers...*

---

1. Byron, *La Fiancée d'Abydos*, Chant Deuxième, *op. cit. (NdT.)*

J'ai cessé de me languir même de ta présence ;
Le monde – non, le paradis lui-même était à moi…

En lisant ces mots, Adélaïde a une sombre prémonition, qui devient certitude quand Tenah vient lui annoncer que Jarry est parti.

III

LA FIÈVRE ET LES SUEURS

1

Le vieux – était-ce Mel ? – chuchotait à l'oreille de Ran… *Mais à présent sa voix ressemblait à un lointain ruisseau ; je ne distinguais plus un mot d'un autre…* Au volant, Ran, qui se concentrait pour l'entendre, sortit brusquement de sa torpeur juste à temps pour voir surgir un chien noir dans la lumière de ses phares. Bon Dieu de merde ! pensa-t-il en donnant un brusque coup de volant pour l'éviter. Et puis il vit l'ombre. Bon Dieu de merde ! Le noyer ouvrit ses grands bras noirs. Ça ne peut pas être la fin ! se dit-il. Son estomac se souleva et, en même temps, il se sentit étrangement léger. La mort ne vient-elle pas toujours quand on s'y attend le moins ? Quel autre lapin avait-il cru pouvoir sortir de ce chapeau ? C'était donc à cela que menaient tous les indices depuis le début, l'aboutissement du voyage qu'il avait entrepris !

Mais j'ai encore envie de faire tant de choses ! songea-t-il. À quoi Nemo répondit, non sans une certaine tendresse : *Vraiment, Ran, quoi par exemple ?* Et son élan retomba. C'est vrai, pensa-t-il, ce n'est que trop vrai. Mais quand même, va te faire foutre ! À l'instant où l'Odyssey s'envola, une autre pensée vint à l'esprit de Ran. Il hurla haut et fort : « Va te faire foutre ! Je veux voir grandir mes enfants ! Je veux assister à leur mariage et danser sous les lampions ! Je veux voir le visage de Claire lorsqu'elle vieillira ! C'est sa main toute fripée que je veux tenir à ma mort ! La dernière chose que je veux voir en quittant ce putain de monde, ce sont ces yeux caramel que j'ai un peu trop fait roussir ; et je veux pouvoir me dire qu'on y est quand même arrivés, qu'on a survécu à tout, même à nos différences ! Et en plus, espèce de sale persifleur, je vais finir *Le Sous-Marin de Nemo* ! » À voix haute ou en pensée – cela n'avait plus guère d'importance –, Ran dit ou aurait aimé dire tout cela. Et Nemo répondit, non sans une certaine tendresse, par un refrain glaçant et aérien : « *You Can't Always Get What You Want* »... Il chantait à présent en imitant non seulement la voix de Mick Jagger mais toute la London Bach Choir, toutes les voix de chorale qui hantaient la mémoire de Ran, et y côtoyait la Neuvième de Beethoven... Nemo entonna une sorte d'ode, mais pas un hymne à la Joie. De façon inexplicable, dans le carrousel de disques, c'est cette chanson qui se présenta, laissant toutes celles que Ran avait aimées, y compris celles qu'il avait écrites, s'effacer.

Le choc, quand il eut lieu, fut brutal mais bref – à peine digne d'être signalé, comparé à tout le reste. Peut-être, pensa Ran en rentrant la tête dans les épaules, avais-je un peu sous-estimé Dieu.

« Et mon Airbag, où il est ? » En bon consommateur jusqu'à la fin, Ran se posa soudain la question. « Crinière d'argent ! Espèce de fils de pute ! Tu l'as revendu au noir, c'est ça ? » Malgré lui, Ran ne put s'empêcher d'éprouver une sorte d'admiration, puis, à sa surprise, il se retrouva hors de la voiture. Comment ? La logique, l'enchaînement des événements... ni l'une ni l'autre n'importaient plus, désormais, et Ran s'aperçut que leur importance n'avait jamais été qu'illusoire. Il comprenait beaucoup de choses. Mais la chose la plus importante lui échappait : il faisait jour. Comme le soleil s'était levé vite ! Il y avait des gens sur la route, une masse de gens, pareils à des réfugiés, qui allaient tous dans la même direction, qui marchaient vite et d'un pas décidé. Ran fut tenté de les suivre, il ressentit cette solitude empreinte de mélancolie qu'on éprouve à l'automne, en entendant passer les oies sauvages. Mais, encore une fois, Mel était là… Était-ce vraiment Mel ? Il y avait quelqu'un à côté de lui.

« Delores, c'est toi ? » demanda-t-il. Elle semblait différente, plus grande, ses joues étaient plus creusées sous ses hautes pommettes. Elle avait des yeux marbrés et opaques, tels ceux d'un poisson au court-bouillon.

Debout au pied de l'arbre, dans une attitude rébarbative, elle lui faisait signe de retourner d'où il venait – et elle n'avait pas l'air contente du tout.

« Mais tu es morte, non ? »

À l'instar d'un spectre dans un film muet, elle bougea les lèvres, et Ransom entendit, comme étouffé par un paquet d'ouate, un son indistinct, inarticulé ; et quand il tourna la tête, il vit l'Odyssey renversée sur le côté, dont une roue avant bouge encore, et son propre corps, effondré sur le volant, manifestement mort ; puis, en un clin d'œil, il se retrouva dans la voiture…

L'Airbag était bien là en fin de compte ; il s'était déployé, collant, et à usage unique à l'instar d'un préservatif. On entendait comme le gargouillis d'un ruisseau : Ran sentit une odeur d'essence et un goût douceâtre et salé sur ses lèvres, ensuite sur sa langue… qui se concrétisa en un flot visqueux.

L'épaule retenue par sa ceinture de sécurité à la façon dont le parachutiste suspendu au clocher à Sainte-Mère-l'Église, Ran tendit la main vers la portière au-dessus de lui. De la main gauche, il essaya de la pousser, écoutille trop lourde d'un énorme sous-marin en fer, mais l'angle d'attaque n'était pas le bon, et, au fond, il manquait de volonté. Ainsi, ni vraiment en l'air ni tout à fait par terre, plutôt suspendu dans sa chute, et guère inquiet de sa situation, Ransom se contenta de fermer les yeux et s'endormit.

Quand il les rouvrit, c'était le matin.

Il procéda à un rapide diagnostic, à la façon dont un astronaute passe en revue une liste sur son écran. Cou : un peu raide. Mains : OK. Pieds : toujours là. Pour le reste : tout en état de marche.

En levant très haut sa main gauche, il appuya sur la boucle de sa ceinture. Elle ne céda pas.

« Je suppose que t'as pas le droit de t'en plaindre, vieux, dit-il pour lui-même. C'est sans doute grâce à elle que t'es encore en vie et, au fond, tu n'es pas le genre de type à céder sous la pression, toi non plus. »

Ran se sentit capable de relever le défi. Rassemblant son courage, il fit une traction vers le plafond et se libéra, puis il dégringola vers la portière côté passager, au niveau du sol, et finit par sortir de la voiture par le panneau coulissant à l'arrière. Et là, sur l'arbre fautif, comme si l'idée de Ran s'était matérialisée, il vit le panneau qu'il cherchait lorsqu'il s'était assoupi au volant : ALAFIA – AUTHENTIQUE VILLAGE AFRICAIN VU À LA TÉLÉ.

« Pas si mal pour un atterrissage de nuit. Surtout quand on sait que je dormais... »

À la vérité, malgré la raideur dans sa nuque, et les courbatures qu'il avait un peu partout comme un boxeur au lendemain d'un combat, Ran se sentait plutôt bien ; il avait même vaguement repris espoir quand il emprunta le chemin sablonneux qui s'enfonçait dans l'épaisse forêt de pins. Comme un signal clignotant, l'impression d'être en train d'accomplir un voyage revint, très forte. Ce n'était donc peut-être pas la fin du voyage... Qui sait ? La fin était peut-être encore loin. Sacrément loin, même ! Peut-être était-ce, en fait, sa chance de prendre un nouveau départ, cette chance insaisissable et tant attendue. Ici, maintenant. Pourquoi pas ?

« À qui d'autre que toi une chance pareille s'offrirait ? » Soudain, l'hypothèse de la veille au soir lui sembla moins improbable. Peut-être, en fin de compte, les dieux avaient-ils fait une exception pour lui, peut-être allait-il bénéficier d'un répit. Au bout de quatre cents mètres, il se sentait sacrément bien...

« N'est-ce pas ainsi que devraient vivre les hommes : en passant d'une aventure à une autre, sans crainte ? » Ayant exclu Nemo de la conversation, Ran poursuivait cette causerie sans intermédiaire, d'homme à homme, directement avec lui-même. « Le monde moderne, une suite rassurante de journées abrutissantes passées à travailler sans réfléchir – et pour quoi ? Voilà ce qui nous fout en l'air. » Il avait tout compris, il renversait les grands maux de cette société comme des quilles de bowling, bien décidé à remporter son pari : un score de 300. « Mettre fin à mes jours ? Ça, non ! fit Ran en reprenant son accent de Killdeer. Marcel Jones peut toujours rêver ! » Plus besoin de Nemo maintenant. Ransom Hill était Nemo à lui tout seul !

« Alors, t'es un homme ? » Il adressa cette question aux pins silencieux. « Ouais ! T'en es un ! Un vrai de vrai ! » brama-t-il en se parlant à la deuxième personne, sans s'occuper ni de ses courbatures ni du masque de sang séché qui ankylosait un côté de son visage ; sans s'occuper, en fait, de ce qui n'allait pas dans le sens de son hypothèse optimiste, joyeux fantôme sur la route de la vie.

Il arriva à un embranchement sans indication. « “À la croisée des chemins”... Hum... » Ransom se caressa le menton. « Tu ne t'imagines quand même pas que tu vas m'arrêter avec ce pauvre petit piège ? » Il hurla ces mots en agitant le poing à l'intention de Dieu, Nemesis – quel que fût son interlocuteur anonyme –, avant de prendre le chemin le moins piétiné, qui ne tarda pas à déboucher sur une barrière fermée.

C'est alors qu'en s'arrêtant pour avoir un aperçu de la situation Ran remarqua l'immobilité des pins, la chaleur oppressante. Comme l'étreinte sensuelle de quelque force surnaturelle, si ancienne et si puissante qu'elle en était invincible. La Nature, comprit-il dans un éclair de lucidité.

« Eh, après tout, je fais partie de la Nature moi aussi, non ? » demanda-t-il d'un ton geignard. Comment avait-il pu l'oublier ? « Alors, pourquoi cette hostilité ? »

Dans les arbres alentour, un oiseau qu'il ne voyait pas lui répondit par un croassement sonore. Des battements d'ailes remplirent l'atmosphère, évoquant le vrombissement assourdi des pales d'un hélicoptère, et quand ce bruit s'amenuisa, une présence étrange se mit à planer sur toutes choses. En scrutant le feuillage au-dessus de sa tête, Ransom aperçut des busards – ils étaient trois – dans un ciel si bleu que la nostalgie lui serra le cœur… mais nostalgie de quoi ? De l'éternité ?

« Quelle proie peuvent-ils bien suivre ? » marmonna-t-il. Puis il comprit. « Bon Dieu ! C'est moi ? Je suis vivant ou pas ? » Il marqua une pause. La réponse n'était plus aussi évidente qu'auparavant. « J'aimerais mieux, reprit-il. J'aimerais mieux ne pas être étendu là-bas, sous cet arbre, mort. J'aimerais mieux ne pas être en train de rejouer la fameuse scène de *La Rivière du hibou*[1]. Putain, vraiment pas ! » Il scruta le ciel en fronçant les sourcils.

Pourtant il se sentait bien un peu bizarre, et, pour parler franchement, il n'était pas absolument sûr d'être vivant – mais il ignorait comment au juste on fait la différence. Une fois qu'on perd cette certitude fondamentale… eh bien, les amis, comme on dit, c'est pas facile de remettre cet œuf-là dans sa coquille. Ran

1. Célèbre nouvelle d'Ambrose Bierce (1842-1914), écrivain et journaliste américain. *(NdT.)*

avait peut-être accédé à une compréhension supérieure de ces choses-là – cette sensation dont parlent les bouddhistes ? « Oh, et puis merde ! lâcha-t-il, énervé par ses propres élucubrations. Il va bien falloir partir de l'hypothèse que t'es vivant, non ? »

N'écoutant que son instinct, il ignora le panneau DÉFENSE D'ENTRER et escalada la barrière. Bientôt, il entendit de la musique au loin : des tam-tams. Sur la gauche, dans un dépotoir se trouvait un vieux break abandonné – peut-être celui dans lequel les gauchistes qui avaient fondé Alafia étaient venus de Philadelphie ; aujourd'hui dépourvu de roues et tout rouillé, il était couvert de graffitis à motifs africains. Il y avait des outils de ferme, des appareils électroménagers hors d'usage, des crics, des lames de hache et des masses de marteau partout. Suspendu à une branche de noyer, on voyait un énorme palan avec une lourde chaîne. Et, au milieu de tout cela, la raison pour laquelle cet endroit ressemblait plus à un dépotoir qu'à un lieu de pèlerinage : un gigantesque homme de fer, un robot d'étain et de ferraille. Sa tête avait été fabriquée avec une roue dentée qui devait peser dans les cent trente kilos et ses chaussures en fer étaient couvertes de plumes, aussi maculées et collantes que le billot d'un abattoir de ferme. Sa main, une fourche rouillée, était levée en signe d'interdiction.

« Mes intentions sont pacifiques », dit Ran qui choisit d'y voir un geste de bienvenue. Il s'inclina profondément et quand il se redressa il vit dans l'arbre un paon qui le dévisageait, présence calme, impressionnante ; les rayons du soleil effleuraient ses plumes, se déversaient sur ses ailes et sur son dos comme un flot de pierres précieuses liquides ou une cascade aux tons bleu-vert. Cro-ââ ! fit l'oiseau avant d'aller se poser sur la route en sable blanc – Cro-ââ ! redit-il avant de disparaître au tournant. Au même instant, de l'autre côté, une vieille fourgonnette

Volkswagen déboula ; son moteur gémissait comme s'il était actionné par des bandes de caoutchouc.

Le véhicule s'arrêta à sa hauteur. La conductrice cligna des yeux et Ransom fit de même. L'hypothèse selon laquelle il était mort se renforça : au volant se trouvait Delores Mills, ou plutôt sa réincarnation sans âge, un sosie affublé d'un fichu africain, noir avec un grand tournesol doré, et avec des anneaux aux oreilles.

« Shanté ? demanda-t-il en jetant un coup d'œil.

— Ransom ?

— Qu'est-ce que tu fais ?

— Je te cherchais, répondit-elle. Et toi, qu'est-ce que tu fais ?

— Je te cherchais.

— Mais qu'est-ce qui t'est arrivé ?

— Ça ? dit-il en effleurant sa joue. Un petit accident. Je me suis endormi au volant… l'histoire de ma vie !

— Tu n'es pas blessé ? »

Il haussa les épaules. « Soit tout va bien soit je suis mort : je n'ai pas encore rendu mon verdict. » Il sourit, mais Shanté, qui n'avait jamais autant ressemblé à sa mère, n'était pas d'humeur à plaisanter. « Au fait, pourquoi tu me cherchais ?

— Parce que ta femme m'a appelée, dans tous ses états, hier soir à minuit, en disant que tu avais disparu et qu'ils ne voyaient pas d'autre endroit où tu pouvais être allé. Qu'est-ce que tu es venu faire ici ? »

Ran cligna des yeux. « Eh bien, maintenant que tu en parles, je n'en ai pas la moindre idée. Je conduisais. J'ai vu le panneau qui indiquait Beaufort. Je me suis rappelé que Cell avait dit que tu vivais dans le coin. Un petit oiseau m'a soufflé : "Va voir Shanté."

— Un petit oiseau…

— Oui, enfin pas au sens littéral du terme, bien sûr.

— Qu'est-ce que tu veux dire ? » Manifestement, Shanté, elle, était d'humeur littérale.

« Je veux dire qu'une petite voix m'a dit : "Va lui rendre visite", et me voilà. Ne me regarde pas comme si j'avais un entonnoir sur la tête ! Ça ne t'arrive jamais d'avoir des impulsions et d'y céder ? »

En lui lançant un regard sévère par-dessus ses lunettes elles-mêmes sévères – petites, carrées et branchées, soutenues par des montures en or –, elle indiqua le siège du mort d'un signe de tête et dit : « Monte. »

Sur cette invitation laconique, elle fit une marche arrière en trois manœuvres, et son pagne – dont le motif était assorti à celui de son fichu – s'entrouvrit, révélant le bord d'un short de cycliste qui serrait ses cuisses un peu trop épaisses mais robustes ; leurs muscles saillirent de façon impressionnante quand, d'un pied nu et couvert de poussière, elle appuya sur l'embrayage, et de l'autre sur l'accélérateur. Les ongles de ses orteils, remarqua Ransom, étaient ornés d'un vernis rose clair.

« Dis donc, Shan, déclara-t-il, je suis super content de te revoir. Tu as l'air en forme. Mais ma parole, lorsque tu t'es arrêtée – ne le prends pas mal, c'est un compliment –, je t'ai prise pour ta mère.

— Pourquoi est-ce que je devrais mal le prendre, Ran ? Tous les matins en me regardant dans la glace, c'est elle que je vois. Je ne suis plus toute jeune. Et toi non plus. »

Il lui tendit une perche, elle ne mordit pas à l'hameçon : « Mais j'ai l'air plutôt en forme, non ? demanda-t-il.

— Franchement, tu as une mine à faire peur… Une vraie tête de déterré. »

Il secoua la tête en souriant. « Toujours ce franc-parler qui fait ton charme… Bon, qu'est-ce que t'a dit Claire, au juste ?

— Pas mal de choses. Rien de gentil.

— Ah. » Ce bref retour à la réalité assombrit légèrement l'humeur de Ran, qui s'avachit dans son siège comme l'élève qu'on a mis au coin sur un tabouret.

De l'extérieur, le village, entouré d'une palissade gainée d'écorce, ressemblait à une place fortifiée. Au-dessus de la grille d'entrée, une bannière annonçait : AUJOURD'HUI : FÊTE DE LA MOISSON. BIENVENUE AUX VISITEURS. Shanté se gara sur un parking poussiéreux où des pick-up et des machines agricoles côtoyaient des Mercedes et des Lexus immatriculées dans les comtés de Cobb et de DeKalb, en Géorgie, ou à Baltimore et Washington D.C.

« Vous récoltez quoi exactement ? questionna Ran, pendant qu'ils se dirigeaient à pied vers le village.

— Des oléagineux. » D'un signe de tête, Shanté lui indiqua un champ au passage.

Ran scruta les feuilles qui leur arrivaient aux genoux. « Du soja ?

— Des cacahuètes.

— C'est la fête de la cacahuète, alors ! »

Elle sourit en plissant les yeux. « Tu tombes à pic ! Attends-moi ici. »

Elle le laissa près de la grille et traversa la cour pour aller s'entretenir avec d'autres. À l'ombre d'un bâtiment à toit de chaume, des hommes jouaient du tam-tam tandis qu'un petit nombre dansaient. Mais la plupart regardaient ou passaient simplement par là pour aller dans les temples où, dans la pénombre, des cierges brillaient sur des autels chargés d'une profusion d'offrandes de fruits et de fleurs. Au-dessus d'un de ces autels, une statue en ébène représentait un homme brandissant une hache à deux tranchants ; ailleurs, une madone noire aux seins nus tenait une colombe d'une main et un cœur humain de l'autre. Dominant un bassin en béton aussi grand qu'une piscine privée, mais profond d'à peine quinze centimètres, se dressait un Neptune à la peau sombre, muni d'un trident et d'une couronne. Ruisselant sur son torse musclé de super-héros, l'eau faisait étinceler les écailles de sa queue de poisson bleu-vert. Il pourrait sortir tout droit d'un minigolf de Myrtle

Beach, pensa Ran en se demandant où il avait atterri et ravi d'être aussi dépaysé.

« C'est qui, le roi Neptune ? demanda-t-il à Shanté quand elle revint.

— C'est Olokun. Allez, viens. »

Ici et là dans la foule, Ran voyait des boubous ou des pagnes. Mais dans l'ensemble les gens ressemblaient aux couples de parents en promenade dominicale, avec leur pantalon en coton sergé et leur pull Lands End. Ran n'était, et de loin, pas le seul visage blanc parmi eux. Un gamin élancé les croisa, dos voûté, ses dreadlocks dépassant d'un bonnet rasta tricolore ; plus loin Ran vit les incontournables étudiants scandinaves – les yeux bouffis, en grande discussion devant une carte – avec leur sac à dos, leurs sabots en cuir et leurs cheveux blond pâle ébouriffés après la nuit.

Une atmosphère détendue et festive régnait dans le village. Des gens mangeaient du pain éthiopien, de la viande cuite au barbecue et des cacahuètes grillées. La scène, pensa Ran, évoquait une fête de quartier, celle de San Gennaro à New York, ou l'inévitable bain de foule que l'on prend à Montmartre un dimanche ensoleillé de septembre pour monter jusqu'au Sacré-Cœur. D'un côté, cela ne ressemblait à aucun des endroits qu'il avait pu visiter et, d'un autre, c'était comme partout ailleurs.

Shanté l'éloigna des sentiers les plus fréquentés et lui fit longer une étroite ruelle bordée d'échoppes toutes identiques : baraques dignes du Tiers-Monde, avec leur sol en terre battue et un simple panneau en contreplaqué peint en blanc en guise d'auvent, au-dessus de l'étroit comptoir où avaient lieu les transactions. La marchandise était en évidence : huile de cuisine et kérosène dans des bidons en plastique réutilisables, crevettes et poissons étalés sur un lit de glace, produits frais et œufs de la ferme – non seulement les blancs et les bruns, mais aussi les œufs mouchetés et bleu pâle des poules araucanes – dans des boîtes en carton recyclable.

Ran sentit une odeur parfumée, riche et suave, relevée par des notes astringentes – on y reconnaissait le camphre, la rose, le poivre, le vin, le lemongrass thaïlandais et le wintergreen –, avant d'apercevoir l'échoppe : À LA CROISÉE DES CHEMINS – OBJETS DE CULTE ET CURIOSITÉS. Sur le mur du fond, rangés sur des étagères en parpaing et en pin, s'alignaient des bocaux de toutes formes et de toutes tailles. Dans des huiles de différentes couleurs – or, lie-de-vin, brun sombre et rouge orangé comme du Tabasco – macéraient toutes sortes d'herbes, de graines et de racines – dont certaines ressemblaient à des organes humains.

Shanté commença à baisser l'auvent.

« C'est ta boutique ? »

Elle acquiesça. « Je t'emmène à la maison, mais ensuite je dois revenir.

— Alors, qu'est-ce que c'est que tout ça ? Des objets vaudou ?

— Ça n'a rien à voir avec le vaudou. »

Ran attendit qu'elle poursuive, mais manifestement il allait devoir poser la question : « Alors, qu'est-ce que c'est ?

— Des objets de culte houdou essentiellement. »

Il cligna des yeux. « Le houdou et le vaudou, ce n'est pas la même chose ?

— Pas du tout. » Laconique et peu disposée à éclairer celui qui avait été son amour de jeunesse, Shanté le conduisit plus avant dans le village, entre les murs biseautés des différents quartiers, où Ran entendit des radios réglées sur BBC World News. Il y avait aussi le bruit des télés dont on avait monté le son, et les éclats de voix de mères qui grondaient des enfants. Dans une cour écrasée de soleil, des garçons jouaient au stickball. Ran et Shanté longèrent un portail ouvert devant lequel un beau jeune homme, la vingtaine, vêtu d'un pagne blanc à motifs d'oiseaux bleus, téléphonait de son portable. Derrière lui dans la cour, sa femme – supposa Ran – suspendait sur une corde à linge une toile de batik gonflée par le vent. Quelque chose fit rire l'homme, et quand il croisa le regard de Ran il sourit, les yeux pétillants de bonne humeur, avant de refermer doucement le portail ; Ran poursuivit son chemin avec le sentiment d'avoir été touché par la grâce.

La maison de Shanté était en parpaings avec un toit en tôle ondulée et une cour en terre battue ratissée et dominée par un arbre immense à la cime plate et évasée, dont le tronc était soutenu par des étais.

L'intérieur de la maison, une unique pièce, simple et fruste, dégageait les mêmes parfums que la boutique. Tout un côté de la chambre était occupé par une table de travail en contreplaqué où, manifestement, elle préparait ses mélanges. Il y avait un lit, un minifrigo, une bibliothèque, une gazinière, une table de cuisine et deux chaises. Et aussi un petit autel avec plusieurs verres à pied remplis d'eau, un crucifix, un saladier plein d'œillets blancs et une version autorisée de la Bible ouverte au livre des Psaumes. On y voyait de nombreuses photos, dont une de Delores, devant laquelle brûlait un cierge votif.

« Bon, écoute, commença-t-elle d'un ton martial auquel Ran, qui avait pourtant un problème avec l'autorité, ne trouva rien à redire. On va nettoyer ta plaie, et ensuite il faudra que j'y aille. C'est une de mes plus grosses journées de travail de l'année. » Elle lui tendit le téléphone. « Appelle ta femme. »

Ran prit le combiné sans broncher puis resta planté là, paralysé. « Je ne crois pas que je vais pouvoir parler à Claire tout de suite. »

Elle le toisa, les poings sur les hanches. « Et pourquoi ?

— On traverse une passe, Shanté.

— Une passe… Quel genre ? Une mauvaise passe ? Une très mauvaise passe ? Quoi ? »

Il haussa les épaules et détourna le regard. « Tu ne peux pas la prévenir ? Ça me rendrait service.

— Qu'est-ce qu'il se passe, Ran ?

— Je te le dirais si je le savais.

— Comment ça, si tu le savais ? Si toi tu ne le sais pas, qui le sait ?

— Écoute, ne me soumets pas à un interrogatoire musclé, OK ? Qu'est-ce que t'a raconté Claire, d'abord ?

— Par quoi tu veux que je commence ? » Elle poussa une chaise vers lui, puis alla chercher des compresses et de l'alcool. « Que tu es maniaco-dépressif… » Avec des gestes un rien brusques, elle se mit à nettoyer la plaie. « Que tu ne prends plus tes médicaments. Qu'hier tu as enlevé tes enfants, agressé un inconnu dans la rue à Charleston, et que maintenant tu es recherché par la police. Quoi d'autre ? Non, c'est à peu près tout. Mais, bien sûr, elle n'était pas au courant de ton accident.

— Si tu allumes la télé, répondit Ransom, on parle de moi dans "Les criminels les plus recherchés d'Amérique". »

Elle s'écarta pour le regarder. « Tu trouves ça drôle ?

— Non, mais quand même un peu. Enfin, soyons sérieux, Shanté : tout ça est assez exagéré.

— Je connais Claire depuis longtemps, Ran, rétorqua-t-elle. Je sais très bien jusqu'à quel point elle exagère ou pas.

— Bon, dit-il. J'admets que j'ai un peu négligé mon traitement, mais j'ai pris mes médicaments hier. Je suis en train de me rétablir, et c'est pas comme si j'étais fou… » Il laissa la phrase en suspens mais Shanté se contenta de froncer les sourcils en le faisant mariner. « Je n'ai pas l'air d'un fou, si ?

— Laisse-moi réfléchir… »

Ransom craqua le premier. « Bon Dieu, ce que tu peux me rappeler ta mère !

— Dis ça encore une fois et gare à ton bras !

— Tu vas me pincer ? demanda Ran. Regarde, tu as failli sourire – je t'ai vue !

— Tiens. » Elle lui tendit une compresse.

« Bon, assez parlé de moi, reprit-il. Cell m'a raconté qu'il y avait un homme dans ta vie... » Il jeta un coup d'œil du côté du lit : un lit simple, fait au carré, ou presque.

« Simon. Ça s'est terminé il y a deux ans. Nous avons rompu quand j'ai quitté le Zaïre.

— Tu as vécu au Zaïre ?

— Quatre ans et demi. »

Elle ne quittait pas des yeux son front, et Ransom la sentit devenir distante. « Je n'ai pas vraiment su garder le contact, hein ? »

En entendant cet aveu, elle le regarda enfin en face.

« Qu'est-ce que tu as fait là-bas ? poursuivit Ran.

— J'ai vécu dans une *kinganga*.

— Qu'est-ce que c'est ?

— Une école où on enseigne le *kinganga*.

— Qu'est-ce que c'est, le *kinganga* ?

— Une science.

— Quel genre de science ?

— Celle qui vous apprend à devenir un être humain, répondit-elle, à vivre en être humain. »

Ransom cligna des yeux. « Bon Dieu, j'aurais bien besoin de ces cours-là ! Alors, tu as étudié pour devenir prêtre ?

— En fait, je suis devenue cuisinière. C'est la seule fonction qui permette à une femme d'entrer dans cette école. Et j'ai fini par apprendre le culte traditionnel.

— C'est-à-dire le vaudou... pardon ! Le houdou ?

— Non. Le houdou, c'est ce qu'est devenu le culte traditionnel congolais en Amérique, quand les esclaves l'ont importé aux XVIIIe et XIXe siècles. Ça s'appelait le conjure, à l'époque. Le vaudou, c'est autre chose : ça ne vient pas du Congo mais des Fons, tu vois ?

— C'est qui, les Fons ?

— Les Fons, dit-elle en s'échauffant un peu, sont une tribu d'Afrique de l'Ouest. Ils se sont retrouvés à Haïti et y ont élaboré la religion vaudou, ou vodun. Le santeria ou ocha est le culte des Yorubas, une autre tribu d'une autre région d'Afrique de l'Ouest. Olokun – celui dont tu m'as demandé le nom là-dehors, tu te rappelles ? – est le dieu yoruba de la mer. La plupart des habitants d'Alafia observent les traditions yoruba. Moi, c'est le culte du Congo.

— Pourquoi ?

— Pourquoi ? Parce que, quand j'y suis allée avec Simon, et chez les BaManianga, son peuple, dans les rues des petits villages des environs de Tsheila et d'Isangila, une personne sur deux ressemblait à mes oncles et à mes tantes.

— On n'est pas loin de la petite voix que j'ai entendue.

— C'est vrai, Ran. Touché.

— Mais elles sont proches, non, ces religions ?

— Bien sûr. Comme la religion des baptistes du sud des États-Unis est liée aux luthériens suédois et à l'Église de Rome.

— Toutes trois racontent ce qui est arrivé à Jésus sur la croix, non ? »

Elle lui concéda un demi-sourire. « Toutes trois racontent ce qui est arrivé à Jésus sur la croix. À ce niveau de généralité, elles sont proches.

— Alors, personne depuis Simon ?

— J'ai fait vœu de chasteté, répondit-elle.

— De *chasteté* ? » Il répéta le mot sur un ton plus abrupt qu'il ne l'aurait voulu. « Pourquoi ?

— Pour des raisons religieuses.

— Ce qui signifie... ?

— Ce qui signifie que ça ne te regarde pas... Bon, écoute, je ne serai pas partie longtemps. Tu pourrais prendre une douche, te faire à manger et t'allonger un peu.

— Eh, Shan...

— Quoi ?

— J'ai été très triste quand ta maman est morte. »

Elle s'adoucit un peu. « Oui, je sais, Ran. Merci.

— Tu sais, j'ai rêvé d'elle cette nuit. » En se penchant vers la photo de Delores, Ran remarqua, accrochée au crucifix de Shanté, au bout d'une chaîne en or fin, une médaille de Saint-Christophe pas plus grande qu'une pièce de dix cents. « Eh, dit-il en la prenant, eh, c'est bien... ? »

L'espace d'un instant, Shanté arbora un large sourire qui ressuscita le passé. « C'est toi qui me l'as donnée, je me trompe ?

— Quoi, tu aurais oublié ?

— Non, je m'en souviens. Et toi ?

— Tu rigoles ? Bien sûr que je me rappelle. Bien sûr ! »

Son accent de Killdeer la fit enfin rire.

« Ce truc m'a coûté quatre samedi passés à récurer les chiottes de l'usine de Dixie Bag, dit-il. Tu sais où je l'ai acheté ? Chez Alston-Heller.

— Une boutique très classe.

— Carrément, oui ! C'est là-bas que les gosses de riches s'achetaient les petites cuillers en argent qu'ils avaient dans la bouche. Quand j'ai passé la porte, l'alarme s'est déclenchée automatiquement. Des vigiles armés en tenue de camouflage sont descendus du toit en rappel. Sérieux ! J'ai eu droit à trois fouilles au corps avant de pouvoir entrer. »

Shan continua à sourire pendant qu'il parlait, mais son expression était devenue songeuse, et cela, Ran aurait voulu l'éviter à tout prix.

« Allez ! protesta-t-il. C'est ma meilleure histoire. Pourquoi tu ne ris pas ?

— Bon, tu n'as jamais regardé à la dépense, c'est tout à ton honneur.

— Ça, c'est à ma femme qu'il faut le dire ! » Ran comprit instantanément qu'il venait de commettre une erreur tactique. « Sur ma vie, Shan, s'empressa-t-il d'enchaîner, j'ai l'impression que c'était la semaine dernière qu'on est montés sur la grande roue à la foire de l'État, à Raleigh, et qu'on a organisé notre fugue en admirant le paysage. Après, en un clin d'œil, la moitié de notre vie s'est écoulée. On ne se connaît presque plus, mais tu sais ce que je ressens au fond, Shanté ?

— Quoi ? demanda-t-elle avec une expression qui semblait nostalgique.

— D'un autre côté, c'est comme si le temps n'avait pas passé.

— Mais le temps a passé, Ran. Nous ne sommes plus les mêmes.

— Moi si, dit-il, illuminé. Pas toi ? »

Elle secoua la tête. « Non, pas moi.

— Alors, pourquoi j'ai l'impression que tu es restée la même ?

— Je n'en sais rien. Je suppose que la réponse, c'est : "Parce que tu le voudrais." »

Elle tendit la main et prit la sienne. « Pourquoi tu es venu ?

— Je n'en sais rien, avoua-t-il, luttant soudain contre des larmes qui le mettaient en colère. Ça te va ? Pourquoi faut-il toujours une raison pour tout, pour chaque petite chose qu'on fait, bon Dieu ? Tu ne fais jamais rien sans savoir pourquoi ?

— Parfois, répondit-elle. Je suppose que si.

— Arrête. » Ran leva le doigt. « Ne me fais pas ce coup-là, hein ? Ne me regarde pas comme ça. » Il se leva et s'éloigna.

« Comment est-ce que je te regarde, Ran ?

— Comme ça, répondit-il en se retournant. Comme Claire. Elle t'a dit qu'on a retrouvé deux cadavres hier dans notre cour ? C'était bien hier ?... Oui, c'est ça. Elle t'a parlé d'un chaudron noir ?

— Elle a dit que tu en avais déterré un et que tu pensais qu'il avait un effet sur toi.

— Je vais te poser la question carrément, dit Ran. On en utilise dans le culte vaudou… euh, houdou ?

— Non, ni dans l'un ni dans l'autre. Mais dans le palo mayombé, si.

— Qu'est-ce que c'est ?

— Le palo est une autre version du culte importé du Congo, Ran. Il s'est développé à Cuba. Là-bas, ces chaudrons s'appellent des *prendas*. Mais retrouver une *prenda* cubaine dans une plantation de riz en Caroline du Sud au XIXe siècle, c'est peu probable.

— Pourtant, la famille de Claire avait toutes sortes de liens avec les Cubains, Shanté ! »

Elle réfléchit. « Claire pense que c'est simplement une marmite de cuisine… À mon avis, elle a sans doute raison.

— Tu en es sûre, Shanté ? Tu en es absolument sûre ? Parce qu'un des deux corps est celui d'Adélaïde, l'arrière-arrière-arrière-grand-mère de Claire ; et l'autre, j'en suis certain, est celui du régisseur de la plantation, un esclave appelé Jarry. Je pense qu'ils avaient une liaison. Je pense même qu'elle était enceinte de lui et que son mari les a tués à son retour de la guerre.

— Comment tu le sais ?

— Je ne sais pas ! Une petite voix me l'a soufflé, d'accord ? Mais écoute, Shan, c'est vraiment lié à ce chaudron. C'est comme si celui-ci, ou quelque chose à l'intérieur, me parlait. Je sais, ça semble fou, mais c'est comme s'il semait des cailloux dans la forêt pour que je le suive, et si tu veux vraiment le savoir, je crois qu'il m'a envoyé ici, jusqu'à toi. Enfin, pourquoi une marmite serait-elle enfouie avec des menottes et des cauris à l'intérieur ? Pourquoi serait-elle entourée de chaînes ?

— Le chaudron que tu as trouvé était entouré de chaînes ?

— Oui. Ça te dit quelque chose ? »

L'expression de Shanté était devenue grave. « Est-ce que, par hasard, il était enterré à l'ombre d'un arbre ?

— Un arbre ? dit Ran. Je ne sais pas, peut-être. Il y a des arbres dans le coin. En fait, il était enfoui dans une fourmilière.

— Une fourmilière... Le chaudron que tu as trouvé était enfoui dans une fourmilière ? »

Ransom hocha la tête. « Pourquoi ? »

Elle ne répondit pas. « Bon, lança-t-elle sur le ton martial qu'il aimait tant. Bon, je vais t'écouter. Mais il y a des priorités. Il faut vraiment que je retourne au magasin. Mange et essaie de te reposer. Dès mon retour, je te raconterai ce que je sais des chaudrons en fonte. »

2

Après les victoires remportées en Virginie, l'humeur est très gaie à Charleston en cet hiver 1861 ; mais Adélaïde, de passage pour faire une brève visite à sa tante, n'est pas au diapason et cette gaieté l'irrite. Au bal de la Sainte-Cécile, sa cousine Lavinia Lesesne arbore une robe de Paris, qui a coûté huit cents dollars à ce qu'on dit. Le vêtement a franchi le blocus à bord d'un bateau rapide de couleur sombre avec, dans la cale, six mille bouteilles de champagne grand cru. Pendant ce temps, on manque de médicaments pour les jeunes soldats amputés ou borgnes qui arrivent tous les jours du Nord ; des jeunes gens tellement plus graves que l'été dernier, quand ils défilaient au son des tambours. Dans le Mercury, *Adelaïde lit les noms des disparus. John Middleton, qui s'était enivré à son mariage et avait déchargé le fusil de Harlan – mort, à vingt et un ans, le premier d'une longue et terrible liste. Face à cette colonne de journal bordée de noir et à ces jeunes hommes si graves, la manche agrafée à l'épaule ou le bandeau sur l'œil, la vision de Lavinia dans l'escalier du Hibernian, vêtue de cette robe rouge importée de Paris dont le décolleté découvre les trois quarts de sa poitrine, remplit Adelaïde d'une indicible prémonition. Les nordistes ont pris Port Royal Sound et Beaufort, à moins de cent kilomètres au sud, là où elle avait coutume de passer l'été avec sa tante. Est-ce là-bas que Jarry est parti ? Quand elle pense à lui, elle a l'impression que la foudre vient de frapper la terre à ses pieds, et elle reste là, le cœur battant, en sachant à peine ce qui s'est passé ni comment, et en souhaitant l'impossible : que cela recommence.*

C'est pour se distraire de cela qu'elle est venue en ville. Un après-midi, chez Russell's, dans son ancien lieu de prédilection, elle entend George Fitzhugh, le philosophe, pérorer devant une foule enthousiaste...

« La liberté et l'égalité ne sont pas *des valeurs humaines immuables », soutient-il, et une demi-minute se passe avant que son auditoire, après force applaudissements et trépignements, ait recouvré assez de calme pour s'asseoir. « Ce sont de nouvelles valeurs. Les États libres de l'Antiquité étaient fondés sur la possession d'esclaves. Seuls la France et les États du Nord ont tenté jusqu'au bout l'expérience d'une société fondée sur la liberté universelle et l'égalité des droits. Et quel est le résultat ? Posons la question aux femmes et aux enfants qui peinent au fond des mines, qui se traînent jour après jour dans l'obscurité, attelés comme des chevaux à de lourds wagonnets chargés de charbon. Demandons-le aux enfants blêmes qui travaillent à l'usine quatorze heures par jour et rentrent le soir dormir dans des caves humides. Cette expérience a échoué. Des émeutes, des syndicats, des grèves salariales : voilà le résultat ! Le crime et la pauvreté ont progressé dans le Nord.*

» Ceux qui font l'apologie de la liberté et de l'égalité proposent de développer la société en encourageant la libre concurrence, mais c'est essentiellement cela qui nuit au bien-être de l'homme. Vous voulez des preuves ? Il n'y a qu'à regarder la Nature, mes amis, dites-moi ce que vous voyez... Une lutte sans merci qui aboutit au déplacement et à l'extermination continuels des plus faibles et des moins robustes. Quand des hommes dotés d'une forte volonté et d'une grande maîtrise d'eux-mêmes sont en concurrence avec les faibles et les imprévoyants, ces derniers ne tardent pas à se retrouver au pénitencier. L'employeur baisse le salaire de son

employé ; le petit commerçant profite, lui, de son ignorance, de l'impossibilité où il est de se rendre dans d'autres magasins, de son manque de moyens pour lui imposer des prix exorbitants. Le travailleur libre est comme le bœuf muselé à qui l'on fait piétiner la paille. S'il avait été vassal ou serf, on l'aurait adoré, chéri, et on aurait pris soin de lui comme nous le faisons pour nos esclaves dans le Sud. Ici, nous veillons sur chacun d'entre eux, du berceau à la tombe, malade comme en bonne santé, non pas selon son travail mais selon ses besoins. La plantation du Sud est le bel idéal du communisme. » Adélaïde, qui ne s'attendait pas à cela, éclate de rire et ignore les regards désapprobateurs qu'elle s'attire. « Car l'amour d'autrui est la loi organique de notre société, de même que l'amour de soi est celui du Nord.

» Un état de dépendance est la seule condition à laquelle une affection réciproque peut exister chez les êtres humains – la seule situation dans laquelle la lutte concurrentielle cesse, et dans laquelle la paix, l'amitié et la bienveillance naîtront. L'indépendance génère la jalousie, la rivalité et l'hostilité. Un homme aime sa femme et ses enfants parce qu'ils sont faibles et dépendants. S'ils revendiquent leur indépendance, il a tendance à transférer son affection. Mais les esclaves restent toujours dépendants. Il en découle que si les hommes varient souvent dans leur affection pour leur femme ou leur enfant, on n'a jamais vu un homme n'avoir point d'affection pour ses esclaves. »

Un éclat de rire général accueille cette répartie, et cette fois-ci Adélaïde est la seule à garder son sérieux.

« Les citoyens de la Grèce et de Rome doivent à cette institution le loisir de cultiver leur âme et leur esprit, poursuit Fitzhugh. S'ils avaient été soumis aux principes économiques des Yankees, ils auraient peut-être produit un Benjamin Franklin avec sa devise : "Un penny économisé est un penny de gagné" ; ils auraient peut-être inventé le métier à tisser, mais ils

n'auraient jamais produit un Socrate, ni un Eschyle. Si les Hébreux avaient cru à la liberté et à l'égalité, qu'en serait-il du roi David et des Psaumes[1] *? »*

Ce discours est interrompu, à maintes reprises, par des applaudissements, et les femmes, remarque Adélaïde, l'acclament encore plus fort que les hommes. En s'esquivant par la porte à l'arrière, elle se dit que ces idées semblaient, il n'y a pas si longtemps, tellement justes, et qu'aujourd'hui elles semblent tellement fausses !

« Mais ne t'ai-je pas vu tel que tu étais ? Vraiment ? » À voix basse, elle adresse ce reproche à Jarry, absent, avec qui elle poursuit la conversation au fond de son cœur.

Et en se hâtant dans King Street ce jour-là, en longeant des lieux qu'elle connaît depuis toujours, au milieu de gens, les siens, qu'elle aime, elle pense une fois de plus : Tout cela est un mensonge auquel tous croient sauf moi ; et elle a l'impression d'être une étrangère, une espionne dans sa propre maison. Et si je me trompe ? se dit-elle aussi. Quelle impudence de s'opposer à tout ce qu'elle a toujours connu !

Afin de pourfendre ce « Je » mortifère, et d'apprendre à souffrir sans révolte, elle s'adresse à Dieu en prière, et si elle lui demande son aide, c'est parce que sa rébellion est profonde.

Charleston la laisse dans un état fébrile et anxieux, aussi rentre-t-elle à Wando Passo se jeter dans le travail à corps perdu. On y vanne les semences de riz à côté de la grange, dans la petite maisonnette sur pilotis au toit en croupe. Adélaïde regarde les grains complets tomber par l'ouverture carrée pratiquée dans le plancher, où le vent balaie la paille de riz et l'emporte vers le fleuve dans un panache doré. Sous les ordres de Jonadab, le nouveau régisseur, les hommes apportent le petit bois, réparent les clôtures, égalisent les routes tandis que les

1. Adapté de l'essai de George Fitzhugh *Sociology of the South*, 1850. *(NdA.)*

femmes récoltent les pommes et égorgent les porcs. Cela dure deux semaines et Adélaïde travaille à leurs côtés ; une portion d'intestin entre ses poings serrés, elle agite un mélange d'eau très chaude et de sel qu'elle déverse ensuite dans une grande fosse fumante, ce qui chasse l'odeur d'excréments de ce qui servira de boyau aux saucisses de Noël. Elle passe cinq jours les bras plongés dans la saumure, jusqu'à ce que des lambeaux de peau se détachent de ses paumes. Le soir, elle lit, parfois jusqu'à une ou deux heures du matin. Les Esquisses, *de Washington Irving* ; La Divertissante Histoire, *de John Gilpin, et* Lalla Rookh, *de William Cowper* ; La Dame du lac *et* Marmion, *de Walter Scott* ; L'Histoire de Rimini, *de Leigh Hunt. Elle est tout particulièrement attirée par les histoires d'amants qui connaissent une fin tragique. Son Byron, en revanche, reste sur la table, délaissé, la plume verte toujours au même endroit ; à côté, le vieux volume de Wordsworth qui appartenait à Percival et « Évangeline » : elle n'y touche jamais, mais les garde toujours à portée de main.*

C'est cet hiver-là, peu après son retour, que les frayeurs surviennent. Une nuit, seule dans la maison, tandis qu'elle se brosse les cheveux après le départ de Tenah et des autres serviteurs, en levant les yeux sur son miroir, Adélaïde y aperçoit une ombre – fugace, à peine entrevue, déjà disparue. Une main sur son cœur battant, elle reste assise là pendant que la bise souffle dehors et agite les arbres devant la lune, et elle repense à ce qui ne l'avait plus troublée depuis tant d'années.

Lorsqu'elle était petite, dans son lit au premier étage de la maison de sa tante Blanche, en fermant les yeux il lui arrivait parfois de voir le visage de sa mère – un visage qu'elle avait, sans doute, confabulé d'après une photographie –, mais pas tel qu'il avait été de son vivant. La femme qu'elle voyait portait une couronne d'algues noires et flottait comme un ange dans un courant sous-marin, ses vêtements déchirés et trempés ondulant, en suspension, derrière elle. Dans le miroir, Adélaïde aper-

cevait parfois la figure pâle de la noyée, jusqu'à ce qu'elle comprenne ce qu'elle avait devant les yeux : elle-même. Pendant toute une sombre année – avait-elle sept ans ? ou six ans ? –, elle avait évité les miroirs, s'était même refusée à regarder les flaques d'eau dans la rue. Elle avait toujours pensé que sa mère était revenue lui expliquer pourquoi elle s'était noyée ce jour-là et, au fond, Adélaïde était terrifiée à l'idée d'entendre cette confidence. Car, une fois que l'on sait, qu'est-ce qui pourrait vous empêcher, vous aussi, de… ? Était-ce là le grand secret ?

Puis, quand elle avait eu huit ans, la vision avait cessé aussi soudainement qu'elle était apparue. Et depuis ce jour, jusqu'à ce soir d'hiver, elle n'y avait plus songé. Mais pourquoi cet hiver, alors que les nouvelles de Virginie sont si bonnes, que Charleston est si gaie, pourquoi, après le départ de Jarry, revoit-elle cette ombre dans le miroir ? Pourquoi, aujourd'hui comme alors, lève-t-elle les yeux chaque fois qu'une latte grince dans le couloir ? Pourquoi, le souffle court, attend-elle le retour du silence ?

Et un soir – pas ce premier soir, ni le deuxième ou le troisième – le grincement est suivi par un autre bruit. Elle entend des pas.

« Tenah ? appelle-t-elle, avec l'impression que son cœur va éclater. Qui est là ? »

Pas de réponse, mais, assise là sur le lit, elle croit sentir une présence derrière la porte, de la même manière que le limier, Sultan, à l'instant où il cesse de ronger son os, devinant la présence d'un étranger qu'il ne voit pas encore.

Elle n'est plus seule dans la maison : cette idée s'impose, évidente. Tout aussi évidente est l'intuition que ce n'est pas le fantôme de sa mère. Cette présence est celle d'un homme.

3

Ran était bien trop énervé pour dormir. Après s'être douché, il songea à se raser.

« Oh, à quoi bon, après tout ? » Apparemment d'accord, son reflet haussa les épaules, aussi Ran garda-t-il sa barbe naissante pour aller fureter discrètement dans la bibliothèque de Shanté. Le *Folklore du comté d'Adams,* de Harry Middleton Hyatt ; *PowWows ou l'Ami perdu,* de John George Hohman ; *El Monte* et *Reglas de Congo,* de Lydia Cabrera ; *Le Houdou, théorie et pratique,* de Catherine Yronwode ; *Le Grand Livre des cierges,* de Henri Gamache ; *Le Livre du palo,* de Raul Canizares ; *Les Secrets des Psaumes, Le Sixième et le Septième Livre de Moïse* et *Des mules et des hommes,* de Zora Neale Hurston.

Sur la table de travail de Shan, des sels de bain, de l'encens et des sachets d'herbe placés dans des pochettes en papier d'aluminium munies d'étiquettes rétro aux motifs spectaculaires : chats noirs, dés, éclairs et flammes. Il y avait des paquets de cierges triés selon leur couleur et leur usage : vert pour la fortune ; rouge pour l'amour ; violet pour le pouvoir ; noir pour les maléfices et blanc pour l'ouverture. De petits sacs en flanelle, tous de coloris similaires, étaient rangés dans une section étiquetée « *Mains de mojo* ». Il y avait aussi des herbes éparses, des racines encore maculées de terre ; et des fioles d'huile d'onction grandes comme des bouteilles de parfum et portant toutes sortes de noms, que l'on retrouvait sur les paquets d'encens et sur les sachets d'herbes séchées : *Van Van Oil, Fais Comme Je Dis, Chasse le Mauvais Œil, Je Peux Tu Ne Peux, Viens à Moi, Suis-Moi Fillette*.

« "Huile Essentielle Détournée", lut-il. Eh, mon vieux, je crois qu'on l'a utilisée sur toi, celle-là – sur moi, je veux dire ! » Prenant le flacon pour interlocuteur, il se mit à rire comme s'il comprenait très bien ce qu'il voulait dire.

Dehors, il alla s'asseoir contre un des étais du grand arbre en regardant la médaille de Saint-Christophe qu'il avait décrochée du crucifix. À l'époque, il avait voulu y faire graver « *Pour Shanté. Je t'aime, Ran* », mais le bijoutier avait objecté que le bijou n'était pas assez grand. « *Je t'aime, Ran* », lisait-on simplement.

Je t'aime, Ran…

L'épuisement le gagna et il s'allongea, les mains derrière la tête, les pieds croisés, les yeux levés vers la cime évasée de l'arbre, en écoutant le bruissement des feuilles. Plus haut, les énormes voiliers des cumulus voguaient vers l'est sur une mer d'azur. *En voyage, vous aussi*, pensa-t-il. *Mais vers quel port ? Le même que vous. Le même que moi.* Il ferma les yeux. Quand il les rouvrit, la lumière avait changé et Shanté était assise à côté de lui avec un livre.

« Oh, dit-il. Je ne t'ai pas entendue venir.

— Je ne voulais pas te réveiller.

— J'ai dormi ? »

Elle sourit. « Tout l'après-midi.

— C'est vrai ? Merde alors… ! » Il se tut un instant. « Tu sais, cet arbre est vraiment incroyable.

— Mama Iroko te parle ? »

Il tourna la tête vers elle. « Mama Iroko ?

— C'est un capok, Ran. À Cuba, on les considère comme sacrés. Dans le culte palo, leurs feuilles sont utilisées dans la préparation d'un thé qui ouvrirait le troisième œil. » Elle coinça le doigt dans son livre et s'adossa au tronc pour contempler le sommet de l'arbre avec lui.

« Quand on voit ça, on se demande forcément si les êtres humains sont vraiment le summum de la vie sur terre, dit Ran.

— Tu le croyais ? » Elle sourit. « Pense à ce que fait la Nature. Elle transforme la lumière du soleil en vie. Elle élimine ce qui est mort de la terre et le transforme en vie. Elle ne détruit rien, ne tue rien.

— Elle n'est pas consciente, tout de même ?

— Qu'est-ce que tu en sais ? Ferme les yeux. » Elle posa une main légère sur le visage de Ran. « Tu ne sens pas que le capok est conscient de notre présence ? Nous ressemblons à un petit bourdonnement de moustique insistant à sa périphérie, mais sa conscience est essentiellement tournée vers le soleil. L'arbre est une sorte de puissante créature plongée dans la contemplation de cette source d'énergie fondamentale. Elle puise dans cette énergie, s'en nourrit et la transforme en vie. En sommes-nous capables ? Non, Ran, nous ne sommes pas le faîte de l'univers.

— C'est une vision des choses assez new age, Shan. »

Elle se mit à rire. « Non, mon vieux, c'est la vision africaine. Il n'y a pas plus new age que l'ancienne Afrique.

— J'aimerais bien y aller. J'ai toujours eu une certaine attirance pour ce continent.

— C'est peut-être ancestral. »

Ran sourit en pensant que c'était la réponse qu'attendait Shanté.

Celle-ci ne lui rendit pas son sourire.

« Tu suggères que j'ai du sang noir ? demanda-t-il alors, sceptique et amusé.

— Je ne le suggère pas : c'est le cas. Nous en avons tous. La différence, c'est que mes ancêtres ont quitté l'Afrique il y a deux cent cinquante ou trois cents ans, et les tiens il y a environ six mille ans.

— C'est vrai ?

— Bien sûr, tu ne le savais pas ? Tu crois que les Blancs ont évolué séparément, en Europe, de singes européens ? Non, Ran. L'humanité s'est développée en une fois, en Afrique, et s'est ensuite dispersée. Les généticiens pensent qu'il y a eu un seul mouvement migratoire il y a environ soixante-cinq mille ans. Une horde de chasseurs-cueilleurs, sans doute pas plus de quelques centaines, a gagné l'Inde en longeant les côtes. Eux ou leurs descendants se sont disséminés en Asie du Sud-Est et ont fini par arriver en Australie il y a cinquante mille ans. Des ramifications de cette vague migratoire sont remontées vers le nord-est jusqu'en Chine et au Japon, avant de traverser le pont terrestre qui menait en Amérique du Nord – où ils sont devenus les Indiens – et vers l'ouest jusque dans le nord de l'Europe. Plus il faisait froid, moins ils voyaient le soleil, et plus leur peau est devenue claire pour absorber la vitamine D. Les archéologues pensent qu'il y a eu de multiples vagues migratoires ; mais, qu'il y en ait eu une ou vingt, si on remonte assez loin dans l'arbre généalogique, on vient tous d'Afrique noire.

— Ça alors, je n'en avais jamais entendu parler ! Comment ils le savent ?

— Par des marqueurs génétiques dans le sang des populations qui se trouvent sur l'itinéraire de ces vagues migratoires. Tous les êtres vivants sur la planète ont le même segment d'ADN mitochondrial, hérité de la même femme.

— "De la même femme" ?

— De la même femme noire, en fait. On l'appelle l'"Ève mitochondriale". Elle a vécu il y a deux cent mille ans. »

Ran prit le temps de digérer la nouvelle. « Alors c'est un peu idiot, non, toutes ces histoires de race ? »

Shanté se contenta de le regarder en secouant la tête et se mit à rire, d'un rire différent, cette fois, de son rire d'autrefois, décontracté et riche de toutes sortes de couleurs et de notes différentes. Ran se tourna sur le côté et posa la tête sur sa main. « Bon, dis-moi la vérité, Shanté : ces histoires de houdou et de Congo, c'est entièrement vrai ?

— Nan, dit-elle en reprenant elle aussi l'accent de Killdeer. J'ai arrêté le chant, passé cinq ans en Afrique et renoncé à toute vie sexuelle pour un truc qui n'est même pas vrai : c'est ce que tu penses ? » Son sourire était plus ironique que perplexe.

Ransom cligna des yeux. « Qu'est-ce que ta mère en pensait ?

— Oh, tu sais, Ran, maman ne se souciait pas de ses racines. Le révérend Satterwhite et elle… tu te souviens du révérend Satterwhite ?

— Oui, bien sûr.

— Pour eux, les racines africaines étaient l'œuvre du diable ; mais les dames de notre église, tu sais, celles qui portaient de grands chapeaux à plumes ? Quand elles entraient en transe le dimanche matin, quand elles tombaient par terre dans l'allée centrale et se mettaient à parler en langues, elles faisaient exactement la même chose que les prêtres *ngangas* que j'ai vus à Boma ; mais au Zaïre, les *ngangas* transmettaient la parole des *nkisis*, des ancêtres, tandis qu'ici, c'est celle du Saint-Esprit. On peut voir ça comme une variation sur un ancien thème. Quarante pour cent des esclaves qui sont passés par Charleston et La Nouvelle-Orléans étaient congolais. Ils y ont apporté leur savoir et leurs traditions, puis ils ont été dispersés dans tout le continent américain et dans les Caraïbes. En Jamaïque, ça a donné l'obeah ; au Brésil, l'umbanda ; à Cuba, le palo monté et le mayombe. Ici, aux États-Unis, ça a donné le conjure, et une autre ramification de ce culte se retrouve dans les Églises pentecôtistes et les autres Églises noires ;

donc maman a perpétué cette tradition et me l'a transmise même si elle ne la comprenait pas et même si ça ne lui plaisait pas.

— Je me demande pourquoi j'ai rêvé d'elle.

— Je vais te dire pourquoi : elle te disait d'arrêter tes conneries. »

Ran se rallongea. « C'est drôle, Shan, quand je suis rentré dans l'arbre, j'ai cru que j'allais mourir. Mais ça ne m'a pas peiné. Ça ne m'a pas paru étrange du tout. Auparavant, j'avais peur de la mort ; plus maintenant. Qu'est-ce que ça signifie, à ton avis ?

— Je ne peux pas dire.

— C'est bon signe, quand même, non ? »

Shanté ne répondit pas, et Ran fit un effort pour ne pas lever les yeux, mais il sentait son regard observateur s'attarder sur lui, une chaleur sur son visage.

« Ils ont sorti ta voiture du fossé, lâcha-t-elle après un silence. Elle est bien amochée, mais elle roule. Ils ne pensent pas que le châssis soit faussé.

— Tu sais que je l'ai achetée pas plus tard qu'hier ? J'ai vendu la Thunderbird de papa pour acheter cette foutue voiture à Claire.

— Je l'ai appelée, Ran. »

Il laissa passer un temps mort. « Et... ?

— Elle est soulagée d'apprendre que tu vas bien.

— C'est vrai ?

— Bien sûr que c'est vrai ! Pourquoi cette question ?

— Franchement, Shan, j'ai du mal à imaginer Claire passant une nuit blanche à se demander où je suis.

— Elle dit que tu as pris un fusil dans la maison. »

Cette remarque rendit Ran songeur. « Et alors, elle a peur ? C'est ça qu'elle a dit ?

— Pourquoi Claire devrait-elle avoir peur ? » L'air péremptoire et sévère, Shanté le sommait de répondre, mais Ransom s'y refusa. « À vrai dire, Ran, je crois que Claire redoute surtout que tu retournes cette arme contre toi. Tu envisages de le faire ?

— Non. » Les mâchoires crispées, il regarda ailleurs.

« Tu es sûr ?

— Je ne l'ai pas, ce fusil, Shanté. »

Elle soutint son regard, ni intimidée ni rassurée.

« On dirait que Claire t'a raconté pas mal de choses, constata-t-il. Elle t'a dit qu'elle a un amant ?

— Qui ça ?

— Tu as droit à trois essais. Un devrait suffire. »

Shanté digéra l'information. « Tu en es sûr ?

— Sûr et certain.

— Et tu lui as posé la question ?

— Tiens, fit-il, je n'y avais pas pensé...

— Il faut lui poser la question.

— À mon sens, si on suit le *Guide des bonnes manières* de Henry Robert, la responsabilité de l'aveu incombe à celui qui a trahi.

— Je suis désolée, mon cœur, déclara Shanté. Si c'est le cas, je suis vraiment, vraiment désolée pour toi.

— Laisse tomber, Shan. Te désole pas pour moi. Je ne suis plus un gamin. J'ai eu des liaisons. Ça arrive à des tas de gens. Mais on ne met pas fin à vingt ans de mariage pour ça !

— Certains le font. »

Il se tourna vers elle en fronçant les sourcils. « Qu'est-ce qu'elle t'a dit, au juste, Claire ? »

Shanté secoua la tête. « Rien, Ransom. Rien de plus que ce que je t'ai dit... Mais, je peux te poser une question ? Comment ça va avec Claire, au fait ? Tu es sûr que tu ne t'accroches pas à un mariage mort depuis longtemps ? Parce que ça arrive à des tas de gens, ça aussi. »

Ran sentit une vague sombre et trouble monter en lui. « Je l'aime encore plus que quand on s'est rencontrés.

— Et Claire ?

— Tu n'as qu'à le lui demander.

— C'est à toi de le faire. Il faut que tu le saches, et le plus tôt sera le mieux.

— Je ne peux pas retourner là-bas tout de suite.

— Pourquoi ?

— Je ne peux pas, c'est tout. J'ai besoin de voir clair en moi-même. Je me demandais si je ne pourrais pas rester un peu ici.

— Ici ? » Cette idée sembla prendre Shanté par surprise.

« Juste le temps de faire réparer l'Odyssey, suggéra-t-il en faisant marche arrière.

— Je ne crois pas, Ran.

— Pourquoi ? Parce que je suis blanc ?

— C'est une première raison. Ce village n'est pas un refuge pour petits Blancs en mal de vivre, ce n'est pas un endroit où on trouve des huttes pour dormir et se ressourcer.

— Et ton histoire d'arbre généalogique, alors ? » répliqua-t-il d'un ton amer.

Elle se contenta de le regarder comme sa mère l'avait fait derrière la moustiquaire, ce fameux soir, des années auparavant. Son expression mêlait la pitié et le chagrin à quelque chose de dur et de résigné.

Ran contempla la médaille qu'il avait à la main. Il appuya le pouce sur l'inscription qui y était gravée, très fort. « Tu sais, dit-il, ces vieux salauds qui bossaient à l'usine, mon père et les autres… Dans les toilettes que je devais nettoyer, ils s'amusaient à pisser partout, par terre et sur les murs.

— Pourquoi ?

— Pour exprimer leur colère, je suppose.

— Tu crois que ton père faisait ça pour t'embêter ? »

Les yeux fixés sur saint Christophe, Ransom chercha la réponse. Il ne tarda pas à la trouver. « Non. Non, je ne crois pas, en fait. Je crois qu'il faisait ça pour se venger de Kincannon. Mais crois-tu que le Grand Herbert ait jamais mis les pieds dans cet endroit ? De toute sa vie, il ne l'a sans doute jamais fait. Papa le savait également. Il savait qui allait devoir laver derrière lui, mais ça ne l'empêchait pas de pisser sur les murs. Tu peux imaginer une colère pareille, Shanté, une colère si grande qu'elle se retourne contre toi et transforme ton cerveau en fosse d'aisances – un endroit que toi et tes potes vous utilisez douze fois par jour –, tout ça pour assouvir une vengeance absurde sur un homme qui ne s'en apercevra jamais ? Voilà ce que faisait papa. Il me compliquait la vie à moi, à lui-même, et à tout le monde. Parce que le seul qu'il pouvait détruire, c'était lui-même. Si tu as compris ça, tu en sais long sur mon père.

— Tu es aussi en colère que lui, toi ? » demanda-t-elle.

Il leva sur elle des yeux incandescents. « Il ne s'agit pas de moi. »

Elle soutint son regard et se contenta de dire : « Ah bon…

— Vous, vous m'avez chié dessus, affirma-t-il en s'asseyant. Delores et toi.

— Comment ça, Ran ? Parce que je ne me suis pas enfuie avec toi ? J'ai essayé de t'expliquer ma décision. Tu ne m'as jamais rappelée.

— C'est ça. Vas-y. Reproche-moi d'avoir coupé les ponts. Tu crois que j'ignore pourquoi tu n'es pas partie avec moi ? Tu étais toute la famille que j'avais jamais eue, et tu m'as fermé… » Il détourna les yeux. « Tu m'as fermé la porte au nez, Shanté… parce que je n'étais pas assez bien pour toi. »

Elle secoua la tête. « Ce n'était pas ça.

— Ne me raconte pas de conneries ! Vous appartenez à la classe moyenne, et moi je n'étais qu'un petit Blanc pauvre. Donc je n'étais pas assez bien, et maintenant je ne peux même pas passer une nuit ici, tout ça parce que je suis blanc ! Où tu veux que j'aille, Shanté ? Je ne peux pas rentrer chez moi ; je ne suis pas assez bien pour Claire. Sa tante Tildy m'a annoncé hier que je n'étais pas assez bien pour mes propres enfants. Tu veux savoir pourquoi je suis venu ici ? Parce que c'est le seul endroit qu'il me reste. Je n'ai plus personne. Tu étais ma dernière carte. »

Il voulut lui tendre la médaille de Saint-Christophe, mais elle lui referma la main. « C'était un joli rêve, Ran. Le genre de rêve qu'on fait à dix-sept ans. Je ne le renie pas, mais il était complètement irréalisable.

— Pourquoi ça, Shan ? Bon Dieu, mais pourquoi... ? »

Elle lui posa le doigt sur les lèvres. « Tais-toi et écoute. Je vais te dire ce que je pense. Je pense que tu fuis la réalité. Tu le fais sans arrêt. Tu dis que maman et moi on t'a fermé la porte, mais c'est toi qui es parti. C'est écrit dans ton prénom[1]. Qu'est-ce que tu fais ici, Ransom ? Tu entreprends quoi, un road movie ? Tu te crois dans *Freebird* ? »

Il mit la main sur son cœur. « Oh, Shan, les Lynyrd Skynyrd[2] ? Tu me fends le cœur !

— Va te faire foutre, riposta-t-elle, très sérieusement. Si tu fuis tes responsabilités d'adulte, va faire ça ailleurs, aux frais de quelqu'un d'autre. Ne me fais pas perdre mon temps. »

Ransom fit mine de se lever, mais Shanté le retint. « Écoute-moi bien, fils de pute, le peuple de Simon a un dicton qui dit : *Ku mpemba kwatekila wa waku ukudila mvutu*. Ce qui veut dire : "Dans le *mpemba*, le pays des bons morts, un des tiens te portera secours quand tu en auras besoin." Si tu as rêvé de maman, Ransom, c'est pour ça. Blanc ou non, tu fai-

---

1. *Ran*, prétérit du verbe *run* qui signifie « courir », « s'enfuir ». *(NdT.)*

2. Groupe de rock sudiste dont les chansons les plus connues sont *Freebird* et *Sweet Home Alabama*. *(NdT.)*

sais partie de son peuple, et elle du tien, et moi aussi, putain ! Moi aussi, Ransom. » Elle prit son visage entre ses mains. « Je suis là pour t'aider, maintenant, aujourd'hui. Si tu as des problèmes, des problèmes spirituels et qu'ils sont réels, je t'aiderai de toutes les façons possibles. Mais seulement si tu as l'intention de les regarder en face. Si tu cherches à les fuir, la sortie est par là. Fiche le camp de chez moi.

— Je ne peux pas rentrer chez moi, Shanté, dit Ran qui s'était mis à pleurer. Je ne peux pas. »

Elle lui passa le bras autour des épaules. « Pourquoi ?

— Parce qu'il y a longtemps, répondit-il, un homme blanc et malheureux comme moi est revenu de la guerre pour découvrir que sa femme avait une liaison avec un Noir, Shan. Exactement comme Cell et Claire, tu vois ? Et il les a tués, il les a abattus de sang-froid, on a retrouvé leurs corps en même temps que ce chaudron. Et si je rentre à présent…

— Tu es en train de me dire que tu vas faire du mal à Claire et à Marcel ?

— Ce que je dis, c'est que ce n'est peut-être pas moi. Et si ce satané chaudron était à l'origine de tout ça, s'il me faisait marcher dans leurs pas… ?

— C'est ce que tu crois ?

— Oui. » Ransom répondit sans hésiter. « J'y crois vraiment. »

Shanté observa un silence méditatif. « Bon, fit-elle. Bon, écoute, Ran. Le mal existe. Je l'ai vu. Au Congo, il y a des sorcières appelées *kindoki*. Tout le monde croit à leur pouvoir, là-bas. C'est souvent une femme du village, la voisine d'à côté, celle qui habite plus loin dans ta rue, voire un membre de ta famille ; elle prend son envol dans tes rêves pendant la nuit et te dévore l'âme. Ceux à qui ça arrive ? Ils meurent si on ne les aide pas. Leur venir en aide est une des choses que j'ai appris à faire. Et il y a pire que les sorcières, Ran : il y a des forces souterraines diaboliques qui s'en prennent à certaines personnes ; et je peux en témoigner ; ce sont des destins bien pires que la mort. Dans le conjure, on considère que ceux à qui ça arrive sont maudits. Ça existe, mais c'est aussi très rare. Beaucoup de gens croient être maudits alors qu'ils sont simplement confrontés à une maladie mentale insignifiante, au malheur, à la malchance. Ce n'est peut-être que cela, dans ton cas. C'est manifestement l'avis de Claire. Mais une chose dans ce que tu as dit me fait hésiter. Deux, en fait. D'abord, ce que tu dis avoir trouvé dans ce chaudron ressemble beaucoup à ce que je m'attendrais à trouver dans une *prenda*. On appelle ça la *carga*. Cela lui donne vie et pouvoir. Mais il faut que je t'explique ce qu'est une *prenda*... »

Elle ouvrit le livre qu'elle tenait, un mince livre blanc, à la page marquée par son doigt. « C'est le livre de Lydia Cabrera. Une ethnologue cubaine, disciple d'Ortiz. Elle est morte, mais dans le milieu universitaire elle fait encore autorité sur le palo. » Elle lui montra la couverture. *La Regla Kimbisa del Santo Cristo del Buen Viaje*. « "Kimbisa, l'ordre sacré du Christ Pèlerin". Une étude de la variante du palo qu'on appelle kimbisa. Voici ce que dit Cabrera : "Une *prenda* ou *nganga* – le terme bantu – est le chaudron dans lequel réside... *el alma de un muerto*... l'âme d'un mort"... »

Elle lui lança un regard par-dessus ses lunettes. « ... "*sometido por su voluntad y mediante un pacto con el individuo que le rindo culto*... assujetti par sa propre volonté et par un pacte à la personne qui lui rend hommage... et que le mort aide... *con su poder de ultratumba*"... avec ses pouvoirs surnaturels – littéralement, d'outre-tombe. Donc, une *nganga* est le chaudron où réside l'âme d'un mort, assujetti par sa volonté et par un pacte à celui qui lui rend hommage – qui le nourrit – et que le mort aide grâce à ses pouvoirs surnaturels.

— Attends, dit Ran. "Le nourrit" ? Qui nourrit qui ?

— Le *palero* nourrit le mort.

— Le nourrit avec quoi ?

— Des offrandes porteuses de force vitale. Du sang, essentiellement. »

Le silence qui régnait à présent ressemblait à celui d'un monde englouti sous la neige.

« Et l'autre ? finit par demander Ran.

— L'"autre" quoi ?

— Tu as dit qu'il y avait deux choses.

— La façon de dissoudre une *prenda* – la seule, à ma connaissance – est de l'enfouir dans une fourmilière.

— C'est donc bien vrai, hein ? s'exclama Ran. Putain !

— Laisse-moi juste prendre une ou deux affaires à la maison et on va aller voir. »

4

Une fois tous les quinze jours... puis une fois par semaine... puis toutes les deux nuits, Adélaïde sent la même présence dans la maison. Elle reste souvent éveillée dans son lit jusqu'à l'aube, travaille ensuite dans les champs jusqu'à l'épuisement et bien au-delà, redoutant l'heure de rentrer seule à la maison et d'allumer la lampe.

Et les nouvelles du front sont toutes si terribles... Tom Wagner, tué à Fort Moultrie, dans l'explosion d'un canon de son propre régiment pendant une inspection de routine. La nouvelle batterie sur Morris Island, d'où Harlan lui écrit, porte maintenant son nom. Et Jimmy Pettigru, qui avait un visage si lumineux, des traits si fins et un rire argentin ; et Will Porcher, le cousin d'Adélaïde, son cavalier pour la danse allemande à son premier bal de la Sainte-Cécile ; et Thad Middleton, qu'elle n'a jamais porté dans son cœur (mais quelle tristesse pour sa mère et sa sœur Anne !) ; et David Guinn, avec ses jolies boucles, lui qui montait si bien à cheval (il avait fait battre son cœur jadis, l'espace d'une semaine) ; et Mitchell Ball, dont le regard indéfinissable, à la fois doux et triste, lui a toujours brisé le cœur... On a fait l'appel, et ceux qui – le teint fleuri et la mine réjouie, encore entourés de leur famille à la Noël – y ont répondu dans l'euphorie provoquée par la victoire de Fredericksburg, au moment des labours à Wando Passo, ne sont déjà plus que des fantômes quand les nouvelles pousses de riz percent en avril, et que les esclaves assèchent les rizières. Rares sont les maisons à Charleston dont la porte n'est pas ornée de crêpe noir.

Quand les obus de l'armée fédérale ont commencé à pleuvoir, le toit de la maison de sa tante, qui avait échappé jusque-là aux tirs, a été bombardé deux fois en une semaine. Blanche est partie s'installer chez la cousine d'Adélaïde, Delphine, à Cheraw. « Et toi, ma chère enfant, *écrit-elle,* tu devrais nous rejoindre aussi. Tu n'es plus en sécurité alors que les canonnières fédérales remontent le fleuve quand bon leur semble. Et les régiments de nègres placés sous les ordres de Higginson et de Wentworth, deux commandants venus de Boston, sont sans pitié, dit-on, pour les maîtres qui les ont nourris et étaient jadis leurs amis. Je crains pour nous tous, mais surtout pour toi, Addie. »

Il y a des jours où Adélaïde envisage de suivre ce conseil. Quand les champs sont à nouveau « baignés », comme le dit John, l'esclave qui supervise l'opération, elle évite soigneusement de regarder l'eau en redoutant l'image que lui renverra le reflet. C'est la nuit, cependant, qu'elle redoute le plus. Lorsqu'elle entend le bruit de pas, désormais, elle s'enjoint de mettre fin à ses craintes ridicules en allant voir dans le couloir ; mais elle reste allongée sans pouvoir se lever, tendue, les yeux au plafond, en remerciant le Seigneur que la porte soit verrouillée. Et dehors, la bise souffle, qui secoue les arbres centenaires devant la lune. Il se passe des heures avant qu'elle s'endorme, si elle parvient à trouver le sommeil, et, une nuit, elle rêve qu'elle nage avec sa mère. Entraînée vers le fond et les algues noires, Adélaïde se réveille en sursaut et s'aperçoit qu'elle se noie encore. Il y a quelque chose dans le lit qui l'écrase de tout son poids, comme une eau froide et opaque. Adélaïde résiste, mais elle ne peut bouger ni ses bras ni ses jambes. Quand elle essaie d'ouvrir les yeux, ses paupières palpitent et refusent d'obéir. Enfin, après des heures, semble-t-il, la chose se retire tout à coup et Adélaïde se dresse sur son séant, en sueur. De la vapeur se dégage de ses bras. Elle allume la lampe. Rien.

J'ai vu le méchant dans toute sa puissance, il s'étendait comme un arbre verdoyant.
Il a passé, et voici qu'il n'est plus ; Je l'ai cherché mais il était introuvable…

À la recherche d'un réconfort, elle se tourne vers les Psaumes, et à minuit, de sa fenêtre, elle aperçoit une lueur orange à l'horizon ; elle passe une demi-heure dehors en se demandant si l'armée fédérale a envahi Charleston, si les esclaves se sont soulevés ; et en regardant le Grand Incendie se propager vers le sud le long de l'East Bay depuis Hassel Street, engloutir le marché sur son passage jusqu'à Meeting Street, et, pour finir, ravager tout Tradd Street jusqu'au fleuve Ashley, pour ne laisser derrière lui que deux cent cinquante hectares de ruines fumantes.

Une fois rentrée, elle prend le Wordsworth de Percival pour la première fois depuis le départ de Jarry.

Mais il arrive que, par cet effet puissant
De la joie sur l'esprit aux limites poussé,
Qu'aussi haut dans l'ivresse nous sommes montés,
Nous tombons aussi bas dans notre abattement ;
C'est là ce qui m'advint en cette matinée :
Des frayeurs et des chimères vinrent m'assaillir
D'une sorte de tristesse, inconnue, indicible…

Mais qu'est-ce qui détourne les pensées du poète « de la solitude, du chagrin, du désarroi et de la pauvreté » *? En repensant à la question de Jarry, Adélaïde y cherche une réponse ce soir, mais ne la trouve pas sur la page.*

Au matin, pour la première fois depuis des mois, elle envoie les esclaves travailler seuls et emprunte le chemin qui mène aux marais.

À huit mois de grossesse, Clarisse a beaucoup changé. Sa vivacité d'autrefois est remplacée par une pâle langueur. Elle a renoncé à la soie pour une robe ample et toute simple en calicot blanc et rouge, et ses cheveux lâchés lui descendent à mi-hauteur dans le dos.

« Est-ce vous qui me faites cela ? » interroge Adélaïde.

Clarisse n'a pas l'air surprise. Elle ne répond pas plus qu'elle n'invite sa maîtresse à entrer ; elle adopte une attitude guindée, froide et polie.

« Que vous ai-je donc fait ? Le passé est le passé, on ne peut rien y changer, Clarisse. J'ai, moi aussi, subi des offenses, mais je ne nourris aucune rancœur. Nous sommes deux femmes seules ici. Ne pouvons-nous pas vivre en paix ? »

Clarisse regarde Adélaïde dans les yeux avec un détachement austère et menaçant. « Vous ne nourrissez aucune rancœur…

— Aucune. Je ne vous ai voulu ni ne vous veux aucun mal.

— Le fusil ne veut de mal à personne, répond-elle, mais il tue, cependant. Vous voulez la paix et ne nourrissez aucune rancœur, mais c'est vous, *nene*, vous, la balle logée dans ma tête. *Afuera con embuchado, china.* » Le regard incandescent, elle s'avance sur la véranda. « Si vous voulez la paix, la route est par là, poursuit-elle le doigt tendu. Restez, et vous mourrez. Vous voici prévenue. Je ne le répéterai pas. C'est une promesse, pas une menace.

— Vous me haïssez, n'est-ce pas ? Pourquoi ?

— Si vous étiez affamée, répond Clarisse, je vous ôterais votre dernier quignon de pain de la bouche, je vous regarderais mourir de faim puis j'irais cracher et danser sur votre tombe. Et, pour moi, ce ne serait que justice. »

Sa haine repousse Adélaïde contre la grille comme un vent puissant. « Justice ? Nuire délibérément à qui vous a nui sans le vouloir ?

— C'est sur le domaine de mon père que vous vivez aujourd'hui. Ma mère y a consacré toute sa vie, et Jarry, mon frère, l'essentiel de la sienne. Il appartient désormais à Harlan, mon frère. S'il meurt, avez-vous l'intention de nous rendre, à moi et à mon enfant, l'enfant de Harlan, ce qui nous revient de droit, par le droit du sang, et que vous n'avez rien fait pour mériter ?

— Quoi que vous ayez représenté pour lui, Clarisse, je suis l'épouse de Harlan. Si j'ai des enfants, le domaine leur reviendra.

— C'est donc votre réponse. Mettez-vous à ma place, *nene* : si vous aviez "représenté" tant de choses pour lui, si vous aviez aimé comme j'ai aimé, et enduré ce que j'ai souffert, si vous portiez ce que je porte aujourd'hui dans mes entrailles, n'estimeriez-vous pas que vos intentions me nuisent et qu'elles me nuisent "délibérément" ? »

Adélaïde ne trouve pas de réponse à cela.

« Harlan était comme vous, poursuit Clarisse, et, avant lui, Père aussi. Il ne voulait "nuire" à personne quand il m'a enlevé ma mère pour l'emmener en Amérique en me laissant avec Wenceslao. Harlan vous a raconté une partie de mon histoire. Ce qu'il ne vous a pas dit, c'est ce que ce vieillard est devenu pour moi. Dès que j'ai eu huit ans, *china*, Wenceslao a commencé à venir dans ma chambre la nuit, lui que je prenais pour mon père. Pouvez-vous imaginer cette douleur ? Cela fait aussi mal qu'un couteau. Cet endroit-là n'est pas fait pour une telle douleur, mais pour une seule chose, des sensations *dulce*, *oloroso*... délicieuses... et si on vous plante un couteau à cet endroit-là, qu'éprouvez-vous ? Du plaisir, *china*. Voilà ce qu'il *m'a fait. Pendant des années, il m'a planté son vieux couteau fatigué à cet endroit-là, et comme j'étais une enfant qui ne connaissait rien d'autre, j'ai cru que c'était de l'amour. De l'amour. Vous comprenez ? Je croyais que tous les pères font cela. Je croyais qu'il en allait ainsi dans toutes les familles, que c'était la vie. Je voulais qu'il reste avec moi ; mais ensuite sa femme nous a surpris et on m'a envoyée à Guanabacoa, chez les franciscains. Et Wenceslao est mort sans me léguer un peso. Mon plus grand espoir, voyez-vous, était qu'un artisan pardo, un nègre affranchi, m'épouse.*

» C'est alors que Harlan est venu à Cuba. Il m'apportait de l'argent. Au premier regard, nous nous sommes aimés ; cet amour, je le cherche sans le trouver sur votre visage. Est-ce que je me trompe ? Non, il n'y est pas. Vous n'aimez pas Harlan. Regardez. »

Elle va chercher une photo sur une étagère. « Regardez », répète-t-elle en tendant un ferrotype qui la montre, assise dans un fauteuil, un éventail fermé posé sur le corsage de sa robe noire. Ses cheveux raides et noirs sont coiffés comme l'autre fois, « à la girafe* *», et retenus par le même peigne en écaille rehaussé d'argent. Derrière elle, Harlan, plus jeune et fringant, avec une tendance à l'embonpoint et à la calvitie précoce, qui arbore des favoris dont il a sans doute compris par la suite qu'ils soulignaient son menton fuyant. Il porte une tenue qu'Adélaïde ne lui aurait jamais imaginée, celle d'un dandy cubain : queue-de-pie, culotte en nankin, bas couleur chair et chaussures à boucles. Sa main droite se trouve sur l'épaule de Clarisse, et il a glissé la gauche – ou plutôt deux doigts de la gauche – dans son gilet piqué. Il a un cigare aux lèvres.*

« Savez-vous ce que c'est ? Notre portrait de fiançailles. Nous l'avons fait faire pour l'offrir à mamá *et à lui, Percival. Ceci, voyez-vous, cet amour est la meilleure chose qui me soit arrivée. Il a tout changé pour moi. Puis nous sommes venus ici – et on me l'a enlevé, cela aussi, Harlan, vous… mais personne, non,*

personne ne voulait me nuire ! Tout le monde veut la paix, comme vous !

— Je n'avais pas pris la mesure de ce que vous aviez subi. Mais malgré tout… Malgré tout, Clarisse, pardonner ne vous soulagerait-il pas ? »

Elle part d'un rire déchaîné. « Vous ne m'avez pas comprise, china. *Ce n'est pas le soulagement que je recherche. Je veux ce qui m'appartient. Je ne me laisserai pas jeter dehors et ne me contenterai pas de miettes. Même si je dois souffrir, même si cela doit me détruire, quand cela arrivera je saurai que ceux qui m'ont causé ce tort souffriront encore plus. Et vous aussi, qui ne me "voulez aucun mal". Non,* nene, *la seule paix qu'il y aura jamais entre nous régnera après votre départ ou votre mort. À vous de décider. Partez, maintenant. »*

5

Les pneus émirent un bruit sourd familier : ils étaient de retour à la maison.

Claire était rentrée directement de chez tante Tildy. Elle porta Hope en haut dans sa chambre et la borda. Elle posa un regard mélancolique sur les sourcils que Hope gardait froncés dans son sommeil. *La petite fille à son papa*. En pensant à Gardener et à elle-même autant qu'à Hope et Ran, Claire se sentit douloureusement écartelée, mère et fille tout à la fois. Avec un soupir, elle remonta le drap sur l'épaule nue de Hope et longea le couloir à pas de loup jusqu'à la chambre de Charlie. Éclairée à contre-jour par la lumière du corridor, elle resta sur le seuil, les bras croisés, à regarder sans mot dire Cell déboutonner la chemise de Charlie, puis, une main sous sa nuque, l'installer sur son oreiller comme une poupée de chiffon et délacer ses chaussures l'une après l'autre.

« Quoi ? chuchota-t-il en la rejoignant sur le pas de la porte.

— Moi, je n'arrive même pas à le déshabiller sans le réveiller. »

En voyant ses yeux briller, il la contempla avec le même regard.

En bas, quand Claire eut allumé les lampes de la galerie de portraits, elle leva les yeux sur les crochets vides au-dessus de la porte ; Marcel et elle échangèrent un regard.

« Tu crois qu'il aurait pu aller à Killdeer ?

— Pourquoi ? lui demanda-t-elle. Ran ne connaît plus personne là-bas.

— Il doit rouler droit devant lui, Claire. Je doute qu'il sache où il va.

— Tu penses qu'il est trop tard pour appeler le brigadier Thomason ?

— Je ne le ferais, pas si j'étais toi. Et d'ailleurs, la police est déjà au courant, non ?

— Sûrement. C'est incroyable, Marcel. À quarante-cinq ans, il va se mettre à enfreindre la loi ? Il s'imagine qu'il peut gagner ?

— Je ne suis pas sûr que gagner soit une des priorités de Ran en ce moment.

— Est-ce que ça l'a jamais été ? Si seulement quelqu'un pouvait me dire quelles sont ses priorités ! »

Marcel cilla mais soutint son regard. « Si tu veux mon avis, on devrait attendre un peu avant de le faire rechercher activement. Il reviendra sans doute ici avant longtemps.

— C'est bien ce que je crains. »

Il étudia son visage. « Ce qui veut dire... ?

— Simplement que mon mari débloque, ne prend plus son traitement et se balade avec un fusil quelque part dans le coin, et que tu me dis qu'il peut revenir ! Franchement, Marcel ! J'aurais du mal à dire que je n'ai pas un tout petit peu peur.

— Eh bien, si ça peut te rassurer, je n'ai pas l'intention de partir.

— J'espère bien ! D'ailleurs, donne-moi tes clés si ça ne te dérange pas. » Elle tendit la main et Marcel sourit. Claire, elle, garda son sérieux. « Prenons un verre, puisque tu es mon prisonnier. Tu veux bien ?

— Oh oui, dit-il. Tout à fait d'accord. »

Elle leur versa à l'un et à l'autre trois doigts du vieux whiskey vieilli en fût de Clive, puis vint s'asseoir à côté de lui sur le canapé en cuir vert éraflé – ni trop près ni trop loin. « Tu sais ce qu'il m'a dit au téléphone ? Il a dit : "Je sais ce qui se trame, Claire."

— Ce qui signifie ?

— Je crois qu'il pense que nous avons une liaison. »

Le visage de Claire était impassible, et Cell soutint brièvement son regard, avant de réappuyer la tête sur le dossier du divan. Dans le silence, avec les fenêtres ouvertes, ils entendaient les cigales striduler dans les arbres. Quand il parla enfin, ce fut d'une voix très douce : « Et où en sommes-nous, au juste ?

— Oh non, Cell, pas ça ! » répondit-elle, légèrement enrouée. Elle lui toucha le bras. « Ne me fais pas ce coup-là maintenant. Il faut vraiment qu'on en parle ? »

Il tourna la tête pour la regarder. Il avait l'air triste. « Je crois que oui. »

Le visage de Claire s'assombrit à son tour.

« Pendant toutes ces années, Claire, depuis Mount Hermon...

— C'est Shanté que tu aimais. » Elle lui avait coupé la parole et elle s'essuya les yeux.

« J'avais le béguin pour elle, mais en fait c'est toi que j'aimais. C'est pour toi que je suis allé à Juilliard. Si j'ai rejoint le Ransom Hill Band, c'est pour toi. Je croyais que j'étais assez fort, mais je n'ai pas pu. Je l'ai compris ce fameux jour, en revenant de Coney Island avec toi, sur la ligne F du métro. Tu portais cette petite robe couleur pêche et tes lunettes Wayfarers, et tu avais un coup de soleil sur le nez. Tu mangeais une glace à la cerise, et ça m'est venu d'un coup : "*Mais c'était des paroles, et c'est tout... des paroles de somnambule... les paroles d'un somnambule.*"

— Je savais que tu parlais de nous », murmura-t-elle. Son visage s'était adouci ; ses yeux brillaient, intenses.

« Il fallait que je passe à autre chose. Et c'est ce que j'ai fait. Je t'ai oubliée, vingt ans se sont écoulés, et puis un jour le téléphone sonne et te voilà. Ç'a été comme si le temps n'avait pas filé. Alors, te perdre encore une fois...

— Je comprends », dit-elle. Elle prit sa main entre les siennes et la plaça sur ses genoux. « Tu veux savoir ce que je ressens ?

— Quoi ?

— Il y a eu une époque dans ma vie, Cell, il y a longtemps, à Northfield et durant mes premières années à New York, où je me sentais mieux qu'aujourd'hui, meilleure que je ne le suis. Je me sentais plus lucide, plus confiante, en harmonie avec la vie... j'ai presque envie de dire sacrée... Je sais que ça semble ridicule...

— Non.

— C'est comme ça que je me sentais à l'adolescence, et lorsque j'avais vingt ans et quelques. Je ne me rappelle même pas quand ça s'est arrêté. Mais je sais que c'est arrivé. Un matin, en me réveillant, je n'étais plus la même. Et aujourd'hui j'ai quarante-deux ans. J'ai renoncé à éprouver ce sentiment depuis plus de vingt ans. Je me suis dit : Il faut bien grandir, c'est pareil pour tout le monde. Maintenant, je suis là, avec toi, et soudain je me sens à nouveau comme à vingt ans. Ce n'est pas que mes sentiments pour Ransom n'aient pas été sincères, Marcel : ils l'ont été pendant très longtemps. C'est juste qu'à un moment cela s'est arrêté, sans que je le veuille. Je me disais sans cesse qu'il devait bien y avoir un moyen de raviver la flamme. J'ai l'impression d'être un condamné à mort ; il est minuit moins une, et j'espère encore que le gouverneur va appeler pour me gracier. Mais ça n'arrivera plus, hein ? »

Il soutint son regard, puis détourna les yeux, et elle regarda dans la même direction. L'horloge de la cheminée indiquait minuit et quart.

« Merde ! fit-elle. Oh, merde, Marcel. Je le savais. Après avoir tellement protesté de sa volonté de changer, de tous les efforts qu'il était prêt à faire, quand j'ai découvert qu'il avait arrêté son traitement… quand il me l'a avoué j'ai senti quelque chose se casser en moi. C'était fini. Je l'ai aimé, mais c'est terminé. À présent, c'est toi que j'aime, et tu m'aimes aussi. Tu m'aimes, hein ?

— Oui, chuchota-t-il.

— C'est aussi simple que ça ?

— Oui ?

— Oh, Cell, dit-elle, je craignais tellement cette conversation, tellement ! Je l'ai repoussée pendant des mois. Je me disais que c'était pour Hope et Charlie, mais qu'est-ce que je leur apprends ? À sombrer avec le navire ? À s'accrocher même quand il n'y a plus d'amour ? Ce n'est pas cela qu'ils devront se rappeler en repensant à ma vie. Mais Ran… J'ai tellement peur pour lui, Marcel. Maintenant je t'ai, et tu m'as, mais que reste-t-il à Ran ? Il est là-dehors avec un fusil, et s'il lui arrive quelque chose… Mais la vérité, c'est que chaque fois que j'ai essayé de partir, il m'a fait revenir en tombant malade. Des années durant, je me suis laissé retenir en otage par cette menace ; je n'ai pas l'intention de continuer. C'est décidé.

— Mais c'est dur, n'est-ce pas ? »

Elle serra ses mains dans les siennes. « Tellement dur. Tellement, tellement dur ! Merci de le comprendre. C'est comme mourir, Cell. »

Il tendit la main pour lui essuyer la joue. « Tu sais ce qu'a déclaré ton Faulkner, la seule pensée qui m'incite à le considérer comme peut-être aussi génial que tout le monde le dit ? Il a déclaré : “Il faut un sacré courage pour renoncer à quelque chose quand on perd.”

— Vraiment ? fit-elle, surprise. Tiens, mais c'est vrai. Pourtant, je suis heureuse, Marcel. Je voulais te dire tout ça depuis très longtemps. Tu le savais, non ?

— Comment l'aurais-je su, Claire ?

— C'est vrai, répondit-elle en lui caressant le visage et en souriant à travers ses larmes. Comment ? Je fais l'autruche depuis des mois, hein ? Je suis la reine des autruches !

— Tu l'es, approuva-t-il, tenant entre ses mains son visage baigné de pleurs. Tu es une foutue reine des foutues autruches ! »

Et elle l'embrasse, un baiser qui s'empare d'eux comme un livre que ni l'un ni l'autre ne peut reposer. À la fin de chaque chapitre, ils ne peuvent pas s'empêcher de tourner la page, vers une nouvelle aventure, encore et encore ; ils s'y perdent et perdent toute notion du temps, et quand le baiser s'achève ils en ressortent aussi reposés que des dormeurs au sortir d'un long sommeil peuplé de rêves.

Puis Claire se lève et lui tend la main.

En haut, dans le grand lit qui n'est plus celui du couple qu'elle formait avec Ransom, mais qui, à partir de ce soir, n'est plus que le sien, elle chuchote : « Même à ce stade, on peut toujours revenir en arrière, hein ? »

Marcel la contemple sans sourire, d'un air tendre et intrépide, avant de répondre : « Je ne crois pas, Claire. » Après quoi, il enfouit son visage dans son cou et ils commencent à faire l'amour.

6

En revenant de chez Clarisse par les marais, ce jour-là, Adélaïde est à deux doigts de quitter Wando Passo. Elle est loin de prendre les menaces de la jeune femme à la légère. Pourtant elle ne part pas, mais pourquoi ? Elle aurait bien du mal à le dire. Au fond, elle est en colère, elle aussi, contre Clarisse et comme elle. Adélaïde est en colère à cause de la guerre, à cause de l'issue de son mariage, de la vie, sa vie, qui n'est pas celle qu'elle attendait, celle qu'on lui avait promise et qu'elle pensait mériter. Elle attend encore, au fond d'elle-même, que cette vraie vie commence. Mais elle n'a toujours pas commencé. À cause de cette colère, une partie d'elle-même refuse d'être chassée – ni par Clarisse ni par qui que ce soit. Aussi, cette nuit-là, au lieu de faire ses bagages pour rejoindre Blanche et Delphine à Cheraw, elle laisse la porte du couloir ouverte avant d'aller se coucher. Éveillée dans son lit, elle attend, mais personne ne vient. Et la peur disparaît, comme quand elle avait huit ans. Elle évite toujours les miroirs, cependant, et lorsque les champs sont immergés, elle évite soigneusement de baisser les yeux.

Elle tire satisfaction de son travail. Dès 1863, la faim commence à se faire sentir partout. À Charleston, de quinze cents la livre avant la guerre, le bœuf est passé à trois dollars. Un dollar le chou – et encore, seulement les feuilles, sans la pomme ! Elle doit veiller à ce que la récolte se fasse. Seule sa volonté peut encore empê-

cher la propriété de se disloquer. Dès 1861, les esclaves se sont enfuis par groupes de deux ou trois ; mais, enhardis par l'Émancipation, ils disparaissent à présent à cinq, dix, en prenant les barques. Un quart d'entre eux : envolés. Aussi, chaque matin de ce printemps, coiffée d'un des chapeaux de paille de Percival, Adélaïde monte sur la première embarcation qui part aux champs. En mai, son visage et ses bras sont hâlés depuis longtemps. Elle porte une robe en calicot blanc et rouge cousue de ses mains dans le même tissu dont Clarisse avait chapardé une longueur dans la réserve. La dernière belle robe d'Adélaïde – la bleue achetée chez Mme Cummins, d'un style déjà passé de mode que l'on nomme bayadère – a été donnée aux bonnes âmes qui soignent les soldats pour en faire des bandages avec lesquels elles panseront le moignon en sang de quelque pauvre amputé. Les hôpitaux… la souffrance y est vraiment terrible. Les trois quarts de la récolte d'orge de Wando Passo sont acheminés par voie d'eau jusqu'à la distillerie de Mars Bluff, transformés en bonbonnes de whiskey que l'on transporte ensuite par train. Quel autre soulagement peut-on procurer aux blessés et aux mourants, sinon l'ivresse ? Adelaïde est prête à affamer ses bêtes pour leur procurer cette ivresse, et personne ne l'en empêchera !

Oui, elle restera à Wando Passo et apportera sa petite contribution à l'effort de guerre… Et pourtant, certains matins sur la digue, quand la lumière tombe en biais sur les champs à présent immergés – où Oliver et Tim pataugent, un rateau à la main –, que Dieu lui pardonne, mais elle se demande comment Il peut justifier une telle beauté, comment Il peut encore autoriser le soleil à briller, le riz à poindre et à émerger de la boue, si vert et abondant.

Et Chancellorsville : une victoire de plus, Dieu en soit loué – mais doit-elle s'en réjouir ? Son cœur ne peut qu'exulter pour le général Lee et ses vaillantes troupes. Mais que le prix est lourd ! Jackson, oh,

Jackson ! – mort. Ils ne retrouveront pas son pareil de sitôt. En dépit de cette exultation, l'idée de ces jeunes hommes qui, la fleur au fusil, gravissent une colline en hurlant derrière leur drapeau, vont au feu, périssent la joie au cœur et le sourire aux lèvres ne lui semble plus aussi séduisante qu'autrefois. En pensant à la liste des disparus, aux noms des absents, aux enterrements, aux femmes endeuillées qui s'accrochent à des mouchoirs, non pour pleurer mais pour y humer une dernière et brève fois l'odeur de leurs fils et de leur mari, en pensant à ce gâchis, à cet effroyable gâchis, par de belles matinées de mai comme celle-ci, elle a envie de se jeter par terre et de marteler le sol en hurlant : « Pourquoi ? Pourquoi cela ? Pour les droits des États ? Pour l'autodétermination ? » Les orateurs dissertent sur ce genre de thèmes. « Le flambeau de la liberté, que nous ont transmis les premiers Américains, il nous incombe à présent de le défendre contre les despotes nordistes, comme nos pères ont jadis lutté contre les rois d'Angleterre... » Adélaïde entend retentir ces belles paroles, mais elle a bien du mal à raisonner en termes aussi abstraits, désormais. Tandis qu'elle regarde Oliver et Tim qui, dans les longues chemises taillées à cet effet, pataugent, de l'eau noire jusqu'à la taille, en se méfiant des serpents des marais, la maîtresse de Wando Passo réfléchit : Les droits des États, l'autodétermination, le flambeau de la liberté... tout cela se résume à une seule chose : le droit de garder ces esclaves, sans les payer, contre leur volonté, à cultiver un riz dont nous récoltons le bénéfice. Les premiers Américains se sont battus pour se libérer de l'oppression, nous nous battons pour la liberté de continuer à opprimer. N'en est-il pas ainsi ? N'est-ce pas ce « droit » que son État a choisi de défendre, la voie qu'emprunte l'« autodétermination » sudiste ? Étrangère et espionne dans son propre camp, Adélaïde reste cependant pour cultiver le riz. Mais Dieu, se demande-t-elle, Dieu nous laissera-t-Il gagner ?

Le 21 juin, le drainage des rizières commence. Les champs sont secs et les esclaves les désherbent à la main, quand la nouvelle arrive de Hasty Point : le général Lee a franchi le Potomac et marche vers le nord sur Susquehanna avec cent soixante mille hommes ! Tout le Sud attend et retient son souffle. Ceux dont les visages avaient pris une expression de morne résignation promènent autour d'eux des regards hésitants et réjouis comme s'ils se réveillaient pour la première fois en deux ans. Mais les rumeurs de Vicksburg donnent un autre son de cloche : on dit que Grant est mort ! Qu'il s'est replié sur Grand Gulf !

Le 1er juillet, l'armée de Virginie du Nord a pris York : elle est à vingt-quatre kilomètres de Harrisburg ! Le 3 juillet, les journaux sortis clandestinement de Baltimore parlent d'une escarmouche inattendue entre les troupes de Lee et celles de Meade, dans une petite ville appelée Gettysburg… Le 6, on raconte qu'une bataille majeure a eu lieu, son issue demeure « indécise », euphémisme nordiste signifiant que les sudistes ont gagné… Le 8, l'absence d'estafette envoyée par le général Lee crée un malaise général… et puis le 10 juillet, le 10, oh, le 10 ! Vicksburg tombe ! Pemberton a capitulé, une reddition totale, face à Grant, qui est toujours en vie, finalement. Et Port Hudson est perdu… Tout le Mississippi est sous le contrôle des troupes fédérales, le bloc des États confédérés d'Amérique coupé en deux. Et Lee, oh ! la nouvelle arrive : une défaite avec des pertes humaines effroyables et l'armée se replie derrière le Potomac, sous le regard affligé et stoïque du vieux général…

En ce terrible mois de juillet, en ce jour fatidique, le 10 juillet, alors que John ouvre, à marée montante, les conduites pour immerger les champs, des nouvelles arrivent aussi de Charleston : les troupes de Gillmore ont franchi le bras de mer de Folly Beach, et pris possession des réserves de fusils des confédérés sur Morris Island. Battery Wagner, où se trouve Harlan, a tenu, mais les trois quarts de l'île sont aux mains de l'ennemi. La batterie est dans une situation désespérée, sans cesse soumise aux tirs d'enfilade des navires de surveillance qui, au large, hissent leurs canons et déversent une pluie mortelle de mitraille et de grenades lacrymogènes sur le fort, tandis que les canons des troupes fédérales battent en brèche les batteries situées sur sa façade.

Adélaïde apprend le 15 juillet seulement que Harlan a survécu. Il lui écrit de Fort Moultrie où il est arrivé samedi, à la relève de la garnison. Demain, mercredi, à la faveur de la nuit, les bateaux les ramèneront. Il écrit « dans la précipitation. Pardonnez l'état de cette page. Un obus vient de renverser l'écritoire. Nous subissons le feu incessant de la flotte de Dalgreen. On s'entend à peine penser. Les hommes sont fatigués, mais le moral est bon. L'assaut sur Wagner est imminent. Quand je reviendrai la semaine prochaine, je demanderai une permission. Retrouvez-moi à Mills, mardi prochain, à six heures. Je ne pourrai rester que jusqu'à minuit. Donc, ma chère, en attendant… ».

L'assaut est donné dans la nuit du 18 juillet. Le lendemain matin à midi, on apprend que Battery Wagner a tenu bon, mais Adélaïde est sans nouvelles de Harlan. Ni le lendemain ni le jour d'après. Le mardi, néanmoins, elle l'attend dès cinq heures à Mills House. À six heures, il n'est pas là. Huit heures. Dix heures. Enfin, à dix heures et quart, il arrive. Il est si émacié, si brûlé par le soleil ! Ses lèvres rebondies sont fendillées et couvertes de croûtes. Son visage et ses mains sont propres, et il a ciré ses bottes, mais elles sont éculées. Les manchettes de sa veste sont effilochées et son uniforme sent la poudre, bien qu'il soit aussi propre que peuvent l'être des vêtements lavés à l'eau de mer et sans savon. Et alors même qu'il ôte son chapeau et lui sourit à l'autre bout de la pièce, elle perçoit la profonde tristesse qui pèse sur lui, sur eux tous, la tristesse de ceux qui ont découvert un effroyable secret et doivent le garder envers et contre le reste de l'humanité.

« Pardonnez-moi, le bateau... » Il la prend par les épaules.

Elle pose trois doigts, d'un geste tendre, sur ses lèvres gercées. « Ce n'est rien. Je suis tellement soulagée !

— Il était impossible d'écrire.

— J'ai apporté du champagne... »

Il la regarde et sourit. « Nous avons peu de temps. Dans deux heures, je dois être sur le quai de Laurens Street. Emmenons la bouteille dans la chambre. »

Elle lève sur lui un regard direct, comme au soir de leur mariage, et obéit.

En haut, cependant, les choses ne se passent pas ainsi qu'elle s'y attendait : « Excusez-moi, ma chère, dit-il. Je me dégoûte. Je voudrais prendre un bain.

— Bien sûr.

— Mais servez-vous un verre et venez vous asseoir près de moi.

— Vous êtes si maigre, Harlan ! s'exclame-t-elle en effleurant sa poitrine nue où elle peut compter les côtes.

— Tout comme vous. Regardez vos mains, Adélaïde !

— J'ai appris à travailler.

— Je le regrette.

— Il y a des destins bien pires.

— En effet. » Il entre dans la baignoire, s'y adosse, sirote son champagne, pose ensuite la coupe par terre. Il ferme les yeux. « Quel bonheur que l'eau, l'eau bien chaude... On oublie... » Il rouvre les yeux. « Comment allez-vous, Adélaïde ?

— Je ne sais plus, répond-elle. Je travaille puis je me couche en redoutant les nouvelles du lendemain. C'est à peu près tout. Mais nous aurons une récolte. »

Il l'observe d'un air pensif et doux qu'elle ne lui a jamais vu, semble-t-il. « Cela a dû être dur pour vous, j'imagine.

— Ce n'est rien, comparé à vous.

— Vous voyez, à présent, ce que Jarry représentait pour nous... »

Elle soutient son regard mais ne répond pas.

« Vous savez, ajoute-t-il au bout d'un moment, il est à Beaufort. Ou il y était. On l'y a vu. Je pense qu'il espionnait pour eux. »

Le cœur d'Adélaïde bat plus fort.

« J'étais persuadé que nous nous rencontrerions sur les parapets. J'en avais une telle intuition, Addie, presque une prémonition.

— Et... ? »

Il secoue la tête avec lassitude. « S'il y était, je ne l'ai pas vu. Je suppose qu'il est mort, et je prie pour qu'il se trouve allongé dans les tranchées sur la plage avec Shaw et tous les autres. Ils ont tué Cheeves, Addie.

— Et Langdon !

— Oui. Et Haskell, peut-être. Porté disparu depuis le 10 juillet. Et John Bee. Macbeth... » Il ferme les yeux et secoue la tête. « Seigneur, quelle nuit !... J'espère ne plus jamais revoir pareille boucherie... Je ne veux même pas en parler...

— Non, mon cher, chassez cela de votre esprit. » Elle touche sa main, ballante sur le bord de la baignoire.

« Ils s'entassaient sur trois ou quatre épaisseurs dans les douves, reprend-il presque immédiatement. Les cadavres, Addie... » Il lève sur elle un regard terrible, perplexe, vulnérable et profond. « Dans le noir, impossible de savoir qui ils étaient avant qu'ils soient pratiquement au pied de l'enceinte... Quels lâches, Adélaïde ! Ils avaient envoyé les nègres, le 54ᵉ régiment, pour nous signifier leur mépris. Les Yankees les ont laissés essuyer le feu... Ils ont débarqué à huit heures, ou un peu avant, en bon ordre, sur la plage, et nous avons cessé le feu pour les regarder arriver... À une centaine de mètres des douves, ils ont chargé et nous avons tiré dans le tas... Toute la façade de la batterie en était illuminée. C'était comme bombarder un gâteau avec des galets... Le régiment s'est disloqué, un quart d'entre

eux, voire la moitié, en moins de deux minutes... Les Yankees ne leur avaient même pas donné d'échelles. Ils ont dû escalader les fortifications à mains nues pendant que nous déchargions nos mousquets sur eux. Et leur jeune colonel, Shaw – il était à moins de quarante mètres de moi... il faisait partie de la première vague d'assaillants qui a atteint le parapet et il a levé son sabre. "En avant, soldats !" l'ai-je entendu crier... Vraiment, il était très bien, mais c'était du suicide. Une dizaine de balles l'ont frappé au visage et à la poitrine, et il est tombé au milieu des nôtres... et les nègres ont continué à déferler... Nous les avons combattus sur les remparts, Addie, au corps à corps, au sabre et à la baïonnette... Je dois dire qu'ils se battaient comme des hommes, mais ils n'avaient aucune chance. Ils ne pouvaient pas avancer, et se replier aurait été du suicide. Cela les aurait ramenés sous le feu de notre artillerie... Quand la bataille s'est terminée à une heure du matin, c'était un enchevêtrement de cadavres malmenés par les vagues dans les douves et sur la grève... Les Yankees possèdent cette nouvelle lumière, Addie, ces terribles faisceaux au calcium qu'ils braquent sur les fortifications pour aveugler nos artilleurs. Je n'oublierai jamais ce spectacle, après la bataille... Ils ont balayé la plage avec ces faisceaux, et les crabes appelants, Addie – par centaines, par milliers ! –, on les voyait sortir de leurs trous et s'approcher des morts... » Il tend la main vers sa coupe, ferme les yeux et boit encore une gorgée.

« Le lendemain matin, sous un drapeau blanc, nous les avons enterrés. Gillmore a réclamé le corps de Shaw, et j'estime que nous aurions dû le lui rendre, mais Graham s'y est refusé. Alors nous l'avons poussé avec ses nègres dans la fosse commune. À l'heure qu'il est, leurs soldats du génie – ils étaient à moins de cent mètres de nos fortifications lorsque je suis parti – doivent creuser leurs tunnels dans les cadavres de leurs camarades. Il ne tombe pas un seul obus, sur cette plage, qui n'éventre une tombe. Et même l'eau que

nous buvons, Addie, même l'eau est brune, brune comme du thé...

— Oh, Harlan !

— Je vous le dis franchement, poursuit-il, nous ne tiendrons pas face à un second assaut comme celui-là. Et il aura lieu à coup sûr, Addie, aussi sûr que nous sommes ici. »

Il la regarde et elle pense : Que dois-je dire ? Que dois-je faire ? Mais Harlan n'attend aucune réaction de sa part. Il se contente d'ôter son alliance pour la lui tendre.

« Harlan, non... »

Il déplie doucement les doigts d'Adélaïde et y place l'alliance. « Je ne supporte pas l'idée, ma chère, qu'un soldat yankee la garde en guise de trophée comme je les ai vus le faire. Et comme les nôtres aussi.

— Alors je la garde, mais seulement jusqu'à votre retour.

— Oui, dit-il. Jusqu'à mon retour. Mais si quelque chose devait m'arriver...

— Harlan, je vous en prie...

— Non, l'interrompt-il. Parfois, de tels propos sont morbides, Addie, mais ce temps est passé. J'ai déposé mon testament chez Edward Laurens, l'avoué de mon père, sur Broad Street. Je pense que vous savez où cela se trouve...

— Oui.

— Je vous lègue tout.

— C'est généreux de votre part, répond-elle. J'espère ne jamais en hériter.

— Et moi, je souhaite que cela vous revienne. Ce n'est pas grand-chose, Addie. J'ai gâché votre vie.

— Ce n'est pas vrai. Non.

— Parlons vrai, pour une fois. »

Elle soutient son regard, il fait de même, et Adélaïde est émue à présent. « Vous avez changé, constate-t-elle.

— Tout comme vous. La guerre nous a tous changés.

— Et Clarisse ?

— Quoi, “Clarisse” ?

— Quelles sont vos volontés ?

— Qu'elle aille au diable ! s'écrie-t-il. Si j'ai gâché votre vie, elle a gâché la mienne. Elle n'héritera rien de moi, Addie. Pas un cent.

— Vous savez qu'elle a…

— Un enfant. Oui, je sais. J'ai pitié de lui. Il n'est pas responsable de ce qu'il est, mais je le considère tout de même comme une abomination. Il n'aura jamais l'amour d'un père, pas plus que je n'en ai reçu du mien. » De sa poche, il sort sa montre. « Bon, il est déjà onze heures vingt-cinq.

— Voulez-vous que nous… ? »

Il secoue la tête. « Pas le temps.

— Vous êtes sûr ?

— Oui, je dois y aller. »

De Mills House, ils prennent au sud par les rues désertes, comme ils l'avaient fait après Sumter quand la foule déambulait bras dessus bras dessous en habits du dimanche, que les cloches des églises résonnaient et que le port s'était rempli des voiles blanches des bateaux de plaisance. Adélaïde ne peut s'empêcher de repenser à cette première promenade, à ce temps révolu, mais elle garde le silence pour épargner ce souvenir à Harlan. Elle ne s'est jamais sentie aussi proche de lui, mais ce sentiment est teinté d'un regret indéfinissable. Autour d'eux, sous une lune gibbeuse éclatante, tout est noirceur et désolation. Les mauvaises herbes poussent entre les pavés de Meeting Street jonchés d'une épaisse couche de verre brisé, comme si leur route était semée de diamants. Avec sa clé, Adélaïde ouvre la porte de la maison de sa tante. Lorsqu'ils passent sous le chandelier à gaz de Philadelphie en bronze et en or moulu, dans le clair de lune qui se déverse par un trou béant dans le toit, elle distingue les globes avec leurs gerbes de riz gravées à l'eau-forte. Ses rayons éclairent une scène qui lui rappelle la maison de Mlle Havisham. Toutes les photographies, tous les objets ayant appartenu à la mère de Blanche, les livres ouverts, gonflés d'eau et retournés, et les meubles réduits en miettes sont éparpillés. Harlan et Adélaïde se taisent. Après avoir longuement contemplé la scène, Adélaïde tourne les talons et referme la porte à clé puis ils poursuivent leur route.

Sur le quai, elle sent la tension de Harlan augmenter. Il s'est mis à faire les cent pas.

« Ne pouvez-vous pas venir vous asseoir à côté de moi et vous reposer ?

— Addie, dit-il, comme s'il n'avait pas entendu, j'ignore si nous nous reverrons un jour. Je regrette de vous avoir causé du chagrin...

— Je vous en prie, Harlan, je vous en prie, mon cher, ne vous tourmentez pas.

— Non, non, Addie, laissez-moi parler. Toute ma vie j'ai été en colère. Je ne l'avais pas compris, mais ces nuits passées sur les fortifications, à attendre la mort, seul, dans le noir... Même dans mes heures les plus joyeuses, quand je faisais la noce avec mes amis, quand nous riions et faisions ripaille à mes frais, au fond, j'étais en colère. J'ai fini par comprendre que c'est lié à Père, au fait qu'il aimait Jarry comme je n'ai jamais su me faire aimer de lui, quoi que je fasse. Père ne me considérait pas comme digne de cet amour, sans que je comprenne pourquoi ni ne puisse rien y changer ; alors j'ai fini par me considérer comme – et, aujourd'hui encore, par me sentir – indigne d'être aimé. Et j'ai vécu quarante ans, presque quarante-cinq, jusqu'au jour de sa mort, en espérant qu'il reconnaîtrait son erreur et m'en dédommagerait d'une façon ou d'une autre. Il est mort, et je lui ai pardonné. Je lui pardonne du fond du cœur. Mais j'ai fini par comprendre que, même quand on a pardonné, certaines blessures ne cessent jamais de saigner... »

C'est à ce moment qu'une lanterne se met à clignoter sur l'eau. Bientôt, ils entendent le bruit des rames.

« J'ai fait un rêve, lui raconte-t-il d'un ton précipité. Nous étions dans l'abri anti-obus. Il y avait beaucoup d'hommes autour de moi, vivants et morts, et quelque chose flottait au plafond, Addie, comme un nuage, bleu foncé, un tourbillon de vapeur bleu foncé, et une voix sortait de ce nuage mais j'étais le seul à l'entendre. Il y avait un esprit dans ce nuage et il me parlait comme je vous parle à présent. Dans mon rêve, je comprenais ce qu'il disait ; mais, au réveil, j'avais tout oublié. Tout ce que je sais, c'est que cela me mettait en colère, Addie. Il me donnait des ordres que je ne voulais pas suivre, alors j'ai ramassé un marteau pour le lui lancer. Le marteau a été englouti dans la vapeur, les autres hommes l'ont vu, mais il n'empêche, personne ne voulait me croire... personne ne voulait me croire...

— Capitaine DeLay ?

— Le bateau est là », annonce-t-il. Il serre Adélaïde contre lui, fort, très fort. « Au revoir, au revoir. » Il est déjà parti, la laissant le cœur battant. Oubliant ses résolutions, elle regarde l'eau et y voit une flaque de lumière ondoyante ; et, dans cette flaque, une silhouette d'un noir d'encre, immobile, parfaitement immobile, sur les vagues qui s'agitent doucement.

« Qui êtes-vous ? »

La silhouette ne répond pas, et à cet instant, Adélaïde a soudain la très forte prémonition que quelqu'un va mourir. Est-ce Harlan ? Le prenant comme tel, elle se détourne et repart sur le chemin scintillant qui s'enfonce dans la désolation, sans savoir où elle va.

7

Une sorte de brume de fraîcheur émanant du fleuve voilait la lumière déjà tamisée lorsque la voiture remonta l'allée trouée de nids-de-poule, sous les lourdes branches d'arbre drapées de tillandsie où crissaient les cigales. Et là, quand Ransom gara l'Odyssey toute cabossée dans le dégagement derrière la maison, vêtu d'un pantalon en flanelle grise au drapé délicat et chaussé de mocassins à glands en cuir verni, Marcel Jones poussait les enfants – ses enfants à lui, Ransom – sur la balançoire.

« Salut, papa, salut ! » Tout là-haut dans le bleu du ciel, Charlie s'élança dans le vide. « Zusqu'à la lune ! »

Instinctivement, Ran fit un bond avorté en avant, comme un joueur de base-ball s'élance pour recevoir une passe qu'il sait désespérée. Charlie, pour sa part, atterrit sans dommage et se mit à courir, sans se douter qu'il avait frôlé la mort. Quand Ran s'agenouilla pour l'accueillir, son fils appuya sur le bouton du nouveau bracelet faisceau laser qu'il portait au poignet, projetant un point rouge entre les yeux de son malheureux père. « Pas aujourd'hui, Zurg ! » dit-il, d'une voix grave et retentissante ; mais ses joues, constata Ran, le cœur serré par l'amour, ses adorables petites joues rouges évoquant des fraises à la crème étaient aussi jolies que celles d'une fille. Et son tic… où était-il passé ? Ran avait presque commencé à s'attacher à ce clignement d'yeux, et pouf, il avait disparu en l'espace d'une nuit ! Même un homme plus équilibré aurait eu du mal à ne pas en déduire que son absence avait profité à son fils.

« Salut, Hope ! »

Sa fille leva les yeux et nota la présence de Shanté avec une curiosité modérée.

« Salut, papa… » Sa voix était à la fois familière et toute nouvelle, plus distante que la voix de la petite Hope à son papa ne l'avait jamais été. Pas plus perturbée que ça par son retour, elle continua à se balancer, d'arrière en avant, et d'avant en arrière, comme une Ophélie de quatre ans tresse tristement sa couronne de fleurs de rue. En articulant des paroles inaudibles, elle sortit de son sac un bretzel sans sel et le tendit à la créature invisible à qui elle parlait.

Une fois de plus, en l'espace d'une nuit, Ran, avait pris des années de retard.

Une lumière étrange tombait à présent sur le parc, et Claire sortit en toute hâte par la porte de derrière pour venir à leur rencontre. Un torchon blanc entre les mains, dans sa salopette coupée aux genoux agrémentée d'un débardeur noir en Lycra, elle était pieds nus, et tellement belle qu'il sut que c'était perdu d'avance. En arrivant, il était prêt à s'en remettre à la clémence du jury ; or les sourcils froncés de Claire – endurcie au combat, fatiguée, mais déterminée à poursuivre sa route, si longue qu'elle fût – ne laissaient guère, voire pas du tout, espérer de mansuétude.

Pourquoi tu es revenu ? dit Nemo. Il y avait un bon moment qu'il ne s'était pas fait entendre.

Ransom le repoussa dans son sous-marin et lui claqua l'écoutille au nez. « Regardez qui j'amène ! » Il sourit en faisant un effort pour ne pas grincer des dents.

« Merci d'être venue, déclara Claire à Shanté sans détour. J'aimerais pouvoir dire que je suis contente de te voir.

— Eh bien, je le suis pour deux. » Shan ouvrit les bras et Claire l'enlaça.

Ransom regarda Marcel. « T'as besoin d'un câlin, toi aussi ? »

Surpris, Cell éclata d'un rire spontané et charmant. « Je crois que ça va, merci quand même.

— Tu ne pourras pas dire que je n'ai pas proposé. »

Sur ce, la conversation qui avait si bien démarré retomba brusquement.

« Hope », appela Claire en se servant des enfants comme d'une béquille sociale, chose qu'elle critiquait sévèrement chez les autres, « viens dire bonjour à l'amie de maman.

— Et de papa, rectifia Ran.

— Voici Shanté, dit Claire.

— Bonjour, Shanté, répondit Hope. J'ai un nouveau chien.

— Comment il s'appelle ?

— Il n'a pas de nom.

— Où est-il ?

— C'est un chien imaginaire, annonça Claire à la cantonade.

— Non, maman, corrigea Hope avec une emphase pointilleuse. C'est pas vrai. Tu le vois, papa, hein ? » La laisse dans la main gauche, elle écarta un peu plus les doigts de la droite, en suivant les contours d'une tête qu'elle caressait du museau vers le crâne.

Ran s'assit sur les talons. « Bien sûr, affirma-t-il, il est blanc avec une tache noire sur l'œil et la pointe des oreilles qui retombe. Il écoute la Voix de son Maître.

— Non, rétorqua Hope, impatientée par la plaisanterie, il est noir, papa. Tout noir. Et il a faim.

— On devrait peut-être le nourrir.

— Je ne sais pas ce qu'il veut. »

Ran sonda le regard sérieux et un peu inquiet de sa fille, et y entrevit la colère qui y était enfouie.

« Bon, emmène-le à la maison, intervint Claire, tandis que le sourire de Ran s'évanouissait. On va avancer l'heure du bain. »

Quand Hope s'éloigna, Ran lança à Claire un regard qui signifiait : C'est quoi, cette histoire ? Mais cette fois-ci, sa femme se détourna.

« Qu'est-ce que c'est, ça ? demanda-t-elle plutôt, en contemplant l'Odyssey.

— Je t'avais acheté une nouvelle voiture », annonça Ran.

Claire regarda encore, puis fixa les autres pour savoir si quelqu'un pouvait lui expliquer ce que signifiait cette plaisanterie. Enfin, ses yeux se posèrent sur lui.

« Elle a un peu morflé dans l'accident, concéda-t-il, mais le garagiste va arranger ça. Il y a un lecteur de DVD.

— Et une poignée de haricots magiques ? »

Dans le temps mort qui suivit cette remarque, une vague de rage et de chagrin le submergea, une profonde déferlante, comme la première décharge sur la chaise électrique. *Putain, c'est jamais assez bien*... « Non, dit-il enfin, en reculant devant le précipice, mais j'ai réussi à obtenir cinq films gratuits. »

L'expression de Claire se fit perplexe.

« J'ai vendu la Thunderbird de mon père pour te l'acheter », ajouta-t-il en s'apercevant aussitôt que cela semblait puéril, mais incapable de résister. « Enfin, c'est sans importance.

— Et tu voudrais que je te dise merci...

— Ça serait demander un peu trop. »

Elle le regarda avant de se tourner vers Cell. Ce regard, Ran le connaissait bien, celui qui semblait signifier : Je l'avais bien dit. Une expression qu'elle avait jusque-là réservée à Ran.

« Au fait, moi je n'ai rien. »

Alors Claire le regarda bien en face, et Ran comprit que c'était toute la sollicitude qu'il pouvait attendre d'elle. « Vraiment ?

— Rien de grave, dit-il. Ça fait très mal, c'est tout. » Une réplique de Henry Fonda dans *La Maison du lac*. Il y a bien longtemps, ils avaient vu et revu ce film, main dans la main, en mangeant du pop-corn et en se passant le paquet de Kleenex. C'était eux-mêmes et leurs amours tumultueuses qu'ils y retrouvaient en se disant – Ransom, en tout cas – qu'ils vieilliraient ensemble comme Kate et Hank ; et que Ran partirait le premier, et irait rejoindre son créateur en contemplant ces yeux couleur caramel qui lui auraient pardonné – elle aurait sans doute pardonné, après tout ce temps – de les avoir roussis plus que quiconque.

Mais, pour l'heure, le regard de Claire ne pardonnait rien. Si l'allusion au film avait fait mouche, elle n'en montra rien.

Et Ransom dut envisager la possibilité que sa femme ne soit pas là pour le pleurer à sa mort ; qu'il devrait peut-être renoncer à la consolation de savoir qu'il avait été vraiment aimé une fois, au moins une fois, dans sa vie, même s'il était incapable de s'aimer lui-même. Mais être vraiment aimé une fois, était-ce un simple rêve de jeunesse, comme jouer au Shea et sur Fillmore East Street ? Sur quelle base, en dernier ressort, pouvait-on se définir ? Sur quoi pouvait-on se reposer en ce monde ? Ran s'attaquait à cette question, aux fondements, à l'os sous la chair, et il n'avait pas l'intention de renoncer à y voir clair. Il avait commencé à réfléchir au caractère sacré des vœux du mariage... *Dans la maladie comme dans la bonne santé, pour le meilleur et pour le pire*... Au tréfonds de son âme refit surface un sentiment éprouvé, aussi loin qu'il s'en souvienne, depuis toujours – mais qu'il avait cessé d'éprouver, du moins consciemment. Et cela ressemblait à un énorme serpent qui déploie ses anneaux et lance des coups de queue après un long sommeil, comme une poussée tellurique, comme le tremblement des rails à l'approche du train… Soudain, le voilà qui déboule vers la gare bondée sans faire mine de ralentir…

Alors Claire tendit la main et lui écarta les cheveux. Son regard était froid, clinique, mais à son contact Ransom se liquéfia des pieds à la tête.

« Bon », dit-il en sentant quelque chose – espoir ou panique, comment savoir ? – gonfler sa poitrine. « Bon, répéta-t-il légèrement essoufflé, on ne va pas rejouer *Le Grand Sommeil*. On n'est plus des enfants, pas vrai ? Je pense qu'on peut faire cet effort, au moins.

— Qui veut boire un verre ? » demanda Claire avec une gaieté forcée, retournant ainsi lentement le couteau dans la plaie.

« Excellente idée, lança-t-il. Buvons de l'alcool et faisons rôtir de la viande. Du poulet grillé, ça vous dit ? Je meurs toujours d'envie d'en manger.

— Je n'ai rien contre un verre de vin, déclara Shanté en les regardant tous deux avec une profonde compassion. Mais, avant que la nuit soit trop avancée, j'aimerais bien jeter un coup d'œil au chaudron. »

8

Septembre. L'eau de la dernière immersion des rizières, trouble, laiteuse et pleine de menue paille, se mêle à l'eau brune du fleuve. John ouvre l'écluse, et elle continue à se déverser, ne faisant qu'une. Voici venu le temps de la récolte, et les esclaves cheminent le long des sillons, pliés en deux, avec leurs faucilles, ces petites lames incurvées qu'on appelle serpettes ici ; ils fauchent toujours vers eux, déposent les épis dorés sur le chaume, et chantent lentement pour accompagner leur progression :

In case I never see you anymo'...

Là où ils ont fauché la veille, les femmes reviennent faire des gerbes qu'elles lient avec un brin de paille, puis laissent ces petits meulons sécher dans les champs jusqu'au lendemain, avant de les charrier jusqu'aux marécages. Et Adélaïde passe derrière elles avec les enfants, bons derniers ; et, en chantant eux aussi, ils glanent les grains de riz non décortiqués qui sont tombés dans la boue. Elle en porte un plein tablier et elle est en sueur, bien que le ciel soit dégagé et la lumière différente aujourd'hui. Quand elle grimpe sur la digue, un coup de vent rejette ses cheveux en arrière et gonfle sa robe comme une voile. Le soleil se réverbère sur l'eau et Adélaïde sourit, les yeux fermés, en sentant sa chaleur. Les bienfaits de la vie, pense-t-elle, résident prin-

cipalement dans de petites choses telles que celle-ci, une brise aussi douce qu'une caresse, la lumière de septembre, un tablier plein de riz.

Quand elle rouvre les yeux, Jules Poinsett se tient sur la véranda, en uniforme, un bras dans le dos, l'autre manche repliée et agrafée à l'épaule. En contrebas, dans l'allée, Peter garde son cheval qu'il n'a pas dessellé. Jules regarde droit vers elle et, de loin, Adélaïde comprend le sens de ce regard. Voici quelque temps déjà qu'elle s'attendait à cette visite, à vrai dire, depuis ce dernier soir à Charleston, quand Harlan a parlé du nuage bleu qui tourbillonnait au-dessus de sa tête, et quand, en sondant son visage, Adélaïde a cru en apercevoir l'ombre et a su qu'il était marqué. Autrefois, la jeune fille qu'elle a été, ou cru être, aurait lâché les coins de son tablier et laissé le riz s'éparpiller à ses pieds sans y prendre garde, mais aujourd'hui elle résiste à cette impulsion et va soigneusement déverser dans le van sa contribution avec celles des autres, puis elle s'essuie les mains et appelle Tim pour qu'il la ramène sur l'autre rive.

« Jules », dit-elle en tendant la main – un oubli momentané.

Il la lui serre de la gauche. « Madame DeLay », répond-il – pas « Addie » –, et pourtant, quelque chose d'intime dans la pression de ses doigts lui exprime sa sympathie.

Elle s'assied dans le fauteuil à bascule, légèrement penchée en avant, bien droite, les mains croisées.

« J'ai le triste devoir... », commence-t-il, et bien qu'Adélaïde s'attende à cette nouvelle et qu'elle s'y soit crue préparée, elle, ou une partie d'elle-même, s'échappe un moment sans qu'elle sache combien de temps. Elle a conscience de la lumière mouchetée du soleil qui filtre entre les arbres centenaires du parc, de la douceur de l'air, du ciel de septembre où voguent d'immenses nuages qui reviennent à chaque automne.

Je ne l'ai jamais aimé, pense-t-elle en les regardant s'éloigner. C'est triste... tellement triste...

« Dans l'évacuation..., explique Jules, quand elle reprend pied dans la réalité.

— L'évacuation ?

— De Fort Wagner, Adélaïde, oui, l'avant-dernière nuit. L'ordre est venu de Charleston. Motte... vous connaissez mon cousin Motte, je crois ?

— Oui, vaguement.

— Il a réussi à affréter le bateau à vapeur, le Sumter, *pour aider à évacuer les hommes. Surtout des soldats du 20e régiment de Caroline du Sud et du 23e régiment de Géorgie ; c'était à la nuit tombée, pour éviter les canons de l'Union. Le capitaine DeLay s'est porté volontaire pour rester et armer les obusiers. C'était une mission dangereuse. Leurs soldats du génie, à ce moment-là, n'étaient plus qu'à une dizaine de mètres de nos douves, et ils auraient rapidement envahi le fort s'ils s'étaient doutés de notre retraite. La garnison a longé la plage en silence, sans lumières, jusqu'à Battery Gregg, où les bateaux les ont évacués. Je n'en sais guère plus. Le capitaine DeLay faisait partie du dernier contingent à embarquer. Motte l'a vu à l'arrière du bateau, qui regardait par-dessus la rambarde les obus de la flotte s'abattre sur Fort Wagner. Il m'a demandé de vous le dire. Ensuite, Motte est allé à l'avant rejoindre le poste de pilotage et on n'a plus revu Harlan, je veux dire le capitaine DeLay. Ils étaient presque à Fort Sumter, à huit cents mètres peut-être, lorsqu'un éclair a jailli du côté de Sullivan. Motte a d'abord cru que c'était une fusée éclairante, puis il a vu arriver le boulet : d'après son récit, il rasait les vagues en soulevant des gerbes d'écume. Le premier n'a pas atteint sa cible, mais ensuite toute la batterie a fait feu. Le bateau a essuyé plusieurs tirs fatals et s'est rapidement mis à couler. La confusion était grande ; les hommes criaient, couraient, se déshabillaient pour sauter à la mer... On se trouvait sur les bas-fonds, on n'avait de*

l'eau que jusqu'aux épaules mais la marée descendante vous entraînait au large. Ceux qui le pouvaient ont regagné la rive à pied pour échapper aux obus. Au bout de quinze ou vingt salves, les canonniers de Fort Moultrie ont compris leur erreur et cessé de tirer, mais la garnison est restée échouée toute la nuit sur les bas-fonds. À l'aube, quand les soldats ont été évacués dans des barques, ils ont été la cible des tirs fédéraux. Le capitaine DeLay n'était plus avec eux au moment où ils se sont rassemblés au fort.

— Que s'est-il passé ? Où…

— J'aimerais pouvoir vous répondre. À vrai dire, nous l'ignorons. L'arrière du bateau a subi un tir direct des canons Parrott. C'est là que Motte a aperçu votre mari pour la dernière fois. Il pense que le capitaine DeLay a été tué par cet obus. Personne ne l'a revu après l'appareillage.

— N'aurait-il pas pu nager… ?

— Certains l'ont fait. Fort Sumter était le rivage le plus proche, mais le capitaine DeLay n'était pas parmi ceux-là, ils ne l'y ont pas vu. Je sais combien il peut être tentant, Adélaïde, tant qu'il reste un mince espoir, de s'y accrocher ; mais nous pensons, Motte, le colonel Graham et moi-même, que Harlan a péri. Il y a une très forte probabilité pour qu'il ait été tué sur le coup, et si cela ne vous est d'aucun réconfort à présent, je pense qu'avec le temps vous comprendrez qu'une mort rapide est un bienfait. Avoir mené à bien une mission courageuse, avec l'espoir de rentrer chez lui, de vous revoir et de retrouver Wando Passo… il avait tout cela à l'esprit, je l'espère, quand sa dernière heure est venue. C'est la meilleure mort qu'un homme puisse souhaiter.

— Mais être tué par les canons de son propre camp ! »

Poinsett fronce les sourcils. « C'était une erreur.

— Une erreur !

— Nous aimerions que ces choses ne se produisent pas, mais en temps de guerre elles arrivent. En voyant

un bateau entrer dans le port tous feux éteints, les canonniers du fort ont tiré, selon les ordres. Les soldats de Fort Moultrie connaissaient Harlan, Adélaïde, c'étaient ses amis, beaucoup faisaient partie du 21e régiment. Je sais qu'ils feraient n'importe quoi pour que ces obus n'aient jamais été lancés.

— Mais ils ne peuvent rien y changer.

— Non, ils ne peuvent rien y changer. »

Ce n'est pas possible, pense Adélaïde, la vie ne peut sûrement pas être aussi ténue, aussi fragile et dépendre ainsi du moindre accident ! Ensuite, Jules se lève pour prendre congé, et Adélaïde connaît un bref moment de panique. Oh, ne partez pas, *pense-t-elle.* Que vais-je faire maintenant ? Dites-moi quoi faire ! *Puis elle le regarde dans les yeux et il a le même regard que Harlan à Mills House en juillet dernier, la dernière fois qu'elle l'a vu – la dernière fois ! –, le regard d'un homme qui a découvert un effroyable secret et doit le garder, envers et contre tous ; néanmoins, elle connaît ce secret, elle aussi : il est possible, et pas seulement possible mais facile de mourir avant même d'avoir vécu. Percival ne quitte plus son esprit : « J'ai cherché dans tous les livres, mais je n'ai jamais trouvé la réponse... » Voilà ce qu'elle attend de Jules à cet instant précis : qu'il lui dise comment vivre ; mais en sondant son visage, elle songe : Pauvre homme, vous n'en savez pas plus que moi...*

« Et que va-t-il se passer à présent ? demande-t-elle. Charleston va-t-elle tomber entre leurs mains ?

— Nous tiendrons aussi longtemps que nous le pourrons. Notre meilleur espoir maintenant, à mon avis, est que le parti pour la paix l'emporte aux élections dans le Nord, et que Lincoln et ses sous-fifres quittent le pouvoir. Dans ce cas, peut-être pourrons-nous signer une paix honorable et conserver notre indépendance.

— En ce qui me concerne, je prie pour une défaite rapide.

— Bon après-midi, madame DeLay, répond-il froidement en se levant. J'ai une autre triste nouvelle à apporter. »

Ah, pense Adélaïde, qui donc ?

« Merci d'être venu me l'annoncer », dit-elle comme on récite les répliques d'une pièce pour laquelle on a perdu tout intérêt depuis longtemps.

Et quand Jules est reparti, l'air, le ciel dégagé, les nuages qui voguent, la lumière de septembre... tout cela ne lui est plus d'aucun réconfort. Elle a l'impression d'être au sommet d'une haute montagne, et étrangement, alors qu'elle n'a jamais aimé son mari, pendant une demi-heure ou une heure, elle a beaucoup de mal à respirer l'air froid et raréfié pour continuer à vivre. Étrange, aussi, la rapidité avec laquelle elle en a fini avec le chagrin.

Je dois l'annoncer à Clarisse, se dit-elle. Une résistance se fait jour dans son cœur mais son éducation en vient à bout, voilà ce qu'elle a appris de mieux au cours de Mme Togno et auprès de Blanche : aussi dur que ce soit, on ne doit jamais cesser d'être humain.

Sous les pins, devant la maisonnette, sur le doux tapis d'aiguilles, un couvre-lit est étalé et dessus un enfant d'un an, assis, joue seul. C'est la première fois qu'elle le voit et, de loin, Adélaïde s'arrête pour le regarder empiler un cube sur l'autre avant de les renverser et de battre des mains en gazouillant. Ravi de son succès, il lève sur elle les yeux noisette de Percival et de Jarry, et ses lèvres pleines, charnues, presque sybaritiques, sont celles que Harlan et Clarisse ont en commun, comme Adélaïde vient de s'en apercevoir. Avaient en commun. Ses cheveux sombres sont coupés court et il n'est ni noir ni blanc, mais l'un et l'autre tout à la fois, et pour finir il est lui-même, tout simplement. Son visage devient grave quand il remarque une étrangère si près de la maison, mais il a l'air curieux plutôt qu'apeuré, et Adélaïde éprouve une sensation d'étouffement, une pulsation sous l'oreille gauche ; et puis elle s'aperçoit de l'arrivée de Clarisse – toujours vêtue du calicot blanc et rouge – qui prend l'enfant sur sa hanche et se tourne vers elle, comme pour le protéger d'une menace.

Mais quelle était cette sensation d'étouffement ? Qu'a-t-elle donc ressenti ? Qu'importe, c'est passé maintenant. Ses traits, de même que ceux de Clarisse, se durcissent et expriment l'aversion.

« On vient de m'annoncer la mort de Harlan. »

Les yeux courroucés de Clarisse flambent. Elle ne répond pas.

« Il a été tué pendant l'évacuation de Fort Wagner, sans doute par un obus, ou noyé. Je n'en sais pas plus. »

Adélaïde attend une réponse, mais il ne lui faut pas plus d'une fraction de seconde pour comprendre qu'il n'y en aura aucune. Sur le point de repartir, elle pivote vers Clarisse. « Comment s'appelle-t-il ?

— James.

— James...

— C'est le fils de Harlan. »

Adélaïde soutient son regard un instant, puis tourne les talons et s'éloigne.

« C'est le fils de Harlan ! » lui lance encore Clarisse.

Le cri s'évanouit. Ensuite, il n'y a plus que le bruit assourdi des pas d'Adélaïde dans la pinède.

L'effort que lui a coûté cette visite la submerge de manière insidieuse. Elle prend soudain conscience que quelque chose est noué en elle ; elle essaie de respirer pour s'en libérer. Elle s'adosse à un arbre et, en baissant la tête, elle voit sa main, si douce et pâle contre l'écorce sombre et rugueuse... Pourtant elles semblent faire partie d'un tout. Adélaïde regarde autour d'elle. Elle est arrivée à la prairie inondable. Est-ce bien le même endroit ? C'était le printemps, et on est en automne, mais de petites fougères poussent à ras du sol, ainsi que des lobélies cardinales. En baissant les yeux, Adélaïde aperçoit la vigne, le pain de perdrix, que les anciens appelaient vigne des amoureux d'après Jarry. À l'époque, elle était couverte de bourgeons blancs qui embaumaient la fleur d'oranger. Aujourd'hui, les fleurs ont laissé place aux fruits. Au milieu des feuilles vert sombre apparaissent des baies pourpres, deux gouttes de sang jumelles. Quand elle en cueille une, Adélaïde découvre les deux yeux, à l'endroit où se trouvaient les fleurs avant de faner. Un étrange sentiment s'empare d'elle, une sorte d'exaltation, et l'image de Harlan lui apparaît clairement – pas celui qu'elle a connu, mais l'homme tour à tour sombre et rougissant qu'il était, ce premier après-midi, dans le couloir face à Clarisse, lorsque la beauté spirituelle de ceux qui souffrent atrocement illuminait son visage. Voilà l'homme que tu étais vraiment, pense-t-elle, celui que je n'ai fait qu'entrevoir un jour et que je connaissais à peine. Je ne t'aimais pas, et pourtant nous étions unis par les liens du mariage, de l'histoire, d'une classe sociale, une lourde chaîne en fer… Et qu'en reste-t-il aujourd'hui ? Oh, Harlan ! Tu voulais te réformer grâce à moi, mais tu n'as pas réussi à surmonter les obstacles. Je t'ai causé du tort en t'épousant sans t'aimer et tu m'en as causé. En fin de compte, les torts étaient partagés, tu es mort, je suis libre, et c'est moi qui tire le mieux mon épingle du jeu.

Un étrange sentiment s'empare d'elle, une sorte d'exaltation éthérée et céleste, et elle se dit : Dieu a donné Sa réponse, finalement. Il m'a répondu. Sa justice, qui, croyions-nous, allait protéger le Sud, nous a apporté la défaite. Tout ce que nous croyions était faux, et rien ni personne ne se trompait plus que moi. Oh, Jarry, Jarry ! J'ai pris parti pour mon mari contre toi. Un si beau présent m'était offert et je ne me suis pas sentie en droit de l'accepter. Je comprends à présent ce que voulait dire Percival, car je suis passée à côté de mon destin, moi aussi. Un simple souffle me liait à toi, un souffle précieux, une brume ; mais j'ai préféré mes chaînes, sans écouter mon cœur ni ce que me dictait mon sens de la justice. J'ai choisi contre moi-même. Et c'est pour cela que tu m'as quittée, n'est-ce pas ? N'est-ce pas ?

Elle contemple le faîte des arbres immenses, qui semblent posséder une grâce et une sagesse dépassant l'entendement humain ; puis l'eau à ses pieds, où elle aperçoit son propre reflet et un ciel d'un bleu éclatant.

C'est alors que la poésie lui revient :

Puis enfin s'ébranlant, voici que le vieillard
Remue de son bâton les eaux de cette rive,
Qu'il fixe intensément, parcourant du regard
La vase comme s'il avait lu dans un livre...

Mais qu'est-ce qui a détourné les pensées du poète de la mort vers la vie ?

Comme si la main d'un fantôme lui avait effleuré le dos, elle sent un frisson lui courir tout du long. J'ai regardé dans cette mare et je m'y suis vue, pense-t-elle ; puis elle avance dans l'eau, et, sans se noyer, brouille sa propre image.

9

Claire tendit à Shan la minitorche qu'elle avait prise dans le tiroir encombré d'outils, et Shanté braqua le faisceau sur le chaudron qui montait toujours la garde sur le buffet.

« Alors, fit Ran en tournant la tête au moment où il plongeait le premier blanc de poulet dans l'huile, c'est une marmite ? Pour faire cuire les pois cassés ?

— Tu as vu ce qu'il y a au fond ? »

Elle fit un pas de côté et lui tendit la torche. Là, dans la rouille que l'eau avait fait apparaître, on voyait un dessin : une croix dans un cercle et plusieurs motifs plus petits gravés avec un ciseau ou un clou.

« Le métal a dû s'oxyder, dit Ran. Je ne crois pas que ça y était avant. Qu'est-ce que c'est ?

— C'est une *firma*, répondit Shanté. Dans la religion vaudou, on les appelle *veves*. Dans d'autres traditions, des *sigils*. Celui-ci est cubain, propre au palo mayombé, mais au Zaïre j'ai vu des cosmogrammes bakongo très semblables. »

Elle reprit son verre de chardonnay et en but une gorgée pendant que Claire et Marcel jetaient un coup d'œil dans le chaudron, chacun à son tour.

« À quoi ça sert ? demanda Claire.

— C'est un pictogramme religieux. Le cercle représente le monde. Dans la croix, la ligne horizontale, c'est le seuil entre les vivants et les morts. La ligne verticale montre l'énergie transmise de leur monde au nôtre. C'est le signe de Zarabanda.

— Qu'est-ce que c'est que ça ? s'enquit Claire.

— Zarabanda est un *nkisi,* un esprit du panthéon palo. En fait, Ran, c'est ce qui m'est venu à l'esprit dès que tu as parlé d'une marmite entourée de chaînes. C'est souvent le cas des chaudrons de Zarabanda. En revanche, je me demande bien comment une *prenda* a pu se retrouver ici.

— Ce sont peut-être les esclaves qui l'ont fabriquée », suggéra Marcel.

Shanté secoua la tête. « La religion qui devait être pratiquée ici, Cell, comme je l'ai expliqué à Ran, c'était le conjure. Ça vient aussi du Congo, mais au lieu d'une *prenda,* ils auraient fabriqué ces petits sachets en flanelle qu'on appelle "mains de *mojo*" ou *tobies*. Aujourd'hui, au Zaïre, les prêtres utilisent un objet similaire, un *futu*. Pour ceux qui connaissent les traditions du Congo, la technique est plus ou moins la même, c'est-à-dire qu'un *futu* ou une main de *mojo* constitue une *prenda* miniature. Il y a quelques différences, mais le processus qui se produit à l'intérieur est le même, à la base.

— Et quel est ce processus ? s'informa calmement Claire.

— En fait, c'est une recette. Il y a les ingrédients : des *palos*, des branches de certains arbres sacrés, *palo hueso, malambo, quiebra hacha* et ainsi de suite ; différentes sortes de terre, la terre d'un cimetière, ou celle prise à la croisée des chemins, au pied d'une prison et d'un tribunal, le limon d'un fleuve et le sable d'un océan ; toutes sortes de minéraux, de pierres, de racines, de cadavres d'insectes et d'animaux. On met tout ça dans le chaudron pour créer un environnement – une sorte de microcosme magique – dans lequel un *muerto*, un esprit désincarné, pourra se matérialiser, devenir l'allié du *palero* et accomplir la mission qu'il lui assigne. *"Una prenda es como el mundo entero en chiquito y con el que usted domina"* ... C'est ce que dit Cabrera : "Une *prenda* c'est tout l'univers en miniature – un microcosme – qu'on utilise pour dominer."

— Pour dominer quoi ? interrogea Claire.

— Tout ce qu'on veut, tout ce qu'on a besoin de dominer, répondit Shanté. Pour commencer, tout ce qui vous domine. Les esclaves les utilisaient pour obtenir aide et secours contre leurs maîtres. En fait, tout ce qu'un chrétien demanderait à Dieu dans ses prières, un *palero* peut le demander aux *nfumbi* et aux *nkisi*.

— Et ça marche vraiment ? demanda Claire. Tu veux nous faire croire à tout ça ?

— Absolument. » Shanté avala une grande lampée de vin. « J'ai assisté à des cérémonies où les gens sont saisis par ces esprits, Claire, possédés même. Quelqu'un dans l'assemblée dira : « *Pruebalo* » – « Prouvez-le » – et tendra une machette ou un couteau au *caballo*, au médium. Je les ai vus se taillader les bras jusqu'au sang. Je les ai vus s'entailler la langue et manger du verre et du feu. Je les ai vus s'enfoncer des cigares allumés dans les joues. Et j'ai assisté à des supercheries, aussi. Même à l'occasion de grandes cérémonies à New York, j'ai vu des gens simuler la possession, j'ai vu des *prendas* qui n'étaient pas habitées, ces énormes marmites pleines d'un bric-à-brac nauséabond et concoctées d'après un livre ou achetées sur internet à un faux *palero*. Mais quand elles sont habitées par les esprits, on le sait tout de suite.

— Alors, comment ce truc s'est retrouvé ici ? insista Ran.

— J'ai de sérieux doutes sur la possibilité qu'on l'ait amenée par bateau, répondit-elle, donc une personne bien informée l'a fabriquée sur place. Une personne d'origine cubaine, je le parierais. De race noire, un esclave. Probablement un homme.

— Tu en es sûre ? »

Le ton acerbe de Claire les fit tous se retourner. Elle échangea un regard avec Cell puis s'adressa à Ran. « Tante Tildy nous a raconté quelque chose hier soir après ton départ, Ran…

— "Nous" ? répéta-t-il, dépité.

— Tu te rappelles l'histoire de Ben Jessup ? dit-elle comme si elle n'avait pas entendu. Le petit garçon qu'on a retrouvé après la disparition de Harlan et d'Adélaïde ?

— Il n'était pas le fils de Harlan, c'est ça ? dit Ran, qui l'avait deviné depuis longtemps. Adélaïde a eu cet enfant d'un autre homme ? »

Les lèvres pincées, Claire secoua la tête. « Ce n'était pas du tout l'enfant d'Adélaïde.

— *Quoi ?* »

Secouant toujours la tête, Claire fit glisser une photo sur la table, le ferrotype d'une Habanera au regard sombre assise dans un fauteuil, un éventail fermé posé sur le corsage de sa robe noire. « Elle s'appelait Clarisse. C'était la fille de Percival DeLay et d'une esclave – une esclave cubaine –, Paloma. » Claire désigna le jeune homme aux favoris qui, un cigare entre les lèvres, se tenait derrière le fauteuil. « Voici Harlan. C'est une photographie de fiançailles. »

Ran cligna des yeux plusieurs fois. Puis il les regarda. « Avec sa propre sœur ?

— Demi-sœur. Ils ne le savaient pas. Ils se sont rencontrés à Cuba à l'âge adulte et sont tombés amoureux. Clarisse est venue ici avec lui. Tildy ignore comment ils ont découvert la vérité, mais c'est arrivé et le mariage a été annulé.

— Et il a épousé Adélaïde.

— Il a épousé Adélaïde.

— Et le petit garçon… ?

— C'est le grand-père de Clive et de Tildy. Sur son lit de mort, il a avoué à son fils que sa mère s'appelait Clarisse.

— Et Tildy le savait ?

— Tildy le savait.

— Bon sang ! » Ran s'adossa à sa chaise le temps de laisser la nouvelle faire son chemin. « Bon *sang* ! » Il frappa sur la table du plat de la main. « Je savais bien qu'elle me cachait quelque chose ! La vieille carne ! Après toutes ces années, toutes les humiliations que m'a fait subir ta famille… » Il se leva et se mit à faire les cent pas. Tu sais ce que ça veut dire ? Elle a du sang *noir*, Claire ! Mme Tildy je vaux-mieux-que-toi-avec-ma-lignée-de-douze-générations a du sang noir. *Clive* avait du sang noir. Bon Dieu, Claire : toi aussi tu as du sang noir ! Putain ! » Il se frappa le front. « Putain ! Ça alors !

— Si j'ai du sang noir, Ran, rétorqua-t-elle, nos deux enfants, là-haut, en ont aussi. »

Ran cligna encore des yeux. « C'est vrai, tu as raison. C'est incroyable ! Suis-je le seul vrai Blanc dans cette maison ? Oui ! Bon *sang* ! Allez, Ransom Hill, atterris ! Et Tildy, avec ses grands airs et son prêchi-prêcha…

— Je ne vois pas en quoi avoir des ancêtres africains devrait la rendre moins fière de ses origines.

— Ouais, c'est ça. C'est pour ça qu'ils l'ont caché à tout le monde pendant cent quarante ans. À Charleston, tu te rends compte ? Reviens sur terre ! Enfin, tu sais bien que, de façon générale, ça n'a aucune espèce d'importance à mes yeux, non ?

— Je n'en aurais pas douté, Ran, mais je trouve quand même cette joie exubérante difficile à digérer.

— Allez, ma belle ! dit-il, après avoir fait de moi votre souffre-douleur pendant dix-neuf ans, toi et ta famille, vous pouvez bien me laisser jubiler trente secondes avant de lancer la police politique à mes trousses ? »

Pour toute réponse, elle le contempla d'un air impassible.

« *Sister !* » insista Ran.

L'ignorant, Claire se tourna vers Shanté. « Clarisse était cubaine. Elle était noire.

— Elle aurait pu faire l'affaire, acquiesça Shanté, mais il y a un problème. Aucune femme n'aurait la *licencia* – la permission – de fabriquer une *prenda*. Même de nos jours à Cuba, et encore moins au XIXe siècle.

— Depuis quand les sorcières demandent-elles la permission ? suggéra Ran.

— Pourquoi veux-tu qu'il y ait de la sorcellerie là-dedans ? répliqua Claire.

— Elle voulait se débarrasser d'Adélaïde. C'est évident. Elle voulait se débarrasser de l'épouse blanche.

— Comment sais-tu que c'est Adélaïde qu'on a retrouvée dans cette fosse ?

— Elle avait une liaison. En rentrant de la guerre, Harlan a tout découvert.

— Et ? » rétorqua Claire.

Ran croisa son regard puis celui de Marcel, et l'espace d'un instant – un seul – ils se retrouvèrent dans une autre pièce, plus sombre, et il ne fut plus aussi clair qu'ils parlaient du passé.

Ran fut le premier à détourner les yeux.

« Même si c'était le cas, dit Claire, qu'est-ce qui te fait penser que ça leur a coûté la vie ? Comment sais-tu que ces corps ne sont pas ceux de Harlan et de Clarisse plutôt que de Jarry et d'Adélaïde ? »

Cette idée le troubla. Ran ne l'avait tout simplement jamais envisagée.

« Et je le répète, poursuivit Claire, sur sa lancée, pourquoi veux-tu qu'il y ait de la sorcellerie là-dedans ? Écoute, quel qu'ait été le meurtrier, il – ou elle – a utilisé une arme à feu, non ? Sans vouloir jouer les abruties, les esprits n'utilisent pas d'armes à feu, si ?

— Ma réponse, déclara Shanté, c'est que là où il y a intervention d'un esprit, la probabilité qu'une arme à feu soit utilisée augmente. Ou que des gens soient renversés par un bus, tombent d'une falaise, se suicident, ou soient victimes d'une rupture d'anévrisme ou d'accidents de ce genre.

— Ou peut-être, en vertu du principe d'Occam, rétorqua Claire, celui qui a commis ce meurtre était simplement un meurtrier aussi responsable de ses actes que n'importe quel autre être humain, comme chacun de nous ici. Pourquoi faire porter le chapeau aux esprits ?

— Tout à fait, Claire, concéda Shanté. Toutefois le principe d'Occam, si j'ai bien compris, consiste à aller au plus simple, mais ton explication ne rend pas compte de la présence de cette *prenda* sur ton buffet en ce moment même. Nous avons deux cadavres dans une fosse. Je ne prétends pas savoir à qui ils appartiennent, mais ce qui me frappe, pour le moins, c'est que la propriété d'une plantation de riz soit revenue à un enfant de race mêlée, en Caroline du Sud et en quelle année déjà ? 1865 ? – à une époque où c'était à peu près aussi probable que l'élection d'un Président de couleur ou la présence d'un homme sur la lune. Même si tu considères ça comme un hasard ou un fait isolé, une personne en savait assez pour fabriquer une *prenda* et dessiner une *firma* au fond du chaudron. Clarisse était cubaine, elle était noire ; d'après tout ce que vous avez dit, elle avait certainement un mobile. Ce qui m'intrigue encore, en revanche, c'est la raison pour laquelle elle a fabriqué un chaudron de Zarabanda. Zarabanda est le dieu de la justice. Son énergie ne se prête pas à des actions maléfiques. Pour de la sorcellerie, je m'attendrais plutôt à voir un *nganga bomba* ou un *sacu-sacu*, une sorte de *prenda* faite avec un sac en toile et suspendue à un arbre. Au lieu de cela, on a un chaudron en fonte avec la *firma* de Zarabanda et le contenu approprié. Ce qui me fait pencher pour la thèse de Claire. Rien dans tout cela ne ressemble à de la sorcellerie. Dans le palo Nzambi – le « bon » palo, celui qui est autorisé –, le *palero* et l'esprit font un pacte, un contrat. Le *muerto* entre dans le chaudron et sert le *palero* volontairement. *"Sometido por su voluntad"* … Tu te rappelles, Ran ? « Assujetti par sa propre volonté ». Je ne vois rien qui indique autre chose ici. Il me semble plutôt qu'un événement ne s'est pas passé comme prévu. Un événement a poussé Clarisse – ou quelqu'un d'autre – à enfouir sa *prenda* dans une fourmilière, à l'envers, ce qui, pour une *palera*, reviendrait à enterrer sa mère la tête en bas. Pourquoi aurait-elle voulu détruire son chaudron ? À mon avis, elle a rompu le pacte. La promesse qu'elle a faite au *muerto* n'a pas été accomplie. Si l'esprit est toujours là, c'est pour cette raison. Il veut quelque chose, sans doute ce qu'il voulait et qu'on lui avait promis autrefois. Je pense que nous devrions essayer de savoir quoi. Mais d'abord, nous devons savoir qui est le *muerto*.

— Attends, intervint Ran. Tu es en train de nous dire que quelqu'un de précis a été enfermé dans ce chaudron ?

— Physiquement, non. C'était un être humain autrefois, mais ce que nous sommes de notre vivant n'est pas ce que nous devenons après notre mort. Dans la métaphysique du Congo, les êtres humains sont composés de trois facultés étroitement liées : le *nitu*, le *kini* et la *mwela*. Le *nitu* est l'enveloppe corporelle, ou "corps mortel" que nous laissons derrière nous. Le *kini* et la *mwela*, ensemble, forment le "corps vivant". Le *kini*, qu'on appelle aussi "énergie vitale", a exactement la même apparence que le *nitu* mais il est incorporel. Quand on voit un fantôme, c'est le *kini* qui subsiste. La *mwela* est l'âme, que les Africains identifient au souffle. À notre mort, elle rejoint ses ancêtres dans le mpemba. On dit que la *mwela* ne quitte jamais le *kini*, ils sont unis pour l'éternité ; mais le *kini* peut être détaché de cette entité, et c'est la partie qu'un *brujo* mettra très probablement dans un chaudron. En fait, cette partie-là devient souvent l'esprit actif, le *ndoki* de la *prenda*, de n'importe quelle *nganga*, qu'on l'utilise pour faire le bien ou le mal. Le *ndoki*, ou *kini*, conserve certains traits de sa personnalité d'autrefois et sa mémoire immédiate d'être humain, mais pas son être véritable, son âme. C'est à peu près ce que Carl Jung appelait l'ombre et que, de fait, on identifie à l'ombre. Selon toute probabilité, nous sommes en présence du *ndoki* avec qui Clarisse a conclu un pacte.

— Mais s'il veut la même chose aujourd'hui qu'autrefois... »

Ils regardèrent tous Ran.

« Allez, quoi, vous voyez bien ce que je veux dire...

— Non, Ran, répondit Claire. Qu'est-ce que tu veux dire ?

— Ce que le *ndoki* voulait a abouti à la découverte d'Adélaïde et Jarry... ou de Harlan et Clarisse... enfin de deux cadavres dans une tombe improvisée. Et si l'histoire se répétait ? »

Claire lui lança un regard sévère. « Tu sais quoi, Ran ? Tu débloques. Tu es en plein délire, et excuse-moi, Shan, je te considère comme une amie et je sais que tu ne penses pas à mal – je veux le croire –, mais toutes ces histoires vaudou ne font qu'encourager Ran dans sa folie.

— Moi aussi je te considère comme une amie, Claire, répartit Shanté d'un ton égal, mais tout ça est très sérieux et tu n'y connais absolument rien.

— Non, et je ne veux rien en savoir. » Elle fit mine de se lever mais Marcel la retint – rien qu'en posant une main légère sur son bras. « Quoi ? lâcha Claire. Tu y crois ?

— Si Shanté dit que c'est vrai, je pense que nous devrions l'écouter. »

Claire le regarda dans les yeux, réfléchissant aux paroles de Marcel.

Voyant cela, Ran eut l'impression qu'on lui arrachait le foie.

« Alors, comment comptes-tu procéder, Shan ? s'enquit Cell. Comment penses-tu obtenir les réponses à ces questions ? »

Shanté haussa les épaules. « Je n'ai pas de manuel d'utilisateur, Cell. Il faut demander, à mon avis.

— Demander à qui ? dit Claire. À l'esprit ? Comment interroge-t-on un fantôme ?

— On va au cimetière, déclara Shanté. On ira demain matin, Claire, et on croisera les doigts de toutes nos forces en espérant recevoir une réponse. »

10

Trois draps sont étendus par terre dans la forêt – sur le premier, de la paille de pin, des pommes de pin et des petites fougères déterrées, avec leurs racines, dans un peu de terre ; sur le deuxième, une strate de terre plus pâle ; sur le troisième, l'argile d'un gris jaunâtre qui ne sera pas entièrement remblayée dans le trou qu'Adélaïde creuse, avec l'aide du vieux Peter, pour cacher le coffre en argent. Elle voulait le faire depuis un certain temps, alors pourquoi, soudain, aujourd'hui ? Qui sait ? Adélaïde s'est réveillée en entendant les oies au-dessus de la maison et il semblait important de ne pas attendre plus longtemps. Ils en sont là – ils ont traîné à pas lents le troisième drap jusqu'à la mare pour jeter toute l'argile dans l'eau (une seule motte, la moindre parcelle même, peut les trahir) – quand leur parvient le vrombissement sourd d'un moteur sur le fleuve. Sultan, le chien de Harlan, se met à aboyer. Un son au loin retentit – tat... tat... ratah...tah...tat –, cela ressemble tant au bruit d'un jouet, comment cela pourrait-il annoncer quelque chose de grave ?

Lorsqu'ils arrivent sur la route, ils voient que la basse-cour est sens dessus dessous. Un moment, Adélaïde ne comprend rien à ce qui se passe. La perspective est tronquée – elle a l'impression de s'être trompée de maison – , puis elle s'aperçoit qu'un énorme bateau, presque un navire, est amarré à son appontement, éclipsant la vue familière de la berge. USS Mendota, *lit-elle alors sur la proue et, pour la première fois, elle a peur. Des inconnus – des hommes noirs vêtus de manteaux bleus, armés de mousquets à baïonnette – vont et viennent d'un pas décidé tandis que ses esclaves restent plantés là à les regarder, l'air perdu. Un petit homme chauve armé d'un revolver s'arrête devant la laiterie et regarde les vaches efflanquées à l'intérieur. Après les avoir contemplées un instant, il lève son arme et tire une balle dans la tête de Patch. Patch, qui a vêlé au printemps dernier, tombe à genoux et sur ses jarrets ; il tire à nouveau, et elle s'effondre comme un sac de cailloux.*

« Non ! » chuchote Adélaïde. Sa main se pose sur son corsage. Voilà qu'il en abat une autre. « Non ! » hurle-t-elle en se mettant à courir. Les piaillements aigus des cochons, le bruit du verre qui vole en éclats... À la porte de la cuisine, un homme traîne Minda dehors et la jette par terre. Une fumée noire s'échappe par la fenêtre. Il y a aussi des hommes sur la véranda. La scène évoque une fourmilière envahie par une colonie ennemie.

« Que faites-vous ? » demande Adélaïde au petit homme, qui la dévisage avec des yeux exorbités et hagards, rougis par le soleil et la boisson. « Ces vaches donnent du lait à nos enfants. »

Comme s'il ne l'entendait pas, il lui pointe le revolver sur la tête et appuie sur la détente. Trois fois de suite.

« Bon sang ! s'écrie-t-il. Mais bon sang ! » Il la gifle sur la bouche, d'un revers de main d'une telle violence qu'Adélaïde tombe à la renverse ; tout en jurant, l'homme recharge son arme.

Quand il lève le revolver pour tirer à nouveau, Peter s'interpose. « Toi, lance-t-il en pointant son doigt sur le visage de l'homme, la voix tremblante de peur et d'indignation. Toi, je te connais. T'es l'tailleur de pierre de maît' Aw'ston, à Hasty Point. Laisse-la, t'entends ?

— J'suis personne, Vieux Père, réplique l'homme aux yeux exorbités, chuis libre. Libre comme l'air. Libre jusqu'à la mort. Chuis qu'à moi.

— Bon, écoute... »

Cette fois-ci, le crépitement est tout proche, énorme et sonore. Projeté contre la barrière, Peter se replie sur lui-même comme du papier. Adélaïde voit sa cervelle éclabousser la rampe et couler sur la joue de son propriétaire ; le sang rouge vif tranche sur le lichen vert pâle de la clôture autant que les baies pourpres du pain de perdrix. Le petit homme noir contemple Peter, les yeux exorbités d'étonnement ; ensuite, de ces mêmes yeux, il regarde son arme qui fume encore de son forfait. Un demi-sourire aux lèvres, il croise le regard d'Adélaïde comme pour l'inviter à s'émerveiller avec lui de ce qu'il a fait, de ce qu'il est. L'air sombre, elle attend la mort, mais il ne se soucie plus d'elle, ou plutôt il trouve les vaches plus amusantes à tuer. Se retournant vers l'enclos de la laiterie, il se remet au travail : méthodiquement, l'une après l'autre, il abat ses grosses et lourdes proies, qui se sont mises à meugler de terreur.

Adélaïde se relève pour courir jusqu'à la grange, et quand elle arrive devant la bâtisse, elle y trouve Oliver et plusieurs autres esclaves qui poussent des sacs de riz le long de la berge jusqu'au bateau. Les armes d'un régiment fédéral de soldats noirs sont braquées sur eux, et un officier blanc, un homme voûté au nez crochu dont le visage ridé est barré par une moustache, les surveille. Quand elle fait irruption devant lui, comme folle, échevelée, il la détaille avec une curiosité modérée. On ne lit aucune surprise dans ses yeux gris. Sans changer d'expression, il se remet à surveiller le chargement, les mains dans le dos, comme s'il passait ses soldats en revue.

« Pour l'amour de Dieu, aidez-moi ! crie-t-elle. Vous êtes le commandant ?

— Oui.

— Un de vos hommes vient juste d'abattre mon... » Et, mon Dieu, la réalité la heurte de plein fouet... Peter, le doux Peter, avec ses fraises des Alpes, Peter et ses crocus ! Pliée en deux, Adélaïde met la main sur sa bouche, pour étouffer un cri qui ressemble à un sanglot. « ... mon jardinier. Un homme est là-bas derrière en train de tuer toutes nos vaches. Ne pouvez-vous pas l'arrêter ?

— Vous feriez mieux de ne pas vous en mêler, dit-il, sans la regarder cette fois. On ne vous fera aucun mal si vous n'intervenez pas.

— Qui êtes-vous ? hurle Adélaïde. Quel est votre nom ? Que faites-vous avec mon riz ?

— James Montgomery. Colonel James Montgomery. Second régiment de volontaires de Caroline du Sud. Nous réquisitionnons votre riz.

— Vous le volez, vous voulez dire ! Comment dois-je nourrir mes esclaves ?

— Vous n'avez plus d'esclaves, madame. Nous sommes venus les libérer.

— Comment ? En les affamant ? Je vous en prie... Je vous en prie ! Je vous en supplie ! J'ai trois cents personnes sous ma responsabilité ici. Ceci est leur pain quotidien. Vous agissez mal. Je lis la culpabilité sur votre visage.

— Vous y lisez ce qui n'y est pas.

— Alors regardez-moi ! s'écrie-t-elle. Pourquoi refusez-vous de me regarder ? N'avez-vous donc ni mère ni sœur ? N'avez-vous donc pas de femme ? Je suis un être humain, tout comme eux. N'aurez-vous aucune pensée pour eux ni aucune pitié pour moi ? »

Alors, Montgomery se tourne vers elle. « Vous demandez une considération que vous n'avez pas eue pour ceux que vous avez réduit en esclavage. Vous avez provoqué cette guerre, vous autres les sudistes. Ne savez-vous donc pas pourquoi vous vous battez ?

— Je me bats pour survivre ! Et pour avoir un toit !

— Ce n'est pas votre toit que vous cherchez à sauver avant tout », réplique-t-il avec la froide délectation d'un rhétoricien qui ne se refusera pas la satisfaction morale d'avoir le dernier mot, même dans des circonstances aussi dramatiques. « Parce qu'en premier lieu vous vous êtes battue pour perpétuer la liberté d'opprimer. Ce riz, cette grange, cette maison, cette propriété : tout cela a été construit ou acheté par un travail abusivement extorqué, et est confiscable car c'est le fruit de l'arbre défendu. Par ailleurs, non, pour répondre à votre question, je ne vous considère pas comme un être humain au même titre que ma mère ou que mon épouse. C'est vous, les esclavagistes du Sud, qui avez provoqué ce conflit qui nous nuit à tous, y compris à tant de mes camarades qui ont versé leur sang en Virginie et qui ne reverront jamais ni leur maison, ni leur mère, ni leurs enfants, ni leur veuve désespérée. Si vous voulez de la pitié, demandez-la à Dieu. Je n'en ai aucune pour vous.

— Mais ne pouvez-vous pas laisser quelque chose à manger à mes nègres ?

— Je vous suggère de leur donner de la vache. »

Sur cette plaisanterie macabre, il se détourne et s'éloigne, les mains toujours derrière le dos – comme un sinistre prélat, pense Adélaïde ; entendant des cris, elle se précipite dans la maison. Dans la bibliothèque, les flammes grimpent aux rideaux à motifs de lierre tels des écureuils orange sur un arbre. Adélaïde arrache les tentures et se met à les piétiner. Des livres sont éparpillés au sol. Le bureau ministre a été mis à sac, tous les tiroirs ont été cassés. Au rez-de-chaussée, des hommes tambourinent à la porte de la cave tout en lançant des imprécations.

Encore un cri. C'est Tenah, en haut. Adélaïde la trouve dans la chambre, sur son lit, les jupes relevées et les jambes écartées de force par un homme, un caporal chef d'état-major aux larges favoris semblables à ceux qu'arborait jadis Harlan. Une fossette orne son menton, si profonde qu'on la dirait creusée avec la mine d'un crayon. Son pantalon rayé aux chevilles, il fornique à une cadence brutale et efficace alors que Tenah le frappe faiblement sur la poitrine et se mord la lèvre en pleurant. Le mousquet du soldat, avec sa baïonnette, est posé contre le montant du lit, et dans son poing gauche il tient un sac en tissu à moitié plein de son butin.

« Laissez-la ! crie Adélaïde.

— Bon Dieu, salope ! » Surpris, il se retire et trébuche sur son pantalon qu'il essaie de remonter. « On t'a jamais appris à frapper ? J'croyais qu'vous étiez tous censés connaître les bonnes manières par ici. »

Retrouvant son assurance, il se met à rire, et avale quelques lampées à même la bouteille d'un malága hors d'âge de Harlan.

« Viens ici, Tenah », dit Adélaïde, et aussi prestement qu'une chatte sa servante saute à bas du lit.

« Eh, attends un peu, on n'a pas fini !

— Tenah, descends au rez-de-chaussée. »

Le caporal chef secoue la tête en souriant. « T'es pas très obéissante, hein, la belle ? »

Il aperçoit son nécessaire de toilette en argent et tente de fourrer la brosse dans son sac, qu'il n'arrive pas à ouvrir, car ses deux mains sont prises. « Viens par là et aide-moi. » Il gesticule vaguement avec son arme.

« Qu'est-ce que c'est ? » Avec son petit doigt, il soulève le collier de perles de la mère d'Adélaïde, posé sur une soucoupe. « Ça irait bien à ma vieille, tu crois pas ? »

Quand Adélaïde essaie d'attraper le bijou, la ficelle se casse, et les perles tintent en s'éparpillant sur le sol.

« Ramasse-les ! ordonne le caporal du ton calme d'un homme qui formule une requête raisonnable.

— Non. »

Il soutient son regard et la jauge en souriant. « Mets ce miroir dans mon sac ! » Il hoche la tête vers la coiffeuse.

Adélaïde prend le miroir et le fracasse sur la chaise.

Le coup de poing est si violent et si rapide qu'elle sent sa mâchoire sortir de son axe, et se retrouve couchée par terre, étourdie. Elle s'efforce de se relever, mais elle a l'impression que ses membres sont retenus par de minuscules fils, comme dans Gulliver. *Elle repense à l'esprit qui l'écrasait sur son lit… Mais ce n'était qu'un rêve. Un rêve… cette fois encore ?*

L'homme est sur elle à présent, il lui arrache ses vêtements, sa robe blanche et rouge. Elle sent sa main calleuse sur sa poitrine nue et son haleine : vin doux et vomi.

« Que croyez-vous obtenir ? chuchote-t-elle dans son oreille poilue. Que croyez-vous obtenir ainsi ?

— Tais-toi ! dit-il calmement, en lui assenant un autre coup de poing. Tais-toi, traînée, et écarte les jambes. »

Il est en elle maintenant, et Adélaïde tourne la tête. Sur son visage, la grimace de déplaisir se fige tel un masque. Elle éprouve un élan de chagrin et de pitié, de ceux qu'on ressent pour autrui. Il y a une tache de soleil sur le parquet : un rectangle oblique, chaud et jaune, éclatant. Il s'étend juste au-delà de sa main, et dans cette lumière brille une perle. Elle pense à cette perle, tiède sur la peau de sa mère le jour où cette dernière est entrée dans l'océan. L'éclat du soleil se trouve au sommet de la perle, et l'ombre qu'il crée se réfléchit sur la nacre à la base… Tout comme les êtres humains. C'est la pensée qui traverse l'esprit d'Adélaïde. Elle est partie dans une rêverie, et au milieu de cette rêverie elle entend une voix familière.

« Ôte-toi de là, dit la voix.

— Attends ton tour, négro. »

C'est alors que la carabine s'abat sur lui, et le caporal à la fossette s'écroule sur le côté avec un grognement sourd.

Et voilà que, dans le rêve d'Adélaïde, Jarry est là qui la regarde. Son visage est immense et doux.

« C'est vous ? murmure-t-elle.

— Je vous ai cherchée partout, répond-il. J'ai tenté d'empêcher ça. Je suis vraiment désolé. »

Quand elle essaie de se couvrir, ses mains ne lui obéissent pas. Le rouge monte aux joues d'Adélaïde et Jarry détourne les yeux.

« Je n'aurais pas dû partir. »

Assis sur les talons, Jarry bascule soudain en avant, puis sur le côté.

« Jarry, qu'y a-t-il ? Qu'est-ce qui ne va pas ? »

Il tombe sur les fesses et regarde sa poitrine. Quelque chose cherche à percer sa redingote, comme un doigt qui s'y enfoncerait de l'intérieur ; la tache de sang s'élargit.

« Ça t'apprendra, le nègre ! » À genoux, le caporal retire sa baïonnette dans un chuintement mouillé.

Jarry cherche maladroitement son arme, mais son bras droit se dérobe. Il pose sur Adélaïde un regard empreint de tant de chagrin et de regret ; puis on entend une détonation. Le caporal est projeté en arrière contre le mur ; Tenah, debout sur le seuil, tient le Purdey.

Jarry s'adosse au montant du lit, la main sur la poitrine comme un gamin qui fait une promesse solennelle.

« Jarry ? »

Il ouvre les yeux et la regarde. Il produit un petit gargouillis quand il respire, comme s'il avait le croup.

« M'âme, *les rebelles sudistes sont dans la cour, dit Tenah.*

— Vite, donne-moi des habits de Harlan... »

Il y a des cris en bas, et des coups de feu, tandis qu'elles enfilent un pantalon et une chemise de rechange à Jarry. Bruits de pas dans l'escalier, puis Jules Poinsett entre, un revolver LeMat à la main.

« Ils ont dit qu'il y en avait un ici.

— Il est là, dit Adélaïde en hochant la tête vers le mort.

— Et qui est celui-ci ?

— Jarry, mon régisseur. »

Poinsett lui lance un regard courroucé puis se tourne vers Tenah. « Allons, tout le monde sait ici que votre régisseur s'est enfui il y a des années et qu'il a rejoint les Yankees.

— Il m'a sauvé la vie, Jules. Je vous en prie. N'en avez-vous pas assez de la mort ? »

Poinsett la toise d'un air encore plus sévère et courroucé, comme s'il réfléchissait. « Votre nom était celui d'une famille honorable dans le Sud », dit-il avant de quitter la pièce.

11

Le couteau de Ran, reposé trop brutalement, tinta sur son assiette. « Alors, qu'est-ce qu'on fait ? » demanda-t-il aux autres, dont le poulet frit, comme le sien, gisait, à peine touché, et encore : par politesse, pour la forme. « On va pas rester là avec ces mines sinistres toute la soirée ; personne n'a envie d'entendre ma nouvelle chanson ? » Il regarda Claire, mais elle refusa de s'engouffrer dans la brèche.

« J'aimerais beaucoup », dit Shanté.

Il se tourna vers Cell.

« Pourquoi pas ? » dit ce dernier.

Dans la bibliothèque, Ransom prit sa vieille Gibson dans son étui. Cette J-45 de 1946 avait été achetée il y avait bien longtemps à Nashville et avait eu une autre vie avant de lui revenir, une vie que Ransom, quand il s'enflammait, pensait parfois pouvoir ressusciter en grattant les cordes. Avec sa caisse en bois d'épicéa où le médiator avait laissé quelques cicatrices, ses éclisses en acajou et les repères de touche en nacre sur son manche en bois de rose, c'était la première vraie belle guitare qu'il avait jamais eue, celle qu'il avait gardée au fil des ans alors qu'il en avait adopté puis abandonné une dizaine d'autres, celle qu'il préférait entre toutes. Si la guitare électrique qui se trouvait dans l'étui – une Les Paul sunburst de 1960 – était la maîtresse de Ransom, c'était à la vieille guitare acoustique que pensait Claire quand elle appelait la Gibson – en plaisantant à moitié… seulement à moitié – la « régulière ».

Après avoir sorti son médiator d'entre les cordes, il tourne une ou deux chevilles pour accorder l'instrument et joue les deux premières mesures de la chanson en tâtonnant. Même dans sa tête, il a encore besoin de l'entendre ainsi, sans rien qu'une guitare sèche, pour en trouver les temps forts, et lui réinventer un rythme plus lent au fur et à mesure. Au bout d'un moment, il repose le médiator et se met à gratter les cordes dans un style qu'il tient du plus grand guitariste de blues de tous les temps, Mississippi John Hurt. Ransom, dans sa jeunesse, lui rendait hommage avec autant de dévotion que le *palero* au *muerto* de son chaudron. Le vieux bluesman noir lui a enseigné la méthode des maîtres depuis l'au-delà : c'est dans cet héritage, dans cette dévotion que Ransom puise son inspiration ce soir, et, quand il commence à chanter, la chanson, sous une surface déjantée, prend une résonance d'une tristesse inattendue, la couleur bleu sombre des fonds marins.

Dans le sous-marin de la Création
Le capitaine Nemo balance des claques et tempête.
J'en sais quelque chose, il m'a fait grande impression
Quand je faisais mes classes dans sa tête.

Il ne pleut jamais sous les mers ; pas d'intempéries.
En manœuvre, des poissons myopes viennent embrasser les hublots
J'aimerais connaître les secrets de leur taxinomie
Mais si je demande, j'ai peur que Nemo me fasse la peau.

Nemo n'est ni un tyran ni un monstre
En fait, il est un peu notre père à tous
Mais la solitude l'a endurci et son cœur de pierre
Est devenu sourd à toute gentillesse, à toute prière.

Personne ne sait quand ça a commencé.
Au commencement, sans doute : un beau jour
La surface de la terre s'est effondrée sur ses désirs
Et la gueule béante du monde a englouti sa vie.

Plein d'une colère légitime, il a plongé pour la rattraper
Mais il l'a cherchée vingt ans sous les mers sans la trouver.
Alors, il a laissé tomber, il s'est métamorphosé :
Il a appris à respirer sous l'eau, à vivre sans soleil.

Sous les hauts plafonds, entre les murs garnis de livres, Ransom tient en haleine ceux qui l'écoutent, leur rappelant à chacun ce qu'ils savent tous mais oublient souvent : la tristesse, à peine atténuée, est au cœur de toute beauté et la perte est le thème central de tout art. Il parle à la fois pour les vivants, qui sont là, et pour les morts, qui sont venus s'asseoir ici autrefois – qui aimaient leur vie aussi passionnément que les personnes ici présentes ce soir, et qui trouvaient leur mort aussi impensable – mais qui ont disparu aujourd'hui. Et serait-il plus juste, plus plausible, d'affirmer que c'est son intuition, quelque chose qui lui appartiendrait en propre plutôt que des voix fantômes, des êtres extérieurs et supérieurs à Ran qui le porte à présent et lui souffle la strophe suivante à l'oreille ?

Peut-être qu'il est fou, mais on ne l'abandonnera jamais.
Parce qu'il vaut un peu mieux que nous autres.
Lui, dans son malheur, il n'a pas fermé les yeux
Sur l'injustice que nous avons oubliée pour reposer en paix.

Dans tous les cas, quelle que soit la source de son inspiration, elle coule librement. Et après la folie de ces derniers jours, Ran se sent étrangement détendu à cet instant précis. Si calme, si posé ! Comme un marlin qui, rendu à la mer après s'être débattu sur le pont, disparaît d'un coup de queue dans les profondeurs. Et tous – Shanté, Cell et Claire, surtout Claire – écoutent avec une émotion douce-amère en pensant à la fois au don que possède Ransom et à l'homme torturé qu'il est.

Quand il a fini, il relève la tête. Pour avoir chanté ainsi maintes et maintes fois au cours de très nombreuses années, Ransom se doute de ce que signifie leur silence. L'expression qui se peint alors sur ses traits est celle d'un homme qui se dit qu'on l'aime, après tout, lui qui avait renoncé à cet espoir depuis longtemps.

« C'est la meilleure chanson que t'aies jamais écrite, déclara Marcel Jones, le premier à prendre la parole. Mais j'ai une petite critique... »

Ransom cligna des yeux. « Vas-y.

— Pourquoi "taxinomie" ? »

Ran réfléchit un instant à la question, puis éclata de rire en se donnant des claques sur les genoux. « J'étais sûr que t'allais dire ça ! Après dix-huit ans, j'étais sûr et certain que t'allais me chercher des poux pour "taxinomie" !

— Mais enfin, tu ne perdrais pas grand-chose à utiliser un mot plus simple.

— Tu as raison ! Tu as parfaitement raison ! » Ran reposa tendrement sa Gibson dans son étui. « C'est mon côté enfant pauvre, Marcel, mon côté gamin qui a arrêté ses études au lycée. Qui se sent toujours obligé de prouver au monde qu'il a du vocabulaire.

— Il y a longtemps que tu l'as prouvé, dit Claire.

— Mais ce besoin de faire ses preuves, Claire..., répliqua Ran, et la douceur avait disparu de son visage. Est-ce qu'on en finit un jour avec ça ? » Comme elle ne répondait pas, il referma du bout de l'orteil le couvercle de l'étui. « Elle ne te plaît pas.

— Je la trouve étrange et puissante, déclara-t-elle. Elle possède une exubérance que je n'ai plus entendue dans tes chansons depuis des années. »

En un instant, il eut la gorge nouée. « Mais... »

Elle secoua la tête. « Il n'y a pas de mais. Je pensais tout haut, c'est tout... Toi qui es si exigeant par rapport à toi-même, ce que tu peux être aveugle parfois, complètement aveuglé par ton ego !

— Et ça me distingue des personnes ici présentes ?

— Oui, répondit-elle sans ambages. Ça a de bons côtés, mais c'est aussi très difficile à vivre au quotidien. »

Alors, dans la pièce, le silence retomba comme la pluie.

« J'ai mal agi, Claire, dit-il. J'en suis conscient, mais de l'endroit où je suis assis – moi ici, toi là-bas, l'un en face de l'autre – je me demande quand même si celle que tu vois dans ta glace peut se dire qu'elle n'a pas moins mal agi. Je ne vois pas grande différence.

— Ce qui confirme mon analyse. »

Claire le regardait avec l'expression que Ran se rappelait lui avoir vue au soir de son arrivée, quand il avait levé les yeux vers la fenêtre éclairée, dans la cour, qu'il avait deviné qu'elle ne le voyait pas derrière son propre reflet dans la vitre. Sa solennité était celle de quelqu'un qui a perdu son sens de l'humour ; qui a perdu la capacité ou la volonté de sourire aux plaisanteries, de parler pour ne rien dire, de s'accommoder des crétins ; quelqu'un qui ne soucie plus du lendemain ni des bonnes manières, quelqu'un pour qui le monde est devenu un endroit très sérieux. Sa beauté était celle que Ran lui avait toujours connue, mais elle ressemblait à un ange courroucé envoyé par Dieu. C'était la Claire méconnue, celle que Ran craignait le plus et qu'il avait le plus courtisée, celle qu'il avait tenté d'apaiser par tous les moyens. Le jugement de Claire, qui lui avait été favorable autrefois, l'avait sauvé, pensait-il. Si elle devait trancher en sa défaveur à présent, Ran ne savait pas quel homme il serait après une telle épreuve ; ni, s'il y survivait, ce qu'il resterait de lui.

« Écoute, j'ai réfléchi et… » Il fit basculer le fermoir de l'étui. « Il est un peu tard pour en discuter ce soir, je sais, mais j'ai bien réfléchi à tout ça, et je crois que Cell devrait percevoir une part des droits d'auteur sur *Paroles de somnambule*.

— Et moi ? » contre-attaqua Claire. Sans hésitation. Pas la moindre.

Ran sourit en espérant que c'était la réaction appropriée, tout en sachant, au fond de lui, que non. « C'est un peu la même chose, non, Claire ? remarqua-t-il. Ce qui tombe dans ma poche – pour ainsi dire – tombe dans la tienne par la même occasion. »

Elle allait répondre, mais Ransom l'interrompit avant qu'elle le fasse. « Mais d'accord, d'accord, tout ce que tu veux, toi aussi. À vous de me dire quel pourcentage vous semble juste.

— Que dis-tu de cinquante pour cent, lança Claire, vingt-cinq pour Cell et vingt-cinq pour moi ? »

Le sourire de Ran fut lent à venir. « La vache, Claire ! dit-il en surveillant le ton de sa voix, pour être équitable au sens strict du terme, ça semble un peu rude.

— Très bien, rétorqua-t-elle. Pour être équitable "au sens strict du terme", qu'est-ce que tu considères comme juste ?

— Plutôt quelque chose de l'ordre de quatre-vingt-dix pour cent pour moi, et vous vous partagez les dix pour cent qui restent. »

Claire eut un sourire amer. « Tu crois que la chanson serait numéro 1 du hit-parade si son titre était "Les paroles, ça s'envole" ?

— Et si vous coupiez la poire en deux, suggéra Shanté. Ran propose quatre-vingt-dix et toi cinquante. Si on disait soixante-dix, quinze et quinze ?

— C'est beaucoup trop. » Alors qu'il était parti pour se montrer généreux, Ran sentit poindre ses vieilles résistances.

« Et moi je pense que ce n'est pas assez, riposta Claire. Tu n'aurais même plus tes droits sur cette chanson si je n'avais pas mis la pression à Gruber.

— C'est vrai, concéda Ran. C'est toi qui as négocié ça. Pourquoi tu ne prendrais pas vingt pour cent et Cell dix ?

— Soixante-quarante.

— En fait, les potes, dit Cell, je ne veux rien.

— Mais il acceptera », rétorqua Claire. Sans détacher son regard de celui de Ransom, elle posa la main sur le bras de Marcel. Ransom contempla la main pâle de Claire sur le bras noir de Cell et sentit le contact comme un fer brûlant sur sa peau à lui. Sa vision se brouilla. Il eut une absence. L'espace d'un instant, il oublia où il se trouvait et qui il était. Quand il revint à lui, il décréta : « Et pourquoi ne prendriez-vous pas tout ?

— Non, répondit Claire. Ça ne marche plus avec moi. Tu dis que tu veux être adulte. Voilà comment on fait entre adultes. Soixante-cinq, dix-sept virgule cinq, dix-sept virgule cinq. »

Elle tendit la main, et Ransom se contenta de la regarder. « C'est combien pour un baiser ?

— Demande à Cell. C'est lui qui a eu l'idée de ce pourcentage. »

Ran se tourna vers Cell, qui posa sur lui un regard grave et profond, et se contenta de dire : « C'est gratuit.

— Oh, putain ! » Ran s'adossa à son fauteuil et ramena ses cheveux en arrière des deux mains. « Où on va, là ? Je le sens très mal. Où ça va s'arrêter ? »

Personne ne répondit.

« Papa ? »

Ils se retournèrent tous et découvrirent Hope, dans son pyjama à petits chats, au milieu de l'escalier. « J'ai peur, papa, dit-elle, tu veux bien me lire une histoire ? »

Avec une lueur de désespoir, le regard de Ransom passa de Claire à Hope, puis revint à Claire.

« Tu peux faire ça ? » demanda Claire.

Ransom prit sa fille dans ses bras et monta l'escalier.

12

Dans la cuisine, pendant qu'elles lavaient les assiettes, Claire ferma le robinet et se tourna vers son amie. « Vas-y, crache le morceau, Shan.

— Tu es une grande fille, Claire. Tu n'as pas besoin de mes conseils. Ransom est pénible et on ne vit qu'une fois.

— Tout à fait exact.

— Je vais faire un tour sur la véranda », annonça Cell.

Claire le regarda mais ne fit aucun commentaire, et il sortit.

« Tout ce que je vais te dire, dit Shanté, tu te l'es sans doute déjà dit…

— Sans doute. Mais… ? »

Shanté entassa les assiettes en équilibre instable. « D'accord, tu veux savoir ce qui me tracasse ? Et je ne pense pas à Ransom, Claire… en ce moment même, c'est à toi, à Hope, à Charlie et à ta famille que je pense, tu comprends ?

— Donc, ce qui te tracasse… », lui souffla Claire, impassible.

« Je ne sais pas exactement quels sont tes sentiments, mais je peux avancer une hypothèse. J'ai vu ça souvent, Claire, et ça m'est arrivé à moi aussi…

— Continue.

— Au début, c'est si fort que tu penses que personne ne peut comprendre ce que tu ressens. Tu as franchi une porte magique, et trouvé un amour que personne d'autre sur terre n'a jamais vécu. Et peut-être que c'est vrai. Peut-être qu'une ou deux fois sur mille ou sur un million ces sentiments durent, et peut-être que Cell et toi vous faites partie des élus. Mais tu veux mon avis, Claire ? Je n'ai pas souvent vu les choses tourner comme ça. Pas une seule fois, en fait. Ce que j'ai vu, c'est des gens qui croient pouvoir voler, mais qui tombent de haut, et la chute est douloureuse. J'ai vu la chaleur incandescente se transformer en tiédeur. Et la lumière, cette lumière éclatante, Claire, attirer l'ombre. Ça peut prendre un an, parfois deux, mais selon toute probabilité tu ne mourras pas au sommet de la passion comme Roméo et Juliette. Tu en reviendras. Comme la plupart des gens. Et ensuite ils se retrouvent au même point que Ran et toi aujourd'hui, avec les mêmes "problèmes" que dans le mariage qu'ils ont quitté, mais mariés à quelqu'un d'autre. En règle générale, Claire, ce genre de passion est un rêve dont ils finissent par se réveiller. Et quand tu te réveilleras, au bout d'un an ou deux, tes enfants te regarderont avec quelque chose de brisé dans les yeux, ma chérie, quelque chose que tu n'auras pas assez de toute ta vie pour réparer. Ta vie et la leur seront détruites, et tu auras porté atteinte à ton Moi au sens large, à celle que tu es vraiment, et qui ne se résume pas à ta personne, Claire. Je ne veux pas te faire la morale, mais il y a ton ego – ce n'est pas une critique, je ne l'entends pas comme ça... Il a des besoins légitimes que tu as légitimement le droit de chercher à satisfaire ; mais ton Moi, Claire, ton *Moi* est quelque chose de plus vaste. Il inclut tes enfants, ta famille, ta tribu, ta communauté, et il inclut aussi ton mari. Si tu portes atteinte à ce Moi-là, Claire, si tu lui nuis, ce que je redoute, c'est que tu en ressortes diminuée, toi aussi.

— Alors on ne peut jamais partir », dit Claire.

Shanté s'approcha d'elle et prit ses deux mains. Sans se lâcher, elles s'assirent l'une en face de l'autre à la table. « C'est possible et les gens le font, mais les résultats sont toujours en demi-teinte, ma chérie, dans le meilleur des cas. Et en général, ils bousillent leur vie. Écoute, Claire, je te connais depuis longtemps. Je sais que ton cœur est pur et que tu fais ce que tu penses être bien. Mais j'ai encore une chose à te dire. Il y a une image quelque part dans l'œuvre de Jung. Elle ne signifiera peut-être rien à tes yeux, mais elle a beaucoup compté pour moi : c'est Jésus sur la Croix. Jung affirme que la signification profonde de la crucifixion est une représentation de l'ego sur l'arbre du Moi. Il est cloué là-haut, écartelé et endolori, et le but de cette souffrance, c'est de le faire grandir, de faire grandir l'ego pour qu'il puisse englober l'entité plus vaste qui lui est sous-jacente ; cette entité plus vaste, c'est notre vie d'être humain, Claire. C'est la vie humaine sur cette terre. Si tu essaies de t'y soustraire, si tu essaies de redescendre de l'arbre, tu te dérobes à ton destin, et pour finir tu te retrouves étrangement diminuée par rapport à celle que tu devais être.

— Et si ce n'était pas mon ego, Shan ? questionna Claire. Si c'est mon vrai Moi là-haut sur l'arbre ? »

Shanté cligna simplement des yeux. « Eh bien, ma chérie, dans ce cas, c'est une autre histoire. Une tout autre histoire. Mais, Claire, ne lui enlève pas les enfants, en plus. Parce que si tu fais ça…

— Si je fais ça, alors quoi ? Tu as vu où il en est. Qu'est-ce que tu veux que je fasse ? »

Shanté secoua la tête. « C'est juste que je ne vois pas ce qu'il lui restera pour ne pas sombrer. Je ne vois vraiment pas. »

Claire allait répondre, mais soudain, là, sur le seuil, comme un fantôme, Ran apparut.

« Je crois que vous feriez mieux de monter, dit-il.

— Qu'est-ce qu'il se passe ?

— Toutes les deux », précisa-t-il.

Dans la chambre, Hope était adossée à sa tête de lit, représentant une petite fille en bottes de pluie jaunes en train de poursuivre un cerf-volant. Hope avait un visage lumineux, excité. L'avidité troublante qui se peignait sur ses traits n'avait rien à voir avec l'expression d'une petite fille de quatre ans. « Je sais ce qu'il veut, dit-elle.

— Qui veut quoi, Hope ? s'enquit Claire en s'asseyant sur le lit.

— Le petit animal qui vit dans mon corps, répondit-elle avec son air illuminé.

— Tu veux dire ton chien ?

— Je ne sais pas, maman. Je ne le vois plus. »

Claire prit sa fille – doucement, calmement, fermement – dans ses bras. « Qu'est-ce qu'il veut ?

— De la viande et du raisin, affirma Hope. Il veut boire mon sang, et quand je serai morte il partira de mon corps. Parfois il me mord, mais il ne fait pas exprès, il ne sait pas que c'est moi. »

Debout à côté du lit, Ran affichait la même expression que les gens dans une salle d'attente à l'hôpital.

« Et tu lui parles ? demanda Claire.

— Non, je ne le vois pas.

— Il te parle ? interrogea Shanté.

— Non, il ne me voit pas. Mais parfois je l'entends chanter.

— Qu'est-ce qu'il chante ? voulut savoir Shan.

— Rarr-rarr-rarr, répondit Hope, rarr-ruh-rarr-rarr-rarr... »

Claire la serra plus fort. « Ça va aller.

— Tu veux bien dormir avec moi cette nuit ?

— Oui, ma douce, maman reste avec toi. Je dois d'abord parler à papa.

— Tu éteins pas, papa, d'accord ? dit Hope quand Ran tendit la main vers l'interrupteur.

— D'accord. » Il repoussa ses cheveux et lui planta un baiser sur le front.

« Qu'est-ce qui s'est passé ? demanda Claire dans le couloir.

— Je n'en sais rien, répondit Ran. On lisait, c'est tout.

— Je ne vous l'avais pas dit, intervint Shan. Mais dans les *prendas* de Zarabanda, le *muerto* se fait toujours aider d'un animal… un chien noir. »

Ran et Claire la regardèrent fixement, puis Claire dit : « Tu veux bien nous laisser, Shan ? J'ai besoin de parler à Ran.

» Écoute, reprit-elle, dès que Shan fut partie. J'en ai assez de tout ça. J'emmène les enfants et je pars ce soir.

— Pour aller où ?

— Je ne sais pas. À l'hôtel, je suppose. Je ne veux plus les exposer à ça.

— Mais ils y ont déjà été exposés. Tu n'as pas vu ce qui vient de se passer ? » Il désigna la porte de la chambre.

« Qu'est-ce que tu es en train de dire, Ransom ? Que notre fille est possédée ?

— Je n'en sais *rien*, Claire. Tout ce que je sais, c'est que tout ça vient du chaudron et que nous devons faire confiance à Shan pour nous dire quoi faire.

— Quelles conneries, Ran ! Je ne crois pas que le chaudron soit mêlé à quoi que ce soit. Et il n'y a pas de "nous". Si quelque chose est à l'origine de tout ça, c'est toi, voilà qui : toi, Ransom. Tu délires complètement, franchement tu me fais peur, et j'ai peur pour Hope et Charlie, aussi. »

Il lui agrippa le bras. « Tu crois que je pourrais te faire du mal ? Tu crois que je pourrais vous faire du mal, à toi ou aux enfants ?

— Lâche-moi », protesta-t-elle.

Il obéit. « D'accord. Eh bien, pars, Claire. Vas-y, pars ! Dis-leur que leur père est un fou dangereux dont il faut les protéger. Dis-leur que son amie de couleur – ton amie, aussi – qui pratique une autre religion que celle qu'on t'a enseignée à St. Michael est une désaxée qu'il faut éviter à tout prix. Autant qu'ils commencent tout de suite à apprendre ces importantes leçons.

— Tu crois qu'ils ne les savent pas déjà ? Ils ont le cœur brisé, Ran. Tu le leur as brisé, avec tous tes délires.

— Salope ! » s'écria-t-il, les joues ruisselantes de larmes. Il n'y a pas que moi. On est tous impliqués là-dedans. Tous sans exception, y compris Cell et Shan. Après tout ce qu'on a traversé, tu ne peux même pas faire ça pour moi ?

— Quoi, Ransom ? Quoi "ça" ?

— Rester pour voir de quoi il retourne. »

Claire était manifestement déchirée. « Si je reste, Cell reste aussi.

— Où ? Où il dormira, Claire ? »

Après un instant d'hésitation, elle reprit un air ferme. « Il peut dormir en bas, dans la chambre d'amis.

— Tu es sûre ? Tu ne veux pas plutôt m'y envoyer et le faire dormir en haut ?

— Ransom... » Son visage s'adoucit. Elle posa la main sur son bras. « Écoute, Ransom...

— Tu couches avec lui ? demanda-t-il. Parce que si c'est le cas, Claire, si c'est le cas, alors... » Il agita son doigt devant son visage, et elle resta plantée là tel un lapin pris dans la lumière des phares.

« Alors quoi ? » demanda-t-elle doucement.

Ransom tourna les talons et fonça vers l'escalier. Comme s'il avait le diable à ses trousses.

13

L'hiver 1864 est morne, biblique, disent certains, dans tout le Sud. À Charleston, où se tenaient jadis des bals et des dîners de la Sécession très gais, tous les soirs quelque part dans la ville ceci ou cela en l'honneur de la Sécession, on organise désormais des soirées de consolation où les gens boivent et chantent des Psaumes jusqu'à l'aube, et où les femmes qui passaient autrefois pour convenables sont plus faciles que partout ailleurs.

Mais à Wando Passo, pour Adélaïde, c'est maintenant – alors que Jarry se remet lentement de sa perforation au poumon, allongé à la place de Percival, sur l'ancien cabriolet de Percival, l'écoutant lui faire la lecture jusqu'à ce qu'il s'endorme (ils en sont au Prélude à présent, ayant trouvé en Wordsworth, tacitement, un terrain d'entente qui est, en quelque sorte, leur Psaume à eux) –, c'est maintenant qu'elle pense enfin ce qu'elle se murmure parfois à elle-même, mais jamais à haute voix : « Ma vraie vie a commencé. » Et pourquoi ne le dit-elle pas tout haut ? Peut-être parce que c'est avec cet homme-là, le frère de son mari défunt, un nègre. Ou parce que c'est si différent que la bonne société et les amis de Charleston qui, elle le sait, ne lui pardonneraient pas les sentiments qu'elle éprouve aujourd'hui – des amis dont l'avis lui importait jadis et dont elle redoutait même le jugement. Peut-être parce que cette existence est une vie sans bijou ni carrosse, sans les toilettes de la boutique de Mme Cummings. Peut-être parce qu'elle est tellement humble et petite, cette existence, dans le calme de la bibliothèque, au coin du feu, à la lumière d'une chandelle qui fume fabriquée par Adélaïde elle-même avec la graisse de ses pourceaux... Jamais elle n'aurait imaginé tout cela, ni quel serait son bonheur. Pourtant, elle est heureuse, et c'est ainsi que les choses ont tourné. Et cependant, en dépit de leur complicité grandissante, une réticence subsiste chez Jarry, et Adélaïde ne la comprend pas tout à fait ni ne sait comment la vaincre.

C'est le 15 décembre, par une matinée glaciale, qu'il se lève et l'accompagne aux champs pour la première fois. Oliver et un groupe d'esclaves remplacent une conduite emportée par une marée particulièrement haute. Il fait dix degrés à huit heures quand ils arrivent, mais à onze heures la température avoisine les vingt degrés. Jarry et elle se tiennent sur une planche au-dessus de la digue boueuse et regardent les hommes – dans l'eau froide et noire jusqu'à la taille – immerger la nouvelle conduite, taillée dans un tronc de cyprès, pour la mettre en place et la fixer à marée descendante. Ils ont rempli trois barques de bonne boue fraîchement creusée. Bloquer le sas de l'écluse et renforcer le barrage avant que la marée monte à nouveau devient une course contre la montre. Voyant qu'ils ont besoin d'aide et, pour finir, incapable de résister à son envie, Jarry attrape une houe et se joint à eux dans l'eau en dépit des protestations d'Adélaïde. Puis, ignorant les siennes, elle le rejoint. Tous travaillent fiévreusement, tandis que le fleuve monte et monte encore. Ils exultent en voyant que leur barrage tient bon. En milieu de journée, autour d'un feu, ils déjeunent dans des écuelles en bois et ôtent leurs bottes pour faire sécher leurs bas, ensuite Adélaïde renvoie les esclaves à la maison. Jarry et elle arpentent les champs qu'elle a demandé aux laboureurs de retourner afin d'y enfouir le seigle et l'avoine pour l'hiver.

« Ces champs ont produit combien, cette année ? demande-t-il.

— Un peu moins de vingt boisseaux par demi-hectare. »

Il se tourne vers elle. « Un peu moins de vingt... ?

— Dix-sept, je crois, avoue-t-elle à contrecœur. J'ai souvent repensé à vos quarante boisseaux, Jarry. Franchement, je ne vois pas comment c'est possible, mais je suivrai toutes vos suggestions. »

Il longe un sillon et arrache une mauvaise herbe. Il se tourne vers Adélaïde. « Puis-je vous montrer quelque chose ? »

En écartant la terre fraîchement retournée, il pointe du doigt une bande de boue durcie large de trente centimètres laissée intacte par la charrue. Il lui désigne des parcelles de terre identiques de chaque côté du sillon et aussi, habilement dissimulées, des deux côtés de chaque sillon sur les dix hectares du champ.

« Vous voyez ce qu'ils ont fait, lui explique-t-il d'une voix douce et posée qui ne trahit aucune surprise. Ils ont labouré la moitié du champ – moins que ça, un tiers – en trois fois moins de temps, ils ont effectué le tiers du travail et camouflé le reste pour faire croire qu'ils avait tout labouré.

— Je ne m'en doutais pas.

— Comment auriez-vous pu ? Ils savent très bien y faire. Ils en ont délibérément profité. Et franchement, ça me met en colère.

— Que devons-nous faire ?

— La première possibilité, c'est de les punir. C'est la réaction à laquelle ils s'attendent, ce à quoi ils ont été habitués. Faites-le, et les choses continueront comme avant, comme cela s'est toujours passé.

— Que feriez-vous ? »

Il fronce les sourcils et s'éloigne, partagé.

« Jarry, il y a une chose que je n'ai pas dite, mais j'y ai souvent pensé, en toute sincérité : cette terre vous appartient bien plus qu'à moi. Votre père la possédait. Vous l'avez travaillée près de trente ans, et moi à peine

trois. Même à l'aune des efforts investis, vous êtes dix fois plus en droit de la posséder que moi.

— Mais elle vous revient de droit.

— Qu'est-ce que la loi entre vous et moi ? »

Ils se regardent longuement, à bonne distance l'un de l'autre, dans l'après-midi déclinant, puis Adélaïde s'approche de lui et saisit ses mains glacées. « Un jour, Jarry, j'hériterai de la maison de ma tante à Charleston. J'hériterai de ses biens. Je serai à l'aise, voire riche, ce qui est dans l'ordre des choses, conforme au droit que j'estime avoir de posséder ce qui s'est transmis dans ma famille de génération en génération. Je serais blessée et déçue de ne pas recevoir cet héritage. De même, en vertu de ce principe, j'estime que Wando Passo est et devrait être à vous. Il faut me croire. J'ai moi aussi beaucoup réfléchi à cela. Si vous me disiez aujourd'hui ; "Addie, il y a trois cents personnes dans ce domaine et chacune, y compris vous-même, devrait en posséder un trois centième, je ferais rédiger l'acte de cession sur-le-champ."

— Je n'accepterais pas cela pour moi.

— Mais, alors, qu'accepteriez-vous ?

— Très bien, dit-il en s'éloignant à grands pas. Très bien... » Il est agité maintenant, et plein de ferveur quand il lui fait face. « Il y a six cents hectares de terres, à peu près, à Wando Passo. Si elles étaient à moi... Si c'était moi...

— Oui ?

— Il y a deux cents hectares à Beard Island. Deux cent neuf, je crois. À part les deux champs au bord de la rivière, ce sont surtout des pinèdes. Elles donnent un excellent bois, et cela fait de bons pâturages. Le sol est riche. » Il revient vers elle en quelques enjambées, puis repart, et Adélaïde sent son cœur se gonfler. Pourquoi ? Elle ne le sait pas très bien. « Si cet endroit était à moi ?

— Oui ?

— Je le céderais au tout-venant. Non, je le vendrais aux gens pour un dollar, de façon à ce qu'ils possèdent

l'ensemble du domaine collectivement. J'en ferais dresser une carte topographique, Addie. Je le diviserais en parcelles. Une cinquantaine de familles vivent dans le quartier des esclaves à l'heure actuelle…

— À peu près…

— Et peut-être autant y vivent seuls ?

— Environ.

— J'attribuerais des parcelles de deux hectares et demi aux familles, et de un hectare ou un hectare et demi aux personnes isolées pour que le compte y soit. Ces parcelles, je les répartirais par tirage au sort, pour que personne ne soit injustement avantagé. À côté de cela, je délimiterais une parcelle commune le long du fleuve. Et sur ces neuf hectares ? Il y aurait un appontement, une église, une école, une réserve d'articles de mercerie, tout ce qui serait utile à la communauté. Ceux qui voudraient quitter le domaine pourraient vendre leur parcelle à ceux qui décideraient de rester. Je les autoriserais à rester dans l'actuel quartier des esclaves jusqu'à ce qu'ils soient en mesure de construire leur propre maison. Quand ils s'y installeraient, je leur permettrais de détruire leurs cases pour récupérer ce qu'ils pourraient : planches, portes et autres installations réutilisables. Et, pour les autres matériaux nécessaires, ils se fourniraient en bois en défrichant leur parcelle, ou dégageraient des profits de la vente de leur bois de construction. Et tout cela sera financé par la culture du riz.

— Ils seront locataires des parcelles cultivables ?

— Exactement. Vous resterez propriétaire des champs, dit-il, et ils y travailleront, tout comme ils le font à présent. Vous leur fournirez les terres, les semences, les outils et les attelages, que vous nourrirez à vos frais, et la moitié des profits dégagés sera pour vous tandis que l'autre moitié leur reviendra. Seulement, écoutez, Addie… même si vous ne percevez que la moitié de ce que vous avez aujourd'hui et avez toujours eu, c'en sera fini de ceci… » Il donne un coup de pied dans la motte de terre durcie. « Finie, cette subversion, cette

résistance. Ils ne laboureront plus la moitié, le tiers de ce champ, ils le laboureront tout entier. Ainsi, au lieu de recevoir la totalité des revenus de dix-sept ou vingt boisseaux pour un demi-hectare, vous aurez la moitié de quarante, ou quarante-cinq boisseaux, et ils auront intérêt à ce que chaque champ produise autant de grains de riz que possible. La participation aux profits de chaque homme et de chaque femme sera déterminée en fonction des heures investies, du travail effectué, et pour la première fois ils auront une maison à eux sur une terre qui leur appartiendra. Ensuite, ils achèteront leur attelage et leur bœuf, et puis une vache, et puis un cheval et un buggy. Plus ils seront prospères et plus vous vous enrichirez. Quant à ceux qui exercent un métier, comme Paul et Wishy, ils construiront des maisons pendant que les autres travailleront aux champs et ils se feront payer en riz, comme tous les autres artisans – les charpentiers qui bâtiront les maisons, les bâteliers qui achemineront les cargaisons de biens, les crémiers et les volaillers pour leur beurre et leurs volailles, et il y en aura pour tout le monde. Quant à Clarisse… elle est la fille de Père autant que moi.

— En effet, concède Adélaïde, mais quelque chose en elle se raidit à cet instant.

— À votre place, Addie, je lui céderais le domaine de Cuba…

— Oui, dit-elle. Oui, répète-t-elle, soulagée.

— Elle y serait chez elle. Elle pourrait y vivre dans l'aisance. Je n'ai que faire de ce domaine.

— Moi non plus.

— Voici le rêve que mon cœur abrite depuis longtemps.

— Et nous ? demanda-t-elle. Que serons-nous l'un pour l'autre dans cette entreprise ?

— Je l'ignore, répond-il. Je suppose que vous posséderez les trois cent cinquante hectares restants. J'imagine que j'en serai le régisseur et que vous me verserez un salaire.

— Je ne trouve pas cela acceptable, déclare-t-elle. Je pense que Wando Passo devrait vous revenir.

— Cela ne me paraît pas correct.

— Qu'est-ce qui le serait ?

— La moitié pour vous et la moitié pour moi.

— Faisons rédiger les papiers.

— Nous ne pouvons faire rédiger aucun acte tant que les lois n'auront pas été modifiées. Mais une poignée de main me suffira.

— Eh bien, serrons-nous la main. »

Et dans ce champ gelé à moitié labouré, en cet après-midi du 15 décembre 1864, dans la lumière déclinante, alors que le soleil rouge sang descend dans un pâle ciel hivernal teinté de mauve et de vert, debout face à face, les joues rougies par le froid et les yeux humides, ils échangent une poignée de main glacée. Puis ils se mettent en route. Leurs bottes font craquer la fine couche de glace et Jarry aide Adélaïde à sauter par-dessus le fossé. Ils gravissent la digue et rentrent ensuite en barque à la maison, où ils allument une lampe.

Et ce qu'Adélaïde n'imaginait pas non plus, ce qu'elle n'aurait pas pu anticiper, c'est que ce serait cela – non pas un échange de regards inspirés au-dessus d'un livre de poésie mais une poignée de main dans un champ, un contrat, une parole donnée qui engage l'honneur – qui chasserait l'ultime réticence de Jarry, et que l'amour jaillirait de là. Mais il en va ainsi.

Tandis qu'ils partagent leur dîner en silence, Jarry pose sa fourchette. « Je dois vous dire quelque chose, Addie…

— Oui ?

— J'éprouve un sentiment ce soir, mon cœur n'a jamais été ainsi dilaté…

— Très cher. » Elle se lève et vient s'asseoir à côté de lui.

« … C'est la première fois, dit-il. J'éprouve des sentiments pour vous, Addie, presque depuis le début, et

j'avais deviné, ou espéré, que vous en ressentiez pour moi.

— J'en ai. Vous savez bien que c'est le cas.

— Mais ce que j'ignorais, ce que je ne croyais pas, au fond, jusqu'à aujourd'hui, c'était qu'il pouvait y avoir une justice... une justice... Je ne trouve pas de mot plus simple pour exprimer ce que cela signifie pour moi...

— Je connais le sens du mot justice.

— Je sais que mon père m'aimait, je sais qu'il m'a aimé aussi fort qu'il le pouvait, mais il n'a jamais été capable de me donner ce que vous m'avez offert aujourd'hui, Addie ; et une partie de moi-même en a souffert, n'a cessé de saigner, pendant tout ce temps. Toutes ces années, je ne me rappelle pas avoir éprouvé de bonheur sans tristesse, mais, ce soir, pour la première fois...

— Ce soir ? »

Il secoue la tête en souriant. « La tristesse a disparu. Et si je n'avais vécu que pour voir arriver ce jour, je mourrais heureux.

— Savez-vous ce que je ressens ? demande-t-elle.

— Quoi ?

— Toute ma vie, depuis ma jeunesse, j'ai attendu quelque chose, Jarry, j'ai attendu que ma vraie vie commence, mais il y a longtemps qu'elle a commencé... Elle était là devant moi, et c'était vous, vous, Jarry, depuis tout ce temps... et tout ce que je me disais, c'est que j'avais été ensorcelée. Je regrette tant mon aveuglement !

— Si vous étiez aveugle, eh bien moi aussi, assure-t-il. C'est sans importance à présent. Je vous aime comme je n'ai jamais aimé, comme j'aimerai une seule fois dans ma vie.

— Il en est de même pour moi. »

Elle lui tend la main – ce geste leur suffit – et ils montent se coucher. Et en soufflant la chandelle ce soir-là, ainsi que les soirs suivants dont la succession semble ne jamais devoir prendre fin, elle découvre que la sagesse de la jeune fille de dix-sept ans – celle qui pensait qu'Évangeline devait attendre Gabriel aussi long-

temps qu'il le faudrait, quoi qu'il advienne – est effectivement plus grande que celle de la mariée de trente-trois ans qui s'est dit : Oublions cela et vivons. Mais personne ne le lui avait enseigné – ni la bonne société de Charleston, ni sa tante, ni le cours de Mme Togno. Adélaïde a appris cette leçon-là seule.

Noël arrive. Elle va s'asseoir sur la véranda, les mains croisées sur ses genoux, tandis que Jarry prend la parole pour annoncer à tous l'accord qu'ils ont passé. Ils écoutent solennellement, mais ce soir-là, dans le quartier des esclaves, c'est la fête... Et le jour du nouvel an, quand Jarry et Adélaïde vont inspecter les champs après le départ des laboureurs, il ne reste aucune mauvaise herbe, aucune motte de terre non retournée entre les sillons. Et quand les brebis mettent bas, en février, il y a trente-six agneaux !

Le 13 avril, un jeudi, la nouvelle finit par arriver : Lee, le vaillant général Lee, s'est rendu devant le tribunal d'Appomattox. Par vagues au cours de cette triste journée, les autres nouvelles suivent : Selma capturé... Mobile prise... Joe Johnston a renoncé à son commandement. Et puis – oh, mon Dieu ! –, à l'heure du déjeuner, ils apprennent la mort de Lincoln, et Seward... exécuté ! Des rumeurs se répandent, selon lesquelles tous les soldats de rang supérieur à celui de capitaine de l'armée confédérée seront pendus, mais les journaux sortis clandestinement de Baltimore rapportent que Beecher plaide pour les sudistes. Et, alors que le monde s'écroule au-delà des grilles du domaine, à l'intérieur on recouvre le riz d'avril avec de l'argile, on rabat les harengs en amont du fleuve, et les digues sont en pleine floraison : violettes, fleurs de mûrier, jasmin bleu ou jaune. Les femmes sèment, en longeant les sillons avec cet adorable déhanchement qui n'appartient qu'à elles, penchées vers la terre, leurs jupes relevées, tout en chantant.

Et au mois de mai, lorsque le riz est immergé sous les eaux qu'il teinte d'un blanc laiteux, à la saison où les oiseaux chantent, Adélaïde remarque, un matin, quelque chose de changé dans le miroir de sa coiffeuse, et en baissant les yeux, les deux mains sur son ventre, elle s'aperçoit que la différence est là. Elle est enceinte de quatre mois au début de la récolte, quand ils parcourent les champs avec leur faucille, lient les meulons à l'aide de longs brins de paille et les laissent sécher une nuit avant de les charrier jusqu'aux barques.

Au cours du printemps et de l'été qui suit, des hommes sillonnent les routes ; ils reviennent de Virginie en rangs dispersés, pieds nus pour certains, sans rien à manger qu'une poignée de maïs desséché, et encore. Ils sont tous barbus et décharnés, épouvantails au regard hanté qui semblent en avoir trop vu pour sourire à nouveau ou guérir un jour. Ils sont nombreux à longer l'allée jusqu'à la véranda et à demander, casquette à la main, qu'on leur permette de travailler pour gagner leur repas ou dormir dans la grange. On ne les renvoie jamais. Un après-midi, cependant, vers la fin de septembre, alors qu'Adélaïde revient du fleuve avec son alpenstock, vêtue de sa nouvelle robe ample, elle aperçoit un de ces hommes, et quelque chose dans son aspect l'arrête. Barbu, grand et maigre, avec ses vêtements usés jusqu'à la corde et son chapeau râpé, il ne se distingue en rien des cent autres qui ont fait le même chemin, mais, contrairement à eux, il n'attend pas sur la véranda ni dans la cour, le chapeau à la main. Il se trouve dans le cimetière familial, où un étranger n'a rien à faire, en train de contempler les pierres tombales qui ne regardent aucun étranger, occupé à scruter tout particulièrement, et fixement, une tombe parmi les autres. Et bien qu'il ait le dos tourné, après s'être dit que ce n'était pas possible, Adélaïde pense reconnaître cet étranger et comprendre l'intérêt qu'il porte à cette pierre tombale.

14

Quand Ran ouvrit le recueil de poèmes de Wordsworth, le livre marqué par une plume verte qui était tombée de la bibliothèque le soir de son arrivée, son regard s'arrêta sur une strophe…

Le vieillard se tenait toujours à mes côtés,
Mais à présent sa voix était tel un ruisseau
Lointain ; je ne distinguais plus un mot d'un autre ;
Et son corps tout entier revêtait l'apparence

« *D'un homme que j'aurais en rêve rencontré…* » Ces mots remontèrent du fond de sa mémoire et Ran les dit à haute voix, les yeux fermés, avant de vérifier dans le livre : c'était bien cela, et il en eut la chair de poule.

Mais était-il vraiment difficile, fit remarquer Nemo, *de deviner que le vers suivant parlerait de rêve ?*

— Non », admit Ran, dépité.

Pourtant, le bouton de salopette était bien là, lui.

Lorsqu'il ouvrit le tiroir du haut, cependant, le petit objet qui se trouvait dans le pot à crayons, bien que rond et pas plus grand qu'une pièce de dix cents, n'était pas de la marque OshKosh. Il n'était même pas en métal, mais en nacre, comme les repères de touches de sa vieille guitare.

Mon pauvre petit, tu avais tellement envie d'y croire, hein ? Tu avais envie de magie. Tout ça n'est qu'un rêve, Ran, rien qu'un rêve. Il n'y a rien que toi et le vide…

Trop démoralisé pour contester cette affirmation, Ran prit l'étui à lunettes dans le tiroir. Tandis qu'il se roulait un joint, sur l'écran de son ordinateur, un singe, assommé par la chute d'une noix de coco, tomba lourdement par terre en poussant un cri aigu.

« Rien que toi et moi, mon frère », marmonna Ran, les dents serrées, pour retenir sa première bouffée de marijuana. Il remonta la fenêtre à guillotine en écoutant les contrepoids coulisser dans les sillons délabrés, puis il souffla la fumée de son joint dans la nuit.

Au loin, un engoulevent poussa un cri, et, encore plus loin, un bateau qui transportait des marchandises fit entendre sa sirène.

À peine anesthésié par cette première bouffée, il alluma la télé et se mit à zapper nerveusement jusqu'à ce qu'il tombe sur une rediffusion de « Saturday Night Live ». Après quelques sketches, Eddie Murphy réapparut affublé d'une barbe d'Uncle Remus[1] ridicule à souhait, et se mit en devoir de raconter la bonne vieille blague sur les gauchistes blancs qui vont faire des camps d'été dans le Sud, où ils paient pour travailler dans les champs de coton en se faisant fouetter par des surveillants noirs. Enfin défoncé, Ran commença par glousser un peu, puis, tout en époussetant les cendres tombées sur ses cuisses, il fut gagné par le fou rire.

Sur ces entrefaites, Marcel sortit de la chambre d'amis et apparut dans le couloir.

« Je t'empêche de dormir ?

— Non, je cherchais juste…

— Claire ? Non, désolé, ce n'est que moi.

— Une serviette de toilette, en fait. »

---

1. Nom utilisé par l'écrivain Joel Chandler Harris, auteur des histoires de Compère Lapin *(NdT.)*.

Ran haussa les épaules dans une parodie d'impuissance. « J'en ai pas sur moi. Mais viens t'asseoir. On va se fumer ce pétard ensemble.

— Pas ce soir.

— Allez, Cell, tu dis toujours ça, fit Ran, enjôleur, en aspirant la fumée, ne refuse pas mon hospitalité. Tu peux bien t'asseoir et fumer un joint avec moi, non ? En souvenir du bon vieux temps ? » Quand il souffla sa fumée, si son sourire était plus gai, il contenait une menace sous-jacente bien perceptible.

Marcel sembla hésiter à décliner l'invitation. « Je veux bien te tenir compagnie quelques minutes, mais pour le joint, non merci.

— Bon d'accord. Sers-toi un verre. Il y a du bon whisky, celui de Clive, sur la desserte... Tu l'avais déjà entendue, celle-là ?

— Je m'en souviens, dit Cell en jetant un coup d'œil à l'écran.

— Super marrante, hein ? »

Cell haussa les épaules et avala une gorgée de whisky.

« Oh, allez ! s'écria Ran. Si Eddy Murphy peut se moquer d'eux, tu peux bien en rire.

— Eh bien, on dirait que les Noirs ne pensent pas tous pareil. »

Le visage de Ran redevint sérieux. « Bon, quoi, encore un pétard mouillé ? Une autre mauvaise blague raciste, c'est ça ?

— Je ne sais pas si c'est raciste, répondit Marcel. C'est juste que je ne trouve pas ça drôle.

— Pourquoi ?

— Il y a trop de souffrance derrière tout ça.

— Mais l'humour est la politesse du désespoir, Cell – c'est pas ce qu'on dit ?

— Peut-être. Seulement, si ta mère a été assassinée, les blagues sur les meurtriers ne t'amuseront pas. Si ton enfant se fait enlever par un pédophile, tu ne te tords pas de rire devant des blagues sur les gamins qu'on retrouve morts.

— Mais ta mère n'a pas été assassinée, rétorqua Ran. Ton gosse non plus. Tu n'as pas sué sang et eau dans un champ de coton. Pas plus que tes parents, ni tes grands-parents ou les leurs, ni, sans doute, tes arrière-arrière-grands-parents. De quel droit tu imposes un seuil de tolérance sur ces sujets-là, Cell ? D'où vient tout ce désespoir, dans ton cas ?

— Ça fait deux questions, Ran. Pour la première, je suppose que ce sentiment remonte à très loin – au moins aussi loin que le regret des sudistes blancs d'avoir perdu la guerre. Cet épisode a duré quatre ans dans leur histoire mais le regret est toujours là. L'esclavage a continué pendant deux cent cinquante ans. Je ne vois pas comment il pourrait y avoir prescription avant longtemps. Quant à la question du désespoir, il ne s'agit pas de moi en tant qu'individu.

— Et pourquoi ? demanda Ran en s'asseyant bien droit sur son siège. À quel moment est-ce que ça devient un problème individuel, Cell ? Tu vois, c'est là-dessus que j'achoppe chaque fois. Je suis incapable de jouer le rôle que tu cherches à me donner : le stéréotype de l'oppresseur blanc. Je suis incapable de te traiter comme si tu incarnais le stéréotype du Noir opprimé. Je trouve que le politiquement correct rend les gens paranoïaques et trop conscients d'eux-mêmes pour agir naturellement, pour se comporter tout simplement comme des êtres humains. Pour moi, c'est là que le racisme s'arrête, quand il s'agit d'individus, de toi et moi, ici et maintenant sur ce canapé, d'homme à homme, face à face. »

Cell reposa son verre. « Dis ce que tu as à dire. »

Ran posa le joint et se pencha en avant, les coudes sur les genoux. « On se connaît depuis longtemps, Marcel.

— C'est vrai.

— On a tous les deux joué un grand rôle dans la vie de l'autre.

— Exact.

— À une époque, je pensais que tu m'aimais bien, et je sais que moi je t'aimais bien.

— Je suis d'accord avec tout ce que tu as dit jusque-là.

— Je ne suis pas très doué pour prêcher. Je suis sans doute l'être humain le plus bourré de défauts que Dieu a mis sur cette terre, Marcel, mais je continue à penser qu'il n'y a pas de relations sans obligations. J'ai pas toujours été le premier à respecter les miennes, mais je suis venu ici pour tourner la page et je me fiche de ce que les autres en pensent : je fais de mon mieux pour y arriver. J'ai une femme là-haut, Marcel. Nous sommes mariés depuis dix-neuf ans. J'ai deux petits enfants endormis dans leurs lits. Mets-toi un peu à ma place, Cell.

— Tu l'as fait, toi, peut-être ?

— Je ne l'ai pas fait ? Si je ne l'ai pas fait, j'en suis désolé. Je te demande pardon. J'essaie, maintenant. Et assis là, à côté de toi, si j'essaie de me mettre à ta place, je vois quelqu'un qui serait désespérément malheureux si un autre homme venait se mettre entre sa famille et lui, entre sa femme et lui. Je suis déchiré par ce qui nous arrive, Cell. Je joue cartes sur table et je me tourne vers toi, un vieil ami, un homme, comme moi, un être humain, parce que, Cell, je crois que nous avons plus de choses en commun que de différences, et je crois qu'au fond de ton cœur tu le sais aussi.

— Je n'ai pas besoin que tu m'expliques ce que je sais.

— Tu le sais, répéta Ran, d'un ton ferme.

— Et quand bien même ? Quand bien même, au fond, nous aurions plus de choses en commun que de différences, Ran ? Si cette humanité commune était tellement profondément enfouie que dans la vie de tous les jours elle n'avait aucune incidence, alors que les différences sont juste là, à la surface, brûlantes et épineuses ? La vérité, c'est que je n'y suis pour rien dans tes problèmes, ceux dans lesquels tu te débats en ce moment, et je n'ai aucune solution à te proposer. En fait, ce que tu attends de moi, c'est que je mette mon bonheur entre parenthèses pour te tirer du malheur dans lequel tu t'es toi-même fourré, et pourquoi devrais-je faire ça pour toi, Ran ? Pourquoi devrais-je nous faire ça, à Claire et moi ? Il n'en est pas question, et je n'ai pas l'intention de rester assis là à t'écouter tenter de m'embringuer dans une de tes histoires à dormir debout.

— D'accord, dit Ransom en se renfonçant dans le canapé. J'ai compris, Marcel. Tu veux prendre tes distances, ne pas t'en mêler, te désengager, couper tous les liens et te dire : Ce Ransom Hill, quel arriéré, quel pauvre type, un vrai bouseux ! Ce n'est pas un être humain au même titre que Claire et moi. Donc, nous ne sommes pas obligés de le traiter en vertu de ce bon vieux principe, la Règle d'or – tu te rappelles ? "Ne fais pas à autrui ce que tu n'aimerais pas qu'on te fasse." Qu'importe tout le mal que nous lui faisons. Mais ce serait pas de là que vient ta propre blessure, Cell ? Un jour, quelqu'un s'est comporté exactement de cette manière avec toi et les tiens ?

— Écoute, Ransom…

— Non, c'est toi qui vas m'écouter, Marcel, et quand j'aurais fini, tu pourras parler. Je t'ai arnaqué dans le temps. Ce soir, Claire m'a réclamé tes dix-sept virgule cinq pour cent, et j'ai accepté. Si c'est le prix à payer pour réparer mes torts, qu'il en soit ainsi. C'est le seul tort particulier que je crois t'avoir jamais causé. L'année où tu es venu en tournée avec le Ransom Hill Band, tu gagnais entre soixante-quinze et quatre-vingt mille dollars, et ça représentait beaucoup d'argent à l'époque. Tu avais un bel appartement avec vue sur l'Hudson. Je sais que tu portes ta propre blessure ; mais vois-tu, Cell, assis là, l'un en face de l'autre et d'homme à homme, au fond, tu sais parfaitement que si on prenait la somme de tes jours sur terre pour les mettre dans la balance avec la somme des miens, sans l'ombre d'un doute, tu es le plus heureux et le plus gâté de nous deux. Alors, qu'est-ce que je peux faire de plus pour toi ? Qu'est-ce que tu veux encore ? J'ai fait tout mon possible. Je ne te menace pas, je joue simplement cartes sur table. Je crois qu'on a atteint la limite, Marcel. Elle est là, devant nous. » Et Ransom la dessina du doigt sur le canapé, juste au milieu.

« Oui, les Noirs ont été opprimés, et j'en suis désolé. Si un seul de mes ancêtres a profité de l'esclavage, je ne vois pas comment. Mais je regrette quand même, pour toi, pour Shan, pour sa mère et pour tous les autres que les choses ne se soient pas passées autrement. C'est l'Histoire. Les Indiens ont été opprimés, eux aussi. Ils ont été victimes d'un génocide. Tout comme les Juifs et les Palestiniens. Il y a longtemps, en Angleterre, mon peuple, les Saxons, s'est fait dégommer par les Normands ; ils les étripaient et les écartelaient lorsqu'ils les surprenaient à braconner des cerfs pour nourrir leurs gamins pouilleux. Les Romains ont réduit les habitants de la Gaule en esclavage, et les Wisigoths ont mis Rome à sac avant de mettre aux Romains les fers aux pieds. L'Histoire est pleine d'insultes et d'injustices faites à l'humanité et ça ne te consolera peut-être pas, mais un jour, être noir en Amérique n'aura pas plus d'importance aux yeux de ta descendance que le fait d'être un Saxon pour moi. Je crois que ce jour approche, Marcel. Il n'arrivera peut-être pas de ton vivant. Tout comme un jour il existera un remède à ma maladie, mais je ne le verrai pas non plus, Cell ; voilà pourquoi j'ai un peu l'impression de savoir ce qu'on ressent quand on a la peau noire. Mon esclavage à moi, il est biochimique, il est dans mon cerveau.

— Ce n'est pas la même chose, objecta Cell.

— Et pourquoi ?

— Personne ne t'a infligé ça. Aucun être humain ni aucun groupe d'êtres humains ne t'a exploité dans son intérêt, ni privé de ta liberté, ni fait souffrir par pure méchanceté.

— Peut-être pas, mais tant qu'on est assis là, entre quatre yeux, Marcel, je vais te dire une chose : je pense que la souffrance, c'est de la souffrance, qu'elle soit le fait d'êtres humains, de Dieu, de rien du tout, ou juste parce que c'est comme ça ! Je crois que ce que j'ai traversé en tant qu'individu est une épreuve plus cruelle que tout, ce que tu pourrais mettre dans la balance de ton côté. Et puis, tu vois, Cell, je crois aussi que, toi avec tes blessures et moi avec les miennes, on se sent à part et plus lésés que les autres, mais la vérité c'est qu'on est comme tout le monde. Voilà le grand secret. Je suis défoncé et sans doute un peu fêlé, mais voilà ce que je pense : La vie d'un être humain, tout entière, est une condition d'esclave. Noirs, Blancs, Rouges, Bruns, Jaunes, on est tous dans la même galère. Je ne peux pas le démontrer, Cell, mais dernièrement j'en suis venu à me dire qu'on est sur cette terre pour faire l'expérience d'une forme d'oppression et trouver le secret qui nous en libérera – même si on ne le trouve jamais, même si on ne se libère qu'à moitié. Voilà le message qu'ont perçu Keith Richards, Mick Jagger, John Lennon et Paul McCartney dans le blues. Ils n'ont pas eu besoin d'un Noir pour en déchiffrer le code et leur en traduire le sens ; ils l'ont compris instinctivement, parce qu'ils avaient souffert, eux aussi. Les leurs avaient souffert dans les mines et les usines, comme les miens, ce qui ne signifie pas que le malheur et la rage de la classe ouvrière soient l'équivalent de l'esclavage. Pas du tout. Il n'y a pas d'équivalence. Mais il y a un point commun. Alors, quand Robert Johnson, le révérend Gary Davis, Muddy Waters, Son House et tous les autres jouaient, les quatre petits Blancs dégingandés de Liverpool et les Muscle Shoals ont perçu l'esprit de leur musique, Cell. Emprisonné dans la structure du blues à douze mesures, ils entendaient ce désir de liberté secouer les barreaux de sa cellule pour s'échapper ; ils ont transmis cet appel à un million de gens, puis à des millions d'autres. Voilà pourquoi les petites minettes hurlaient sur Sullivan Avenue – tu te rappelles ? celles qui étaient debout sur les barricades en 64 quand les Beatles sont venus jouer à New York ? Voilà pourquoi elles arrachaient leurs vêtements en pleurant. Les Beatles leur ont montré, pour la première fois, ce que pouvait être une vie d'être humain, et ils le tenaient des esclaves noirs, qui avaient apporté ce sentiment d'Afrique ; ces gamines ont fait l'expérience d'une conversion, une révélation spirituelle par procuration qu'elles ont vécue pour l'Amérique blanche dans son ensemble. Et maintenant on a tous cet héritage en commun, bordel ! Toi, moi, ma femme, mes enfants qui dorment là-haut dans leurs lits. Et moi, en tout cas, j'en suis heureux, j'en suis vachement heureux ! Voilà, Marcel. Voilà ce que j'en sais. La vie d'être humain est une forme d'oppression et la religion est la quête d'une libération. Tous les hommes cherchent la même chose sur cette terre, c'est notre condition humaine à tous, et je crois qu'elle l'emporte sur nos différences. Et c'est pour cette raison que, aussi singulière qu'elle te paraisse, ta souffrance, je la comprends parce que j'ai la mienne.

» Maintenant, essaie de ressentir ce que je ressens. En te rappelant qu'à l'époque tu étais mon ami, et moi le tien, laissons la carte raciale de côté, mettons la table de jeu bien à plat et remettons les compteurs à zéro. Zéro partout. Maintenant, parlons de notre cas particulier. À l'époque, je t'ai piqué une phrase de refrain. Ce soir, je t'ai rendu tes dix-sept virgule cinq pour cent pour réparer ça. Maintenant, rends-moi ce que tu m'as volé.

— Beau discours, Ran, dit Cell. Je suis d'accord sur certains points, mais pas sur d'autres. Et si tu veux parler de notre cas personnel, allons-y. J'aime Claire depuis toutes ces années – et même des années avant votre rencontre. C'est pour elle que j'ai rejoint le groupe, mais je n'ai jamais cherché à me mettre entre vous. Jamais. Voilà pourquoi j'ai quitté le Ransom Hill Band – et malgré l'immense amitié que tu avais pour moi, cette idée ne t'a jamais traversé l'esprit. Rien à voir avec *Paroles de somnambule* ! Je m'en foutais à l'époque et je m'en fous toujours autant. C'était de voir Claire revenir vers toi alors que tu lui faisais du mal, de te voir faire le con encore, encore et encore, toujours de la même façon, ce que tu n'as toujours pas compris. C'est contre ça que je m'insurge dans tout ce que tu as dit. Tu vois, Ran, les Noirs oublieront l'esclavage quand ils décideront, eux, de tourner la page. Les Juifs mettront l'Holocauste derrière eux quand ils décideront qu'il est temps, pas parce que toi ou quiconque en aurez assez de les écouter se plaindre. On remarque une sorte de fil rouge dans ton discours. D'une façon ou d'une autre, tu penses que tout tourne autour de toi, que tout devrait dépendre de toi et de tes décisions. Mais ce n'est pas le cas. Pareil pour Claire. Tu as eu dix-neuf ans pour construire quelque chose qui marche, et, quel que soit mon seuil de tolérance, le sien a bel et bien été franchi. Tu vois, Ran, le cœur de Claire et ses sentiments n'appartiennent qu'à elle – ils ne sont ni à toi ni à moi. Alors, en admettant que j'estime que tu mérites une seconde, une onzième ou une vingt-cinquième chance, Claire n'est pas mienne, je ne peux donc pas te la rendre. Même si je le voulais, Ransom. Et je ne le veux pas. »

Cell laissa son verre, couvert de buée, à l'endroit où il l'avait posé et sortit de la pièce. Ransom resta un moment assis à écouter les rires préenregistrés jaillir du poste. Il était incapable de suivre l'émission désormais. « *Mais à présent sa voix était tel un ruisseau / Lointain ; je ne distinguais plus un mot d'un autre.* » Ces vers lui traversèrent l'esprit alors que les ombres dansaient devant ses yeux comme des fantômes.

Finalement, en quête d'un plus grand réconfort, il s'approcha de la chaîne stéréo. En faisant défiler les CD, il renversa une pile de boîtiers. Sur le tas se trouvait son dernier album, *Étranger à moi-même*, qui remontait déjà à deux ans. Assis en tailleur sur le sol, il ouvrit le coffret et lut les notes de l'artiste...

Un jour vous entendez grincer les entrailles de la terre, une faille s'ouvre dans la roche et vous scrutez, fasciné, le magma en fusion. Dans un éclat de rire, vous en ramassez une poignée. Cela ne brûle pas. Vous pataugez dedans comme un sale gamin dans une flaque d'eau ; vous vous aspergez la figure et vous vous passez les mains dans les cheveux. Ensuite, vous partez à la recherche de verres, seaux, bocaux à confiture... Vous les remplissez, encore et encore, et vous retournez, encore et encore, au puits de magma.

Il avait écrit ces lignes à New York au début de leur période difficile. Il travaillait déjà comme chauffeur de taxi, mais il avait neigé la veille et il n'était pas allé au garage. Au lieu de cela, il avait passé la nuit à écrire, sans même savoir quoi ; puis, à six heures quinze, la maisonnée avait commencé à s'animer. Il n'y avait plus de lait frais ni de lait en poudre pour Charlie, alors âgé de huit mois, et Claire avait mis la tête dans l'entrebaîllement de la porte pour lui demander d'aller en acheter, et Ransom, en toute bonne foi, avait dit : « Une minute, je termine », puis la phrase suivante lui était venue...

Finalement, vous commencez à être fatigué, alors que la matière elle-même continue à bouillonner, inépuisable ; vous, vous n'êtes qu'un être humain... vous l'aviez oublié pendant un temps, mais vous vous en souvenez maintenant. Et quand la fatigue vient, vos mains commencent à faire mal, elles brûlent et se calcinent comme une tortue de mer dans une poêle à frire. Pourtant, vous continuez à recueillir le magma, encore et toujours, tant que vous supportez la douleur, en sachant qu'il est tard et que la source va se tarir.

Lorsqu'il avait refait surface, il était sept heures cinq et il avait entendu jouer les serrures de la porte d'entrée, Claire gronder Hope, dévaler les marches de l'escalier de leur immeuble de quatre étages sans ascenseur ; il les avait vus sortir sur le trottoir encore couvert de neige. Claire avait levé les yeux vers la fenêtre en hissant la poussette double sur le perron, y avait assis les enfants, emmitouflés dans leurs combinaisons d'hiver, et s'était mise en route vers le supermarché en foulant une neige restée vierge. Et Ransom, en caleçon et T-shirt, savait qu'il aurait dû se précipiter en bas pour l'aider, mais l'image se précisait, juste là...

Et vous finissez par vous effondrer, assommé, en levant vers le ciel un regard désespéré, découragé, épuisé, avec des moignons cautérisés et fumants à la place des mains et des bras. Et pendant que vous regardez dans le vide, le grincement se fait à nouveau entendre dans les entrailles de la terre, la faille qui s'était ouverte se referme. Il n'en reste plus rien. Le lendemain, le surlendemain ou l'année suivante, quand vous sortez de votre torpeur, vos yeux se posent sur votre table de nuit. Le magma a refroidi, il est aussi limpide qu'un clair de lune dans un bocal. Vous portez le bocal à vos lèvres, vous goûtez et, oui, vous lui trouvez un goût étrange et extraordinaire. Une fine poussière d'étoiles scintille devant vos yeux. C'est tout ce qu'il en reste. Vous faites passer le bocal à d'autres qui vous diront : Trop de tanin. Trop fruité ! Trop sec ! Trop sucré ! Ou trop sucré et trop sec ! Mais, avec un peu de chance, quelqu'un ou quelques élus vous regarderont dans les yeux, souriront, hocheront la tête et goûteront de nouveau. Et c'est avec cet espoir que je vous tends mon bocal.

Le temps de terminer cela, il ne voyait déjà plus sa femme et ses enfants, mais il les imaginait… Claire attachait la poussette au parcmètre, hissait Charlie sur sa hanche, et ordonnait à Hope de ne pas courir de peur qu'elle ne disparaisse au coin d'un rayonnage, qu'elle se fasse enlever et qu'on ne la retrouve jamais. Si seulement Ran avait vaincu son égoïsme ce jour-là et en mille autres occasions similaires… Voilà ce qu'il se reprochait aujourd'hui, ce vœu irrévocable qu'il avait fait un jour de tout sacrifier à la musique. Et puis, au printemps, elle l'avait quitté. En rentrant avec le café et le muffin de Claire dans un sac en papier, il avait trouvé sa lettre ; et la voix qui parlait à Ransom Hill depuis sa jeunesse… cette voix était partie, elle aussi, au beau milieu d'une chanson, comme Dieu avait abandonné David. Ran était devenu insomniaque, il avait passé ses nuits dans le fauteuil à bascule où il avait bercé Hope, puis Charlie, à fumer en se rejouant la scène dans l'appartement désert, à regarder par la fenêtre en parlant tout seul, pour apprivoiser la petite voix qui vous aide à choisir entre la chemise bleue et la rouge. Le matin, il se douchait et allait chercher le taxi au garage ; ensuite, il avait cessé de se doucher. Et il avait cessé d'aller au garage. Et le seul moment où il avait goûté au bonheur, à la joie, avait été cette centième fois, la fois où Claire avait cédé et accepté qu'il vienne les voir, ce jour où il l'avait vue à l'aéroport, pieds nus sur le gazon artificiel, où il avait revu le visage de ses enfants, entendu leurs voix qui criaient : « Papa ! Pa*paaa* ! » Son amour pour elle, pour eux, faisait comme une tumeur dans sa poitrine, une tumeur dont il ignorait s'il lui survivrait ; mais il savait sans l'ombre d'un doute qu'il ne pouvait pas vivre sans elle. Et que fait-on après, quand on apprend qu'il va tout de même falloir s'en passer, qu'on y arrive ou non ?

À cet instant, Ransom Hill est assis par terre devant la chaîne stéréo : il se balance d'avant en arrière en parlant tout seul – sans lâcher l'introduction de l'artiste à un album que peu de gens ont écouté, et qu'encore moins de gens ont acheté – en se disant qu'il aimerait être différent, qu'il voudrait être quelqu'un d'autre.

Puis, mû par un élan mystérieux, il se leva, glissa cinq billets de vingt dollars dans une enveloppe, en lécha le rabat et, pour boucler la boucle, recopia l'adresse d'Alberta Johns brodée sur l'étiquette du panier.

15

« On dirait que vous avez vu un fantôme. » Le pâle demi-sourire qui se dessine sur les lèvres de Harlan semble moqueur, mais on décèle une lueur grave, dénuée d'humour et inconnue dans ses yeux noisette qui n'ont plus rien de vague. Ils sont clairs et profonds, et il s'y trouve quelque chose d'incandescent et d'étrangement vide, le regard n'est pas absent, il est dénué de toute expression.

« Est-ce bien vous ? demande-t-elle. C'est vous, n'est-ce pas ? » Mille courants de sentiments contradictoires habitent Adélaïde qui, debout devant lui, toujours sous le choc, fait tourner son doigt sur le bouton en nacre poli de son col. « On m'a dit que vous étiez mort. Il y a deux ans, Harlan, Jules Poinsett se tenait ici même... » Elle regarde du côté de la véranda, mais ne termine pas sa phrase. « Oh, Harlan ! Vous êtes en vie, Dieu en soit loué ! » Ses yeux bleus qui ne savent rien dissimuler s'embuent à ces mots, et elle lui prend la main pour la serrer dans un geste sincère. Cependant, cette phrase est arrivée trop tard, trois ou quatre répliques trop tard, et ce retard n'échappe pas à son mari, dont la main reste aussi inerte entre celles d'Adélaïde que son souvenir l'a été dans le cœur de cette dernière pendant deux ans.

« Vous semblez changée », suggère-t-il. Observateurs, ses yeux quittent brièvement son visage avant d'y revenir.

Le rouge monte aux joues d'Adélaïde. « Vous aussi ! Vous êtes si maigre, mon cher ! Vous êtes maigre comme un clou. Vous n'avez que la peau sur les os ! Où êtes-vous allé ? Où étiez-vous ?

— J'ai été capturé. J'étais en prison.

— En prison ? Mais les papiers disaient...

— J'étais en prison, Addie », répète-t-il d'une voix patiente, comme un maître d'école ânonne une leçon pour l'apprendre à un enfant.

A-t-il deviné ? se demande-t-elle. Elle est enceinte de quatre mois. C'est si évident à ses propres yeux quand elle se regarde dans la glace, mais rares sont ceux qui l'ont remarqué. Et Jarry, mon Dieu ! Il est sur l'île avec les charpentiers et il va revenir d'un instant à l'autre. Comment le prévenir ? Impossible. Pourtant elle doit trouver un moyen. Que vont-ils faire ? Que va signifier ce retour ? « Venez, allons nous asseoir ; il faut vous mettre quelque chose dans l'estomac, dit-elle. Il faut vous trouver des habits dignes de ce nom. » (Mais les vêtements de Jarry sont dans la chambre ! Son vêtement de nuit, étalé sur la chaise ! A-t-elle fait le lit aujourd'hui ? Et les draps !)

« Les oiseaux sont dans la rizière, constate-t-il en promenant ses regards du côté du fleuve derrière elle.

— Il n'y reste plus que de la glanure, répond-elle, l'air absent et préoccupé. La récolte est rentrée. Nous avons récolté près de quarante boisseaux à l'hectare.

— Où est mon fusil ? demande-t-il comme s'il n'avait pas entendu.

— Dans la maison. Mais venez manger. »

C'est alors qu'elle entend le tintement caillouteux de l'unique bagage qu'il remet sur son dos : un sac en toile sur lequel « 08 25 lb » *est imprimé à l'encre noire. Elle devrait savoir ce que cela signifie, se dit-elle en lisant. Mais elle l'ignore. Quand ils traversent le parc, il regarde les ruines calcinées de la cuisine d'été envahie par les ronces qui ont poussé après l'incendie ; il fronce les sourcils, mais, à part cela, reste sans réaction.*

Sur la table, deux couverts sont mis, et Adélaïde s'empresse d'enlever l'assiette et le verre de Jarry. Elle va chercher du pain et du beurre, de la confiture de mûres – celles qui poussent en abondance sur les digues. Elle a passé la matinée à frire du poulet, et elle en place une pleine assiette devant lui. Harlan la contemple comme Franklin à Paris, coiffé de son chapeau en peau de castor, devant sa première assiette d'escargots. Il enfonce le doigt dans le beurre tiède et jaune, le renifle et le dissout en frottant son pouce contre son index, comme un baume. « On oublie qu'il existe de telles choses en ce monde. » Dans sa voix, on ne décèle aucun plaisir à ce souvenir.

« Mais il faut manger quand même, voulez-vous ? » Elle lui sert un verre de lait et le pose, tout mousseux, devant lui.

— Cette odeur m'écœure. » Il repousse l'assiette en tournant de l'œil. Il bat des paupières un instant, comme une femme, et, émue par le spectacle de sa faiblesse, Adélaïde oublie ses craintes.

« Il y a du whiskey ?

— Il y a du vin. Votre xérès. Nous l'avons caché dans des barriques enfouies au fond de la mare…

— Apportez-en. »

Elle lui en sert un demi-verre, mais Harlan met un doigt sous la carafe pour qu'elle remplisse son verre à ras bord.

« Mais, Harlan, s'enquiert-elle en venant s'asseoir près de lui et en le regardant vider le verre d'une seule gorgée, où vous ont-ils emmené ? Jules m'avait dit que vous vous étiez noyé pendant l'évacuation…

— J'ai nagé, dit-il en se resservant. J'ai essayé de regagner Fort Sumter, mais la marée était forte et m'entraînait vers le large. J'étais assommé et blessé. L'eau est devenue plus profonde, le courant m'a emporté, et j'ai fini par perdre pied. Je me suis accroché à une épave et j'ai dérivé le long du canal de Moffit, et finalement vers le large. Le lendemain matin, j'ai été

repêché par les convoyeurs de charbon sur le Nahant. *Ils étaient sortis prendre l'air quand ils ont vu les mouettes tournoyer. J'ai été transféré à Port Royal. Ils nous ont envoyés à Fort Delaware. J'y suis resté onze mois. J'ai été malade cet hiver-là, en 63. Je ne garde aucun souvenir du printemps. Je ne peux pas vous dire s'il y a eu un printemps cette année-là... » Il regarde ailleurs, pensif, et elle ne sait quoi dire.*

« En août, ils nous ont annoncé un échange de prisonniers. Ce n'était pas la première fois... mais cette fois-ci, cela semblait vrai. Ils ont envoyé six cents d'entre nous à Beaufort, dans le Sud. Je m'attendais à être à la maison d'un jour à l'autre. Ils nous ont fait monter à bord d'un bateau qui portait un drapeau blanc et nous ont dit que nous rentrions à Charleston. Les salauds ! Au lieu de cela, nous sommes allés à Morris Island. Ils y avaient construit un enclos – comme nos enclos à bétail – en encore pire. C'est sur la partie nord de l'île, entre Gregg et Wagner. » Un autre verre, maintenant, le troisième. « Ils nous ont fait essuyer le feu de Fort Sumter. De nos propres canons. Nous étions utilisés comme boucliers, voyez-vous, pour protéger leurs canonniers dans les batteries, et la moitié des obus tirés par nos propres hommes sont tombés sur nous. Les Yankees, Addie, étaient bien à l'abri dans les tranchées, derrière les rondins de palmiers nains que nous avions taillés, le sable et la terre que nous avions creusés. Ils buvaient et riaient, prenaient des paris sur ceux d'entre nous qui allaient en réchapper ou mourir cette nuit-là, cet après-midi-là. » Après avoir fini son troisième verre, il s'essuie la bouche puis s'en sert un quatrième. « Nous n'avions aucun abri pour nous protéger des intempéries ou des obus. Les premiers mois, nous avons tenté de creuser des trous dans le sable pour nous y cacher comme des crabes. Cela ne changeait rien. Surtout pour les obusiers qui tiraient de la côte. Vous savez que je faisais fonctionner ces canons-là ? Oui... eh oui. Dans le 21e régiment. » Encore une

grande gorgée. Un clignement d'yeux. Une grimace. « Et après ça, l'hiver. La saison des tempêtes. Elles ont réduit nos chemises en lambeaux. Nous n'avions ni manteaux, ni bois pour faire du feu, ni eau – pas d'eau potable du moins. Les hommes étaient obligés de s'accroupir pour faire leurs besoins aux endroits mêmes où nous vivions, où nous mangions et où nous dormions. Tant sont morts qu'on a dû les entasser sur la plage comme du petit bois. La nuit, les crabes venaient leur ronger les os. Les gardiens nous accusaient de manger nos morts. D'ailleurs certains... » Harlan regarde Adélaïde à présent, puis ses yeux deviennent vitreux, ils voient autre chose. « On les reconnaissait, ceux qui le faisaient, Addie, leurs joues restaient bien roses... » À cet instant, le pâle demi-sourire qui étire les lèvres de Harlan semble presque moqueur. « Au bout d'un certain temps, lorsque les obus se mettaient à tomber, nous ne le remarquions plus. Nous restions assis à découvert, nous jouions aux cartes, nous lancions des paris pour savoir qui serait tué, aussi bien entre nous qu'avec les Yankees. Et ceux qui y passaient, Addie ? Nous les considérions comme chanceux. » Les trois quarts de la bouteille sont bus maintenant. Il semble assommé et las tout à coup, puis il fronce les sourcils. « Entendez-vous ces maudits oiseaux ? Où est mon fusil ?

— Mais je vous l'ai dit, mon cher, le riz a été récolté. Il a été battu.

— Pourquoi les laisser se multiplier et nous nuire à l'avenir ? »

Il s'apprête à se lever, mais s'interrompt en percevant un bruit de pas sur la véranda. Un pas léger et alerte qu'Adélaïde a appris à reconnaître, un pas qui signifie que Jarry revient, heureux, avec de bonnes nouvelles. « Ils ont flotté les premiers rondins », annonce-t-il en entrant, le sourire aux lèvres, le chapeau à la main. Parfois, il l'envoie sur le dossier de la chaise, comme au lancer d'anneaux à la foire, et elle voit qu'il est sur le point de le faire. Le chapeau est dans sa main, près de partir, quand Jarry aperçoit Harlan, assis là, et il s'arrête net. Il se raidit des pieds à la tête et prend une posture plus solennelle, comme un accusé à la barre, un appelé devant un officier. Avec un pincement au cœur, Adélaïde s'aperçoit qu'elle ne lui avait plus vu cette attitude depuis des mois et qu'elle s'était habituée à l'aisance qui lui est naturelle.

« J'avais entendu dire que tu étais ici, déclare Harlan. Pour ma part, franchement, j'en doutais. Je ne pensais pas que tu aurais l'impudence de revenir. » Il regarde Adélaïde. « Saviez-vous qu'il a combattu à leur côté ?

— Il faut oublier vos différends, répond-elle. Vous avez tous les deux fait ce que vous croyiez juste. La guerre est finie.

— Vous êtes naïve, ma chère, si vous le pensez... Mais je suis curieux, Jarry. Après nous avoir trahis, après avoir trahi ta chair et ton sang, qu'est-ce qui t'a fait croire que nous te reprendrions comme régisseur ?

— Je ne suis pas ici pour vous.

— Et pourquoi es-tu ici ? »

Jarry ne répond pas. Il ne peut pas. Pas plus qu'il ne peut regarder Addie. Il ne peut que soutenir le regard de Harlan ; de ses yeux noisette, il lui lance un regard direct, sans ciller, comme deux robinets grands ouverts. Toutes ces souffrances et tous ces morts, pense Adélaïde, tous ces jeunes soldats aux joues roses qui ont gravi en hurlant tant de collines, l'une après l'autre, quatre ans de suite, tout cela n'a rien changé. Les deux frères se haïssent exactement comme avant.

« Quels rondins ? demande Harlan.

— Mon cher, intervient Adélaïde, nous avons passé un accord avec les nègres. Il faut que vous compreniez... Je vous croyais mort, et j'ai dû compter sur Jarry pour me conseiller.

— Je vois. Et quels conseils avez-vous reçus ?

— Son projet connaît un grand succès, dit-elle. Tous les autres planteurs survivent difficilement le long du fleuve, et nous n'avions pas eu d'aussi bonne récolte depuis dix ans. Quarante boisseaux de…

— Vous n'avez pas répondu à ma question, l'interrompt-il. Quel projet ? Qui flotte les rondins ? Où ça ? Pour quoi faire ? »

À présent, Adélaïde le regarde avec une expression simple et franche : « Je leur ai cédé l'île, Harlan.

— Vous avez quoi… ? Beard Island, vous voulez dire ?

— Oui.

— Cédée à qui ?

— Aux esclaves.

— Aux affranchis », précise Jarry.

Harlan les regarde l'un après l'autre en clignant des yeux, incrédule. « Avez-vous donc perdu l'esprit ? De quel droit avez-vous fait cela ?

— J'ai fait valoir les droits que vous m'aviez conférés dans votre testament.

— Me voici, vivant, ce qui rend cet accord nul et non avenu, un point c'est tout.

— Mais, Harlan, proteste Adélaïde, j'ai donné ma parole ! Ils ont travaillé toute la saison sur la base de cet arrangement. Ils ont abattu des arbres, commencé à construire des maisons. La charpente de l'église a été érigée, le clocher aussi. Le bois de construction est prêt pour le nouvel appontement. Ils ont fait tout cela en mon nom, parce que je leur avais promis que la terre et la moitié des profits du riz seraient à eux.

— Et vous pensez que je pourrais accepter ? Ces nègres, c'est-à-dire la moitié de mes richesses, viennent d'être confisqués par le même gouvernement qui avait autorisé mon père à les acheter en toute légalité ; ils m'ont été volés par un tyran d'un simple coup de plume et maintenant vous voulez que je leur cède… combien ? un tiers de ce qu'il me reste de terres en échange de… de quoi ? Pour les récompenser de leur loyauté ? Par

courtoisie ? Pour célébrer la destruction de notre État, de notre pays, de nos espoirs, de notre mode de vie ? Vous êtes bien sotte, Addie, encore plus que je ne l'avais cru. Vous avez vécu votre vie dans les livres, où de nobles héros se lancent dans des entreprises aussi téméraires que celle-ci, sans hésiter à se ruiner et à mettre leurs enfants dans le besoin. Mais dans la vraie vie, personne n'agit ainsi ; ni maintenant ni jamais. Dorénavant, les nègres – les "affranchis" – seront autorisés à vivre dans les cases, qui m'appartiennent et que j'avais mises à leur disposition gratuitement, et ils pourront me payer un loyer. Ils seront autorisés à cultiver les rizières pour gagner leur salaire et acheter la nourriture que je leur donnais pour rien. Si cela ne leur plaît pas, ils n'ont qu'à partir. Ils sont libres, après tout ! Lincoln, leur sauveur, les a émancipés, et voyez quelle récompense il a reçu pour sa perfidie... C'est Booth, vous savez... Ils ont tué Lincoln, mais mille autres se lèveront pour prendre sa place. Vous dites que la guerre est finie, Addie : vous aurez bientôt toutes les raisons de comprendre que non.

— Allons bon ! intervient Jarry. Vous ne pouvez pas être sérieux. Vous avez été vaincus, ayez au moins le courage d'admettre votre défaite.

— Ce que j'admets, rétorque Harlan, c'est que mon pays est sous l'occupation des forces ennemies.

— Mais Davis lui-même a signé l'armistice, lui rappelle Adélaïde.

— Jefferson Davis est un traître et un lâche. Il a trahi notre cause. De nombreux notables de notre gouvernement se sont exilés à Mexico à l'heure qu'il est. Ils ont signé un traité avec l'empereur Maximilien. Un jour, ils marcheront vers le Nord et nous libéreront de cette occupation.

— Avec quoi ? demande Jarry. Un maître de danse et un orchestre ? Vont-ils faire plier le gouvernement des États-Unis avec une valse ?

— Ris tant que tu le peux, Jarry. Tu triomphes pour l'instant. Mais un jour prochain, un jour très prochain, des hommes de ma connaissance – des patriotes comme Booth qui partagent ses sentiments et les miens – te feront goûter au bâton et à la pendaison. Et quand ils viendront te chercher, la nuit où ils viendront ici même dans cette cour, rira bien qui rira le dernier. Nous verrons quels sons sortiront de ta gorge de nègre ! Et je te montrerai, ce jour-là, autant d'amour fraternel que tu m'en témoignes aujourd'hui. »

Sur ces mots, Harlan prend son fusil et sort.

« Il est devenu fou, dit Jarry tandis qu'ils le regardent s'éloigner dans le parc.

— Tu crois qu'il sait ?

— S'il ne sait pas, il saura bientôt.

— Oh, mon Dieu, Clarisse ! Elle va lui dire, c'est sûr. Que devons-nous faire ?

— Qu'y a-t-il à faire, sinon prendre les devants ?

— Oh, mais Jarry, j'ai peur. J'ai peur pour nous deux. » Elle lui prend la main et la place sur son ventre. « Nous devrions peut-être prendre la barque et partir ?

— Et les affranchis ? réplique Jarry. Beard Island ? Tout ce que nous leur avons promis ? Tout le travail qu'ils ont fourni ? Nous ne pouvons pas les abandonner ainsi à leur sort.

— Que pouvons-nous faire d'autre ? Le testament est caduc. »

C'est alors que retentit la première détonation... Jarry regarde d'où vient le bruit, les mâchoires serrées. « Je refuse de m'enfuir encore une fois. »

À ces mots, une solitude poignante serre le cœur d'Adélaïde. « Eh bien, nous allons mourir de cet aveu, dit-elle en détournant le regard.

— Je pourrais me faufiler jusque là-bas. Nous pourrions l'entraîner vers une rivière quelque part... »

Elle le regarde dans les yeux et secoue la tête. « Non, tu ne pourrais pas faire cela. Et même si tu le faisais, cela gâcherait tout. Je vais lui dire. C'est à moi de le lui annoncer. »

Et dans la maison, quand Adélaïde va changer les draps, quand elle les roule en boule et les porte à son visage pour en humer l'odeur, elle écoute les grondements répétés du Purdey qui arrivent d'en bas. Ils se prolongent jusque dans l'après-midi, et un vers de Wordsworth revient à l'esprit d'Adélaïde. « Poètes, nous vivons, jeunes… Poètes, nous vivons, jeunes… » *Mais elle est trop anxieuse, elle ne se rappelle pas la suite. Seulement le sens : cela commence en poésie et se termine par la mort.*

16

Lave-moi complètement de ma faute, et purifie-moi de mon péché.
J'ai péché contre Toi, contre Toi seul, et j'ai fait le mal à Tes yeux, en sorte que Tu seras juste dans Ta sentence, sans reproche dans Ton jugement… »

Assise dans le fauteuil, le dos pudiquement tourné, Shanté lit la Bible pendant que Ransom se presse une éponge au-dessus de la tête et laisse l'eau parfumée ruisseler sur son visage, sur sa poitrine, sur ses hanches, et se frayer un chemin entre les poils de ses jambes nues avant de tambouriner doucement sur le revêtement métallique de la baignoire. Tout est encore noir derrière la fenêtre de la salle de bains, sauf les lueurs jumelles de deux bougies que reflète le verre soufflé de la vitre. Posées sur le rebord de la fenêtre et sur le lavabo, les deux bougies blanches ont été retournées, et la cire creusée pour dégager une nouvelle mèche. Chacune a été enduite d'une huile provenant d'une des fioles de Shanté. *Huile désenvoûtante,* indique l'étiquette, et au fond du flacon, au milieu des graines et des racines, il y a un maillon de chaîne ouvert.

Purifie-moi avec l'hysope, et je serai pur ; lave-moi et je serai plus blanc que la neige…

Quand elle l'a réveillé, Ran dormait assis devant le bureau ministre, la tête sur les bras, et il l'a suivie jusqu'à la cuisine où il l'a regardée, le visage brouillé par le sommeil, mettre des herbes dans de l'eau du fleuve qu'elle avait fait bouillir. Il y avait une fleur jaune séchée dans le mélange, toute ratatinée sur sa tige, sa corolle inclinée comme la tête d'un enfant découragé. Ransom s'est demandé de quelle fleur il s'agissait mais il n'a pas posé la question.

Ô Dieu, Dieu de mon salut ! délivre-moi du sang versé, et ma langue acclamera Ta justice.
Car Tu ne prends pas plaisir au sacrifice, autrement j'en donnerais ; Tu n'agrées pas l'holocauste.

Pendant qu'elle lit, il s'agenouille, éponge l'eau tombée à ses pieds pour s'en asperger à nouveau, en se lavant conformément aux instructions : « De bas en haut, pour enfermer, lui a-t-elle expliqué, et de haut en bas, pour délivrer. »

Les sacrifices agréables à Dieu, c'est un esprit brisé : un cœur brisé et contrit, ô Dieu, Tu ne dédaignes pas.

Neuf fois de suite, elle relit le Psaume, et à neuf reprises il essore l'éponge. Puis il verse l'eau dans une cuvette et, dans la fraîcheur matinale qui lui donne la chair de poule, il se sèche à l'air libre. Ensuite il enfile des habits tout blancs – un T-shirt et un pantalon en toile élimé – et descend l'allée, en emportant la cuvette, seul et pieds nus.

Une ligne jaune safran, aussi fine qu'un trait de crayon, est apparue sur le fleuve Pee Dee, et des oiseaux chantent dans la cour.

Quand le ciel s'éclaircit, Ran devine le genre de journée qui s'annonce. Une journée exceptionnelle. À Killdeer, il n'y en avait qu'une par an : ce matin-là, en sortant, on s'apercevait que le ciel s'était complètement dégagé pendant la nuit. L'air était limpide ; l'humidité, évaporée. La bonne odeur du tabac émanait des entrepôts de Depot Street au centre-ville et les bruits s'entendaient de loin : le tintement de la cloche de l'église méthodiste et, parfois, provenant du stade du lycée, les cris des gamins et des entraîneurs de football, comme des soldats rejouant sans cesse la même bataille antique dont ils ne sortaient jamais vainqueurs mais qui, à chaque automne, devait être commémorée et répétée, commémorée et répétée encore et encore. C'était le jour où vous saviez – du moins, Ransom le savait – que l'automne était bien là et l'été parti pour de bon. Le sentiment qu'il éprouve aujourd'hui est exactement le même : la solitude à l'instant où l'on comprend que toute chose a sa fin, le chagrin poignant, et pourtant, au fond, tout au fond de lui-même, Ransom entr'aperçoit la vérité – un bref éclair de lucidité, pas plus –, à savoir que cette blessure, à la marge, avait quelque chose de sacré. Et quel est ce miracle ? Pendant toutes ces années, Ran avait oublié jusqu'à l'existence de journées pareilles, et voilà qu'à nouveau il en vit une.

Pour rien au monde – et de tous les désirs qu'il a pu avoir sur cette terre, c'est le plus cher – Ransom ne voudrait penser à ce que signifie ce sentiment.

Il est arrivé au carrefour. Il attend qu'un camion passe – le chauffeur, un vieil homme coiffé d'une casquette élimée, lui lance un regard méfiant que Ransom lui rend sans sourire –, puis il se place au milieu du carrefour, fait un demi-tour et jette l'eau, à présent chargée de ses substances corporelles, pardessus son épaule gauche, vers l'est, et le soleil levant. Ensuite, sans regarder en arrière – comme Shanté le lui a ordonné –, il dépose l'argent destiné à Roberta dans la boîte aux lettres et s'en retourne d'où il vient.

Dans la cour, le trou creusé par l'excavatrice est entouré d'un ruban jaune. La portière arrière de l'Odyssey est ouverte. Shanté a sorti du coffre ses affaires. Ran l'aperçoit, agenouillée dans le cimetière. Avec la truelle de jardinage de Claire, elle verse un peu de terre dans le chaudron, en remuant les lèvres : elle prie tout en travaillant. Quand Ran pousse la grille du cimetière qui grince, elle se relève et s'essuie les mains.

« On dirait que le moment est venu.

— On dirait bien », répond-il.

Elle ouvre son panier d'un geste brutal, rapide et efficace, et en sort le coq noir qu'elle a trouvé sur le stand de volailles de son amie. Au moment où elle tend à Ran le volatile, celui-ci commence à se débattre avec une fureur étonnante, et, dans l'agitation qui s'ensuit, le bras de Ran, écorché, se met à saigner.

« Tiens-le la tête en bas. »

Ran obéit, et les ailes du coq retombent, ses yeux dorés hypnotisés.

Shanté dénoue le cordon du petit baluchon et dépose les *palos*, l'un après l'autre, au fond du chaudron. Debout derrière elle, l'oiseau passif toujours à la main, Ran est en proie à une appréhension qu'il n'avait pas ressentie jusqu'alors. En achetant le coq à l'amie de Shanté, il s'était dit que ce n'était qu'un poulet, après tout, et qu'il n'y avait pas grande différence entre ça et la viande qu'on rapporte découpée de l'épicerie. À présent, le contact des éperons osseux de l'animal dans son poing fermé, les ailes duveteuses qui effleurent ses pieds nus, la chaleur d'un être vivant contre sa jambe et l'odeur de basse-cour qu'il dégage, tout cela fait comprendre à Ran qu'il se prête à un jeu qui n'a rien d'inoffensif. Ici et maintenant, dans la fraîcheur matinale, tuer ce coq n'a plus rien d'anodin. Soudain Ran se demande si ce petit rituel n'est en réalité rien de plus qu'un jeu… tout au plus, un acte irresponsable motivé par un espoir un peu fou.

D'une boîte sculptée, Shanté a sorti une peau de léopard qu'elle a dépliée pour la passer autour de ses épaules. À l'intérieur de la boîte, Ran aperçoit un monticule de fine cendre blanche mêlée à des particules plus épaisses. Il s'y trouve des herbes séchées, des racines et des escargots, ainsi qu'un bracelet qu'elle fixe à son bras. Brandissant une crosse, elle se met à parler.

« Ne sois pas surpris de nous voir ici aujourd'hui », dit-elle en s'adressant au ciel, aux arbres centenaires, aux pierres tombales couvertes de mousse inclinées et silencieuses. Elle tient la crosse de la main gauche, et au bout de son bras droit, ballant, luit un petit couteau… « Nous nous présentons ici à Makulu avec des offrandes, pour procéder au *munkukusa*, pour nous confesser et nous purifier, et nous présenter à toi purs et vertueux. Ransom, que voici, et sa famille ont été victimes d'une vengeance dont nous ignorons la cause. Nous sommes venus te demander en quoi il t'a offensé et ce que tu attends de lui. Il est perdu, *nous* sommes perdus, parce que nous t'avons oublié. Pourtant nous savons que toi, tu ne nous as pas oubliés. Nous savons seulement que quelqu'un a fabriqué ce chaudron, que tu as été au service de cette personne, et qu'ensuite on t'a relégué dans une fourmilière et condamné à une errance éternelle comme les fourmis. Aujourd'hui, nous te demandons de retourner dans la *nganga* que nous t'avons préparée, ainsi que tu le vois. Le moment est venu pour toi de retourner au *mpemba*, d'y rejoindre tes *mwela* pour vivre éternellement parmi les *bakulu*. Vois, ceci est ton vin… » Et elle le verse par terre, en dessinant une croix. « Voici la *prenda*, et la *menga*… »

Puis elle se retourne et regarde Ran dans les yeux, un regard bref et dur, lui attrape le poignet et le soulève. « *Ensuso Kabwinda.* » Quand elle tranche la gorge du coq, le sang jaillit, tout chaud, et éclabousse la joue de Ransom. « *Embele kiamene… Eki menga nkisi…* »

Elle le force à maintenir l'oiseau en place, au-dessus du chaudron, où le sang se déverse, rapidement au début.

Ahora sí menga va corre, como corre,
Ahora sí menga va corre, sí seño,
Ahora sí menga va corre...

Quand elle se met à chanter, Ran a l'impression de reconnaître l'air... On dirait une vieille berceuse qu'on lui aurait fredonnée il y a très longtemps. Mais qui ? Sa gorge se noue douloureusement, une tendresse et une pitié ineffables pour le coq montent en lui. Et son appréhension, où est-elle passée ? Il n'en sait rien. Elle a tout simplement disparu. Et le sang coule, *menga va corre, como corre* ; cela n'a rien d'horrible du tout mais participe de cette matinée, de cette jour-née-là, avec son ciel dégagé, la solitude qui est celle de Ransom, son chagrin poignant, cette blessure qui, à la marge, a quelque chose de sacré. Tout cela forme un ensemble.

Le sang coule moins vite maintenant, il tombe goutte à goutte sur les *palos*, semblable à une pluie douce et tiède dans la jungle qui ruisselle sur les branches d'arbre, glisse sur les pierres puis sur le sol. Le sang disparaît dans les profondeurs noires du chaudron, où il se mélange à la terre bien vivante, elle aussi, faite de chair humaine, de peau, d'os et de sang, ce qu'il reste de nous, ce que nous devenons ; et tout au fond du chaudron, le sang se dépose sur le motif ancien redessiné à la craie.

« Voilà, la *firma* est réactivée, déclare Shanté d'une voix autoritaire, en regardant, une fois de plus, vers le ciel. Dis-nous qui tu es et ce que tu veux. »

Et, l'espace d'un instant de suspense intolérable, Ran s'autorise à espérer. Et pendant ce temps, pendant qu'il attend – quoi ? il l'ignore –, il ferme les yeux et adresse une prière silencieuse, au ciel, aux arbres centenaires du parc, à la puissance qu'a invoquée Shanté, et la prière qu'il formule est la suivante : *Rendez-moi ma vie* !

Puis ils attendent. L'instant de suspense intolérable, aussi bref qu'un coup de tonnerre, est passé. Puis un autre. Et encore un autre. Mais rien ne se produit. Ransom, qui rouvre les yeux, sait que rien ne va, ni ne peut, arriver. Il sait aussi, au fond de lui-même, qu'il s'en doutait depuis le début. *Et voilà, c'est tout*. Ses propres paroles lui reviennent.

Shanté prend dans sa boîte une noix de coco et la brise sur le coin de la pierre tombale. Elle en saisit quatre morceaux qu'elle jette par terre, en regardant s'ils tombent à l'endroit où à l'envers. En murmurant, elle entreprend de longer les tombes et de lancer les fragments de noix de coco au pied de chacune tandis que Ransom, assis, la suit de regard. Démoralisé et vidé, il baisse les yeux et regarde la pierre tombale :

CAPITAINE HARLAN P. DELAY
21e BAT. DE CAROLINE DU SUD, ARTILLERIE CONFÉDÉRÉE
8 DÉCEMBRE 1820 - 1er SEPTEMBRE 1863
MORT POUR SA TERRE ET SA PATRIE
REPOSE ICI DANS L'ATTENTE DE SA RÉSURRECTION

De retour à la case départ, une fois la boucle bouclée, Ransom a trouvé la réponse à ses questions, il sait ce qu'a éprouvé Harlan jadis, quand il a traversé le parc de sa maison, dans la lumière mouchetée que filtraient les chênes centenaires, pareille à celle d'aujourd'hui, et qu'il est arrivé devant une pierre tombale toute récente sur laquelle son propre nom était gravé ; Ran sait quel effet cela fait de revenir du Nord où on a été prisonnier, après des mois et des années de souffrances et de privations, pour s'apercevoir que votre femme vous a pleuré, vous a enterré et a reconstruit sa vie.

Et voir Shanté – la femme qu'il aimait, la femme qui l'a aimé – s'affairer d'une tombe à l'autre, observer de quel côté tombent les fragments de noix de coco, la voir déployer tant d'efforts pour lui le touche profondément, comme il serait ému en regardant Hope et Charlie jouer à quelque jeu imaginaire. De même qu'il leur envie leur enfance, de même il lui envie sa foi. Quant à lui, il ne croit en rien.

Il s'aperçoit que tout cela – le bain purificateur et l'eau qui doit couler de haut en bas, aller jusqu'au carrefour, vider la cuvette d'eau par-dessus son épaule gauche, pas la droite, et vers l'est, pas l'ouest, du côté où le soleil se lève… tout cela, le palo, le houdou, le conjure, les rites du Congo, les esprits, les chaudrons magiques sont pour lui autant de façons de fuir, de fuir une réalité à laquelle il ne pouvait pas se confronter, qu'il ne pouvait ni porter ni supporter, mais qu'il portait en lui. Sa souffrance. La souffrance liée à sa condition d'être humain. À un moment donné, il avait admis, sans même s'en apercevoir, qu'il était trop traumatisé, trop faible et qu'il avait trop peur pour être capable de supporter cette souffrance à l'état brut, de la garder en lui, de la respirer, de la supporter et de lui survivre, de la porter comme il a tenu le coq ou Charlie dans un rocking-chair le soir, ou comme on tient un enfant à l'agonie dans ses bras quand il n'y a plus rien à faire que contempler la terreur dans ses yeux, l'apaiser et supporter les moments à venir. Mais ce n'est ni un coq ni un enfant que Ran tient à présent. Et en se réveillant ce jour-là, des jours comme *aujourd'hui*, avec le sentiment de sa propre mortalité, on comprend que l'animal à l'agonie, l'enfant à l'agonie est en nous, que nous mourons à chaque instant, depuis notre naissance ; ces jours où l'on comprend que notre vie d'être humain est intimement liée à la mort… que faire ? Que ne ferions-nous pas pour échapper à cette réalité ? Ne serions-nous pas prêts à tout donner pour être épargnés ? Quelle drogue ne prendrions-nous pas pour oublier ?

Ce jour fatidique est arrivé pour Ransom Hill et il a essayé toutes les fuites possibles. Il a essayé l'humour, les blagues, les aventures extraconjugales, les disputes, les distractions et le travail, et aussi la folie, la musique, l'alcool, ses chansons, même ses chansons, dans lesquelles il a vraiment essayé d'être sincère... Et à présent l'idée d'une malédiction qui a dormi dans un vieux chaudron en fonte pendant toutes ces années... Autant de fuites, de faux-fuyants, de divagations. Mais pourquoi ? Quand la limite a-t-elle été franchie ? A-t-il enduré un jour cette souffrance à l'état brut avant de s'y soustraire ? Quelque part, il y a très, très longtemps, un souvenir d'enfance... une image de son père, dont les coups de poing pleuvaient sur lui, recroquevillé contre le mur, et son désir de voir non seulement les coups mais la vie elle-même s'arrêter. Depuis ce jour, prostré par terre dans la cuisine de cette vieille bicoque à Killdeer, dans l'ombre des deux grosses cheminées jumelles, Ransom associe la vie, la sensation même d'être en vie, à la douleur, et il n'a eu qu'un souhait : que la douleur cesse. C'était tellement horrible et si triste ! Il n'a pas cessé de fuir pendant tout ce temps – combien de temps ?

Et la seule idée qui n'a jamais traversé l'esprit de Ran jusqu'à aujourd'hui, jusqu'à cet instant, alors qu'il regarde Shanté avancer entre les tombes, c'est qu'il pourrait arrêter de fuir, se retourner et encaisser le coup une bonne fois pour toutes. Qu'il saurait digérer cette douleur, la garder dans sa poitrine, continuer à respirer, et à vivre. Aujourd'hui il saurait supporter, à l'âge d'homme, ce qu'il n'a pas pu supporter autrefois. Ce n'est que maintenant, en cette journée si particulière, que Ran s'aperçoit que non seulement il peut, mais il doit se confronter à cette souffrance. Mais, assis sur la tombe vide de Harlan, cette pensée ressemble au moment où le drogué laisse partir sa tête en arrière et où ses yeux deviennent vitreux alors même qu'il se promet d'arrêter demain...

En ce moment, en observant Shanté, son amie de toujours, avec autant d'amour que d'incrédulité,

Ransom, tout au fond de lui, attend encore, espère contre tout espoir que la magie va opérer, le sauver et le distraire du poids de son existence... *Et voilà, c'est tout*. Voilà ce qu'est la vie, telle qu'elle est ici et maintenant, non pas la vie telle qu'elle a été ou telle qu'elle sera, ni telle qu'elle pourrait être ou devrait être, non, simplement telle qu'elle est ici et maintenant, dans ce cimetière, sans qu'aucune magie opère. Il n'y a aucune issue pour se fuir soi-même, sauf la mort, et peut-être même pas la mort... *même pas la mort*... Ce n'est qu'à la seconde occurrence que Ransom s'aperçoit qu'une voix lui murmure ces paroles, qu'elle lui parle depuis un certain temps, qu'elle n'a pas cessé de lui parler. C'est la voix qu'il appelait Nemo, mais ce n'est plus Nemo à présent. La voix a changé. Et à cet instant, dans les arbres au-dessus de lui, un éclair mauve jaillit puis un cardinal vient se poser sur une branche du vieux cyprès et se met à chanter. Il gonfle sa poitrine et chante, à gorge déployée, sur une branche.

J'avais peur...
J'avais peur qu'ils partent
J'avais peur qu'ils partent si je les affranchissais...

Est-ce la voix qui parle à l'oreille de Ransom ou le chant du cardinal est-il fait de paroles humaines ? Ransom se sent si bizarre, il n'en sait rien.

Shanté se retourne et lui dit : « Viens par ici.

— Quelle est cette odeur ? On dirait...

— Des clous de girofle.

— Oui, ça sent les clous de girofle et le lait caillé. »

Elle lui indique la tombe d'un signe de tête. Les fragments de noix sont tombés tous les quatre à l'endroit.

Ran gratte le moisi pour lire le nom : *Percival DeLay*. « Elle a mis son père dans le chaudron ?

— *Por su voluntad*, répond Shanté. Je suis sûre qu'il y a consenti.

— Mais pourquoi ? Pourquoi y aurait-il consenti ?

— Demande-le-lui.

— Moi ?

— Vas-y », murmure-t-elle. Shanté le dévisage bizarrement. Elle l'a attrapé par les poignets.

Ran regarde les mains de Shanté, puis il lève les yeux vers son visage, très inquiet. « Qu'est-ce que tu racontes ?

— Il est là, Ran. »

Il cligne des yeux. « En moi ?

— En toi. Il est là depuis le début… Maintenant, ferme les yeux et demande-lui ce qu'il veut. »

L'espace d'un instant, Ransom la regarde dans les yeux comme on contemple un gouffre. Puis la peur l'électrise telle une morsure de vipère, il se dégage et part vers la grille d'un pas chancelant.

« Quelles conneries ! » marmonne-t-il en traversant la pelouse, et il n'éprouve rien, absolument rien. Mais depuis quand n'est-il plus tout à fait lui-même ? Depuis le premier soir ?

« Des conneries !… » Pourtant, il se sent un peu étourdi, un peu faible, et il y a plus étrange encore : bien qu'il marche depuis un certain temps, il ne s'est pas rapproché de la maison. Elle semble s'éloigner à mesure qu'il avance et, en la fixant des yeux, Ransom se rappelle qu'il a entrepris un voyage. Quelqu'un le guide, sème des indices sur son chemin, et bien que ce voyage ait commencé dans le cimetière il y a quelques instants, Ran a l'impression de cheminer depuis des années. Ce voyage ressemble à un livre dont chacun des nombreux chapitres relate une aventure, une étape, extraordinaires pour certaines, tristes pour d'autres. Il y en a tellement à présent que Ran a oublié la plupart d'entre eux, mais qu'importe tous ceux qu'il a oubliés, la seule chose qui compte, c'est l'aventure dans laquelle il vient de se lancer, et ce qui va lui arriver. Cela ne va pas sans responsabilités, et Ransom a le sentiment pesant qu'il n'a pas le droit d'échouer.

Sur la véranda, des gens l'observent. Qui est-ce ? C'est… *Est-ce Adélaïde et Jarry ? Ils posent pour la photographie qui sera prise dans peu de temps… Ils vont mourir,* pense-t-il, *et moi aussi…* Mais cette pensée n'est pas la sienne. À qui est-elle ? *Qui suis-je ?* Pendant quelques secondes, il doit faire un effort pour s'en souvenir, et il comprend qu'il n'arrivera jamais jusqu'à eux, qu'il n'atteindra jamais la maison. Il éprouve un épuisement extrême. Il cherche un endroit où s'asseoir. Il se retourne et, tout d'un coup, Adélaïde est devant lui.

« Ransom. »

Il s'abrite les yeux pour la regarder. Le soleil l'éclaire à contre-jour. Sa silhouette noire se détache sur la lumière et l'astre ressemble à un simple objet, comme un disque métallique, une pièce de monnaie.

« Ran ! » répète-t-elle, et soudain Adélaïde redevient Claire. « Il faut qu'on parle. Je pense que c'est le moment. »

Oh, il aimerait tant que ce ne soit pas elle… ou être quelqu'un d'autre ! « Je peux te dire une chose d'abord ? »

Elle acquiesce en fronçant les sourcils.

Ran doit faire l'effort nécessaire, il doit sortir de la torpeur qui s'est emparée de lui, se débarrasser de son envie de dormir. « Je ne sais plus si c'était hier ou un autre jour, mais tu m'as demandé ce que je faisais ici, Claire, et je connais la réponse, je voudrais te la donner maintenant. Je suis venu parce que je t'aime. Parce que je t'ai toujours aimée, et parce qu'autrefois tu m'aimais toi aussi. Même si tu ne t'en souviens pas, c'était le cas. Et même si tu ne m'aimes plus, je suis là parce que j'espère que tu m'aimeras de nouveau. J'ai envie d'être le mari que tu mérites, et le père dont Hope et Charlie ont besoin. Je suis ici parce que j'espère devenir l'homme que j'ai toujours espéré être un jour sans jamais y parvenir tout à fait. J'espère qu'il n'est pas trop tard, car je crois toujours que nous pourrons être heureux. C'est pour toutes ces raisons que je suis là, Claire, et parce que je pense que si j'ai pu écrire une chanson comme *Paroles de somnambule* à l'époque, en sachant ce que je savais, alors, après toutes les épreuves que nous avons traversées, je ne vois pas pourquoi je ne pourrais pas en écrire une encore meilleure aujourd'hui. Et même si je me trompe, je crois que je suis là pour essayer. Et je vais continuer d'essayer jusqu'à ce que je n'en puisse plus ou jusqu'à ce que j'arrive à écrire quelque chose de bien – pas assez bien pour Mitchell Pike, mais réussi pour Hope et Charlie Hill, et pour toi et moi. »

Claire se tait d'abord, puis elle dit : « J'espère que tu y arriveras, Ran. J'espère que tu réussiras à faire tout ça. Vraiment. Dans l'intérêt de Hope et de Charlie, et surtout pour toi-même. Mais ce ne sera pas pour moi, Ran. Ce sera sans moi.

— Ne dis pas ça... C'est ce que tu ressens maintenant, mais ça va changer.

— Comment, Ran ? demande-t-elle. Tu vas faire changer mes sentiments pour Cell, alors que je l'aime ? Tu vas faire en sorte que je tombe à nouveau amoureuse de toi, alors que je ne t'aime plus, que je ne peux plus et ne veux même plus t'aimer ? Écoute, Ransom chéri...

— Oh ! » fait-il, ou « Ah ! », un son inarticulé, un gémissement, un soupir. Il se penche très légèrement en avant, comme s'il avait reçu un coup de poing, un coup de masse ou un coup de feu. Il n'arrive plus à respirer. Ses poumons ne savent plus comment faire. *L'âme est un souffle. Tu recommenceras à respirer après ta mort.* « Non, ajoute-t-il, non, Claire, je t'en prie, attends, je... C'est trop dur pour moi. C'est trop dur. »

Il lève sur elle des yeux pleins d'angoisse, et Claire prend son visage entre ses mains.

« Il faut que tu comprennes, Ran. Je sais que c'est dur mais tu dois m'écouter. J'ai attendu aussi longtemps que j'ai pu et je ne peux pas attendre plus longtemps.

— Et les enfants ? Pense un peu à eux !

— J'y pense, dit-elle. J'y ai réfléchi. J'ai beaucoup pensé à eux. Et à toi. Je t'ai fait passer en premier pendant vingt ans, Ran. J'ai joué le rôle de la choriste noire qui reste en retrait et je ne te le reproche pas. C'est moi qui l'ai choisi, mais aujourd'hui je ne veux plus de ce rôle. » Elle saisit ses mains.

« Pour moi, dit-elle, et j'en suis désolée pour toi, Ran, mais c'est comme si Dieu ou quelque puissance suprême avait placé ce nouvel amour sur ma route, et j'ai besoin de me tourner vers lui, je n'ai pas le choix, comme une plante verte a besoin de soleil. Je ne peux pas faire autrement. Quand je me tourne vers Cell, ma vie entière s'éclaire, les lumières s'allument, je me sens vivante, je me sens moi-même, et je m'aperçois que j'étais très loin de tout cela durant ces années passées avec toi. Avec lui, je me sens regardée et comprise. Et quand je me détourne, les lumières s'éteignent, je me sens vieille et fatiguée. Je dois faire un effort rien que pour ne pas être dépassée avec les enfants pendant toute une journée et simplement pour trouver l'énergie de vivre. On dirait une drogue miraculeuse, Ran... Seulement, ce n'est pas du tout une drogue ; je pense que c'est simplement la sensation de vivre ma vie d'être humain, pleinement, la sensation d'être vivante, en bonne santé et au meilleur de ma forme, et même si c'est une drogue, je ne veux pas arrêter ! T'aimer me faisait cet effet autrefois, Ran, mais plus depuis longtemps. Voilà des années que nous vivons ce mariage en somnambules, que nous attendons notre heure, et maintenant que je suis réveillée, il faudrait que je renonce à tout ça ? Si tu m'aimes, si tu m'aimes réellement, tu dois me laisser partir. Moi, je le ferais. Si tu venais me trouver pour me dire que ça t'est arrivé, je le ferais.

— Vraiment ? » Il parle d'une voix douce à présent. Il a pris un air froid. Son regard est dur et ses yeux brillent. « Tu le ferais vraiment, Claire ? Tu es si pure ? Tu en es certaine ?

— Oui, Ran, je le ferais, répond-elle sans hésiter. J'en suis sûre.

— Et si c'était ça, le mal ? demande-t-il. Juste une sorte d'égoïsme enivrant qui semble innocent, qui semble émaner de Dieu, mais qui en est bien loin ?

— Alors ce monde est trop pourri pour moi, Ran. Je ne suis pas assez compliquée pour croire que ce qui me donne l'impression d'être vivante est mal et que ce qui me donne l'impression d'être morte est bien. J'ai fait ça pendant trop longtemps, et je ne me sens ni meilleure ni plus sainte, je ne me sens pas bonifiée par toutes ces années de souffrance et de renoncement ; alors, si j'essayais ce qui me fait vraiment du bien ? Si j'essayais le bonheur ? Voilà ce que j'ai l'intention de faire. Je n'ai rien à perdre.

— Tu risques de perdre beaucoup, répond-il. Tu risques de tout perdre. J'en sais quelque chose. Demande-moi, Claire. J'ai éprouvé ce que tu ressens. J'ai vécu comme ça des années. Voilà pourquoi notre couple est dans l'impasse. En fin de compte, ce n'est pas la solution, ça non plus.

— Eh bien, c'est quoi, la solution, Ran ? *C'est quoi ?* »

Il se tait, il n'a aucune solution à proposer. Il regarde Claire puis lève les yeux vers les branches de l'arbre. *Nous ne sommes pas le faîte... pas le faîte de l'univers...* Plus haut encore, le ciel, si bleu. C'est une journée particulière. Cette journée entre toutes.

« Notre couple est fini, Ran, pas dans l'impasse. Fini. Tu ne le vois pas ?

— Je ne suis donc pas capable de changer ? N'ai-je pas déjà changé ? Il doit bien y avoir quelque chose à faire, Claire. Quelque chose. Laisse-moi un peu d'espoir, un tout petit espoir, si mince soit-il, si fragile soit-il... parce que s'il n'y a rien... si je suis tellement pourri et irrécupérable...

— Alors quoi, Ran ? Quoi ? »

Jamais assez bien... jamais assez bien pour elle, pas vrai, vieux ?

Nemo, le seul ami qu'il lui reste, a repris sa voix habituelle. Le visage de Claire oscille comme la flamme d'une bougie dans le vent, qui souffle aussi sur Ran, qui l'éloigne. Il a du mal à se concentrer, à répondre à la question, à se rappeler quelle était la question... Alors quoi ? Alors quoi ? Quoi, alors ?

Je vais te confier un secret, dit Nemo, non sans compassion, *une mort rapide et violente résoud bien des problèmes. Ça ne fait pas mal. C'est à ça que tu pensais ? Non. Oh non ! Rappelle-toi, Livingston. Cette femme que les lions ont dévoré était au pays du rêve, comme les Aborigènes. Elle est partie vers de plus hautes sphères. Et Claire aussi, Ran. Et lui aussi. Et, au bout du compte, toi aussi. Ce sera un geste de miséricorde. Plus que cela : un geste de maturité. La mort n'est que la fin de tous nos efforts pour vivre ; et mourir, ce n'est jamais que quitter un endroit surchauffé où on suffoque pour une pièce dotée d'air conditionné. Et puis, tu ne seras pas seul sur cette route. C'est le voyage que tu as entrepris, celui que tu fais depuis le début. Très bientôt, tu atteindras une porte. Devant la porte, il y a un homme qui tient un livre. Il va le parcourir pour y trouver ton nom, puis il te laissera entrer. Tu ne perdras pas conscience. Tu resteras toi-même. Ce que l'on perd – ton corps, la terre, les relations sexuelles et la nourriture, la naissance, le changement et la mort, cette femme, Hope et Charlie, tout ce que tu as connu et été jusqu'à présent, tout ce que tu as pris, à tort, pour toi-même – tout cela, en fin de compte, est quantité négligeable. Ce que tu gagneras en échange, c'est ton Moi Authentique, que tu cherches depuis toujours, mais ne peux atteindre sur cette terre.*

— C'est aussi simple que ça, donc ? » La voix de Ran est suppliante. « Ça ne peut pas être aussi simple. »

Aussi simple que ça.

« À qui tu parles ? » demande Claire.

Il la regarde puis cligne des yeux.

« Ransom, regarde-moi. Qui suis-je ? »

Il secoue la tête et se met à pleurer. « Je ne sais pas. Je ne sais pas qui tu es.

— C'est Claire, Ran. Claire. Regarde-moi. REGARDE-MOI !

— Je ne peux pas, dit-il. Je ne peux pas. Je ne peux pas. Je ne peux pas ! »

Et finalement, Ransom n'a pas la force d'encaisser, de supporter cette souffrance à l'état brut ; aussi, une fois de plus, il choisit ce qu'il fait le mieux : fuir.

Là, devant lui, se trouve la vieille case d'esclave que Claire a convertie en remise de jardin. Et dedans, comme matérialisé par la pensée de Ran – dans le coin où il l'a abandonné après avoir rempli le réservoir de la débroussailleuse –, il y a le Purdey, dont le barillet droit est vide, mais le gauche encore armé pour une décharge prête à partir. En le prenant, Ran s'aperçoit qu'il a très envie de s'allonger et de dormir, de sombrer dans la nuit noire et silencieuse qu'il a apprivoisée il y a bien longtemps ; mais quelque chose l'en dissuade, lui enjoint de rester éveillé. Et il va s'asseoir dehors avec le fusil, adossé au mur de la case. Dans la clarté matinale de cette journée si particulière, il admire la feuille d'acanthe gravée qui s'enroule sur la plaque en argent du fusil, le bleuté de ses canons en acier de Damas. Ran pose l'arme sur ses genoux, apaisé, en se disant : C'est un objet de toute beauté, qui impose le respect.

17

Boum... Boum... Boum... Boum... Boum... Les déflagrations répétées et exaspérantes du Purdey n'en finissent pas de résonner tout au long de l'après-midi et tard dans la soirée. Telle une main qui chasse la fumée, chaque décharge traverse la nuée d'oiseaux de part en part. Et les eaux noires du fleuve sont émaillées d'oiseaux morts à présent, comme autant d'étranges broméliacées tièdes à plumes, couleur vert pomme ; et ils continuent à tomber, encore, encore et encore, comme s'ils aimaient la mort autant que Harlan se plaît à les tuer. Mais pourquoi Harlan se plaît-il tant à les mettre à mort ? Parce que chaque détonation, chaque secousse brutale fait taire les voix dans sa tête, engloutit les souvenirs, anéantit l'univers tout entier dans un éclair blanc assourdissant, et, le temps de chaque explosion, lui permet d'espérer qu'il va pouvoir supporter ce qui s'est passé et y survivre.

Car il a eu vent des rumeurs depuis longtemps. Oh oui ! Comment aurait-il pu en être autrement ? Jules Poinsett a raconté à quelqu'un ce qu'il a vu à Wando Passo. Ce quelqu'un l'a raconté à un autre. La rumeur s'est répandue. Pour finir, elle est parvenue à ses oreilles. Il a commencé par la mettre en doute, mais à un moment donné cela a changé. Était-ce dans l'enclos où il était parqué à Morris Island ? Oui, peut-être là-bas, allongé dans un creux du sol, en regardant les étoiles frissonnantes pendant que les crabes rampaient sur la figure des morts (il les entendait, entre deux coups de vent, s'affairer dans un cliquetis de pinces)... Là-bas, pendant que les obus dessinaient des courbes dans le ciel avant d'exploser, sous une pluie de plomb brûlant, alors que ses voisins de tranchée lançaient des imprécations, grognaient, pleuraient et priaient... Là-bas, quand les bourrasques hivernales le couvraient d'embruns glacés, pauvre chose à moitié nue et grelottante, il n'avait eu aucun mal à se rappeler que son père lui avait toujours préféré Jarry. De même que Paloma. Et les nègres... À qui, en fait, n'avait-il pas été préféré ? La couleur de la peau, l'importance accordée à la race... en fin de compte, cela n'avait pas fait la moindre différence. Et pourquoi Adélaïde, sa femme, aurait-elle été différente ?

Contempler les étoiles devenait parfois intolérable, alors Harlan fermait les yeux et se rappelait le jour où, debout sur cet appontememt, l'appontement où il se tenait à présent, le jour de son mariage, avec Tom – Tom Wagner, qui avait eu la tête arrachée à Fort Moultrie (Harlan était à moins de trois mètres de lui) –, il se rappelait comment, bras dessus bras dessous, il avait entonné She Walks in Beauty Like the Night. *Cela en avait pris du temps, de trouver la partition et de rassembler les hommes pour les faire chanter en chœur ! Mais ce qui lui revenait en mémoire dans sa tranchée de fortune, c'était le visage empourpré d'Adélaïde, la gêne fugace qui avait lui dans ses yeux bleus si mobiles et expressifs, à l'instant où il lui avait présenté la grenadille, la baie extraite du fruit de la passion, qui avait fait tout le chemin depuis Cuba et franchi le blocus. Voilà le souvenir qui restait fixé dans sa mémoire, le souvenir qui revenait le hanter à l'improviste et le faisait gémir comme ses compagnons d'infortune, tous prisonniers de leur petit enfer... Il gémissait tout haut et roulait sur le ventre, face contre terre, recherchait le contact froid, glacial de la terre elle-même, pour chasser la brûlure cuisante de la honte qu'il avait ressentie et ressent encore aujourd'hui, en appuyant sur la détente, le visage baigné de larmes. Pendant longtemps, Harlan en a voulu à Poinsett d'avoir répandu ces affreux mensonges, il s'en est voulu d'y avoir ajouté foi. Mais, imperceptiblement, il est apparu à Harlan qu'Adélaïde avait été bien mesquine et avare de compliments face aux efforts qu'il avait déployés pour l'accueillir cet après-midi-là, simple exemple sur une longue liste d'affronts. Il en est arrivé à douter qu'elle l'ait jamais aimé ni vraiment compris, et ainsi Harlan a cessé de s'en vouloir et commencé, à partir de ce moment, à en vouloir à sa femme. En rentrant chez lui à pied du Delaware – où les rares prisonniers qui en avaient réchappé avaient à nouveau été évacués par bateau quand Charleston était tombée en février 1865 –, il lui est apparu que Poinsett n'avait peut-être pas menti, après tout. Et s'il ne mentait pas, qu'allait-il faire, lui ? D'une façon ou d'une autre, il s'était dit que la réponse lui apparaîtrait clairement quand il serait de retour chez lui, mais ce n'était pas le cas. En atteignant Powatan, il n'avait qu'une envie, s'arrêter chez Pringle pour acheter un sachet de plomb calibre huit. Et voilà où il en est cet après-midi : tout ce qu'il sait, c'est que la nuit tombe rapidement et que maintenant, ou bientôt, il va devoir ranger son fusil, retourner dans la maison, regarder Adélaïde dans les yeux et lui poser la question.*

Il la trouve qui l'attend, assise à table devant le poulet qu'elle a fait frire ce matin et la lampe allumée. Les mains sur les genoux. Le visage grave.

« Eh bien, Addie, lance-t-il, en posant le Purdey sur ses cales, voulez-vous manger ?

— Je n'ai pas faim, Harlan. Je vous ai préparé une assiette. »

Il se détourne. « Je n'ai pas faim, moi non plus. Allons nous coucher, voulez-vous ?

— Je ne peux pas partager votre lit ce soir. »

Il la regarde fixement. « Et pourquoi cela ?

— Je ne peux pas, voilà tout.

— Je vois. Vous savez, Addie, il y a des rumeurs… » Il vide le reste de la bouteille de xérès dans son verre. « Poinsett m'a dit que vous aviez protégé Jarry…

— Je l'aime, Harlan.

— C'est donc la vérité, dit-il.

— C'est la vérité.

— Vous n'êtes qu'une traînée… En êtes-vous bien consciente, au moins ?

— Je ne suis pas une traînée.

— Vous m'avez trahi.

— Oui, acquiesce-t-elle. C'est vrai. Je vous ai trahi en vous épousant sans vous aimer. De cela, je vous demande pardon. Mais d'aimer Jarry ? De cela, je refuse de m'excuser.

— Catin… ignoble catin ! lâche-t-il. Il n'y a pas que moi. Vous avez trahi votre nom, votre famille, votre classe, votre race.

— Mais je suis restée fidèle à d'autres principes, répond-elle. Vous avez enduré des souffrances terribles, et la femme qui était, et demeure officiellement, votre épouse le déplore sincèrement. Mais j'estime que la cause pour laquelle vous avez souffert est injuste. Dieu en a jugé ainsi. Nous Lui avons posé la question et Il a répondu en plongeant le Sud tout entier dans le sang et la ruine, et l'Histoire sera sans pitié pour nous, Harlan. Sans pitié pour ce que vous avez enduré sur Morris Island, ni pour mes rêves anéantis de devenir une épouse et une mère comblées. Nous mourrons oubliés de tous. L'herbe repoussera sur nos tombes. Tout ce que nous pouvons faire à présent – pour nous-mêmes et l'un pour l'autre –, c'est renoncer aux droits qui étaient les nôtres ou que nous pensions tels, c'est vivre et nous laisser libres de vivre, du mieux que nous pourrons.

— Vous avez promis de m'être fidèle sur l'autel devant Dieu tout-puissant. Vous n'êtes pas délivrée de ce serment. Je ne vous en délivre pas. Dieu ne vous en a pas délivrée.

— J'ai prêté un serment humain fondé sur une compréhension humaine du monde, Harlan. Voilà ce qu'était mon mariage. Mais avec Jarry, Dieu s'est fait entendre et Il m'a remise sur le droit chemin. C'est Lui qui m'a dit : Aime et vis. *Je suis sous Ses ordres, et je les suivrai, jusqu'à la mort s'il doit en aller ainsi. Mais si je meurs aujourd'hui, si vous me tuez et qu'Il me demande de justifier mes actes, c'est cet amour que je Lui présenterai, et je ne doute pas qu'Il me pardonnera alors, même si vous, à cet instant, ne le pouvez pas. »*

Sur ces mots, elle quitte la pièce et monte à l'étage, et Harlan reste assis là sans bouger pendant un moment. Puis il se lève. Il prend le fusil. L'arme à la main, il se dirige vers le marais, s'enfonce dans l'ouverture entre les arbres.

Devant la maisonnette, il marque une pause et appelle : « Clarisse ? »

La porte s'ouvre. Éclairée à contre-jour, elle tient le petit garçon dans ses bras.

« C'est toi qui as fait ça, hein ? dit-il. Tu as fait ça pour que je revienne vers toi… Eh bien, me voici.

— Ya no me importa, *répond-elle. Ça m'est égal maintenant. Tu m'as brisé le cœur. Mais* lui *– lui, c'est ton fils. Elle, c'est l'enfant de Jarry qu'elle porte.*

— Je veux le voir mort, déclare-t-il. Je veux que Jarry meure, Clarisse. Et que tu me rendes ma femme. Fais cela pour moi, ton prix sera le mien. »

Elle fronce les sourcils dans la pénombre et ne répond pas tout de suite. Puis elle s'écarte pour le laisser entrer, et Harlan retrouve le refuge qu'il avait quitté en dernier.

18

Assis à côté de la case, Ran contemple les branches d'un noyer, et il lui semble que toute la sagesse humaine est quantité négligeable comparée à cet arbre. *Nous ne sommes pas le faîte... pas le faîte...* Quelque chose lui revient d'un chapitre précédent du livre, un souvenir qu'il doit penser à oublier, ou auquel il a oublié de penser. Cela n'a plus aucune importance désormais, n'est-ce pas ? Au-dessus de l'arbre, il y a le ciel, si bleu. Si bleu.

Des années s'écoulent pendant que Ransom est ailleurs, avant qu'il se dise : C'est le moment ; avant qu'il se rappelle : Aujourd'hui est une journée particulière. Bien particulière. Et il se lève.

La maison, qui s'éloignait tout à l'heure, s'avance vers lui à présent. Elle approche inexorablement, à une vitesse inexorable. Il a repris son voyage, il a écrit de nouveaux chapitres de l'histoire. Mais il les oublie déjà. Le voici sur la véranda, le « patio », il a appris à utiliser ce mot-là, comme il a appris à dire « des pantalons » et tant d'autres choses. Une affreuse amertume le submerge. Claire n'a jamais eu à se soucier de cela. Est-ce cela qu'il ne lui a jamais pardonné ? Il est temps, aujourd'hui, d'en finir avec toutes ces choses.

Comme promis, ici, donc, tout au bout, une porte. Personne. Mais peu importe. Derrière la porte, une pièce pleine de livres, et, en y rentrant, Ran sait que le livre qu'il cherche est ici : peut-être est-ce à chacun d'ouvrir le Grand Livre de la Vie pour y inscrire son nom. L'histoire ne peut s'achever que dans cette pièce. Il n'y aura pas d'autres chapitres ni d'autres aventures après cela. Que c'est triste ! Mais il est temps. Le jour est venu. Il pose la main sur le bouton de porte en verre. Des univers entiers miroitent, et s'éclipsent, dans ses facettes. Ran pose sa tête contre le panneau en bois. Il se sent si fatigué, si fatigué !

Vas-y, ouvre la porte ! commande Nemo. *Il n'y a qu'un pas à franchir. Tu t'en vas pour de bon et sans espoir de retour.*

« Est-ce vraiment ce que je veux ? »

Qu'est-ce que tu peux faire d'autre ? Recommencer ?

« C'est vrai. Bien vrai. » La futilité de cet espoir se passe de commentaire.

On entend des voix dans la bibliothèque. Le bouton de la porte tourne dans sa main. Un courant d'air, un vent sifflant qui ne souffle pas, mais aspire...

« Je vous attendais... » Une femme s'avance vers lui. Qui est-elle ? Il lui semble qu'il devrait le savoir, mais ne se souvient pas. *Pourtant, cette femme aux cheveux blonds, dans sa robe en calicot rouge et blanc, le connaît.*

Elle lui prend la main. *Elle dit : « Je ne peux pas vivre ainsi, comprenez-vous ? »* Ran sent la chaleur et la pression de *sa peau*, bien *vivante*, contre la sienne. *« Je ne peux pas, lui explique-t-elle, C'est comme mourir, et j'avais consenti à cette mort, mais maintenant j'ai envie de vivre... »*

Le courant sous-jacent aspire, aspire Ran – mais qui est Ransom ? – dans le tourbillon, au fin fond du passé...

« J'ai envie de vivre, répète-t-elle, de vivre...

— Vous savez qui je suis ?

— Je l'ignorais, répond Adélaïde, mais je le sais à présent. J'ai regardé dans l'étang et j'y ai vu mon reflet ; puis j'ai regardé de l'autre côté de l'eau, et je t'ai vu...

tu comprends ? En ce moment même. Je te vois. Et il n'y a que toi, Jarry, toi seul m'as fait ressentir cela.

« Jarry, l'appelle-t-elle, Jarry... » Ransom se dit qu'il s'agit sûrement d'une erreur, et regarde la main d'Adélaïde, blanche, sur son bras noir.

Je dois rêver, se dit-il. Comment est-ce possible ?

Mais il ne peut pas se réveiller, et il est trop tard désormais pour poser des questions. La porte, *la porte s'ouvre lentement. L'inconnu, très grand et décharné, entre, armé d'un fusil. Le premier coup part. Adélaïde cligne des yeux, l'air effrayée. Elle regarde sa robe. Elle est déchirée et en lambeaux. De la fumée sort du trou ensanglanté.*

Quand Adélaïde essaie de parler, quelque chose s'échappe d'entre ses lèvres et volette près du plafond comme un oiseau prisonnier qui cherche, frénétiquement, à s'enfuir. Dehors, sur le fleuve, la sirène du bateau retentit. Le pépiement des oiseaux, dans les rizières, résonne.

« Les perruches, murmure-t-elle. Tu les entends ? Jarry, tu es là ?

— Je suis là », répond Ransom ; ébranlé, tremblant, il implore : Mon Dieu, si Vous êtes là, faites que je me réveille, faites que je ne tue pas ma femme, que ce ne soit pas Claire !

Adélaïde le voit maintenant. Jarry est assis par terre. La tête d'Adélaïde sur ses genoux. Il pleure.

« Très cher...

— Chut, murmure Ran. Ne parle pas. Je t'en prie.

— Je suis en train de mourir, n'est-ce pas ?

— Non, lui dit-il. Non. » Il parle d'un ton passionné, fervent.

Mais Adélaïde comprend que si.

Contre la fenêtre, la silhouette de Jarry est toute noire devant le soleil, qui ressemble à un disque d'acier. Adélaïde en voit les contours, non pas flous à cause de l'excès de lumière, mais nets, dentelés, pareils à ceux d'une pièce de monnaie. On aperçoit la terre, noire, dans les encoches, et Adélaïde ne se rappelle plus pourquoi sa tante lui disait de ne pas regarder le soleil, pourquoi les êtres humains devraient craindre une chose aussi ordinaire. Elle, à présent, peut le regarder en face.

« Il faut que je te dise quelque chose…

— Je t'en prie, ne parle pas. » En pleurant, Ransom lui caresse *les cheveux.*

Elle pose son doigt sur les lèvres de Jarry. « Non, s'il te plaît, écoute, Jarry, s'il te plaît. J'ai aimé ma vie. J'ai aimé ma famille, mes amis, j'ai aimé cet endroit, mon travail, tout cela, plus que je ne me suis jamais aimée moi-même, mais tu as été mon plus grand bonheur. Tu as été le seul à m'avoir jamais regardée vraiment et à m'avoir vue telle que j'étais, pas même celle que j'étais mais celle que je désirais être. La source de joie que tu as trouvée en moi m'a aidée à en puiser en moi-même. J'avais oublié qui j'étais. J'avais besoin que tu me le montres. Tu m'as aimée comme j'espère que Dieu saura m'aimer dorénavant. Je n'ai été cette Adélaïde qu'une fois, avec toi. Je ne suis pas triste. Jarry, ne le sois pas non plus. »

Ransom hoche la tête, pour dire oui. Son visage, *son visage est ruisselant de larmes. « Non, je ne serai pas triste. »*

On entend des pas assourdis par le tapis. Une ombre se dresse et couvre les amants. Ran lève les yeux *sur la silhouette éclairée à contre-jour.* Maintenant, il reconnaît *cet homme barbu.*

« Harlan.

— Oui, c'est moi. » La voix de Harlan est douce, mais ses yeux noisette sont rougis par les larmes, et son regard est un peu fou.

J'ai rêvé que j'étais toi et que tu étais moi, pense Ran, je me suis bien trompé, comme tu t'es trompé avant moi ; mais qui étais-je, alors, qui étions-nous ? Par la fenêtre, il voit les noyers et les magnolias dans le parc… *Nous ne sommes pas le faîte, pas le faîte…* Voilà donc comment l'histoire s'achève, quelle autre fin aurait-elle pu avoir ? *Harlan lève le Purdey et vise son front*, et, en contemplant son bras *noir*, Ransom comprend. Je ressentais de la peur et de la haine pour ce que j'enviais et n'ai jamais su être ; je croyais être le meurtrier, mais celui que j'ai tué, c'était moi. Ransom, qui voit clair en *lui*-même, est déjà loin quand *Jarry baisse la tête et laisse Harlan tirer.*

Le deuxième coup retentit. Les oiseaux s'égaillent. Leur pépiement remplit le ciel, et il les a rejoints maintenant. Jarry est avec eux. En bas, tout là-bas, la sirène du bateau résonne, et Jarry entend des chaudrons en métal qui s'entrechoquent, et le bruit mélodieux d'os que l'on tape l'un contre l'autre. « Hu eh eh ! Hu eh eh ! », *les enfants poussent des cris dans la langue ancestrale que la mère de sa mère avait déjà oubliée. Dans un prodigieux bruissement d'ailes, des oiseaux les entourent, immense nuée invisible qui les cerne de tous côtés, le guide, les guide, loin au-dessus du toit, au-dessus des arbres centenaires du parc ; Jarry, qui a retrouvé Adélaïde à présent, s'élance au milieu des perruches dans la lumière mouchetée du soleil, enfin libre.*

Comme les embruns quand une vague se brise, ils restent un instant en suspens, un rideau d'un vert éclatant accroché très haut dans le ciel, puis ils virent sur l'aile et disparaissent comme s'ils n'avaient jamais été là. Une plume verte tombe par terre. Un coup de vent souffle dans le parc, et elle s'envole, sous les vieux chênes et les magnolias, dans la lumière pommelée, sur la véranda, entre les pages d'un livre, et dans ce livre, un poème, et dans ce poème, un homme, le vieux ramasseur de sangsues, qui contemple l'étang qu'il remue à l'aide de son bâton avant de disparaître... Et, au fond de l'eau, enfin, quand son image est dissipée, noyée, là, il voit... ce qu'il a tant espéré, si petit, finalement...

Ransom !... Ransom !

Toujours sur le seuil, il revient à lui et s'aperçoit qu'il braque le Purdey sur Marcel Jones... Tout ça n'est qu'un rêve, se dit Ran, j'ai rêvé que j'étais toi, et que tu étais moi. Mais qui suis-je ? Et qui est-il ?

Il n'y a rien que le vide et toi, répond Nemo. *Vas-y, appuie sur la détente, Ran. La vie, la mort, ça n'a guère d'importance, hein ?*

Mais la femme qui était *autrefois* mais n'est plus, *n'est plus sa* femme, *femme*, femme, déclare : « Tu ne feras pas une chose pareille. »

Et Ransom, qui est déjà mort, répond : « Tu as raison », puis il place le canon du fusil sous son menton.

« Non, Ran… »

Ce « non » est la dernière chose qu'il entend avant d'appuyer sur la détente, avant que son sang et sa cervelle soient projetés sur le lustre et retombent en dégoulinant, avant que Hope et Charlie voient leur père gisant sur le sol et se mettent à hurler tant et plus, puis grandissent, arrivent à l'âge adulte et transmettent cet héritage à leurs propres enfants, cette blessure profonde et entachée de sang, de même que Percival avait transmis la sienne ; génération après génération, éternellement, le carrousel n'en finit pas de cracher toujours le même sac pour reprendre son lugubre tour de manège…

Mais, non, Ran ne fait qu'anticiper tout cela. Lorsqu'il rouvre les yeux, le doigt sur la détente, Shanté est devant lui.

« Je comprends maintenant, lâche-t-il en se mettant à pleurer sans retenue. Je comprends pourquoi il a accepté d'entrer dans le chaudron, Shanté.

— Pourquoi, Ran ?

— Il voulait réparer. Et moi aussi. J'ai envie d'être un arbre. J'ai envie d'être pur, de ne nuire à personne et de transformer la lumière du soleil en vie. Je suis fatigué de tout ce gâchis, Shanté ; fatigué de tout le gâchis que j'ai causé, du gâchis qu'est ma vie. Fatigué d'être moi. Je n'ai pas peur de mourir.

— Je sais, lui répond-elle. Tu es un homme courageux, Ran. Mais pas comme ça. Pense à Hope et

Charlie. Tu les blesserais si profondément qu'ils ne seraient plus jamais les mêmes.

— Je l'ai déjà fait.

— Alors, reste pour arranger ça.

— Comment, Shan ? J'ai essayé, regarde où j'en suis.

— Ferme les yeux et demande-lui.

— Je ne peux pas.

— Mais si, tu peux. »

Et Ransom obéit, il affronte la tourmente qui souffle en lui et le heurte de plein fouet, et le fantôme lui murmure la réponse que Ran, comme nous tous, connaissait déjà mais à laquelle il ne pensait plus, qu'il avait oubliée…

Puis Ransom lâche le fusil leur rend leur liberté.

Épilogue

... il y a toujours eu, profondément enfoui,
le sentiment que quelque chose d'autre
que moi-même entrait en jeu.

Carl JUNG, *Souvenirs, rêves, réflexions*

Sur le dégagement devant la maison, l'Odyssey est prête pour le départ. Ran referme le coffre et se retourne en s'essuyant les mains. « On dirait que ça y est. »

Croiser le regard de Cell n'est pas facile, mais il s'y oblige. Quand ce dernier lui tend la main, Ran la serre. « Marcel », dit-il – ni Cell ni Cell Phone.

« Bonne chance, Ran. »

Ran acquiesce brièvement, une seule fois, et, après avoir lancé un coup d'œil à Claire, Cell se détourne et rentre dans la maison.

« Shan a invité Hope et Charlie à Alafia, déclare Ran à Claire. J'aimerais bien les y emmener, Claire. Je pense que ce serait bien pour eux.

— Et pour toi.

— Et pour moi.

— Je le pense aussi, répond-elle. Dès que tu auras repris ton traitement, on en parle. Tiens. » Elle lui tend quelque chose.

Ran ouvre un chèque plié en deux : onze mille quatre cent soixante dollars et trente-deux cents.

« Qu'est-ce que c'est ?

— Tes soixante-cinq pour cent.

— Je n'en veux pas, Claire.

— Si, tu les veux. »

Ran est tenté de faire une plaisanterie, mais il laisse passer le moment et exprime ce qu'il pense vraiment. « Je voulais que tu gardes tout.

— Je sais, mais c'est mieux comme ça, Ran. C'est plus adulte.

— Je ne voulais pas qu'on soit obligés de grandir, Claire, ni toi ni moi.

— Moi non plus. Mais on n'a pas eu le choix.

— Toi non.

— Toi non plus, Ran. Accorde-toi au moins ça. Ou accorde-le-nous. »

Il glisse le chèque dans sa poche de chemise. « Tu es sûre ? »

Elle tend la main pour lui caresser la joue, et Ransom la lui prend pour la serrer.

« Je suis sûre.

— Je suppose que je me suis accroché à quelque chose qui n'était pas si bien que ça.

— Mais qui l'a été.

— C'est vrai, hein ? Je suis tellement triste, Claire.

— Moi aussi. Tu sais à quoi je pensais cette nuit dans mon lit ? »

Il secoue la tête.

« À l'hiver dernier, quand tu m'as emmenée au Plaza pour mon anniversaire, alors qu'on n'avait pas de quoi payer le loyer ; tu as loué une limousine, commandé des huîtres et du champagne. Je ne me serais jamais offert ça, Ran. Et le lendemain matin, quand on est repartis, le distributeur de billets a avalé notre carte, tu t'en souviens ?

— Je m'en souviens.

— Et on avait tout juste assez de liquide pour prendre deux cafés, mais pas assez pour le métro, alors on a dû rentrer à pied jusqu'au centre-ville, et j'avais l'impression… je ne sais pas, d'avoir enfin trouvé le courage de sauter d'une falaise… C'est ce que tu m'as donné, Ran, mille fois, de mille façons différentes, et ça m'a rendue meilleure que je ne l'étais, plus grande et moins peureuse. Et je t'aimerai toujours pour ça. Toujours. »

Les yeux de Ran ressemblent à des vitres ruisselantes de pluie. « Le plus important au fond, Claire, ce qui me donnait envie de me lever le matin et de me battre, c'était toi, et ce qui me tue, c'est que je l'ai compris trop tard, lorsque tu étais déjà partie. »

Elle soutient son regard, sans triomphalisme et sans nier la vérité essentielle de ce qu'il vient de dire.

« Mais Cell est un type bien, poursuit Ran, sans doute le meilleur que j'aie connu. Si ça ne peut pas être moi, Claire, c'est celui que j'aurais choisi pour toi ; et je pense que si j'étais honnête, je devrais même le préférer à moi-même. Eh bien, va, ma belle. Trouve le bonheur. »

Elle met un baiser sur le bout de ses doigts, puis les pose sur ses lèvres à lui. « Au revoir, Ran. »

Et la voilà partie, elle aussi, à présent, et Ransom reste planté, seul, devant la porte d'entrée fermée, à se rappeler à quel point, il y a dix-neuf ans, il voulait qu'elle s'ouvre et qu'on l'admette à l'intérieur. Sous le tumulte de ses sentiments, étrangement, il sent clairement poindre le soulagement d'être à nouveau dehors. Là-haut, le ciel est si vaste et si bleu !

En allant chercher les enfants, il passe devant l'excavation, dans laquelle l'eau s'est accumulée. En regardant, il aperçoit une image, éclair fugace : il voit un homme au fond de ce trou, qui *creuse, creuse fébrilement, et enfouit les corps. Une femme se dresse au-dessus de lui, qui observe. Quand il la voit, l'homme a l'air en colère. « Tu m'as dupé...*

— Tu as demandé au chaudron de te rendre ta femme », réplique-t-elle, et elle tend la main. Ensuite...

Ensuite ? L'image devient floue. Les fantômes se dissolvent dans la lumière. Le rideau tombe. Ran les perd de vue. Le chapitre qu'ils ont écrit a été oublié. Oui, il y a des années et des années...

Et maintenant, cette femme, c'est Shanté. « Tu es prêt ?

— Aussi prêt que je le serai jamais, dit-il.

— Comment tu te sens ? »

Il hausse les épaules. « Plus calme. À part ça, comme tu peux l'imaginer.

— Des voix ?

— Pas pour l'instant. J'ai mis le chaudron dans la voiture. Claire ne veut plus le voir ici.

— C'est très bien, Ran. On peut l'emmener. Ce n'est plus qu'une marmite, désormais, de toute façon.

— Tu penses qu'il n'y est plus. »

Elle hoche la tête. « Tu sens la différence ?

— Je ne sais pas. Un peu.

— Il est libéré, Ran. Percival voulait la liberté pour ses enfants. Tu as fini par exaucer son vœu. Il est au *mpemba,* mais il est resté pour toi, tout comme tu seras là pour eux un jour. » Elle hoche la tête en direction de Hope et de Charlie dans la cour.

— J'espère, Shan, déclare Ran. J'espère vivre assez longtemps.

— Bien sûr. Et sinon, tu reviendras d'entre les morts pour leur parler à travers une chanson et déposer la vérité dans leur cœur comme il l'a fait pour toi. C'est aussi simple que ça. Les vivants et les morts sont liés ; et nous, malgré toute notre science, nous avons oublié ce que tu as appris en payant le prix fort. Tu peux être content de toi. Tu prends le bon chemin à partir d'ici. »

En se dirigeant vers la voiture, Ran pense à Percival, et soudain les mots lui viennent, la strophe qu'il n'aurait jamais cru connaître jusqu'alors...

Et son corps tout entier revêtait l'apparence
D'un homme que j'aurais en rêve rencontré,
Ou de quelque envoyé d'une étrange contrée
Venu pour m'affermir...
Pour m'affermir...
Pour m'affermir...
Par ses sages conseils.

« Papa ? »

En se retournant, il trouve Hope debout, incertaine, dans la lumière mouchetée du soleil que filtrent les arbres centenaires.

« Coucou, chérie.

— Tu vas partir ?

— Dans une minute.

— Pour toujours ? »

Ransom s'agenouille et scrute les yeux solennels, inquiets de sa fille. « Non, ma douce, juste pour quelques jours. Je suis encore un peu malade, mais je vais déjà mieux ; et dans une semaine environ, je t'emmènerai avec Charlie à Alafia, là où habite Shanté.

— Promis ? »

Ransom sourit et esquisse un signe de croix sur sa poitrine. « C'est promis, Hope. Et je reviendrai toujours vous voir, Charlie et toi. Toujours.

— Et maman… elle viendra aussi ? »

Ransom contemple le regard douloureux de sa fille au moment où elle comprend. « Je ne crois pas, Hope, répond-il, en repoussant délicatement une boucle de cheveux blond clair. Maman et moi, nous ne vivrons plus ensemble. J'en suis très triste. Mais tout va s'arranger.

— Comment, papa ?

— Je n'en sais rien. Tout ce que je sais, c'est qu'on fera ce qu'il faut pour ça. »

Elle réfléchit. « Tu as le temps de nous pousser sur la balançoire avant de partir ?

— Oui, j'ai le temps. »

« Plus haut, papa ! Aussi haut que le ciel du matin ! s'écrie Hope.

— Pas aujourd'hui, Zurg ! » dit Charlie.

Non, pas aujourd'hui, pense Ransom, en les poussant. Son dernier jour n'était pas arrivé, finalement. Pas le jour qu'il croyait venu… ou peut-être que si. Et quand il avait appelé du fond de l'abîme, *quand j'ai appelé dans les tréfonds du ventre de la baleine, ne m'a-t-Il pas répondu ?* Peut-être, peut-être. Ou peut-être n'étaient-ce que les paroles d'une vieille chanson. Ce chapitre-là, lui aussi, s'efface déjà. Et, comme nous tous, Ransom Hill connaîtra les réponses d'ici peu.

Et tandis qu'il pousse ses enfants en les écoutant rire, la dernière strophe de sa chanson lui vient.

Je dois partir, Nemo m'appelle.
Mon avis donné, je peux m'en aller.
Car pour moi il n'y a qu'une satisfaction sur cette terre :
L'incroyable montée d'adrénaline provoquée par son assaut final.

Voilà la chanson terminée, et peut-être est-ce Nemo qui parle à Ran désormais – alors que l'Odyssey s'éloigne sur l'allée de sable blanc et disparaît à l'endroit où les arbres convergent au bout du chemin –, ou peut-être est-ce cet autre homme, cet homme meilleur qu'il a toujours voulu devenir sans jamais y parvenir tout à fait ; ou peut-être, une fois encore, est-ce juste la petite voix qui vous aide à choisir entre la chemise bleue et la rouge le matin, ou Ran qui se parle simplement à lui-même ? Bien réveillé à présent, il se dit : *Tiens bon, mon vieux, ne fuis pas, regarde-le bien en face, ce monde amer et merveilleux, ferme les yeux et tends ton visage au soleil, aime-le tant que tu peux et écoute les enfants crier d'une voix avide et plaintive : « Encore ! Encore ! Encore ! »*

Remerciements

Ces lignes sont dédiées aux nombreux amis ou inconnus qui m'ont apporté leur aide pour la rédaction de ce livre, aussi bien les vivants, qui ont bel et bien fait cette démarche, que les morts, dont l'esprit a communiqué avec le mien par un médium qui ne date pas d'hier et que nous tenons parfois pour acquis : leurs écrits.

Commençons par les vivants.

Ma reconnaissance va avant tout à ma femme et à mes enfants pour leur amour, leur soutien et leur magnanimité pendant les cinq ans qu'a durés la rédaction de ce livre ; à ma mère et à mon père (un artiste autrefois connu sous le nom de Quid Nunc) ; à mes frères, George A. et Bennett ; à Bob Richardson, qui a fait de sa bibliothèque une retraite sans téléphone ni messagerie électronique où je pouvais m'isoler chaque jour pour écrire et où j'ai fini par me sentir comme dans le ventre d'une baleine ; à Joel El Endoqui, qui m'a poussé à approfondir sérieusement mon roman et sans qui je n'aurais pas pu écrire les passages concernant le palo ; à Bob Schofield, propriétaire de la plantation de Hasty Point, qui m'a ouvert ses jardins et m'a fait découvrir la vieille carte où j'ai trouvé le nom de ma plantation imaginaire ; à Don Dixon, dont les monologues m'ont instruit de façon très divertissante sur les subtilités de la musicologie du rock'n'roll ; à Tina Bennett, mon agent imperturbable dont la gentillesse n'a d'égale que son intelligence ; à mes trois relecteurs : Gary Brozek, qui m'a encouragé quand le roman n'était que blé en herbe ; Meaghan Dowling, qui a prodigué tant de soins à la jeune pousse qu'il est devenu ; et Jennifer Brehl, qui a procédé aux élagages qui en ont fait un arbre ; aux journalistes et écrivains qui ont pris leur plume pour le défendre : Lee Smith, Craig Nova, Randall Kenan, Annie Dillard, Pat Conroy ; à R. et S., qui m'ont écouté divaguer à propos du titre avec un semblant d'intérêt et dont les encouragements et la mauvaise influence ont été aussi infaillibles que leur amitié ; à Bob et Terry et les soldats du mercredi, qui m'ont aidé à déchiffrer le manuel de l'utilisateur ; et, il ne faut pas les oublier, aux *nfumbi*, dont je descends.

Je voudrais également remercier Rich Aquan, Seale Ballenger, Pinckney Benedict, Rachel Bressler, Jamie et Marcia W. Constance, Pam Durban, Bill Emory, Lil Fenn, David Ferriero, Lisa Gallagher, Sarah Gubkin, Angela Haigler, Robin Hanes, Allan Harley, Richard Howorth, Frank Hunter, Svetlana Katz, Barbara Levine, Kim Lewis, Peter (« Pistol Pete ») London, Adriana Martinez, Madge McKeithen, Roland Merullo, Kate Nintzel, Nancy Olson, Harris Payne, Dr Louis A. Perez Jr, Carol Peters, Ron Rash, Mark Reed, Mary Gay Shipley, Sherry Thomas, Katharine Walton, Dr M. W. Wester Jr, Fran Whitman, Joyce Wong et John H. Zollicoffer Jr.

Passons aux livres :

Sur le palo mayombe : tout d'abord, les impressionnants ouvrages ethnographiques de Lydia Cabrera : *La Regla Kimbisa del Santo Cristo del Buen Viaje*, *Reglas de Congo* et *El Monte* (j'espère que les actuels détenteurs des droits remédieront bientôt à l'absence de traduction anglaise de ces ouvrages). Il faut également citer les écrits de Robert Ferris Thompson et *The Book on Palo*, de Raul Canizares.

Sur le houdou ou conjure : en premier lieu, *Hoodoo in Theory and Practice*, l'ouvrage toujours en cours d'élaboration de Catherine Yronwode, publié sur son site internet, aussi bien documenté que passionnant : luckymojo.com. Ensuite, les œuvres de Harry Middleton Hyatt, de Zora Neale Hurston, de Maya Deren, de Ras Michael Brown, et également sur internet, inquiceweb.com.

Sur les croyances contemporaines au Congo : tout d'abord *Death and the Invisible Powers*, de Simon Bockie.

Sur Cuba : en premier lieu, *Cecilia Valdés*, de Cirilo Villaverde, dans la traduction anglaise de Sidney Gest, qui m'a apporté une aide précieuse sur l'espagnol parlé à Cuba au XIXe siècle et sur cette période en général. Je tiens aussi à mentionner *The Autobiography of a Runaway Slave*, d'Esteban Montejo ; *The Life and Poems of a Cuban Slave*, de Juan Francisco Manzano ; et *Cuba*, de Hugh Thomas.

Sur la Caroline du Sud au XIXe siècle : tout d'abord, *Chronicles of Chicora Wood*, d'Elizabeth Waities Allston Pringle, et *A Woman Rice Planter*, du même auteur. Ensuite, *Within the Plantation Household*, d'Elizabeth Fox-Genovese ; *The Plantation Mistress*, de Catherine Clinton ; *Intellectual Life in Ante-Bellum Charleston, Down by the Riverside*, de Charles Joyner ; *Incidents in the Life of a Slave Girl*, de Harriet Jacobs ; *A Bondwoman's Narrative*, ainsi que *Slave Narratives*, de Henry Louis Gates, et *The Black Border*, d'Ambrose E. Gonzales.

Sur la guerre civile : *The Civil War*, de Shelby Foote ; *A Rebel War Clerk's Diary*, de John B. Jones ; *Battery Wagner*, de Timothy Eugene Bradshaw Jr ; *Gate of Hell*, de Stephen R. Wise ; *Andersonville*, de MacKinlay Kantor ; *The Killer Angels*, de Michael Shaara ; et enfin, *Robert E. Lee*, de Douglas Southall Freeman.

9267

Composition
NORD COMPO

Achevé d'imprimer en Espagne
par ROSÉS
le 23 mai 2010.

Dépôt légal mai 2010.
EAN 9782290019726

EDITIONS J'AI LU
87, quai Panhard-et-Levassor, 75013 Paris

Diffusion France et étranger : Flammarion